心敬十体和歌

評釈と研究

島津忠夫 監修

大村敦子 岡本聡
押川かおり 加賀元子
島津忠夫 竹島一希
畑中さやか 米田真理子 著

和泉書院

序

島津忠夫

本書は、『心敬十体和歌』（以下、『十体和歌』）の評釈と、関連する共著者各自の研究、及び関連する資料翻刻を収める。

拙宅では、私が勝手に「連歌を読む会」と称して毎月一回『連歌貴重文献集成』（金子金治郎編・勉誠社刊）を読んで来た。その中で、第四集所収の神宮文庫蔵『苔筵』を読み終わったところで、誰いうとなくこのあたりで、その成果を本にしたいという声があがった。折しも参集のメンバーがしばらく固定していて、その期が熟したのだと思う。

もともとこの「連歌を読む会」は、私が、平成二年三月に大阪大学を定年退官して、四月より武庫川女子大学に勤めることになり、その翌平成三年四月に大学院後期課程ができて、その特別演習に、『連歌貴重文献集成』を取り上げたことに始まる。その時の受講生が大村敦子さんと寺浦友子さん（能楽論専攻）の二人であり、翌年に加賀元子さんが加わる。さらに米田真理子さん、東《ひがし》啓子さん・押川かおり

さんらが加わり、修士課程の人も加わって、一時は小さな私の研究室が一杯になるほどだった。やがて、平成九年に武庫川女子大学を退職してからは、この研究会を自宅に移して続けていたのだった。初めはメンバーに出入りはあったが、みな武庫川女子大学の関係者であった。ところが、尾崎千佳さんが山口大学に移った頃から、だんだん人数が少なくなって来たところで、京都大学出身で連歌研究者の長谷川千尋さんが加わり、その紹介で岡本聡君、ついで竹島一希君が加わり、米田さん、東さん、押川さん、復帰して参加した大村さんらを中心に続いていたが、長谷川さんが北海道に、東さんが千葉に去った後、大村さん・岡本君・押川さん・竹島君・米田さんでかなり長く続いていたのである。いちおう本書の計画が進む中で、加賀さんの復帰があり、遅れて畑中さやかさんが加わった。

研究会といっても、ただ本文を読んでもらうだけで、もっぱら私が放談をしている形だったが、いざ、本書の計画が進んでからは、分担執筆し、その素稿をもとに皆で検討し、さらに訂正を加えた原稿が持ち寄られてまた検討を加えるということを繰り返した。その度毎に新しい見解が出て、書き直しまた検討するということが続く。毎月一回などといっておれなくなり、都合の付く人が何度も集まるといった形となった。まさに協同研究だと思う。

この『十体和歌』については、私はかなり前から関心を持っていた。「連歌史における心敬の位置」（『国語国文』昭和二十六年九月）に続いて、心敬の和歌についての論考を考えていた。今回の『心敬十体和歌―評釈と研究―』を進めるに当たって、何の参考にもならなかったが、その折のメモや手書きの索引が出て来たことも私にはなつかしかった。結局、心敬の和歌についての論考は書けずに過ぎた。私家

集大成『中世Ⅳ』（明治書院・昭和五十一年）に「心敬」を担当したのも、心敬の和歌について考えたいという気持ちがなおあったからだったが、結局「解説」以上には進めることができなかった。島津忠夫著作集第四巻『心敬と宗祇』（和泉書院・平成十六年）にも、新しく書き下ろして加えようと思ったが、それも結局書けずに終わった。それがこういう形で、日の目を見ることになったのは、嬉しいことである。この評釈を通して心敬の和歌についての新しい展開が開けて来たように思う。それらの成果は評釈編や研究編を見られたい。

『十体和歌』の評釈は、本書の刊行に当たって研究会に加わった全員の執筆をもとに討議を重ねた結果であるが、最終的な統一は、大村・押川・竹島の三君と島津が当たった。始めは書式の統一のつもりであったが、何度も再検討を重ねているうちに新しく判明したことも多く、当初の執筆者の原稿とかなり大きく異なった点を生じた。なお、いよいよ刊行を前にして、竹島君が熊本に移り、メールなどで連絡を保ちつつ、結局は大村・押川・島津の三人で検討し、最終的には島津の判断による結着とせざるを得なかったところも多い。その点、各執筆者に諒解を得たく、最終的な責任は島津が負うことにする。この評釈は、何度も討議を重ねた共同研究の結果、私ひとりでは思いもよらなかった成果が得られたことを嬉しく思う。かつて『袋草紙注釈』（塙書房・上巻昭和四十九年、下巻昭和五十一年）や『竹林抄』（新日本古典文学大系・平成三年）でも経験したことであるが、あらためて意見集約のむつかしさを感じることもあった。それは、〔評釈〕編と各人の執筆に成る研究編とまま異なりが見られるのもそのためである。

この書は、心敬の『十体和歌』の評釈であるが、それにとどまらず、心敬という中世のすぐれた一人の歌人・連歌師の『十体和歌』という一つの作品の詳しい評釈を通じて、今後中世和歌を読む上に大きく示唆するものがあると信じている。なお評釈を終えて、ことわっておきたいのは、歌題や表現について、しばしば「初出」といったり、多いとか少ないとかいっているが、これは『新編国歌大観』に拠る限りという意味である。『新編国歌大観』は中世末までは少なくとも現状ではいちおう網羅されているからである。多くの和歌を引用しているが、なるべく心敬が見たであろうと思うものを優先し、まずは見ていないであろうと思われるものも多くあげている。それは、同時代の共通の和歌意識という意味でもある。私は伊藤正義氏が『謡曲集』（新潮日本古典集成）の頭注にまま指摘している「中世歌語」といったことを考えている（「世阿弥能作と和歌―〈融〉を中心に―」（「能と狂言」12・平成二十六年八月、参照）。また、正徹の『草根集』を多く引用しているが、心敬がもとより『草根集』を見ていたというのではない。心敬が、正徹との直接の交わりの中から多くの影響を受けつつ、いかに新しい境地を開いて行こうとしていたかを示そうとしたためである。そのためには膨大な歌数をもつ『草根集』がきわめて有効だったのである。『草根集』ばかりではなく、冷泉持為の歌集や『為尹千首』および同じく正徹門の正広の『松下集』を多く引用しているのも、心敬の和歌が、これらの和歌からの影響や、共通する基盤の大きいことを示そうとしたのである。詳しくは個々の歌の評釈を見てほしい。

研究編には、本評釈に関係があり、それぞれの関心のある点について記した。これは各人の単独の執筆である。

資料編として、天理大学附属天理図書館蔵『百首和謌』（寛正四年百首自注）および吉田文庫蔵『於関東発句付句』を翻刻した。それぞれの解題を参照されたいが、天理図書館蔵『百首和謌』については、一言付け加えておきたい。この書は、早く『心敬集　論集』（吉昌社・昭和二十三年）に翻刻されているが、なぜか『百首和歌』には誤りが多く、当時、岡見正雄先生から指摘されてぜひ原本を見てくるようにと言われ、調査したのだった。戦後の粗悪な紙による私の本は、もうぼろぼろになっているが、それに校合している若き日の私の鉛筆のあとが、この研究会でもしばしば参照される状態であった。この書が重要美術品で閲覧禁止になっていて閲覧が困難なことからか、『連歌貴重文献集成』にも異本の京大本が取り上げられている。しかし、天理本は本文も朱注もまぎれもない心敬の自筆で重要であり、このたび天理図書館の特別のおはからいで、竹島君といっしょに閲覧することができたが、朱の部分はかつて閲覧した時に読めたところも今は読めないところがあり、この本の翻刻は、中世和歌・連歌の研究の上に非常に有意義であると思う。特別に閲覧を許され、本書に収めることを許可されたことに厚く御礼を申し上げたいと思う。

目次

島津忠夫

三　研究編

四　索引編

一　評釈編

凡例

一　本書は『心敬十体和歌』（以下『十体和歌』）を翻刻し、評釈を試みたものである。

二　『十体和歌』本文は、神宮文庫蔵『苔筵』所収本（金子金治郎編『連歌貴重文献集成　第四巻』〈勉誠社・昭和五十五年〉所収の影印に拠る）を底本とした。底本に収められる十体和歌、長歌反歌、瀟湘八景歌、及び、異本である島原松平文庫蔵『東常縁集』所収本にのみ見られる二首を評釈した。

三　歌題、並びに歌本文の表記は、底本のままとした。まま見られる（　）なしのルビは底本に存在するものである。誤脱についても【評釈】の中で説明した。但し、次の処置を加えた。

1　漢字、仮名ともに通行の字体に改めた。

2　清濁は、協議の末判断して濁点を付した。

3　必要に応じて、難読の箇所の読みを右側に（　）付きで付した。表記の仮名遣いが歴史的仮名遣いと異っている場合は、あえて注記しなかった。

4　歌頭に算用数字にて通し番号を加えた。

5　歌題が「題同」である場合は、前の歌の歌題を〔　〕に記した。

四　歌体名は強調のために**ゴシック体**とし、島津忠夫が略解説を記した。

五　【校異】の項では、底本と諸本との異同について、以下のように記した。

1　歌題における異同［歌題］と、歌本文における異同［本文］とに区別した。

2　校異の対象とする本は、島原松平文庫蔵『東常縁集』所収本（略称島原）、『権大僧都心敬集』（心敬集）、『芝草句内岩橋』（岩橋）、『寛正四年百首自注』（百首〈天理本〉、百首〈京大本〉）のみとした。『十体和歌』の諸本のうち、島原本のみを用いた点については、本書研究編「『心敬十体和歌』の成立と諸本」（島津）を参照。

3　2に掲げた諸本との間に異同がない場合は、項目自体を省いた。

六【自注】の項には、当該歌に付された心敬による自注を掲げた。

1　自注は、『芝草句内岩橋』（岩橋）、『寛正四年百首自注』（百首〈天理本〉、百首〈京大本〉）の三種のものである。引用に際しては、濁点・句読点を付した。

2　当該歌に自注が存しない場合は、「【自注】なし」と明記した。

七【評釈】の項では、歌題及び歌語の先行用例との関わりなどを中心に記述した。【評釈】の項における引用は、原文のままとし、読みやすさを考慮して、通行の字体を用い、適宜濁点を施すことを原則とした。

1　心敬と正徹の和歌、連歌の引用は、以下に拠った。

i『権大僧都心敬集』……和歌史研究会編『新編私家集大成』（エムワイ企画）

『芝草句内岩橋』……金子金治郎編『連歌貴重文献集成　第五集』（勉誠社・昭和五十四年）

『寛正四年百首自注』

天理大学附属天理図書館所蔵本（百首〈天理本〉）……本書所収翻刻

京都大学附属図書館所蔵本（百首〈京大本〉）……『連歌貴重文献集成　第五集』

『心敬難題百首自注』……大谷俊太「新出・新潟吉田文庫所蔵『心敬難題百首自注』について―付翻刻・校異―」（「かがみ」第42号・平成二十四年三月）

『芝草句内発句』、『心玉集』、『心玉集拾遺』〈静嘉堂本〉、『心敬句集苔筵』、『心敬僧都百句』、『連歌百句付』、

『芝草内連歌合』〈天理本〉、『吾妻辺云捨』、『芝草内連歌合』〈島原本〉、『心敬僧都心玉集』〈野坂本〉……横山重編『心敬作品集』（角川書店・昭和五十三年）
『心玉集』〈陽明本〉……湯浅清『心敬の研究』（風間書房・昭和五十二年）
『心敬連歌自注』〈校本〉、『芝草追加』……湯浅清『心敬の研究　校文篇』（風間書房・昭和六十一年）
『永享九年正徹詠草』、『月草』、『草根集』〈書陵部本〉、『正徹詠草』〈常徳寺本〉……『新編私家集大成』
ii 『草根集』は『新編私家集大成』所収の日次本を用いたが、『新編国歌大観』（角川書店）所収の類題本の本文を参考に掲げた。また、詞書きは原文に従いつつも、適宜省略して掲げた。引用歌数が多く、あまりにも繁雑になるため、歌番号は省いた。
2 それ以外の和歌の引用は、特に注記しない限り『新編国歌大観』に拠った。作者が「よみ人知らず」、また未詳の場合は、「読人不知」に統一した。
i 『新編国歌大観』に基づく引用の場合は、原則に加えて、適宜仮名に漢字を宛てた。
ii 『万葉集』は、『新編国歌大観』所収の西本願寺本を用いた。引用に当たり、なるべく心敬の頃の訓みを考えて『万葉集』原文の後ろに、（　）で西本願寺本の旧訓を漢字仮名交じりに改めて記した。
iii 『新編国歌大観』、『心敬集』よりの引用に限り歌番号を付記した。あとに併記の場合は歌番号は省略した。
3 連歌・和文文献の引用は、仮名に宛てるべき漢字を右傍に（　）で示す場合もある。
4 漢詩文の引用は、原文を掲げた後、（　）内に書き下した。原文、書き下しには通行の字体を用いた。
八 【現代語訳】は、できる限り歌本文に沿った訳としたが、分かりやすさを考慮して（　）内に言葉を補った場合もある。
九 評釈における執筆の分担は以下の通りである。

1〜65、324、325、334、335……竹島一希
66〜130……岡本聡
131〜195……大村敦子
196〜260……押川かおり
261〜286……米田真理子
287〜300……畑中さやか
301〜323、326〜333……加賀元子

但し、執筆に当たっては、研究会参加者全員による検討を経ている。さらに最終的に統一を期して、大村、押川、島津、竹島で再検討した。最終的な責任は島津にある。

〔引用文献一覧〕　＊評釈編における引用は、以下に拠った。

『伊勢物語』……片桐洋一『伊勢物語全読解』（和泉書院・平成二十五年）
『伊勢物語』古注
『伊勢物語聞書』……湯浅清『心敬の研究　校文篇』（風間書房・昭和六十一年）
『伊勢物語愚見抄』〈自筆本〉……武井和人・木下美佳編『一条兼良自筆　伊勢物語愚見抄　影印・翻刻・研究』（笠間書院・平成二十三年）
『和歌知顕集』〈書陵部本〉……片桐洋一『伊勢物語の研究〔資料篇〕』（明治書院・昭和四十四年）
『伊呂波拾遺』〈島原本〉……松平黎明会編『連歌書編』（松平文庫影印叢書第八巻・新典社・平成五年）
『宇治拾遺物語』……三木紀人・浅見和彦・中村義雄・小内一明校注『宇治拾遺物語　古本説話集』（新日本古典文学大系42・岩波書店・平成二年）
『雲玉抄』……島津忠夫・井上宗雄編『雲玉和歌抄』（古典文庫・昭和四十三年）
『老のくりごと』〈神宮本〉……『連歌貴重文献集成　第四集』

（勉誠社・昭和五十五年）

『老のすさみ』……木藤才蔵校注『連歌論集 二』（三弥井書店・昭和五十七年）

『奥義抄』……佐佐木信綱編『日本歌学大系 第壱巻』（風間書房・昭和三十八年）

『大胡修茂寄合』〈京大本〉……京都大学文学部国語学国文学研究室編『京都大学蔵貴重連歌資料集 第一巻』（臨川書店・平成十三年）

『往生要集』……石田瑞麿校注『源信』（日本思想大系6・岩波書店・昭和四十七年）

『壁草』〈大阪天満宮本〉……重松裕巳編『壁草〈大阪天満宮文庫本〉』（古典文庫・昭和五十四年）

『壁草注』〈書陵部本〉……金子金治郎編『連歌古注釈集』（角川書店・昭和五十四年）

『唐物語』……小林保治全訳注『唐物語』（講談社学術文庫・平成十五年）

『歌林』……水上甲子三『中世歌論と連歌』（非売品・昭和五十二年）

『翰林葫蘆集』……上村観光編『五山文学全集 第四巻』（思文閣出版・平成四年）

『行助句集』……金子金治郎・太田武夫編『七賢時代連歌句集』（貴重古典籍叢刊11・角川書店・昭和五十年）

『玉集抄』……鈴木元『室町の歌学と連歌』（新典社・平成九年）

『玉葉』……宮内庁書陵部編『九条家本玉葉 七』（図書寮叢刊・平成十三年）

『桐火桶』……佐佐木信綱編『日本歌学大系 第四巻』（風間書房・昭和三十七年）

『錦繡段』……仁枝忠編『錦繡段講義』（桜楓社・昭和五十九年）

『愚秘抄』……『日本歌学大系 第四巻』

『桂林集注』……『桂林集注 疎竹文庫蔵』（京都大学国語国文資料叢書三十二・臨川書店・昭和五十七年）

『元亨釈書』……藤田琢司編『訓読 元亨釈書 上巻』（禅文化研究所・平成二十三年）

『兼載雑談』……深津睦夫・安達敬子校注『歌論歌学集成 第十二巻』（三弥井書店・平成十五年）

『源氏物語』……柳井滋・室伏信助・大朝雄二・鈴木日出男・藤井貞和・今西祐一郎校注『源氏物語 一～五』（新日本古典文学大系19～23・岩波書店）

『源氏物語』古注

『河海抄』……玉上琢彌編・山本利達・石田穣二校訂『紫明抄 河海抄』（角川書店・昭和四十三年）

『花鳥余情』……伊井春樹編『松永本花鳥余情』（桜楓社・昭和五十三年）

『源氏抄（一滴集）』……国会図書館／WA16／142／1・2

『細流抄』……伊井春樹編『内閣文庫本細流抄』（桜楓社・昭和五十五年）

『古今集』古注

『顕注密勘』……久曽神昇編『日本歌学大系 別巻五』（風間書房・昭和五十六年）

『古今集注〈為相注〉』……『古今集注 京都大学蔵』（京都大学国語国文資料叢書四十八・臨川書店・昭和五十九年）

『毘沙門堂本　古今集注』……片桐洋一編『毘沙門堂本　古今集注』（八木書店・平成十年）

『五灯会元』……能仁晃道訓読『訓読　五灯会元　上巻』（禅文化研究所・平成十八年）

古辞書

『下学集』〈筑波本〉……中田祝夫・林義雄『古本下学集七種研究並びに総合索引』（風間書房・昭和四十六年）

『節用集』〈易林本〉……中田祝夫『改訂新版　古本節用集六種研究並びに総合索引』（勉誠出版・昭和五十四年）

『節用集』〈書言字考〉……中田祝夫・小林祥次郎『書言字考節用集研究並びに索引』（勉誠出版・平成十八年）

『日葡辞書』……土井忠生・森田武・長南実編訳『邦訳日葡辞書』（岩波書店・平成七年）

『名語記』……田山方南校閲・北野克写『名語記』（勉誠社・昭和五十八年）

『狭衣物語』……小町谷照彦・後藤祥子校注・訳『狭衣物語①、②』（新編日本古典文学全集29／30・小学館・平成十一年／平成十三年）

『ささめごと』〈尊経閣本〉……木藤才蔵・井本農一校注『連歌論集　俳論集』（日本古典文学大系66・岩波書店・昭和三十六年）

『ささめごと』〈心敬私語本〉……『心敬私語』（天理図書館綿屋文庫・れ一・二一八一）

『ささめごと』〈書陵部本〉……木藤才蔵校注『連歌論集　三』（三弥井書店・昭和六十年）

『三五記』……『日本歌学大系　第四巻』

『散木集』〈冷泉家本〉……『散木奇歌集』（冷泉家時雨亭叢書第二十四巻・朝日新聞社・平成五年）

『下草』〈東山本〉……金子金治郎・伊地知鐵男編『宗祇句集』（貴重古典籍叢刊12・角川書店・昭和五十二年）

『沙石集』〈梵舜本〉……渡邊綱也校注『沙石集』（日本古典文学大系85・岩波書店・昭和四十一年）

『拾遺愚草抄出聞書』……『拾遺愚草抄出聞書』（宮内庁書陵部・一五〇―五八一）

『拾遺抄注』……久曽神昇編『日本歌学大系　別巻四』（風間書房・昭和五十五年）

『袖中抄』……川村晃生校注『歌論歌学集成　第四巻・第五巻』（三弥井書店・平成十二年）

『宗門方語』……禅文化研究所編『禪語辭書類聚・付索引』（禅文化研究所・平成三年）

『十訓抄』……浅見和彦校注・訳『十訓抄』（新編日本古典文学全集51・小学館・平成九年）

『私用抄』……『連歌論集　三』

瀟湘八景

冷泉為相作瀟湘八景和歌、玉澗作瀟湘八景詩①、玉澗作瀟湘八景詩②……堀川貴司『瀟湘八景　詩歌と絵画に見る日本化の様相』（臨川書店・平成十四年）

『瀟湘八景鈔』、『八景詩』……堀川貴司『五山文学研究　資料と論考』（笠間書院・平成二十三年）

『正徹物語』……三村晃功・山本登朗・高梨素子・稲田利徳・佐々木孝浩・中川博夫・廣木一人校注『歌論歌学集成　第十一巻』（三弥井書店・平成十三年）
『紹芳連歌』……『島津忠夫著作集　第五巻　連歌・俳諧―資料と研究―』（和泉書院・平成十六年）
『初学用捨抄』……『連歌論集　二』
『諸家月次聯歌抄』……『七賢時代連歌句集』
『新古今集』古注
　『新古今抜書』、『新古今抜書抄』……新古今集古注集成の会編『新古今集古注集成　中世古注編1』（笠間書院・平成九年）
『心敬法印庭訓』……『連歌論集　三』
『心敬法印庭訓聞書』……『心敬の研究』
『新猿楽記』……川口久雄訳注『新猿楽記』（東洋文庫・昭和五十八年）
『新撰菟玖波集』〈実隆本〉……『新撰菟玖波集実隆本』（天理図書館善本叢書和書之部第二十巻・八木書店・昭和五十年）
『醒睡笑』……岩淵匡編『醒睡笑静嘉堂文庫蔵　本文編［改訂版］』（笠間索引叢刊117・平成十二年）
『仙覚抄』……佐佐木信綱編『仙覚全集』（萬葉集叢書第八輯・古今書院・大正十五年）
『宗祇袖下』……『連歌論集　二』
『園塵第一～第三』〈続類従本〉……『続群書類従　第十七輯下』（続群書類従完成会・昭和三十三年）
『園塵第四』……伊地知鐵男「猪苗代兼載句集（『園塵第四』）」（『伊地知鐵男著作集　Ⅱ〈連歌・連歌史〉』〈汲古書院・平成八年〉）
『太平記』〈流布本〉……山下宏明校注『太平記　一～五』（新潮日本古典集成・新潮社）
『玉造小町子壮衰書』……杤尾武校注『玉造小町子壮衰書』（岩波文庫・平成二十一年）
『竹林抄』……島津忠夫・乾安代・鶴崎裕雄・寺島樵一・光田和伸校注『竹林抄』（新日本古典文学大系49・岩波書店・平成三年）
『竹林抄』古注
　『竹林抄之注』、『竹聞』……横山重編『竹林抄古注』（貴重古典籍叢刊2・角川書店・昭和五十三年）
『中華若木詩抄』……大塚光信・尾崎雄二郎・朝倉尚校注『中華若木詩抄　湯山聯句鈔』（新日本古典文学大系53・岩波書店・平成七年）
「長恨歌」……星川清孝『古文真宝（前集）下』（新釈漢文大系10・明治書院・昭和四十二年）
『菟玖波集』〈広大本〉……金子金治郎『菟玖波集の研究』（風間書房・昭和五十八年）
『徒然草』……『徒然草　正徹本』（復刻日本古典文学館・ほるぷ出版・昭和四十七年）（段数は通行本に拠った）
『庭訓抄』〈寛永八年版〉……（古典資料12・すみや書房・昭和四十五年）
『東野州聞書』……『歌論歌学集成　第十二巻』
『時秀卿聞書』……『続群書類従　第十七輯上』（続群書類従完成会・昭和三十三年）

『所々返答』……『連歌論集　三』
『土佐日記』……長谷川政春・今西祐一郎・伊藤博・吉岡曠校注『土佐日記　蜻蛉日記　紫式部日記　更級日記』（新日本古典文学大系24・岩波書店・平成元年）
『俊頼髄脳』……橋本不美男・有吉保・藤平春男校注・訳『歌論集』（新編日本古典文学全集87・小学館・平成十四年）
『流木集』……濱千代清編『和歌連歌用語辞書流木集廣注』（臨川書店・平成四年）
『なぐさみ草』……長崎健・外村南都子・岩佐美代子・稲田利徳・伊藤敬校注・訳『中世日記紀行集』（新編日本古典文学全集48・小学館・平成六年）
『日本書紀』……坂本太郎・家永三郎・井上光貞・大野晋校注『日本書紀　上』（日本古典文学大系67・岩波書店・昭和四十二年）
『日本書紀』古注
『神代上下抄』……伊藤東愼・大塚光信・安田章編『両足院蔵　日本書紀抄』（臨川書店・平成十七年）
『二中歴』〈尊経閣本〉……前田育徳会尊経閣文庫編『二中歴二　第五～第十』（尊経閣善本影印集成15・八木書店・平成九年）
『ひとりごと』……『連歌論集　三』
『分葉集』……『連歌論集　二』
『覚一本平家物語』〈龍大本〉……高木市之助・小澤正夫・渥美かをる・金田一春彦校注『平家物語　上／下』（日本古典文学大系32／33・昭和三十四年）
『保元物語』〈金刀比羅本〉……永積安明・島田勇雄校注『保元物語　平治物語』（日本古典文学大系31・岩波書店・昭和五十二年）
『方丈記』〈兼良本〉……吉田幸一編『兼良筆方丈記　遠州筆十六夜日記』（古典文庫・昭和三十一年）
『発心集』……浅見和彦・伊東玉美訳注『新版　発心集　上／下』（角川ソフィア文庫・平成二十六年）
『堀河院百首聞書』……久曽神昇編『日本歌学大系　別巻五』（風間書房・昭和五十六年）
『梵灯庵袖下集』〈島原本〉〈西高辻本〉……『島津忠夫著作集第五巻　連歌・俳諧―資料と研究―』
『枕草子』〈陽明本〉……渡辺実校注『枕草子』（新日本古典文学大系25・岩波書店・平成三年）
『三島千句注』……金子金治郎『連歌古注釈の研究』（角川書店・昭和四十九年）
『無言抄』……赤羽学・勢田勝郭編『無言抄』（岡山大学国文学資料叢書六―（一）・福武書店・昭和五十九年）
『紫式部日記』……『土佐日記　蜻蛉日記　紫式部日記　更級日記』
『明徳記』……和田英道『明徳記　校本と基礎的研究』（笠間書院・平成二年）
『蒙求』……池田利夫編『蒙求古注集成　上巻』（汲古書院・昭和六十二年）
『藻塩草』……大阪俳文学研究会編『藻塩草　本文篇』（和泉書

院・昭和五十四年）
『八雲御抄』……片桐洋一編『八雲御抄の研究 枝葉部言語部』（和泉書院・平成四年）、『八雲御抄の研究 正義部作法部』（和泉書院・平成十三年）
『遊仙窟』〈醍醐寺本〉……今村与志雄訳『遊仙窟』（岩波文庫・平成二年）
謡曲（横道萬里雄・表章校注『謡曲集　下』（日本古典文学大系41・岩波書店・昭和三十八年）の凡例に、「現行の諸流の中では、概観して宝生流の文が最も片寄りが少ない」とあることにより、宝生流の本文を用いた）
「安宅」・「井筒」・「国栖」・「熊坂」・「俊寛」・「蟬丸」・「田村」・「調伏曽我」・「唐船」・「羽衣」・「鉢木」・「放下僧」……現行宝生流謡本
「逆鉾」……佐成謙太郎『謡曲大観』（明治書院・昭和六年。宝生流非現行曲）
「二人静」……『謡曲集　下』（底本明治版宝生流謡本。宝生流非現行曲）
『良基周阿百番連歌合』……奥田勲「資料翻刻　周阿作品集」（『研究論集（宇都宮大学学芸学部）第1部』第15号・昭和四十年十二月）
連歌
因幡千句・伊庭千句・川越千句・享徳千句・熊野千句・顕証院会千句・永原千句・初瀬千句・葉守千句・文安月千句・文安雪千句・文和千句・宝徳四年千句・三島千句・美濃千句・柴野千句……『千句連歌集　一〜七』（古典文庫）
住吉千句……京都大学文学部国語学国文学研究室編『京都大学蔵貴重連歌資料集　第三巻』（臨川書店・平成十六年）
聖廟千句……大阪俳文学研究会編『兼載独吟「聖廟千句」第一百韻をよむ』（和泉書院・平成十九年）
浅間千句……『連歌集書　七一』（静嘉堂文庫）
難波田千句……『難波田千句』（宮内庁書陵部・一五四―四六八）
賦何木連歌（応永十五年三月二十一日）……伊地知鐵男編『連歌百韻集』（古典研究会叢書第二期・汲古書院・昭和五十年）
賦山何連歌（応永二十六年二月六日）……宮内庁書陵部編『看聞日記紙背文書・別記』（図書寮叢刊・養徳社・昭和四十年）
賦何目連歌（応永二十八年五月二十九日）……『看聞日記紙背文書・別記』
賦何路連歌（応永三十年四月四日）……『看聞日記紙背文書・別記』
賦何船連歌（文安元年十一月十二日）……『連歌懐紙巻子本集』（天理図書館綿屋文庫・れ四・一―二）
賦何人連歌（文安五年八月十九日）……『竹林抄』
賦何人連歌（文安四年八月三十日）……『連歌叢書　五一―四』（国立国会図書館）
賦山何連歌（文安五年二月五日）……『連歌百韻集』
賦山何連歌（文安五年十一月十二日）……『連歌十九巻』（大阪天満宮・れ五―一四）

賦何路連歌（宝徳四年四月十九日）……『古連歌』（大阪天満宮・れ五—九—一）
賦何船連歌（享徳二年一月二十五日）……『連歌叢書　五一—二』（国立国会図書館）
賦何路連歌（享徳二年三月十七日）……『連歌百韻集』
名所百韻（寛正五年一月一日）……『連歌百韻集』
賦何船連歌（寛正六年十二月十四日）……『心敬作品集』
賦何人連歌（応仁元年十月十七日）……『連歌百韻集』
賦何木連歌（文明六年一月五日）……江藤保定『宗祇の研究』（風間書房・昭和四十二年）
湯山三吟百韻（延徳三年十月二十日）並びに宗牧注……金子金治郎『宗祇名作百韻注釈』（桜楓社・昭和六十年）
賦何路連歌（延徳四年一月二十二日）……『宗祇の研究』
賦薄何連歌（明応三年四月十一日）……『連歌二十二巻』（大阪天満宮・れ五—一六）
十三仏名号百韻（明応四年九月十八日）……『連歌百韻集』
大永三年月次千三百韻……上野さち子「宗牧独吟千句」（『山口女子短期大学研究報告』第13号・昭和三十五年三月）
『連歌詞』……『心敬の研究』
「連歌新式」（応安新式から新式今案まで）……『連歌初学抄』（『京都大学蔵貴重連歌資料集　第一巻』）
「連歌新式追加並新式今案等」〈太宰府本〉……木藤才蔵『連歌新式の研究』（三弥井書店・平成十一年）
『連集良材』……市島謙吉編『続々群書類従　第十五』（非売品・明治四十年）
『連珠合璧集』……木藤才蔵・重松裕巳校注『連歌論集　一』（三弥井書店・昭和四十七年）
『連理秘抄』……『連歌論集　俳論集』
『六花集』古注
『六花集注』〈彰考館本〉……三村晃功・稲田利徳・井上宗雄・島津忠夫編『六花集注（彰考館本）』（古典文庫・昭和四十九年）
『六花集注』〈蓮左本〉……三村晃功・稲田利徳・井上宗雄・島津忠夫編『六花集注（蓮左文庫本）』（古典文庫・昭和五十二年）
『和歌童蒙抄』……久曽神昇編『日本歌学大系　別巻一』（風間書房・昭和三十四年）
『和漢朗詠集』……大曽根章介・堀内秀晃校注『和漢朗詠集』（新潮日本古典集成・新潮社・昭和五十八年）
『和漢朗詠集』古注
『和漢朗詠注』、『朗詠抄』〈書陵部本〉、『和漢朗詠集永済注』、『和漢朗詠集和談鈔』……伊藤正義・黒田彰編『和漢朗詠集古注釈集成　第一巻〜第三巻』（大学堂書店）
『老葉』〈宗訊本〉〈吉川本〉……『宗祇句集』
『萱草』……『宗祇句集』

有心体

『毎月抄』の十体に見え、「もとの姿」〈基本となる風体〉の最後にあげる。『三五記』では第三にあげ、心敬もそれを踏襲して『ささめごと』〈尊経閣本〉に「古人の句少々」として十体にわけて例句をあげる中に、幽玄体・長高体に次いで第三にあげていたが、この『十体和歌』では第一にあげる。「心のこもりたる体」（『ささめごと』〈尊経閣本〉。類従本では「なさけふかくこもりたる体」）とあり、その内容は多方面にわたるが、心の底から詠み出された歌をいう。

立春

1　けさはまだかすまぬ山も昨日より遠きばかりを春の色哉

【自注】なし

【評釈】

歌題の「立春」は、『堀河百首』題。

「春立つといふばかりにやみ吉野の山も霞みて今朝は見ゆらん」（拾遺集・春・一・忠岑）のように、霞は春の到来の象徴である。当該歌では、今朝の時点ではまだ「かすまぬ」情景である。しかし、昨日よりも、周囲の景色が遠くに見えるようになっている。

「春霞昨日を去年のしるしとや軒端の山も遠ざかるらむ」（拾遺愚草・上・一〇〇一）では、いつもなら軒端から見える山も、今日立った春霞によって、遠く隔てられて見えるようになっている。また、「分け行けばそれとも見えず朝ぼらけ遠きぞ春の霞なりける」（続後撰集・春上・一二・実氏）でも、春霞の中の茫漠とした距離感が詠まれている。このような発想は、「晴後青山臨牖近、雨初白水入門流（晴の後の青山は牖《まど》に臨んで近し、雨の初めの白水は門に入て流る）」（和漢朗詠集・下・山家・五六一・良香）に、「霧など立隔れば、近き処も遠く覚へて、晴て后は山も草木もあらはる、也」（朗詠抄〈書陵部本〉）と注されるように、新しいものではない。霞はものを隔てることで距離を生み出すが、当該歌では霞まない山までの遠さが感じられている。立春である今日、春の象徴である霞はまだ立っていないが、既に春めいた情景になっているのである。

【現代語訳】

今朝はまだ霞んでいない山も、昨日よりも遠くに見えて、その遠いということを春の様子と見るのだ。

山霞

2　朝がすみいろこきかたをしるべにてへだてて山も見えぬ春哉

【校異】［本文］へたてて―へたてし（岩橋）

【自注】

此歌心、見えぬと侍るは見ゆる也。かすみのふかきを山なりとしれば、へだてたるかひは見えぬとなり。（岩橋下・一）

【評釈】

歌題の「山霞」は、「春霞しるべ顔にて朝立てばなかなかまがふ山路なりけり」（守覚法親王集・六）が早く、平安末以降、多く詠まれている。正徹は「よもにみし山とをざかり九重の都をひろくたつ霞かな」（草根集・巻三・永享五年三月二日・斯波左衛門茂有家月次）ほか、多く詠んでいる。

「春の来る道のしるべはみ吉野の山にたなびく霞なりけり」（後拾遺集・春上・五・能宣）は、春のやって来る「しるべ」（しるし）は、吉野山にたなびく霞であると歌う。当該歌では事情が異なり、朝霞が深く色の濃いことは、そこに山があることの「しるべ」である。

第四句に本文の異同があり、『岩橋』の「へだてし」によると、冬に山が遠く見えていたことになるが、底本によると、冬はくっきりと見え近く感じられていた山が、霞によって隔てられ遠く見える意となる。霞が隔てることで山が遠ざかるという状況から春を感じると取り、底本に従う。

春が訪れて霞が立った今（1【評釈】参照）、霞のために山は見えなくなった。「山の端もいづくなるらむおしなべて見えぬばかりに霞む春かな」（宝治百首・七四・鷹司院帥・山霞）、「散ぞうきとても花なき里もがな／霞めば山のみえずこそなれ」（紫野千句・第三・八四・全誉）。だが、心敬の本意は、実は山が「見ゆる」ところにある。自注によれば、第五句の「見えぬ」は本当は「見ゆる」意である。つまり、霞が深く、具体的な山の姿は視覚的に追うことができないが、その霞の深さのために、逆にそこに山があることをはっきりと知ることができるのである。本来であれば、上句の帰結は「見ゆる」とあるべきであるのに、あえて否定表現「見えぬ」を用いたところが、心敬の趣向である。心敬は否定表現を肯定表現の強調形として用いることも多く、当該歌もその例といえる。

【現代語訳】

朝霞の色が濃く深い辺りを目印として（それと知れるが）、（霞が）隔てて山も、今は見えない春であることよ。

里梅

3　あるじだに折かけがきの梅の花たれにかかれず春を待らん

【自注】

さしもなさけふか、るべきあるじだにも、あやなくかきにしほり《枝折》侍るえだの、たれに見よとて半かれやらで、春ごとにはかなくさきわび侍るらんと也。（百首〈天理本〉・六）

さしもあはれふか、るべき花のぬしだにも、あへなくかきにしほり《枝折》侍る枝の、たれに見よとなかばかれやらで、春ごとにさきわび侍るらんと也。（百首〈京大本〉・六）

【評釈】

歌題の「里梅」は、「頼めしも頼めぬ宿も梅の花匂ふにまよふ春の夕風」（壬二集・一三四九）以降、正徹以前には二十余首が散見する。正徹は、「吹をくる初瀬おろしに里人の袖に宿とふ春の梅が、」（草根集・巻一之下・永享十二年十一月二十七日・住吉法楽百首。類題本第四句「やどらぬ」）の他一首を詠んでいる。

「折懸垣」とは、道添いに植えてある草木の上部の枝を折り曲げて作った垣のこと。謡曲「鉢木」には「人こそ憂けれ山里の、折りかけ垣の梅をだに、情なしと惜しみしに」の用例があり、それ以前には「山賤の折懸垣の梅の花咲きはひながら春や知るらむ」（六花集・一一六七・西行）がある。連歌にも「またじともいふは心やかはるらん／おりかけがきの山里の梅」（顕証院会千句・第五・一八・宗砌）の例があり、梅の折懸垣を詠むことが多かったようだ。これらに「山里」とあるように、和歌や連歌において「里」の光景として詠まれており、これによって歌題の「里」を満たす。

梅花は、人と心を通わす花である。「東風吹かば匂ひおこせよ梅の花主なしとて春を忘るな」（拾遺集・雑春・一〇〇

六・道真）。また、「人はいさ心も知らず故郷は花ぞ昔の香に匂ひける」（古今集・春上・四二・貫之）は、人と違い、梅花は昔の心を忘れず変わらずに咲く様子を歌う。そのような、人情を理解する梅花を、この主人は折って垣を作ってしまった。その姿勢を非難すると同時に、主人から見捨てられてもなお花を咲かせようとする梅に、心敬は心を寄せている。

第四句の「たれにかかれず」の「かる」は、「離《か》る」と「枯る」の掛詞。

【現代語訳】

主人ですら、折って折懸垣にした梅の花は、誰に思いをかけるゆえに枯れず、春を待っているのだろうか。

簷梅

4　われなくはしのぶの軒の梅花ひとりにほはん露ぞかなしき

【自注】

心敬が古屋の苔ふかき軒ばの花を思ひよせ侍り。さすがに年ひさしくむつれ侍しわが身、いづちにてもはかなくきえうせ侍らん後の夕の露に、ひとりにほひ侍らんあはれを。（百首〈天理本〉・七）

心敬が古室のうへきの花を詠じ侍り。さすがに年久しくむつれ侍りしわが身、いづちにてもはかなく消侍らん後の夕の露に、ひとりにほひ侍らんあはれを。（百首〈京大本〉・七）

【評釈】

歌題の「簷梅」は、「軒梅」に同じ。当該歌のように、軒の忍草と梅を組み合わせる例には、正徹の「身にぞしむ

軒の忍も梅《（ママ）》のはなに色付春の秋風」（草根集・巻一之下・文安六年三月二十四日～二十七日・住吉法楽百首・簷梅。類題本第三句「咲く梅の」）がある。

家の主人と心を通わす梅については、3【評釈】参照。当該歌では、自分が死した後も残る梅の様子を思い描いている。世を去った後に、長年愛した梅が夕露に濡れている様子を想像し、深く心を寄せているのである。心敬は、「のこりて秋をたれにちぎらん／われなくはかれねかたみの春の草」（心敬連歌自注〈校本〉・二〇）に、「わが身世になくは、かたみの草の秋の花をも、たれかはあはれとおもひ侍らむ。たゞ、ながく春のたねよりしほれ侍れなど、此よのまうしうのふかきあまりにかこち侍るなるべし」と注する。ここで「此よのまうしう《（妄執）》」とあるように、人が人に対するように、草木に対する強い思いを詠んでいる。心敬には「我なくは花こそあるじみし跡を心のまゝに露もあらすな」（心敬集・二〇三）の例もある。正徹には「われなくは花やあらぬとたれこひむ春や昔の名はのこるとも」（草根集・巻十二・康正二年三月三日・それより花頂など見めぐりて、霊山行福寺といふ導場にて人々一続ありし中・寄花懐旧。類題本第二句「あらむ」）の例があり、当該歌の先行用例として注目に値しよう。

第二句の「しのぶ」は我が「偲ぶ」梅の意と、軒の「しのぶ草」の意を掛けていると取る。このため「のきのしのぶ」と詠むべきところを「しのぶの軒」と入れ替えたと考える。

第五句の「露」は、梅の花に置く露で、その露は死んだ我を偲んで梅が流す涙なのだと連想して悲しみが湧く。第五句に及んで第二句の「しのぶ」には、死んだ我を梅が「偲ぶ」との意が添えられていると解する。

【現代語訳】
私が死んでしまったならば、私が偲ぶ忍草の生えた軒の傍の（馴れ親んだ）梅の花は、ひとりで咲き匂うのだろう。（その香の移る）露は、私は偲ぶ涙だと思うと悲しい。

5　窓楳《まどのうめ》

いそなれしもしほの草のまどの梅おもはぬあまを花も忘るな

【自注】なし

【評釈】

歌題の「窓楳」は、「窓梅」に同じ。心敬以前には、「片枝挿す軒端や近き暗き夜の窓打つ雨の梅が香ぞする」（寂身集・三一二）しか見えない。同時期には「咲く梅の匂ひは袖に変はれどもさながら雪ぞ窓の北風」（松下集・九〇一）がある。類題に「窓下梅」、「窓前梅」題があるが、それらを含めても二十首程度である。「窓梅」題は「池凍東頭風度解、窓梅北面雪封寒（池の凍の東頭は風度て解く、窓の梅の北面は雪封じて寒し）」（和漢朗詠集・上・春・立春・二・篤茂）に基づく題である。従って、正広詠のように、篤茂詩を典拠として詠むことが一般的である。しかし、当該歌にその影響は見られない。恐らく心敬は意図的に離れたのであろう。

第一句「いそなれし」は、「磯馴る」に助動詞「し」（「き」の連体形）が付いた形で、「荒磯の波にそなれて這ふ松はみさごのゐるぞたよりなりける」（山家集・一〇〇〇）など、「そなる」の形で見られ、複合語の「磯馴松」、「磯馴木」の形は多いが、「いそなる」の形では和歌に用例が見出だせない。

第二句の「もしほの草」の「草」は、「草の窓」と下にも掛かる。藻塩草は、製塩に用いた海草で、海辺に積み重ねられている。「草の窓」は、藻塩草の積まれた側にある海人の家の窓を指す。「草の」には粗末なの意を掛けているか。「草の窓」の例は、「夜半の風草の窓とふしの竹のしのびに聞も夢ぞおどろく」（草根集・巻十一・享徳三年六月四日・修理大夫家月次・窓前竹風）に見える程度で、これも正徹に学んだか。

ところで、「いそなれし」がどこに掛かるかが問題である。普通は「いそなれしもしほの草」と続くと考えられる。

ただ「いそなれし」が藻塩草にかかるのはあまりにも当然過ぎる。第二句、底本では、「あまほの草の」として「あま」の上に「もし」と重ね書きして訂正している。底本は自筆本でないので、このことから解釈に及ぶのは憚られるが、少なくとも底本の筆者の書写の段階では、「いそなれしあま」というのが、ごく普通に言い馴れた表現ではなかったか。とすれば、「いそなれし」が「あま」に掛かり、磯辺に馴れていた（海人の）、藻塩草の（ほとりの）粗末な（海人）の家の窓近く植わっている梅よ、と解するのも一案かと思う。付記するに留めておく。

【現代語訳】

磯辺に馴れている藻塩草の近くの、粗末な家の窓辺に植わっている梅よ。風流心がない海人を忘れず、花を咲かせてくれ。

春雪

6　あさまだき霞やおもき松のはゝぬるゝばかりの春のあは雪

【自注】　なし

【評釈】

第二句の「霞やおもき」は、非常に感覚的な表現である。触れることのできないものに重さという質感を感じ取る例には、「梢より落ち来る花ものどかにて霞に重き入会のこゑ」（風雅集・春下・二五〇・花園院）、「鳴海潟雪の衣手吹き返す浦風重く残る月影」（拾遺愚草・中・一九五二）などとあり、正徹にも「桜さく山わけ衣袖のうへに匂ひぞをもき花の下かぜ」（草根集・巻二・永享二年五月二十二日・同時〈阿波家月次〉続歌・山花盛）がある。但し、当該歌のように

「霞」を重いと表現する例は見出だせない。松の緑がほんのり白く見えて、松葉が重そうに見えるのは、霞ならぬ春の淡雪のためだというのである。春の雪のかそけさを松葉との取り合わせで詠んだ点が眼目である。

【現代語訳】

早朝の朝霞が重いのであろうか。（いやそうではない）松の葉がわずかに濡れるほどの春の淡雪だ。

春曙

7　花鳥の色にも音にもとばかりに世はうちかすむ春の明ぼの

【自注】

きりつぼの更衣なくなり給て後、花鳥の色にも音にもとたぐへ侍しになど丶ておしみ給へる心を、あけぼのによせて、花鳥の色音にもくらぶばかりえんなりといへり。（岩橋下・三）

光源氏の母の更衣、世をはやうせしかなしびに、花鳥の色にも音にも及がたかりしをなどいへる心也。明ぼの丶うちかすみ侍るにほひ、面影には、花も鳥もおよびがたしと也。（百首〈天理本〉・九）

ひかり源氏のは丶の更衣、世をはやうし侍るをかなしびて、花鳥の色にも音にも及がたしなどいへる心也。明ぼの丶うち霞たる色、花も鳥もおよびがたしとなり。（百首〈京大本〉・九）

【評釈】

歌題の「春曙」は、『永久百首』題。

一首は、『源氏物語』桐壺巻の「なつかしうらうたげなりしをおぼしいづるに、花鳥の色にも音にも、よそふべき

かたぞなき」の本説取りである。世を去った桐壺更衣の容貌は、「花鳥の色にも音にも」勝っていた、と回顧される場面である。「花鳥とは、春の花、鶯などの面白き事までなり。……譜にさだまるべからずと、心敬の義なり」（兼載雑談）とあるように、「花鳥」は具体的に特定すべきではない。春の花や鳥の抽象的な美しさを指す。春の曙は、それに勝って素晴らしいと詠んでいる。

正徹には、「みずきかぬ山の花鳥色もねも霞にこもる春の曙」（草根集・巻一之上・永享三年二月四日・畠山持純家詠一日百首和歌・春曙）の重要な先行用例がある。この例では、曙に立つ霞にまだ見聞きしない春の花鳥の風情を感じ取っている。しかし、第一句に「みずきかぬ」とあるように、実物の花鳥が詠まれているわけではない。当該歌と同様に、春曙の霞に抽象的な美しさが付与されている。心敬はそれを発展させて、春曙の霞が花鳥を凌駕すると詠じたのである。心敬には「花鳥も人のこゝろを色音かな」（芝草句内発句・五六）の作もあった。

第三句の「とばかりに」は、「……と言っているように」の意。第一句、二句は引用句の扱いになるが、自注にあるように、第二句の後ろに「及ばない」という意味の言葉の省略を見なければ、意味が通らないであろう。

【現代語訳】
春の花の色や鳥の声にもまさると言わぬばかりに、あたり一面が（美しく）霞む、春の曙よ。

花盛

8　うちきゝし世は春なれや玉ぼこの道行ぶりもさりあへぬころ

【校異】［本文］うちきゝし―うちきらし（島原・百首〈天理本・京大本〉・心敬集）　春―花（島原・百首〈天理本・京大

本〉・心敬集）　道行ふり―道行人（島原・百首〈天理本・京大本〉・心敬集）

【自注】

これも、花のもなかなるといへる心をふかくふくみたるなるべし。世は花にうちきらして、行かふ人さりあへぬさま、誠に盛にてもや侍らん。此歌は、いさゝか拙者心をとゞめ侍り。（百首〈天理本〉・一六）

これも、花のさかりなりといへる題をふかく心にふくみたるなるべし。世は花にうちきらして、ゆきかふ人のさりあへぬは、まことに最中にてもや侍らん。此歌は、いさゝか作者、心をのこし侍り。（百首〈京大本〉・一六）

【評釈】

歌題の「花盛」は、「逐年花盛」、「山花盛」などの結題で出題されることも多い。『草根集』には「色もかもけふをさかりの花の枝ゆるぐばかりの風だにもなし」（巻一之下・永享十二年十一月二十七日・住吉法楽百首）のほか、計八首が収められる。

一首は、次の歌の本歌取りである。「梓弓はるの山辺を越え来れば道もさりあへず花ぞ散りける」（古今集・春下・一一五・貫之）。この歌の「道もさりあへず」には、花が一散に散る光景と、見物客で賑わう様子が掛けられている。但し、歌題から判断して、当該歌には落花の様子は当てはまらない。大勢の見物客を表すのみである。

第一句の「うちきゝし」は、自筆本の百首にあるように「うちきらし」が正しい。底本は「ら」を「ゝ」に誤る。「うちきらし」は、「打霧之　雪者零乍　吾宅乃苑尓　鶯鳴裳（うちきらし雪は降りつつしかすがにわぎへの園に鶯鳴くも）」（万葉集・巻八・一四四五・大伴家持）と見える万葉語。空が一面に曇る様子を言う。第二句の「世は春なれや」も、同様に「世は花なれや」が正しい。底本の「春」は仮名書きの「はな」を「はる」と誤り、「春」を宛てたか。

第四句「玉ぼこの道行ぶり」は、「玉桙之　道去夫利尓　不思　妹乎相見而　恋比鴨（たまほこの道行ぶりに思はずに妹をあひみて恋ふるころかも）」（万葉集・巻十一・二六一〇・読人不知）と見える、これも万葉語。ただし、これも自筆本

の百首に「道行人」とあり、改作と見るより「道行ぶり」の歌語にひかれた底本の誤写の可能性が高い。「玉ぼこの」は「道」にかかる枕詞。

【現代語訳】

空一面が（花で）曇り、世は花の盛りなのだなあ。その花を見物しようと行き交う人々もいっぱいで、道すがら避け合うこともできない頃は。

古郷花

9　ふかき夜の軒のしのぶに露おちて花にかすめるあり明の月

【自注】　なし

【評釈】

歌題の「古郷花（故郷花）」は、「桜咲く奈良の都を見渡せばいづくも同じ八重の白雲」（匡房集・二一）が早く、用例は非常に多い。正徹は、「雲ぞゐる此手柏はあをによきなら山ざくら今盛かも」（草根集・巻十五・〈次第不同〉）の一首を詠んでいる。

軒下の忍草は、故郷に縁のある植物である。「君しのぶ草にやつるる故郷は松虫の音ぞかなしかりける」（古今集・秋上・二〇〇・読人不知）、「故郷は散るもみぢ葉に埋もれて軒のしのぶに秋風ぞ吹く」（新古今集・秋下・五三三・俊頼）。心敬には、『藤川百首』題の一つである「故郷夕花」で、「おくふかくしのぶの軒のこす絶て散入花にゆふ風ぞ吹」（心敬集・一一四）の例もあり、この例でも歌題の「故郷」を軒の忍草であしらっている。歌題の「古郷」は、「軒の

しのぶ」によって満たされている。

当該歌の下句のように、月が花に霞むと詠むものには、「浅緑花もひとつに霞みつつ朧に見ゆる春の夜の月」（新古今集・春上・五六・孝標女）が挙げられる。正徹には、「世は春の花にかすめる月の香にいく里人の袖のせばけむ」（草根集・巻十二・康正二年二月二十三日・恩徳院の歌合・月前花）と、当該歌に近い言葉遣いの歌もある。

【現代語訳】

夜深いころ、軒の忍草に露が滴って、花のために霞んで見える有明の月であるよ。

春月

10　おもかげは春やむかしの空ながらわが身ひとつにかすむ月かな

【自注】

かの五条あたりのあばら屋のすのこにひとりふしわびて、月やあらぬとずんじ侍る面影を、わが身のうへに思ひあはせ侍るなるべし。（百首〈天理本〉・八）

かの五条あたりのあばらやのすのこにひとりふしわびて、月やあらぬとずんじ侍る面影を、わが身のうへに思ひあはせ侍るべし。（百首〈京大本〉・八）

【評釈】

歌題の「春月」は、早くは「山桜花の匂ひもさし添ひてあなおもしろや春の夜の月」（肥後集・四九）と詠まれ、その後多く詠まれている。正徹も、「あまの原春の緑の色にすむ月の光はかすむともなし」（草根集・巻一之上・応永二十

一年四月十七日・細川右京大夫入道道歓家、讃岐国頓証寺法楽和歌）の他に四十首近く詠んでいる。

一首は『伊勢物語』四段、『古今集』恋五に収められる、在原業平の著名な和歌を本歌取りしている。『伊勢物語』から引用すれば、「うち泣きて、あばらなる板敷に、月のかたぶくまでふせりて、去年を思ひいでてよめる。月やあらぬ春や昔の春ならぬわが身ひとつはもとの身にして」とある。京都の五条にあった屋敷に住む女性と関係のあった業平が、その女性がいなくなった後、屋敷に来て女性の在りし日を思い起こす場面である。その業平の境遇を自分に重ね合わせ、一首を詠じている。なお、自注に板敷きを「すのこ」と言うのは、心敬の正徹よりの聞書といわれる『伊勢物語聞書』に、「あばらなる板敷、二義、すのこ、供御の所也」とする考えに基づく。

当該歌の作意は、自注にあるように、物語の世界を現実の世界に重ねていることにある。

第五句の「かすむ月」は、涙で霞んでいると解釈する必要はない。「面影の霞める月ぞ宿りける春や昔の袖の涙に」（新古今集・恋二・一一三六・俊成女）のように、往事の面影が茫漠として霞んでいるとするだけで十分であろう。

【現代語訳】

業平が詠じた面影は、「春や昔」と詠んだままに空に浮かび、「我が身ひとつの」と同様にひとりながめる私の前にかすむ月であるよ。

花

11　なげかずやかくおとろふる世間《よのなか》にむかしながらの花のいろかな

【自注】　なし

【評釈】

「花」を歌題として扱うものは、『江帥集』など平安末期から見られる。正徹も、「吉野山あかぬ心をしをりにてわけいる花は見ぬかたもなし」（草根集・巻一之上・応永二十一年四月十七日・細川右京大夫入道道歓家、讃岐国頓証寺法楽和歌）など三十首ほど詠んでいる。

第二句の「おとろふる世間」とは、末世のこと。末世の現在にあっても、花の色だけは「むかしながらの」美しさを留めている。

「年々歳々花相似、歳々年々人不同（年々歳々　花あひ似たり、歳々年々　人同じからず）」（和漢朗詠集・下・無常・七九〇・宋之問）は、人間の移ろいと自然の不変性を対比的に語る。「世の中は衰へゆけど桜花色は昔の春にぞありける」（玉葉集・雑一・一八八二・重之）は、そこに末世である今を重ね合わせる。

問題となるのは、第一句の「なげかずや」である。正徹の「ものごとにおとろふる世は色も香も昔の花のほどやならん」（草根集・巻四〈次第不同〉・花）は注目すべき作例である。この歌では、全てが末世にむかって移ろう中で、花も昔の色香を留めることはない。重之詠の対比を一歩進めた詠み方である。当該歌は、まさしく末世というべきこの世で、花は昔のままの様を留めて咲いていることに末世の無常を感じた詠歌主体が、「なげかずや」と花に問いかけたのである。「なげかずや」は、心敬以前では先行用例を見出し難く、極めて珍しい表現で、「嘆かずよ」は、「嘆かずよ今はた同じ名取川瀬々の埋木朽ち果てぬとも」（新古今集・恋二・一一一九・良経）などに見られるが、それを「なげかずや」と疑問形にしたのである。

なお、心敬は末世を詠む歌を多く残し、この『十体和歌』にも数首収められる。『ひとりごと』によれば、嘉吉・永享の乱、寛正の大飢饉、応仁・文明の乱など、心敬はその生涯に多くの災厄を目撃している。そして、「たちまちにかかる世をみる事、ひとへに壊劫末世の三災ここに極まれり」という認識に至る。『所々返答』第二状には、「何事

も世のくだれる在さま、眼前なる歟」とあり、心敬にとっての末世とは、観念的なものばかりではなく、現実に根ざした感懐であった。

【現代語訳】

花は嘆かないのであろうか。このように衰えて行く末世にも、昔のままの色を留めている花の美しさであることよ。

落花

12　なき人を忘ぬやどにひとりちる花の心やあきのゆふぐれ

【校異】［本文］なき人―見し人（心敬集）

【自注】なし

【評釈】

歌題の「落花」は、『永久百首』題。

当該歌の第一句、第二句の「なき人を忘ぬ」主体は何であろうか。『拾遺集』に、「むすめにまかり遅れて又の年の春、桜の花盛りに、家の花を見ていささかに懐ひを述ぶといふ題を詠み侍りける」の詞書のもとに収められる「桜花のどけかりけり亡き人を恋ふる涙ぞ先づは落ちける」（哀傷・一二七四・実頼）をはじめとして、花を亡き人を思い起こすよすがとする例は多い。「あだに散る花によそへて亡き人を思へば落つる我が涙かな」（続拾遺集・雑下・一二八七・良実）、「見てこそいとゞ恋しかりけれ／なき人のいほりに残る桜花」（菟玖波集〈広大本〉・雑四・一四八七・救済）。従って、散る花を見て、亡き人を思い出す人物を描いたと解釈することも可能である。

さて、底本と『心敬集』の「なき人—見し人」の異同は、誤写など偶然に生じたものとは考えにくい。仮にこれを心敬の改作とし、「なき人」と「見し人」が同じ意味であるとすれば、「忘ぬ」主体は「花」とすべきではないか。人と人との間よりも、花と人との間に「見る」関係を置いた方が自然だからである。つまり、ながめてくれた人を、桜が忘れないという解釈である。心敬は、桜に見られる内容の和歌を他にも詠じており（14、15【評釈】参照）、この解釈は心敬の好尚に適ったものといえる。

心敬流の連歌論書とされる『初学用捨抄』に、「花の散るはざざめききやしや《（華奢）》なる風情也。花落つるは寂しく静かなる姿也」とあり、花が「散る」と花が「落つ」との相違が言及されている。当該歌に当てはめるなら、ながめてくれた人もいない中、花が一人で華麗に散っている景色となり、孤独感がより際立つ。

第四句までの春の風情から一転して、第五句で「あきのゆふぐれ」が詠まれる。この部分が当該歌の趣向であるが、それは正徹の「身にしめて春の日ぐらしむかふとや花のこゝろに秋風のふく」（草根集・巻四〈次第不同〉・終日対花）を強く意識したのであろう。第一・二句「なき人を忘ぬ」は亡き人がかつて住んでいた「やど」であるが、亡き人を忘れず、ひとり散る「花の心」ともなる。「なき人を忘ぬやど」は生前と変らない様子で、「なき人を忘ぬやどにひとりちる花」は現実の情景。当該歌の「あきのゆふぐれ」も同じ機能を負っていて、いま桜は、自分をながめてくれた人の思い出とともに散りつつあり、秋の夕暮れのような寂寥感をたたえている。

【現代語訳】

亡き人（のありし日のままの宿で、その人）を忘れずにひとり散る花の心は、（春ながら）秋の夕暮れのよう（な寂しさ）だなあ。

題同〔落花〕

13　去年ちりし色やはかへる世中に又さく花とたれか見るらん

【自注】なし

【評釈】

花の色が「かへる」とは、去年と同じ色で咲くこと。当該歌では、去年と同じ色で咲くはずはないと詠まれている。「花の色の昔にかへる春なればこれを見るにも物思ひもなし」（新拾遺集・春下・一二〇・道家）など、以前と同じ色で咲く花を詠む例は多い（11【評釈】参照）。「去年見しに色も変はらず咲きにけり花こそ物は思はざりけれ」（金葉集・雑上・五二四・兼方）のように、世の有様や人間の感情などを反映しない花は、年々同じ色で咲くはずである。だが、当該歌では、上句は昨年の花が今咲いているのではないといい、下句も今見ている花の色が再度咲くことはないと、去年と異なるものとしてたたえている。末世思想に基づく詠歌である。11【評釈】で前引した、「ものごとにおとろふる世は色も香も昔の花のほどやなからん」（草根集・巻四〈次第不同〉・花）では、一般的には衰えることのない花の色香も、昔のままを保つことはできなかった。

第四句の「又さく花と」の措辞は、同じ色で咲くことはないと詠む二句切れの第一、二句を踏まえて、今、目の前で咲いて散っている花が再び咲くことはないと解釈できる。

なお、「花散る」は、12【評釈】参照。

【現代語訳】

去年散った（花の）色が再び戻ってくるだろうか（いや戻ってこない）。この末法の世の中に、（いま咲いている花が）再び咲くものと誰が見るのだろうか（いや誰も見ない）。

野花

14 おもひ出て去年見し人をあだし野のゆふべのかぜに花も散らん

【自注】 なし

【評釈】

歌題の「野花」では、秋の草花を詠むのが一般的である。その中、「野花」題で桜を詠む重要な先行用例に、定家が『藤川百首』で詠じた「玉きはる憂き世忘れて桜花散らずは千世も野辺の諸人」（拾遺愚草・上・一五一一・野花留人）を指摘できる。『藤川百首』は『難題百首』とも呼ばれ、数多くの歌人が同じ題を用いて詠作を試みた。正徹には「野花」題は見えないが、『持為集』に「野花」題で、「曇るなよ野守の鏡訪ね来て花の顔見る春の夕風」（三四）の詠がある。心敬も『応仁元年百首』に「野花留人」題であるが、「野にひとり残るやつらき我袖にかくれば花も落す夕露」（心敬集・一一二）と詠んでいる。

第二、三句の「去年見し人をあだし野」は、「人をあだ」にしと「化野」とを掛け、「化野」で歌題の「野花」を満たす。化野は、京都嵯峨野の火葬場のある野。昨年、そこに咲く花をながめた人は世を去り、今年の花を見ることができなかった。葬送の地である化野の桜を見たということは、誰かの埋葬を見届けたということであり、しかも一年も経たないうちにその人も世を去ったのである。花は自分をながめてくれた人を思い出しながら、夕風に散りつつある。亡き人の記憶を留める花も、その記憶とともにやはり散ってしまう運命にあった。「花も散らん」は、詠作主体とともに、花もその人を惜しんで散る光景である（12【評釈】参照）。

化野の桜を詠む例はほとんどないが、「きえにし人をとはぬくやしさ／あだし野の露を分つ、花にきて」（聖廟千句・第九・五七）は、心敬の弟子であった兼載の作である。なお、心敬には「かへらぬ花の陰をこそとへ／霞む野を

こぞみし人の名残にて」（心玉集〈静嘉堂本〉・九九九）という、当該歌と近い言葉遣いの句もある。

【現代語訳】

去年見たあの人を思い出して、（その人を葬った）化野の夕風に花も（その人を惜しんで）散っているのであろう。

古郷花

15　わすられぬよもぎが露に立ぬれて我面影や花に見えまし

【自注】なし

【校異】［本文］わすられぬ―忘れえぬ（心敬集）

【評釈】

歌題の「古郷花」は、9【評釈】参照。

第二句の「よもぎ」で歌題のうちの「古郷」を満たす。荒廃した所につきものの蓬は、故郷にふさわしい。心敬には、「古郷のよもぎが露の面影は袖にこぼれぬ夕暮もなし」（心敬集・二四二）、「夜がれ行よもきがすゑの露寒み有明の庭や月のふるさと」（205・暁露）と、荒れた故郷を蓬に代表させた例がある。

歌題は「古郷花」であるが、詠作主体は今その前にない。第一句から分かるように、故郷を離れて、遠くから故郷の花を思い描いている。その故郷はすでに荒れ果てて蓬の宿となっているであろうが、その花の下に自らの面影は昔の姿で浮かんでいるだろうというのだが、自分の面影を遠くの場所に想像する例は僅少である。その中でも「忘れじと契りて出でし面影は見ゆらんものを故郷の月」（新古今集・羇旅・九四一・良経）は、故郷を出立した際の自分の面影

が、故郷の月には浮かんでいるだろうと想像している。当該歌も、かつて眺めた故郷の桜を思い出し、そこに自分の姿を思い描く。その花の下の面影は、いわば花への執心が姿をとったものなのである。

なお、歌末の「花に見えまし」は、「花のあたりに見える」意と解することもできるが、「花に見られる」意とする方が、より花への執心を詠み得ている。「まし」は反実仮想ではなく推量で、中世以降の和歌に見られる語法。

【現代語訳】

忘れることのできない（故郷の花に）、蓬の露に立ち濡れて（眺めている）私の面影が花にも見られていることだろうか。

雨中花

16　ぬれねたゞ身をしる雨のさくらがり又立なれん花のかげかは

【自注】　なし

【評釈】

歌題の「雨中花」は、「そぼつとも花の下にし宿はせん匂ふ雫に衣染むべく」（和歌一字抄・二二一・安法法師）に見えるが、平安末期から歌題として用いられている。正徹は、「さく花の雲の衣も袖ほさず朝露かけしゆふぐれの雨」（草根集・巻十二・康正二年二月二十四日・右馬頭家の庭の花盛りにての続歌）の他一首を詠んでいる。

この歌は、次の二首を本歌取りしている。「数々に思ひ思はず問ひがたみ身を知る雨は降りぞまされる」（古今集・恋四・七〇五・業平、伊勢物語）、「桜狩り雨は降り来ぬ同じくは濡るとも花の陰に隠れん」（拾遺集・春・五〇・読人不知、和漢朗詠集）。

第二句の「身をしる雨」とは、我が身の程を知らせる雨。涙のこととする解釈も存在するが、それでは歌題の「雨中」を満たさない。ここでは実景の雨ととるべきである。典拠となった後者の歌は、雨の桜狩りでは、同じ濡れるなら花の陰で濡れたいという花への愛着を詠じている。この二つの本歌から、身の程を理解させる、自分にとって快くない雨であっても、どうせなら花の下で濡れていたいという、当該歌の情景が導き出せる。「身をしる雨」は恋ではなく述懐。業平詠は恋の歌で、その影響による歌が多いが、「色変へぬ青葉の竹のうきふしに身をしる雨のあはれ世の中」（拾遺愚草・上・一五八三・雨中緑竹）など、定家の頃より述懐の歌が詠まれるようになる。当該歌の「身をしる雨」は、花をはかなく散らすとともに自らの命のはかなさを知らせる雨と解釈したい。

第一句「ぬれねたゞ」は、「たゞぬれね」を反転させた初句切れの下知（命令形）。自分への命令であり、ほとんど意志表現に等しい。同じ形の用例は乏しいが、「消えねただ忍の山の峰の雲帰る心の跡もなきまで」（新古今集・恋二・一〇九四・雅経）の「消えねただ」、「思へば今に似たる古／絶えねたゞ見ず知らざりし中ぞかし」（竹林抄・恋下・九一七・心敬）の「絶えねただ」など、類例は多い。「……ねただ」の命令形は、『新古今集』以降増加し、連歌でも好まれた表現であった。

【現代語訳】
濡れるなら濡れてしまえ。命のはかなさを知る雨が降っている中の桜狩り。再び立ち親しむことができる花の陰だろうか（いやそれはわからない）。

花下送月

17　かりねをば花に忘てゆふ月夜あしたにかすむかげを見る哉

【校異】［歌題］花下送月―花下送日（島原）

【自注】なし

【評釈】

歌題の「花下送月」は、他に用例はなく、島原本の「花下送日」が正しい。恐らく、「日」と「月」の字形と、当該歌の「月」の言葉に引かれて、「送月」と誤ったのであろう。「花下送日」題では、心敬にも「夜をへても世々の巌の床の夢さめじな花の峰の松風」（心敬集・三三二）の作例がある。

当該歌の詠作主体は、花を愛でるために外出した途上にある。同じような状況の「この里に旅寝しぬべし桜花散りのまがひに家路忘れて」（古今集・春下・七二・読人不知）では、散る桜のために帰る家路を忘れてしまった。月下の花といえば、心敬の「夢うつゝとも分かぬ明ぼの／月に散る花は此世のものならで」（竹林抄・春・一八六）は、忘我の境地を詠じた作である。当該歌でも、花に魅了されるあまり、夕月が朝月になるまで花の下に留まり、寝ることを忘れて、月下の花を一晩中眺めていたのである。

頓阿の「夕月夜影見し花の木の下に有明までの旅寝をぞする」（草庵集・一五二・花下送日）は、当該歌と同じ歌題で、近い情景を描いている点で注目されよう。「旅寝をぞする」とあるが、眠り入ったかどうかは定かでなく、或いは当該歌のように夜もすがら花の下で時を過ごしたのかもしれない。一方、仮寝を忘れたとはっきり述べる当該歌は、優美な頓阿詠と比較して、直接的で、より連歌的な作といえる。

【現代語訳】

仮寝をすることを花ゆえに忘れてしまい、（一晩中起きていて、）夕月がやがて朝霞にかすむ光となるのを見ることだなあ。

落花

18　なきをこひあるをすさむる世間《よのなか》の心をしりて花もちるらん

【自注】なし

【評釈】

歌題の「落花」は、12【評釈】参照。

第二句の「すさむ」は、第一句の「こひ」の対義語で、厭うの意。「すさむ」は多義語として知られていたが、連歌は百韻の展開に多義語を利用することも多く、多義語の語義分類が発展していた。多義語の解説書である宗祇の『分葉集』には、「女などを問捨つるを、すさめてなどいへる。其は捨る心也。但、歌などによめるはいまだ不及見。可尋之」とある。確かに、和歌・連歌では、「ながめつつ月に心ぞ老いにける今幾度か世をもすさめん」（西行法師家集・一九八）、宗牧の「手にふれぬあきの扇の白妙に／うき身のはては誰かすさめむ」（大永三年月次千三百韻・六月二十三日・五六）に見られる程度である。「むべ我をばすさめたりとけしきとり、えんじ《（怨）》給へりしか」（源氏物語・紅梅巻）など、物語には幾つかの例を拾うことができる。

当該歌の上句は世俗の道理を言い得ているように見えるが、著名な『徒然草』一三七段を踏まえるか。「花はさかりに、月はくまなきをのみ見る物かは。雨に向かひて月を恋ひ、垂れこめて春の行方も知らぬも、猶あはれになさけ深し」で始まるこの章段は、いわば「あるをこひなきをすさむる」世間を非難するものである。しかし、「兼好が書たるやうなる心ねを持たる物は、世間にたゞ一人ならでは無也。此心は生得にて有也」（正徹物語）と、兼好の考え方は理想論と捉えられてもいた。当該歌で心敬は、兼好を批判するというよりも、兼好流の美意識の固定化を批判していると解したい。

なお、「花散る」は、12【評釈】参照。

【現代語訳】

ここにない物を欲しがり、ある物を厭う世間の人々の心を知って、花も散っているのであろうよ。

花形見《はなのかたみ》

19　あさな〱なごりの露の玉のおもうつろふ花に夜はの山かぜ

【校異】［本文］おも—をも（心敬集）　うつろふ—しをるゝ（心敬集）

【自注】なし

【評釈】

歌題の「花形見」は、『亀山殿七百首』に初出するが、正徹以前には五首、正徹に五首を数えるに過ぎない。心敬には、同歌題で、「にほへ猶花のきぬ〴〵跡もなきあさぢが庭に残る春風」（心敬集・四三一）と詠む作もある。この例では、春風が、昨夜来の風で散った花の形見となっている。歌題の「形見」は間接的に表現されるが、当該歌の上句も同じ役割を担っている。

中程の「露の玉のおもうつろふ花」は、「露の玉」、「玉のお《緒》」、「玉のおもうつろふ」、「うつろふ花」の掛詞である。「露」は「玉の」に懸かる、はかないことを指す修飾語の役割も果たしている。朝露の玉と、そのはかない命、さらにその命の移ろいと、盛りを終える花が連続する縁語関係に凝縮されている。朝方、花の上に置く露は、昨夜来の風にはかなくも移ろった花の「形見」、「なごり」である。だが、その露の命は日差しが差し込むまでのものでしかない。

昨夜の花の美しさを留めていた露もやがては消え、花は日々衰えてゆく一方なのである。

【現代語訳】

朝毎に置く名残の露の玉のはかない命も移ろい、萎れゆく花に吹く夜半の山風よ。

款冬

20　見るまゝに花のほかさへやまぶきの色になりゆく夕ぐれの宿

【校異】［本文］夕くれ—たそかれ（岩橋）
【自注】
夕をば黄昏などいひて、黄なる色になり侍れば、花のほかも款冬の色になると也。（岩橋下・三一）
【評釈】
歌題の「款冬」は、『堀河百首』題。中国では蕗を指すが、日本では山吹がそれに当てられた。一首は、夕日に照らされた風景が山吹色に見えることを趣向とする。自注にあるように、「黄昏」の黄と山吹の黄の、言葉の縁による。それらが同じ色であることに注目して、「三月になりて、六条殿の御前の藤、山吹のおもしろき夕映へを見給につけても」（源氏物語・真木柱巻）、「木の間分くる夕日の影をさし添へて色照りまさる山吹の花」（伏見院御集・一六四）など、夕日に照り映える山吹を詠む例は既に存在する。但し、心敬の趣向は、山吹の周囲も夕日のために山吹色に染まっていることにある。
第二句の「花のほか」は、珍しい表現である。「み吉野は花の外さへ花なれや真木立つ山の峰の白雲」（後京極殿御

自歌合・二五）を和歌の初出とするが、もとは「長楽鐘声花外尽、龍池柳色雨中深（長楽の鐘の声は花の外《ほか》に尽きぬ、龍池の柳の色は雨の中《うち》に深し）」（和漢朗詠集・上・春・雨・八一・銭起）の「花外」を和らげたものである。心敬も、典拠と同じく、花を中心としたその周りの意味で用いている。

なお、第五句は「たそがれ」とある『岩橋』の方がより自注に即しているが、明らかに過ぎる欠点もあろう。ひとまず底本に従いたい。

【現代語訳】

見ている間に、（山吹の）花の周囲までもやまぶきの色に染まってゆく夕暮れ時の宿よ。

暮春鐘

21　立かへり花のほかなるゆふぐれも青葉にふかきかねのこゑかな

【自注】　なし

【評釈】

歌題の「暮春鐘」は、用例に乏しい。心敬に先行する例は五例ほどしか見出せない。正徹は「うかりけり誰が待里を契とて夕のかねに春の行らん」（草根集・巻四〈次第不同〉。類題本第一句「うかりける」）ほか、二首を詠じている。

一首は、20【評釈】で前掲した「長楽鐘声花外尽、龍池柳色雨中深（長楽の鐘の声は花の外《ほか》に尽きぬ、龍池の柳の色は雨の中《うち》に深し）」（和漢朗詠集）を典拠とする。この詩句から「花のほか」と「ふかき」、「かねのこゑ」を摂取している。

第一句の「立かへり」の主語は、第三句の「ゆふぐれ」である。夕暮れが「立かへ」るとは、日々反復的に夕暮れ

が訪れること。しかし同じ夕暮れが繰り返されることはない。すなわち、同じ夕方であっても、春であれば、桜の季節から青葉の季節へと状況は移り変わる。ここでは、同じものの異なる反復が詠じられているのである。

第四句「青葉にふかき」は、青葉になり、深い色を表すとともに、「ふかき」に暮春を惜しむ心に鐘の音が深く響く意を表し、題意を満たす。

典拠の詩では、鐘の声は花の周辺に消え去っている。当該歌では、鐘は青葉の奥深くから聞こえてくる。春の時節の推移を背景に、同じ晩鐘の状況の変化を描いている。典拠の「長楽鐘声」は長楽宮（長安にあった宮殿）の鐘であるのに対して、当該歌の晩鐘は寺の鐘である。その違いはあるが、典拠の詩句を巧みに利用した歌であるといえる。

【現代語訳】

くり返し、花の周りへと（鐘の音が）広がっていく。夕暮れの中、今は青葉に（包まれ）心に深く響いてくる鐘の音であることよ。

葵露

22　音に鳴て卯月の鳥や過ぬらんしぼむあふひもおつる夕露

【校異】［本文］あふひも―葵に（岩橋・島原）

【自注】

賀茂祭はかならず中の酉の日なれば、鳥の日の過ぬるか、あふひのしぼみぬるはと也。鳥といへること葉にすがりて、音になきて過るかなど也。ゆふ露は鳥のなみだかといへり。此歌を郭公など、見給はゞ、不便のことなるべし。（岩

橋下・五七）

【評釈】

「葵露」は、極めて珍しい歌題である。心敬に先行する用例を見出せない。心敬に近いところでは、「天地と分けし二葉をそのかみや露をかざしの玉となしけん」（松下集・一五三四）がある。当該歌と同じく、賀茂祭の情景が詠じられている。

自注にあるように、第三句の「鳥」は、日付の酉の日のこと。賀茂祭が四月の中の酉の日に行われることを指す。「（卯月）中酉の日　かもの祭なり」（建武年中行事）、「祭は卯月中の酉日なり」（兼載雑談）とあるように、常識的な事実であった。正徹も「宮人もあふひかざゝむ酉の日を神やまつらん賀茂のみづ垣」（草根集・巻十二・康正二年四月五日・修理大夫家月次・神祇）と詠んでいる。

第三句の「鳥」に引かれて、第一句の「音に鳴て」と、第五句の「おつる夕露」が詠まれている。第二句の「卯月」は、第一句の「音に鳴きて」を受けて「憂」の意を想起させる。この歌は鳥とは無関係であると断りながら、「こと葉にすがりて」縁語を仕立てる点に心敬らしさが窺える。第五句は、葵に置く夕露を鳥の涙に例えるが、露を鳥の涙と見立てる例は、「鳴き渡る雁の涙や落ちつらん物思ふ宿の萩の上の露」（古今集・秋下・二二一・読人不知）、「山田守る秋の仮庵に置く露はいなおほせ鳥の涙なりけり」（古今集・秋下・三〇六・忠岑）など数多い。第四句の「あふひも」は、「葵に」の本文が良い。

心敬は、後掲24、「くれて露けしかた思ひ草／諸葉ともみえぬ葵やしぼむらん」（心玉集〈静嘉堂本〉・一〇二九）、「夏の日にしぼめる草の色見えて／鉤簾《こす》のあふひの露ぞはかなき」（心玉集〈静嘉堂本〉・一〇五三）と、賀茂祭の葵がしおれる様子を好んで詠む。本来、枯れる葵は多く詠まれる景物ではない。心敬がしぼむ葵を好むのは、『徒然草』一三八段による。「『まつりすぎぬれば、後のあふいふよう《不用》なり』とて、ある人の、みすなるをみなとらせられ侍しが、色

もなくおぼえしを……」。心敬は明らかにこの章段を目にしている（24【評釈】参照）。当該歌の「しぼむあふひ」は、情景描写である以上に、祭りの余韻を漂わせる、心を寄せるにふさわしい光景なのである。

【現代語訳】

声に出して名残惜しく思ううちに、四月の酉の日は過ぎたのであろうか。しおれた葵に（鳥の涙のように）落ちる夕露よ。

賀茂祭

23　くだりぬる世とも見えずよあふひかけ車行かふ九重のみち

【校異】［本文］見えすよ―見えすや（岩橋）
【自注】
よろづ跡なくくだりはてぬる世なれども、今日の祭を見侍れば、むかしおぼえてえんふかき事を。（岩橋下・五八）
【評釈】
歌題の「賀茂祭」は、『永久百首』題。
歌頭の「くだりぬる世」は、11の「おとろふる世間」と同じで、当代を末世と捉える思想に基づく。だが、それを「くだる」と表現する例は、それほど多くはない。「おこたるをすゝめし世さへくだりにきあはれたへたる朝まつりごと」（草根集・巻十二・康正二年正月十六日・草庵に人々来ての続歌・朝）、「おもひしらるゝすゐのふた道／くだりての世やよしあしもわかざらん」（下草〈東山本〉・一一五二）。末世であっても、賀茂祭の路頭の儀が、昔と変わることなく

催行される様子を詠む。『永久百首』にも、「かけて行く人は変はれど年を経て同じ色なる葵草かな」（一三〇・忠房）の同想の歌があった。

路頭の儀は、『源氏物語』葵巻における六条御息所と葵上の車争いが、著名である。心敬の言う「むかしおぼえてえんふかき」の「むかし」には、歴史的な過去に加えて、『源氏物語』などの物語の世界をも含むものであろう。

心敬の「えん」とは、『ささめごと』〈尊経閣本〉に、「この道に入らむともがらは、先づ艶をむねと修行すべき事といへり。艶といへばとて、ひとへに句の姿・言葉の優ばみたるにはあるべからず。胸のうち人間の色欲もうすく、よろづに跡なき事を思ひしめ、人の情けを忘れず、其の人の恩には、一つの命をも軽く思ひ侍らむ人の胸より出でたる句なるべし」とあるように、悟り極めた「胸のうち」に宿る情動である。心敬は、路頭の儀に往古の姿を透かし見て、「えんふかき」、すなわち心を深く揺り動かされたのである。

なお、第三句の「あふひかけ」は、「葵掛け」。そこに「葵陰」、「会ふ日陰」の意味を持たせて、上下の賀茂社の護りをもいうか。「葵は日をおそる、花也。葉を日のめぐる方にかたぶけて、本をかくすと也」〈連集良材〉とあるように、葵は日と縁の深い語であった。だが、このような例は他に見当たらず、今回は指摘するに留める。

【現代語訳】

下ってしまった世とも見えないことだ。葵を掛けて車が行き交う、この都の道では。

24　　袖上菖蒲

かけすてしみすのあふひはかれはてゝあやめににほふ袖のあさ露

【校異】［本文］あさ露―うは露（岩橋）

【自注】

あふひをばさ月のあやめの日まではとらずなど、枕草子などにいへる、えんにおぼえ侍れば也。（岩橋下・六六）

【評釈】

「袖上菖蒲」は、先行用例の僅少な歌題である。『白河殿七百首』の「時しあれば五月の蟬の羽衣の袂に匂ふ菖蒲草かな」（一六四・経任）が、管見の範囲での初出である。正徹にも、「今日とてや猶引のこす水の上の雲のは袖もあやめかくらん」（草根集・巻八・宝徳二年六月八日・刑部大輔家の会・当座）とあった。

自注を参考にすれば、この歌は、賀茂祭で用いた葵が枯れはしたけれど、菖蒲を飾る端午の節句まで残していたことを詠む。賀茂祭の路頭の儀では、内裏の「みす《（御簾）》」や車を葵と桂で飾り、供奉の人々はそれらを挿頭《かざし》にする。また、端午の節句では、天皇以下の人々が、菖蒲の鬘をつける。この二つの儀式には、植物をもって設《しつら》える点が共通している。

心敬は、自注の中で『枕草子』の名を出すが、恐らく『徒然草』を間に挟んでの受容であろう。三巻本『枕草子』〈陽明本〉には、「すぎにしかた恋しき物、かれたる葵」（二七段）とあり、自注の「あふひをば……とらず」とは書かれていない。一方、『徒然草』一三八段も、枯れた葵への好尚を語る。「枕さうしにも、『こしかたの恋しきこと、かれたるあふひ』とかけるこそ、いみじくなつかしう思ひよりたれ」と兼好は論じ、『枕草子』を踏まえた記述をなす。自注の「あふひをば……とらず」は、『枕草子』や『徒然草』からの引用ではなくて、それらの述べる要点を言い表したものと思われる。『徒然草』には、「さうぶ《（菖蒲）》は菊のおりまであるべきにこそ」、端午の節句の菖蒲を重陽の節句まで残しておきたいという文言が存在する。これは、賀茂祭の葵を端午の節句まで残しておきたいという自注の言葉と形式上一致する。

総じて、枯れた葵を大事に思う態度は、兼好の影響を受けたものである（22【評釈】参照）。『徒然草』一三八段は、「花はさかりに、月はくまなきをのみ見る物かは」で始まる一三七段の次に位置する。ある景物の名残にこそ注目する姿勢は、両段に通底する。それは「卯月のあめの、ちの五月雨／あふひ草あやめの水に色かれて」（園塵第一〈続類従本〉・一九〇）に明らかなように、弟子の兼載にも受け継がれたのである。

第四、五句の「あやめにほふ袖のあさ露」は、朝引いてきた菖蒲を持つ袖に置いた露が花の香を含んでいるという意。

【現代語訳】（賀茂祭に）掛けたままになっている御簾の葵は枯れ果ててしまって、（それに代わって飾る）菖蒲の香がただよう袖の上の朝露よ。

夏木

25　さかきおる庭のかつらのもとつえだに此比はるゝ袖の月かげ

【自注】なし

【評釈】

歌題の「夏木」は、心敬以前にほとんど用例を見出せない。しかも、「橘の花はちりにし木の本に袖のかうとき風ぞ涼しき」（草根集・巻二・永享二年六月三十日・下野守益之家に尭孝僧都などきたりての一続）のように、花橘を詠む歌例が最も多い。桂を詠む当該歌は、極めて珍しいといえる。

当該歌は、第一句の「さかきおる《（を）》」で、歌題の「夏」を満たしている。「榊とる卯月になれば神山の楢の葉柏もとつ葉もなし」（後拾遺集・夏・一六九・好忠）は、賀茂祭に用いる榊葉を採る様子を詠ずる。『連歌新式』に「榊取……以上夏也」と定められて、連歌では夏の景物に定着した。榊も桂も、賀茂祭に先立って行われる御門礼《みあれ》神事のために採取される。御阿礼とは榊の枝のことで、神の依代《よりしろ》として供えられる。神として本社に入る榊御幸の後、葵・桂が献ぜられる。榊・桂は神社などに常に用いる為に植えられるが、特に榊は、夏には御阿礼神事を始めとして六月祓まで、折々に伐採され、常に枝が透いた状態となる。これにより、月光が庭へと降り注ぐ。一方桂は、高く繁るものの根元から枝を伸ばし、その低い枝々に届く月光が袖を照らしているのである。

桂の木は、月に縁のある木であった。「久方の月の桂も秋はなほ紅葉すればや照り増さるらん」（古今集・秋上・一九四・忠岑）など、月には桂が生えているとする中国由来の信仰があった。従って、地面に生える桂にも、月影が照り映えるというのであろう。

【現代語訳】
榊を折り採る庭に生えている桂の木の根元近くの枝には、このごろは晴れ晴れと袖を照らす月影よ。

古郷橘

26　なき玉やふりにし宿にかへるらんはなたちばなに夕風ぞふく

【校異】［本文］なき玉―なき人（百首〈天理本・京大本〉・心敬集）

【自注】

あれたる宿のたそかれふかき比、古木のかたみの橘に、風のうちかほれる感情は、さながら花に心をのこし侍る玉しゐ、帰りきたるかと也。慈鎮和尚のしでに風ふく夕やみのこゝろをぬすみ侍り。（岩橋下・七）

物の色もわかれぬ昏黒に、古木の花たちばなの、荒庭にかほりたるは、うへをきし魂霊やたゞいま□《きカ》たり侍ると也。慈鎮和尚、しでに風ふく、御詠心なり。（百首〈天理本〉・二六）

物の色もわかぬ昏黒に、古木の花たちばなの、荒庭にうちかほりたるは、花を思ひをき侍し魂霊や、只今きたり侍りぬると、すゞろにあやまたれ侍る心也。鎮和尚御詠、しでに風ふくなどの面影なるべし。此歌に、作者、心すこしとゞめ侍り。（百首〈京大本〉・二六）

【評釈】

歌題の「古郷橘」は、「橘の袖の香ばかり昔にて移りにけりな古き都は」（拾遺愚草・上・一一二三）が早いが、心敬以前には二十首に満たない。正徹も、「さとはあれぬたが袖《ママ》かとしらぬをぞ花橘にとはまほしけれ」（草根集・巻一之下・永享十二年十一月二十七日・住吉法楽百首。類題本第二句「袖の香」）ほか一首を詠じている。

橘は「五月待つ花橘の香をかげば昔の人の袖の香ぞする」（古今集・夏・一三九・読人不知、伊勢物語）と詠まれ、「昔の人」を思い出すよすがとなる木である。逆に言えば、自分が年老いた後、橘は誰かに自分のことを思い起こさせるかもしれない。「誰かまた花橘に思ひ出ん我も昔の人となりなば」（新古今集・夏・二三八・俊成）。当該歌では、「花に心をのこし侍る玉しゐ」、すなわち橘を「うへをきし魂霊」が、それに対する執着のために帰っているのか、と推測する。橘への執着を物語る当該歌の発想は、俊成詠からそれほど遠くはない。第二句の「ふりにし宿」の「ふり」は、「魂振」と「古り」の掛詞。また「玉」と「ふり」と「かへる」は縁語。「ふりにし宿にかへる」で題の「故郷」を満たす。

心敬が述べる通り、「手向けにも折りから神や靡くらん四手に風巻く夕闇の空」（拾玉集・二〇九一）の「こころをぬ

す」んだ、同想の歌である。正徹も「ゆふしでも我になびかぬ露ぞちるたがねぎごとの末の秋かぜ」と詠み、それに「神の前にへい《幣》をたてて置たるに、我方へなびかずして」と注すが（正徹物語）、これらには風に靡く幣を神慮の発現と見る前提が窺える。当該歌では、橘に夕風が吹き、そこに立ち上る香り（「風のうちかほれる風情」）を、魂魄の出現と考えている。〝香り〟という言葉は歌の表面に表れていないが、その意を言外に含めているのである。『百首』〈京大本〉によれば、心敬自讃の一首。


【現代語訳】

亡くなった霊魂が、すっかり古くなったかつての宿に帰っているのだろうか。花橘に夕風が吹いて（芳しい香りが立ち上って）いるよ。

軒蛍

27　ほたるきえ軒のしのぶの下露はひかりそひ行しの、めのそら

【自注】

宇治の巻に、山ざとにかりねし給しに、しの、めもほのめき、軒の忍ぶの露もひかりそひゆき侍るなどいへる、えんなるおもかげを。（岩橋下・六八）

【評釈】

「軒蛍」は、極めて珍しい歌題である。心敬以前には、一例も見出せない。

当該歌は、「はかなく明け方になりにけり。……ほどもなき軒の近さなれば、しのぶの露もやう〳〵光見へもてゆ

く」（源氏物語・総角巻）を本説取りする。八宮の一周忌に訪問した薫が大君に迫った夜の、翌朝の情景描写である。総角巻は秋の出来事であるから、本文に蛍は登場しない。心敬は、『源氏物語』における朝方の軒の描写と、歌題の「軒」を結び付けたのである。

蛍の光と輝く露は、古くからまがえられる。「夜もすがら燃ゆる蛍を今朝見れば草の葉ごとに露ぞ置きける」（拾遺集・雑春・一〇七八・健守）、「夕間暮風につれなき白露はしのぶにすがる蛍なりけり」（玉葉集・夏・四〇二・惟明親王）。「蛍似露」の歌題もあり、心敬もその歌題で「蛍かもなびくすゝきの末の露猶吹とかで過る夕かぜ」（心敬集・三六八）と詠じていた。

当該歌は第一句で「ほたるきえ」と歌い、歌題の「軒蛍」を落題しているように見える。だが、それは心敬の真意に反していよう。前引の『拾遺集』歌を参考にすれば、朝露は夜の蛍のいわば仮の姿であり、当該歌の第二句以下の『源氏物語』を利用した朝露の描写は、蛍を強く思わせるものである。夜に光を放っていた蛍は夜明けとともに消え、その代わりに露が置いているとすることによって題意を満たしている。

【現代語訳】

蛍が消えて、（かわりに）軒の忍草に置く露が光を増してゆく、東雲の空よ。

疎屋夕顔

28　宿はあれぬうはの空にて影たえし月のみのこる夕がほの露

【自注】

ゆふがほの宿をいでゝ、なにがしの院へうつり侍るとき、わがまだしらぬしのゝめの道と侍し歌の返しに、山のはの心もしらで行月はうはの空にて影やたえなん、などいへる心ども也。（岩橋下・六五）

【評釈】

歌題の「疎屋夕顔」は、先行用例に乏しい。正徹も「はてしなき宮もかはらぬうき世とやわら屋にかゝる夕がほの花」（草根集・巻四〈次第不同〉）と詠み、「世の中はとてもかくても同じこと宮も藁屋も果てしなければ」（新古今集・雑下・一八五一・蝉丸、和漢朗詠集）を本歌取りしながら、歌題の「疎屋」を「わら屋」で満たしている。一方、当該歌は第一句で「宿はあれぬ」と、本説の「なにがしの院」が荒れ果てた状況を詠み、歌題を満たしている。

当該歌は、『源氏物語』夕顔巻を本説とする。八月十五夜、夕顔の邸宅で逢瀬を交わした源氏は、明け方に人目を避けるために近くの「なにがしの院」に移る。そこで、源氏の「いにしへもかくやは人のまどひけん我まだ知らぬしののめの道」に対して、夕顔が「山の端の心も知らでゆく月はうはの空にて影や絶えなむ」と返歌する場面である。夕顔詠では、山の端に沈む月に、源氏を慕う自分を重ねている。その月、すなわち夕顔自身は、「上の空」のまま光を絶やしてしまうだろうと詠む。しかし心敬は、宿に咲く夕顔の露に、消えてしまった月影の名残を見ているとする。「月のみ」の「のみ」とは、物語に描かれた諸々の面影が全て消え失せてしまい、あのとき光をなくした月影だけが残っていることを指している。第五句の「夕がほの露」は、花の夕顔に置く露である以上に、人物の夕顔の流す涙を強く印象付ける。当該歌は、本説から時間を進めて、夕顔詠を踏まえつつ、非常にはかなく趣深い情景を詠み得ている。

【現代語訳】

宿は荒れてしまった。上空で光を絶やしてしまった月だけが名残となって留まっている、夕顔の露よ。

初秋衣

29　露はらふはつかり衣はし鷹の外山《とやま》あくれば秋かぜぞふく

【自注】なし

【評釈】

「初秋衣」も、類例をそれほど見出すことのできない歌題である。「秋来ぬと目にはさやかに見えねども風の音にぞ驚かれぬる」（古今集・秋上・一六九・敏行）とあるように、風は秋の到来を感じさせるものである。同歌題では、「いつしかに昨日の夏を風かはる衣も秋も隔てゝぞ思ふ」（草根集・巻一之上・永享十年六月七日・祇園社法楽初一念百首）など、秋の初風が歌題の「初秋」を満たす場合が多い。当該歌では、第二句の「はつかり衣」が「初秋」を満たすが、第五句もやはり秋の初風を指すと考えるべきであろう。

当該歌は、「はし鷹の初狩衣露分けて野原の萩の色ぞ移ろふ」（続後撰集・秋上・二九三・家隆）を本歌とする。この歌は、正徹も本歌取りしてと詠んでおり、心敬は正徹から影響を受けたのではないか。「箸鷹の初かり衣かりぞなくほさでやかさむのべの夕露」（草根集・巻三・永享六年九月十六日・左衛門佐家の一続・初雁。正徹詠草〈常徳寺本〉では、十六日夜・左金吾家にての探題）。

本歌と同じく、秋に行われる小鷹狩の情景である。第三句の「はし鷹」は、その際に用いられる小型の鷹。鳥屋《とや》で飼われることから、「とや」を導く枕詞でもある。当該歌では、同音の「外山」の枕詞の役割も果たしている。家隆詠、正徹詠では、「はし鷹」が「はつ狩衣」の「は」（「羽」を響かせる）を導く枕詞となっているのに対して、当該歌では語順を入れかえて「とや」を導いている。この点は心敬の工夫である。

第四句の「外山あくれば」は、他に類例の見られない表現である。連歌にも同様の例は見出せないが、技法の上で

は、連歌によく用いられる圧縮表現の一つである。

【現代語訳】

露を払う（袖は）今年最初の小鷹狩のために着る狩衣。（その狩に使う）はし鷹の（鳥屋《とや》ならぬ）外山が（夜が明けて）明かるくなると、（初）秋風が吹く。

古郷露

30　たのむぞよ袖のかたみの露もをけあるじはかれし宿の草ばに

【校異】あるし―ふるし（島原）
【自注】なし
【評釈】
歌題の「古郷露」は、正徹以前には十例以下の用例しか見出すことができない。それに対して、『草根集』には、「さとはあれぬ露はむかしの秋かけて誰になれこし袖したふらん」（巻七・宝徳元年三月三日・或人百首法楽の中。類題本第四句「なれにし」）ほか、七首が見られる。
初句の「たのむぞよ」は、露への呼び掛け。詠作主体は古郷を訪ねた人と見る。
第二、三句の「袖のかたみの露」とは、家の主であった女がいなくなり、かつて共寝に敷いた袖は残り、そこに思い出に流す涙が宿る様を言う。その涙の代わりに露が草に置いて欲しいという。
第四句の「かれし」は「離れし」と「枯れし」との掛詞で、下に続くと、枯れた草の意となる。「袖」、「形見」、

「露」は縁語。

【現代語訳】

あてにしているのだよ。袖（に置く涙の代わりに）よすがとなる露も置いておくれ。主がいなくなった宿の枯れた草葉の上に。

露

31　おろかにぞかゝるうき身にたぐへにし露は草ばの宿もある世を

【自注】なし

【評釈】

歌題の「露」は、『堀河百首』題。

はかなさの点で人間の生と露とを比較することは、古典的な詠みぶりである。当該歌のように、人間のはかなさが露以上であると見る例も少なくない。「露をなどあだなるものと思ひけん我が身も草に置かぬばかりを」（古今集・哀傷・八六〇・惟元）、「秋風になびく草葉の露よりも消えにし人を何にたとへん」（拾遺集・哀傷・一二八六・村上天皇）。これらの作例が哀傷部に入集していることから分かるように、当該歌も哀傷の雰囲気を濃厚に持つ。後代の例ではあるが、当該歌とほぼ同じ言葉遣いの句に、宗長の「心づよしや秋の行空／露の《に》身をならへ《たぐへイ》ば置かん方もなし」（浅間千句・第四・八八）がある。

第三句は、第一句の結びの連体形で、三句切れと解釈する。

【現代語訳】

愚かにも、このようなつらい我が身と同じだと見たことだった。露は、草葉の上という宿もある世の中なのに。

七夕

32　契りよりかざしの玉をしるべにてかへるやつらき天の河なみ

【校異】〔本文〕かへるや―かへすや（百首〈京大本〉）

【自注】
彼玄宗皇帝の方士、楊貴妃をたづねて天川にいたりてあひ侍り。皇帝のかたへの玉簪、紫領布など送りて、使を返し侍るなごりは、彦星の別より切なるらんと也。（岩橋下・八）
是は、玄宗の使、方士に、かんざし、むらさきのひれなどを送りて□《かカ》へし給ひしは、彦星の衣々よりは、なごりかなしく哉と也。楊貴妃、七夕になり給ひしを。（百首〈天理本〉・三七）
これは、彦星にたちわかれ給へるより、玄宗のつかひ、方士に、かざしの玉をしるべにやりてかへし侍る、なごりふかくやと也。楊貴妃かへりて、七夕になり給ひしことを詠る也。（百首〈京大本〉・三七）

【評釈】

歌題の「七夕」は、『堀河百首』題。

当該歌は、自注にあるように、長恨歌説話、すなわち陳鴻「長恨歌伝」と白居易「長恨歌」を典拠とする。玄宗と楊貴妃の悲恋が『源氏物語』をはじめとする日本文学に圧倒的な影響を与えたことは広く知られている。但し、中世

になると説話化され、原典に存在しない内容が付加されてゆく。心敬も、そのような長恨歌説話の一端を受容したのであろう。

当該歌は、長恨歌説話の中でも、特に後半部を摂取する。楊貴妃と死別した玄宗が、方士に楊貴妃の魂を探しに行かせる場面である。

方士が楊貴妃を訪ね得た場所は、「跨蓬壺、見最高仙山（蓬壺を跨ぎて、最高の仙山を見る）」（長恨歌伝）、「忽聞海上有仙山（忽ち聞く　海上に仙山有り）」（長恨歌）とある、蓬莱山にあると思しい楼閣であった。歌本文の「天の河なみ」、『岩橋』の「天川にいたりて」は、その場所を天の川とするが、原典にはそのような記述はない。また、玄宗と楊貴妃は、天宝十四年七月七日、驪山宮にて、「因仰天感牛女事（因りて天を仰ぎて牛女の事に感じ）」（長恨歌伝）、「在天願作比翼鳥、在地願為連理枝（天に在つては願はくは比翼の鳥と作らん、地に在つては願はくは連理の枝と為らん）」（長恨歌）の誓いを立てた。玄宗と楊貴妃は牽牛織女の故事に心を動かされただけで、その死後楊貴妃が織女になった訳ではない。しかし、心敬は「かひなしなさゝめことのはかさゝぎにはねをならぶるよその契は」に、「楊貴妃の半夜のさゝめごとに、天にしてははねをならぶる鳥となり、地にしては連理の木とならんと契しも、今は彦星と枕をならべ侍れば、かひなしとなり」（岩橋下・三三二）と注し、やはり楊貴妃が織女になったと考えている。

自注の「皇帝のかたへの玉簪、紫領布など送りて、使を返し侍る」、「かんざし、むらさきのひれ」は、「言訖憫默、指碧衣女取金釵鈿合、各折其半、授使者曰（言訖《をは》りて憫黙し、碧衣の女を指して金釵鈿合を取らしめ、各其の半ばを折り、使者に授けて曰く）」（長恨歌伝）、「唯将旧物表深情、鈿合金釵寄将去（唯だ旧物を将《も》つて　深情を表さんのみ、鈿合金釵寄せ将ち去らしむ）」（長恨歌）を踏まえる。だが、典拠では「紫領布」は出てこない。強いて言えば、「長恨歌伝」に「見一人冠金蓮、披紫綃、珮紅玉、曳鳳舄、左右侍者七八人（一人の、金蓮を冠し、紫綃を披《き》、紅玉を珮《お》び、鳳舄を曳き、左右の侍者七八人なるを見る）」から、楊貴妃が「紫綃（紫色の薄絹）」を着ていたことは明らかであるが、これを混同したか。

このように、心敬の自注には、正統な原典である「長恨歌伝」や「長恨歌」から乖離した内容が見える。これはひとえに心敬の記憶違いに帰すべきものではない。古く『今昔物語集』や『俊頼髄脳』にも既に説話化の跡が認められるので、心敬もそのような楊貴妃伝の一種に拠ったのではないだろうか。

【現代語訳】

牽牛織女の契りよりも、簪の宝玉を導きとして（方士が）帰っていくのは（楊貴妃にとって）つらいだろうよ、この天の川の川波のあたりでは。

月

33　さても世に誰かは老とならざらんめでずはつらし夜な〳〵（ママ）月

【校異】［本文］夜な〳〵月―よな〳〵の月（心敬集）

【自注】なし

【評釈】

歌題の「月」は、『堀河百首』題。

当該歌は、「大方は月をも愛でじこれぞこの積もれば人の老いとなるもの」（古今集・仮名序、雑上・八七九・業平、伊勢物語）を本歌取りする。業平は、月を賞讃すまいと歌う。月が沈めば一夜が終わり、それが積もってまた一つ年齢を重ねるからである。心敬はそれを反転して、寧ろ賞讃すべきだと詠じる。

第一句の「さても」は、本歌を受ける言い方。月は賞讃するまいと詠む本歌に対しての、心敬の反論である。反論

の根拠は、第二句以下に明示されている。月を愛するか否かに拘わらず、人は結局老いるものである。同じことなら、月を賞讃して慰めとしようというのである。

同じ業平詠を本歌取りする用例は数多いが、同想の歌として、「秋の月めでずはなに丶つもるぞと心なき身の老にとはゞや」（草根集・巻十一・享徳三年五月五日・修理大夫家月次・当座・月）をあげておこう。

【現代語訳】そうであっても、世の中で誰が老人とならないであろうか。いや、誰でも年をとる。賞讃しなければつらいのだ、夜毎の月よ。

秋夕

34 世は色におとろへぞ行天人のうれへやくだるあきのゆふぐれ

【自注】なし

【評釈】

歌題の「秋夕」は、『六百番歌合』に見られるのが早く、鎌倉中期以後は歌数も増加する。正徹は、「あけぞうきながらへんともしらざりき心の外の秋の夕ぐれ」（草根集・巻五〈次第不同〉。正徹詠草〈常徳寺本〉では、永享九年七月三日・中務大輔この家にまかりたりし次・第一句「あふぞうき」・第三句「しらざりし」。類題本第一句「あふぞうき」）他一首を詠んでいる。

第二句の「おとろへぞ行」は、第一句の述部としての機能と、第三句の「天人」を形容する機能の、二つを負って

いる。まず、第一、第二句の関係を考えると、「色におとろふ」とは、末世に物事が衰えて行くこと。一般的には容色の衰えを指すことが多いが、恐らく当該句の「色」は、仏語の「色《しき》」に通う用法であろう。表面的なあらわれではなく、存在一般の謂いである。心敬は、当該歌の上句と近い表現をもつ「物ごとに世はおとろふる色みえて人の心に春ぞ老ゆく」（百首〈天理本〉・二〇・暮春）に、「老春のあぢきなく心ぼそく侍るおりふし、何事も世のすゑになり侍る心ちし侍ると也」と注する。当該歌は秋の夕暮れの光景ではあるが、それを見れば、「何事も世のすゑになり侍る心ち」がするというのであろう。

第三句、第四句の「おとろへぞ行天人」とは、所謂「天人五衰」のこと。『大般涅槃経』等の仏典によれば、天人が死の直前に迎える五つの徴候である。日本では、『往生要集』に詳しい記述が見られ、また「楽尽哀来、天人猶逢五衰之日（楽しび尽きて哀しび来る、天人なほ五衰の日に逢へり）」（和漢朗詠集・下・無常・七九二・朝綱）でも知られる。和歌、連歌では、「たれかその三の界のやすからん／天人とてもおとろへぬべし」（文安雪千句・第七・一六・日晟）が見出せる唯一の用例であるが、物語や謡曲での引用は数多い。例えば、「さる程に時うつり、事さ（ッ）て、世のかはりゆくありさまは、たゞ天人の五衰にことならず」（覚一本平家物語〈龍大本〉・大納言死去）では、世の変転と天人五衰が重ねられ、謡曲の「俊寛」では「今はいつしか引きかへて、五衰滅色の秋なれや」と、秋は「五衰滅色」のときと言われる。当該歌においても、末世の、特に秋である情景が、天人の衰えと関係付けられている。

第四句の「うれへ」は五衰に苦しむ天人の歎きであろうが、そこに「秋」の「心」が重ねられる。「うきゆふべをばしらで過ばや／秋はたゞしづ山がつと成もせで」（心敬連歌自注〈校本〉・三八）の注に、「秋の天は、物ごとにはら（わ）はたをたち、うれへをすゝめ侍れば、……詩にも、秋の心とかきて、うれへるなど、よみ作れるか」とあり、「物色自堪傷客意、宜将愁字作秋心（物の色は自《おのづか》ら客の意を傷ましむるに堪へたり、宜《うべ》なり愁の字をもて秋の心に作れること）」（和漢朗詠集・上・秋・秋興・二二四・篁）などと見えるように、「愁」を「秋」の「心」と解字している。また、それを「く

だる」と表現するのは、「天下る」の類推であろう。

【現代語訳】

世は物事が衰えて行く。五衰する天人の歎きが下ってきたのだろうか。（そのような）秋の夕暮れよ。

秋夕露

35　世はすゑの人の心の岩木にも露やはおちぬあきのゆふぐれ

【自注】なし
【評釈】

歌題の「秋夕露」は、鎌倉期に初出するも、それほど多く詠まれた歌題ではない。

当該歌には、末世では、人々の心までが衰えているという前提がある。「まことに心ざしの好士、おぼろけにも見え侍らずや。何事も世のくだれる在さま、眼前なる歟」（所々返答・第二状）、「いづれの道もくだり、世人、情《なさけ》あさくよこしまになり行侍ると也」（老のくりごと〈神宮本〉）など、心敬の著作にもその思想は見られる。『草根集』にも、「うき時としる人さへやまれならんくだり行世の秋の夕暮」（巻十二・康正二年八月七日〈七月分〉・恩徳院の歌合・秋夕）という、秋夕のつらさを解しない当代の人々を詠う作があった。

第一、二句は「世はすゑ」、「すゑの人」と「すゑ」が上下にかかる。「すゑの人の心」は、末世の人の心で、岩木のように情趣を解しないことをいう。白居易「李夫人」の「人非木石皆有情、不如不遇傾城色（人は木石に非ず　皆情有り、傾城の色に遇はざるに如かず）」に端を発する表現である。「『人、木石にあらざれば、みな情あり』と打ち誦し

て」（源氏物語・蜻蛉巻）、また「人、木石にあらねば、時にとりて物を感ずることなきにあらず」（徒然草・四一段）など、諸書に引用される。和歌では、「木石」を「岩木」と和らげて、こちらの愛情に応えてくれないつれない相手を指す場合が多い。「逢ふことのかくかたければつれもなき人の心や岩木なるらん」（千載集・恋二・七五八・政平）、「色にそむ心なくてはいかゞせん人はみ山の岩木ならずは」（草根集・巻八・宝徳二年七月十一日・堺和右京亮元為、聖廟宝前にて百首の続歌を法楽の中・寄木恋）。当該歌はそれらとは異なり、感受性の衰えた末世に生きる人々の心の意である。

そのような心さえも動かし、涙を催させる、秋の夕暮れの寂しさ、つらさを詠じている。秋の夕暮れは、五衰する天人のつらさが下ってきたと思われるほどであった（34【評釈】参照）。当該歌に近い言葉遣いの用例では、「いは木の露もなみだとぞみる／心たゞあるもあらぬもうき秋に」（新撰菟玖波集〈実隆本〉・秋下・九六三・基数）がある。心のない「いは木」も、秋には露の涙を流すという。人か物かの違いはあるが、当該歌と同想といえよう。また心敬は、「さびしさしらぬ岩木ともがな／人の身をうけてくやしき秋の暮」（吾妻辺云捨・四五四）と詠み、人として生まれたことが悔しく、いっそ岩木であれば良かったと思われるほど、寂しい「秋の暮」を詠う。暮秋の詠である可能性もあるが、当該歌の裏返しともいえる作例である。

【現代語訳】
末世に生きる人々の心が岩木のように動かされがたいとしても、露の涙が落ちないであろうか。（いや落ちる）秋の夕暮れには。

題同〔秋夕露〕
36　きえわびぬ秋は草木のうへならで我が身におもき夕暮の露

【自注】なし
【評釈】

第一句の「きえわびぬ」は、露が消えわずらっているの意であるが、命がなかなか消えることもできない意を重ねている。歌題の「夕露」との縁で、「消ゆ」の語が選ばれている。「ぬ」は完了の助動詞で、初句切れである。死ぬにも死ねない我が身に、露の涙が置くと詠む同想の歌に、「かくばかりいとふ命も消やらで身にをきそふる秋の夕露」（草根集・巻五〈次第不同〉・秋夕露）を指摘できる。当該歌と歌題が共通し、歌の趣向も一致する。心敬は、この正徹詠に学んだと思われる。

置く露を「おもき」と表現する例は、古く「秋萩の枝もとをゝになりゆくは白露重く置けばなりけり」（後撰集・秋中・三〇四・読人不知）と見られ、珍しいものではない。当該歌の夕露は、涙の比喩であるから詠作主体が多くの涙をこぼす様を「おもき」と表現している。

「草木のうへ」は、草木の葉の上のこと。これも正徹に、「秋きての草木のうへはしらねども月に色づくよものしら露」（草根集・巻七・宝徳元年七月九日・山名兵部少輔教之家にて、はじめての月次・初秋月）の例があり、秋に色付く草木の表面を指す。当該歌の「うへならで」は、草木の上でなく、我が身の上にも露が置くという意であり、正徹詠とは若干性格が異なる。

【現代語訳】

（露が）消えようとして消えないでいる。秋は、草木の上だけではなくて、（この世から消えることができない）我が身の上に重く置く、夕暮れの露（の涙）であるよ。

秋述懐

37　空の月草ばの露をおもひをく人のこゝろもあきぞしられん

【自注】なし

【評釈】

「秋述懐」の歌題は、鎌倉初期から見られるが、先行用例はそれほど多くはない。「述懐《しゆつかい》は、連歌にはかはりて、なに、ても心におもふ事を読也。思ひをのぶるなれば、祝言をも読べき也」（正徹物語）とあるように、「述懐」題で詠むべきものは、寂しさ、つらさに限らなかった。当該歌も、否定的な感情を詠むわけではない。

当該歌の上句は、『徒然草』二〇段、二一段を踏まえる。正徹本では、この二段はひとつづきとなっており、心敬もその形で享受したと考えられる。世を捨てるに際し、「空のなごり」が惜しいと述べる風流人を描く二〇段に続いて、二一段には、「よろづのことは、月みるにこそなぐさむ物なれ。ある人の「月ばかりおもしろき物はあらじ」といひしに、又ひとり「露こそ猶あはれなれ」とあらそひしこそおかしけれ。おりにふれば、なにかあはれならざらむ」とある。心敬は、『ひとりごと』の中で、この一節を踏まえた記述の後、「げにも、いかなる岩木の心にか、月を艶に、露をはかなく思侍らざらん」と述べる。「岩木の心」（35【評釈】参照）にも、月の美しさと露のはかなさは響くはずだという。当該歌の「空の月草ばの露」もはかなさを内に秘めた秋の風物としての月と露である。さらに、第三、第四句の「おもひをく人」とは、月と露について議論していた『徒然草』の「いにしへの歌仙」（ひとりごと）のような人物を指す。そのような風流心が、秋にこそはっきりと理解できるというのであろう。なお、「空の月草ばの露」は対句表現。

但し、第五句の類例である「秋ぞしらるる」は、「色変はる萩の下葉を見ても先づ人の心の秋ぞ知らるる」（新古今

集・恋五・一三五三・相模）、「君がため曇らぬ影にすむ月のさやかに千代の秋ぞ知らるる」（新後撰集・賀・一五八三・公守）等から判断すれば、「秋を知る」の意である。しかし、当該歌は「秋に知られる」と解釈せざるを得ず、この点で古典的な用法から若干ずれた言葉遣いである。

【現代語訳】

空の月、草葉に置く露（の風情）を、（心にかけていた）人の心も、秋にこそはっきりと知られるのだ。

稲妻

38　山松のかげ見る程ぞいなづまの光のうちの人の千とせは

【自注】　なし

【評釈】

歌題の「稲妻」は、『永久百首』題。

第一句の「山松」は、山に生えた松のこと。用例は古く『万葉集』から存在するが、和歌では「鳥羽山松」、「遠山松」「山松陰」などの複合語で用いられるのが一般的である。勅撰集では『玉葉集』、『風雅集』に多出し、「山松はみるみる雲に消え果てて寂しさのみの夕暮れの雨」（風雅集・雑中・一六九五・儀子内親王）が、「山松」のみで詠じた勅撰集初出例である。一方、連歌ではそれほど珍しいものではない。「野辺の桜の紅葉もぞ散る／山松の本あらの小萩風吹て」（竹林抄・秋・三二三・宗砌）。

一首は、『金剛般若経』の「一切有為法、如夢幻泡影。如露亦如電、応作如是観（一切の有為の法、夢幻泡影の如し。

露の如くまた電の如し、応《まさ》に是の如き観を作《な》すべし)」、及びそれを一言で言い表した「電光朝露」の語による。人間の生を夢、幻、泡、露、「電(雷のこと)」に譬え、その一瞬のはかなさを言う。中世では広く用いられた言葉であり、物語や謡曲、狂言にも多く引用される。『沙石集』にも「一期は夢の如く、電光の如く、露の如し」、「いわば今生は電光朝露の如し」(巻六の一〇)とある。

和歌にも稲妻に人間の生を喩える例は多い。「世の中のはかなき程に比ぶればなほ稲妻も久しかりけり」(永久百首・二七七・忠房)、「行末もむかしもいまもいなづまの光に過ぬあはれよの中」(草根集・巻八・宝徳二年五月二十五日・月輪宰相入道性照す、められし歌の中・稲妻)。

当該歌は、稲妻の一瞬の電光の中で浮かびあがる松の姿に、人の世の千年を見る。抑も松は、「万世を松にぞ君を祝ひつる千年の陰に住まんと思へば」(古今集・賀・三五六・素性)、「十八公栄霜後露、一千年色雪中深(十八公の栄は霜の後に露《あらは》れ、一千年の色は雪の中に深し)」(和漢朗詠集・下・松・四二五・順)とあるように、霜雪にも枯れることなく「千年」も生きるものである。当該歌は、長寿の松の瞬間の姿に、人間の一千年を見て、人間の生のはかなさを対比の形で表しているのである。正徹に、同歌題で「心からたゞいなづまの影にみて千年は過ぬ遠山の松」(草根集・巻十三・長禄元年七月二十六日・清水月次・稲妻)という同想の歌がある。当該歌もこの歌の影響を受けたか。

【現代語訳】
山に生える(千年の寿命の)松の(稲妻に照らされた)姿を見るほど(の短さ)だ。稲妻の一瞬の光のような、人の世の千年は。

題同〔稲妻〕

39　あさがほをつれなきはなと見する哉しのゝめわたるいなづまの影

【校異】［歌題］題同―槿花（島原）

【自注】なし

【評釈】

この歌も、38と同じく、『金剛般若経』などを背景に、稲妻が瞬間に光る様を詠じる。島原本が歌題を「槿花」とするのは、第一句に引かれての誤り。

「あさがほ」は、「松樹千年終是朽、槿花一日自為栄（松樹千年終にこれ朽ちぬ、槿花一日自《おのづか》ら栄をなす）」（和漢朗詠集・上・秋・槿・二九一・白居易）と詠まれるように、はかなく萎む姿を詠むことが本意である。

その朝顔が「つれなきはな」であるとは、稲妻に比べれば、朝顔の方がより長く見られる意。「つれなし」とは、元来は反応がないことを指し、そこから状態が変化しないという意味が派生した。朝顔を「つれな」いと表現する例は多くなく、藤原秀能に「夢とのみ見し世の人に比ぶればつれなきものは朝顔の花」（如願法師集・七二九）、また正徹にも「あさがほの花と露とはつれなくてまづかげきゆる有明の月」（永享九年正徹詠草・人の、崇徳院にたてまつる歌とて、すゝめられし中・槿花）がある。だが、いずれも稲妻との対比ではない。また、心敬には、「よはひも露も身にぞのこれる／つれなしとわがあさがほを花やみん」（吾妻辺云捨・三五二）の作がある。これは、「朝顔を何はかなしと思ひけん人をも花はさこそ見るらめ」（拾遺集・哀傷・一二八三・道信、和漢朗詠集）を本歌取りしており、人の生のはかなさが朝顔と対比されている。稲妻と朝顔を対比する同時期の例に、「稲妻の光のうちの人の世を花に涙や朝顔の露」（松下集・四二三・露底槿花）があり、38、39の両首を一首に詠じたような内容である。

当該歌は、朝顔と「しのゝめ」の稲妻とを比較する。「しのゝめ」の稲妻は、「山賤の垣ほに咲ける朝顔は東雲《しののめ》なら

で会ふよしもなし」（新古今集・秋上・三四四・貫之）を踏まえた言い方である。この歌は、明け方の一時しか会えない朝顔を惜しんでおり、朝顔は「東雲草」と呼ばれることもある（蔵玉集）。だが、心敬は、朝顔よりも、同じ明け方の稲妻の方がなお一瞬の出来事であり、それはすぐに萎む朝顔が「つれな」い花と見えるほどだ、というのである。はかないものの代表の一つである朝顔を基準に、一瞬の稲妻を的確に描写している。


【現代語訳】

（すぐに萎む）朝顔をつれない花と見せることだなあ。明け方に閃き渡る稲妻の光は。

嶺稲妻

40　いなづまの光の内のみねの松ふせ屋に生るこずゑのみかは

【校異】［歌題］嶺稲妻―稲妻（岩橋）

【自注】

きそのふせ屋のはゝき木こそ、あるとみればきえうせ侍るに、いなづまの影のうちの松も同といへり。（岩橋下・七二）

【評釈】

歌題の「嶺稲妻」は、先行用例に乏しい。「さしも草もゆる光はつれもなき雲もいぶきの峰のいなづま」（草根集・巻十・享徳元年七月二十六日・平等坊円秀月次）が見出せるのみである。『岩橋』の「稲妻」は『永久百首』題。こちらの方が用例は数多いが、「嶺稲妻」も『草根集』に例のあることから、底本を尊重する。なお、『十体和歌』所収歌が

『岩橋下』、『心敬集』では別の歌題で収められていることがしばしばある。正徹が自詠を書写するにあたり、歌題を改めた可能性が指摘されている。これを思い合わせれば、心敬も後に適切な歌題に差し替えた可能性がある（稲田利徳『正徹の研究　中世歌人研究』笠間書院・昭和五十三年・第二篇第二章第三節「正徹百首の諸本と成立」参照）。

当該歌の下句に詠まれる「ふせ屋に生るこずゑ」とは、「園原や伏屋に生ふる帚木のありとは見えて逢はぬ君かな」（新古今集・恋一・九九七・是則）を踏まえて、帚木のこと。帚木は、「はゝきゞといふ事、木をさしてなきなり。杜林などの上に、さし出たる木、近くへ行てみれば見えぬをいふなり」（兼載雑談）とあるように、遠くからはそれと見えるが、近づくと形が見えない木である。帚木と、一瞬しか見えない稲妻とは、「あるとみればきえうせ侍る」ことを共通点に、類比されるのである。38、39と同じく、稲妻の一瞬の様を詠んでいる。上句の稲妻に照らされる松については、38【評釈】参照。

一首の重要な類例に、『ささめごと』〈尊経閣本〉の「これや伏屋に生ふるはゝき木／いなづまの光のうちの松のいろ」を指摘しなければならない。この句は、疎句体の句例として掲げられる。親句体と疎句体のうち、心敬は疎句体を重視し、和歌では上句と下句との間に、連歌では前句と付句の間に、断絶を孕んだ作を庶幾した。その句例の後、「前句の姿・言葉を捨てて、たゞひとへに心にて付けたるなり。是等の句、しるすにひまなし」と記し、その付合が言葉ではなく心で付いた句であると評する。この付合は、当該歌と長短が入れ替わっているだけで、趣向、言葉遣いが極めて近しい。当該歌から判断すれば、『ささめごと』の句例も実は心敬の作であると思われる。

【現代語訳】

稲妻の光に照らされ（一瞬見えては消える）峰の松。（あると見たらすぐに消え失せてしまうのは、木曽にある）粗末な家に生えている（帚木の）梢だけではないのだ。

古屋月

41　宿ふかきよもぎが露に月ふけてむなしぐるまにのこるおもかげ

【自注】なし

【評釈】

歌題の「古屋月」も先行用例が十首に満たない、用例に乏しい歌題である。正徹が初めて試みた歌題で、「屋どは猶燕ならびしうつばりにあれてぞ月のひとりかゝれる」（草根集・巻七・宝徳元年四月三日・或人百首の法楽せし中）のように、茅屋に照る月を詠むのが一般的である。当該歌では、蓬生の宿で「古屋」を満たしている（15【評釈】参照）。

第一句の「宿ふかき」は、第二句の「よもぎ」を修飾して住む人のいない古びて朽ちた家の庭に草がうっそうと茂るさまを言い、さらにその草の向こうに宿の隠れている様子をいう。「ふかき」については、318【評釈】参照。

第四句の「むなしぐるま」の他の用例は管見に入らないが、或いは「空車《むなぐるま》」と同義か。「むなぐるま、やぶれてむなしき車をもいへり。又、胸のさはぐをもいへり」（玉集抄）。とあるが、心敬は「むなしき床の風ぞ身にしむ／なき人の形見の車立置《かけ捨》て」に、「此句、立置てと候はゞ、愚句にては不可有。立置て、無下也。かけ捨てと愚句に申侍り。むな車とて、なき人の葬送などの車にて候。何も、主なき車候歟」（芝草追加・六）と自注を付しており、心敬は「主なき車」の意で解釈していたようだ。『うつほ物語』や『今昔物語集』などの散文に古くから見られるが、正徹の「忍つゝ月にやり行むな車いかなるやどにたれをまつらん」（草根集・巻六〈次第不同〉・寄車恋）は心敬と同じ「無主の車」の意。一方、心敬は「露にあらそふ身とぞなりぬる／涙をばわがをしこむるむな車」（岩橋上・一六二）と詠み、自注によれば『源氏物語』葵巻の車争いの場面を描いている。この「むな車」には、「胸のさはぐ」意が掛っていよう。当該歌の「むなしぐるま」を「空車」に等しく考えれば、茅屋の傍らに打ち捨て置かれている、乗る人のない車

の情景となり、心敬の「すだれうごかす風のさびしさ／月ひとり夜るは影するむな車」（吾妻辺云捨・二四八）と似た風情の作となる。なお、「むなしぐるま」の語構成については、244【評釈】参照。

【現代語訳】
宿がその奥に隠されているうっそうと茂った蓬に置く露に宿る月も更けて、乗る人のない車には、かつての（その人の）面影だけが残っている。

山月

42　まてしばしわがいつはりのあらましをすゝむる山にかゝる月かげ

【校異】［歌題］山月―嶺月（島原）

【自注】なし

【評釈】
歌題の「山月」は、平安中期から早く見え、「春山月」や「深山月」などの結題でも多く詠まれた。正徹は、「いく世とも岩ねこりしき谷深き山としたかくいづる月哉」（草根集・巻一之下・永亨十二年十一月二十七日・住吉法楽百首。類題本第五句「月影」）など十首を詠んでいる。

第三句の「あらまし」とは、隠棲の心づもりのこと。『徒然草』五九段にもあるように、誰もがこの憂き世を逃れたいと思い、「あらまし」を立てるが、実行するのは容易なことではなかった。「しかりとて背かれなくに事しあればまづ歎かれぬあな憂世《う》の中」（古今集・雑下・九三六・篁）、「あはれいつ我があらましの限りにて背き果つべき憂き世

なるらん」（新後撰集・雑中・一四五二・高定）。当該歌の「いつはりのあらまし」も、山居の予定が偽りである、すなわち隠棲しないまま時を過ごしている現状の意である。近い言葉遣いの例に、「身をかくすこそ世にはまれなれ／あらましや皆偽になりぬらん」（美濃千句・第六・一三・宗祇）、「いま偽になれることの葉／昔おしあらましごと□（にカ）身は老て」（園塵第四・一九八六）がある。心敬にも、「雲さへつらしわすれ行空／住ばやはわがいつはりの山を見て」（心玉集〈静嘉堂本〉・一四五一）があり、隠棲した後の住まいと定めながら、隠棲しない今は「いつはりの山」であると詠む。当該歌と趣向が似る。

第四句の「すゝむる山」とは、隠遁してここに住めよ、と誘ってくれる山。「その山と契らぬ月も秋風もすすむる袖に露こぼれつつ」（新古今集・雑下・一七六二・家隆）を典拠とする表現である。家隆詠では、月と秋風が詠作主体を山住みに誘う。それに対して当該歌では、山が隠棲に招き、しかも、その山には月が懸かっていて、先に山に入る（沈む）のである。第一句の「まてしばし」は、山に入る月に対しての呼びかけであり、それは月とともに山に入って、世を逃れたいという希望を表している。

当該歌の「月かげ」は真如の月。第一句の「まてしばし」は、その光によって「いつはり」となっている現状を正してくれるようにと願っている。

【現代語訳】

しばし（山に入るのを）待ってくれ。私の偽りとなっている隠棲を勧めてくれる山に懸かっている（真如の）月の光よ。

湊初雁

43　なきぞ行心はしるやみなと江に蘆のほわたの衣かりがね

【校異】［本文］みなと江に―湊江の（岩橋）・見るときの（島原）

【自注】

閔子騫が後の母のあしのほわたをきせしつらさの心をしりて雁もなくか、といへるばかり也。（岩橋下・七四）

【評釈】

歌題の「湊初雁」は、先行用例を全く見出せない。近い歌題には、「湊畔雁」、「海上雁飛」、また季節は異なるが「湊帰雁」などがあり、「湊初雁」もそれらの類推であろう。

一首は、孔子十哲の一人であり、孝子として著名な閔損（閔子騫）の説話を典拠とする。継母に疎まれた閔損は、寒中にあって蘆の穂綿で作った粗末な服を着せられ、寒さに凍える。それを見かねて、継母を追い出そうとする父に対して、閔損は「母在一子寒、母去三子単（母在らば一子寒く、母去らば三子単《ひとへ》なり）」と言って継母を守った、という説話である。『蒙求』閔損衣単や『二十四孝』に収められ、広く知られた説話であった。心敬には、「たのまぬものよ中のいつはり／あしの穂はかさねし衣のわたならで」（岩橋上・三四九）の作があり、「閔子騫が後の母の、三人の子にはまことのわたをきせて、子騫にはあしの穂をきせ侍しいつはりの中にあることを」と自注を付す。当該歌と同じく、閔損説話に取材した句例である。

第五句の「衣かりがね」は、「衣借り」と「雁」の掛詞。『古今集』の「夜を寒み衣かりがね鳴くなへに萩の下葉も移ろひにけり」（秋上・二一一・読人不知）を出典とする。これを本歌取りした「風寒み伊勢の浜荻分け行けば衣かりがね波に鳴くなり」（新古今集・羇旅・九四五・匡房）では、「伊勢の浜荻」が詠まれる。「伊勢の浜荻」は、院政期あたりから、蘆の異名と考えられた。当該歌では、「みなと江」（港である入り江）に蘆が群生している情景である。島原本の「見るときの」は誤写。

当該歌の依拠した閔損説話には雁は登場しないので、閔損説話と雁の結び付きには何らかの根拠が必要になるが、

この匡房詠を重視すれば、寧ろ蘆と「衣かりがね」が結び付いていると考えられる。蘆と雁は当時の絵画でも有名な主題であった。「蘆のほわた」は、蘆の穂の細毛がほほけたのをいう。和歌では、正徹の「身をかくす蘆のほ綿のさむき夜も思ひぞいづる鶴の毛衣」（草根集・巻三・永享六年四月十二日・草庵の月次・当座・蘆間鶴）が初出。さらに、正徹には、「ながれ江の蘆のほしろきわたぎぬを寒きつばさにかへる雁金」（草根集・巻十二・康正二年十月五日・修理大夫家月次・江残雁。類題本第五句「かくる」）と雁にも詠んでいるが、それは冬に残った雁の翼に雪のかかっている状態をいうのに対して、当該歌では、「蘆のほ綿」を「衣」に見立て、それを雁が借りるとした点に心敬の工夫が見られる。蘆の穂綿の衣を着る雁を詠む当該歌に近い作例がある。

整理すれば、当該歌は、歌題の「雁」から「衣かりがね」、さらに「伊勢の浜荻（＝蘆）」に及び、蘆の穂の衣から閔損説話が呼び出され、一首が成り立つのである。

【現代語訳】
鳴きながら飛んでゆく。（閔損の）心を知っているのか、湊の入江に、蘆の穂綿の衣を借りてゆく雁は。

朝紅葉

44　すゝきちるかれ野のうへの朝ぎりにのこるもうすき峰の紅葉ば

【自注】なし

【評釈】
歌題の「朝紅葉」は、『建保四年八月二十二日歌合』にて出題されたほか、同時期の為家と順徳院に作例があるの

みで、それ以後当該歌まで作例が見出せない。非常に珍しい歌題である。これは、夕暮れの赤と入り交じる紅葉を詠む「夕紅葉」、「暮山紅葉」題の類例として、試みられたものであろう。

朝霧の向こうにほのかに見える紅葉を描く。「薄霧の立ち舞ふ山のもみぢ葉はさやかならねどそれと見えけり」（新古今集・秋下・五二四・高倉院）など、霧に隔てられる紅葉を詠む例は多い。「朝ぎりにのこるもうすき」という表現は「そことしも麓は見えぬ朝霧に残るも薄き秋の山の端」（玉葉集・秋下・七四五・内経）、「晴れやらぬ外山の空の朝霧に残るも薄き月の影かな」（頓阿勝負付歌合・三八）などがある。

第一、第二句に詠まれる「薄が散る枯野」の主題は、単なる情景描写ではない。『ささめごと』〈尊経閣本〉には、和歌の詠み方について、「昔の歌仙に、ある人の、歌をばいかやうに詠むべき物ぞと尋ね侍れば、『枯野のすゝき、有明の月』と答へ侍り。これは、言はぬ所に心をかけ、冷え寂びたるかたを悟り知れとなり」とある。これは「見ればげに心もそれになりぞ行く枯野の薄有明の月」（西行法師家集・五五五）を典拠とする言葉である。同歌は、『兼載雑談』、『雲玉抄』でも取り上げられ、特に『雲玉抄』は「三体にほそからびたるとは、これらにてやあらん」と述べる。建仁二（一二〇二）年に撰ぜられた三体和歌の秋・冬歌の姿であるという。つまり、「薄が散る枯野」の主題は、「ひえさびたる」、「ほそからびたる」という心敬の好む風情であり、しかも心敬にとっては詠歌における根本的な態度に関わるものであったのである。

【現代語訳】

薄が散る枯野の上にかかる朝霧の向こうに、（散り）残りながらも（その濃い色が）薄く見える峰の紅葉の葉よ。

暮秋月

45　秋の行心もさぞなすゝきちるかれ野のうへにほそき月かげ

【自注】なし

【評釈】

歌題の「暮秋月」は、『為家集』を初出とし、心敬以前では十首程度である。「帰るさの秋も名残を惜しむらん時雨がちなる有明の月」（為家集・七五八）。

44に引き続き、「薄が散る枯野」という心敬らしい主題を詠じる。加えて、第五句には「ほそき月かげ」が詠まれており、本歌である「見ればげに心もそれになりぞ行く枯野の薄有明の月」（西行法師家集・五五五）に密着した詠みぶりである。同時期の「あはれくらぶるむしのこゑ〴〵／薄ちるすゝ野ゝ月のほそき夜に」（新撰菟玖波集〈実隆本〉・秋上・六五二・専存）は、前句の「あはれくらぶる」を、虫同士の競合から、月の枯野の風情と虫とのそれに取りなし、ともに「あはれ」であると詠む。当該歌と言葉遣いも近く参考になる。

歌頭の「秋の行心」とは、暮れてゆく秋の心。擬人化した「秋」を主体とした表現である。第二句の「心もさぞな」は、心敬の「夕暮語れ故郷の月／荻の葉の心もさぞな秋の風」（竹林抄・秋・三三二）、また正徹の「いそぐらむ心もさぞなあれわたる春の田面のかりのとこ世を」（草根集・巻一之上・応永二十七年二月十七日・聖廟法楽百首・帰雁）から判断すれば、その「心」は、詠作主体が推し量ることしかできないものである。前者では「荻の葉」、後者では「雁」という、ともに無情の「心」が対象となっている。従って、「秋の行心」を、秋思に囚われる人間の心と解釈するよりも、完全に理解することの難しい「秋」の心と考えるべきだろう。また、「行秋の心」ではなく、特に「秋の行心」とあるのは、「遥かなる唐土までも行くものは秋の寝覚めの心なりけり」（千載集・秋下・三〇二・大弐三位）のような、空間的な表現を意図したためではないか。

本歌の西行詠では、詠作主体である人間の心が、「枯野の薄有明の月」に重なると詠われていた。当該歌は、移ろいつつある「秋」の心も、人間と同様に、「枯野の薄有明の月」と一体になっているだろうと推測しているのである。

【現代語訳】

秋の暮れてゆく心もいかにもそうであろうよ。（その心を表すかのように）薄が散る枯野の上に掛かる細い月の光よ。

暮秋風

46 あきの色や物おもふ宿にのこるらんわが袖したふ木がらしのかぜ

【自注】なし

【評釈】

歌題の「暮秋風」は、鎌倉初期に初出し、十例ほどの用例を数える。正徹にも「空も今秋と冬とのあひの風くるかしたふか雲ぞしぐるゝ」（草根集・巻七・宝徳元年九月二十七日・備前入道浄元家月次・当座）の作例が見られ、正徹門で試みられたことが分かる。この歌は、秋と冬との「あひ」の風（「間」と「あひの風」との掛詞）を詠むが、季節は異なるものの、「水無月の晦日《つごもり》の日詠める」の詞書きを持つ「夏と秋と行き交ふ空の通路はかたへ涼しき風や吹くらん」（古今集・夏・一六八・躬恒）と同想である。

第一句の「あきの色」は、漢語「秋色」の訓読語である。秋の風情といった意味で、「鶏漸散間秋色少、鯉常趨処晩声微（鶏の漸く散ずる間に秋の色少し、鯉が常に趨《わし》る処に晩の声微なり）」（和漢朗詠集・上・秋・立秋・二〇五・保胤）の「秋色」のように、必ずしも紅葉の「色」と解さなくてもよい。勅撰集では「住む人のかれ行く宿は時分かず草木も

秋の色にぞありける」（後拾遺集・雑二・九一七・兼平母）が初出であり、特に『新古今集』時代の歌人に好まれた歌語である。

「愁」の字は「秋」の「心」と解字されるように（34【評釈】参照）、秋は物思いの季節である。第二句のように、特に「物おもふ宿」とあるのは、「鳴き渡る雁の涙や落ちつらん物思ふ宿の萩の上の露」（古今集・秋上・二二一・読人不知）以来の定型表現である。

「木がらし」は、「山里の賤の松垣隙《ひま》を粗みいたくな吹きそ木枯の風」（後拾遺集・秋下・三四〇・大宮越前）、「いつの間に空の景色の変はるらん激しき今朝の木枯の風」（新古今集・冬・五六九・国基）から分かるように、秋から冬にかけて吹く風である。前掲正徹詠でも、同じ題で「秋と冬とのあひの風」が詠まれていた。当該歌の「木がらし」も同様に、歌題の「暮秋」が示す秋と冬との狭間を言い表す景物である。

風が袖を「したふ」とする例は、当該歌と「岡のべや梅のかごめの初わかな摘袖したふ花の朝風」（心敬集・三〇三・若菜）しか、用例を見出し得ない。袖を「したふ」ものは、「帰るさの袖まで月は慕ひ来ぬ人は送らぬ秋の山路に」（続千載集・雑上・一七五三・道性）、など、露、涙、またはそれに宿る月であることが多い。風が袖を「したふ」というのは心敬独自の表現といえよう。但し、先掲した正徹詠に「くるかしたふか」とあり、同歌題である点から見ても心敬は参考にしたか。

【現代語訳】

秋の風情は、物思いにふける宿に残っているのだろうか。私の袖を慕って吹く凩の風よ。

古郷時雨

47　此世よりふりぬるやどの小夜時雨うき身を苔の下にきくかな

【自注】なし

【評釈】

「古郷時雨」は、先行用例の極めて僅少な歌題である。正徹にも詠じた形跡を窺い得ず、主要な歌集では「村雲や風に任せて飛ぶ鳥の飛鳥の里は打ち時雨れつつ」（拾遺愚草・下・二四〇七）が目につく程度である。当該歌の「ふりぬる」は、「古りぬる宿」と「降りぬる」の掛詞。「古郷時雨」題を満たすための措辞である。

第一句の「此世より」は、下句の「苔の下」と呼応して、生前の意。「より」は時間的起点を示す。心敬は、「みちたえてこそ山もふかけれ／この世より身はうづもるゝ苔の戸に」（心敬連歌自注〈校本〉・六五）を、「いける世より苔の底にうもるゝばかりの庵なれば」と解説している。当該歌と同じく、生きているこの世、現世という点が強調されている。

この世に生きていながら、時雨の音を「苔の下にきく」とは、これも心敬が「宿はあれぬうき身ぞきゝし玉霰此世を苔の下にきく夜に」（心敬難題百首自注・五三・屋上聞霰。心敬集第二句「消し」）に、「ふる屋はむもれて、ひとり霰をきゝ侍るね覚などは、偏に此世をばさり侍る身かとあやまたれぬるなるべし」と付注するのが参考となる。古屋を打つ霰の音を聞けば、孤独感とあいまって、自らを死したもののように感じるというのである。さらに、「聞ほどは月をわするゝ時雨かな」（新撰菟玖波集〈実隆本〉・発句下・三八〇三・心敬、竹林抄）に、「深夜などに時雨のこぼれ侍るをきくたゞぢには、うらめしき事をも忘るゝ。感情ふかしと也」（岩橋上）と自注を付す。夜の時雨の音は、月を曇らす恨みを忘れさせるほど「感情ふかし」なのである。この二例を敷衍すれば、茅屋に聞く小夜時雨の音により、死を意識させるほど心を動かされる情景が、当該歌の歌意である。

心敬の「雲は猶さだめある世のしぐれかな」（新撰菟玖波集〈実隆本〉・発句下・三八〇〇、竹林抄）は、変転する憂き世の有様を時雨と対比した句として名高い。それを受けた宗祇の「世にふるもさらにしぐれのやどり哉」（新撰菟玖波集〈実隆本〉・発句下・三八〇一）は、「世にふるは苦しきものを槙の屋に易くも過ぐる初時雨かな」（新古今集・冬・五九〇・二条院讃岐）を踏まえつつ、世にある苦しさを時雨に仮託する。当該歌と言葉遣いは似るものの、当該歌で心敬は、不安定さや苦しみを越えた、深い心情を表出しているのである。


【現代語訳】

この世に生きているうちから時を経た家に降る小夜時雨よ。つらいこの身を、（死んだもののように）苔の下で聞くことよ。

霜夜鐘

48　白妙のしもついづものこゑふけてみやこの夢にさゆるかねかな

【自注】

此下つ出雲寺のこと、いせ物語、古今集などに侍り。在所さま〴〵の義侍り。定れる所侍る歟。（岩橋下・四三二）

【評釈】

歌題の「霜夜鐘」は、心敬に先行する用例を見出せなかった。類例の「霜夜聞鐘」題も、「寺ふりて嵐ふく夜の霜ながら木のはのうつもひゞく鐘哉」（草根集・巻八・宝徳二年十月十五日・大光明寺月次。類題本第四句「上も」）しかなく、ともに珍しい歌題である。

霜夜に冴える鐘の音は、「高砂の尾上の鐘の音すなり暁かけて霜や置くらん」（千載集・冬・三九八・匡房）以来、定型的な趣向である。正徹の「常よりもちかく聞哉さゆる夜の霜こそ鐘のひゞきなりけれ」（草根集・巻六〈次第不同〉・冬鐘）も、霜夜には、普段よりも身近く聞こえる鐘の音が詠じられている。当該歌では、特に「しもついづも」寺という具体的な鐘の声である。

「しもついづも」は、第一句の「白妙」が掛かって「霜」の意を含み、歌題の「霜夜」を満たす一方で、下出雲寺を示す掛詞である。下出雲寺は、『古今集』に収められる「包めども袖に溜まらぬ白玉は人を見ぬ目の涙なりけり」（恋二・五五六・清行）の詞書きに、「下出雲寺に人のわざしける日」と現れることで知られる（但し、自注にある『伊勢物語』とその古注には求め得ない）。その特定については古来諸説あったらしく、例えば冷泉家流の『古今集注（為相注）』には、「しもついづも寺と云事、一説、本雲居寺《うんごじ》。一説、下御霊《しもごりよう》。いづくにてかあらん、新御霊と中人も侍るにや。又云、下ついづも寺とは、毘沙門堂也。出雲路よりすこし下によりたれば云といへり。出雲前司成季と云者の建立也。是が実儀也」とある。なお、下出雲寺を和歌、連歌に詠み込む用例は、「春の雨はかれ行しもつ出雲寺のこる八雲やはつざくら花」（草根集・巻四〈次第不同〉・古寺春雨。類題本第一句「春の雨」、第二句「晴行く」、第四句「のこるは」）しか見えず、或いはこの歌に学んだか。

第四句の「みやこの夢」は、「うちも寝ず嵐の上の旅枕都の夢に分くる心は」（拾遺愚草・下・二六八九、風雅集）、「行雁の都の夢もかへるらんこしの浪ぢのあらき旅ねに」（草根集・巻十二・康正元年二月二十日・草庵月次・当座・帰雁）などから判断すれば、本来は都を見る夢のこと。しかし、当該歌では都で見る夢のことで、そこに鐘の音が響き渡っている。

【現代語訳】

真っ白な霜の降る夜、下出雲寺の鐘の声に夜が更けて、都で見る夢の中に冴える鐘の声よ。

閑山雪

49　おもひたへまたじとすれば鳥だにもこゑせぬ雪の夕暮の山

【校異】［歌題］閑山雪―閑中雪（百首〈天理本・京大本〉・心敬集）

【自注】

さしも山居には、とふ人のおもひをたえ侍るに、ふりくるゝ雪のゆふべは、鳥だにも一こゑせねば、さびしさにたへかね、とはぬ人のいまさらまたれ侍る。たゞ、雪の底の夕にたへかねたる感情《かんせい》をいへり。（岩橋下・一四）

此歌、すこし心ふかく申侍にや。心をとゞめて見給はゞ、作者本望にや。（百首〈天理本〉・六九）

此歌は、いさゝか心ふかく仕侍るやうに拙者思ひ侍る。さては、心をとゞめて見給はゞ、ありがたく思ひ侍べし。ぬし、心をとゞめぬるかな。（百首〈京大本〉・六九）

【評釈】

「閑山雪」は当該歌のみに見出せる歌題である。『百首』〈天理本・京大本〉では「閑中雪」題であり、それには「雪のうちになく声せぬや村どりのはみこし水も今朝たゆるがに」（草根集・巻一之下・文安六年三月二十四〜二十七日・住吉法楽百首）他、数十例を認め得る。とはいえ、『百首』〈天理本・京大本〉以外の諸本は「閑山雪」で一致する。「閑山月」の類題も存在することから、ひとまず「閑山雪」と考える。「すこし心ふかく」（百首〈天理本〉）、「いさゝか心ふかく仕侍る」（百首〈京大本〉）によれば、心敬自讃の一首である。心敬は、「閑中灯など、いへる題に、しづかなるとよむべき也。静なる心をふくみて、いかにも感情のあるやうによむべし」（心敬法印庭訓聞書）と述べるが、当該歌の歌題の「閑」字をそのように詠み得た自讃か。

雪山の孤独の中、友を待つ人物が描かれる。同じ趣向には、「降り初むる今朝だに人の待たれつる深山の里の雪の

夕暮れ」（新古今集・冬・六六三・寂蓮）、「契りし事のあとものこらず／さらでだにとはれぬやどの雪のくれ」（新撰菟玖波集〈実隆本〉・冬・一二一五・実淳）など、数多くの類型を指摘できる。特に寂蓮歌の第五句「雪の夕暮れ」は、制詞でもあった（詠歌一体、近来風体等）。当該歌では、「雪の夕暮」の語は第四句と第五句に跨っており、それにより制限を逃れたのであろう。この歌には、心敬も「是は、み山の里に住居したる人の、雪のあしたにいひたる也。初雪のあしたにだにさびしく人のまたるゝに、まして雪の夕ぐれのかなしからん事はと思ひやりたるなり」（新古今抜書）と注し、夕べの雪山の寂しさに意識的である。さらに、「秋もなをあさきは雪のゆふべ哉」（岩橋上・九二）の発句に、「深雪の夕のさびしくせんかたなきにたぐへ侍れば、秋の夕はあさくこそと思ひ侍ると也」と自注を付し、雪の夕暮れを秋の夕暮れよりも寂しいものと考えていた。当該歌の「雪の夕暮れ」も、単に美しい光景なのではなく、非常に孤独な、鳥の声さえもしない寂寞とした情景なのである。

第二句の「またじ」は、待つことを過ぎて、却って待つまいと思うこと。「頼めつつ来ぬ夜あまたになりぬれば待たじと思ふぞ待つにまされる」（拾遺集・恋三・八四八・人麻呂、和漢朗詠集）は、男性を待ち続けて、却って待つまいと思い至った女性の心情を詠む歌である。当該歌に恋歌の風情はないが、相手を待つ感情には等しいものがある。

歌題の「閑」は、「鳥だにも声せぬ」によって満たされている。これも古歌に「飛ぶ鳥の声も聞こえぬ奥山の深き心を人は知らなん」（古今集・恋一・五三五・読人不知）とあり、鳥の声も聞こえないほどの奥山が詠われている。当該歌ではさらに雪の趣向が加わるが、雪が音を吸収し、周囲を「閑」にすることは実感として理解できる。但し、雪の中の鳥の声によって「閑」を示すのは、「閑中雪」題の前掲正徹歌と等しく、或いはそれを意識したか。

【現代語訳】

諦めて、（友を）待つまいとすると、鳥さえも声を立てない雪の降る夕暮れの山よ。

歳暮

50　年さむき松の色にぞつかへては二心《ふたごころ》なき人もしられん

【校異】［本文］色にそ―色にて（岩橋）　さむき―さむみ（百首〈天理本〉・心敬集）

【自注】

年のすゑまで松のつゐに色かへぬことを、文にも、勁松年寒にあらはれ、忠臣は国のあやうきにまみゆるといへば也。されば、古今集にも此文のこゝろを、雪ふりて年のくれぬるとよめり。（岩橋下・一二三）

これは、霜雪にあらたまらざる松のつれなさ、年の末にあらはるといへる。勁松は年のさむきにあらはれ、忠臣は国のあやうきにまみゆと云文の心、としのくれに思合侍る也。（百首〈天理本〉・七〇）

これは、露霜にあらたまらざる松のつれなさ、年の末にあらはるといへり。勁松はとしのさむきにあらはれ、忠臣は国のあやうきに見ゆなどいへる文の心を、としのくれに思ひあはせぬる也。（百首〈京大本〉・七〇）

【評釈】

歌題の「歳暮」は、『和漢朗詠集』にも立項される、冬季の主要な題材である。当該歌には松が詠まれるが、「歳暮松」という派生した歌題もある。「年こゆる色やはかへむ高砂の松もむかしの興津《おきつ》しら波」（草根集・巻七・宝徳元年十二月二十日・恩徳院の月次・歳暮松）。

自注によれば、潘岳「西征賦」の「勁松彰於歳寒、貞臣見於国危（勁松歳の寒きに彰れ、貞臣国の危ふきに見《あらは》る）」（文選・巻十）を典拠とする。この一節は『句双紙』、『金句集』のような名句選にも取られ、広く知られたものであった。他の木々が葉を落とす冬にも色を変えない常緑の松のことを、忠義の臣が国難のときにこそ現れることに比喩している。冬になっても枯れることのない松を褒め称える趣向は、『岩橋』で言及される「雪降りて年の暮れぬる時にこそつ

ひに紅葉ぬ松も見えけれ」（古今集・冬・三四〇・読人不知）、またそれを本歌とした「雪の中につひに紅葉ぬ松の葉のつれなき山も暮るる年かな」（続後撰集・冬・五二五・家隆）など、和歌・連歌でも類型的な主題である。『古今集』歌には、例えば、「此歌の心は、年寒《寒》して松風を知と云也。文選西征賦云、勒松彰於歳寒、然後知松之後凋爪と云り。詩云、十八公栄霜後露、一千年色雪中深といへる心也。又、松柏年寒□《其》色露、賢臣国危時其忠顕云々。この心とも也」（古今集注〈為相注〉）と注され、『岩橋』と同じく、典拠として「西征賦」が指摘されている。さらに、「十八公栄霜後露、一千年色雪中深（十八公の栄は霜の後に露れ、一千年の色は雪の中に深し）」（和漢朗詠集・下・松・四二五・順）、「子曰、歳寒、然後知松柏之後彫也（子曰く、歳寒くして、然る後に松柏の彫むに後るるを知るなり）」（論語・子罕）の、都合三種の典拠が掲出されている。整理すれば、心敬は「歳暮」題から、『古今集』歌の「歳の暮れぬる」ときの常緑の松を意識し、さらにその典拠である「西征賦」へと遡って題意を満たそうとしているのである。

第四句の「二心なき人」は、直接的には「西征賦」の「貞臣」を和らげた表現であろうが、「山門、二心なく君を擁護し奉し」（太平記〈流布本〉・巻十五）など、中世の軍記物語に屢々見られる表現である。「忠則無二心（忠なれば則ち二心無し）」（六韜・論将第十九）に端を発し、主君への忠義心を描写する際に用いられる。「山は裂け海はあせなん世なりとも君に二心我があらめやも」（新勅撰集・雑二・一二〇四・実朝、増鏡）、「君をおきては誰によらまし／めぐみなき世にもあらめや二心」（園塵第四・二二四二）など、和歌・連歌でも珍しくない。心敬の「二心なき人」も、「貞臣」から直接導かれたのではなく、物語や武人の和歌などを介して生み出されたのではないだろうか。

【現代語訳】

年の末の寒さの中、（変わらない）松の色で君に仕えたならば、二心を持たない忠臣も知られるであろう。

鷹狩

51　はし鷹のすよりそ立《だち》し人ぞあるころす心をなにをしふらん

【校異】［本文］すよりそ立し―すよりそたちし（岩橋）・すよりいてにし《そたちし》《ヒヒヒヒ》（百首〈天理本〉）・すより出にし（百首〈京大本〉）・巣よりそたてし（心敬集）

【自注】
もろこしの梁の誌公などは、鷹のすにてそだてしぞかし。又、わが国良弁法師などは、わしのとりてやしなひしぞかしに、人はうたてく、鳥をころせとつかひいる、と也。（岩橋下・一二）

梁の誌公といへる人は、鷹のすよりいでたると也。此国にも、朗弁もわしにとられて、そだち侍などの事を。（百首〈天理本〉・六五）

梁の誌公といへる明聖は、鷹の巣にむまれて、やしなひいだしたる人也。さてはなさけしるなるを、なにとてかり人のころす心をしへいれける、うたてき事と也。（百首〈京大本〉・六五）

【評釈】
歌題の「鷹狩」は、『堀河百首』題。

上句の「はし鷹のすよりそ立し人」とは、宝誌和尚（四一八年～五一四年）のこと。南朝・梁の僧侶である宝誌は、幼い頃、鷹の巣にいる所を発見された。「上巳日聞児啼鷹巣中、梯樹得之、挙以為子（上巳の日、児の、鷹の巣の中に啼くを聞き、樹に梯《はしご》してこれを得て、挙げて以て子と為す）」（五灯会元・巻二）、また景徐周麟「画鷹賛」に「又梁宝公、産于鷹巣中、手足鳥爪（又梁の宝公、鷹の巣中に産まれ、手足は鳥の爪なり）」（翰林葫蘆集・巻九）などと禅籍に見える。心敬の自注間には、鷹の巣で「そだてし」（岩橋）、「むまれて、やしなひいだしたる」（百首〈京大本〉）と若干の差異が見

られるが、書き方の違いによるものであろう。宝誌は未来記である「野馬台詩」の作者とされ、中世には神格化された存在であった。『応仁記』にも言及があり、宝誌に関する知識は当時広く流布していたと見て良い。

また、自注に言及される日本の良弁（朗弁）（六八九年～七七四年）は、幼時、鷲にさらわれてその巣に住んでいたという。長じて、東大寺初代別当となった名僧である。「東大寺の縁起をほゞ承れば、良弁僧正、幼少の時、鷲に養はれて、木の上にすみけるに」（沙石集・巻五末の一〇）、「二歳時母桑焉。置児於樹陰。忽大鷲落捉児而去。母悲望趁鷲而往、不帰家（二歳の時、母桑とる。児を樹陰に置く。忽ちに大鷲落りて児を捉へて去りぬ。母悲み望みて鷲を趁《お》ひて往き、家に帰らず）」（元亨釈書・巻二）。

宝誌と良弁の説話に共通するのは、鷹や鷲という狩猟に用いられる猛禽に育てられた点である。ここから心敬は、本来鷹や鷲は、人間を養育できる情愛のある鳥であると規定する。それにも拘わらず、狩猟では他の動物を「ころす」ように仕込まれている。ここに人間の罪を見出し、非難するのが当該歌の趣旨である。『徒然草』の「生をくるしめて目を悦ばしむるは、桀・紂が心なり」（一二一段）、「大かたいける物ころし、いため、たゝかはしめてあそびたのしまむ人は、畜生残害のたぐひなり」（一二八段）という見解に通じる。殺生戒を犯すという観点から、狩猟や漁を批判するのは古典の常套である。当該歌ではその点よりも、鷹や鷲の本性をまげ歪める点が弾劾されている。

なお、本文の「そ立し」は、「そだてし」（岩橋）、「そだち侍」（百首〈天理本〉）から判断して「育ちし」の意。「ぞ立し」とすれば、「人ぞある」の「ぞ」と重なるので良くない。

【現代語訳】

はし鷹の巣から僧に育った人もいるのだ。（それなのに、）鷹に殺す心をどうして教えるのであろうか。

初恋

52　ほの見しはまだ色分《わか》ぬはつ草の露を枕にいつかむすばん

【自注】

北山にて紫の上を見そめ給し時、初草の身ををくらさん露などいへる心を。（岩橋下・八八）

【評釈】

歌題の「初恋」は、『堀河百首』題。その詠み方について、『題林愚抄』は「初恋といふは、見ても聞きても、初めて思ひ初むる心をもいふ。また、もとより心に思へども、初めてかくと言ひ知らせ、文などをやる心をも、いづれをもともに詠むべし」（題林愚抄）と述べるが、当該歌は前者の詠みぶりである。

当該歌は、『源氏物語』若紫巻を本説とする。北山に療養に赴いた源氏が、まだ幼い紫の上を目にする場面である。そこで、紫の上の祖母である尼君が「をひたたんありかも知らぬ若草ををくらす露ぞ消えんそらなき」と詠み、紫の上が成長するまで生きられないであろう自らを露に喩えて嘆く。それに対して、女房が「初草の生ひ行くすゑも知らぬ間にいかでか露の消えんとすらむ」と慰めるやりとりを源氏は目にする。心敬の自注によれば、当該歌はこの箇所を典拠とする。

加えて、その直後にある、源氏が尼君に「初草の若葉のうへを見つるより旅寝の袖も露ぞかはかぬ」と詠み掛け、尼君が「枕ゆふこよひばかりの露けさを深山の苔にくらべざらなむ」と返す場面も、典拠と考えて良かろう。源氏は、先ほど目にした尼君と女房のやりとりから「初草」「露」の語を引き、「初草の若葉のうへ」（＝紫の上）を見たときから、恋しさの余り「露」（＝涙）で袖が濡れると告白する。当該歌の「枕」は、尼君の歌にある「枕結ふ」から摂取したと考えられる。

但し、尼君と女房とのやりとりでは「露」とは尼君を指し、源氏と尼君とのやりとりでは「露」は源氏の涙の象徴である。だが当該歌では、「はつ草の露」を枕に結ぶのであるから、それは紫の上を象徴すると考えられる。本説の言葉を適宜組み合わせながら、別の寓意を表すところに、心敬の趣向が窺える。

第二句の「色分ぬ」は、「春あさき原の若菜はもえやらで／まだみどりとも見えぬはつ草」（宝徳四年千句・第六・一六・英阿）のように、初草がまだ緑色を萌《きざ》していない状態を指す。そこには、紫の上がまだ幼く恋を知らない様であることが掛けられている。

【現代語訳】
ほのかに見たのは、まだ色を区別できないほどの初草（のような幼い少女）の露（の涙）を枕にいつか結びたいものだ。

忍恋

53　おろかにもおとすなみだをおもふことわが心にはなにしらせけん

【自注】なし

【評釈】
歌題の「忍恋」は、『永久百首』題。

恋を忍ぶ段階では、思わず流す涙のせいでそれを人に知られると詠むことが多い。「恋しきも思ひこめつつあるものを人に知らるる涙何なり」（後撰集・恋三・七二二・中興）。「物思ふと言はぬばかりは忍ぶともいかがはすべき袖の雫を」（新古今集・恋二・一〇九二・顕仲）。逆に言えば、涙を流さなければ人に顕れることもないのであるから、忍ぶ恋

心を自分の身体に知らせたくないと詠む歌が出てくる。泣きたくないと心が思っても、身体が堪えきれず涙を流してしまうというのである。心敬は、「こゝろゆるさぬわが涙かな／しのぶるは身のしるだにもかなしきに」（心敬連歌自注〈校本〉・四〇）に、「しのぶるにたへて、わがふるき心《かか》をもわが身にもしらせじ物をといへる所、はかなき事ながら、あまりのときはかばかりのことも侍るべくや」と注する。「思ふ事しれば涙ぞ袖にもる身にもこゝろを猶やへだてん」（草根集・巻六〈次第不同〉・忍恋。正徹詠草〈常徳寺本〉では、永享六年二月十二日・草庵月次・当座三十首続歌）などと同想で、思う通りにならず涙を流してしまう身体と、心とを離してしまいたいと詠んでいる。

当該歌の下句は、「知らせても無駄なのに」の気持ちを含意する。私が涙を留めようとしても、それを留めることは不可能であるからである。「つゝめども身をばおもはぬ涙ともたちてしらるゝ袖の上哉」（草根集・巻二・永享二年正月十四日・年ごとの事にて、安禅寺へ僧あまたともなひてまかりての一続・忍恋。類題本第四句「おちて」）のような、私の意に反する涙を主体的に扱う先行用例もあるが、当該歌には「おとす」とあるので、心と身体は乖離している。これによって、当該歌は、さらに踏み込んで恋心のつらさだけでなく、心ならずも落とす涙をも苦にするという状況を詠んだ点が眼目である。

【現代語訳】

愚かにも、（ひとりでに）落としてしまう涙を悩むということを、私の心にどうして教えてしまったのだろうか。

忍涙恋

54　ねぬるまはわれだにしらぬなみだをも夢にとひつる人やもらさん

【校異】［本文］とひつる—みえつる（島原）

【自注】なし

【評釈】

歌題の「忍涙恋」は、『草庵集』ほか、正徹以前には五例しか見出せない。それに対して『草根集』には、「袖のうへにおつともしらじ中々におさへば人の涙とやみむ」（巻二・永享元年十一月六日・草庵月次・当座）以下六首が収められる。

「思ひつつ寝ればや人の見えつらん夢と知りせば覚めざらましを」（古今集・恋二・五五二・小町）とあるように、相手を思えば夢で逢えると考えられた。当該歌でも、詠作主体の恋心故に、夢の中で相手が訪ねて来てくれた。そして、寝ているうちに流した、恋するあまりの涙に、覚めて後に気付いたのである。「君恋ふと夢のうちにも泣く涙覚めての後もえこそ乾かね」（新勅撰集・恋三・八三二・頼政）、「夢にさへ涙堰きあへぬ身にしあれば寝ても覚めても濡るる袖かな」（永久百首・四七五・兼昌・寝覚恋）。第二句の「われだにしらぬ」は、この涙が寝ている間に知らずに流したものであることを指し、「落ちけりな我だに知らぬ涙かな枕濡れゆく夜半の独り寝」（風雅集・恋三・一一九四・徽安門院）と同想である。つまり、眠っている体が流していたとはいえ、心としては涙を堪えたという論理で、歌題の「忍涙」が満たされている。

夢に来てくれた相手は、眠っている詠作主体が涙を流しているのを見たが、そのことを他の人に語ってしまうかもしれない。涙とは、秘めた恋心の証しであった（53【評釈】参照）から、それが洩れれば、恋の思いも広まってしまうに等しい。「夢とだに思ひ定めぬ逢ふことを現になして誰もらしけん」（続後拾遺集・恋三・八六九・公宗母・逢後顕恋といふことを）は、現実に逢瀬を交わした後に、恋人がそのことを他の人に洩らした例である。当該歌ではあくまでも夢の中での逢瀬であるが、口外することへの不安感、不満は共通していよう。

なお、島原文庫本の「みえつる」の異文は底本との優劣を決め難いが、ひとまず底本に従う。

【現代語訳】
寝ている間は、自分でさえも知らない（で流す）涙をも、夢でやって来たあの人は、（他の人に）洩らすのだろうか。

題同〔忍涙恋〕

55　袖くちぬ世のはかなさの涙ともさのみはいかで人にこたへむ

【自注】なし

【評釈】
第一句のように、袖が朽ちてしまうほどの涙を流せば、他の人が訝《あや》しみ、その故を問うことは自然である。だが、恋心を忍んでいる状況では、それに素直に応じることはできない。「人問はば袖をば露と言ひつべし涙の色をいかが答へん」（続後撰集・恋一・六八三・俊成・忍恋）では涙を露とまぎれさせ、「人問はば月ゆゑ落つるならひぞと答へやせまし袖の涙を」（新千載集・恋一・一一四二・義詮）では、月故に落ちた涙であると本当の理由をはぐらかしている。とはいえ、俊成詠や「人にとはればいかゞこたへん／涙をばまぎらはすべき色もなし」（川越千句・第七・二九・印孝）から分かるように、血涙の紅の色を隠す術はないのである。但し、これらの例では涙を流すこと自体は隠す必要はない。だが、当該歌は「忍涙恋」題であるから、涙そのものを誰にも見られてはならないはずである。

この歌では、涙が「世のはかなさ」の故と明らかにされる。この「世」は世の中の意。恋の涙であるのに、それを「世のはかなさ」のせいにするのであるから、この「世」に恋の含意はない。「世のはかなさ」は、「思へども定めな

き世のはかなさにいつを待てともえこそ頼めね」（新古今集・離別・八七九・行尊）ほか、勅撰集にも用例のある語である。だが、「はかなさの涙」と繋げる例は見出せない。「世のはかなさ（に因る）涙」を「の」の一字に短く詰めるのは、連歌的な圧縮表現である。

下句は反語で、「世のはかなさ」という理由では、「袖くち」るほどの涙の説明にはならない、という意味。涙を忍んでいたにも拘わらず流してしまった、しかもそれが恋に因る涙であることを強調している。

【現代語訳】
袖は朽ちてしまった。世の中がはかないことに因る涙であると、それだけではどうやって他の人に答えようか（答えられない）。

寄海恋

56 つらかりしなみだのまゝのおもかげやおぼろ月夜のあきのうらなみ

【校異】［歌題］寄海恋—海辺恋（岩橋）

【自注】
すまのうらの心づくし、かのおぼろ月よゆへに侍れば、おもひいでぬれば、秋の月影もその夜のごとくなると也。

（岩橋下・一六〇）

【評釈】
歌題の「寄海恋」は、『六百番歌合』でも出題され、作例も多い。一方、『岩橋』の「海辺恋」題も、『水無瀬殿恋

十五首歌合』で出題されるなど、用例は少なくない。ひとまず、底本の「寄海恋」題に従っておく。

一首は、『源氏物語』須磨巻を本説取りしている。朧月夜との密通が露見した源氏は（賢木巻）、それがもとで須磨に退去した。自注に引用される「須磨にはいとゞ心づくしの秋風に、海はすこしとをけれど……」は、須磨巻でも殊に著名な一節である。その後、「月のいとはなやかにさし出でたるに、こよひは十五夜なりけりとおぼし出でて、殿上の御遊び恋しく、所々ながめ給ふらむかしと思ひやり給ふにつけても、月の顔のみまもられ給ふ」と続き、都の人々を思いやりながら、源氏が八月十五日の月をながめる場面になる。

従って、当該歌の第五句は、源氏が須磨で目にする秋の海辺の光景である。そこに月が差していたことも本説の通りである。十五夜の月を「おぼろ月夜」と詠むのは、自注に「秋の月影もその夜のごとくなる」とあるように、自らの蟄居の一因である朧月夜との逢瀬を思い起こし、涙にくもった月はその夜と同じ月に見えるというのである。

確かに、須磨退去後も、源氏は朧月夜に執心している。朧月夜に、「つれ〴〵と過ぎにし方の思給へ出でらるゝにつけても、こりずまの浦のみるめのゆかしきを塩焼くあまやいかゞ思はん」という書状を送り、すぐ後には「さまぐ〳〵に書き尽くし給言の葉思ひやるべし」という草子地が挿入される。また朧月夜の返事に対し、源氏は「あはれと思ひきこえ給ふし〴〵もあれば、うち泣かれ給ひぬ」という有様であった。須磨にあって猶、朧月夜が心から離れないのである。

『源氏物語』に即して言えば、源氏が朧月夜と最初に逢瀬を交わした花宴巻は春の出来事であり、右大臣に密会が露れる賢木巻は夏である。従って、自注の「その夜」を文字通りにとれば、花宴巻での朧月夜のこととなる。だが、心敬にとって最も重要であったのは、朧月夜の名を詠み込むことだったのではないか。また、『源氏物語』には、八月十五夜の月に朧月夜を思い起こす場面はない。心敬は、朧月夜に執着し、また八月十五夜の月に心を動かされるという源氏の心情を組み合わせ、月に源氏が朧月夜を思いやる場面を創作する。さらに、その場の源氏に身をなして、

一首を詠じたのである。

【現代語訳】

つらかった涙を流しながら見たときそのままの面影なのだなあ。月が涙で朧月夜のようになる、秋の浦波だ。

旧恋《ふるきこひ》

57　しるらめやさ夜のむつごとあともなき枕の上のふるき世の月

【自注】なし

【評釈】

歌題の「旧恋」は、『六百番歌合』に初出する。正徹には「涙のみふるき枕はしるとてもむかし語《がたり》をたれにもらさむ」（草根集・巻一之上・永享三年二月四日・畠山右馬頭持純家一日百首和歌。類題本第三句「しるくとも」）の例があり、「枕よりまた知る人もなき恋を涙堰きあへずもらしつるかな」（古今集・恋三・六七〇・貞文）に詠まれる秘めた恋心を唯一知る枕という主題を用いて、昔の恋を誰にも打ち明けることはしまいと詠んでいる。

第一句の「しるらめや」は、反語表現。一般的には、「刈菰の思ひ乱れて我恋ふと妹知るらめや人し告げずは」（古今集・恋一・四八五・読人不知）、「我が恋を人知るらめや敷妙の枕のみこそ知らば知るらめ」（古今集・恋一・五〇四・読人不知）のように、「妹」や「人」という動作の主体を明示することが多い。当該歌は主体を示さないが、第五句の「月」に呼びかけたと考えられる。

「しる」の内容は、第二句以下、特に第五句に述べられる、枕を照らす「月」である。第五句の「ふるき世」は、

かつての恋人関係を指し、歌題を意識した表現である。『源氏物語』少女巻に「乙女子も神さびぬらし天つ袖ふるき世の友齢経ぬれば」とあるほか、正徹以前の用例は数えるほどしかない。だが、『草根集』には、「ふるき世の月をかたみの鏡とも見よとや空に猶のこるらん」（巻一之上・永享元年十二月七日〜十三日・聖廟法楽百首・月）以下、計十八首が収められる。「ふるき世」は正徹好みの語であった。また、心敬はほかに「数〳〵にながめし人の哀をも忘ればつらし古き世の月」（心敬集・二三三）という、当該歌と第五句が一致する和歌を詠じている。この歌は、「昔の月が形見であるかのように、今も空に残っている」とする先掲正徹詠の類想歌で、「かつてともにながめたことを思い出せば、昔と同じ、形見の月を見ることもできる」と詠む。当該歌でも、「ふるき世の月」を見ると昔の恋を思い起こすが、あの夜に交わした睦言は跡形もない。そのような状況を月に訴えているのが、第一句の「しるらめや」である。

【現代語訳】

知っているだろうか（知らないだろうね）。あの夜の睦言の跡もなくなったこの枕の上の昔のままの月は。

従門帰恋《かどよりかへるこひ》

58　さしかへる小舟《をぶね》のさほのみじかくもあけしぞおしき雪の夜の月

【自注】

戴安道が子猷をたづね、はるかに舟にさほさし侍るに、雪の夜の月すでに山のはにかくれ侍れば、子猷にもあはで、門よりむなしくかへりしことの、えんふかきをよせ侍り。

若到門使相看了、千年風致一時休。坡句。（岩橋下・四八）

【評釈】

歌題の「従門帰恋」は、『藤川百首』題。「従門帰恋をばはや度々読侍き」（正徹物語）と述懐するように、正徹はこの題を数度試みたようだ。『草根集』には、定家の「思ひやれ葎の門のさしながら来て帰さるる露の衣手」（拾遺愚草・上・一五七四）を強く意識した「をのれのみかへるもしらずむぐらふのさす門たゝく葛のうら風」（巻六〈次第不同〉）ほか一首が収められている。心敬も、当該歌以外に「たゝくまに君がとぢめぬ天の戸は明るぞむなしかへるさの空」（心敬集・一七四）と詠むが、この歌の第四句は当該歌の第四句と近い言葉遣いである。但し、当該歌に「戸」の含意はない。

一首は、子猷尋戴の故事を踏まえる。月の雪の夜、「乗興（興に乗じて）」王徽之（字子猷）は舟に乗り、高名な隠者である戴逵（字安道）を訪ねた。だが、その門前に着いたとき、「興尽（興尽きて）」戴安道に会わず引き返したという。『蒙求』子猷尋戴などに採録される、著名な説話である。草案本系『ささめごと』〈尊経閣本〉上には「子猷は安道を尋ねて遥かに棹をさす。興に乗じて来たり、興つきて帰るとて、安道にあはざりしこそ、情けふかく覚え侍れ」とあり、正しく本説に拠っている。一方、改編本系『ささめごと』〈書陵部本〉下には、「戴安道は、雪の夜の月に、はるかの浪に棹をさして王子猷を尋侍しに、山の端に月かくれ侍れば、興に乗じて来たり。興つきて帰るとて、子猷が門より逢はずして帰りし。艶深きことにや」と、人物関係を逆に捉え、しかも引き返したのは月が沈んだためとする『岩橋』とほぼ同文が見える。これは、関東移住後に『岩橋』の執筆や『ささめごと』の改編を行った際、資料が手元になく、記憶に頼って書いたことによる心敬の誤解であろう。但し、特に月に理由を求める点は、『唐物語』に「よもあけ、月もかたぶきぬるを、（子猷は）ほいならずやおもひけむ」とあるのと共通し、日本的な受容のあり様が窺える。

第三句の「みじかくも」は、舟の棹が短い様子と、夜が短かく明けたという意「みじかくもあけし」の掛詞である。

棹の短さを詠む例には、「川波は岸に及びて五月雨の水嵩に舟の棹ぞ短き」（玉葉集・雑一・一九三五・国道）など幾つかある。しかし、それを掛詞のように用いる例は、心敬の「つなげるあまの舟ぞ閑けき／釣ざほのみじかき月は江に更て」（心玉集〈静嘉堂本〉・一〇三五）が見出せる程度である。「みじかき月」とは、夏の短夜に照る月の意であろう。当該歌の「みじかくも」は、冬の夜のゆえ、詠作主体の心理的な時間感覚を表している。

自注に「えんふかき」（岩橋）、「情けふかく」（ささめごと）とあるように、心敬は子猷尋戴の故事に深く心を動かされる（23【評釈】参照）が、その理由は興が尽きたらあっさりと引き返した子猷の風流心にある。当該歌の「みじかくも」は、安道と興趣を共有したいと思うあまり、冬の長い夜を短いと感じてしまうほどであった子猷の心持ちを表している。当該歌は歌題に応じた恋の歌であるが、子猷尋戴の故事の趣を踏まえたところに趣向がある。

なお、自注の最後に引用される詩句は、来子儀「訪戴図」詩の「若使過門相見了、千年風致一時休（若し門を過ぎて相ひ見了《をは》らしめば、千年の風致は一時に休《や》まん）」である。あのとき子猷が安道に会っていれば、風雅なことと千年も語り継がれることはなかっただろうという意で、当該歌には相応しい内容である。この詩は『錦繡段』、『聯珠詩格』、『宋詩紀事』など、当時重視された詩書に収められるが、自注の「若到門使相看了」と同じ形は見出せず、また作者も来子儀で一貫し、蘇軾（「坡句」）とするものはなかった。抑もこの詩句は、『岩橋』ではかなりの字下げで記される。『岩橋』の書写者が、後からある時期に付加した可能性も否定できない。

【現代語訳】

（あなたに逢うことができず、）さしてひき返す小舟の棹が短いようにわずかな時間で明けたことが惜しい、雪の夜の月よ。

等思両人恋（ひとしくりやうにんをおもふこひ）

59　かたぐ〳〵におもひわびてや花にいに月にくも井の雁もなくらん

【校異】［本文］くも井―雪《雲か》井（島原）　雁も―雁や（島原）

【自注】

雁の、花にはいに、月にはきたれる、半年づゝ、行かへる。わが両人にたがひにかたひきもなき心のごとくなればこそ、とたぐへ侍る心なり。（岩橋下・四九）

【評釈】

歌題の「等思両人恋」も著名な難題である。『詠歌一体』、『愚問賢注』は、この難題を詠み得た例として、『大和物語』一四七段（生田川説話）を本説とする「津の国の生田の川に鳥もゐば身を限りとや思ひなりなん」（寂蓮結題百首・七八）を挙げる。『正徹物語』に「等思両人恋は、いまだよみ侍りし事もなきなり。惣じて此題の出たりといふ事をも、いまだ聞侍らぬ也」とある通り、先行用例は十首に満たない。だが、『草根集』には「わが心かたひきもせず小車のもろわながらにめぐりあひてん」（巻六〈次第不同〉）ほか一首、『松下集』には四首が収められ、正徹周辺で試みられたことが窺える。

二人を同じ程度に愛するという歌題を満たすために、心敬は雁を主体に据える。雁は、秋に北から飛来し、春に北へと帰る習性を持つ。故に、春の花と秋の月という一年の二大景物と雁の結び付きは自然である。特に春には、「春霞立つを見捨てて行く雁は花なき里に住みやならへる」（古今集・春上・三一・伊勢）に代表されるように、花の美景にかまわずに帰る雁は類型的な主題である。とはいえ、雁の習性を花月に対する風雅心と関連づける作例は、極めて僅少である。「月は都花の匂ひは越《こし》の山と思ふよ雁の行き帰りつつ」（聞書集・二四一）、「花をこそ振り捨てしかど雁《かりがね》の月をば愛づる心ありけり」（拾玉集・七四五・雁）、「己が秋の月を思ひて雁《かりがね》は並ぶる春の花に別るる」（拾玉集・一〇一

六・帰雁）に見られる程度である。雁が花と月とを同時に愛したいのと同じく、詠作主体は二人の恋人を同時に愛したいというのである。なお「花にいに」と「月にくも井」とは対句であり、「月にくも井」には「月に来」が掛けられている。

なお、正徹の『なぐさみ草』には、『源氏物語』の本説に拠って難題を詠む技法を説明する箇所に、「近き世には、等思両人恋といふ題にて、大膳大夫高秀《佐々木》、『あやにくに雲居の雁の来る秋や落葉の露も袖濡らすらむ』、かくのごとくなるべし」とある。高秀詠は、雲居の雁と落葉の宮という二人の女性を、夕霧が一月に十五日ずつ通って平等に愛したこと（匂兵部卿巻）を踏まえる。当該歌の「くも井の雁」に『源氏物語』の面影はないが、発想の源にはこの高秀詠があったのではないだろうか。

【現代語訳】
それぞれを愛することが難しいからであろうか。花の春に帰り、秋に来て月にかかる雲の中で雁も鳴いているのだろうか。

夕雲《ゆふべのくも》

60　こしかたもかへる所もつゐにみぬゆふべの雲や我身なるらん

【自注】なし

【評釈】
歌題の「夕雲」は、心敬以前に用例の見いだせない、非常に珍しい歌題である。『草根集』には、「海辺夕雲」、「田

家夕雲」の結題は収められるが、「夕雲」は見えない。但し、『松下集』に「契りあれや朝に別れ夕べにはまつちの山の峰の浮雲」（二四一五）の作例があり、正徹周辺でも出題されたか。

古来、雲は朝に山から湧き出て、夕に山に帰ると考えられたが、中国の詩文が典拠である。陶淵明「帰去来」（文選・巻四五、古文真宝・後集）の「雲無心以出岫、鳥倦飛而知還（雲は無心にして以て岫《くき》を出て、鳥は飛ぶに倦んで還るを知る）」、杜甫「返照」詩の「返照入江翻石壁、帰雲擁樹失山村（返照　江に入って石壁に翻り、帰雲　樹を擁して山村を失す）」など、用例は数多い。日本でも、『新古今集』の「山別れ飛び行く雲の帰り来る影見る時はなほ頼まれぬ」（雑下・一六九三・道真）は、よく知られた歌例であろう。特に『草根集』には、「よもしらじ風のやどりはたづぬとも夕の雲のかへるところを」（巻十一・享徳二年二月二十七日・妙行寺日宝上人の坊にての続歌・夕）、「かすみつゝ夕入空を立わかれ春より先にかへる雲かな」（巻十四・長禄二年三月二十九日・三月尽とて、畠山左衛門佐義統家にての続歌・暮春雲。類題本第二句「峰を」）のように、しばしば詠まれる。心敬にはほかに、「簷ちかく雲もかへらず鳥もねずこゝろや山の夕なるらん」（心敬集・三九八・山家夕）、「ぬれつゝも一木をたのむ夕時雨／杉たつみねにかへる雲とり」（心玉集〈静嘉堂本〉・一五八七）と詠む。

そのような行往不定である雲に我が身を比する発想は、『維摩経』の「是身如浮雲須臾変滅（この身は浮雲の如く須臾に変滅す）」（方便品第二）に基づく。ここは、人身の不定である様を聚沫以下の十のものに喩えて、十喩と称される著名な箇所である。中世には、「我等を風雲《ふうん》、彼をば流水と申し候」（謡曲「放下僧」）のように、同じく不定である「流水」と対比されることも間々あった。

特に心敬にあっては、『ささめごと』〈尊経閣本〉上に「閑居幽栖ほどこそなくとも、常に心をすまし、夕の雲、夜半の灯にむかひ、世の中の幻のうちに去り来たれる」事象を明らめるとあるように、夕べの雲とは、仏道・歌道の心地修行における象徴的な契機となっている。そのすぐ後の「我のみならず、万象の上の来たりしかた去れる所こそ、

尋ねきはめたく侍れ」を重視すれば、当該歌にもこのような積極的な姿勢が読み取れようか。

【現代語訳】

来た所も帰って行く所もついに見ることのできない夕方の雲は我が身なのであろうか。

旅人渡橋

61　たのみしは世をはや河のうき橋にひとりたゞよふあとのたび人

【校異】［本文］たのみし—たのめし（島原）

【自注】なし

【評釈】

「旅人渡橋」も、用例の僅少な歌題である。『南朝三百番歌合』に初出し、次いで『草根集』に六首が収められる。「山本の村雲うかぶ川橋にわたりきえくる今朝の旅人」（草根集・巻六〈次第不同〉）。

第一・二句の「世をはや河のうき橋」は、「世をはや（くし）」と「はや河」の掛詞。河川に舟や筏を繋いで渡した浮橋は、不安定な様の象徴である。「隔てける人の心の浮橋を危ふきまでもふみみつるかな」（後撰集・雑一・一一二二・四条御息所女）、「五月雨に沢べのながれ水こえて／ふめばあやうき浪のうきはし」（因幡千句・第五・四六・青陽）など「危ふし」とともに用いられることが多い。正徹の「あやうかりし世をうきはしに暮はて、夢のわたりにかへる年なみ」（草根集・巻十一・享徳三年十二月二十日・草庵月次・歳暮夢）の「うきはし」は、厭うべき世を辛うじて渡って行く意。当該歌も、橋を渡る人物の不安な様は通底するが、頼みにしていた人は世を早くして亡くなり、早川に渡され

た危うい浮橋に一人で漂っているというのである。第五句の「あと」も、後に取り残されたの意となる。
当該歌の旅人は、危うい浮橋を頼りに早川を渡ろうとする。『老のくりごと』に、「杖とたのみしともがらも、みな世を早《はやく》せしなげき」とあるように、頼みにしていた人は亡くなり、独りで寄る辺もなく生きてゆく心敬の姿が浮かび上がるのである。
なお、島原本の第一句「たのめし」は、頼みにさせたの意で、それでも意は通るが、底本に従っておく。

【現代語訳】

頼りにした人は、早く世を去り、この早川に渡す（危い）浮橋に一人で漂っている、後に残された旅人であることよ。

無常

62　うつり行此世おもへば目をわたる鳥ははねをもやすめぬる哉

【自注】なし

【評釈】

歌題の「無常」は、『堀河百首』題。
第三句、第四句の「目をわたる鳥」とは、早く過ぎ去る時間をいう慣用語。「世の中のはかなさ思ふ暁に目渡る鳥の八声鳴くなり」（岩橋下・一一七・暁鶏）の心敬の自注に、「めわたる鳥とは、光陰の時のまにうつるたとへ也。されば、此鳥のなくにはあらず」とある。『八雲御抄』巻三は「万十五、めをわたるとりとよめるは、是無常心也。ひますぐるこまにたい《（対）》せり」と述べ、『万葉集』の「二鼠競走而度目之鳥旦飛、四蛇争侵而過隙之駒夕走。嗟乎痛哉（二

つの鼠競ひ走り、目を度《わた》る鳥旦《あした》に飛び、四つの蛇争ひ侵して、隙を過ぐる駒夕べに走る。嗟乎《ああ》、痛き哉）」（巻五・七九六）を出典とする。一方、後代のものではあるが、『続歌林良材集』は、張景陽「雑詩十首」其二の「人生瀛海内、忽如鳥過目（人の瀛海の内に生まるるや、忽として鳥の目を過ぐるが如し）」（文選・巻二九）を典拠とする。そこに付される呂延済の「死生之疾如鳥飛於目前也。忽疾也（死生の疾きこと、鳥の目前を飛ぶが如し。忽疾なり）」という注は、「目をわたる鳥」の内容とも近い。この語は『流木集』、『藻塩草』などの連歌辞書にも立項され、広く知られるようになった。

歌例では「たまさかにくるかとすればめをわたくるとりのはやくもかへりぬるかな」（散木集〈冷泉家本〉）が初出である（阿波本、書陵部本は「巣を渡る」であるが、書写の過程の誤写か）。そして「うしとみし春もめわたる鳥べ山もえし煙や霞来ぬらん」（草根集・巻九・宝徳三年二月二十二日・清水寺辺十住心院心恵律師の弟子心孝といひし、身まかりにし一周忌の仏事の次、五十首の続歌とぶらひによみし中・山早春）が次ぐ。この正徹詠は、「清水寺辺十住心院心恵律師」（＝心敬）の弟子であった心孝の一周忌の際に、追悼として詠じた五十首のうちの一首である。心敬はこの歌に学んだか。連歌でも用例は多くない。「はかなき夢ぞ春のものなる／ゆくとしもめわたる鳥に又こえて」（聖廟千句・第七・八七）。

下句にある、鳥が羽を休めるとは、飛ぶことを止めること。用例は少なく、「蘆原に羽休むめる蘆田鶴《あしたづ》は元の雲居に帰らざらめや」（風雅集・雑下・一八四八・大弐三位）は、宮中から離れた様を比喩した例。ほかに、「暮行く春は中《なか》宿《やど》もなし／天津雁羽根をいづくに休むらん」（竹林抄・秋・三九二・賢盛）、「あし引の山ははるかに野はたうし／いくたび鳥のはをやすむらん」（聖廟千句・第六・七六）。

【現代語訳】

移り変わって行く世の中を思うと、目の前を渡って行く鳥が羽を休めていると思うほど（のはかなさ）だ。

杣木

63　おのづからまがるはのこる杣木にもなをきははやき此世をぞしる

【自注】

庄子《そうじ》が、昨日山中木材なをきはきられ、まがれるはのこるといへるたとへなり。（岩橋下・一四一）

【評釈】

歌題の「杣木」は、『草根集』に初出する。『草根集』には、「うき世をばいづみの杣木たえずなど思ひこりにし身をくだくらん」（巻六〈次第不同〉。正徹詠草〈常徳寺本〉では、永享六年三月二十八日・光明峰寺月次）の他一首を収める。心敬にも別に「つらしとや直き木を切そま山のすそわのを田に雁の鳴らん」（心敬集・三四九）の作がある。

当該歌は『荘子』山木篇の説話を典拠とする。ある日の山中で、真っ直ぐな木が切られ、曲がった木は後に残された。次の日、鳴かない雁が食卓に供され、今度は良く鳴く雁が生き残った。そこで、弟子が荘子に「昨日山中之木、以不材得終其天年、今主人之雁、以不材死。先生将何処（昨日山中の木は、不材を以てその天年を終うるを得、今主人の雁は不材を以て死す。先生は将に何くにか処《を》らんとす）」と尋ねると、荘子は「材与不材之間（材と不材との間）」にいよう、と答えたという。この故事は『今昔物語』、『十訓抄』（二の二）などの説話集に収められ、『和漢朗詠集』の「昨日山中之木、才取於己。今日庭前之花、詞慙於人（昨日の山中の木、才己に取る。今日の庭前の花、詞人に慙づ）」（下・文詞・四七四・篤茂）でも知られた。『ささめごと』〈尊経閣本〉下にも、「甘泉早竭、直木先折（甘き泉は早く竭《つ》き、直き木は先づ折らる）」という『君子集』に基づく表現が見られる。

これを本説にしたかと思われる歌例として、「杣山の檜原に交じる賤の男も直き木とてぞ引き始むらん」（耕雲千首・八〇五・杣檜）が指摘できる。また正徹の「杣山に生まがる木ののこるみて身のよしあしぞ思さだめぬ」（草根集・

巻六〈次第不同〉・杣山。類題本第三句「のこるまで」）、「人心まがれる木のみ杣山におほかるすゐの世をぞうらむる」（草根集・巻六〈次第不同〉・杣山）、「杣木きる山の檜の直きより日毎に人は猶ぞあやうき」（草根集・巻六〈次第不同〉・杣檜）には明確に摂取の跡が窺える。特に二首目は、末世に生きる人々の衰えた心（35【評釈】参照）を嘆く。また、三首目は、早く切られるという直木よりも、人が死ぬ方がはかないと詠む。当該歌の「此世」にも、末世であるけれど、優れた人は早く死ぬという二つの意味が含まれていよう。先掲の『心敬集』歌にもこの本説が取られ、他に「はしるきゞすも鷹にのがれず／足をいたむ山路に花のちるを見て」（岩橋上・九三）に「庄子が昨日山中木の句を思合侍るなるべし」と注されることから、心敬がこの説話を好んだことが知られる。

【現代語訳】
自然と、曲がっている木は残される杣木にも、真っ直ぐな木は早く切られるこの世であることを知る。（末世でも、優れた人物は早く世を去り、後に残されるのは凡人ばかり。）

晩鐘

64　おぼつかないづちよりきていづくにか行らん鐘のゆふぐれのこゑ

【校異】［歌題］晩鐘―無常（心敬集）

【自注】なし

【評釈】
歌題の「晩鐘」は、「浅ましやうちまどろめば今日もまた暮れぬと鐘の音ぞ聞こゆる」（亀山院御集・一八三）のよう

に鎌倉期から見えるが、正徹以前に五首程度しか見えない。『草根集』には、「しづかにて夕の鐘のことはりをきゝいる、人や涙おつらん」（巻三・文安四年八月二十七日・備前入道浄元初ての月次・当座）など四首が収められる。類題に「煙寺晩鐘」（332【評釈】参照）、「夕鐘」がある。当該歌は、「晩鐘」によって世の無常を喩えている。『心敬集』の「無常」題は、62【評釈】参照。

晩鐘は、日々変わらぬ響きで、人に時を告げるものである。人はその音に無常を感じる。「山寺の入相の鐘の声ごとに今日も暮れぬと聞くぞかなしき」（拾遺集・哀傷・一三二九・読人不知）、「今日過ぎぬ命もしかと驚かす入相の鐘の声ぞかなしき」（新古今集・釈教・一九五五・寂然）。心敬もその本意を踏まえて、「はてしらぬ旅をおもへる暮ごとに／きのふの鐘や人の世の中」（岩橋上・三四七）と詠み、「これも、万法のしばしもとゞまることのなきを、昨日のかねのこゑのごとしと也。まことに、諸法は昨日のかねのこゑのごとく、二たびかへる事侍らず哉」と注する。同じように聞こえる鐘の声も、実際は似ているに過ぎないのと同様に、二度同じことはあり得ない無常の世を詠じている。

当該歌は、同じ無常の鐘を詠んではいても、繰り返し鳴ることではなく、鐘の響きが不確かで不安定であることに注目している。心敬は、「うき身に今日もくらすはかなさ／世中を思へば鐘のひゞきにて」（岩橋上・三四五）の句意を、「此世の幻化まぼろしのきたりしかた、されん所もしらぬは、さながら、鐘よりいでたるひゞきの、ゆくゑもしらぬに似たると也。十縁生、六喩経などの心を一句のうちに申あらはし侍る也」と明かす。「十縁生（句）」とは、『大日経』に説かれる、行者が観照すべき十の事柄「幻・陽焔・夢・影・乾闥婆城・響・水月・浮泡・虚空華・旋火輪」、また「六喩（経）」とは、『金剛般若経』の「夢・幻・泡・影・露・電」のこと（38【評釈】参照）。いずれも現世のはかなさを喩える。この句は、十縁生句の「響」を「鐘のひゞき」と和らげ、この世の不定さを表している。注の「鐘よりいでたるひゞきの、ゆくゑもしらぬ」は、まさに当該歌そのままの情景である。当該歌でも無常の世の有様が暗喩されていると考えられる。但し、心敬はその様を傍観しているわけではなく、寧ろそれを観念したいと考えて

いた（60【評釈】参照）。

第一句から第四句の表現は、「しらず、むまれしぬる人、いづかたよりきたりて、いづかたへかさる」（方丈記〈兼良本〉）と似る。偶然の一致であろうか。

【現代語訳】

気がかりなことだなあ。どこから来てどこへ行くのだろうか。鐘の夕暮れの音は。

磯草

65　しづみてもあればある身のたぐひ哉入ぬるいそのなみのした草

【自注】なし

【評釈】

歌題の「磯草」は、心敬以前に用例を見出せない、極めて珍しい歌題である。

第一句の「しづみても」は、磯辺の草が水面より下に生えることと、我が身が沈倫することとの掛詞。草に擬えた掛詞では、「世をうみの波の下草いつまでか沈み果てぬと身を恨むべき」（続千載集・雑中・一九三五・業連）の例が見える程度である。

第二句の「あればある」は、定型句である。「惜しまるる人なくなどてなりにけん捨てたる身だにあればある世に」（後拾遺集・哀傷・五五八・中宮内侍）、「自づからあればある世に長らへて惜しむと人に見えぬべきかな」（千載集・雑中・一一一三・定家）など、「はからずも生き長らえてしまっている」という、世を厭っていることを前提とした表現

である。特に「身」とある例には、「一筋に憂き世ぞとても厭はれずあればある身の何嘆くらん」（続後拾遺集・雑下・一一九一・泰宗）が挙げられる。

さらに、下句も、波に見え隠れする磯の草を言う類型的な言葉遣いである。「潮満てば入りぬる磯の草なれや見らく少なく恋ふらくの多き」（拾遺集・恋五・九六七・坂上郎女）、「みるめこそ入りぬる磯の草ならめ袖さへ波の下に朽ちぬる」（新古今集・恋二・一〇八四・二条院讃岐）などの「入りぬる磯」は、「磯の見えぬほど塩満ちたるを云ふ也」（流木集）。一般的には恋歌で用いられることが多く、当該歌のような述懐調は殆どない。ここには、「観身岸額離根草、論命江頭不繋舟（身を観ずれば岸の額に根を離れたる草、命を論ずれば江の頭に繋がざる舟）」（和漢朗詠集・下・無常・七八九・羅維）、「わびぬれば身をうき草の根を絶えて誘ふ水あらば去なんとぞ思ふ」（古今集・雑下・九三八・小町）などの摂取が考えられよう。

【現代語訳】
沈んでいても、生かされているままに生きる我が身の上と同じようなものなのだ。（潮が満ちて）見え隠れする磯に打ち寄せる波の下の草は。

幽栖《いうせい》

66　うちむれて苔のとぼそをたゝく哉こたふる人にいつかならまし

【自注】なし

【評釈】

歌題の「幽栖」は、『竹風抄』に初出し、『草根集』にも二首見られるが、心敬以前には五首も見えない、珍しい歌題である。正徹は「陰たのむ松の落葉のふくやどをあらしもしらず人もとひこず」（草根集・巻九・宝徳三年九月二十日・草庵月次。類題本歌題「幽閑」）などと詠じている。なお、心敬は「閑居幽栖ほどこそなくとも」、「幽栖閑居のみ好みて」（ささめごと〈尊経閣本〉）と用いて、真の隠者の住まいを指している。

第一句の「うちむれて」は、「思ふどち春の山辺にうち群れてそこともいはぬ旅寝してしか」（古今集・春下・一二六・素性）、「散り残る花もやあるとうち群れて深山隠れを訪ねてしかな」（新古今集・春下・一六七・道信）のように、春の野山の散策や月見、紅葉見物などに集団で訪れる場合に使うことがある。当該歌では、隠棲した友人を訪うたのが数人であったことをいう。

第二句の「苔のとぼそ」は、隠者の住まいの戸。「まれに開けし苔のとぼそも閉ぢ果てていたづらにだにもらぬ月かな」（壬二集・一九二三・山家苔）などとあるが、心敬以前には十首も見えない。心敬は他に「あけてぞつらきさむしろの月／人もこぬ苔のとぼその秋の風」（心玉集〈静嘉堂本〉・一一〇二）と詠んでいる。

先掲した『ささめごと』〈尊経閣本〉では、「道に情け深き歌仙の中に、幽栖閑居のみ好みて常の会席にもまみえず、人の知らざる中に世に名を得たるより、もと見え侍る人、おほくありとなむ。おぼつかなし。古賢の語り侍る。いかにも、さやうの人の中に、まことの歌人はあるべしとなり」とある。これは『徒然草』の「心は縁にひかれてうつる物なれば、しづかならでは、道は行じがたし」（五八段）、「仏道をねがふといふは、別のことなし。いとまある身に成て、世のことを心にかけぬを第一の道とす」（九八段）に見られる、仏道修養の要諦としての閑人という考えに関係が深い。心敬は和歌連歌仏道一如観を抱いていたが、仏道の上でもまた名歌を詠じる上でも、閑人であることは重要な条件であった。従って、当該歌第五句の「まし」は、ためらいの意志よりももう少し強く、早くそうなりたいという願望を表している。「いつか我深山の里の寂しきに主となりて人に訪はれん」（新古今集・雑下・一八三五・慈円）と

同想の歌。
【現代語訳】
連れだって、隠者の草庵の戸を叩くことだ。（私は、内側から）応える人にいつなることができるだろうか。（早くなりたいものだ。）

題同〔幽栖〕

67　うづもれてなき世にきかばいかならん苔のいほりの夜半の松風

【自注】なし
【評釈】
第一、二句の「うづもれてなき世」とは、自らが死して埋葬された後の世。すなわち、当該歌は、死後に聞く「夜半の松風」とはどのような風情だろうかと推測した一首である。

当該歌は「稀に来る夜半も悲しき松風を絶えずや苔の下に聞くらん」（新古今集・哀傷・七九六・俊成）を典拠とする。この歌は、妻であり、定家の母でもあった美福門院加賀の一周忌に、俊成が詠じた和歌である。この「悲しき松風」を「苔の下」で常時聞いている加賀を思いやる気持ちが主題である。当該歌ではそれを踏まえて、「苔の下」にいる詠作主体が松風を聞く。このずらし方は、正徹の「老が身のなき世の苔の下にふけこれやかぎりの浦の松風」（草根集・巻一之下・文安六年三月二十四日～二十七日・住吉法楽百首・浦松）に学んだのだろう。この正徹詠では、死後に行く「苔の下」でも、松風が吹いて欲しいと詠じている。当該歌では、死後に松風を聞きたいとは詠じていないが、死後

に聞く松風という発想は正徹詠に等しい。

第四句の「苔のいほり」は、草庵を意味する卑下表現。これにより歌題の「幽栖」を満たす。いま「苔のいほり」で聞いているこの松風を、正徹詠のように「苔の下」で聞けばどのようなものだろうかというのである。

当『十体和歌』47に、「此世よりふりぬるやどの小夜時雨うき身を苔の下にきくかな」という歌もある。これは、この「小夜時雨」を聞くと、「苔の下」に身があるような心持ちになるというもので、当該歌とは少々詠みぶりが異なるが、言葉遣いは近い。


【現代語訳】

土の下に埋もれて、自らが亡き世に聞くならば、どのようなものだろうか。この草庵で聞く夜半の松風は。

寄月懐《つきによするおもひ》

68　夜な〳〵の欠行《かけゆく》月の影を見てみてる此世をたれかおもはん

【校異】［本文］此世を―此世と（心敬集）
【自注】なし
【評釈】
歌題の「寄月懐」は、心敬以前には正徹の「月の舟こぎもかくれずよるぞゆく世はしら浪のをそれある比」（草根集・巻十一・享徳二年八月十五日・草庵に人〳〵来て）が見えるのみの、非常に稀少な歌題である。
第四句の「みてる（満てる）」は、第二句の「欠行」と対比的に用いられた語。当該歌では「此世」に掛かり、世の

中が円満であることをいう。元来、月の満ち欠けは、「春の花咲きては散りぬ秋の月満ちては欠けぬあな憂世の中」（玉葉集・雑四・二三九九・殷富門院大輔）、「月みちてかけ、物さかりにしてはおとろふ。よろづのこと、さきのつまりぬるは、やぶれにちかきみちなり」（徒然草・八三段）などのように、世の不定さの象徴であった。当該歌はこの発想を発展させて、この世こそ満ち欠けする月であると詠む。このような詠みぶりは、正徹の「誰も見よやがてみてるをかく《（欠）》月のいざよひの空ぞ人の世中」（草根集・巻五〈次第不同〉・不知夜月）では、この世は欠け始めた「いざよひ」の空であると詠まれ、また心敬の「世のうさは満て欠ゆく空もなしたが偽ぞ在明の影」（心敬集・二三七）では、この世の「うさ（憂さ）」は満ち欠けすることがないと詠まれる。

当該歌では、「此世」が「みてる」ことはないと詠まれるが、ここには末法思想が反映していよう（11【評釈】参照）。さらに、当該歌の「月の影」は仏の隠喩と考えられないだろうか。月は仏の象徴として詠まれることが多く、ここでは「欠行月の影」で、仏教が損なわれ徐々に末世的状況が進展してゆくことを指し、「みてる此世」で仏法が盛んに行われ円満な世を指す。仏教が篤く信仰されていた以前とは異なり、末世の一途を辿るこの世に住む歎きが、歌題の「懐」であろう。

【現代語訳】

毎夜欠けていく月の光を見て、（望月のように）円満なこの世を、誰が想像できるだろうか。いや、誰もできないだろう。

暁遠情《（あかつきのゑんじやう）》

69　世々の夢おもふ心のすゐきえてともし火あをきあかつきの雨

【自注】なし

【評釈】

歌題の「暁遠情」は、『白河殿七百首』に初出するが、正徹以前には二首しか見えない。一方、正徹は「明にけり行てはなどかあはざらむ遠き所のむかしなりせば」（草根集・巻六〈次第不同〉。月草第二句「行ても」。類題本第四句「遠の所」）など三首を詠じている。「遠情」題は、「遠情といふ題は、遠くを思ひやるなり。例ば、月故更級・姨捨思やり、唐土え《（び脱カ）》すが栖などまでも心を遥かに通はして、遠き境を思ひやるなり」（題林愚抄）というように詠むべきとされ、空間的な距離が主題となっているが、当該歌や先掲の正徹詠が詠むのは時間的な距離である。

第一句の「世々の夢」は、「なに、かはむなし心のうちに猶とまりて世ゝの夢のみゆらん」（心敬集・三六三・往事夢）から判断して、過去を夢に見ることと思われる。当該歌の第二、三句の「心のすゑ」は、心の移りゆく先の意であるが、「思ひ入る心の末を尋ぬとてしばし憂き世にめぐるばかりぞ」（拾玉集・五七二）など『拾玉集』に多くの例があり、仏教的境地で詠まれており、当該歌においても、第一句の「世々の」に三世の意を感じ、背後に仏教的な境地を読み取ることもできよう。

第四句の「ともし火あをき」は、漢語「青灯」を和らげて表現したもの。徐耀鶴「所見」詩の「夜深相伴一灯青、強把唐詩帯酔吟（夜深けて一灯の青きに相ひ伴つて、強いて唐詩を把つて酔を帯びて吟ず）」に、「一二之句ハ、夜深クルマデ灯ヲ友トシテ閑ニシテ居ル也。灯青ト云ハ、夜深タレバ、灯ノ色モ幽カニシテ青キ也。ソレヲ青灯ナンドト使ウ也」と注される（中華若木詩抄）。当該歌の「ともし火あをき」も、同様の景と解して良い。心敬も漢語として「織月の前、青灯のもと」（老のくりごと〈神宮本〉）と用い、和らげたものでは「雨のよの心もすごき鐘聞て／ともし火青きねやのかへるさ」（心玉集〈静嘉堂本〉・一三三三）とあるが、心敬以外では「窓近く背けて青き灯火に壁の草葉も露ぞ消え行く」（卑懐集・六〇二）、「問人もなくて幾夜か竹の窓／ともし火青きあかつきのかげ」（宝徳四年四月十九日賦何路

連歌・三八・盛舍）など数少ない。この「あを」という色彩表現について、岡見正雄氏は「心敬覚書―青と景曲と見ぬ俤―」（「国語国文」昭和二十二年九月）において、心敬の作品に頻出する特徴的な表現であることを指摘している。

第五句の「あかつきの雨」は、「蘭省花時錦帳下、廬山雨夜草庵中（蘭省の花の時の錦帳の下、廬山の雨の夜の草庵の中）」（和漢朗詠集・下・山家・五五五・白居易）を踏まえている。草庵の寝床でかつての情景を夢に見て、ふと目が覚め、青い灯火を見、また暁の雨の音を聞くのである。

【現代語訳】

昔のことを夢に見て、昔を思う心がやがて途切れ（夢が覚め）て、灯火が青く光る暁の雨（の音）であるよ。

釣漁《てうぎよ》

70　いまぞうきかしこき世には小車にひかれて出し釣のいとすぢ

【自注】

むかし、文王のかりせしうらなひには、かしこき渭浜につりせし太公望をえて、車の右にのせてかへり給ひしぞかしに、いまの世のつり人はあまのいやしきのみ也。（岩橋下・一七二）

【評釈】

歌題の「釣漁」は、正徹の「暮ゝ《る》江のなみにうちはへ棹の原を月にかけたるあまのつり針」（草根集・巻十一・享徳二年正月十八日・細川兵部大輔頼久家・当座。類題本第三句「棹の糸」）、「あま人のなみにしづむるつりばりの一はうかぶみか月のかげ」（草根集・巻十一・享徳三年四月二十七日・或人の所にての採題）という二首以外には用例の見えない、極め

て僅少な歌題である。なお、「釣漁」の語は「郷涙数行征戍客、棹歌一曲釣漁翁（郷涙数行征戍の客、棹歌一曲釣魚の翁」（和漢朗詠集・上・秋・月・二五七・保胤）など、漢詩では珍しくない。

当該歌は、『蒙求』非熊非羆（呂望非熊）を典拠とする。周の文王が狩りをするに当たり、その獲物を占わせたところ、龍や彲《みずち》、虎、羆《ひぐま》ではなく、「公侯」を得るだろうと言われる。そこで、文王が渭浜に赴くと、果たして呂尚（太公望）に出会い、彼を自国の軍師に招くことができた。心敬はこの故事を『ささめごと』〈尊経閣本〉でも、「太公望は渭浜に釣りしかども、文王の車の右にのれり」と、自注とほぼ同文で引く。心敬は呂尚は「車の右」に乗って敬意を受けたというが、『蒙求』や『史記』周本紀など中国の出典にはこのような表現は見えない。一方、「文王、これをよろこびて、くるまのみぎにのせてかへりて」（蒙求和歌〈片仮名本〉・一〇四）ほか、『十訓抄』、『太平記』など日本の書物では「右」とある。心敬は、日本の書物を介して、典拠を学んだのであろう。

第五句の「いとすぢ（糸筋）」は、「秋の野に置く白露は玉なれや貫きかくる蜘蛛の糸筋」（古今集・秋上・二二五・朝康）、「春のうらの霞の網の糸すぢもほそきやいまだくもらざるらん」（草根集・巻八・宝徳二年正月十三日・隠岐入道素球興行の月次・当座・初春霞）など、蜘蛛や霞、雨といった定型的な表現でのみ用いられる。当該歌のように、釣り糸の意で詠まれることは非常に珍しい。当時の俗語であろう。「ひかれて」と「いとすぢ」は縁語。この「筋」には「家筋」などと同様、かつては優れた人物を輩出したその流れという意も含んでいようか。

なお、『ささめごと』〈尊経閣本〉では、この故事は「いかばかり道にいたる人をも、身の程なく世に知られぬをばもて出でず」という章で引かれる。才能ではなく身分や家柄で人を判断することを批判する文脈であるが、当該歌では、自注に「いまの世のつり人はあまのいやしきのみ」とあるように、呂尚のような賢者がいないと嘆いている。心敬には「みつのかしはのうらはかひなし／いせのあまのつりはかしこき人ならで」という類想句もあり、「此句、むかしの文王の狩にいで給ひしには、うらなひに、渭浜につりせしかしこき人をえしぞかし。みつのかしはのうらのあ

たりには、あまの子つりをすればとなり」（岩橋上・二六一）と自注する。この句でも、今の世の海人が「かしこき人」ではないとされる。

【現代語訳】
今の世は嫌なものだ。（かつての）偉大な賢聖の世では、（太公望のように）小車に乗せられて世に出た（こともある）釣り糸の筋であったのに。（今では、釣りをするのは海人だけになってしまった。）

行路市《かうろのいち》

71　わび人の市の爪木の一つかね命かくべきかへさともなし

【自注】なし

【評釈】
歌題の「行路市」は、南北朝期の『為重集』に初出するが、正徹以前には四首ほどしか見えない。一方、正徹は「世の中は市のかり屋のたゞしばしたれやはとまる夕暮の空」（草根集・第六〈次第不同〉）など計十四首を詠じている。正徹好みの歌題であったことが知られる。心敬はほかに「里人はかへるおのへの市屋形かりねの宿に誰たのむらん」（心敬集・三四六）の一首を残している。

第二句の「爪木」は、爪の先で折り取った木の意で、粗末な薪。第三句の「一つかね（一束）」は和歌・連歌で用いられることはない。「あはれてふことだになくは何をかは恋の乱れのつかね緒にせん」（古今集・恋一・五〇二・読人不知）の「束ね緒」という歌語はある。但し、「一束はひとつかね也」（名語記）とあり、当時の俗語であったか。

第四句の「命かくべき（掛くべき）」は、あるものによって命を長らえさせる意。「蜘蛛手さへかき絶えにけるささがにの命を今は何に掛けまし」（後拾遺集・恋三・七六九・馬内侍）というように、恋歌に用いられることが一般的である。とはいえ、「うき世をばはなれ小島に身はあれど針なき釣にかけし玉のを」（草根集・巻八・宝徳二年三月十五日・妙行寺にての続歌・島漁客）など、命を繋ぐ意で用いられることもある。当該歌では、「爪木の一つかね」を売って、なんとか生計を立てる「わび人」が詠まれている。

心敬には、「あはれにも真柴折たくゆふま暮／すみうる市のかへるさの山」という句があり、「世をわびぬるしづ、山がつは、日夜こゝろをつくしてやきぬる炭をば、世わたるよすがにうりつくして、帰り侍りぬる夕には、をのが身をば真柴などにてふすべ侍るあはれを」（岩橋上・二六五）と自注が付される。この句では、山の民の市で炭を売る哀れさが詠まれ、この点で当該歌と似た風情である。当該歌の「わび人」も生活が苦しい「しづ、山がつ」の類であると推測できる。なお、この句に関して、宗祇『老のすさみ』は「かやうの心は、この作者ことにおもふ所也」と述べ、このような庶民への視線は心敬の好んだ趣向であったことを伝える。これは、「ありへんと市にまじりし仙人も玉の緒ばかりえがたきはなし」（草根集・巻六〈次第不同〉・市商客。類題本第三句「杣人も」）と言った正徹に学んだか。他に、心敬には「うきもつらきも里によりけり／朝市に世を侘人の数見えて」（竹林抄・雑上・一二一七）という、当該歌に近い作もある。

【現代語訳】

侘人が集う市で売る薪の一束。（そんな粗末なもののやりとりで）命を繋ぐことができる帰り道とも思えないことよ。

題同〔行路市〕

72　あさだつも都の乙女つば市にまじる人とは誰かおもはん

【校異】［歌題］行路市―名所市（岩橋）

【自注】

玉かづらの流里《りうり》君、はつせまうでの時、つぼさうぞくなどして、つば市に一夜とゞまり給てあさだち侍るさまを。

（岩橋下・一一五）

【評釈】

当該歌は、『源氏物語』玉鬘巻を本説とする。そこでは、玉鬘と従者一行が「からうして椿市といふ所に、四日といふ巳の時ばかりに、生ける心ちもせで着き給へり」。一行の中、「女ばらあるかぎり三人、壺装束して」旅をしていた。

椿市は「椿市〈大和国名所也。つばきのいちとも、つばいちともいふ〉」（河海抄）とあるように、大和国式上郡三輪山南麓の地（奈良県桜井市金屋）にあった市のこと。山辺道と泊瀬《はつせ》へ通じる道の交わる所に位置する。「市は、……つば市。大和にあまたある中に、長谷にまうづる人のかならずそこにとまるは、観音の縁のあるにやと、心ことなり」（枕草子〈陽明本〉・一一段）と、古来よく知られていたが、和歌・連歌には、「海石榴市之　八十衢尓　立平之結紐乎　解巻惜毛（椿市の八十の巷に立ち慣らし結びし紐を解かまく惜しも）」（万葉集・巻十二・二九六三・読人不知）、「たのむかひあこの此長谷の山／椿市や知もしらぬも交りて」（寛正五年一月一日名所百韻・二三）とあるが、ほとんど詠まれることはない。心敬には、それと明示しないが、「神の御前に人ぞ立さる／三輪山や朝の市の杉の門」（竹林抄・雑上・一二一八）の作もある。壺装束とは、「つぼさうぞく〔俊成卿説云、市女笠にきぬきたる女をいふとあり。又説、たゞうすぎぬをつぼをりたるといへり〕」（一滴集）、女性の旅の軽装である。

自注によれば、玉鬘が椿市に一泊し、「あさだち侍るさま」を詠んだという。早朝に出発する様子のようであるが、『源氏物語』本文にそのような記述は見えない。また、「流里君」は、夕顔の子として生まれながら九州に下り、再び京都に来て、さらに奈良に赴く玉鬘をさすらう女性、「流離君」と称したものか。或いは、『源氏物語』で玉鬘の幼名が「藤原の瑠璃君」であったことが語られるが、この「瑠璃君」を指すか。

第一句の「あさだつも」は、早朝に出発する意と、朝市が立つ意の掛詞。「あさだつ」という動詞の場合も、「朝立つ道の露深き」（謡曲・熊坂）など、「た」は濁音。心敬に近い時期に、旅人が市に混じる様を詠む例が見える。「旅人はわたりまじるもしるかりき立朝市のまへのたな橋」（草根集・巻七・宝徳元年九月二十三日・左京大夫家月次・旅人渡橋。類題本、月草第四句「朝立つ市の」）、「さらぬだにねざめしげきに鐘の音／あさだつ旅につる、市人」（応永三十年四月四日賦何路連歌・八八・重有）。旅人も市人も早朝から活動する点に注目した詠作であるが、心敬は特に正徹詠を意識するか。

【現代語訳】
早朝に出発する（玉葛だ）としても、都の（高貴な）女性が、朝から立った椿市に混じる人とは、一体誰が思うであろうか。いや、誰も思うまい。

釈教

73　人たえて草のみふかくなるときく鹿の薗生や法のふる郷

【自注】

いまは白鷺池《びやくろち》にも水たえ、鹿薗《ろくをん》にも草のみふかしなどいひつたへ侍れば也。（岩橋下・一〇九）

【評釈】

歌題の「釈教」は、早く『後拾遺集』雑六の内にあったが、『千載集』では部立として独立した。

自注によれば、当該歌は「いまは白鷺池にも水たえ、鹿薗にも草のみふかし」という成句に基づく。白鷺池とは、古代インドのマガダ国の首都であった王舎城の竹林園にあった池。『大般若経』第十六般若波羅蜜多分（善勇猛般若経）の一に「一時薄伽梵、住王舎城竹林園中白鷺池側（一時薄伽梵、王舎城の竹林園の中の白鷺池の側に住みたまへり）」とあり、そこで釈迦が説法をしたことが知られる。和歌・連歌では、「はや末の世の法の悲しさ／群ゐしもいざしら鷺の池あせて」（明応四年九月十八日十三仏名号連歌・五九）が見出せる程度。また、「鹿薗」は鹿野苑《ろくやおん》の事。中インド波羅《はら》奈国《なこく》にあった林園で、鹿が放し飼いにされていたことから、この名が付いた。釈迦が成道の後、最初に説法した（初転法輪という）地として知られる。日本では「鹿の園」、「かせぎの園」と和らげられることが多く、当該歌のように「鹿の薗生」と詠む先行用例は二十首に満たない。その中、正徹は四首、正広は三首詠じており、正徹周辺で好まれたようだ。

第五句の「法のふる郷」は、廃れてしまったかつての仏法の都の意で、「花のふる郷」（205【評釈】参照）とも共通する心敬的表現である。このような「法のふる郷」と言える仏教遺跡の白鷺池の水が絶え、また鹿野園が草深くなるということは、仏道が廃れてしまった事を示している。但し、心敬が掲げる成句に近い言い方は、「白鷺池には水たえて、草のみふかくしげりけり」（覚一本平家物語〈龍大本〉・山門滅亡）しか見出せず、何らかの出典があったか。

【現代語訳】

人も絶えて、草だけが深く生い茂っていると聞いている鹿野園は、（仏法が廃れてしまった今、）仏法にとっての故郷なのだなあ。

述懐

74　ことのはもたびのふせ屋におとろへてたどりし程の面かげもなし

【自注】なし

【評釈】

歌題の「述懐」は、『堀河百首』題。

第一句の「ことのはも」は、我が身も「ことのは」も の意。「ことのは」は、和歌・連歌をさす。

第二句の「ふせ屋〈伏屋〉」は、粗末な小さい家のこと。「園原や伏屋に生ふる帚木のありとは見えて逢はぬ君かな」〈新古今集・恋一・九九七・是則〉という著名歌がある。「たびのふせ屋」といえば、旅路で泊まる宿を指すことが一般的である。「蚊遣火の煙うるさき夏の夜は賤の伏屋に旅寝をばせし」〈堀河百首・四八四・師頼〉、「夜の雨にきそぢのふせ屋もりぬれてあさぎぬさむしあはれ此たび」〈草根集・巻十三・長禄元年五月十四日・恩徳院歌合・旅店雨〉。

『心敬集』によれば、当該歌は『応仁二年百首』の述懐十首のうちの一首である。すなわち、当該歌は応仁元年の関東下向以後に詠まれた可能性が高い。この歌の「述懐」は、心敬自身の感懐と解すべきであろう。

「ことのは」が「おとろへ」るとは、関東が京都のような文化的な環境になく、そのことで自らの詠作が冴えないものになってしまったという自覚である。一方、「たどりし程」とは、かつて在京時代に研鑽を積んで来たことであった。このような意味の「辿る」は、「〈和歌五体と六義の〉二つにたどり侍らば」、「此の修行なき人はたどり侍るべし」〈ささめごと〈尊経閣本〉〉というように、心敬の論書にしばしば見える。さらに心敬に引きつければ、「たびのふせ屋」は、品川の草庵を指す。心敬は最終的に関東で没するが、心では常に帰洛を願っていた。品川に草庵を結んだことは、心敬にとってはあくまでも「たびのふせ屋」に宿を求めたに等しかったことが理解できる。

【現代語訳】

〈我が身も自作の〉和歌・連歌も旅の仮り住まいで衰えて、〈かつて都で〉精進したころの面影もないほどだ。

幽玄体

『毎月抄』は幽玄様として、「もとの姿」の第一にあげる。『三五記』でも第一にあげ、『ささめごと』〈尊経閣本〉の連歌十体でも踏襲して第一にあげていたが、『十体和歌』では有心体を第一にし、幽玄体を第二とする。正徹は、「幽玄といふ物は、心に有りて詞にいはれぬもの」〈正徹物語・下〉というが、心敬は、「姿のやさばみたる」ではなく「心の艶」、心の底から滲み出てくる情緒の味わいを説く〈『ささめごと』〈尊経閣本〉〉。それが高じて、『十体和歌』では有心体を第一にしたと考えられる。

75 早春
あさぼらけ花鶯の面かげに世はうちかすみ春や来ぬらん

【自注】なし

【評釈】

「早春」は『和漢朗詠集』の部立に見え、歌題としてもそれ以後少なくない。

当該歌は「霞かは花鶯に閉ぢられて春に籠れる宿の曙」（拾遺愚草・上・八一〇、玉葉集）を踏まえる。当該歌第二句の「花鶯」は、定家詠を踏まえ、花と鶯という春の代表的景物を指す。心敬はほかに、「秋のさま〴〵の花に虫のなけるに、春の野の花鶯のおもかげ、にほひ、うかび出て侍るとなり」と自注する「面影は花うぐひすの野べながら千種うつろひ松虫ぞなく」（心敬難題百首自注・八八・春秋野遊）、「秋の野や花鶯をわすれ草」（心玉集〈静嘉堂本〉・八〇五）、「秋の庭に花うぐひすの山もなし」（吾妻下向発句草・五九一）と、都合三作品に用いている。

第三句の「面かげ」は、前掲の『心敬難題百注自注』と同様、有るものから受ける印象や、そこから想起される具体相。当該歌では、まだ存在しない花や鶯がいかにもそこにあるかのように思いうかべられる様子をいう。

当該歌では、春の到来を告げる霞（1【評釈】参照）が、「花鶯の面かげ」をこの世にもたらしている。もとより、当該歌の時点では、まだ花も咲いておらず、鶯も鳴いていない。あくまでも、霞が契機となり、それらの面影が浮かぶのである。

【現代語訳】

ほのぼのと白む明け方、咲く花や鳴く鶯が思い浮かばんばかりにあたり一面霞み、はや春が来たのだろうか。

関路霞

76　関路行をちかた人にかすみけり袖吹こゆるすまのうらかぜ

【自注】なし
【評釈】

歌題の「関路霞」は、「庭つ鳥声にあけつらし関の戸をなほも許さず霞籠めたり」（出観集・二一一）が初出例。心敬以前には二十首以下と用例は限られ、正徹は「春やとき花なき関の藤川や松にかゝるは霞なりけり」（草根集・巻四〈次第不同〉）ほか計五首を詠じている。

当該歌は、「旅人は袂涼しくなりにけり関吹き越ゆる須磨の浦風」（続古今集・羈旅・八六八・行平）、及びそれを踏まえた「須磨にはいとど心づくしの秋風に海は少し遠けれど、行平の中納言の関吹き越ゆると言ひけむ浦波」（源氏物語・須磨巻）を典拠とする。須磨の関は、摂津国と播磨国との境（神戸市須磨区関守町）に設けられた関で、平安時代に廃止されたものの、以後歌枕として著名であった。当該歌は、典拠では関所を越える「須磨の浦風」を、関路を進む「をちかた人」の袖を越えるというように、ずらして詠じている。

第二句の「をちかた人（遠方人）」は、遠く離れている人が原義であるが、心敬は「をちかた人　旅人也」（流木集）という意味で用いていると思われる。行平詠の「旅人」を「をちかた人」と詠み替えたのである。旅人は心細さや寂しいものとして詠まれることが多い。

第二句の「をちかた人に」の「に」は、意識的な用法だろう。厳密に解釈すれば、浦風が「をちかた人」によって霞んでいるとなる。このような「に」は、宝徳二（一四五〇）年十月、正徹が東常縁に語った次のような話を想起させる。正徹は「『よこの、つ、みきりふりてをちかた人にさむきかりがね』と、是も同作者なり。おなじ体也。せめて『をちかた人や』とせよかし」と語った（東野州聞書）。「同作者」とは心敬を指すが、ここに引かれる心敬詠は未詳である。だが、正徹の批判の重点は「をちかた人に」にあることは理解できる。正徹は「に」が、一首の印象を曖昧にするのを嫌い、「や」に改めるべきと指摘したのであろう。当該歌でも同様に、「をちかた人は」、「をちかた人

も」等であれば自然な表現であるのに、「に」としている。心敬は、旅人がいることによって、霞んでいることが一層よくわかるというのである。さらに旅人を現出させることにより、寂しさを際立たせようとする意を「に」に含ませる。助詞一つを大事にする連歌師ならではの手法である。心敬が当該歌の眼目と考えたからではなかったか。

【現代語訳】

（須磨の）関を行く遠く見える旅人の姿によって、霞んでいることが知られるよ。その袖を吹き越える須磨の浦風よ。

海辺霞

77　橋立やまつをうら風明る夜の夢もつゞかずかすむ浪かな

【自注】なし

【評釈】

歌題の「海辺霞」は、『散木集』など平安後期に早く見え、以後用例は多い。正徹も「わたの原霞のうちもくもらぬや興《おき》つ玉もの光なるらむ」（草根集・巻二・永享二年二月七日・下野守益之家にての一座。類題本第四句「興の」）など、六首を詠じている。

第一句の「橋立」は、丹後国（京都府宮津市）の歌枕。第二句の「まつ（松）」の名所として知られる。当『十体和歌』には橋立を詠じた歌が五首見えるが、詳細については117【評釈】参照。当該歌は「橋立」によって、歌題の「海辺」を満たす。

第一句末の「や」は軽い詠嘆の意味を含みつつ一首の心情もしくは場面設定を明示する。「逢坂や梢の花を吹くか

らに嵐ぞ霞む関の杉むら」（新古今集・春下・一二九・宮内卿）と同様に連体修飾格の「の」に通じる用法で、名詞にまつわる印象を惹起しながらなだらかにあとに続く効果がある。特に、第一句に歌枕を置き、「や」で初句切れとする形では、歌枕に付随する先行作品のイメージを喚起し、それによりつつ第二句以下を構成する。

第二句の「まつをうら風」は、「松を吹く浦風」を省略した表現。松風は音を立てるため、夢を妨げると詠まれることが多く、当該歌の「夢もつゞかず」も同じ体である。但し、夢を「続く」と表現する例は、非常に限られる。「故郷に通ふばかりの道もがな末も続かぬ夢の浮き橋」（尭孝集・五〇）、「見しこともわすれわすれぬいにしへのつゞかぬ夢ぞみな跡もなき」（草根集・巻十二・康正二年八月二十九日・平頼資のす、めにての続歌・往事眇茫）、「ちぎりしやつゐに跡なき空ならん／すゑもつゞかぬ夢のうきはし」（永原千句・第二・一二・正利）など、心敬とほぼ時代を同じくする例が見える程度である。当時、非常に新しい表現であったことが知られる。「馬上続残夢、不知朝日昇（馬上　残夢を続ぎ、朝日の昇るを知らず）」（蘇東坡「太白山下早行至横渠鎮書崇寿院壁（太白山下早行して横渠鎮に至り崇寿院の壁に書す）」）などの漢詩に起源を持つか。第五句の「かすむ」は、上の「つゞかず」と下の「浪」とにかかり、さめやらぬ意識と情景をともども表す。

当該歌は、詠作主体が夢から覚め、「かすむ浪」を見ると詠まれ、聴覚（松風）から視覚（霞む波）への展開が見られる心敬好みの構成である。このような趣向は定家の「春の夜の夢の浮き橋途絶えして峰に分かるる横雲の空」（新古今集・春上・三八）に似る。

【現代語訳】

天橋立では、松を吹く浦風によって、明ける夜の夢も続かず朦朧と、霞んでいる波であることよ。

春水澄

78　山たかみ雪の下水かすむよりおちくるこゑも清き春かな

【自注】なし

【評釈】

歌題の「春水澄」は、心敬以前には、正徹の「木の間よりおつる雪消の水澄て春をふかむる滝の白浪」（草根集・巻十三・長禄元年正月二十六日・清水平等坊円秀月次）が見出せるのみである。

第二句の「雪の下水」は、早く解けて雪の下を流れる雪解け水のこと。歌語として確立し、用例は多い。当該歌では、直接的には第四句の「おちくるこゑ」に続き、それが瀧となって流れ落ちる情景が詠まれる。この点で、先掲の正徹詠と趣向を同じくし、心敬は正徹詠を意識しながら一首を詠じたと思われる。但し、正徹は雪解け水が「澄て」と詠み、ここで歌題の「春水澄」を直接的に満たすが、心敬は流れそのものは雪と霞とで見えず、流れ落ちる「こゑも清き」と詠み、水の音の澄明さによって歌題の「澄」を満たしている。聴覚によって対象を把握する心敬好みの表現である。

第三句の「かすむより」の「より」は、「すぐに」の意。霞は春の到来の象徴であるが（1【評釈】参照）、その霞が立つや否や、雪解け水が瀧となって流れ落ちるというのである。高山における、冬から春への季節の移り変わりを、清新な感性で捉えた一首である。

【現代語訳】

山が高いので、雪の下を流れる雪解け水は、霞が立つとすぐに、流れ落ちてくる音も清らかな春であるよ。

湊春月

79　ふけ行ば土佐山おろしこゑ立《たて》てみなとの松にかすむ月かな

【自注】なし

【評釈】

歌題の「湊春月」は、心敬以前には、正徹が「行春のかすみの袖のなかにいる玉か湊にしたふ月かげ」（草根集・巻十四・長禄三年三月二十日・草庵月次）ほか二首を詠じていることが見出せるのみの、稀少な歌題である。

第二句の「土佐」は、土佐国（高知県）のこと。「土佐の海に御舟浮かべて遊ぶらし都の冬は風ぞのどけき」（壬二集・二六四七）、「もみぢ葉を畑やく山とながむらん土佐のとわたる秋の舟人」（草根集・巻五〈次第不同〉・渡紅葉）などと詠まれ、正徹詠は土佐の名所「幡《は》多《た》」を同音で詠み込んでいる。特に土佐の湊を詠む例は、「風荒き土佐の湊を漕ぐ舟の苦しきものは恋路なりけり」（宝治百首・為経・寄湊恋・二七六九）がある。「土佐の湊」とは、土御門院も流された土佐国西部の幡多にある湊をさす。

当該歌は「土佐山おろし」を詠むが、「土佐山」を詠む和歌は当該歌が初めてである。「土佐山おろし」という語構成は、「里の名もうぢ山おろしさむき夜の河音ふけて網代うつ声」（草根集・巻十二・康正二年十二月二十三日・草庵に人々来ての続歌・網代）などに見える、山の名所に山颪を続けた縮約表現の類推である。心敬詠で同様の語構成をとるものに、「一もとも花やは残もの、ふのあら山おろしさはぐ都は」（心敬集・二〇七）がある。

【現代語訳】

夜が更けると、土佐山から山颪が音を立て、湊の松には、霞んだ月影がかかっているよ。

80 朝《あした》花《のはな》

朝ぼらけさえづりいづる鳥の音にかすむもしるき花の色哉

【自注】なし

【評釈】

歌題の「朝花」は、「世の常の雲とは見えず山桜今朝や昔の夢の面影」（拾遺愚草・下・二一五六）など、院政期あたりから見える。正徹にも「ちらぬまとたのみやはせむ朝露の消ずはありとも花の下風」（草根集・巻七・宝徳元年二月二十六日・東下総入道素忻家続歌）のほか、五例見られる。

第二句の「さえづりいづる」は、鳥の音が霞の中から聞えてくる意。「囀り出す」は正徹に「鶯のさえづりいだす初ねより猶いろわかきあさ霞哉」（草根集・巻十五〈次第不同〉・鶯）、「曙もはなぞ夜深き百千鳥さえづりいだすやまの霞に」（草根集・巻十五〈次第不同〉・春曙）があり、正徹以前に用例の見えない歌語である。当該歌は「囀り出る」とすることによって、鳥の声が主体となり、姿を隠し、霞の存在を強調することになる。

朝霞によってほの白い明け方は一層茫漠とし、花は見えないのに、鳥の音を聞いたことから、あたかも花が目に見えるようだというのである。そのため、第四句で「かすむもしるき」と詠み、霞んでいるのにはっきりしているという一種の形容矛盾的な表現をとっている。聴覚から視覚へという心敬好みの趣向で、当該歌の下句は、短い言葉で豊富な内容を詠んでおり、連歌的な圧縮表現の一つといえるだろう。

【現代語訳】

夜のほのぼのと白むころ、囀りがこぼれ出てくる鳥の鳴き声によって、霞んでいてもはっきりと分かる、花の色であるよ。

風静馥花《かぜしづかにかむばしきはな》

81　露よりも今朝はにほひやおもるらん花にこゑなき庭の春かぜ

【自注】なし

【評釈】

歌題の「風静馥花」は、当該歌以外に用例が見あたらず、極めて珍しい歌題であることが分かる。但し、「梢には吹くとも見えで桜花香るぞ風のしるしなりける」（金葉集・春・五九・俊頼）の「風閑花香」（散木集歌題「風静花香」）など、類題は僅かながら存する。心敬以後、「風静花芳」題の作例が増えるところを見れば、「風静馥花」は当時最新の歌題であったか。語構成から見て、当該歌の「風静馥花」は「風静花馥」が正しかった可能性がある。

第三句の「おもる（重る）」は、重くなる意。特に『新古今集』時代の歌人達に好まれ、多く詠まれた。正徹も十首前後を詠じている。当該歌では、花の「にほひ」が、花に置く露よりも重いと詠まれる。「露重る小萩が末はなびき伏して吹き返す風に花ぞ色添ふ」（玉葉集・秋上・五〇一・為兼）のように、露の重さはしばしば詠まれる。当該歌では、香りという嗅覚によって捉えられる感覚が、「おもる」というように触覚的に表現される。これは、稲田利徳氏が『正徹の研究　中世歌人研究』（40【評釈】参照）の第二篇第四章に指摘する「共感覚的表現」で、心敬もその影響を強く受けていて、得意とする表現の一つである。

当該歌では、花の「にほひ」が詠まれるが、ここにも心敬の作歌意図がある。『初学用捨抄』には「にほふ」と「かをる」を区別して、「又、花の匂ふはさびしく静なるかた也。花のかほるはきやしや《華奢》にざめきたる風情也。柴の戸・苔の戸・草の庵・山里などの花をば、匂ふと可仕哉。都の花・雲の上人などの見る花をばかほるなどとあるべし。匂ふとかほるとのさかひ、天地の隔なるをや」と説かれる。当該歌では花の「にほふ」舞台は「庭」としか詠まれな

いが、やはり草庵、山里の家など、寂しい家の庭であろう。

第四句の「花にこゑなき」は、第五句の「春かぜ」にかかる。歌題の「風静」を満たすための表現であろう。そのような幽かな風であるからこそ、花の香も吹き散らされることなくあたりを漂い、重さを感じることができるのである。一首全体が歌題に密接した詠みぶりで、論理的に構成されているといえよう。

【現代語訳】

（花に置く）露よりも、今朝は香りの方が重いのであろうか。花に音を立てることのない庭を吹く春風よ。

夕花

82　かげぞうきいとふ心やあさからん花なきかたのゆふぐれのいろ

【自注】なし

【評釈】

歌題の「夕花」は、鎌倉初期の『光経集』に早く見え、『草庵集』以降散見する。正徹も「すみ染の夕陰草の色もなし光にてらす花の木の本」（草根集・巻十・享徳元年三月十三日・細川右馬頭入道道賢家にて、庭の桜さかりなりとてありし一座）ほか四首を詠じている。心敬にはほかに、「山桜花に夕を告きても我色しらぬ入会のかね」（心敬集・四三二）の詠がある。

第一句の「かげぞうき」の「かげ」は夕日影の意。「うき」と思うのは詠作主体で、第二句「いとふ」も詠作主体が夕日影を厭うのである。

第四句の「花なきかた」は、花のない方向の意。「春霞立つを見捨てて行く雁は花なき里に住みやならへる」（古今集・春上・三一・伊勢）など「花なき里」は和歌に詠まれるが、「花なきかた」は、「心などうき古郷にとまるらん／花なきかたぞ雁もいそぐな」（難波田千句・第一〇・五四）のほかには見られない。夕日の沈んでゆく方向で、そこには、花があるのだが、夕日によって見えないのである。

「夕花」という歌題は、夕日に照らされ美しさを増す花を、今日はこれで見納めであると惜しむ心で眺めるのが本意である。和歌では、「雲にうつる日影の色も薄くなりぬ花の光の夕映えの空」（玉葉集・春下・二〇九・為顕）、「高根こす木のまの夕日影きえて桜にかへる花のいろかな」（草根集・巻四〈次第不同〉・暮山花）など、夕日と花の色との繊細な重なりが表現される。当該歌は、夕日影の色によって花が見えないのは、夕日影を厭う心が浅いからだろうかと詠み、花の見えないことを夕日影のせいにしながら、かえってそこにあるはずの夕べの花を想像している。『十体和歌』10の自注や、「朝鳥のかすみになきて花もなし」の句に、「ろうくとしたるあした、花に鳥ののどやかになき侍る也。花はあるといへるこゝろなり」（岩橋上・一七）とあり、ここでは特に自注を付していないが、同様の心敬独特の手法と考えられよう。

【現代語訳】
夕日の光は嫌なものだ。嫌う心が浅いからなのだろうか。（夕日の光で、夕日の沈んでゆく方向の）花が見えない夕映えの色は。

題同〔夕花〕

83　夕暮をちぎれる誰かかこつらんくもるもしらぬ花のいろ哉

【校異】誰か—人や（島原）
【自注】なし
【評釈】
　夕暮れの雲は、「いつしかと暮れを待つ間の大空は曇るさへこそ嬉しかりけれ」（拾遺集・恋二・七二二・読人不知）のように、女性に夕暮れを早く感じさせ、また月を隠すことで男性が訪れ易くなることから、恋にとっては歓迎すべきことである。当該歌の上句に「夕暮れをちぎれる（恋人と夕暮れを約束する）」人が「かこつ（不平を言う）」と詠まれるのは、そういう事情による。
　第四句の「くもるもしらぬ」は、花の色が夕陽に映えて曇りなくはっきりとあらわれている意。「冬寒み吉野の雪の冴えさえて曇るも知らぬ山の端の月」（後鳥羽院御集・一二二一）と、そのままの先行用例が数首見える。但し、当該歌のように「花」にかかることはない。さらに、当該歌では、「花曇り」という言葉を踏まえていよう。桜の時期の曇り空を示す「花曇り」は、「何となく雨にはならぬ花曇り咲くべきころや二月の空」（為尹千首・一〇九）、「霞かさぬる《なる》さほ姫の袖／雨しばし吹ほす（ほ）どの花ぐもり」（応永二十六年二月六日賦山何連歌・七七・信俊）など、応永期に歌語として定着したようだ。当該歌では、花曇りの時期にも、その美しさが際だつ様子を詠み、歌題を満たしている。
　つまり、当該歌では、曇りを見せない花のせいで、恋人を待つ女性が不平を言っているだろうと推測している。このような主題を詠じるに当たって、心敬は「待つ人の曇る契りもあるものを夕暮れ浅き花の色かな」（壬二集・一五五六）を参考にしたと思しい。家隆詠は、夕暮れの花が輝いているため、恋人を待つ女性を辛く思わせていると詠む。家隆詠の「曇る契り」という歌語を正徹は十首に摂取し、様々な場面で詠じている。特に本歌のように花を主題にしたものには、「さきやらず雨もふらなんと花ゆへにくもる契ぞ先待れける」（草根集・巻一之下・宝徳三年四月二十一日〜

二十五日・春日社宝前百首和歌・待花）ほか一首がある。

【現代語訳】

この夕暮れに（逢おうと）約束している誰かが、不平を漏らしているだろうか。曇ることを知らない、（夕日に照り映える）花の色であるよ。

尋花

84　さくらがり雨はふりこでけふのみとおもふなごりにぬるゝ袖哉

【自注】なし

【評釈】

歌題の「尋花」は、結題として早くから見えるが、単独では「山桜尋ね見る間に宿なるは身を恨みてや散らんとすらん」（頼政集・八五）に初出する。正徹も同歌題で「桜がり舟出してけり此まゝによもぎが島の花やたづねん」（草根集・巻四〈次第不同〉）ほか八首を詠じている。

当該歌は、「桜狩り雨は降り来ぬ同じくは濡るとも花の陰に隠れん」（拾遺集・春・五〇・読人不知）と、「今日のみと春を思はぬ時だにも立つことやすき花の陰かは」（古今集・春下・一三四・躬恒）の両首を本歌とする。まず、『拾遺集』歌は第一句と第二句に取られるが、当該歌では雨は降ってこない。いずれ濡れるのならば花の陰で濡れたいという風流心を表した本歌を取るが、当該歌に移されるのは花への風流心のみである。次に『古今集』歌は、春部の巻末歌であることから分かるように、春、及び花への痛惜の念を歌う。『古今集』歌は「今日のみと春を思はぬ」と反語で、

当該歌はそれを反転しつつ本歌の本意を汲んで、「けふのみとおもふ」と詠んでいる。この両首は「花の陰」を舞台とすることで、心敬の中では結び付いたのだろう。

第五句の「ぬるゝ袖」は、花と別れることを惜しむ涙で濡れる意。『拾遺集』歌の「濡るとも」を取り、雨から涙へと袖を濡らすものを変えている。

【現代語訳】

桜狩りに行けば、雨は降って来ないで、今日限りだと思う名残惜しさに、(涙で)濡れる袖であるよ。

山帰雁

85　河水はかすめるきびの山もとにめぐれる帯や春のかりがね

【校異】［本文］河水―ゆく河（岩橋）
【自注】
みかさの山の帯にせる細谷川はかすみて見えざるに、雁の一すぢのみ帯をのこせると也。（岩橋下・一二四）
【評釈】
歌題の「山帰雁」は、心敬以前には『俊光集』、『慶運法印集』と、正徹の「夕ま暮霞てかりもとぶさ立足柄山にかへる雲かな」（草根集・巻十五〈次第不同〉）しか先行用例の見えない、稀少な歌題である。
心敬が自注で典拠とするのは、『万葉集』の「大王之　御笠山之　帯尓為流　細谷川之　音乃清也（大君の三笠の山の帯にせる細谷川の音のさやけさ）」（巻七・一一〇六・読人不知）であるが、この歌の「三笠の山」は大和国添上郡（奈良

県奈良市）の山であり、当該歌の「きびの山」（岡山県）とは位置が異なる。当該歌を作歌する際に心敬が参照したのは、「真金吹く吉備の中山帯にせる細谷川の音のさやけさ」（古今集・神遊歌・一〇八二）であろう。「きびの山もと」は、吉備の中山（備中国吉備郡と備前国御津郡との境にある）の麓を指す。『古今集』歌は、吉備の中山のまわりを帯のように細谷川がめぐっていると詠むが、当該歌では細谷川はかすんで見えない。その代わりに、「めぐれる帯」をなすのは、「春のかりがね」である。

　雁の一行を帯に見立てるのは、「山腰帰雁斜牽帯、水面新虹未展巾（山腰の帰雁は斜めに帯を牽く、水面の新虹はいまだ巾を展べず）」（和漢朗詠集・上・秋・雁付帰雁・三二五・在中）に端を発し、この詩では「山腰」をめぐる雁が斜めに掛けた「帯」に見立てられる。当該歌と同じように、吉備の中山にかかる帰雁という帯を詠む例は、「引き連ね高根のこしに帰る雁これや帯する吉備の中山」（正治初度百首・二二二九・信広）あたりしか見出せないが、在中詩を踏まえ雁を帯と見立てる例は、正徹にも「春のきる雲の衣の帯にしてかへるをつるゝ雁の一すぢ」（草根集・巻十一・享徳三年二月二十八日・草庵月次・帰雁連）など数首がある。心敬もほかに「たなびきて帯をぞ継る春日のゝ若紫の衣かりがね」（心敬集・四三・初雁）と詠じている。

【現代語訳】

（細谷川の）河水は、霞んでいて見えない吉備の中山の麓にめぐっている帯よ。（それは）帰る雁であることよ。

86　　欵冬

とはゞやなにぞはしたの思川いはぬばかりの山ぶきの露

【自注】なし

【評釈】

歌題の「欵冬」は、20【評釈】参照。

第三句の「思川」は、川の名と恋などの思いが絶えない意との掛詞になることが多い。当該歌では、「したの思川」と続き、表面には出ない「下に秘めた思い」と「思川」との掛詞。『五代集歌枕』や『八雲御抄』では、筑前国の歌枕とする。

当該歌では思川の「山ぶき」の花が詠まれるが、同内容を扱った歌例は「山吹の花にせかるる思川波のちしほは下に染めつつ」（拾遺愚草・中・二〇一九、続後撰集）が最も早い。次いで、正徹も「欵冬」題で「思川千しほの木葉とゞまらで浅き色せく山吹の花」（草根集・巻一之下・文安六年三月二十四〜二十七日・住吉法楽百首）や「思川かけても見せぬ山吹の花にしら淡よるぞ悲しき」（草根集・巻四〈次第不同〉。類題本第三句「山吹を」）などと詠み、定家詠を本歌取りしている。当該歌は本歌取りとまでは言い難いが、定家詠、正徹詠を意識しているか。

定家が思川の山吹を詠じた理由は、「下に」にある。すなわち、「山吹の花色衣ぬしや誰問へど答へずくちなしにして」（古今集・雑体・誹諧・一〇一二・素性）、「梔子の色に咲けばや山吹のえも言ひ知らぬ匂ひなるらん」（堀河百首・三〇四・河内・山吹）など、梔子を染料として用いると山吹色になることから、山吹と梔子とを縁語として、山吹を「口無し」と表現する。そこから、山吹が物言わぬ花と詠まれるようになり、下に深い思いを隠した花ということで、定家が思川に合わせたのである。当該歌の「とはゞやな」、「いはぬばかりの」は、この物言わぬ山吹という本意に基づいた詠みぶりである。

【現代語訳】

第五句の「露」は、山吹は感情を口に出さないが、山吹に置く露をその高ぶりにより流した涙と見立てたもの。

るよ。

問いたいものだ。どのような、下に隠れた思いがあるのかを。それを言う気配の全くない、思川の山吹に置く露であ

新樹

87　あき丶てやうづみかへさんうらわかみ木のはのしたによはき山かぜ

【自注】なし

【評釈】

歌題の「新樹」は、『六百番歌合』に初出し、以後用例は少なくない。正徹も同歌題で、「ふか緑夏もたけ行木々のはのうらわか丶らぬ風のをと哉」（草根集・巻三・永享五年五月三日・右馬頭家にての衆議判三首歌合・当座）などと詠む。この歌の「うらわか丶らぬ風」という表現は、当該歌の「うらわかみ」、「よはき山かぜ」に通じていよう。

第二句の「うづみかへす」は、埋めもどすこと。「かへす」は「もどす」の意の補助動詞。当該歌の他では、正徹の「世はこれぞ梢こそあれ松かげの雪をおちばにうづみかへすは」（草根集・巻十一・享徳三年十一月二十六日・平等坊円秀月次・当座・松間雪）に初出する。その後、正広の「吹き立つる嵐に霜の花を今朝埋み返して散る木の葉かな」（松下集・一〇〇四・霜埋落葉）があり、ここにも正徹詠の影響が窺える。心敬、正広は正徹詠を摂取して詠じたのである。正広詠は「霜埋落葉」題であるが、落葉が霜を覆うという内容である。すなわち、歌題と表現とが食い違っている。しかし、それを成立させるのが「埋み返す」の語である。つまり、地を落葉が覆い、その上に霜が置いた（この歌の前提である。ここで「霜埋落葉」題を満たす）。そこに嵐が吹き、その霜の上にさらに落葉が覆うことになった、という

趣向である。霜が落葉によって挟まれる状況が「埋み返す」と表現されている。正徹詠も同様に、地を覆う落葉の上に積もった雪の上に、さらに落葉が覆うのである。当該歌も、秋になったら木の葉が紅葉し、強い山風によって重なり埋められることをいう。

第一、二句の「あきゝてやうづみかへさん」は、去年の落葉の上に、また秋が来て、今の若葉が紅葉し、落葉となることを、うら若き今の木の葉を見ながら想像しているのである。

第三句の「うらわかみ」に、「うら若し」（何となく若々しい）と木葉の「裏」とを掛け、夏の歌題である「新樹」に、秋に思いを馳せている点に、心敬らしい趣向を窺うことができよう。

【現代語訳】

秋が来ると、（強い山風がまた紅葉を散らし）埋めるのだろうか。（今はまだ、木の葉は）若々しいので、木の葉の下には弱い山風が吹くばかりであるよ。

水鶏

88　山ざとは水のひゞきもかすかなる杉まの月にくいな鳴なり

【自注】なし

【評釈】

歌題の「水鶏」は、平安中期から詠まれるようになり、以後様々な結題となった。正徹にも同歌題で、「岩たゝく声にあけ行河なみもわかれてかへる水の庭鳥」（草根集・巻四〈次第不同〉）など、多く見られる。

水鶏の鳴き声は、「たゝくとて宿の妻戸を開けたれば人もこずゑの水鶏鳴くなり」（拾遺集・恋三・八二二・読人不知）のように、「敲く」と表現されることが多い。その声が戸を敲くような音に聞こえるからである。当該歌には表れていないが、第五句の「くいな鳴なり」は、よく通る声が夜に響く意であると思われる。

当該歌は、杉と水鶏とが詠み合わされるが、この組み合わせは、正徹の「稲荷山杉に水鶏のこゑす也神の扉やうちたゝくらん」（草根集・巻四〈次第不同〉・水鶏）、「いなり山社の戸口うちたゝきくひなぞかへる杉のむらだち」（草根集・巻十二・康正元年四月晦日・平等坊円秀月次・水鶏。類題本第三句「たたく」）あたりしか見出すことはできない。正徹詠では、稲荷社信仰の象徴である杉とともに詠まれるが、当該歌にはそのような趣向は見えない。心敬は「ほのくらき杉まの月に下葉ゆく谷のさゝ水音ばかりして」（心敬難題百首自注・二八・深山見月）と詠み、それに「ほのくら木のまの月など出るあたりに、見たる心はゆづり侍るべし。誠、深山の幽谷の月、すさまじくほのかなるおもかげばかりなり」と自注を付す。当該歌の第三句「かすかなる」は、「水のひゞきもかすかなる」と上から続くとともに、「かすかなる杉まの月」と下に続き、深山の情景を描いている。また、心敬にとって、杉は若年時代に修業した比叡山横川の象徴でもあることから、当該歌でも比叡山を念頭に置くか。

【現代語訳】

山里では、水の響きも幽かで、杉の間からわずかにこぼれる月の光に、水鶏も鳴いているようだ。

89　蚊遣火

くれかゝる末野の家ゐうちけぶりかやりにかすむ森の一むら

【自注】なし
【評釈】

「蚊遣火」は、『堀河百首』題。心敬にも同歌題で、「かやりたく空にすゝけて夕月夜光かすめるしづが山里」（心敬集・三五五）という一首がある。

上句の「くれかゝる末野」は、「くれかゝる末」と「末野」との掛詞。最後に夕暮れになっていく、野のはずれのこと。

そこには、蚊遣火を焚く家が見えるが、「蚊遣火」は夏の歌題である。当該歌の第四句の「かやりにかすむ」に見える「かすむ（霞む）」は、春に用いられる語であり、当該歌では夏の蚊遣火とともに用いられている。この組み合わせは、「忘れては春かとぞ思ふ蚊遣火の煙に霞む夏の夜の月」（新後拾遺集・夏・二四一・基氏）など、二十首程度に見られるに過ぎない。そのうち、正徹に「明ぬるかうらはのさとのかやり火に霞もあへぬ浪の上の月」（草根集・巻七・宝徳元年六月六日・山名弾正少弼教豊家月次・浦夏月）の一首があった。

【現代語訳】

暮れ残る野のはずれの家は煙っていて、蚊遣の煙に霞んで見える森の一群であるよ。

初秋
90　秋よいま誰《たが》きぬ〴〵のかへさよりあかつき露にぬれてきぬらん
【自注】なし

【評釈】

歌題の「初秋」は、平安時代から見られる歌題である。正徹も同歌題で、「いかにせむうき秋風の荻はらやうつすたもとの露のはじめを」（草根集・巻一之上・応永二十三年六月十九日・五十首和歌）他十数首詠じている。

当該歌は、「思ひ出でよ誰が後朝の暁も我がまた忍ぶ月ぞ見ゆらん」（拾遺愚草・上・一〇八五、新後撰集）を本歌とする。この歌から、「誰きぬ〴〵」、「あかつき」の歌語を摂取している。当該歌は、第一句の「秋」を主体に、秋が後朝の「あかつき露」に濡れながらやってくると詠じている。

このような趣向は、正徹の「いくさとの暁露にたちぬれて朝戸あけよと秋のきぬらん」（草根集・巻五〈次第不同〉・早秋暁露）と一致する。心敬がこの正徹詠を意識しながら、当該歌を詠じた可能性は高い。

正徹詠にも見られる「あかつき露」とは、「比日之　暁露丹　吾屋前之　芽子乃下葉者　色付尓家里（この頃の暁露に我が宿の萩の下葉は色付きにけり）」（万葉集・巻十・二一八六・読人不知）など、『万葉集』の四首に詠まれる万葉語。当該歌は正徹詠の趣向のみならず、「あかつき露」の歌語も摂取したのであろう。正徹詠とは第五句の「きぬらん」も一致している。当該歌、正徹詠とも、露に濡れながら秋が到来すると詠むが、「孟秋之月、涼風至、白露降（孟秋の月、涼風至る、白露降る）」（礼記・月令）とあるように、古来秋の到来は露によって知られるものであった。

なお、当該歌に見られるような、季節を擬人化する表現は、連歌にしばしば見られるものである。そのような連歌的な趣向も正徹に淵源を持っていることが分かる好例である。

【現代語訳】

秋よ。お前は、誰の後朝の帰り道から、暁の別れの涙と露とに濡れながらやって来たのだろうか。

夕荻

91　ものごとに色見えずなるたそかれにおぎのはのこす風の音哉

【自注】なし

【評釈】

歌題の「夕荻」は、「さらぬだに露のこぼるる荻の葉に風渡るなり秋の夕暮れ」（広言集・四一）など、平安末期から見える。とはいえ、それほど先行用例の多い歌題ではない。正徹も同歌題で「いせのうみの荻のはさぞな都だに夕立こゑのあらき浜かぜ」（草根集・巻十一・享徳三年二月二十日・草庵〈正月分〉・当座）など二首を詠じている。

当該歌の主題である荻は、「いとどしく物思ふ宿の荻の葉に秋と告げつる風の侘びしさ」（後撰集・秋上・二二〇・読人不知）、「荻の葉のそよぐ音こそ秋風の人に知らるるはじめなりけれ」（拾遺集・秋・一三九・貫之）など、その葉の立てる音に注目されることが一般的である。当該歌ではよりその音が強調されるように、「色見えずなるたそかれ」時が舞台となっている。

黄昏には、その語源が「誰《た》そ彼」にあるように、視覚的な識別が困難になる。第二句の「色見えずなる」もそれに拠る。「色見えぬ黄昏時の梅の花吹き来る風の匂ひにぞ知る」（実材母集・四七八）、「色見えぬたそかれ時はかすめども花はこたへぬやま風の声」（草根集・巻四〈次第不同〉・春夕花）など、当該歌と同じ表現を持つ和歌はいくつか見える。やはりこれらでも、前者は梅の匂いが、後者は山風の音がといったように、視覚が閉じられたことによって別の感覚が強調されている。

当該歌のように、特に黄昏時の荻に限定すれば、「秋来ぬと荻の葉風は名乗るなり人こそ訪はね黄昏の空」（拾遺愚草・上・一四二七）、及びそれを本歌とした「秋もまたたそかれ時の風ながらとはぬをなのる荻のこゑ哉」（草根集・巻

八・宝徳二年七月二十二日・上総介家月次・荻風）が目につく。ともに心敬の念頭にあったと思われるが、当該歌では同じことを「のこす」と表現している。この「のこす」は、何も判別できなくなっても、音によって荻だけは判別できるという意味であろうが、「残す」や「残る」をこの意味で用いる例はほとんど見えない。しかし、心敬はこの『十体和歌』の中で252、272にも用いており、心敬好みの表現であったようだ。

【現代語訳】

何もかもが区別できなくなる黄昏時に、（音を立てる）荻の葉だけはそこにあると知らせる、風の音よ。

題同〔夕荻〕

92　露ながらむすもほれぬるゆふ暮や心も庭もおぎのうはかぜ

【自注】　なし

【評釈】

二首続けて同じ歌題であるが、当該歌では荻がかき立てる感情が主題である。91【評釈】で言及した『後撰集』歌に見られるように、荻の葉音は物思いを誘うものであった。当該歌の詠作主体も、同じ感情を抱いている。

「むすもほる」は、「むすぼほる」と同じで、「結ぶ」と同根。「ぼ」と「も」との音韻交替による現象。「露ながらむすもほれぬる」は露が置いている状態を言う。「露ながらむすぶ」は慣用の表現であるが、「むすぶ」を「むすぼほる」とするのは、「暮れかかる夕影草の露ながらむすぼほれ行く秋の初風」（紫禁集・九九二）の先例があるだけで、極めて稀少な表現である。当該歌で注意すべきは「心も庭も」である。これは詠作主体の「心」と、「庭」の情景と

がともに「露ながらむすもほれぬる」であることを指す。「心」の方は、「むすもほる」の別義、物思いに沈むの意となる。「春来れば柳の糸も解けにけりむすぼほれたる我が心かな」（拾遺集・恋三・八一四・読人不知）、「つゐに心もとけず結ぼほれてやみぬること」（源氏物語・薄雲巻）などの例がある。

第五句の「おぎのうはかぜ」は、「秋はなほ夕まぐれこそただならね荻のうは風萩の下露」（和漢朗詠集・上・秋・秋興・二二九・義孝）、「物毎に秋の気色はしるけれどまづ身にしむは荻の上風」（千載集・秋上・二三三・行宗）などに見える、常套表現。当該歌では特に荻の葉の上に置く露を吹き散らすものとして詠まれている。

【現代語訳】

露が置くままに結ぶ夕暮れよ。（物思いに沈む涙がちな）心にも、（荻の生える）庭にも吹く荻の上風よ。

初秋風

93　世にかゝる契にならへおぎのはに夕ぐれむすぶあきのはつかぜ

【自注】　なし

【評釈】

歌題の「初秋風」は、「新玉の今年も半ばいたづらに涙数添ふ荻の上風」（拾遺愚草・下・二一三三）など、院政期あたりから見られ、歌例は多い。正徹も同歌題で「むすぶこそさそはゞおちめ袖の露いたゞく霜の秋の初風」（草根集・巻二・永享二年九月二日・右馬頭家月次と同時の続歌）などと詠んでいる。

当該歌は二句切れで、第一句と第三句以下は倒置。第二句は秋の初風に呼びかける下知の表現。

荻の葉の「契」とは、「荻の葉も契りありてや秋風の訪れ初むるつまとなりけん」（新古今集・秋上・三〇五・俊成）を典拠とする表現である。正徹も「吹風の音にしれとは荻のはにいづれの秋か契そめけむ」（草根集・巻十三・長禄元年七月二十五日・山名兵部少輔政清家に始ての会・当座・早秋荻。類題本第三句「荻のはの」）と詠み、やはり俊成歌を意識し詠んでいる。

「世にかゝる契」とは、男女の間における約束事の意にとられることも多いが、ここでは世間周知の約束事である。当該歌では秋の初めに荻に風が吹くということを「契」と擬人化した点が眼目である。「契」と「むすぶ」は縁語。

【現代語訳】
世間に知られた約束事に従いなさい。荻の葉に、夕暮れには訪れる秋の初風よ。

閑居荻
94　風のみか心とおつる荻のはに露の音きくゆふぐれのやど

【自注】　なし

【評釈】
歌題の「閑居荻」は、心敬以前には「あはれとも誰にか言はん夕まぐれ独りのみ聞く荻の上風」（有房集・一五一）と、正徹の「此庵の秋風まではまだなれずきゝこし物を荻のやけ原」（草根集・巻二・永享四年四月二十八日・草庵月次・当座）しか見出せない、非常に僅少な歌題である。正広にも「憂き事ぞ半ば紛るる荻原や松立ち並ぶ風の声々」（松下集・二六一二）と見えることから、正徹周辺で試みられた歌題であろう。和歌本文の「荻」は「萩」とまぎらわしい

字で書かれているが、歌題から判断して「荻」とした。

第一句の「か」は反語。第二句の「心とおつる」は第一句を受けるとともに、第三句の「荻のはに」にも続き、上下に掛かる。「心とおつる」は、自ずから、独りでに落ちる意。先行用例は「神無月嵐の吹かぬ夕暮れも心と落つる木々のもみぢ葉」（竹風抄・四〇三）がある程度であるが、兼載が「空にあらしのよはくなるをと／木のはみな心とおちてゆく秋に」（聖廟千句・第九・九）と詠んでいる。なお、「絶まなくさそふ風よりたゞ一葉心とおつる庭ぞさびしき」（心敬集・三九四）は、277では「心におつる」とある。

第四句の「露の音きく」は、荻といえば風の音が詠まれるのが普通であるが、当該歌では荻の葉に置いていた露が、風もないのに自然と落ちるその音を聞く意である。このような音無きものの音を「きく」ところに、心敬らしさが出ている。非常にささやかな音を描写することで、かえって静けさを強調し、歌題の「閑」を満たす（143【評釈】参照）。

【現代語訳】

風がある時だけであろうか、いやそうではない、独りでに落ちることだ。その荻の葉の上に置いていた露がこぼれる音を聞く、夕暮れの静かな住まいであるよ。

庭萩

95　つまどはぬ都の花もさをしかのなみだ庭なるはぎの上露

【自注】　なし

【評釈】

歌題の「庭萩」(「荻」と読めるが誤写)は、院政期の『為忠家初度百首』に初出する。それ以後はあまり詠まれていないが、正徹には同歌題で、「しのぶかは軒にみだれてみちのくの岩ほにすれる萩が花ずり」(草根集・巻五〈次第不同〉)がある。

鹿と萩の取り合わせは、「秋萩の咲くにしもなど鹿の鳴く移ろふ花は己がつまかも」(後拾遺集・秋上・二八四・能宣)など、萩は鹿の「つま」と詠まれた。さらに、鹿が「つまどふ(妻問ふ)」とは、求婚のために牝鹿を求めて鳴くことを指し、それらを踏まえながら、当該歌では「鹿が萩を妻問はぬ」と打ち消して詠じている。都には鹿はいないのか、「都の(萩の)花」に鹿が妻問うことはなく、「つまどはぬ都の花」とする。

鹿と萩との強い結びつきにより、「秋萩に乱るる露は鳴く鹿の声より落つる涙なりけり」(続古今集・秋下・四四二・貫之)など、萩に置く露を、妻問いの鹿が流す涙と見立てる歌が詠まれるようになった。植物に置く露を涙と見立てる類歌は、「鳴き渡る雁の涙や落ちつらん物思ふ宿の萩の上の露」(古今集・秋上・二二一・読人不知)など数多い(22【評釈】参照)。心敬は特にこの歌を参照して、第五句に「はぎの上露」と詠じているのであるが、この措辞も「置くと見る程ぞはかなきともすれば風に乱るる萩の上露」(源氏物語・御法巻)など、常套表現である。

【現代語訳】

鹿が妻問うことのない都の(萩の)花も、小牡鹿の涙が庭にある萩の上に置いた露であるよ。

96 暁虫

夜半の虫こゑの千種《ちぐさ》の色ながら花に成行しの丶めの庭

【自注】なし

【評釈】

歌題の「暁虫」は、鎌倉期の『宝治百首』の歌題として初出するが、その後はそれほど多く詠まれたわけではない。正徹には同歌題で、「有明の月のかつらの影にさへかたへかれ行虫の声かな」（草根集・巻二・永享二年閏十一月八日・中務大輔家月次、同時の続歌）という一首がある。

当該歌は、夜が明けていく時間帯における、聴覚と視覚との交差を詠じている。まず上句で、夜に鳴く虫の声が「千種」であると述べ、夜が明けると、それが「千種の花」になったと歌う。上句は様々な虫の声を、下句は花の色を「千種」とし「千種」という言葉を起点として、聴覚的な音色から、視覚的な色への移り変わりを詠じているのである。このような趣向は、「秋の野の千種の花の下ごとに虫の音さへぞ色々に鳴く」（林葉集・四一四）、「色々に身にしむ野辺の虫の音は千種の花に類ふなりけり」（拾玉集・八五三）、「暮れぬるか千種の花は盛りにて色まさりゆく虫の声々」（壬二集・二二一九）などに先駆的に見られる。

まだ暗いうちは様々な虫の声が響き、夜が明けると庭に咲く草花を見る。夜は聴覚が、朝以降は視覚が働くという、誰もが理解できる感覚の推移を見事に詠じている。これも、正徹や心敬に特徴的な「共感覚的表現」の一種といえるだろう（81【評釈】参照）。

【現代語訳】

夜半のさまざまな虫の音色が、そのままに千草の花になっていくような明け方の庭であることよ。

暮山鹿《ぼざんのしか》

97　ゆふぐれはとをざかり行山のはを軒ばにかへすさをしかのこゑ

【自注】なし

【評釈】

歌題の「暮山鹿」は、早くは鎌倉期に見えるが、心敬以前にはそれほど多くはない。正徹には「杣山やくれ行をのゝ音たえてひとりなげきを小鹿なく也」（草根集・巻三・文安四年七月二十日・草庵月次）ほか二首ある。

第二句の「とをざかり行」は上下にかかるが、まず夕暮れが「とをざか」るとは、日没後、徐々に夕暮れの風情がなくなっていくことを指す。先行用例には、正徹の「日をかさねすゝむる雲の入山に我夕暮ぞとをざかり行」（草根集・第十四・長禄二年五月二十日・草庵月次・暮山雲）しか見えず、正広の「鐘の音寝に行く鳥も声澄みて夕べに山ぞ遠ざかりぬる」（松下集・二四九五）と考え合わせれば、当該歌も正広詠も正徹詠の影響下に詠まれたものと考えられる。また、「とをざかり行山のは」とは、暗くなるに従って、山が見えにくくなること。見えにくいことを「遠し」と表現することは、1【評釈】参照。

徐々に離れていく「山のは」が、小牡鹿の声によって、軒近くに感じられる。「軒ばにかへす」は「入る日を返す撥《ばち》こそありけれ」（源氏物語・橋姫巻）などが思い出されるが、心敬の発句「霞かね山のはかへすあしたかな」に対する自注「けしきばかりはかすみて侍《ヒ》れど、いまだ初春の余情なれば、霞えずしてもとの山のはにかへり侍るとなり」（岩橋上・七）を参照すれば、当該歌の「かへす」は、普段は軒近くに見える山（軒端の山。詳しくは252【評釈】参照）が、暗くなるにつれて見えにくくなっていたのを、山中で鳴く小牡鹿の声のために、普段通り軒近くに感じるというのである。このように視覚から聴覚にうつすことによって距離感が変わる意の「かへす」を用いる用例は他に見出せない。心敬には「霧はれて遠山かへす軒ばかな」（吾妻下向発句草・五八一）の発句もあり、心敬独特の用法であったことが

知られる。
【現代語訳】夕暮れが徐々に暗くなり、それにつれて次第に遠ざかるように見えなくなっていく山の端を、軒端近くに感じさせる、小牡鹿の声であるよ。

月前雁
98　月ながらほころび出てしらくもに鳴こゑさむみ衣かりがね
【自注】なし
【評釈】
歌題の「月前雁」は、『秋篠月清集』など『新古今集』時代に初めて試みられたらしく、以後歌例は多い。正徹にも同題で、「荻のはもめづらしげなき秋風の月の南に初かりのこゑ」（草根集・巻十二・康正二年八月二十七日・恩徳院歌合）、「みこしぢの雲の波分しほれきて月にやさらす雁の羽ごろも」（草根集・巻十三・長禄元年八月二十五日・日下部敏景のすゝめし月次）他二首を詠じている。
「月」と「白雲」と「雁」の取り合わせには、「白雲に羽うち交はし飛ぶ雁の数さへ見ゆる秋の夜の月」（古今集・秋上・一九一・読人不知）があるが、当該歌は第二句に「ほころび出て」と用いたところが眼目である。掛詞になっており、まず、月と雁とが雲間から姿を現すことを「ほころび出て」とし、同時に雁が声を立てることをも表す。「ほころぶ」は、「御簾の下より、裳の裾などほころび出づるほど〳〵に」（紫式部日記）など、御簾の下や合わせ目などか

ら、隠れているものが見える意で用いられる。そこから月や雁が雲の切れ間から顔を出すことを「ほころび出て」と詠じたのである。一方鳴き声としては、「かすみだに月と花とをへだてずはねぐらの鳥もほころびなまし」（源氏物語・梅枝巻）には、「或説、鳥のこゑのほころぶるとは、おどろく義歟。花のほころぶるはひらくるなれば、鳥も声を発する心歟」（河海抄）、「鳥のほころぶるは、あしたとく鳴心なり」（花鳥余情）と注され、解釈に差はあるものの、鳴く意である。「ほころぶ」を鳴くの意で詠んだ例には、正広の「春の着る霞のうちの山風にほころび出づる鶯の声」（松下集・五三四）、「花もさぞ霞の衣の隙よりもほころび出づる鶯の声」（松下集・一六八四）の二首があり、心敬、正広以後、「ほころぶ」を用いた歌は増える傾向にある。「しらくも」は、夜空の雲が、出てきた月に照らされて白く浮かび上がる様で、第四句の「さむみ」と呼応して寒さを強調している。

当該歌では、「衣かりがね」の「衣」と「ほころぶ」とが縁語で、一首全体が緊密に構成されている。第五句の「衣かりがね」は、43【評釈】参照。

【現代語訳】

（一面にかかっていた雲の切れ間から）出た月の前に雁もまた姿を表して、白々と見える雲に鳴く声が寒々しいので、衣を借りたいことよ、雁がねよ。

曙鹿

99 しほれつゝかへるをじかのつまかくす矢野の明ぼの霧さむくして

【校異】［歌題］曙鹿―霧隠鹿（岩橋）

【自注】

つまかくす矢野の神山といふ古歌をとるばかり也。（岩橋下・一一二五）

【評釈】

歌題の「曙鹿」は、心敬以前には、鎌倉期の成立と目される『閑月集』の「横雲はたなびく空の明けやらで霧に夜深き小牡鹿の声」（二四一・宣時）しか見出だせない、極めて珍しい歌題である。校異に示したように、『岩橋』では「霧隠鹿」題であるが、これも先行用例はない。但し、類題の「鹿隠霧」なら、正徹以前に二首、正徹も「こゑもせず月をもいとへ野べの鹿夕の霧に妻ぞこもれる」（草根集・巻七・宝徳元年三月二十六日・住吉神前五十首法楽）と詠じている。

自注に言う「古歌」は、「妻隠　矢野神山　露霜尓　尓宝比始　散巻惜（妻ごもる矢野の神山露霜に匂ひ初めたり散らまく惜しも）」（万葉集・巻十・二一八二・人麻呂）を指す。正徹には「をじかなく夕の霧に妻かくす矢の丶かみ山いろづきぬらん」（草根集・巻十二・康正元年閏四月十四日・明栄寺の月次・当座・夕鹿。類題本第三句「立ちかくす」）があり、人麻呂詠と「妻隠す矢野の神山立まよひ夕の霧に鹿ぞ鳴くなる」（壬二集・二三九五）の二首を本歌としている。当該歌は人麻呂詠とともに正徹詠をも踏まえている。「妻隠す」を人麻呂詠や家隆詠では「矢野の神山」の枕詞として用いるが、正徹詠および当該歌は、枕詞に加え、牡鹿が妻を隠すという意も含めている。正徹詠は夕を詠んでいるのを、当該歌では歌題に合わせて曙に転じている。なお、矢野神山の所在については諸説あるが、『歌枕名寄』にも未勘国とする。

第一句の「しほる」は、ぐっしょり濡れるの意で、当該歌では鹿が露に濡れている様と、涙に濡れている様を表す。ここでは夜、山から下りて牝鹿に逢っていた牡鹿が曙となり、山に帰って行くさまを男女の後朝に見立てている。

【現代語訳】

鳴き濡れて帰る牡鹿の、妻を隠している矢野神山の曙よ。（その曙は）霧が寒々と立ち籠めていて。

野虫

100　七夕の手にもをとらず野べの虫花色衣たれにをるらん

【自注】

源氏の、紫上に物などをしへ給へる所に、七夕、手にもおさ〳〵おとり給はずなどいへば。（岩橋下・一二九）

【評釈】

歌題の「野虫」は、『壬二集』など鎌倉初期から見える歌題である。正徹も同歌題で、「影みえぬ野守の鏡よそながら猶かくれなき虫の声哉」（草根集・巻二・永享二年八月十三日・草庵月次）の他四首を詠じている。

自注によれば、当該歌は『源氏物語』帚木巻の「竜田姫と言はむにもつきなからず、たなばたの手にもおとるまじく」という箇所を本説取りしている。心敬は、源氏が紫上に対して行った発言と考えているようだが、正しくは、左馬頭が指を噛んだ女の事を懐かしく思い出している体験談の中で、その女の裁縫の技量が織女にも劣らないほど優れていた事を述べたものである。

当該歌では、「野べの虫」が衣を「をる（織る）」と詠まれるが、これは機織虫《はたおりむし》を念頭に置いている。機織虫はきりぎりすの古名で、「たなばたの宿りなるべし機織女《はたおりめ》草村ごとに鳴く声のする」（順集・九七）によれば、「機織女」とも呼ばれていたことが分かる。この順の歌に見られるように、織女と機織虫とが結び付くのは、自然な発想である。他にも、「機織の鳴きけるを聞きて」の詞書きをもつ「秋の夜は露におりはへ織女の手でも劣らぬ虫の声かな」（新続古今集・雑下・二〇六三・頓阿）は、当該歌と同趣向である。

第四句の「花色衣」は、「山吹の花色衣ぬしや誰問へど答へずくちなしにして」（古今集・雑体・誹諧・一〇一二・素性）より生じた歌語。多くの先行用例では、「花色衣」を春の美しく咲いた花の意に用いる。しかし、当該歌では秋

に用いられており、その点で新しい。加えて、虫の織る「花色衣」とは、一義的には野一面に美しく咲いた草花であろうが、96【評釈】を参考にすれば、虫の立てる彩り豊かな鳴き声によって織られた、という意も含まれていよう。この「花色衣」も、視覚と聴覚との共感覚的表現の一つに数えることができよう。

【現代語訳】

（裁縫の上手な）織女の手にも劣らないことだ。野辺の虫は、美しい音色の花色衣を誰のために織っているのだろうか。

田鴫

101　小山田やあかつきさむみなく鴫のはねかきくもり月は時雨て

【自注】なし

【評釈】

歌題の「田鴫」は、鎌倉期より見られる非常に珍しいもので、特に『長慶千首』や『耕雲千首』など南朝の千首に見られる。それが「水干して晩稲《をしね》刈りつる跡なれや其方にやがて鴫の伏すらん」（為尹千首・三九一）と見え、正徹にも「都鳥羽《はね》かくことやすみだ川田のもの鴫のほどにまがはく」（草根集・巻九・宝徳三年九月二十日・草庵月次。類題本第五句「まがはば」）と見えることは注意して良い。

当該歌では、「鴫のはねかきくもり」が「鴫の羽掻き」と「かき曇り」の掛詞。「鴫のはねかき」とは、「暁の鴫の羽掻き百羽掻き君が来ぬ夜は我ぞ数かく」（古今集・恋五・七六一・読人不知）に基づく歌語で、鴫がくちばしで羽繕いをすることをいう。

月が時雨の雲によって隠されることを表現する場合、「独り寝の涙や空に通ふらん時雨に曇る有明の月」（千載集・冬・四〇六・兼実）や「晴れ曇る影を都に先立てて時雨と告ぐる山の端の月」（新古今集・冬・五九八・具親）のように、「時雨に曇る月」と詠むことが一般的である。それを当該歌が「かきくもり月は時雨て」と順序を入れ替えているのは、「鴫のはねかき」との掛詞を用いたためであるが、「月は時雨（る）」とは、「なびくいこまの峰のしら雲／明のこる外山の月や時雨らん」（文安雪千句・第二・五三・原秀）などとあるように連歌的圧縮表現の一つで、月が時雨に濡れているように見える様。


【現代語訳】

この山間の田では、暁の寒さゆえ鳴く鴫が羽繕いをし、（空はたちまち）かき曇って、月は時雨に濡れて。

秋水郷鶴

102　月寒み難波のあしの露もよになみだ空なるつるの一こゑ

【校異】［歌題］秋水郷鶴─秋水郷鶏（岩橋）

【自注】

此よにといへる字、やすめ字までなり。万葉集に、月もよに、花もよに、菊もよに、などのたぐひなり。（岩橋下・一三〇）

【評釈】

歌題の「秋水郷鶴」は、当該歌以外に用例を見出すことのできない、非常に珍しい歌題である。但し、『草根集』

には「秋水郷」、「水郷鳥」、「水郷聞雁」といった類題が見えるので、やはり「秋水郷鶴」題も正徹周辺で試みられたのであろう。なお、『岩橋』の「秋水郷鶏」は、「鶴」と「鶏」の草体の類似による誤写。

自注は、「月もよに」、「花もよに」、「菊もよに」が『万葉集』に見えると述べるが、現存の『万葉集』には見出し得ない。『万葉集』以外では、「月にだに待つほど多く過ぎぬれば雨もよに来じと思ほゆるかな」(後撰集・恋六・一〇一一・伊衡女今君)、「草も木もふりまがへたる雪もよに春待つ梅の花の香ぞする」(新古今集・冬・六八四・通具)、「月もよに梢求むるむささびの声聞く時ぞ夢は絶えぬる」(土御門院御集・三五五)など、「雨もよに」「雪もよに」「月もよに」はあるが、「菊もよに」や当該歌の「露もよに」は先行用例が見えない。「露もよに」は心敬による類推表現であろう。なお、心敬には「袖に虫なく野ぢの秋かぜ／月もよに行人したふ影ふけて」(於関東発句付句・一五六)がある。

「よに」の意味について、「かきつめて昔恋しき雪もよにあはれを添ふる鴛鴦の浮き寝か」(源氏物語・朝顔巻)に「ゆきもよは、雪もよほし也。……一説、雪もよは、雪の夜といふ心也」(花鳥余情)とあるような解釈もあったが、心敬は自注に「やすめ字(休め字)」とし、『私用抄』にも「月もよに、花もよに　よの字、たすけ字」と「たすけ字(助け字)」と解して、実質的な意味はないと考えていたらしい。

難波と蘆、蘆と「よ(節)」、蘆と鶴は縁語。難波と蘆は寄合(連珠合璧集)。歌題の「水郷」を満たすために、「難波」を詠じている。鶴は『万葉集』では蘆田鶴《あしたづ》と呼ばれ、「難波潟潮干にあさる蘆田鶴も月傾けば声の恨むる」(新古今集・雑上・一五五五・俊恵)とも詠まれている。

下句の「なみだ空なるつるの一こゑ」の「なみだ」は、露も涙のように見える意と、空で涙を流しているように鳴いている鶴の一声という意になり、涙は上下に掛かっている(95【評釈】参照)。「なみだ空なる」は、『万葉集』では「蘆田鶴の」は「音《ね》を泣く」の枕詞であり、『万葉集』以後も「忘らるる時しなければ蘆田鶴の思ひ乱れて音をのみぞ

なく」（古今集・恋一・五一四・読人不知）のように詠まれ、鶴が哀切に鳴くことを言う。「つるの一こゑ」は、「人訪はで砌荒れにし庭の面に聞くも寂しき鶴の一声」（拾遺愚草・上・五八五）などと詠まれている。正徹に「なく鶴のこゑも涙も月やどる袖におちくる松の下ぶし」（草根集・巻八・宝徳二年十月二十日・或所月次・鶴声近）の歌があり、樹上で鳴く鶴の声によって涙が誘われる月の夜を詠じている。

第一句「月寒み」のミ語法は205【評釈】参照。

【現代語訳】

月の光が寒々しく、難波江の葦に置いている露も涙のよう見え、空で涙を流しているように哀切に鳴く鶴の一声よ。

疎屋擣衣

103　夕がほの花にやつれしやどりをも忘れぬつまにうつ衣かな

【校異】〔歌題〕疎屋擣衣―擣衣（岩橋）

【自注】

かのゆふがほの宿にかたらへる八月十五夜あきらかに、しろたへのきぬたの音などさやかなりしことどもを。（岩橋下・七七）

【評釈】

歌題の「疎屋擣衣」は、当該歌以外に用例を見出し得ない、非常に稀な歌題である。但し、心敬や正徹は「疎屋夕顔」を歌題としているし（28【評釈】参照）、『草根集』には「疎屋蔦」題も見える。「疎屋擣衣」題もそのような試み

から生まれた類題であろう。

自注によれば、当該歌は『源氏物語』夕顔巻を本説としている。源氏が夕顔の宿に泊まったときの描写に、夜は「八月十五夜、隈なき月影」であったが、朝になると「白妙の衣打つ砧のをともかすかにこなたかなた聞きわたされ」たとある。抑も、夕顔は「あやしき垣根になん咲」くものであり（夕顔巻）、『細流抄』にも「夕がほをば、さぶらひ以上の家にはうへざる物也」と注され、夕顔が「疎屋」に相応しいものであることが分かる。当該歌の「夕がほ」も、そのような見地から選ばれた素材である。

第二句の「花にやつれし」は、花のせいで見劣りして見える意であるが、先行用例では「君忍ぶ草にやつるる故郷は松虫の音ぞ悲しかりける」（古今集・秋上・二〇〇・読人不知）、「影宿す露のみ繁くなりはてて草にやつるる故郷の月」（新古今集・雑中・一六六八・雅経）のように、「草にやつるる」と詠むのが一般的である。それを、本来であれば美しいはずの「花」にやつれるとした点が心敬の趣向であるが、この表現も夕顔だからこそ成り立つものである。

第四句の「忘れぬつま」は、「移り香に何しみにけん小夜衣忘れぬつまとなりけるものを」（千載集・恋四・八八三・経房）などに見える定型表現。「つま」は、よすが、手がかりという意で、「つま（褄）」は「衣」と縁語。

【現代語訳】

夕顔の花に寂れた宿を（訪ねてくださったことを、）忘れない手がかりとして打つ衣であるよ。

初冬

104　神無月宮この宿も山ふかみ木葉をとするゆふぐれの空

【自注】なし
【評釈】

「初冬」は、『堀河百首』題。

第一句の「神無月」は旧暦十月で、初冬。

詠作主体が住むのは「宮この宿」であるが、もとより「山ふかみ」とは相容れない場所である。これは、たとえ都であっても、「木葉をとするゆふぐれ」には、深山にいるように感じるという趣向である。同様の趣向を持つ先行歌に、「冬きては都のうちの梢さへみな木がらしの杜のこゑかな」（草根集・巻七・宝徳元年十二月二日・兵部少輔家月次・当座・初冬木枯）があり、類似の歌題である点からも、心敬の念頭にあった可能性は高い。心敬自身も、「都さへ宿からふかき木葉哉」（芝草句内発句・三五八）と、発句に詠じており、後代には「木葉ちる宿や都の深山風」（住吉千句・第四・一・宗碩）の発句も見える。

なお第三句の「山ふかみ」のミ語法は、205【評釈】参照。

【現代語訳】

神無月には、都の宿も山深い（と感じるほど）、木の葉が散り音を立てる、夕暮れの空であるよ。

故郷落葉
105　袖のこけ軒のしのぶもうづもれてもみぢにあれぬ宿の山風
【校異】［本文］こけ―露（島原）

【自注】なし
【評釈】

歌題の「故郷落葉」は、「紅葉散る高津の宮を来てみれば難波にしげる錦なりけり」（教長集・五〇三）など、早く院政期に見えるが、心敬以前には十首に満たない。

第一句の「袖のこけ」は、僧侶や隠者の衣の袖を指す「苔の袖」という歌語の語順を入れ替えたもの。第二句の「軒のしのぶ」（軒下の忍草の意。4・9【評釈】参照）の語順に合わせるため、植物名を下におき対とした。但し、この措辞は「我が袖の苔の乱れをいかがせん凩吹きて冬は来にけり」（新撰六帖・一七五・光俊）などに僅かに見えるのみで、広く用いられた形跡はない。とはいえ、心敬は「人をもしらぬ世のほかの山／なれぬれば袖の苔にも鳥おりて」（芝草内連歌合〈天理本〉・二九五七）にも詠じており、独自の好尚を示している。島原本の「袖の露」は誤り。

当該歌で注目すべきは、第四句の「もみぢにあれぬ」である。一般的には、「吹き乱し野分に荒るる朝明けの色濃き雲に雨こぼるなり」（風雅集・秋下・六五〇・徽安門院一条）のように、その場を荒らす原因は風、嵐、草など、風情を損なうものである。一方当該歌の「もみぢ」はその原則に反するが、それは103「花にやつれし」と同様に、言葉の価値を反転させようという意図であろう。正徹の「宿からとちらば軒ばもあれぬべきもみぢかなしき蔦の下風」（草根集・巻五〈次第不同〉・古屋蔦）に学び、それをさらに連歌的に圧縮表現にしたものか。

当該歌とよく似た歌に「故郷は散るもみぢ葉に埋もれて軒のしのぶに秋風ぞ吹く」（新古今集・秋下・五三三・俊頼）があり、詞書きに「障子の絵に、荒れたる宿に紅葉散りたる所をよめる」と見える。心敬は隠者の趣を添え、一層の寂寥感を表している。

【現代語訳】

着古した袖の苔、草庵の軒下の忍草も埋もれてしまい、（散り敷く）紅葉のせいで荒れてしまった。この宿に吹く山風

であるよ。

夜霰

106　こぼれつるあられは過て深夜《ふかきよ》にひとりをとする軒の松かぜ

【自注】なし

【評釈】

歌題の「夜霰」は、「霰降る槙の板屋はまばらにて玉散る床の夜半の狭筵」（実材母集・七七二）など鎌倉期から見えるが、心敬以前には五首程度である。正徹は「深夜霰」題で「ふかき夜のたがぬる玉もみがゝれて心くもらしあられふるこゑ」（草根集・巻十一・享徳三年十月二十五日・或所より題をおくりしに）と詠じている。

霰が降ることを「こぼる」と表現するのは、「この日ごろ冴えつる風に雲こりて霰こぼるる冬の夕暮れ」（拾遺愚草・上・七〇九）、「ひろひとるみはおちはてゝ椎のはに霰こぼれてさむき山かぜ」（草根集・巻十二・康正元年十月二十五日・祇園社に百首歌をたてまつる中・霰）などあるが、多くはない。当時は新鮮な表現であったようだ。

一首の情景は、霰が降り過ぎた後、松風の音のみがしているというものであるが、第四句で「ひとり」と松風を強調するのは、霰の降る音と松風の音とを区別が付きにくいものとして把握しているからである。松風を霰と聞きなすのは、「外山なる柴の網戸は風過ぎて霰横切る松の音かな」（夫木抄・七二二七・寂蓮）、「時雨つる跡や雪げに成ぬらん／霰の音は松風の声」（応永十五年三月二十一日賦何木連歌・一六・義満）、「きゝ聞《ママ》ぬ夜の松風の里／あり明の月にこぼるゝ玉霰」（文安四年八月三十日賦何人連歌・七五・超）など、幾つか見出すことができる。つまり、夜に入って、降る

霰と松風とがともに音を立てていたが、夜が更けると、霰が降りやみ、「ひとり」松風だけが音を立てているというのである。「夜霰」題であるのに、夜更けには既に霰はなく、ただ霰を思わせる松風だけが描かれるのは落題とも見えるが、ここでは過ぎ去った霰を松風に感じることによって題意を満たしている。

【現代語訳】

降っていた霰は降り過ぎ、夜更けにただひとり音を立てている軒端の松風よ。

江残雁

107　ふけにけりかたぶく月も遠江《とほきえ》の氷におつるかりの一こゑ

【自注】　なし

【評釈】

歌題の「江残雁」は、心敬以前には正徹に見られるのみの、大変希少な歌題である。正徹には「氷ゐる入江の磯のすて舟にをのれかぢとる雁の声哉」（草根集・巻十・享徳元年十二月十五日・平等坊円秀月次・当座）他二首あり、心敬も当該歌の他に168を詠じている。「残雁」とは、北に長く残っていて、遅く渡ってくる雁のこと。連歌では「のこる雁も秋なり。越路に残りてをそくわたるをいへり」（無言抄）とあり、秋の季語であるが、和歌では、「寂莫深村夜、残雁雪中聞（寂寞たる深村の夜、残雁　雪中に聞く）」（白居易「村雪夜座」）を句題として詠じた、「里遠き園のむら竹深き夜の雪の雲間をわたる雁《かりがね》」（拾遺愚草・員外・四五三）のように、冬題として扱われ、当該歌も冬歌である。

上句の「月も遠江」は、「月も遠き」と「遠き江」の掛詞。遠くに見える沈みつつある月と、やはり遠くの入り江

とを詠み込む。さらに一首を上から読むと、第四句「氷におつる」までは月を主体とした歌であるように思わせ、そして第五句で雁を詠み、一転して第三句以降の主体は雁でもあったことを示す、非常に複雑な構成になっている。

下句の「氷におつるかりの一こゑ」の「おつるかり」に着目すると、「大江山傾く月の影冴えて鳥羽田の面に落つる雁」（新古今集・秋下・五〇三・慈円）など、降りて行く「落雁」が連想される。その場合、雁の姿と声は共に「落ちる」と表現されるが、当該歌では落ちるのは月と雁である。落雁の声を詠む歌例は、「霧深き雲路や迷ふ我が門の早稲田に落つる初雁の声」（隣女集・五二五）、「外面なる霧の朝けの山越えて軒端に落つる初雁の声」（伏見院御集・九二二）などがあり、雁の鳴き声の鋭さを表す。

正徹にも「空にみつ霜夜のかりもなき落て田中の杉に有明の月」（草根集・巻七・宝徳元年十月二十三日・左京大夫家月次・残雁）の一首がある。この正徹詠が著名な「月落烏啼霜満天、江楓漁火対愁眠（月落ち烏啼きて　霜　天に満つ、江楓の漁火　愁眠に対す）」（三体詩・張継「楓橋夜泊」）を踏まえているように、当該歌の「氷におつる」にも詩的な面影がある。

【現代語訳】

夜も更けたことだ。傾く月も遠く、遠くにある入り江の氷に落ちるばかり。その氷に降りようとして響く、雁の声であるよ。

108　海水鳥《うみのみづとり》

なるみがた塩干の月ぞかきくもるわたるか夜半にあぢの村鳥

【校異】［本文］夜半に―夜半の（島原）　あちの村鳥―あち村の鳥（島原）
【自注】なし
【評釈】
歌題の「海水鳥」は、心敬以前には、正徹の「蘆みゆるひがたと成て引塩の鴨の足たつ浪ぞ残れる」（草根集・巻五〈次第不同〉）など三首が見えるのみである。
第一句の「なるみがた（鳴海潟）」は、尾張国（愛知県名古屋市）の歌枕。鎌倉街道の道中にあり、干潮のときには、干潟を渡って近道をすることができた。当該歌の「塩干の月」も、干潮時に出ている月のこと。それが「かきくもる」とは、所謂「潮曇り」の状態である。潮曇りとは、潮がさしてくる時、海面がけぶり渡っていること。従って、当該歌では、「塩干の月」であるのに潮曇りしているとなり、一種の謎かけになっている。
第五句の「あぢ（鶴）」は、ガンカモ科の渡り鳥。早く『万葉集』に、「安治村　十依海　船浮　白玉採　人所知勿（鶴村の遠寄る海に船うけて白玉採らむ人に知らすな）」（巻七・一三〇三・読人不知）と見え、この、群れる鶴を指す「鶴村」が、「鶴の村鳥」として一般的な歌語になっていく。正徹にも「うかれたつすさの入江の夕浪は跡までさはぐあぢのむら鳥」（草根集・巻六〈次第不同〉・海辺鳥。正徹詠草〈常徳寺本〉では、永享六年二月二十六日・阿波守家月次・当座続歌）とあり、やはり万葉語の意識で詠まれている。特に鳴海潟を詠むものとして、「鳴海潟沖に群れゐる鶴村のすだく羽風の騒ぐなるかな」（堀河百首・一〇一五・仲実）が注目され、当該歌もこの歌を意識していると思われる。連歌にも、「あさ塩に又ぞなるみのかたをなみ／おる、と見ればさはくあぢむら」（宝徳四年千句・第五・五二一・専順）と詠まれている。島原本の「夜半のあぢの村鳥」でも意味は通じるが、今は底本に従う。
先ほどの謎は、下句で「あぢの村鳥」のせいと解される。上句で謎かけをして、下句でそれに答えるという、一首が極めて連歌的な構成となっている。つまり、干潮時の月が潮曇りした。それは実は鶴の群れが月を隠したからだ、

というのである。同想の先行歌に、「雲かとていとへばやがて過ぎにけり月に横切る鴴の村鳥」（新和歌集・三二四・近阿法師）を指摘できるが、当該歌とは無関係であろう。

【現代語訳】

鳴海潟では、干潮に照る月が一転暗くなったよ。渡って行くのだろうか。夜中に、鴴の群れが。

竹雪

109　おちこちの窓もへだてず山鳥のすゑおの竹になびく白雪

【自注】なし

【評釈】

歌題の「竹雪」は、心敬以前には二十首程度で、さほど多くない。「雪に皆垣ほの竹や伏しぬらん軒あらはなる岡の辺の里」（為尹千首・五七九）と見え、正徹にも「ふるとだにいさ白雪の下折にやがて窓うつ軒の呉竹」（草根集・巻二・永享四年十月十八日・北野の万部御経明日結願、あるじかたよりの短冊に）他一首がある。

「山鳥のすゑおの竹」は、「山鳥の末尾」と「末尾の竹」との掛詞。「山鳥の末尾」は、「足引の山鳥の尾のしだり尾の長々し夜を独りかも寝ん」（拾遺集・恋三・七七八・人麻呂）に拠る表現であるが、より直接的には「山鳥の末尾の里も伏し侘びぬ竹の葉垂《しだ》り長き夜の霜」（壬二集・一七七三）を踏まえている。家隆詠の「末尾の里」は歌枕であるが、この歌を取り上げた『夫木抄』、『歌枕名寄』はともに所在地を未詳とする。当該歌の「末尾の竹」も、末尾の里にある竹という意である。心敬は『ささめごと』〈尊経閣本〉で「半臂の句とて休め侍れば、句のさしのび大やうに艶なり

といへり」と述べ、「山鳥の秋のすゑをの里」を具体例に挙げる。これが正徹の「山鳥の秋の末尾のさと人は隔てよはの衣うつらん」（草根集・巻五〈次第不同〉・里擣衣）を指すことは明らかであるが、この正徹詠も家隆詠を踏まえている。心敬の見解に従えば、当該歌の「山鳥の」もやはり、歌一首を「さしのび大やうに艶な」らしめる半臂の句となろう。なお、正徹にはこのほかにも「狩衣つばさも寒し箸だかのすゑおの竹の霜の下道」（草根集・巻五〈次第不同〉・鷹狩）と「末尾の竹」を詠じた歌がある。


【現代語訳】

遠いところの窓も、近いところの窓も遮ることなく、山鳥の末尾のように、末尾の里の窓近くに植えられた竹に降り積もって、しならせている白雪よ。

110　爐火煙《ろくわのけむり》
うづみ火のけぶりやねやにのこるらんおぼろにうつる袖の月かげ

【自注】なし

【評釈】

歌題の「爐火煙」は、心敬以前には、正徹の「たきさしてたゞつかのまをふし柴の煙こりしく床の上哉」（草根集・巻十・享徳元年十二月十五日・平等坊円秀月次）が唯一の先行用例である。歌題の「爐火」を「うづみ火」として詠むことについては、「爐火の題にては、埋火をも焼火をも読也」（正徹物語）、「爐火の題にては、埋火をよむ事不苦也。爐火はおほかたの題也」（時秀卿聞書）などとある当時の作法に従っている。

当該歌の趣向の中心は、「爐火煙」という冬題のもとで、「おぼろにうつる」と春の季語を入れたところにある。だが、その発想は、例えば「看無野馬聴無鶯、臘裏風光被火迎（看るに野馬なく聴くに鶯なし、臘の裏の風光は火に迎へられたり）」（和漢朗詠集・上・冬・炉火・三六三・文時）などに早く見られ、心敬の創出にかかるわけではない。正徹も「灯の光ぞかすむ埋火のほそき煙やねやにみつらん」（草根集・巻五〈次第不同〉・炉火）、「うづみ火のうすき煙のねやのうちに春の霞の衣をぞきる」（草根集・巻七・宝徳元年十二月二日・兵部少輔家月次・炉火似春）と同じ趣向で詠じている。

第五句の「袖の月かげ」は、25【評釈】参照。心敬は当該歌の他に「恋しさを又おどろかすゆふべかなわすれずながら袖の月かげ」（心敬集・三八二・寄月恋）と詠む。25では述懐の情を表すのに対し、当該歌や『心敬集』では独り寝の閨の恋の面影を残す。当該歌は一首としては冬であるが、上句は冬、下句は春（俤《おもかげ》の春）という明快な三句切れになっており、連歌の付合的手法を思わせる。

【現代語訳】

埋火の煙が寝所に残っているのだろうか。ぼんやりと映っている、袖の（涙に宿る）月の光であるよ。

峰炭竈

111　山がつのすみやくみねのまつの雪煙にとけておつる露かな

【校異】［本文］煙に―けふりは（島原）

【自注】なし

【評釈】

歌題の「峰炭竈」は、心敬以前には、正徹の「炭がまのみねの煙も山風にながれてくだる宇治の河浪」（草根集・巻五〈次第不同〉）が見えるのみである。正広も同歌題で、「海士のたく浦の煙ぞ空の海雲を波間に峰の炭竈」（松下集・七一〇）と詠じており、正徹周辺で試みられた歌題であったようだ。類題の「連峰炭窯」も、『出観集』に初出して以後は詠まれた形跡がない。

炭窯をたく煙によって雪が解ける歌には「こりつめて槙の炭焼く気《け》をぬるみ大原山の雪のむら消え」（後拾遺集・冬・四一四・和泉式部）などがあるが、特に正徹には、「みねの松かたえさしおほふ炭竈の煙ぞむせぶ雪の下露」（草根集・巻五〈次第不同〉・炭竈）と、「山深く炭やくしづや衣手に落る雫を雪と知らん」（草根集・巻五〈次第不同〉・炭竈）の二首があり、その解けた雪が露となって落ちてくると詠んでおり、当該歌はこれらの正徹詠と同想である。なお、第四句を島原本は「けぶりは」とするが、底本の方が良い。

【現代語訳】

樵夫が炭を焼く峰の松の雪は、（炭竈の熱せられた）煙のせいで解けて、落ちる露であるよ。

冬恋

112　おき出る夢もかれ野のきぬぐ〳〵に面影寒き山のはの月

【校異】［本文］夢―露（島原）

【自注】

げんじに、かれのゝきぬ、霜月の衣などゝ見えたり。（岩橋下・一〇一）

【評釈】

歌題の「冬恋」は、『道済集』など平安中後期から見られ、多く詠まれた歌題である。正徹も同歌題で、「独など心とくらんあはぬ夜の涙にぬるむそでの氷は」（草根集・巻三・永享六年十二月十二日・草庵月次）など十四首を詠じている。

自注にいう「かれの丶きぬ、霜月の衣」は並列ではない。「かれの丶きぬ（枯野の衣）」は襲の色目で、神無月（十月）に着る衣であるが、それを霜月と誤っている。『藻塩草』巻十八所収の正徹作「衣色目四季幷月々」に「かれ野の色〔おもてき、うらうすあをし。或は白くもあり。おもてはかならず黄也〕」（十月）とあり、表は黄色、裏は薄青色（または白色）の襲であったことが知られる。『伊呂波拾遺』〈島原本〉にも「かれ野の衣　枯葉を丶る。冬也」とあり、連歌師的知識の一つであったようだ。正徹は「山姫のぬぐやかれの丶衣ならむ霜にくちたる草はみながら」（草根集・巻五〈次第不同〉・枯野霜）他一首に「枯野の衣」を詠じており、これらは心敬の知識の源泉であったに違いない。また兼載の「霜蘆やかれ野丶衣か三重がさね」（園塵第四・二三三九）は、心敬に学んだものであろう。ただし、「かれの丶きぬ」は『源氏物語』には見えない。『狭衣物語』巻二に「このごろの枯野の色なる御衣どもの、濃き薄きなるに」、巻三に「斎院、枯野襲着給へりし」など見え、ここで「枯野の衣」を着るのは源氏宮であることから、心敬は『狭衣物語』と『源氏物語』とを混同したか。

「夢もかれ野のきぬ〴〵」は、「夢も離《か》れ」と「枯野の衣」の掛詞。さらに「後朝」を掛ける。共寝の夢から覚め、後朝の別れを経て枯野を行けば、枯野の衣を着た女の面影が月に浮かんで見えるということを、掛詞を駆使して短く言い詰めている。いかにも連歌師らしい和歌である。なお、島原本が「夢」を「露」とするのは誤り。月に面影を重ねることは、「面影の忘らるまじき別れかな名残を人の月にとどめて」（新古今集・恋三・一一八五・西行）、「曇れかしながむるからに悲しきは月におぼゆる人の面影」（新古今集・恋四・一二七〇・八条院高倉）など数多い。とはいえ、面影を「寒き」と表現したところに新味がある。

【現代語訳】

起き出して、夢から覚め、枯野を行く後朝には、枯野襲の衣を着た女の面影が寒々と宿る、山の端の月であるよ。

不逢恋

113　衣々にのこるはつらき物とだに月をも身をもいつかうらみん

【自注】　なし

【評釈】

歌題の「不逢恋」は、『堀河百首』題。

「衣々にのこる」主体は、暁の空に残る「月」と、後朝の別れで帰って行った後に残された我が「身」である。後朝の別れにおいて、月を「つらい」と思うのは、輝く月がつれないように見えるからで、「有明のつれなく見えし別れより暁ばかり憂きものはなし」（古今集・恋三・六二五・忠岑）に拠る。正徹にも「あけぬ夜の空をうらむる衣〴〵にうたてや月のなに心なき」（草根集・巻六〈次第不同〉・深更帰恋）などとあり、後朝に見る月は恨むことが本意である。

「不逢恋」はまだ逢っていない恋であり、当該歌の後朝は将来の推量として詠んでいる。心敬は当該歌と同じ「不逢恋」題で、「衣〴〵にのこるはつらき命ともまだしらぬ夜に身をや捨まし」（心敬集・三七二）と詠むが、第一、二句が当該歌と等しく、第三句もほぼ同様である。当該歌との先後関係は不明であるが、両首とも後朝のつらさをまだ経験しない状態を詠んでおり、同想歌といえよう。

当該歌の下句は「逢ふ事の絶えてしなくは中々に人をも身をも恨みざらまし」（拾遺集・恋一・六七八・朝忠）の下句

を踏まえ、「人をも身をも」を「月をも身をも」に転じている。朝忠詠は逢瀬の後、後朝のつらさに後悔しているのに対して、当該歌はそのような苦しみやつらさの経験をいつかするのかと不安な気持をめぐらしている。

【現代語訳】

後朝の別れの後は辛いものだとさえ、（空に残る）月をも、我が身をも、いつか恨むことになるのだろうか。

孤不逢恋

114　分なれし袖のみぬれて桃ぞの、露におられぬあさがほの花

【校異】［歌題］孤不逢恋―馴不逢恋（岩橋）

【自注】

源氏につれなくて、つゐになびかざりし桃ぞの、斎院のことをよせ侍り。あさがほなどまいらさせ侍しかども、なびき給はず。（岩橋下・一〇〇）

【評釈】

歌題の「孤不逢恋」の「孤」は「馴」の誤写。「馴不逢恋」題は、「鳰鳥の逢瀬も知らぬ川に来て人目ばかりはみなはなるかな」（拾玉集・八七四）など院政期に初出し、正徹以前には五首前後の用例を見る。正徹は同歌題で、「身にぞしる玉もかりにとこらが手をとりこの池の庭のみだれを」（草根集・巻六〈次第不同〉。類題本第五句「そこの」）など八首を詠じている。

自注にある通り、当該歌は『源氏物語』朝顔巻を典拠とする。朝顔巻の巻名は、「見し折のつゆ忘られぬ朝顔の花

の盛りは過ぎやしぬらむ」の歌に拠る。源氏は、桃園式部卿宮の娘である朝顔斎院に朝顔を贈ったことがあり、斎院を退下した後、交わりをもとうとするが、ついに源氏になびかなかった。源氏との文通などを無下に断りきらないままに、逢うことをしなかったということから、「馴不逢恋」題に沿っている。

第四句の「露」は、園の露と、源氏の涙を表す。さらに副詞として「全く……ない」の意を示す。

【現代語訳】

桃園邸の庭を分け入るのに馴れた袖のみが露と涙で濡れても、少しも手折る事ができない朝顔の花であるよ。

旅恋

115　しるといへばいそまつがねの枕にも心をかくるおきつしらなみ

【自注】なし

【評釈】

歌題の「旅恋」は、『堀河百首』題。

第一句の「しるといへば」は、「知るといへば枕だにせで寝しものを塵ならぬ名の空に立つらん」（古今集・恋三・六七六・伊勢）を踏まえる。枕だけが恋心を知るという主題（57【評釈】参照）を下に、旅における「いそまつがねの枕」も我が恋を知ると詠む。

第二句の「いそまつがねの枕（磯松が根の枕）」は、旅寝の際に海岸に生える松の根を枕とすること。「いそまつ」は「波之伎余之　家布能安路自波　伊蘇麻都能　都祢尓伊麻佐祢　伊麻母美流其等（はしきよし今日のあろじは磯松の

常にいまさね今も見るごと)」(万葉集・巻二十・四五〇二・家持)のように、また「まつがね」も「住吉之　岸之松根　打曝　縁来浪之　音之清羅(住の江の岸の松が根打ちさらし寄り来る波の音のさやけさ)」(万葉集・巻七・一一六三・読人不知)のように詠まれ、ともに万葉語である。すなわち、「いそまつがね」は二つの万葉語を合成した語であるが、この語は正徹にとって思い出深いものであっただろう。『正徹物語』には、ある歌会の折、正徹の師であった冷泉為尹の「かけてうき磯松がねのあだ波は我身に帰る袖のうらかぜ」(「契絶恋」題)が負という大勢になったが、正徹一人が勝を主張し、師の今川了俊を感涙させたという逸話が載る。管見の範囲では、この為尹詠が「磯松が根」の初出であるが、その後、正徹も「和かのうらや磯松がねのしき浪に名をもあらはせ千代の友鶴」(草根集・巻三・永享五年十一月十二日・草庵月次・海辺見鶴)、「よもつきじ磯松がねにみさごゐてつばさになづる君の生さき」(草根集・巻八・宝徳二年十二月十八日・修理大夫家にての年忘の会・磯岩松。類題本第五句「岩の」)の二首に詠み、この語を意識的に用いている。心敬はこれら正徹詠の影響を受けたと思しく、ある歌語が為尹から正徹へ、さらに心敬と続くことが窺える好個の例である。

第四句の「心をかくる」は、上下にかかり、二重の意味をもつ。まず、詠作主体を主語として、先述した、枕が恋心を知るという主題から、旅寝の松が根枕にさえ心をかけて自らの恋心が知られないように注意する意がある。一方、「心をかくるおきつしらなみ」と続く場合は、沖の白波が磯際の松に心をかけて寄せて来る意。

【現代語訳】

枕は恋心を知るというので、旅寝の磯の松根の枕にも自分の心を知られまいと注意をしていると、磯の松を慕って打ち寄せてくる沖の白波であるよ。

寄雨恋

116　長月やいひしばかりに秋ふけて袖のしぐれにあり明のかげ

【校異】［本文］かけ―月（島原）

【自注】なし

【評釈】

歌題の「寄雨恋」は、『六百番歌合』に初めて見え、以後用例は数多い。正徹も「恋衣身をしる雨のしほるとも色にいでゝののちやくたらむ」（草根集・巻一之上・応永二十六年十月・今川上総介範政家一夜百首。類題本第五句「くたさむ」）など十六首を詠んでいる。

当該歌は、「今来んと言ひしばかりに長月の有明の月を待ち出でつるかな」（古今集・恋四・六九一・素性）を本歌とする。藤原定家が「今こむといひし人を月来《つきごろ》まつ程に、秋もくれ月さへ在明になりぬとぞよみ侍けん。こよひばかりはなほ心づくしならずや」（顕注密勘）と、顕昭の一夜説に異議を唱えたのを踏襲し、当該歌も月来説の解釈による。

第三句の「秋」には「飽き」が掛けられ、また下句も「袖のしぐれにあり」と「あり明のかげ」の掛詞。冬の景物である時雨が、晩秋の歌に詠まれている事に面白みがある。島原本が「有明の月」とするのは誤り。第四句の「袖のしぐれ」は、袖に降る「涙の時雨」とも言われ、比喩的に扱うことが多いが、正徹に「ほしやせん袖の時雨の雨やどりぬれず立よる人にとはれば」（草根集・巻十一・享徳二年五月二十五日・大膳大夫家にての続歌・寄雨恋）とあり、また当該歌も「寄雨恋」題であることから、時雨に濡れていた袖に涙の雨も降りそそいだと解する。

【現代語訳】

はや長月か。（あなたが）言ったばかりに（毎夜待ち続けて）秋も暮れ（あなたはすっかり私に飽き）、袖を濡らす時雨と涙に宿る有明月の光よ。

海辺松

117　たぐひなきまつにもはぢずことのはをかけこそのこせあまのはしだて

【自注】なし

【評釈】

歌題の「海辺松」は、平安末期頃から見えるが、心敬以前には二十首も詠まれていない。正徹は「声たてゝ松や塩干のかたばかり昔をのこす和かのうら風」（草根集・巻三・永享六年二月七日・畠山右馬頭持純家（探題）続歌）など六首を詠じている。

「あまのはしだて」は、77【評釈】を参照。当該歌のあと、「海辺松」題で天橋立を詠む歌が三首並び、当『十体和歌』では他に77、208も天橋立を詠んでいる。正徹も「海辺松」題で「はし立やはま松風はくらくなりてよさのふけゐに月かたぶきぬ」（草根集・巻十一・享徳三年六月二十日・草庵月次）と詠み、また正広も同歌題で、「浦風に一村雲の入り海は松なりけりな天橋立」（松下集・一一四五）と、やはり天橋立を詠じている。もとより同じ歌題による詠歌としての影響関係はあろうが、或いは、うち揃って天橋立を訪れたことがあったか。心敬にはさらに、「うら風も今朝はわたらず橋立や松の葉遠く積るしら雪」（心敬集・一五六・海辺松雪）などの天橋立詠があり、主題として好んだ様が窺えるが、これらも実際の印象を思い浮かべての詠とすれば解しやすい。

当該歌のように、「ことのは」を「まつ」に「かける」と詠む例は、正徹に「ことのはをまつにかけつる露おちて色そふ袖にふくる秋風」（草根集・巻三・文安四年八月二十七日・備前入道浄元初ての月次・契待恋）、「浪ならぬいく世の人のことのはにかけて色うき和歌のうら松」（草根集・巻一之下・永享十二年十一月二十七日・住吉法楽百首・浦松。類題本第四句「色こき」）などとあり、心敬はこれらの正徹詠を学んだか。「ことのはをかけこそのこせ」とは、「言の葉を掛け

残す」に係助詞の「こそ」が割り入った形で、一首は四句切れである。

【現代語訳】

比べるものもない美しい松にも恥じる事なく、和歌を詠じて残すのだなあ。この天橋立で。

題同〔海辺松〕

118　遠ざかるまつのゆふべの色ばかり心にかゝるあまのはしだて

【自注】なし
【評釈】

第一、二句の「遠ざかるまつのゆふべの色」は、夕暮れになり、周囲とともに松の緑色が徐々に薄暗くなっていく意（97【評釈】参照）。正徹の「おもひ入心の色も暮ごとに遠ざかるなりやまはうごかで」（草根集・巻十二・康正二年五月二十日・草庵月次・当座・暮山）では、隠棲しようという「心の色」が「遠ざかる」と詠み、叙景歌である当該歌とは性格が異なるが、その言葉遣いを学んだ可能性はある。

第四句の「心にかゝる」は、天橋立の夕暮れの情景が強く印象に残っている意であるが、ここもかつて見た記憶に頼って当該歌を詠じたことを思わせる。

【現代語訳】

遠ざかっていく松原の夕暮れの様子のみが心に残る天の橋立であるよ。

119　同〔海辺松〕
はしだてや梢を遠きくもでにてうら風わたるまつの村立

【自注】なし
【評釈】

当該歌の「くもで」は、「なみ立てる松の下枝《しづえ》を蜘蛛手にて霞み渡れる天橋立」（詞花集・雑上・二七四・俊頼）を踏まえた表現である。「くもでといへるは、橋のしたに、弱くてよろぼひたふれもぞするとて、柱をたよりにて、木をすぢかへて打たるをいふなり」（俊頼髄脳）、「是は松のしづ枝をくもでとあれば、筋かへと心得られたり」（袖中抄）とあるように、松の枝が斜めに走っているのを、橋脚から斜めに渡した筋交いの支柱（蜘蛛手）に見立てて、天橋立を支える松という支柱を詠じたものである。

当該歌は、俊頼詠の「下枝」を「梢」と天地を逆転している。俊頼詠は天橋立の「あまの」ということばに触発されて観念的に詠まれた歌であるのに対して、心敬詠はそれを踏まえながら実景にも即して詠んでいる。天橋立の松並木の遥かに続く梢の緑を渡ってゆく浦風という情景に着目している。「うら風わたる」の「わたる」は、風が吹き過ぎて行くことを言うが、橋を渡ることを意識する。

【現代語訳】

ああこの天の橋立は、（松のしづえではなく）梢を遥かな蜘蛛手として、浦風が渡っていく、（橋立に生える）松の村立ちであるよ。

面白体

『毎月抄』には面白様として、「もとの姿」を会得した後の第二段階にあげる。『三五記』では第六にあげ、『ささめごと』〈尊経閣本〉の連歌十体でもそれを踏襲して第六にあげている。それを『十体和歌』では第三にあげる。『三五記』に、面白体の中に景曲体を入れているが、「面は見様を先として、底に面白体を兼ねたらむ歌」（愚秘抄）という景曲体を中心に、幽玄体が心の艶であるのに対して、第三にあげたか。一首全体に趣向のある歌。

鶯告春《うぐひすはるをつぐ》

120　雪はみなこゑよりとけて鶯の色に草木もなれる春かな

【自注】
うぐひすをば青鳥とつかひて青き色なれば、如此申侍り。（岩橋下・一一八）

【評釈】
歌題の「鶯告春」は、早く『散木集』に見えるが、その後は『尭孝法印集』にわずかに用例が認められるばかりで、あまり用例がない。但し、正徹は、類題の「山鶯告春」題で「こゑすなり鶯あをき鳥とてや春のつかひに山ぢこえきて」（草根集・巻十一・享徳三年二月二十九日・清水平等坊円秀月次）、また「鶯告春朝」題で「これぞ春暁つげし庭鳥の空

ねもしらぬけさの鶯」（草根集・巻三・文安四年正月六日・畠山修理大夫入道賢良亭）他一首を詠じている。

自注には「うくひすをば青鳥とつかひて」とあるが、「青鳥といひて」の誤写か。「青鳥」は本来は鶯ではなく仙鳥を指す。『奥義抄』に「王母来たらむとするとき、まづ青き鳥つかひにきたる。これによせて、使をば青鳥とはいふ也」とあり、西王母に仕えた仙鳥であった。ここから、使者のことをも指すようになったが、その実体については「又、文の使も、あを鳥といふも、つばめの事也」（梵灯庵袖下集〈島原本〉）など、諸説あったようだ。自注の「つかひ」という本文にも、青鳥を「使い」とする意識が潜在していたか。当該歌は、春の先触れとしての鶯を「青鳥」とし、その鶯の羽の色である青色（緑色）に草木がならったという趣向で詠まれている。それは「春の来る使ひのためや鶯の青き色にはなり始めけん」（正治初度百首・一一〇六・俊成）に早く見られる。但し、心敬は、正徹の「春の色に鶯あをき鳥や来て枝にかくらむ梅の花がさ」（草根集・巻七・宝徳元年正月二十日・恩徳院月次・梅花告春）、また先掲の「こゑすなり」歌をより強く意識したものと考えられる。

抑も、青とは春の色である。古く『爾雅』釈天に「春為青陽、夏為朱明、秋為白蔵、冬為玄英（春を青陽と為し、夏を朱明と為し、秋を白蔵と為し、冬を玄英と為す）」とあり、青陽とは春の異名であった。当該歌はまずここに発想を得、春告鳥の異名をもつ鶯に、春の使者の意の「青鳥」を重ね、歌題の「鶯告春」を満たしている。鶯の声を契機として雪が解け、草木が青み、その色もまた鶯に似ると、季節の運行を鳥に結びつけた点が面白体である。

なお、鶯は灰色がかった緑褐色であり、現在の感覚では「青き色」とは言い難い。或いは、メジロと混同している可能性もあろう。

【現代語訳】

雪はみな、（鶯の）声が聞こえるやいなや解け始めて、（青鳥という名を持つ）鶯の色に草木も変わる春であるよ。

121

夜梅

心なき鳥ぞうぐひす夜もすがらにほへる梅の花にねぬらん

【自注】なし

【評釈】

歌題の「夜梅」は、平安中期の『中務集』に早く見え、その後『新古今集』前後から散見し、以後多く詠まれている。正徹も「春のよの枕のむめのうつり香にしくかた惜きうた丶ねの袖」（草根集・巻一之上・応永二十七年二月十七日・聖廟法楽百首）など、六首を詠じている。

当該歌では、鶯が梅花に眠っていると詠まれているが、梅に寝る鶯の趣向は、紅梅の枝に鶯の巣を付けてあるのを見て詠んだ「花の色はあかず見るとも鶯のねぐらの枝に手なな触れそも」（拾遺集・雑春・一〇〇九・伊尹）に既に見える。『源氏物語』梅枝巻にも「鶯のねぐらの枝も靡くまでなほ吹き通せ夜半の笛竹」の歌があり、やはり梅が「鶯のねぐら」とされている。

それらを踏まえ、当該歌は、春の暖かな夜、昼よりひとしお香り高く匂っている梅にいながら鳴かない鶯を非難する。『枕草子』〈陽明本〉に「（鶯が）夜なかぬもいぎたなき心ちすれども、いまはいかゞせん」（三八段）とあるように、鶯が夜に鳴かない理由を眠っているからとし、鶯を「心なき鳥」と呼んでいるのである。連歌では、「身をうぐひすのこゑぞ老行／心なく暁月の夜半にねて」（川越千句・第十・五一・宗祇）という句があり、心敬が宗匠であった連歌会での詠であるため注意される。本来、梅は「心ある花」であったが（3【評釈】参照）、それと対比する形で、春の景物である鶯を風流心のない鳥と捉えたところが面白体の所以である。

【現代語訳】

風流心のない鳥は鶯であるよ。一晩中香り高く咲いている梅の花の間できっと眠っているのだろうから。

江春曙

122　かすめなをこきまずる色もなには江や遠き都の春の明ぼの

【自注】なし

【評釈】

歌題の「春曙」は『永久百首』題であるが、「江春曙」題は珍しい。心敬以前には見いだせず、ほぼ同時代の尭恵の『下葉集』に見られる程度である。当該歌では「なには江」を詠むことで、歌題の「江」を満たしている。

第一句の「かすめなを」は、「なをかすめ」を反転させた初句切れの下知（命令形）。16【評釈】参照。

第二句の「こきまずる色」は、「見渡せば柳桜をこきまぜて都ぞ春の錦なりける」（古今集・春上・五六・素性）を踏まえている。

第三句の「なには江」は、難波江と「何は」との掛詞。先掲の『古今集』歌に称えられた京都の「春の錦」も、難波宮に比べれば何ほどのものがあろうかというのである。京の都を否定する背景には、和歌において伝統的に、「心あらむ人に見せばや津の国の難波わたりの春の景色を」（後拾遺集・春上・四三・能因）、「津の国の難波の春は夢なれや蘆の枯葉に風渡るなり」（新古今集・冬・六二五・西行）など、難波の春を賞美することによる。心敬もこれを踏まえて、美しかった難波宮を幻視しつつ、京の都と比較しているのである。

第四句の「遠き都」とは、第三句に「なには江」とあることから、難波宮のこと。大化元（六四五）年に孝徳天皇

が遷都した難波長柄豊崎宮（大阪市中央区）は、朱鳥元（六八六）年に全焼し、神亀三（七二六）年、聖武天皇が藤原宇合を任命して造営させ、平城京の副都とした。当該歌は、春霞の中で柳桜がおぼろに入り交じって見える風景が、古き難波宮を想起させることを詠んだものであろう。

【現代語訳】

霞めよいっそう。（柳と桜が）入り混じる（京の都の）景色も何ほどであろう、難波江よ。難波宮が遠く思い出される、春の曙であるよ。

題同〔江春曙〕

123　ふくる夜の月に四《よつ》のおかすむ江もしかじなにはの春の明ぼの

【校異】［本文］ふくる―ふかき（岩橋）　かすむ―すめる（岩橋）

【自注】

かの潯陽江のもの、音の月にふけたる景曲も、難波江の明ぼのには及ばじと也。（岩橋下・一四六）

【評釈】

第二句の「四のお（四の緒）」は、琵琶。自注に「潯陽江」とあることから、当該歌は「潯陽江頭夜送客、楓葉荻花秋瑟瑟（潯陽江頭夜客を送る、楓葉荻花秋瑟瑟たり）」から始まる白居易「琵琶行」を典拠としたことが分かる。「琵琶行」は、江州の司馬に左遷されていた白居易が琵琶を弾く妓女と出会い、彼女の悲しい身の上話に自らの失意を重ねた詩である。「長恨歌」とともに白居易の代表作とされ、『古文真宝』前集に収められたほか、単行本としても享受さ

れ、抄物も作られた。

当該歌の上句は「琵琶行」の「酔不成歓惨将別、別時茫茫江浸月。忽聞水上琵琶声、主人忘帰客不発（酔うて歓を成さず惨として将に別れんとす、別時茫茫として江月を浸す。忽ち聞く水上琵琶の声、主人帰るを忘れ客発たず）」を翻案したもの。自注の「ものゝ音の月にふけたる」は、『ささめごと』〈尊経閣本〉の「潯陽江にものの音やみ、月入りて後、此の時声なき声あるにすぐれたり」と同じ意で、やはり「琵琶行」の「水泉冷渋絃凝絶、凝絶不通声暫歇。別有幽愁暗恨生、此時無声勝有声（水泉冷渋絃凝絶す、凝絶して通ぜず声暫く歇《や》む。別に幽愁暗恨の生ずる有り、此の時声無きは声有るに勝る）」を踏まえる。ともに「声暫歇」からくる表現であるから、当該歌の「かすむ」も、琵琶の音がやみ、余韻が聞こえるという意味であろう。さらに、「かすむ江」と続くことで、眼前の春霞たなびく難波江の風景と、「潯陽江」とが、「かすむ」「江」という語を基軸に対比される点が面白体となる。心敬は「ものゝ音もこゑたえ月もくらき江にひとりこゑする荻の上風」（岩橋下・三九）でも、「琵琶行」を典拠とした和歌を詠じている。特に「此時無声勝有声」の一節を好んだようだ。なお、『岩橋』の「すめる」という本文をとれば、夜の更けるに従って次第に音が澄み渡る情景である。

第四句の「しかじ（如かじ）」は自注の「及ばじ」と同じで、「琵琶行」にうたわれた秋の潯陽江も、春曙の難波江には敵わない意。春の難波を賞美する伝統（122【評釈】参照）を踏まえ、122では『古今集』歌を契機として京の都と、当該歌では「琵琶行」を契機として詩中の潯陽江との比較の上で難波江を褒め称える。

なお、自注にある「景曲」は、心敬の連歌論でしばしば用いられる、景色や風情を指す語。景色や風情の語に心敬の特徴を見出す、岡見正雄氏「心敬覚書—青と景曲と見ぬ俤—」（69【評釈】）を参照。

【現代語訳】

更けてゆく夜の月に、琵琶の音がかすんで聞こえる、あの潯陽江も及ばないだろう。霞む難波江の春の曙には。

124

尋花

うちむれてたかきいやしき花あれば入野《いるの》のすゑにかすむ山ざと

【自注】

遥見人家、不論親疎といへる心ばかり也。（岩橋下・一四七）

【評釈】

歌題の「尋花」は、84【評釈】参照。

自注に述べられているように、当該歌は「遥見人家花便入、不論貴賤与親疎（遥かに人家を見て花あれば便ち入る、貴賤と親疎とを論ぜず）」（和漢朗詠集・上・春・花付落花・一一五・白居易）を典拠とする。当該歌の「たかきいやしき」は「貴賤」を和らげた表現で、歌語としては、「あふなあふな思ひはすべしなぞへなく高き卑しき苦しかりけり」（伊勢物語・九三段）など、用例は古くからある。また、「花あれば入」も、白詩の「花便入」の訓読を巧みに取り入れている。

第一句の「うちむれて」は、通常、人の状態を表すが、「打むれて木の下わらび山がつの折日や里の煙ともしき」（草根集・巻十四・長禄二年二月十三日・草庵にての住吉法楽歌合・樵路早蕨）で、「うちむれて折る」という山賤の動作であるとともに、蕨が群生している様を暗示しているように、当該歌も「うちむれて入る」花をたずねる人々と、「花」が「うちむれて」咲いている様子とをあらわしている。白詩をその意ばかりでなく、詞までも取り入れて和歌に仕立てている点が、面白体である。

「花あれば入野」は、「花あれば入る」と「入野」との掛詞。「入野」は、歌枕でもあるが、ここでは山間に深く入り込んだ野という一般名詞であろう。入野の霞を詠む例は、正徹の「あけがたの入野ゝかすみたなびくや弓張月の末

ぞかくる〵」（草根集・巻四〈次第不同〉・春暁月）程度しか見出だせず、あるいはこれが心敬の念頭にあったか。通常は通わないであろう山間にまで花を尋ねて踏み入ると、霞隠れの山里に花が咲いていた、という風景を描く。

【現代語訳】

うち連なって貴賤（を論ぜず）、花があると入ってゆく、（花が群がって咲く）野の末に霞んでいる山里よ。

旅宿花

125 ふけあらし又やねざらんかすむ夜の月の手枕花のさむしろ

【自注】なし

【評釈】

歌題の「旅宿花」は、心敬以前には、「この春は月に山路の旅寝してうつ〵に花の散るを見るかな」（続草庵集・九九）があり、以後は正徹に「山路こしあまた旅ねの花の香も袖の別の野べのあさ露」（草根集・巻十一・享徳二年二月二十日・草庵月次・当座）の一首があるのみである。「旅宿は、夜とまりたる心なり」（心敬法印庭訓聞書）とある通り、旅先での宿泊を詠む。

第一句の「ふけあらし」は、「吹け嵐雲の衣のきぬぎぬも月に惜しまぬ有明の空」（壬二集・二五〇四）など『新古今集』時代にも見られるが、正徹は「ふけ嵐いとふにあらぬ山ずみもことしげき世のうき程はなし」（月草・享徳二年十一月一日・将軍家にて光源氏物語の読進はて〵の二十首続歌・山家）など三首を詠じている。連歌では、「吹け嵐紅葉をぬさの神無月」（ささめごと〈尊経閣本〉・救済）と詠まれており、第一句での下知の形は連歌で好まれた表現である（16

詠んでいる。

【評釈】参照）。心敬も当該歌のほかに、続く126に「ふけあらし花は散こそさかりなれ」（心玉集〈静嘉堂本〉・六九〇）と詠んでいる。

第四句の「月の手枕」は、正徹が「花の香もうつろふ月の手枕にさめざらましの春のよの夢」（草根集・巻十一・享徳三年三月十六日・修理大夫家月次・春夜恋）と詠んでいる。この正徹詠は、「春の夜の夢ばかりなる手枕にかひなくたたん名こそ惜しけれ」（千載集・雑上・九六四・周防内侍）によりつつ、「藤袴月の枕に匂ふなり夢は旅寝の露にくだけて」（壬二集・一〇六〇）などの「月の枕」という表現の類想であろう。「月の枕」は屋内外で眠る枕辺に月光が射す様を表す。心敬はこの正徹詠を念頭に置くか。

第五句の「花のさむしろ」は、心敬に「うらめしくわかる、淀の朝ぼらけ／ねよやちりいる花のさむしろ」（岩橋上・一八七）があり、その自注に「夜殿とてねぬる所をいへば也。かばかり花のちりしける夜殿の筵に」とあり、これは寝所の筵（夜具）の意であるが、当該歌では散り敷く花が筵になる状態。正徹に「木のもとの旅ねなりとも花筵こよひなしきそはるのやまかぜ」（草根集・巻十二・康正二年三月三日・霊山行福寺といふ導場にての一続・旅店花）などとある「花筵」も同意。「さむしろ」の「さ」は接頭語。「花のさむしろ」は心敬に先行する用例は見出し得ないが、「我ばかりすむと思ひし山里に月も宿かる苔のさ筵」（続拾遺集・雑上・一一三四・公澄）、「花さけば三苻も七ふも所せき山桜戸の苔のさむしろ」（心敬集・三三六・山家花）など「苔の小筵」の類想であろう。

第四句と第五句とは、対比的な表現をとる所謂双貫句法である。特に下句の双貫句法は京極派に好まれたとされる（井上豊『玉葉と風雅』〈アテネ文庫・昭和三十年〉）。但し、「秋はなほ夕間暮こそただならね荻の上風萩の下露」（和漢朗詠集・上・秋・秋興・二二九・義孝）など古くから用いられる表現であり、心敬に京極派の直接的影響を見る必要はない。心敬の代表句とされる「我心誰に語らん秋の空／荻に夕風雲に雁がね」（竹林抄・秋・三八七）も双貫句法を用いている。当該歌の下句は、圧縮表現である点と双貫句法である点で、特に連歌的な表現といえる。これにより、あたかも

月を枕とし、花を筵としているような仕立てになった点が面白体である。或いは、心敬は詠作に際し、定家の「宿からに蟬の羽衣秋や立つ風の手枕月のさ筵」（拾遺愚草・員外・四三一）を意識したか。

さらに、花を見ながら、「ふけあらし」と嵐に下知するのは、連歌における引違の技法である。「引違　月の夜に雨を恋ひ、花の句に風を忍ぶ類也」（連理秘抄）とあるように、引違とは、通常の常識とは逆の発想をすること。そのため、上手にのみ許された技法であった。


【現代語訳】

吹け、嵐よ。（このような所で）再び寝ることはないであろうよ。霞む夜の朧月の光の中、手枕で、花のさ筵で。

126　寄花述懐
吹《ふけ》嵐ちらすばかりのよの中にさくことはりの花やなからん

【自注】なし

【評釈】

歌題の「寄花述懐」は、「花さへに世をうき草になりにけり散るを惜しめば誘ふ山水」（聞書集・六四）など、院政期ごろから見えるが多くはない。正徹にも同歌題で「此ごろの言の花をみもしらぬ身は山人に猶ぞをとれる」（草根集・巻十一・享徳三年三月九日・平頼資のすゝめし続歌。類題本第二句「こと葉」）の一首がある。

当該歌は、「年々歳々花相似、歳々年々人不同（年々歳々花相似たり、歳々年々人同じからず）」（和漢朗詠集・下・無常・七九〇・宋之問）と同想である。この世においては、人は衰えてゆく一方であるが、花は年ごとに同じ色に咲くとい

う歌意から、歌題の「述懐」を満たす。第一句の「吹嵐《ふけ》」は、125とは異なり、「（花はまた咲くから）吹くならば吹いても構わない」というほどの意。

第四句の「ことはり」は道理や筋道を指す。花の道理とは「定めなき世をうぢ川の滝つ瀬に理知れと散る桜かな」（続千載集・雑上・一六八五・万秋門院）、「咲けば散ることはり知らぬ花もがな」（竹林抄・発句・一六四三・専順）など、「盛者必衰のことはり」（竹聞）と見るのが一般的である。この場合、花と人とはともに、衰えやがて滅びるものとなる。心敬はそれを、花は「さくことはり」と反転させ、花と人とを対比させている。さらに、人々が花に対して抱く「散る理」に対し、「花は散ってもまた咲くのが理」と捉えた点が、面白体としての眼目である。

【現代語訳】

吹くならば吹け、嵐よ。花を散らすばかりの世の中にも、（ふたたび）咲く道理を持つ花はないだろうか、いやある。（人間は散る一方なのに。）

春田蛙

127　かはづなく田面の小草《こぐさ》末よはみこゑにわか葉の露もみだれて

【自注】なし

【評釈】

歌題の「春田蛙」は、心敬以前では『草根集』にしか見えない、極めて珍しい歌題である。正徹は「手もふれぬあら田の草の水がくれに初声いだすかはづ鳴なり」（草根集・巻八・宝徳二年二月十六日・兵部少輔家月次）など四首を詠む

が、この正徹詠は当該歌と歌題が等しいことに加え、「あら田の草の水がくれ」の蛙を詠む点で当該歌に近い。正徹詠は心敬の念頭にあったと思しい。なお、「田蛙」題も南北朝期以降に見えるが、それほど数は多くはない。

第二句の「小草」は、通常は名もなき小さな草。ただしここでは、正徹詠同様水がはられていることから、早苗を指すか。「小草」については、文安四（一四四七）年八月十九日の賦何人連歌において「名もしらぬ小草花咲川辺哉」という智蘊の発句に、「芝生がくれの秋の沢水」と心敬が脇句を付け、さらに「夕間暮霧ふる月に鳴鳴て」と専順が第三を付けた百韻は、伝本は少ないものの、発句から第三までが『竹林抄』に入集するという高い評価を受けた。後年心敬は、脇句の「秋」の字について智蘊から賞賛されたと兼載に語っていることから（竹聞）、心敬にも思い出深い作品であっただろう。季節は異なるものの、心敬の念頭にこの智蘊の句があった可能性は高い。

当該歌は、蛙の鳴く声が水面から柔らかな若葉へと伝わり、葉においた露が乱れこぼれるという、繊細な世界を描く。春の水田に鳴く蛙の声を視覚的に捉え、共感覚的表現を用いている所に面白みがある。

【現代語訳】

蛙が鳴いている田では、生えている小草の葉末がやわらかいので、（その鳴き）声に若葉の上の露も乱れこぼれることだ。

更衣

128　夏来てもうすき袂やしらざらんかさねぬまゝのあつ《ま》ま乙女子

【自注】なし

【評釈】

歌題の「更衣」は、『堀河百首』題。当該歌は、更衣をしない「あまつ乙女子」（天女）の「うすき」衣を詠み、更衣をしないという点で歌題を満たす。

「あまつ乙女子」という表現は、古い歌語である「天つ乙女」に「子」を付けた形で、『新古今集』時代から見られ、正徹にも「あはれさてもまよふ心の初かな雲ゐにみてし天津おとめ子」（草根集・巻三・永享十二年五月ごろ・当初二首の歌を沓冠にをきて一時に詠ぜし歌）とあるが、さほど多くはない。天女は「久方の天つ乙女が夏衣雲居に晒す布引の瀧」（新古今集・雑中・一六五三・有家）など、常に薄い衣を着ていると詠まれる。心敬の周辺では、「影ぞもる天津乙女の夏衣雲にうらなき有あけの月」（草根集・巻十二・康正元年六月七日・鴨部之基のすゝめし祇園法楽・夏暁雲）、「今朝見れば天つ乙女の天下る袂か薄き蟬の羽衣」（松下集・二〇三八）があり、やはり天女の衣は薄いとされる。これらの背景には、近江国、丹後国の『風土記』の逸文に載り、能「羽衣」にも取り上げられた、各地に伝承される羽衣伝説があろう。

夏が来れば、薄い夏衣に衣替えするのが一般的であるが、もともと衣を「かさねぬまゝ」の天女は、夏衣に着替える必要がなく、袷に対する「うすき袂」を知らないと見る点が面白体である。四季のない天界と、四季豊かな下界という対比に基づく。

【現代語訳】

夏が来ても、薄い衣の袂は知らないのだろうなあ。（いつの季節も）重ね着をしないままの天女たちは。

初郭公

129　今夜《こよひ》きて山ほとゝぎす忘れずや去年のはつ音の末の兼言

【自注】なし

【評釈】

歌題の「初郭公」は、『建久六年民部卿家歌合』の初出以後、歌例も多い。正徹も「郭公なくや涙のはつぞめに木々の若葉や色に出づらむ」（草根集・巻四〈次第不同〉）など、六首を詠じている。

第五句の「兼言」は、将来に関する約束。一般的には、「昔せし我が兼言の悲しきはいかに契りし名残なるらん」（後撰集・恋三・七一〇・定文）のように、男女の間に交わされるものである。それを郭公との約束の意に転用し、今年の初音を去年の「兼言」としたところが趣向であり、面白体たる所以である。「末の兼言」は、「思ひ出でよ誰が兼言の末ならん昨日の雲の跡の山風」（新古今集・恋四・一二九四・家隆）のように、約束をした将来の意を表す「兼言の末」を反転させたもの。当該歌以外には「えぞいはぬあふ夜も閨のかべに耳あるをさはりの末の兼ごと」（草根集・巻三・文安四年三月二十三日・左京大夫家月次・忍逢恋。類題本第一句「しらぬ」）の正徹詠しか見いだせず、心敬の念頭にあったか。

去年初音を鳴いた郭公と、来年もまた来て鳴くという約束をしたが、今宵その約束を果たしてくれたという感懐である。

【現代語訳】

今宵やって来て、山郭公は忘れていないのだ。去年の初音の時にした、（また来年も鳴くという）将来の約束を。

夏月

130　夏ぞうき心づくしの木の間だにおもひたえたる月の山ざと

【自注】なし

【評釈】

歌題の「夏月」は、『右兵衛督家歌合』など平安中期より試みられており、歌例も多い。正徹も「もる月に枝もさはらぬ竹の子のまだ短夜の窓ぞすゞしき」（草根集・巻一之上・永享元年十二月七日〜十三日・聖廟法楽百首）など、二十首以上詠じている。

木の間からもれ来る月影を「心づくし」（あれこれと物思いをさせる）というのは、「木の間よりもり来る月の影見れば心づくしの秋は来にけり」（古今集・秋上・一八四・読人不知）による。当該歌は、『古今集』歌の「木の間より」と「心づくしの秋は来にけり」とを「心づくしの木の間」として受け、木の間が茂る夏は、月影はその茂みに隠されてもれて来ず「こころづくし」をさせてくれない点が「うき」と嘆く、それが面白体である。夏の木の間の月を詠む例に「夏山の茂き木の間をもる月の心づくしぞ秋にまされる」（拾藻鈔・八五）があるが、これは茂った夏の木の間を洩れる月の方が、秋よりも「心づくし」であると詠んでおり、「おもひたえたる」（物思いのない）と詠む当該歌とは逆の発想である。

第三句の「木の間だに」の「だに」は、『古今集』歌を踏まえ、月影を洩らすはずの存在でありながらそれさえ許さないと、山里の鬱蒼と茂る木々の心無き様を強調し、嘆きの深さを訴える。

第五句の「月の山ざと」は、正徹の「まろ竹の中行水のをときくもふけてさびしき月の山ざと」（草根集・巻十二・康正元年八月十五日・明栄寺にての十五夜探題・山家月）がある程度で、殆ど用例はない。これは、「山里の月」を引き返したもので、これも連歌的表現の一つといえよう。

【現代語訳】
夏は心憂きものだ。（秋には）思い悩ませるという木の間さえも（葉が生い茂っていて）、物思いにふけることもできない、月夜の山里よ。

杜夏月

131　むらがしはしげるばかりの神もうし木の間ゆるさぬ森の月影

【校異】［本文］はかり―葉守（島原）
【自注】なし
【評釈】
歌題の「杜夏月」は、「夏の夜は満つといふべきほどもなし淀のむかひの森の月影」（瓊玉集・一三八）しか先行用例は見えない。しかし、「杜月」題、「杜間月」題は多く、「紅葉せぬ常磐の森の木の間にも秋の色ある月ぞ移ろふ」（雅有集・九五・杜月）などのように森の木の間に月光が差し込む様を詠む。
「むらがしは」は群生した柏のことであるが、『桐火桶』は家隆の「嵐吹く遠山本のむら柏誰が軒端より雪払ふらん」（壬二集・二五九八。壬二集第一句「埋もるる」）に、「北国などに大雪ふり侍るなり。軒も垣もひとつに降り埋もれる時、長竿の先にまげたる輪をつけて、やねの雪を払ひおとすなり。是をかしわと云ふなり」と注する。しかし当該歌では後述の葉守の神との関係から、樹木の柏の意である。「むらがしは」の和歌の先行例は、先掲の家隆詠の他は五首に満たないが、連歌では「野をかり人やふみならすらん／冬枯て落葉に立るむら柏」（文安月千句・第七・七九・日

晟）をはじめとして、室町時代を通じて用いられ、心敬には「雨青し五月の雲のむら柏」（竹林抄・発句・一六八七）の他二句がある。

校異の「ばかり」と「葉守」は、「葉守」とする島原本が適当で、底本は「か」と「も」の草体の類似による誤写。「かしは」と「葉守の神」は、「かしは木、いとおかし。葉守の神のいますらんもかしこし」（枕草子〈陽明本〉・三七段）、「玉柏茂りにけりな五月雨に葉守の神のしめはふるまで」（新古今集・夏・二三〇・基俊）とあるように、葉守の神は柏木に宿ると考えられていた。「佐保姫とは、春を領たる神也。立田姫は、秋を領する神也。葉守の神とは、夏を領神也」（玉集抄）とあるように、夏の茂り合う柏葉に、神の神威がいよいよ増すことを象徴的に見ている。

第四句の「木の間ゆるさぬ」は他に例を見ない。「月影」が「木の間」からもれ来るのを許さぬ、月光が葉に遮られて木の間を通らないということ。木の間の月といえば、「木の間よりもり来る月の影見れば心づくしの秋は来にけり」（古今集・秋上・一八四・読人不知）が思い起こされる。『古今集』歌では、木の間の月影が秋の到来を感じさせるものとして詠まれている。しかし、当該歌では、茂る柏葉が月光を遮っている様を葉守の神の神威であるととらえ、本来敬うべき神に対して不満をかこつ体で詠んでいる。神威の高まりを示す柏葉が、逆に月影を隠してしまうことに注目し、興じて詠んだ歌である。

【現代語訳】
むら柏が生い茂っている葉守の神さえも疎ましい。木の間が通ることを許さない柏木の森の月光よ。

132　河上月《かはのほとりのつき》
木の間もる月に川音さよふけて舟に人なき宇治の山もと

【自注】なし

【評釈】

歌題の「河上月」は「駒留むる檜隈川《ひのくまがわ》の底清み月さへ影を映しつるかな」（続後撰集・秋中・三三九・長方）などのように月の光の清澄さ、きらめきが河水や河波に映じる景色を詠む。この歌題で宇治を詠み込んだ歌例に、正徹の「ながれての世を宇治山の月やしる川の遠なる秋の里人」（草根集・巻五〈次第不同〉）があり、秋の月の美しさと無常とを宇治の里人に問いかけている趣向は当該歌に通じる。

『時秀卿聞書』に「蓮海心敬のうたに舟に人なしと読たるは連歌詞也。同事ながら、招月の歌に人もわたらぬせたの長橋とあそばしたるは歌詞也」とあるのは、恐らく当該歌を指した発言と思われる。そこでは「舟に人なし」の表現が「連歌詞」として非難されている。心敬には「……に人なき」を用いた、「見し秋の色やむなしくうつるらん／月に人なきひろ沢のあと」（岩橋上・二〇二）の付句もある。言葉をつくさずに言い果てたところが和歌としてふさわしくないというのであろう。「歌詞」とする正徹詠は「朽はてよ入にし後は山川や人もわたらぬまゝの板ばし」（草根集・巻三・永享五年十一月十二日・草庵月次・当座・山家橋）を指すか。正徹にも当該歌のように舟はあれども人の姿がないという「ぬししらぬ入江の夕人なくて蓑とさほとの舟にのこれる」（草根集・巻七・宝徳元年十月九日・刑部太輔家の名月の月次・当座・江舟。類題本歌題「江舟」）の詠があるが、この歌を『東野州聞書』では「更にうらやましくもなき歌なり。ぬしはまん《（慢）》のけしき有けるとぞ。是等や乱世の声にも侍べき」と批判している。この歌は正徹の自讃の歌であったが、二条派では評価されなかった。しかし心敬はわざわざこの発想を取り込んでおり、そこに正徹風を摂取しようとする心敬の特徴のひとつを見ることができる。心敬以後は、宗祇に「さびしさやげに古寺の松が本／花に人なきあかつきの庭」（老葉〈宗訊本〉・一一二〇）と詠み、また「はげしき浪や露くだくらん／水とをき《く》《ヒ》舟に人なき野は暮て」（葉守千句・第三・四一・宗長）があり、たしかに連歌詞として受容されていたようである。

宇治と舟と人とを詠み込んだものに、「宇治川の川瀬も見えぬ夕霧に槙の島人舟呼ばふなり」（金葉集・秋・二四〇・基光）、「里人や今宵の月にあくがれて宇治の渡りの舟呼ばふらん」（経氏集・一四五）などがあり、宇治の里の夜景が詠まれている。しかし、当該歌では、夜舟に人の姿はないとする。人を描かないことで、川音がより際立ち、また月の光にもしみじみとした感情が添加される。心敬には「棹さしてうたふ河長もろごゑにさなへとる也宇治の山里」（心敬集・三五三・水郷早苗）の詠があり、宇治川では渡し守が舟歌を歌い、早乙女が田植え歌を歌うという日中のにぎやかな様子を詠んでいる。日中は様々な声が響きあい、人も多くいたのに、夜には人の姿を見ないという、昼と夜との対照的な様子に興を感じていたであろう。

【現代語訳】
木の間からもれる月の光に（宇治川）の川音が高く響き、夜も更け、舟には人の姿もない宇治の山本よ。

湖上月

133　わが影に氷を敷てあきの夜は月のみわたるすはのうみづら

【自注】なし

【評釈】
歌題の「湖上月」は、院政期から見え、「月影は消えぬ氷と見えながらさざ波寄する志賀の唐崎」（千載集・秋上・二九四・顕家）のように月の光を氷に見立てた例は多く、主に琵琶湖を詠む。当該歌のように諏訪湖を詠んだものは、「隈もなき已が光を氷にて諏訪の戸渡る秋の夜の月」（経家集・三一）などあまり多くはない。正徹は「湖上夏月」題

で、「にほの海や国つみ上のさゞ浪にうち出てみれば月ぞ涼しき」（草根集・巻四〈次第不同〉。永享九年正徹詠草では、四月二十二日・三井寺にての探題）があり、やはり琵琶湖を詠んでいる。

第五句の「すはのうみづら」は諏訪湖のこと。諏訪湖には、凍った湖が盛り上がり亀裂が生じたさまを、諏訪大社の祭神の渡御の跡と見て吉凶を占うという「御神渡《おみわたり》」の神事がある。御神渡は、「諏訪の湖の氷の上の通ひ路は神の渡りて解くるなりけり」（堀河百首・九九八・顕仲）などの詠があり、『堀河院百首聞書』には「諏訪御わたり、十二月つごもりの夜と云り。神わたりのなきまへには人馬こと〴〵く氷のうへを自由にかよふといへり。信濃国は取分寒気のつよき国也」と注しており、和歌においては『堀河百首』により知られるようになった。当該歌も御神渡のことを踏まえての歌である。但し、御神渡は冬のものであるが、当該歌では湖を渡る月を詠み秋の歌である。渡るためには湖面は凍っていなければならないが、前掲の経家詠同様、当該歌も月の光が湖面に白く映るのを氷に見立てている。正徹には「すはの海や影に氷を先したてひとりぞわたる秋のよの月」（草根集・巻十・享徳元年四月七日・徒然之余、四人（浄元・正広・正般・正徹）百首・湖月。類題本第三句「先しきて」）などの詠があり、心敬はこの正徹詠をほぼそのまま詠み替えつつ、御神渡を基に湖面に「うみづら」の語を用いたところに働きがある。

「うみづら」は、「京にありわびて、あづまに行きけるに、伊勢・尾張のあはひの海づらをゆくに、浪いとしろく立つを見て」（伊勢物語・七段）ほか、『源氏物語』帚木巻や『うつほ物語』などに見られるもので、本来は物語の詞である。和歌での用例は、「朝戸出て見れば野山の末よりも降る雪薄き鳰の海面」（為広卿集・一六六）などからであり、当時新しい詠みぶりであったことが窺える。連歌では「須磨人は宮こに遠きすまひして／おもひやるさへすごき海づら」（応永二十八年五月二十九日賦何目連歌・二二・読人不知）があり、和歌よりもやや先行していた。心敬が一座した連歌の中にも、「波遠き浦は夕の（色脱カ）もなし／南はれたる那智の海づら」（熊野千句・第四・五〇・盛長）がある。

湖面に映る月の光のきらめきを氷に見立て、神ならぬ月が渡るととらえた趣向は経家以来、正徹、心敬にも見える。

【現代語訳】
月自らの光で氷を敷いて、秋の夜には月だけが渡る諏訪の湖面であるよ。

古屋月

134　しきわびぬあさぢが露に宿はあれて跡もまくらも野べの月影

【自注】なし

【評釈】
歌題の「古屋月」は、41【評釈】参照。第二、三句で「古屋」の題意を満たす。

第一句の「敷きわびぬ」は、衣や袖を敷き煩うの意で、「泣く涙片敷きわぶる閨にしもあはぬ板間の雨も降りつつ」（宝治百首・二五〇六・成茂）のように恋の歌に用いられるが、「幾夜我片敷き侘びぬ旅衣重なる山の峰の嵐に」（新後撰集・羈旅・五八四・実雄）のように旅中の憂いにも多く用いられ、当該歌では後者の用法に近い。

第四句の「跡もまくらも」は「父母波　枕乃可多尓　妻子等母波　足乃方尓（父母は枕の方に妻子どもはあとの〈あとする〉方に）」（万葉集・巻五・八九六・憶良）が早く、「枕よりあとより恋のせめ来ればせむ方なみぞ床中にをる」（古今集・雑体・誹諧・一〇二三・読人不知）が著名である。「枕」は上座または枕元、「あと」は下座あるいは足元の方を指す。心敬には「いづくにも吹くあき風のをと／跡まくら草の原なる故郷に」があり、「よもぎ、あさぢが原となれるさとは、秋風四方のかきもたまるべからず哉。いづくにも吹と大にいへるを、すこしきねやの内に取なし侍るを、粉骨とおもへる歟」（心敬連歌自注〈校本〉・一六）と自注を付す。この自注によれば、荒れた故郷では、室内であるはずの

「跡まくら」にも、四方から秋風が吹きつける。これを参考にすれば、当該歌の「跡もまくらも」は屋内を指し、「野べ」は屋外のこととなり、荒れた宿（古屋）が野辺に残っているということになろう。屋内とは言え露が置くような荒れた古屋には、月の光が足元にも枕上にもさしている様を詠む。

【現代語訳】

衣を敷き煩うことだ。浅茅に置く露に（しとどに濡れ）野辺に残る古屋は荒れ果てて、足元にも枕元にも野辺のようにさす月の光よ。

船中月

135　ふなばたにたゆたふ月も跡にうき枕にしづむ奥つしらなみ

【校異】［歌題］船中月―海路（心敬集）［本文］しつむ―きゆる（心敬集）

【自注】なし

【評釈】

歌題の「船中月」は、海あるいは川を漕ぎ行く舟から見える月の様を詠むが、あまり多くない。正徹に「舟中月」題で、「跡になし枕になして見る月に舟まはり行浪ぢをぞしる」（草根集・巻五〈次第不同〉）がある。『心敬集』の「海路」は『堀河百首』題。

「ふなばた（舷）」は船の側方のことで、「山似屏風江似簟、叩舷来往月明中（山は屏風に似たり江は簟に似たり、舷を叩いて来往す月の明らかなる中）」（和漢朗詠集・下・山水・五〇三・劉禹錫）とあるように、叩くものとして詠まれるものが

多い。和歌では「舟ばたを夜半にぞたゝくにほの海にあみをく磯の杜のくひなは」（草根集・巻八・宝徳二年四月二十七日・恩徳院月次・水鶏）など水鶏と取り合わせたものも見えるが、総じて歌例は少ない。月とともに詠まれたものに、「月清み志賀の浦人沖に出て舷叩く袖ぞ暮れぬる」（三井寺新羅社歌合・三五・蓮忠）などがある。当該歌は、舷を照らす月が、船の波に浮き沈みするのに合わせているように見える情景を、134と同じく「跡」と「枕」の語を用いて詠んだもの。

心敬には、「のどかなるよのかりぶしの床／波もなき江は艤をまくらにて」（心敬句集苔筵・二〇九八）の句があり、船での月を見上げる様子を詠んでいる。

第一、二句の「ふなばたにたゆたふ月」は、波に映りゆらゆらと漂っているようでありながら、舷を照らし続ける月の様。舷に休んで、月がたゆとうて見えるのは、船の浮き沈みによって月がひとところにとどまらずゆれ動いているように見えることを表している。

第三、四句の「跡にうき枕にしづむ」は、先掲の正徹詠を摂取しているが、船の動きに連れ添って、月が浮いたり沈んだりするという描写は、伊勢から品川への船旅の実体験によるものとも思われる。海路での月を詠むのに「月―船―たゆたふ」の詞の使用は連歌的連想。「跡にうき」の「うき」には「憂」の意が掛けられ、旅の船中での仮寝の心細さを表す。「跡」と「しらなみ」の語は、「世の中をなににたとへん朝ぼらけ漕ぎ行く舟の跡の白波」（拾遺集・哀傷・一三二七・沙弥満誓）の歌にある「跡の白波」を想起させる。また「枕」には「波枕」も掛けられており、船中での旅泊であることを示す。『心敬集』では、「枕にきゆる」と、月が見えなくなることを視覚的に表現しているが、「跡にうき」と「枕にしづむ」の対義語を用いる底本の表現の方が面白体にふさわしい。

【現代語訳】

舷に漂う月も、（船の動きに合わせて）足元の方で浮いたり、枕上の方で沈んだりする、沖の白波の上では。

月前雁

136　越路よりつらなる雁のはねかづら雪をかけたる秋の夜の月

【自注】なし

【評釈】

歌題の「月前雁」は、98【評釈】参照。越路の雁を詠む歌は多いが、正徹にも同歌題で、「みこしぢの雲の波分しほれきて月にやさらす雁の羽ごろも」（草根集・巻十三・長禄元年八月二十五日・日下部敏景のすゝめし月次）があり、雲の波を分けて飛んで来たので雁は羽をぬらし、その羽に月の光が照り映えている様を詠む。

第五句の「はねかづら」は、「葉根蘰　今為妹乎　夢見而　情内二　恋渡鴨（はねかづらいまする妹を夢に見て心の内に恋ひわたるかも）」（万葉集・巻四・七〇八・家持）など、『万葉集』に四首詠まれる万葉語。『万葉集』では「はねかづらいまするいも」という成語として用いられたようで、いずれも「妹」にかかってゆく。「はねかづらは、はなかづらなり。なとねと同音なり」（袖中抄）や、「はねかづらとは、はなかづらなり。花を以てかざりたるかづらなるべし。なとねと、同内相通也」（仙覚抄）と注され、歌学書は少女の髪を飾る花飾りと解釈している。後世、「はねかづら」を詠み込むものは決して多くはないが、注目すべきは、「初雁の山飛び越ゆるはねかづら来る秋しるき秋風ぞ吹く」（壬二集・一二八二）である。この家隆詠では「妹」は読み込まず、「はねかづら」に雁の「羽」を掛けて詠む点で、当該歌と共通する。雁の「はねかづら」を詠むのは、「かへるらし浪にうち出の浜つゞらつらなる雁も羽ねかづらして」（草根集・巻四〈次第不同〉・湖帰雁）に受け継がれるまで歌例を見ない。心敬は、家隆詠を受けた正徹詠から学んだのであろう。

第四句の「雪をかけたる」は、雁の翼が雪のように白く輝く様子を詠んでいる。早く冬が到来する越路から飛来す

る雁は、雪の中を来たに違いないというのである。但し、いまは秋であるので、その見立てた雪は、実は秋の月影によるものである。月光に白く輝く雁の翼を、あたかも雪の置いた「はねかづら」に見立てたのである。

【現代語訳】
越路から列をなして飛んでくる雁の羽のはねかづらは、雪をかけた（ように見える、）秋の夜の月であるよ。

霧中雁

137　あさ霧にぬれてや月をすり衣かりのは山のあり明のかげ

【自注】　なし

【評釈】
歌題の「霧中雁」は、「玉章の続きは見えで雁《かりがね》の声こそ霧に消たれざりけれ」（山家集・四二三）に早く見える。この歌のように、霧の奥から声のみが聞こえる雁や、「霧薄き秋の日影の山の端にほのぼの見ゆる雁の一列」（風雅集・秋中・五三二・為信）のように、薄霧の向こうに微かに雁の姿を認める光景が詠まれる。正徹には同歌題で、「峰こえておちくるかりのしほれ羽も霧にかくるゝのべのはぎ原」（草根集・巻五〈次第不同〉）がある。

第二、三句の「月をすり衣」とは、先行用例を見出せないが、月の光をすりつけた「すり衣」の意の連歌的圧縮表現。「すり衣」とは、花摺衣のように萩や月草（露草）など植物の汁で模様を染めたものを指し、ここでは「月草」ならぬ「月」の光を摺《す》りつけて輝く衣にしたと興じている。朝霧の中を渡ってきた雁の羽は濡れていて、月の光に映えるというのである。

第四句の「かりのは山」も、「衣を借り」、「雁の羽」と「端山」の掛詞。「空蝉のは山洩り来る夕日影薄くや人と音をのみぞなく」（拾遺愚草・下・二五八九）の「空蝉のは山」、「我がために来る秋なれや繁かりし言のは山の色変はり行く」（隣女集・七二六）の「言のは山」など、類似の表現はあるものの、和歌では用例を見出せない。但し、ほぼ同時期に、「衣を春に染る佐保姫／日影行雁のは山は雪解て」（文安五年二月五日賦山何連歌・三・忍誓）、「花には深き野べの朝露／声ちかき雁のは山に霧晴て」（萱草・五〇七）などの連歌の用例を拾うことができる。

【現代語訳】

朝霧に濡れて、月光をすりつけた摺衣を借りたように飛ぶ雁の羽、端山にかかる有明月の光よ。

江夕霧

138　灯もほそ江のはしの夕霧にむかひの村は犬のこゑして

【校異】［本文］ほそ江―ほり江（島原）　村は―村に（島原）

【自注】なし

【評釈】

歌題の「江夕霧」は、当該歌以外に例を見ない。類似のものに「夕まぐれ潮干のうちを見渡せば霧にむせびて鶴ぞ鳴くなる」（林葉集・五四二）の「海辺夕霧」題がある。俊恵は、霧の中に響く鶴の声を詠むが、これは霧の向こうから犬の鳴き声がしているという当該歌と通じる。

第一、二句の「灯もほそ江」には、「灯も細し」と「ほそ江（細江）」とが掛かる。「ほそ江」は、幅が細く奥深い

入り江のこと。遠江国の歌枕（浜名湖あたりの所名）の「いなさ細江」と解することもできる。灯を細いとする表現は心敬以前には見出せないが、正広に「法の師のあつき恵みに影細くかかぐるのみや窓の灯」（松下集・一六一五）があり、隠遁者の行為を思わせる。連歌では、「灯細く残る秋の夜／露青き草葉は壁に枯れやらで」（竹林抄・秋・五二七・心敬）や「古寺やかすむ池水昔びて／かはづなく夜は細きともし火」（行助句集・七二四）など、ごく一般的な表現であったと思われる。当該歌では、灯が細いのはまだ夕方であり、皓々と明るくはしていないということ。「ほそ江のはし」は細江にかかる橋のことで、「見せばやな松のはつたふ有明もほそ江のはしにたかくのこるを」（草根集・巻一之下・文安六年三月二十四日〜二十七日・住吉法楽百首・江月）の他は管見に入らず、心敬は正徹に倣ったと思われる。

「犬」は「守家一犬迎人吠、放野群牛引犢休（家を守る一犬は人を迎へて吠ゆ、野に放てる群牛は犢を引いて休む）」（和漢朗詠集・下・田家・五六六・良香）や、「垣越　犬召越　鳥獦為公　青山　葉茂山辺　馬安君（垣越しに犬呼び越して鳥狩りする君青山の葉繁き山辺に馬休めよ君）」（万葉集・巻七・一二九三・人麻呂）などが早くにあるが、和歌に用いられることは稀れ。勅撰集では、『玉葉集』や『風雅集』の五首の他はなく、「里びたる犬の声にぞ聞こえつる竹より奥の人の家居は」（拾遺愚草・上・三九四、玉葉集）と人里に飼われているらしい犬の声で住まいに気付くと詠むものや、「小夜更けて宿守る犬の声高し村静かなる月の遠方」（玉葉集・雑二・二一六二・伏見院）のように前掲の良香詩同様、犬は家を守る役目を担っていることが知られる。また、「誰となく人をとがむる里の犬の声すむほどに夜は更けにけり」（寂蓮法師集・二九八）のように不審なものを咎めるために鳴く。稲田利徳氏は『桃花源記』をもととし、中世和歌の世界では定家、寂蓮の詠を踏まえ、隠棲地、平穏な村里、隠遁者の存在を象徴するものとして犬が表現されると指摘している（「象徴としての犬の声—中世隠遁文学表現考—」〈『国語国文』平成十五年四月〉）。ここでは、夕霧の向こうから犬の声が聞こえ、そこに「村」があることが知られるという状況を表しており、夕霧に隔てられた村里の犬が、細くゆれる

灯を不審に思い声を立てている景。

【現代語訳】

灯もまだ細くゆらめいている、細江の橋に立ち上る夕霧、その中で向かいの村では犬の鳴き声がして。

139　野分朝《のわきのあした》

あさまだき虫に露かふ草もなし夜はの野分の庭にみだれて

【自注】

げんじの、野分のとぶらひの所に、むしにかふ露もなくみだれふしたるさまども也。（岩橋下・七九）

【評釈】

歌題の「野分朝」は、当該歌以外に例を見ない。「野分」題は『六百番歌合』の頃より詠まれ、また「朝野分」題で「いづくにか朝の露の身を置かん人は野分の騒がしき世に」（松下集・二一一四）の正広以降、後柏原院、肖柏、実隆らに例がみえる。

自注にいうように『源氏物語』野分巻を本説する。野分の翌日に、夕霧が源氏の名代として秋好中宮のもとを見舞った折の「は《わ》らはべ下ろさせ給て、虫の籠どもに露飼はせ給なりけり」という場面である。「虫に露かふ」は、虫に露を与えるという意味で、和歌では、「荒かりし野分のませも乱れつつ露かふ庭の鈴虫の声」（為尹千首・七四六）や正徹の「野べの霜にみなこゑたえて籠の内に露かふ虫の残るはかなさ」（草根集・巻十五〈次第不同〉・虫）があるのみである。為尹、正徹、心敬とその系譜をたどることができる。連歌には、「あられん物か野分吹宿／みだれぬる草は

虫かふ露もなし」（川越千句・第二・二二・心敬）があり、心敬には馴染みの言葉であったことがうかがえる。
　第三句の「草もなし」の「もなし」は、心敬がよく用いる否定表現で、実際には存在するものをあえて「なし」と表現することによって、その存在をより明確に印象付けるという巧みな表現方法である。当該歌は虫に与えるための露を置く草がない、との意であり、倒れた草はある。早朝ならばまだ草葉に朝露が残っているはずだが、夜半の野分に吹き乱されてしまったという。

【現代語訳】

まだ早朝（だというのに）虫に与える露を置く草もないことだ。昨夜の野分の吹いた庭に（草木が）乱れてしまって。

小鷹狩

140　日暮ればかたへに小鳥とりつけておぎのは山をいづるかり人

【自注】

おなじく源氏に、桂の山ざとにて小鷹がりして、荻の枝に小鳥どもとりつけてかたぐ〳〵へまいらさせ給ひしことを。

（岩橋下・八〇）

【評釈】

　歌題の「小鷹狩」は、早く天喜六年の『丹後守公基朝臣歌合』に見える。小鷹を使って鶉や鶸、雲雀などの小鳥を捕る秋の狩りのこと。正徹にも同歌題で、「ふみ分ているやの口のかりごゐに山本さよく《（ママ）》秋の村鳥」（草根集・巻五〈次第不同〉。類題本第四句「さわく」）など七首ほど見える。

自注に言う『源氏物語』松風巻は、上京した明石君を源氏が大堰《おおい》に訪ねた後、源氏の後を追って集まった殿上人らと桂の院で饗宴を催す場面で、「なにがしの朝臣の、小鷹にかゝづらひて立ちおくれ侍ぬる。……野にとまりぬる君達、小鳥しるしばかりひきつけさせたるおぎの枝など苞にしてまいれり」とある。本説から、第五句の「かり人」は公達のこと。正徹の「野べとをきみやこのつとる荻《ママ》のうへに小鳥とりつけかへるかり人」（草根集・巻十一・享徳二年九月二十二日・或所月次・小鷹狩。類題本第三句「つとか」）は当該歌と同じ場面による詠であり、しかも両首とも同歌題で詠じている。心敬の念頭にあったと見て良い。さらに正徹には、「はかなしやかりばの風の荻のえに心をつけぬ小鳥ばかりは」（草根集・巻七・宝徳元年七月七日・左京大夫の家より題をくりたびし、三井寺より詠じて早朝つかはし侍し・小鷹狩）ともあり、これは小鳥の立場でむなしさを詠んでいる。心敬の一首が物語に即した歌であることが改めて鮮明になる。

第二句の「かたへ《え》」は片枝。

第四句の「おぎのは山」は「荻の葉」と「端山」とを掛ける。和歌には例を見ないが、心敬は「風よはし荻のは山の朝月夜」（心玉集〈静嘉堂本〉・八一二）と詠み、心敬以降も「風だにもまたそれとなき秋はきて／おぎのはやまにうすき三日月」（新撰菟玖波集〈実隆本〉・秋上・五九二・政弘）、「日もうす霧の迷ふ中ぞら／風そよぐおぎのは山に雁なきて」（老葉〈吉川本〉・三五八）など、連歌で好まれた表現。

【現代語訳】

日が暮れたので、（荻の）片枝に小鳥を結わえ付け、荻の葉の（そよぐ）端山から出てくる狩人であるよ。

樵路落葉《（せうろのおちば）》

141　あきの色のつま木をはらふ追かぜにかへるやかろきをちの山人

【自注】なし

【評釈】

歌題の「樵路落葉」は僅少。「今さらに道を木葉に踏みあけて尾上の松の枝おろすめり」（出観集・五三九）を見いだすのみの非常に珍しい歌題である。『明題部類抄』には、文永十一年『善峰寺三百三十三首』（光俊出題）冬五十首の中に歌題だけが見える。「樵路」は樵夫などが通る山道のことで、当該歌は「かへる」「をちの山人」で「樵路」を、「あきの色」を「はらふ追かぜ」で「落葉」を満たす。

第一句の「あきの色」はとりわけ秋らしさを感じさせる色で、草木の黄葉・紅葉やその色をいう場合が多い（46【評釈】参照）。

第二句の「つま木をはらふ」は、追い風が紅葉を吹き散らす意と、取り集めたつま木に残った葉を吹き払う意とが掛けられる。「つま木」は爪の先で折り取った木の小枝で、竈や炉で焚くための燃料とする。

当該歌は、「鐘の音を松に吹きしく追風に爪木や重き帰る山人」（拾遺愚草・下・二六九七、玉葉集）を本歌とする。だが、直接的には、定家詠を本歌取りした、「追風もま柴をはらふ袖ながら夕霜かろくかへる山人」（草根集・巻五〈次第不同〉・樵路霜）を強く意識している。定家詠では、数多く拾った爪木を、追風に励まされながらも重そうに持ち帰る山人の姿を詠むが、正徹詠は多くて重いであろう柴を、追い風の勢いに押され軽々と持ち帰ると詠む。当該歌は正徹詠の発想そのままで、心敬は、定家詠を本歌取りした正徹詠をさらに本歌取りするような詠作を行っているのである。当該歌の趣向は、鄭太尉の故事（186【評釈】参照）も踏まえるか。

【現代語訳】

秋の色（の紅葉）をした爪木を吹き払うほどの追い風に（吹かれ）、軽々と帰っているだろうか、遠くを行く山人は。

旅宿時雨

142　ふかき夜の夢のふるさと忘はてゝたびねの山にもる時雨哉

【校異】［本文］忘はてゝ―荒はてゝ（島原・心敬集）　たひねの山―雲しく山（心敬集）

【自注】なし

【評釈】

歌題の「旅宿時雨」は、「庵さす楢の木陰にもる月の曇ると見れば時雨降るなり」（詞花集・冬・一五〇・瞻西）のように、旅宿で時雨に遇う旅情を詠む。正徹にも同歌題で、「故郷をいでしたびねの村時雨ぬれぬぞもとの袖の月影」（草根集・巻八・宝徳二年十二月四日・右京大夫家にての続歌）がある。

第二句の「夢のふるさと」という表現は珍しい。源光行の宋玉「高唐賦」（文選）を踏まえた「雲となり雨となりける名残まで思へば悲し夢の故郷」（百詠和歌・一八）と、『幽明録』を踏まえた「迷ひ行く旅は現を辿りしに帰る家路も夢の故郷」（蒙求和歌〈平仮名本〉・一〇四）しか見出せない。歌語として成熟しているとは言い難いだろう。一方、連歌には、「仮枕花に袖ます（ママ）春の空／さくらにかへる夢のふるさと」（明応三年四月十一日賦薄何連歌・一四・宗知）などと見える。「故郷の夢」とする歌例は多いが、当該歌の「夢のふるさと」とは、「ふかき夜の夢」と「夢のふるさと」とを掛けた連歌的表現で、深夜に見た夢、その夢の中に現れた故郷、ということを表現すべく常套表現を入れ替えて用いたと思われる。

時雨によって故郷のことを思いやる旅の途次を詠んだ歌には、「うち時雨れ故郷思ふ袖濡れて行先遠き野路の篠原」（玉葉集・旅・一一三四・安嘉門院四条）などがあり、当該歌も旅寝の床に時雨が降ってきて、その音や雨漏りの雫に誘われ、荒れ果ててしまった故郷を夢に見たというのであろう。また、時雨には涙の意味も含まれよう。

第三句の「忘はて丶」は、校異の「荒はて丶」が良い。「忘」と「荒」の草体の類似による誤写。「忘はて丶」では、夢の中で見た故郷のことをすっかり忘れてしまったとなり、下句との意味上の繋がりが弱くなる。第四句「たびねの山に」は、『心敬集』には「雲しく山に」とあるが、ひとまず底本に従った。

【現代語訳】
深夜の夢に見た故郷はすっかり荒れ果てていて、旅寝する山（の木の葉の間）にもれてくる時雨であるよ。

閑庭霜

143　萩の葉ぞひとりおちぬる霜の庭ふけ行月は風もそよがで

【校異】［本文］おちぬる―落行（島原）

【自注】なし

【評釈】

歌題の「閑庭霜」は、正徹の「朝日さす軒ばの松の陰ばかりをとしておつる霜の下露」（草根集・巻十三・長禄元年十二月二十九日・菅原之貞のす丶めし続歌）の他は二首しか見えない、稀少な歌題である。

第一、二句の「萩の葉ぞひとりおちぬる」は、萩の葉がひとりでに落ちるということ。さらに「ひとり」には誰も

見る人もなくの意も重ねる。島原本の「落行」は、第四句の「ふけ行月」の「行」と重なるので、底本の方が良い。

第三句の「霜の庭」は、「牀前看月光、疑是地上霜（牀前　月光を看る、疑ふらくは是　地上の霜かと）」（李白「静夜思」）のように、月光を霜に見立てるのは常套であるが、さらに「置き凍る夜半の砌の霜の上に更けて冴えしむ庭の月影」（伏見院御集・一四一〇）のように、霜の白さは月の光によって一層際立つと詠まれる。

第五句の「風もそよがで」は、風がそよとも音をたてないと詠むことで、風が吹いていないのに萩の葉がひとりでに落ちてしまったと、第一句へと掛かってゆく構造である。「そよがで」とするのは、当該歌以前には、心敬の「枯る丶色なる荻の焼原／風だにもそよがで照す夏の日に」（竹林抄・夏・二九三）以外には用例を見出せない。

当該歌は、霜が月の光に白く照らされた夜更けの静まった庭で、風もないのに萩の葉がひとりでに落ちてしまったという歌である。先掲正徹詠と同じく、霜の上に落ちる萩の葉音までも聞こえるほどの閑庭を強調する歌である。心敬は、「散花の音聞くほどの太山哉」（竹林抄・発句・一六三九）のように、音によって静けさを際立たせるという趣向に強いこだわりをもち、当該歌もその一つといえよう。


【現代語訳】

萩の葉がひとりでに落ちてしまった。霜が白く置く庭に、更けてゆく月は（皓々と照り）風もそよがないで。

月前雪
144　雪おもると山の木ずゑ下折てまちあへず出る月のさやけさ

【自注】なし

【評釈】

歌題の「月前雪」は、「空はなほ雪気の名残りおぼろにて庭にさやけき月の影かな」（隆信集・一二九三）など『新古今集』時代に見えるが、心敬以前には十首に満たない。正徹に「庭白き玉をのべたるひかり哉こほれる雪をみがく月よに」（草根集・巻十三・長禄元年十二月二十日・草庵月次）があり、月光によってさらに輝きを増す雪が詠まれるが、当該歌でも月が雪を照らしている。

第一句の「雪おもる」は、「待つ人の麓の道は絶えぬらん軒端の杉に雪重るなり」（新古今集・冬・六七二・定家）のように、大雪が重く積る様を表現している。

第二句の「と山の木ずゑ」は、家隆に「紫香楽《しがらき》の外山の梢空さえて霞に降れる春の白雪」（続拾遺集・春上・九）とあるほか、良経や式子内親王などにも歌例がある。正徹も、梢が雪によって枝が下折れする様を「山松の梢の雪の下折をたなびきかくすみねのしら雲」（草根集・巻三・永享六年十一月十六日・弾正少弼家月次・当座・遠樹深雪。正徹詠草〈常徳寺本〉では、宗砌所にて）と詠んでいる。当該歌も、積もった雪の重さに耐えかねて、外山に立つ木の枝が折れてしまっている様子である。

下句は、待ちきれずに山の端を出る月の光の清らかさの意。月は外山の向こうから出るのだが、木々の枝が雪の重みに折れ、梢全体が低くなったために、早くに月が見え始めたことを、あたかも月が逸って待ちきれずに出たように捉え、興じている。

雪と月とは寄合（連珠合璧集）。「朝ぼらけ有明の月と見るまでに吉野の里に降れる白雪」（古今集・冬・三三二・是則）や「下折れの音こそ立てね呉竹の夜半の雪敷く秋の月影」（壬二集・一三八九）のように、月と雪は相互に見立てられる。連歌に、「草葉のこらぬ雪のしたおれ／野分せし庭の月かげ夜るさえて」（新撰菟玖波集〈実隆本〉・秋下・八九六・宗祇）があり、前句の雪を付句で月の光に取り成している。

当該歌は、以上のような雪と月との伝統的な捉え方を踏まえ、雪が重くなり、外山の梢が下折れし、そのために梢が低くなり、まるで待ちきれないように月が早く出てきたことだとする意に加えて、「月のさやけさ」によって雪がますます白く光り、雪が重くなって見えたという意をも含む。

【現代語訳】
雪が重く、外山の梢は下折れして、（そのため）待ちきれずに出る月の清らかさよ。

冬旅

145　露ながら出にし秋の袖の雪とをくぞはらふしら川の関

【自注】なし

【評釈】
歌題の「冬旅」は、「逢坂やまだ夜深きに関越えて跡付け初むる山の白雪」（竹風抄・五六六）が早く見えるが、その後は永享九年の日次詠草である『持為集』や正徹の詠歌となり、あまり多く詠まれた題ではない。正徹は「常よりも都にいそぐ旅人を待らむ年のくるゝ家〳〵」（草根集・巻六〈次第不同〉）他三首を詠んでいる。

当該歌は、「都をば霞とともに立ちしかど秋風ぞ吹く白河の関」（後拾遺集・羇旅・五一八・能因）を本歌とする。能因詠が春に都を立ち秋に白河関に着いているが、当該歌では秋から冬の旅に置き換えている。

第一句の「露ながら」は、袖に露を置く頃という季節の意に、涙と共に出発したの意が重ねられる。秋には「露ながら」であった袖にも、いまでは「雪」が降りかかっており、秋から冬への季節の推移が表されている。「とをくぞ」

は「しら川の関」に掛かり、これほど遠いのだ、白河の関は、という意で、都から遠く隔たっている地であることを強調する。心敬には能因詠を本歌とした「秋風に帰らば雪のみやこかな」（岩橋上・七二）があり、「白川の関にてのほつ句なれば也。いづれにも例の能因法師が古ことを引かへたるばかり也」と自注を付す。この句は『竹林抄』では「秋風に帰らば花の宮古かな」と、「雪」が「花」に改訂されている。兼載の『竹聞』に、「正広云、雪にてはちかし。花の都にて可宜とあり。宗祇同心して新撰に花の都と入」とあり、改編された事情が窺える。白河関から都までの旅では、秋から冬だと季節が近すぎるとして、本歌の季節を逆転させた「花」の都になったというのである。しかし、この心敬の発句は、「雪の都」によって落花の雪を表しており、秋から冬を経て落花の頃までの三つの季節を詠み込んだことが眼目であった。

さて、当該歌では、露を袖に置いて出発し、白河関に着く頃にはその袖の露が雪へと変わったと詠む。歌題「冬旅」を勘案すれば、この「雪」は落花ではなく「雪」そのものである。だが、都から白河関まで、秋から冬にかけての数ヶ月で辿りつくというのは、本歌から判断して不審である。心敬は文明二（一四七〇）年八月に白河関を訪れており、その後は都に帰ることなく関東で没した。心敬は白河関に赴いた翌年の正月は、川越の太田道真のもとにいたかと考えられている（島津忠夫「心敬年譜考証」〈『島津忠夫著作集　第四巻　心敬と宗祇』和泉書院・平成十六年〉）。白河関から都までならば半年の旅程ともなろうが、川越までならばそれほどの日数を要することはなく、当該歌はこうした経験をもとに詠まれたか。都まで帰ることができるならばそれは落花の季節ともなろうが、関東までならば雪の降る頃には帰り着いてしまうということである。白河関を秋に出発し、川越に着く頃には雪の舞う季節となっていたという旅の実体験に基づきつつ、能因詠にそって、関東から白河関への旅として再構成したものと思われる。時間の経過が距離を表している。「冬旅」題は、都に戻れない心敬には関東にいることを「旅」ととらえられていたとも言えよう。

【現代語訳】

露を袖に置きながら涙とともに出発した秋、その袖の雪を遠くに来たものだ、と払う白河関よ。

遠恋

146 たが中も心ふたつにあめつちを分しぞつらき遠き世の空

【自注】なし

【評釈】

歌題の「遠恋」は、『六百番歌合』に初めて見える。「思ひやる心幾重の峰越えてしのぶの奥を訪ね入るらん」（八七二・家隆）では物理的距離の遠さを詠み、「悲しきは境異なる仲として亡き玉までやよそにうかれん」（八七三・定家）では亡き人への思いを詠む。正徹は同歌題で、「天地のほかに恋てもめにちかくくるればたえぬ雲風の山」（草根集・巻十三・長禄元年二月十日・高松大神宮神主橘豊文月次始・当座）など十首ほど詠じている。

第二、三句の「心ふたつにあめつちを分し」は、『日本書紀』神代巻や『古今集』仮名序を典拠とする表現である。『日本書紀』神代上では、「及其清陽者、薄靡而為天、重濁者、淹滞而為地（其れ清陽なるものは薄靡《たなび》きて天と為り、重濁れるものは淹滞《つつ》ゐて地と為に及びて）」とあり、混沌が天と地の二つに分かれたとされる。また、『古今集』仮名序には、「この歌、天地の開闢初まりける時より出来にけり。天浮橋の下にて、女神、男神と成り給へる事を言へる歌なり」とあり、伊弉諾尊と伊弉冉尊の求婚の唱和が、天地開闢とともにあった和歌の起源とされる。ここに、天地の誕生と恋が結び付けられるのである。心敬には、「嘆く思ひよ天地も知れ／国となり世となるよりの恋もうし」（竹林抄・恋上・八一六）があるが、「天地開闢より二神出現してはじめ給ひける恋路なればなり」（竹林抄之注）、「すめる物はのぼ

りのぼつて天となり、にごる物は下り下つて地となる。天地かいびやくより恋ぢははじまる」（竹聞）と注され、当該歌の解釈の参考となる。当該歌は、天地のみならず、人間も男女というように「ふたつ」に分かれてしまったつらさを詠じている。混沌のままとは、恋の成就とることができるからである。

第五句の「遠き世」は、混沌が二つに分かれた遠い昔の神代の意と、隔たる二人の仲の意とが掛けられる。心敬は歌題の「遠」を、時間的と距離的との二つの遠さを詠むことで満たしている。

類想の句に「いのるちぎりは神よことはれ／天地とわかる、よりのこひのみち」（新撰菟玖波集〈実隆本〉・恋上・一三九七・後柏原院）がある。

【現代語訳】

誰の仲であっても心は二つに分かれ、天地の二つを分けた神代の昔の空がつらい。（あの人と遠く離れている仲よ。）

寄松恋

147　暮毎のおもひに年もたけくまやいく二もとの松もうらめし

【自注】

かの松は二木なるに、わがまつはいくたびともわかず。されば、年もたけぬるばかりかなしと也。（岩橋下・九〇）

【評釈】

歌題の「寄松恋」は、『治承三十六人歌合』が早く、「頼めつつ日数つもりのうらみてもまつより外のなぐさめぞなき」（二六七・忠度）などがあり、日数を重ねた恋の恨みを共有できるのは松だけだと、松が長生であることによそえ

て詠まれる。正徹は、「月はとへ人にはいはで松のはの苔のみだれて嵐ふく夜を」（草根集・巻十二・康正二年十月二十日・草庵月次・当座）と詠んでいる。

第三句の「たけくま（武隈）」は、陸奥国（宮城県岩沼市）の歌枕。特に武隈の松で知られた。『袖中抄』巻十六に「植ゑし時契りやしけん武隈の松を再びあひ見つるかな」（後撰集・雑三・一二四一・元善）の歌を引き、「二木ある松なり」と注する。たびたび植え継ぎ代々を経た松として知られる。『岩橋』の自注もそのような伝承に基づいている。「寄松恋」題で「武隈の松」を詠んだ歌例に、「武隈のまつとは言はじ年経ともつれなきものと人もこそ知れ」（土御門御集・二六二）や「武隈のまつにて年ぞ積もりぬるみきと思はで老や果てなん」（信生法師集・一二四）などがあり、「松」に「待つ」を掛け、年を重ねた意を詠み込む。当該歌でも、「年もたけ」と「たけくま」との掛詞。

第四句の「いく二もとの松」とは、たとえ枯れてしまっても幾度も二本松になるということを表す。当該歌の「いく」は、自注によれば「幾度も」の意。武隈松は何度も二本松となるが、私の「まつ」は一度として分かれることがないとする。松は常緑で色を変えないところから、私は心を変えることなく待つという意になる。そして「二もとの松」は連理を思い起こさせ、武隈の松は二本松となるのに、私の恋は連理の契りを交わすことができないまま年老いてゆくのが悲しいと嘆くのである。長生でありながらその上幾度も二本松になるという武隈の松と、長の年月変わらぬ思いが叶わぬ我が恋とを引き比べる。

【現代語訳】

年が暮れるたび、我が思いは変わることなく（一人待つままに）年老いてゆくことだ。武隈の松が幾度も二本松になるのも恨めしい。

山家水

148　わがためやかけひにうけてまつのはをこけの庵にはこぶ山みづ

【校異】［本文］わかためや―わかためか（島原）　まつのはを―松のは（島原）

【自注】なし

【評釈】

歌題の「山家水」は、『宝治百首』に採られて以来、多く詠まれる。正徹にも同歌題で「草がくれ水のたよりにかたかけて山沢近くむすぶ庵かな」（草根集・巻一之上・永享十年六月七日・祇園社法楽初一念百首）など、十三首ほど見られる。心敬も同歌題で、「柴の戸にふかきかけひの音聞も今朝《ママ》の水の末ぞかなしき」（心敬集・八九）と詠んでおり、水音に耳を澄ますという心敬に多い聴覚による詠であるが、当該歌は視覚による。

第二句の「かけひ（懸桶）」は水を導くための樋。「思ひやれとふ人もなき山里の懸樋の水の心細さを」（後拾遺集・雑三・一〇四〇・上東門院中将）などが早く詠まれた例で、懸樋の水音は心細さの象徴として詠まれる。正徹詠では、嵐が懸桶に爪木を流すと発想したが、心敬もこれに想を得たか。『徒然草』一一段に、「心ぼそくすみなしたる庵」に、「木の葉にうづもる、かけひのしづくならでは、露をとなふ物なし」とあるのは、当該歌の景に近い。

第三句以下「まつのはをこけの庵にはこぶ山みづ」とは、懸樋を流れる山水に松の葉が交じっていることをいう。正徹に「山ふかみ水かけいる、宿に又つま木をながす嵐ともがな」（草根集・巻十・享徳元年五月二十日・草庵にての続歌・山家水）の詠があり、松の葉は「松の葉のけぶりをそへて朝ぼらけたつやをしほの山の秋霧」（草根集・巻五〈次第不同〉・曙山霧）などのように爪木同様、焚き木としての用途がある。本来ならば生活に欠かせず、自ら運ばねばならない松葉が懸樋を流れて来ることを、歓迎しているのであり、山家のささやかな喜びである。

第四句の「こけの庵」は、「苔の庵さして来つれど君まさで帰る深山の道の露けさ」（新古今集・雑中・一六三〇・恵慶）など、深山の苔むした隠者の庵を描く。苔の庵という世を離れて暮らす隠者を訪れる人はなく、また隠者も待つつもりはないが、松葉を運ぶ山水に対し、「わがためや」と問いかける。庵の周りで音を立てるものを自分のために訪れたととらえている。訪れるのは山水が運んでくる松葉ばかりであるが、前述のようにそれは嬉しい訪問である。無心の山水が、私のために松葉を運んできたと、山水を擬人化して詠む。

第五句の「はこぶ」は、『後撰集』や『拾遺集』などの勅撰集にわずかばかり見られる語であるが、正徹は二十首を超えて用いており、正徹好みの語であったことがうかがえる。心敬も当該歌の他に『心敬集』に「薪こるをちの山人いそぐ也夕ぐれはこぶ鐘のひゞきに」（三二七・古寺鐘、十体和歌・149）、「わが庵のけぶりぞほそきあさ市にはこぶやしげき峰の椎柴」（三四四・山家煙）の二首があり、正徹の影響があったか。

なお第一句「わがためや」は、底本では元は「ためか」としたものの上に「ためや」と重ね書きしたように読め、ここでは底本どおり「ためや」で解釈する。島原本は底本の訂正前の形をとどめる。

【現代語訳】

私のためなのか。懸樋に受けて松葉をこの草庵に運んでくれる山水よ。

樵路日暮《せうろのひぐれ》

149　薪とるをちの山人いそぐなり夕ぐれはこぶかねのひゞきに

【校異】［歌題］樵路日暮—古寺鐘（心敬集三二七）［本文］とる—こる（心敬集）

【自注】なし

【評釈】

歌題の「樵路日暮」は、正徹に初出し、その後は実隆や公条などが詠むが僅少。正徹周辺で新たに作られた歌題であろうか。「雲まより入日をかくるま柴もてたかぬ光にかへる山人」（草根集・巻七・宝徳元年四月十六日・或人のすゝめにて三首の歌よみし中・当座）、「山人の真柴や続く夕日影雲のはらこぐ岩のかけ道」（松下集・三〇四六）など、正徹や正広は「真柴」、「山人」で歌題の「樵路」を、夕陽を詠み込むことで「日暮」を満たしている。当該歌も「薪とるをちの山人」で「樵路」を、「夕ぐれ」で「日暮」を満たす。一方『心敬集』の「古寺鐘」題は、『白河殿七百首』の頃より見られ、正徹や正広にも歌例は多い。当該歌には「古寺」を思わせる直接表現はないが、「夕ぐれはこぶかね」で入相の鐘を表しており、「古寺鐘」を歌題と見ることもできよう。

第一句の「薪とる」は、『心敬集』の「薪こる」が和歌では一般的であるが、「とる」とする用例もあり、決し難い。底本に従っておく。

第四句の「夕ぐれはこぶ」は、「袖ぬれてこふる昔の人はこで夕暮はこぶふる郷の雨」（草根集・巻十一・享徳三年六月二十六日・平等坊円秀月次・当座・夕雨）の一例があるのみの珍しい表現である。当該歌は正徹詠の影響が窮えよう。正徹詠は雨が夕暮れを運ぶとし、空が雨雲によってかき曇り暗くなった様子を夕暮れが早く来たと見立てたものである。当該歌の、鐘の響きが夕暮れを運ぶとは、まだ夕には早いと思っていたけれど鐘の音を聞き、じきに夕暮れが迫ってくると、聴覚によって夕暮れを意識したものと解される。また148は山水が松の葉を運び、149は入相の鐘が夕暮れを運ぶという、「はこぶ」歌を連続しておいているが、一方は手にとることができるもので、もう一方は手に収められないものと、対照的な表現の二首の配置となっている。

【現代語訳】

薪を集める遠くの山人が帰路を急いでいるだろう。夕暮れの到来を告げる鐘の音の響きに。

150　暮林鳥宿《ぼりんにとりしゆくす》
夕まぐれ雲のはやしやたのむらんみねの一木にあまるむら鳥

【自注】なし

【評釈】
歌題の「暮林鳥宿」は、『南朝三百番歌合』（建徳二年）に出題された後は『草根集』に至るまで見られない。正徹は「暮林鳥宿」題で八首を詠んでおり、そのうち「あはれなり林の鳥のむらねにも一の枝に二とまるは」（草根集・巻六〈次第不同〉。類題本第一句「あはれなる」）は、一箇所に鳥が集まってねぐらにしようとしている様で当該歌に通う。類題の「暮林鳥」では「夕嵐の寒き林のむら雀宿りあらそふ声聞こゆ也」（後二条院御集・一三五）があり、清輔には「暮鳥宿林」題で「夕ざれは竹の園生にぬる鳥のねぐらあらそふ声聞こゆなり」（清輔集・三六〇）がある。鳥が夕暮れにねぐらに帰るという発想は、陶淵明の「帰去来辞」（古文真宝・後集）の一節を思い起こさせる。このような漢詩を踏まえ作られた題か。

第二句の「雲のはやし」は、多くは「雲林院」の訓読だが、ここではそうではない。花を雲に見立てることから花の木の立ち並んだ様を指す場合と、雲が群がっている様を指す場合とがあり、ここでは前掲「帰去来辞」の「雲無心以出岫、鳥倦飛而知還（雲は無心にして以て岫を出で、鳥は飛ことに倦んで還ることを知る）」という雲と鳥の結びつきから、雲ととらえるのがよかろう。当該歌はこの漢詩を典拠とし、朝、山から湧き出た雲が、夕には山に帰ってきて雲の林

をなすとし、雲の林というからには宿りもできようと飛んで来た鳥たちが、実際には止まることができないために、唯一本の木に群がっているとしたものである。夕の鳥たちが一本の木だけに集まってくる様子を、雲の林を木の林と思い、頼みとしたからであろうと興じたものである。

【現代語訳】
夕暮れ時、群がる雲の林を頼みとしているのだろうか。峰にある一本の木にとまりきれずにいる鳥たちは。

麗《うるはしき》体

『毎月抄』には麗体として見え、「もとの姿」の一。『三五記』は第四にあげ、『ささめごと』〈尊経閣本〉の連歌十体では麗句体として第五にあげている。この『十体和歌』では第四にあげている。なだらかで調子の整った風。

151
海路霞
須磨のうらや心づくしに舟出せしむかしも遠くかすむなみかな

【自注】なし

【評釈】

歌題の「海路霞」は、『為忠家初度百首』が早く、「浦づたふ衣の関の波の上にたち重ねたる八重霞かな」（九・為忠）など海路に霞が立っている景色を詠む。正徹にも同歌題で、「春はいまうらこぐ舟の路の草玉ももえ出てかすむ浪哉」（草根集・巻四〈次第不同〉）など三首がある。

「須磨」と「心づくし」と言えば、『源氏物語』須磨巻の「須磨には、いとど心づくしの秋風に」の一文が思い合わされる。心敬は「海春曙」題で、「すまのうらやたゞめの前のあはぢ島見えしもかすむ春の明ぼの」と詠み、自注に「すまの巻に、たゞめの前にみえ侍るはあはぢの島のみなど、いへるあたりをとり侍るばかり也」（岩橋下・二七）とも言っている。また「心づくし」と「舟」とを詠む歌に「我が恋は心づくしに行く舟の淀のわたりの明ぼのの空」（六花集・一四九四・慈円）があり、連歌師の間ではよく知られた歌であった。当該歌は『源氏物語』の面影と、この歌を踏まえてのものと思われる。『連珠合璧集』に「筑紫舟→すまの浦波源・すま」とあり、当該歌でも「心づくし」には「筑紫」が掛けられる。とすれば、「心づくしに舟出せし」には『天神縁起』などで知られる道真のことも重ねられているか。

第四句の「むかしも遠く」は、「思ひいづる昔も遠くなるみがたたへぬ涙になく千鳥かな」（宝治百首・二三二八・信覚・新続古今集）のように、昔のことも遠い過去のこととなってしまったことをいう。海上にかかる霞でおぼろに見える風景と、遠い昔のことになってしまいはっきりしないということを「かすむ」に掛ける。また「むかし」には道真左遷や、光源氏の時代のこともという意を含む。

【現代語訳】

須磨の浦は、思い悩んだ末に筑紫に向けて船出をした昔も遠くおぼろげに、はるかに霞む波であるよ。

山家鶯

152　春とだに人は音せぬ山かげの竹の戸あくるうぐひすのこゑ

【自注】なし

【評釈】

歌題の「山家鶯」は、「山里も憂き世の中を離れねば谷の鶯音をのみぞ鳴く」（金葉集・雑上・五一七・忠通）などが早い。

第一句の「春とだに」は、春だということさえの意で、心敬は「春とだにまだあへぬ色を朝ぼらけとをき計にかすむ山哉」（心敬集・二・朝霞）や、「春とだに問こぬ中のかはるせにわたせる花の夢の浮橋」（心敬集・四三〇・依花待人）とも詠んでいる。

第二句の「音せぬ」は、風をはじめとして、虫の音や雨などという音を立てるものが静まっている様子。「虫ならぬ人も音せぬ我が宿に秋の野辺とて君は来にけり」（拾遺集・雑秋・一一〇九・好忠）や、「いつしかと待ちしかひなく秋風にそよとばかりも荻の音せぬ」（後拾遺集・雑二・九四九・道済）のように、人の来訪や音信がない意を掛ける。当該歌でも、「人も音せぬ」とは誰の訪れも、知らせもないことを表す。

第四句の「竹の戸」は、竹で編んだ質素な戸。「葎枯れて竹の戸開くる山里にまた道閉づる雪積もるめり」（聞書集・一六二）では、竹の戸は生い茂る葎によって閉じられ、それが枯れたことによって開くとするが、当該歌は訪れる人もないために、閉じられた竹の戸を鶯の声が開けるとする。実際には、鶯の声を聞いた詠作主体が竹の戸を開けるのであるが、鶯を擬人化している。「竹」は「うぐひす」のねぐらとされ、「竹近く夜床寝はせじ鶯のなく声聞けば朝いせられず」（後撰集・春中・四八・伊衡）や、「鶯のねぐらにしむるなよ竹はいづれの枝かふしどなるらん」（堀河百

首・一三二二・顕仲）など多く詠まれる。

【現代語訳】

春だとさえ、誰も知らせることのない山中の家の竹の扉を開く、鶯の声であるよ。

谷残雪

153　人のみか谷の柴はし春のくる跡だに見えずふれる白雪

【自注】なし

【評釈】

歌題の「残雪」は『堀河百首』題で用例も多いが、「谷残雪」題は、順徳院の「谷深く立つをだまきの葉を繁みいやかたまれる去年の白雪」（紫禁集・四六二）など、心敬以前には二例しか見えない。

「谷の柴はし」は谷にかかる粗末な橋で、定家には「散る花に谷の柴橋跡絶えて今より春を恋ひやわたらん」（拾遺愚草・下・二一九五）と、人の訪れもなく、谷にかかる柴橋が見えなくなるほどに落花が降りかかる暮春の景色を詠んでいるが、当該歌は、定家詠の散りかかる花びらを雪に置き換え、谷には春の訪れが遅いことを詠む。

第三句の「春のくる」は、「藤さくころのたそがれの空／春ぞゆく心もえやはとめざらん」（湯山三吟百韻・六七・肖柏）の宗牧注に「一句は春殿の心也。藤咲時分の面白きに、つれなく帰るをいへり」とあるのと同様に、春を擬人化した表現で、人だけでなく春殿もと、人と春とが同じ立場の人格を持つものとして詠まれる。また「春のくる跡」は、「道絶ゆる山のかけ橋雪消えて春の来るにも跡はみえけり」（拾遺愚草・上・一〇二）の先行例があり、雪が消えたこと

を春が来た跡と見ている。このように「春のくる跡」は雪の消えた跡、あるいはむら消えに春の到来を認める。当該歌はその認識を踏まえ、春が訪れ一旦は雪の消えた地面を再び覆うように降る雪によって、題の残雪の意をこめている。また、春殿が柴橋を渡って来るという、無心のものの擬人化による風情は、正徹の「わたりかね雲も夕を猶たどる跡なき雪のみねのかけはし」（草根集・巻五〈次第不同〉・暮山雪）の、雲が梯を渡るという様に重なる。この正徹詠は『正徹物語』中で「跡なき雪」の表現が眼目だと自讃しており、当該歌の「跡だに見えずふれる白雪」はそれを言い換えたものであろう。

【現代語訳】
人だけでなく、谷の柴橋を渡って春殿が来る、その（春の訪れの）跡さえ見えないように降っている白雪であるよ。

余寒雪《よかんのゆき》

154　雪さむみ人もこゑせぬ山の井のこほりをたゝく春のあさかぜ

【自注】　なし

【評釈】
歌題の「余寒雪」は、『草根集』に初めて見える歌題である。「余寒」は『永久百首』題だが、「余寒」の結題は『白河殿七百首』に「余寒風」があるのをはじめとして、「余寒月」、「余寒氷」などがあり、その類推により新たに作られたか。『草根集』、『松下集』など、正徹周辺で用いられた歌題のようである。「けぬが上にこしぢの嵐さえかへり雪をかさぬる春の白山」（草根集・巻十四・長禄二年正月二十六日・高松大神宮神前法楽歌合）などのように、春とは言え雪

が降る様を詠む。

第三句の「山の井」は、山中に湧き出る泉で、寒くなると、「来ぬ秋のいつ暮れ果てて薄氷結ぶばかりの山の井の水」（夫木抄・三六五二・有家）など、氷ると詠まれる。

第四句の「こほりをたゝく」は「叩凍負来寒谷月、払霜拾尽暮山雲（凍を叩いて負ひ来る寒谷の月、霜を払て拾ひ尽す暮山の雲）」（和漢朗詠集・下・仏事・五九八・保胤）などの漢語「叩凍」に由来する。当該歌のように「かぜ」が「こほりをたたく」とは、音を立てて吹く風が氷に吹き付ける様。「清水もる谷のとぼそも閉ぢ果てて氷を叩く峰の松風」（秋篠月清集・三四六）は、氷に吹き付ける松風の音を「氷を叩く」と詠んでいる。当該歌でも「春のあさかぜ」には、吹き付ける音が表現されていよう。そして「袖ひちて結びし水の氷れるを春立つ今日の風やとくらん」（古今集・春上・二・貫之）によって、春風は氷を解かすものとされる。当該歌では、氷を解かす春の朝風が、音高く吹き付ける様を詠んでいる。さらに「たたく」には音を出して来訪を告げるという意味もあることから、訪れる人声はせず、風だけが訪れるとの意も含む。心敬には「こほりをたゝく」歌として「まちてつめ雪まのね芹朝鳥の氷をたゝく音（春カ）のを山田」（心敬集・一〇六・田辺若葉）があり、春の来訪を告げて朝鳥が氷をたたくとする。

当該歌は、人の姿はないのに、来訪を告げる音がするのは、春の朝風が氷をたたいているからだと詠む。いまだ雪が残り寒さが厳しい頃だが、春風が山の井の氷をたたいて氷を解かし、春の訪れを告げる、春の兆しが感じられる情景である。

【現代語訳】

雪が（降り）寒いので、人声も（水音も）聞こえない山の井の氷を叩く（ように解かす）春の朝風よ。

155

寄花懐旧

世にふれば松さへくちぬ槿《あさがほ》の一花ざくらちるもうらみじ

【校異】［本文］ふれは―ふれて（島原）

【自注】なし

【評釈】

歌題の「寄花懐旧」は僅少で、鎌倉期に初めて見えるが、心敬以前は十首程度である。正徹は同歌題で、「松ほどやこたへざらましつたへきく昔の風を花にとふとも」（草根集・巻六〈次第不同〉）と詠んでいる。

「世にふれば松さへくちぬ」とは、時間が経つと、長寿の松さえも朽ちてしまう意。前掲の正徹詠では、松の長寿繁栄に花は及ばないということが前提にあることが知られ、当該歌もそれを踏まえている。校異に挙げる島原本の「ふれて」は、仮名草体の類似からきた誤写で、本文は底本の「ふれば」が良い。

第五句の「槿」は、「槿花一日」や「槿花一朝の栄え」というように、はかないことのたとえ。また、「一花」にも一時の栄えの意味がある。心敬の句に、「うき世しらるゝ春のひととき／あさがほのあだ花ざくら露に見て」があり、その自注に「前句に、春の一時と侍れば、あさがほと申出し侍るに哉。あさがほの一花桜、あだ花ざくらなどいひならはし侍る歟。さくらのはかなきといへる枕詞なり」（心敬連歌自注〈校本〉・一〇）とあり、「槿」をはかない桜の枕詞として用いたことが知られる。但し、「槿の一花ざくら」の例は、「和歌の浦へいざ帰りなん槿の一花桜うつろひにけり」（夫木抄・一四一八・興風）のみである。

当該歌は、美しく咲く桜を目の前にして、散る時のことを考えて嘆くまい、あるいは散る桜を見て嘆くことはすまいと、心に楔を打つ。なぜなら、もともと桜は松よりもはかないものなのだからと、自らに言い聞かせているのである。

【現代語訳】
時が経つと（長寿の）松さえも枯れ朽ちてしまう。（だから、）槿のようにはかない桜が散ることも恨むまいよ。

夏山雲

156　此ゆふべ山のはさむき五月雨のなごりすゞしき月のうすぐも

【自注】なし

【評釈】

歌題の「夏山雲」は、「ゆふ立のはれぬる山の岩根よりのぼるも消る雲の一村」（草根集・巻四〈次第不同〉）のみ。夕立の後に立ち上る雲が程なくして消えてゆくと、夕立が過ぎた空の様子を詠む。

五月雨が涼しいとする歌例は、既に『千五百番歌合』に見えるが、雨上がりの涼しさを詠んだものに、「五月雨の名残り涼しく吹く風に露より香る軒の橘」（長景集・二五）などがある。しかし、五月雨の季節を寒いと詠むものは管見に入らない。

第三句の「五月雨」は、「山のはさむき五月雨」と、「五月雨のなごりすゞしき」に掛かり、上に掛かると、五月雨が降っていた時の過去の様子を表し、下に掛かると、五月雨の上がった後の今を表す。「すゞしき」も、「五月雨のなごりすゞしき」と、「すゞしき月のうすぐも」の上下に掛かり、雨上がりを涼しいと体感する皮膚感覚と、涼しげに見える月という視覚を詠んでいる。厚い雨雲でなく、薄雲がかかるということもまた、視覚的に月に涼しさを引き立てる。

当該歌の第三句は、類従本以外は「青き」とする（島原本は欠脱部分）。類従本以下の諸本がすべて「青き」であるということは、ほとんど参考にならないが（研究編「『心敬十体和歌』の成立と諸本」参照）、「雨青し五月の雲のむら柏」（竹林抄・発句・一六八七）など、心敬好みの表現であることから、底本の依拠本が漢字で「青き」とあり、その「青」が「寒」と類似していたので、底本の書写者が誤って「さむき」としたと見ることも考えられないことではない。但し、その場合は、江戸中期に抄出されたきわめて誤写の多い類従本以下の親本である一本に「青き」とあったということになる。いまはとりあえず、底本に従っておく。

【現代語訳】
今夕は、山の端が寒々と見えるほどの五月雨の名残が涼しく、涼しげな月にかかる薄雲よ。

雨後蟬

157　むら雨は杉のはくもる山もとの夕日によはき日ぐらしのこゑ

【自注】　なし

【評釈】
歌題の「雨後蟬」は、心敬以前には五例ほど見え、「夕立の空吹き払ふ山風にしばし涼しき蟬の声かな」（壬二集・一五七二）が早い。正徹にも、「すぎぬるか木葉のかげの雨やどりいで、空とぶ蟬の一声」（草根集・巻三・文安四年六月晦日・修理大夫家月次）などとあり、先行用例はいづれも「蟬」を詠む。当該歌は「日ぐらし（蜩）」を詠むが、「蟬」題で蜩のみを詠む例は勅撰集や『題林愚抄』などには見えない。「蟬」と「蜩」の相違は、蟬は夏、蜩は秋の季語と

する点で大きいが、夏に鳴く蜩を詠んだものに、「山陰や岩もる清水音冴えて夏のほかなる蜩の声」（千載集・夏・二一〇・慈円）などがあり、山に包まれたあたりでは夏でも蜩の声が響いていることが知られる。また『庭訓抄』（寛永八年版）には「ヒグラシハ虫ノ名也。初ハ蟬也。キヌヲ脱デ後ヲヒグラシト云也。依テレ之蟬ハ夏ノ季也。日晩ハ秋ノ季也。去バ、連歌ニ蟬ト蜩ハ同ジ物ナル故ニ、折ノ内ヲ嫌ヒ、懐紙ヲ替ヘテ用ナリ」とある。ここでは蟬と蜩は同一の虫と考えられており、脱皮の前後、おそらくは鳴き方の相違によって呼称を替えていたことがうかがえる。このような俗説によって、当該歌は本来は蟬を詠み込むべきところに、蟬に代えて夏の蜩を詠んで仕立てたものであろう。

「蟬」と「蜩」とを一首に詠み込んだものに、正徹の「山本の入日色こくたつ杉に蟬鳴まじるひぐらしの声」（草根集・巻十三・長禄元年六月五日・修理大夫家月次・夕蟬）があり、蟬とひぐらしとが時を同じくして鳴き声を響かせている。この正徹詠は当該歌と「杉」、「山もとの夕日」（正徹詠では「入日」）、「日ぐらし」と詠み込む素材がほぼ重なっている。正徹詠の、落日の日ざしを背にくっきりとその姿を現す杉の黒々とした形を、心敬は村雨の過ぎゆく暗さの中に立つ杉に置き換える。さらに、正徹は夏の盛りの蟬の声にまじる蜩の声を、ほのかに聴取できる季節のうつろいの兆しととらえるが、心敬は「よはき」声という控えめに鳴く様として表現する。

第四句の「よはき」は「日ぐらしのこゑ」だけでなく「夕日」にもかかる連歌的表現で、夕陽の弱々しい光を表す。蜩の声が弱々しいと詠んだものに「色薄き夕日の山に秋見えて梢に弱る蜩の声」（風雅集・秋上・四五七・従三位客子）などがあり、また「夕づく日さすや庵の柴の戸に寂しくもあるか蜩の声」（新古今集・夏・二六九・忠良）からは蜩の声に寂しさを催す心理がうかがえ、弱々しい声はさらにあえかな存在を思わせる。

『伏見院御集』に「村雨のあとの夕日の梢よりさらに鳴き出づる蜩の声」（九五二）と、蜩が村雨の降り過ぎた後に再び鳴き始める様子を詠んだ歌があり、当該歌も同様の情景を思い起こさせる。「杉」と「過ぎ」は掛詞。

【現代語訳】

村雨が、杉の葉を（ぬらし）暗くしている山本に、夕日が弱々しい残光を見せる頃、弱々しく（鳴き始める）蜩の声であるよ。

夕顔

158　尋じよなにそははなとうちわたすをちかた人にしろくいはずは

【校異】［本文］なにそは―なそは（島原）

【自注】うちわたすをちかた人もこたへねどみづのにしろき、の本歌をとれり。又、うちわたすをちかた人にこと〻はんわれそのそこに、などいへる歌をとれるなり。されども、これはむめ、口無など也。（岩橋下・六二）

【評釈】歌題の「夕顔」は、『六百番歌合』に見え、用例は多い。正徹も同歌題で、「こと〻へよなにの花とか白露の遠かた人の宿の夕がほ」（草根集・巻二・永享二年五月二十二日・阿波守家月次）など、十七首を詠じている。自注に挙げる本歌は、「うち渡す遠方人に言問へど答へぬからにしるき花かな」（新古今集・雑上・一四九〇・小弁）、「渡りする遠方人の袖かとよみづ野に白き夕顔の花」（拾遺愚草・一二二九）、「うち渡す遠方人に物申す我そのそこに白く咲けるは何の花ぞも」（古今集・雑体・旋頭歌・一〇〇七・読人不知）の三首を指す。これらの本歌は小弁詠はくちなしを、定家詠は夕顔を、『古今集』歌は梅もしくはくちなしを詠んでいるとする。『古今集』歌に対する心敬の自注のうち、梅は『六巻抄』等の二条派、くちなしは『古今集注（為相注）』等の冷泉派の古注に見られる説である。自注か

らは心敬は本歌は二首のつもりで、『古今集』歌に引かれ、定家詠の第一句を「うちわたす」と誤まる。そして定家詠に基づき、言外に夕顔を詠み歌題を満たすとするのが心敬の意図ではなかったか。

当該歌は定家詠と同様、『源氏物語』夕顔巻に由来する。「遠方人にもの申す」と源氏が白い花を見て独り言を言ったところ、「かの白く咲けるをなむ夕顔と申し侍る」と答える場面がそれである。源氏はその折、女（夕顔）の存在を知り通うようになるが、当該歌は答える者がいないため尋ねまいよと言う。第五句の「いはず」には、源氏に素性を教えない夕顔のイメージがあろう。「をちかた人」は旅人のこと。76【評釈】参照。第一句の「尋じよ」の主体は遠方人であり、遠方人は訪問すまいの意。第二句「なにそははなと」は、その花は何か、つまり、おまえは何の花なのかと、遠方人が花に問うていると解する。

第五句の「しろくいはずは」は、「白く」と「しるき」の両方の意を持たせようとしており、白い夕顔の花を指すと同時に、明白に言わない、はっきりと言わないの意味も掛ける。しかし「白し」を明白という意味で用いるのは、「しろく院がたへまいるよしをいひて思ひきりてうちじにやする」（保元物語〈金刀比羅宮本〉）などと見えるように、歌語ではなく俗語表現であり、常套とは言い難い。花がはっきりと答えないならばの意で、花であるゆえに答えがないので訪問できないと、第五句から第一句に返ってゆく構造である。

【現代語訳】

（旅人は）訪ねまいよ。それは何の花なのかと、（問う）旅人に、（白い夕顔が）はっきり言わないのなら。

159
風告秋

秋きぬと告をくるゝやあさまだき八《や》こゑの鳥の後の朝風

【自注】なし

【評釈】

歌題の「風告秋」の類題には、「風告秋使」、「晩風告秋」、「竹風告秋」などが多く、「風告秋」を歌題とするのは、「今朝よりは結ばずともと袖ふれて水口しるき秋の初風」（持為集・一三〇）や、「空ふくはしられぬ物と尋きて荻にこゑかる秋の初風」（草根集・巻十二・康正元年九月二十二日・有馬民部少輔元家の所に初てまかりての探題）があり、持為や正徹あたりから詠まれ、荻や初風の語を用いるのが常套である。

第一句「秋きぬと」は、『古今集』の秋部の巻頭歌「秋来ぬと目にはさやかに見えねども風の音にぞおどろかれぬる」（秋上・一六九・敏行）を引く。秋部の訪れが風によって知られるということは、先に挙げた歌題からもわかるように、さまざまな風の変奏を作り出しており、当該歌では「朝風」が告げるとする。「朝風にけふおどろきてかぞふれば一夜のほどに秋は来にけり」（和泉式部集・四〇）など、秋の到来はその日一番に朝風によって知られる。ところが、当該歌の「朝風」は「告をくる、（告げ遅るる）」のである。「八こゑの鳥」は、暁に時を告げて鳴く鶏のこと。正徹に「待なれし八こゑの鳥も老が身の暁おきにをくれてぞ鳴」（草根集・巻一之上・永享元年十二月七日〜十三日・聖廟法楽百首・暁鶏）があり、朝一番に鳴くと思われていた八声の鳥が老いの寝覚めに遅れて鳴くという。そして当該歌は、「八こゑの鳥」の鳴き声の後にさらに遅れて吹いた「朝風」である。正徹詠を踏まえ、老いの寝覚めに遅れる鶏鳴、さらにそれに遅れる朝風とひねった歌である。

第三句の「あさまだき」は、139【評釈】参照。

【現代語訳】

秋が来たと告げ遅れたのだなあ。まだ暗い内に（暁を告げて）鳴く八声の鳥の後に吹く朝風は。

初秋風

160
あきとふくこゑさへをそし三日の夜の雲まの月に荻のうはかぜ

【校異】［本文］をそし―ほそし（島原）

【自注】なし

【評釈】

歌題の「初秋風」は、93【評釈】参照。

第一句「あきとふく」は、いかにも秋らしい風が吹くの意で、「露をさへおもはぬ袖にさきだてて秋と吹くなり庭の松風」（建仁元年十首和歌・八三・顕兼）などと詠まれている。

第二句の「こゑさへをそし」の「をそし」は、「春来ぬと霞む梢の鶯の花を遅しと聞きぞわきける」（仙洞句題五十首・四・俊成女）などのように、待ち望んでいる意に用いられることが多く、当該歌でもいかにも秋らしい風の吹くのを待っていると解する。島原本の「ほそし」は「を」と「ほ」の字体の類似による誤り。

「三日の夜」というと、多くは男が女の許に通い初めて三日目の夜という意味となるが、ここでは「さきそむる卯花月に三日のよの影天地をてらす夏哉」（草根集・巻七・宝徳元年六月十三日・隠岐入道素球のさたせし月次・当座・首夏卯花）のように、その月の三日目の夜、三日月の夜の意。当該歌では初秋の三日目の夜をさす。正徹の三日月の歌に、「秋の色もあるかなきかのみか月の影吹はらふ荻の上かぜ」（草根集・巻八・宝徳二年九月十三日・赤松刑部大輔のもとより、十三夜とて二十首の題かゝせられしうち・初秋月）とあり、三日月はまだ秋の色が薄い初秋の景物である。

第五句の「荻のうはかぜ」は、「荻の葉のそよぐ音こそ秋風の人に知らるるはじめなりけれ」（拾遺集・秋・一三九・貫之）のように、秋の訪れを告げる最初のもの（92【評釈】参照）。「けしきかな荻の初風こゑそへて秋になりぬる三日

月の空」（拾玉集・四七三八）、「下荻もはつかぜならす夕暮に秋をそへたるみか月のかげ」（草根集・巻二・永享四年八月十三日・海印寺にて十五夜百首の次の三十首独吟・初秋月）など、荻を鳴らす風と三日月とが初秋の風情をつくり出している。

沈もうとしている三日月が、夜の雲間からその姿を見せた。そして三日目にしてようやく、いかにも秋が来たというように荻の上に風が渡ってゆく。秋を告げる風が三日に吹くとは遅いことだと、暦の上での秋の訪れと、現実での秋の訪れとのずれを楽しんでいる。秋風が吹き初める早さを競う趣向は159と同想である。

【現代語訳】
いかにも秋と思わせるように吹くその音までもが遅いことだ。（七月）三日の夜の雲間の月に吹く荻の上風よ。

朝荻《あしたのをぎ》

161　うちしめるまがきの山のあさぐもり露よりよはし荻の上かぜ

【自注】　なし

【評釈】
歌題の「朝荻」は珍しく、『明題部類抄』には『年次未詳三百六十首』（光俊出題）に「夜荻」題とともに「朝荻」題が見えるが、作品としては、『師兼千首』に一首、また心敬より後の実隆に一首が見出せる程度である。おそらく出題されることの多い「夕荻」題からの類推による歌題であろう。「夕荻」題は91【評釈】参照。

第二句の「まがきの山」とは「夕暮れのまがきは山と見えななん夜は越えじと宿りとるべく」（古今集・離別・三九

二・遍昭）に基づく語。遍昭はまがきを帰る人を引き留めるためのものとして越え難い山と表現したのであるが、その後は垣根の意としてのみの用法となり「まがきの山」は語調を整えるための語となっていく。「石清水若宮歌合」（寛元四年）では、「越えやらぬ心ぞしるき夕暮れのまがきの山の花の下陰」（耀清）の判詞に「本歌の心ならばまことの山にあらず侍らむ」とし、『夫木抄』も「まがきの山　名所不審　可勘之」とする。このような判詞や校勘文が記されるということは、「まがきの山」が何を指すのかが判然としなくなっていったからであろう。心敬以前の「まがきの山」の作例は十首程度であるが、正広は「澄みのぼる月の桂の花やこれ籬の山に匂ふ白菊」（松下集・三〇三）など三首を数える。連歌では、「ちかき物からさはりおほかる／うす霧の籬の山の月待て」（伊庭千句・第三・七三・宗碩）などがある。心敬は他に、「庭ふりぬ松の下葉のちかひ《(りカ)》ぢも世々の籬の山となるらん」（心敬集・松積年・四一七）がある。当該歌の「まがきの山」は垣根をさすと考えられる。

第三句の「あさぐもり」は、朝もやがあたりにただよっている様子。その靄の間から籬と荻が見え隠れしている。正徹は十首程度に詠じており、好んだようである。

第四句の「露よりよはし」とは、本来露は風が吹けば葉の上からはかなく落ちてしまうものであるが、ここでは露も落ちず、露より弱い風で、かすかなそよぎであることを表現している。「露よりよはし」という先行例は見あたらないが、「まだ風よはき野べの夕露／古郷のわかばの萩に花落て」（心玉集〈静嘉堂本〉・一〇〇七）という付句の前句が風の弱さに露がまだのこる様子を表している点が当該歌と共通する。

【現代語訳】

しっとりと湿った籬は朝もやがかかり、露を吹き落とすこともないほどの弱々しい荻の上風よ。

稲妻

162　むら雨の露ほしあへぬ袖の上にすゞしくにほふよひのいなづま

【自注】なし

【評釈】

歌題の「稲妻」は、『永久百首』題。（38【評釈】参照）。

第四句の「すゞしくにほふ」は珍しい表現であるが、「風わたる軒の下草うちしをれ涼しくにほふ夕立の空」（拾遺愚草・上・八二四）のように『新古今集』時代に好まれた感覚表現。類似の表現である「よられつる野もせの草のかげろひて涼しく曇る夕立の空」（新古今集・夏・二六三・西行）の、「涼しく曇る」は制詞とされる。「すゞしくにほふ」は、触覚的表現の「涼し」と、視覚、嗅覚的表現の「匂ふ」を組み合わせた共感覚的表現で、いかにも心敬好みである。当該歌は稲妻が袖の上にほのかな明るさを見せることをいう。また、「すゞし」は連歌では夏の季語であるが、当該歌は「稲妻」題で、秋歌である。前掲の定家詠は夏歌であるが、正徹の稲妻詠は全て秋歌であり、この頃では「稲妻」は秋とされる。「すゞしく」の語には、秋になり本当の涼しさ（新涼）を喜ぶ気持ちが込められているのであろう。

第五句の「よひのいなづま」は「世の中を何にたとへむ秋の田をほのかに照らす宵の稲妻」（後拾遺集・雑三・一〇一三・順）のように、稲妻の一瞬の閃光をはかないものに喩える意がある。当該歌は濡れた袖に映る一瞬の稲妻を描写するが、これは定家の「影やどすほどなき袖の露の上になれてもうとき宵の稲妻」（拾遺愚草・上・八二八）を典拠とする。つまり心敬は、二首の定家詠を合わせて当該歌を詠じているのである。なお「露」は、村雨の露と、「ほしあへぬ」にかかる副詞の「つゆ」とを掛ける。

【現代語訳】

村雨の露が少しも乾かない袖の上に、一瞬、涼やかに明るさを見せる宵の稲妻よ。

秋田雨

163　村雨のあとうちしめり岡のべのわさ田にほはす露のあさかぜ

【自注】なし

【評釈】

歌題の「秋田雨」は、非常に珍しく、正徹に同歌題で、「秋のたのかりほの窓にこゑたて、いねてふ事をとふ時雨哉」（草根集・巻五〈次第不同〉）とあるのが知られるのみである。正徹詠は秋の時雨の降っている様を詠んでいるが、当該歌では「村雨のあと」とあるように、雨は既に降り過ぎているようで、正徹詠とは異なった視点で歌題をとらえている。

岡辺の早稲田《わさだ》を詠んだ歌には、「岡辺なる早稲田に霜の結ぶまで夜な夜なあかぬさを鹿の声」（常縁集・一三五）や、「岡辺なる早稲田な刈りそもる月の稲葉の雲に初雁の声」（松下集・二九五）などがあり、岡辺にある早稲田には鹿や雁の声が似つかわしいとされる。また秋風が稲穂をそよがせる音を詠んだ歌などもあり、音声と共に詠まれていることが多い。ところが当該歌では、岡辺の早稲田が朝風により香気を漂わせる。これは「太山木《みやまぎ》の色かげすゞし苔筵しきみにかほる露の朝風」（草根集・巻十一・享徳三年六月二十六日・平等坊円秀月次・山納涼）の、朝風に露を置いた植物の香りが薫るとした正徹詠を踏まえているのである。なお、「露の朝風」は、心敬以前には『草根集』以外の例はなく、心敬がこの正徹詠によって「露のあさかぜ」を詠み込んだ可能性は高い。

村雨と朝風を一首に詠んだ歌に、「夜半にせし野分うらむる村雨にあさ風かこつ庭の松虫」（草根集・巻十一・享徳二年八月二十日・草庵月次・野分）があり、夜半から朝にかけて止まない雨風を嘆く虫が詠まれているが、当該歌は嘆きの歌ではなく、しっとりとした大気に漂う稲の香りを楽しむ体に詠んでいる。

【現代語訳】
村雨がやんだ後はしっとりと湿り、岡辺の早稲田の香気を含んだ露の上を渡ってくる朝風よ。

草花露

164　夕暮は花もやおとすなく雁のなみだよそなる萩の下露

【自注】なし

【評釈】
歌題の「草花露」は、「夕露の玉蔓してをみなへし野原の風に折れや伏すらん」（俊忠集・四一）が早い。正徹には同歌題で、「こ萩さくふもとの野べの山おろしをきける露のかぎりをぞみる」（草根集・巻二・永享四年七月二十日・草庵月次）がある。

「鳴き渡る雁の涙や落ちつらん物思ふ宿の萩の上の露」（古今集・秋上・二二一・読人不知）以来、「雁のなみだ」は萩の上に置く露にたとえられるが、それはまた、「鳴く雁の夜半の涙か片岡のあしたの原の萩の下露」（建永元年卿相侍臣歌合・一六・保季）のように、萩の葉末からこぼれ落ちる露としても詠まれる。ところが当該歌では、夕暮れ時に萩の花から落ちる露を雁の涙とは関係ないと詠む。雁の涙と露との密接なつながりをあえてはずす歌には、「山の端に

ねぐら尋ねず飛ぶ雁のよその涙も杉の下露」（壬二集・二四〇九）があり、心敬はこのような発想を踏まえていよう。心敬はこれらの先行歌を踏まえつつ、露は雁の涙とする伝統的詠みぶりを裏切る。

第二句の「花もやおとす」は、花までもが落とすのだろうかということ。「なく雁のなみだよそなる」は挿入句的なもので、花が落とすのは「萩の下露」と続く。当該歌では涙を落とす主体が雁ではなくて花とされ、新しい趣向となっている。

【現代語訳】
秋の夕暮れには花までもが（涙を）落とすのだろうか。鳴く雁の涙ならぬ萩の下露よ。

月似雪

165　おれふすも雪やはおもき野分せし草木のうへの秋の月影

【自注】なし

【評釈】
歌題の「月似雪」は、他に例を見ない。類題には、『和歌一字抄』に「夏月似雪」題がある。月の光の白いことを、雪に見立てて詠むのを本意とする。

積もる雪の重さのせいで草木が折れてしまうことを詠むものに、「呉竹の折れ伏す音のなかりせば夜深き雪をいかで知らまし」（千載集・冬・四六四・明兼）などがあり、しばしば見られる光景である。当該歌の草木も折れ伏しているが、それは雪のせいではない。「下折れの音こそたてね呉竹の夜半の雪しく秋の月影」（壬二集・一三八九）のように、

雪と見まがう白い月の光は、似物《にせもの》の雪である。当該歌でもその表現方法を受け継ぎ、野分で折れ伏した草木の上に月の光が一面を照らしている様を、雪の下折れと見立てているのである。「やは」は反語で、雪が重く積もっているからだろうか、いや雪のせいではないの意となる。「静なる尾上の月の夜は更て／雪しく松のしたおるゝ声」（心玉集〈静嘉堂本〉・一二三五）、「草葉のこらぬ雪のしたおれ／野分せし庭の月かげ夜るさえて」（新撰菟玖波集〈実隆本〉・秋下・八九五・宗祇）などと同様の意外性のある知的な見立てである。

【現代語訳】

（草木が）折れ伏すのも積もった雪が重いせいであろうか、いやそうではない。（あれは）激しい風に倒れた草木の上に白く輝いている秋の月の光であるよ。

山路紅葉

166　都まで袖よしぐれよ夕日影もみぢこきいれてかへるさのやま

【自注】　なし

【評釈】

歌題の「山路紅葉」は先行用例がない。類題に「行路紅葉」、「関路紅葉」、「山紅葉」などを見出すことができる。正徹には「山路翫菊」題で「かざしてもあかぬ袂にこきいれてかへる山路も菊を分つる」（草根集・巻二・永享四年九月二日・光明峰寺の十輪院にて初ての月次・当座。類題本第五句「分けつつ」）があり、心敬はこの正徹詠に近似した表現で詠んでいる。歌題も近く、心敬の念頭にあったか。

一首は「もみぢ葉は袖にこきいれて持ていでなん秋は限りと見む人のため」（古今集・秋下・三〇九・素性）を本歌とする。素性詠は「袖にこきいれて」と、紅葉を袖にしごき入れるという具体的行為ととらえるが、当該歌は紅葉の色を袖にうつしてとする。「朝まだき嵐の山の寒ければ紅葉の錦きぬ人ぞなき」（拾遺集・秋・二一〇・公任）と、散りかかる紅葉を衣を着ている様に見立てたものがあり、当該歌でも、山路を行くその時に見た木々を染める紅葉、散りかかる紅葉の美しさをそのまま持って帰りたいというものである。

「都まで袖よしぐれよ」は、都に帰り着くまで時雨れて欲しいと、「袖」に対しての下知の表現。紅葉を袖にうつして土産に持って帰りたいが、「涙さへ時雨に添ひてふるさとは紅葉の色も濃さまさりけり」（後撰集・冬・四五九・伊勢）のように、時雨が降れば紅葉の色はさらに深まるため、都に着くまで袖の紅葉を美しく保つべく、時雨に濡れていて欲しいのである。

「夕日影」は、「時雨つる外山の雲は晴れにけり夕日に染むる峰のもみぢ葉」（風雅集・秋下・六八四・良経）のような、時雨に色付く紅葉が夕日に照らされる様を表したもので、当該歌でも、夕日に照らされて美しい紅葉という意味になる。下句の「もみぢこきいれてかへるさのやま」は、紅葉を袖にうつして帰る、その帰りがけの山という意味。「かへるさ」は、「もみぢをこきいれてかへる」と「かへるさの山」とに掛かる。

「かへるさの山」は帰るときの、帰りがけの山路の意。和歌では鎌倉時代に「帰るさの山路急がで明けやらぬ野原の霧に鹿ぞ鳴くなる」（拾藻鈔・一四三）と「帰るさの山路」が詠まれるが、「帰るさの山」という形は、肖柏の「いたづらに分くるもよしや帰るさの山はいくへの花の白雲」（春夢草・八三五）まで見られない。連歌では、心敬の付句で「あはれにも真柴折たく夕ま暮／炭売る市の帰るさの山」（竹林抄・冬・六二九）が早く、心敬による連歌的表現と考えられよう。

【現代語訳】

都に着くまで袖よ時雨れてくれよ。夕映えの美しい紅葉をそのまま（袖に）うつして帰る、この帰り道の山路で。

湖千鳥

167 おきつなみたかしまめぐるこゑふけてかちのゝ月に千鳥なく也

【校異】［本文］かちのゝ―かちのか（島原）

【自注】なし

【評釈】

歌題の「湖千鳥」は、心敬以前にはきわめて僅少で、為相撰『拾遺風体和歌集』に「しがの浦や夕波千鳥うかれきて氷る堅田の沖に鳴くなり」（一七〇・景幸）の他、『師兼千首』、『雅世集』に見られるくらいである。正徹は同歌題で、「にほのうみやつばさにかゝる磯波に猶しほたれて鳴千鳥哉」（草根集・巻二・永享二年十一月十日・右馬頭家続歌）と詠み、千鳥には冷え冷えとした雰囲気が負わされている。

第一句の「おきつなみ」は、「たかしま」の「たか（高）」にかかる枕詞。さらに「おきつなみたかしま」には、「沖つ波高し」と「高島」とが掛けられる。高島は近江国高島郡（滋賀県高島市）。

第四句の「かちの（勝野）」は高島にある所名。「何処　吾将宿　高嶋乃　勝野原尓　此日暮去者（いづこにか吾が宿りせむ高島の勝野原に此の日暮れなば）」（万葉集・巻三・二七五・黒人）などのように、「高島の勝野（原）」と詠むのが常套のひとつであるが、当該歌は「高島」と「勝野」とに分けて詠む。これは連歌の寄合の発想によるものと思われる。勝野の月を詠んだ心敬以前の歌例は十首足らずで多くはないが、正徹に四首見られる。「たかしまやかちのゝ月に分

行ば秋風寒し深ぬ此夜は」（草根集・巻一之上・応永二十三年六月十九日・五十首和歌・野径月）は、夜更けた勝野は寒々とした所であることが詠まれる。勝野の千鳥を詠んだ歌例は管見に入らないが、高島の千鳥は順徳院に「高島や安曇川《あどかわ》波の朝霧に身をかくろへて千鳥鳴くなり」（紫禁集・一〇二六）の一首がある。これは琵琶湖に流れ入る安曇川の川岸で鳴く千鳥であり、当該歌も歌題に沿って琵琶湖岸の千鳥と考えられる。

当該歌は、上句を前句的にとらえ、沖の波が高いと、高島とを掛け、「こゑ」に波音を含ませる。一方、下句では、夜が更けて、鳴いている千鳥を声の主と詠む。さらに、高島からの連想で勝野を出す。夜更けて聞こえるあの声は勝野の原に冴え冴えと光る月に鳴く千鳥で、その千鳥が高島の岸をめぐって鳴いているという風景を描出している。

なお島原本の「かちのか」の「か」は、「可」と「乃」の草体の類似による誤写。

【現代語訳】

沖の波が高く、高島をめぐる波音は、夜が更けゆくと、勝野原に上る月に千鳥が鳴く（声となる）ことよ。

江残雁《えにのこるかり》

168　ふゞきするこしの遠山こえわびてなご江におつるかりの一行《ひとつら》

【校異】［本文］こえわひて—うらわひて（島原）　おつる—おる丶（島原）

【自注】なし

【評釈】

歌題の「江残雁」は、107【評釈】参照。

第二句の「こしの遠山」は、中世以前は「吹雪する越の大山越えなやみ日影も見えず暮るる空かな」（壬二集・二六三〇）のように「越の大山」と詠んでいる。連歌では、「雁の行末や《な》《ヒ》霞やきえぬらん／雪こそのこれ越の遠山」（応仁元年十月十七日賦何人連歌・六八・雅親）とあり、心敬と同時代の連歌的表現。当該歌は、家隆詠を本歌とし、本歌の激しい吹雪に越の山を越えかねる旅人を、雁の一行に置き換えている。なお越の大山は近江国と越前国の境にある愛発《あらち》山《やま》とも、加賀国の白山ともいう。

第四句の「なご江」は、越中国奈呉浦《なごのうら》の入り江のこと（富山県新湊市）。早く『万葉集』に詠まれるが、正徹にも「もえいづるなごえのこすげふく風に独みだるゝつるの毛衣」（草根集・巻十一・享徳二年二月六日・細川右馬頭入道道賢家にての続歌・名所鶴）があり、鶴を詠むべき名所としてとらえている。その場所に、心敬は雁を結んで詠むということを試みている。

下句の「おつるかり」は落雁で、水面や地上に降りて行く雁。これにより雁は、山を越えかねているので、島原本の「うらわびて」ではなく、底本の「こえわびて」の方がふさわしい。また「おるゝ」も慣用表現から「おつる」とする底本が良い。

当該歌は、奈呉の入り江に降りて来る雁を、越の遠山は吹雪で越せなかったために奈呉江に降り立った一行なのだろうと詠む。奈呉江から越の遠山、さらに吹雪への連想による作り。

【現代語訳】

吹雪の越路のはるかな山を越えかねて、奈呉の入り江に降りている雁の一行よ。

炉火似春

169　ふけ行ばしろく成行うづみ火に面かげむかふ春のあはゆき

【自注】なし

【評釈】

歌題の「炉火似春」は、『草根集』に初出する新しい歌題である。類題に「炉火如春」、「火炉忘冬」があり、それらは院政期から見える。正徹は「うづみ火のあたりをぬるみまどろめば行末遠き春のよの夢」（草根集・巻二・永享元年十二月六日・草庵月次）と詠じている。「炉火」題については、110【評釈】参照。

第三句の「うづみ火」は灰の中にうめた炭火のこと。その埋み火が「しろく成行」とは、『枕草子』〈陽明本〉一段にも、「昼になりて、ぬるくゆるびもていけば、火桶の火もしろき灰がちになりて、わろし」と見え、炭が燃え尽きて白い灰になることである。非常に写実的な詠み方であるが、和歌にはほとんど詠まれることはなく、「霜にむかひのをかの下かげ／ふくる夜の埋火白くやど寒み」（寛正六年十二月十四日賦何船連歌・八七）というやはり心敬の句に見出だされる。その白い灰を「春のあはゆき」と見立て、歌題の「似春」を満たす。埋み火に面影を見る歌例には、「誰となくなれしまとゐの面影も昔に残る宿の埋み火」（壬二集・二五九二）などがある。

第四句の「面かげむかふ」とは、面影が浮かぶ、面影を見る意。用例に「寝れば夢覚むればむかふ面影になれてもよその物思へとや」（壬二集・一七三）、「水さびいた井や結び捨剣《けん》／うき秋の俤むかふ夕ま暮」（顕証院会千句・第九・一五・忍誓）など。心敬は、「心にむかふあきの面かげ／それながらたもとの露は露ならで」の自句を解説して、「秋のうちにては、心にむかふ秋の面かげとはいはるべからず」と言う（岩橋上・一七五）。当該歌は「面かげむかふ春」と冬に春の面影を思い浮かべている。心敬は他に「それながら色も匂も花ならで面影むかふ春雨の空」（心敬集・一一一・雨中待花）でも「面かげむかふ」を用いている。

【現代語訳】
夜も更けてゆくと白くなってゆく埋み火（の灰）に、面影が浮かんでくる春の淡雪よ。

炭竈

170　うちけぶり木のめ春たつ色なれや炭やく山は風ぬるくして

【自注】　なし

【評釈】

歌題の「炭竈」は、『堀河百首』題。

第二句の「木のめ」は春、木々に萌え出る新芽のことで、「霞たち木の芽もはるの雪降れば花なき里も花ぞ散りける」（古今集・春・九・貫之）のように、早春の寒さの中にあっても春を感じさせ芽をふくらませる。当該歌でも、「春」に「張る」を掛け、「木の芽張る」と「春立つ」の意となる。更に、「けぶり」と「立つ」は縁語。貫之詠は霞が立ち木の芽がふくらむというが、当該歌は霞ならぬ炭竈の煙によってあたりがうちけぶるとする。

第四句の「炭やく山」は正徹詠に幾つか見られるものの、他は宗尊親王、三条西実隆、大内政弘などにある程度で歌例は少ない。「薄煙春のかすみを立そめてすみやく山にくる、としかな」（草根集・巻十二・康正二年十二月二十二日・ある所にての一続・歳暮炭竈。類題本第四句「山も」）は、年の暮れの炭竈に立つ煙を春の霞に見立てており、当該歌の趣向に近い。

また、「風ぬるく」と詠む歌も少ないが、「冬深炭竈」題で詠まれた、「風ぬるき春もきがたになりぬなりなに炭竈

をやまずたくらん」（教長集・六一四）は、歌題から判断してまだ冬の最中と思われるが、風がぬるく春が来かけているようなのにどうして炭を焼くのかと、炭を焼くあたりが暖かいことを春の訪れと興じている。当該歌の趣向もこれと同じである。あたりは霞がたちこめるようにけぶっているが、木の芽は春らしい風情をかもしているのだろうか、いや実はまだ冬で春は遠いのだ。ただ炭を焼くせいで暖かくなっているから春と思えるのだと、季節と体感のずれを楽しんでいる。

【現代語訳】
（霞のように）あたりがけぶり、木の芽がふくらみ立春のような様子だなあ。炭を焼いている山は風が暖かくて。

深夜神楽

171 ふくる夜の霜にもかれずきりぐ〵す庭火やぬるきもりの下草

【自注】
きりぐ〵すといへる神楽の名侍れば也。むしのこゑにうたへるをたぐへ侍るばかり也。（岩橋下・一三四）

【評釈】
歌題の「深夜神楽」は、管見に入らない。なお、「神楽」題は『堀河百首』題。正徹詠にも「暁神楽」、「暁更神楽」題はあるが、「深夜神楽」題は見られない。

自注に述べる「きりぐ〵す」とは、神楽歌の「蟋蟀」のこと。歌題の「神楽」は「きりぐ〵す」によって満たされることとなる。連歌には、「たく火しめれば月ぞ更行／きりぐ〵す秋の神楽をうたふ夜に」（竹林抄・秋・三七三・賢

盛）とあり、『連珠合璧集』にも「神楽→きりぎりす」と見え、連歌師にとっては寄合語として認識されている。

蟋蟀の声は、「鳴けや鳴け蓬が杣のきりぎりす過ぎゆく秋はげにぞ悲しき」（後拾遺集・秋上・二七三・好忠）のように秋を象徴するものである。しかし、「きりぎりす夜寒に秋のなるままに弱るか声の遠ざかり行く」（新古今集・秋下・四七二・西行）のように、秋が深まり冬近くなると、声も絶え絶えになってゆくもので、当該歌では声を嗄らすことなく鳴くという。何故か。それは「庭火やぬるき」だからであるとする。

下句は、「庭火たくあたりをぬるみ置く霜のとけぬや月の光なるらん」（嘉応二年住吉社歌合・三・実房）のように、神楽の際にたく庭火によってあたりが暖められた状態を指す。当該歌では庭火によって杜《もり》の下草が暖められているので、霜の降りた夜であっても蟋蟀が鳴いていると、季節はずれの鳴き声の謎解きをする。庭火が暖かいので、蟋蟀はその場所を離れず、声を嗄らすことなく鳴き、そして杜の下草は枯れない。このように、第二句の「かれず」には、「離れず」、「嗄れず」、「枯れず」の三つの意が掛かる。

ところでこの「きり〴〵す」の声は、実際の虫を詠んだものではない。冬夜の寒さの中で神楽歌「蟋蟀」が歌われることを、季節はずれの蟋蟀が鳴いていると見立て、その理由を庭火による暖かさのためと興じているのである。169番から171番にかけて、冬の寒さの中で出会う暖かさの謎を詠む歌が並ぶ。


【現代語訳】

夜更けに降りた霜にもそこを離れず、声を嗄らすことなく鳴くきりぎりす。（それは神楽の「蟋蟀」であるが）神楽の庭火で暖かいからだろうか、杜の下草も枯れることはない。

連夜待恋《れんやまつこひ》

172　つれなしないく三日月にうつるらん契しまゝのあり明のかげ

【自注】なし

【評釈】

歌題の「連夜待恋」は、「一夜にも憂きいつはりは知らるるになにのたのみにたへてまつらん」(草庵集・九七六)など南北朝期から見られる。正徹には同歌題で、「待人をたのみそめつる三かの夜に有明の月もなりてむなしき」(草根集・巻七・宝徳元年八月十日・藤原利永のさたせし月次・当座)など四首の歌がある。この正徹詠は、恋人を待ち始めたのは三日月の頃であったが、訪れがないまま待ち続けて、今は三日月と同じ形をした有明月を見ることになってしまったということで、一ケ月の間の出来事である。当該歌は正徹詠に倣って三日月と有明月とを詠み込み、さらに「いく三日月」と詠むことで、連夜待ち続ける様を詠む。初句切れ。

「いく三日月にうつるらん」の「いく」は幾度の意。同様の表現は、当該歌以外管見に入らないが、『新古今集』に「長月もいく有明になりぬらんあさぢの月のいとどさび行く」(秋下・五二一・慈円)のように、当該歌でも再び逢うまでに幾度あの日の三日月に夜を重ねて見るのだろうかと、訪れのないままに夜々を送ることを嘆くのである。

第五句の「あり明のかげ」とは、十六日以降の月。ここでは二十日過ぎの細い月を三日月に見立てる。三日月と有明とを一首に詠む歌には、「三日月のまた有明になりぬるや憂きよにめぐる例なるらん」(詞花集・雑・三五一・教長)のように、月の形の変化がめぐることを「世」に重ねて詠んだり、また「恋ひ恋ひてほのかに人をみ日月の果てはつれなき有明の空」(続拾遺集・恋四・九七三・道生法師)などのように、月の形の変化を人の心変わりや、日数の経過に重ねて詠む。心敬も「くわゝれる弥生も日数遠からで／また有明のめぐる三日月」(川越千句・第十・八六)とあり、月が形を変えながらめぐり来ると、形の類似性に着目している。三日月は一ケ月に一度しかないものであるが、有明

月のことも三日月に見立て、ひと月に二度も三日月を見るとする。そのため一体幾たび一人で見ることになるのかと、訪れの期待を裏切られては嘆くことになるのである。当該歌は逢瀬の最初の有明月から待ち続け三日月を見ることとなり、さらにまた有明の空に細い月がかかるのを見ているのである。

【現代語訳】

つれないことだなあ。幾度三日月に夜を送るのだろうか。契りを結んだ時に見たままの有明の月よ。

夜増恋《よるにまさるこひ》

173　まぎれつる人もしづまり月もふけよるはすゞろにそふなみだ哉

【自注】なし

【評釈】

歌題の「夜増恋」は、早く『小侍従集』に「いかに寝し時ぞや夢に見しことはそれさへにこそ忘られにけれ」（一〇八）があるが、類題の「寒夜増恋」題（林葉集）、「逐夜増恋」題（頼政集、重家集）が見られるに過ぎず、歌林苑で詠まれていた歌題か。しかしいずれもその後は詠まれず、正徹に至り同歌題で、「思ふ事ますだの池にうく鳥の夜もねぬなわの床のくるしさ」（草根集・巻十一・享徳三年五月十四日・明栄寺月次）など三首あり、夜ごと募る恋しさを詠む。

第一句の「まぎれつる」は、物思いがまぎれること。「閑かなる夜こそ物は思はるれ昼はよろづの事にまぎれて」（他阿上人集・一〇五八）は、昼はまぎれていた物思いが、物音の静まった夜になると自然と思い出されると詠む。「人」は、「まぎれつる人」と「人もしづまり」の上下に掛かる。「まぎれつる人」の人は物思いの相手（の面影）を指

し、「人もしづまり」の人は昼間の喧噪の人々を指す。つまり「人」が物思いの相手から昼間の人々へと変わるいわゆる「取りなし付け」の方法を取っている。このような用法は和歌にはほとんど見られず、連歌師ならではの発想に基づくものといえる。また、「人もしづまり」と「月もふけ」は対句表現で、これもまた連歌的である。
　第四句の「すゞろに」は、思いがけずの意。「ながむればすずろに落つる涙かないかなる空ぞ秋の夕暮れ」（宝治百首・一三六二・実氏）のように、わけもなく涙がこぼれること。当該歌は、昼はまぎれていた恋の物思いが、夜になり何もかも静まった時分になると苦しさがよみがえり、我知らず涙がこぼれると詠む。

【現代語訳】

（昼は）まぎれていた（あの）人（の面影）も、人々が寝静まり、月も更けゆく夜には（面影が添い）思いがけずこぼれる涙であることよ。

忍《しのびて》逢《あふ》恋《こひ》

174　ほのかなる眉のにほひもよそめうきねやにそむくるともし火のかげ

【自注】なし

【評釈】

　歌題の「忍逢恋」は、『風雅集』などにも見えるが、多く詠まれていたわけではない。正徹や正広らが好んで用いており、正徹周辺で改めて詠まれるようになったものか。「心せよかさぬる衣のをとなひはやはらかなるもしるかりぬべし」（草根集・巻九・宝徳三年六月十五日・全阿といふ者、春日法楽とてすゝめし百首）は、衣擦れの音にさえ慎重にな

らなければならない逢瀬を詠んでいる。

第一句「ほのかなる」は直接的には「眉のにほひ」にかかるが、第五句の「ともし火のかげ」にもかかり、姿形がはっきりとしない程度の明るさの灯火の光を言う。

「眉のにほひ」は、和歌で詠まれた形跡はない。『源氏物語』若紫巻の「つらつきいとらうたげにて、眉のわたりうちけぶり」から作られた詞か。連歌には「かへしをみばや今朝の玉章／たきもの、匂ひの眉のわたりうちけぶり」（紫野千句・第七・六五・救済）、「のこるこそ猶あさがほは哀なれ／ねくたれがみのにほふまゆずみ」（下草〈東山本〉・六七六）などとある。弱い灯火の光にほのかに見える眉の美しさを言ったもの。

第三句の「よそめうき」は、人目が気にかかるということを言うが、「よそめうき玉章をだに返すなよ思ひ思はずことなしにして」（春夢草・一四七三）、「とはゞや月にひとりかもねむ／そでの露よそめのうきにうちはらひ」（延徳四年正月二十二日賦何路連歌・四一・仙覚）など、用例は限られる。

白居易の「秋夜長、夜長無眠天不明。耿々残灯背壁影、蕭々暗雨打窓声（秋の夜長し、夜長くして眠ることなければ天も明けず。耿々たる残《のこ》んの灯の壁に背けたる影、蕭々たる暗き雨の窓を打つ声）」（和漢朗詠集・上・秋・秋夜・二三三）を踏まえる。もとは「上陽白髪人」の一節で、上陽人が閨で秋の夜長を孤独に過ごす場面である。『源氏物語』帚木巻にも引かれる、著名な詩句である。この詩の「背壁影」について、『和漢朗詠集仮名注』に「耿々タル暁方、所用無クシテ、壁ニソムケタル灯、カスカニシテ、ナゲカハシキニ」とあり、灯火を壁に背けると解釈していることが分かる。心敬も同様の理解であろう。当該歌の女性は、男性と「忍逢恋」の関係にある、まだ若い女性であろうから、灯火を背けるという行為も、「隠れ住む草のとざしの甲斐もなし閨あらはるる夜の灯火」（宝治百首・三二七二・小宰相）を参考にすれば、忍んで逢う恋に相応しく灯火の明るさを憚ってのことである。

【現代語訳】

ほのかに見える眉の美しさも人目が気にかかり、閨の（壁に）背ける灯火の光よ。

面影恋

175 わが心なにゝふかめておもかげもうすくなる世に色まさるらん

【自注】なし

【評釈】

歌題の「面影恋」は、頓阿の「したひわび別れし程の面影のうきしもなどか身にはそふらん」（草庵集・一〇五八）以後は、正徹や正広という限られた歌人に用いられているのみで、用例はあまり多くはない。正徹には同歌題で、「面影は身をもはなれぬうつゝにてうつゝぞまれの夢のおもかげ」（草根集・巻十・享徳元年六月八日・刑部大輔家の名月の月次）他一首がある。

第三、四句の「おもかげもうすくなる」とは、「旅の空行をはるけき恋ぢにて夜々の枕にうすきおもかげ」（草根集・巻十一・享徳三年二月二十三日・修理大夫家にて・羇中恋）のように、面影がだんだんと薄らいでゆくということから、二人の仲が疎遠になることを表す。「世」は男女の仲。「おもかげもうすくなる」に対して「色まさるらん」と置き、二人の仲は疎縁になったというのに、「色」、すなわち私の恋心は募ると皮肉な状況を詠む。

当該歌の構造は、「わが心なにゝふかめて」が「色まさるらん」にかかっており、私の恋心は何故に深まり、募ってゆくのかとなる。そして「おもかげもうすくなる世に」が「……なのに」の意を持つ逆接条件として挿入され、記憶の中の面影は薄らいでゆくのに恋心は募ると因果関係の齟齬をいう。

【現代語訳】

私の心は何によって深められ、（あの人の）面影も薄らいでゆく仲なのに、思いは募るのだろうか。

寄枕恋

176　大かたの身にだにとをるあきかぜをふかき枕にたれかきくらん

【校異】［歌題］寄枕恋―欠（心敬集）［本文］ふかき―古き（心敬集）

【自注】なし

【評釈】

歌題の「寄枕恋」は、「つつめども枕は恋を知りぬらん涙かからぬ夜半しなければ」（月詣集・四九七・雅通）など、平安後期から多く詠まれている。特に『延文百首』の題となっており用例は多い。正徹も同歌題で、「恋わぶる涙を人にかたらねば枕のしるもかひなかりけり」（草根集・巻一之上・応永二十三年六月十九日・五十首和歌）など九首詠んでいる。また心敬は当該歌以外に、「消かへり思ひしづむもかひぞなきさ夜の枕のふかき夜の夢」（心敬集・八四）と詠んでいる。

第一句の「大かたの身」とは、ほとんどの人にとってはの意。

秋風は身に「しむ」と詠むのが和歌の常套であり、身に「とをる（通る）」とする表現は珍しい。『正徹物語』に、「寄風恋に、それならぬ人の心のあらき風憂き身にとをる秋のはげしさ　人の心のつよくはげしきは、風のやうに吹かぬものなれど、はげしくむかはれたるは、身にしみとをりて、悲しき物也」とあり、「身にとをる」は身にしみと

おる激しさは秋風が吹き通るようだとの意を重ねて用いていることが知られ、「身にしむ」の強調表現で、心敬も同様に用いていると言えよう。さらに『心敬集』に「いとはじよかたみにとほる風なれや空しき胸にやどる思は」（二七七）とあり、同じ措辞を用いている。

ところで当該歌は、校異に挙げたとおり、第四句の「ふかき枕」が『心敬集』では「古き枕」となっている。「古き枕　古きふすま　玄宗、楊貴妃にをくれて後いへる詩に、鴛鴦瓦冷霜花重、古枕古衾誰与共。此の詩の故に、哀傷に用ふ也。私に曰く、恋也。不用」（流木集）とある典拠に基づく歌語である。引用されるのは『長恨歌』の旧鈔本系の本文で、「鴛鴦瓦冷霜華重、翡翠衾寒誰与共」とある現在通行の本文とは異なっている。旧鈔本の「鴛鴦瓦冷霜花重、旧枕故衾誰与共」（鴛鴦の瓦は冷ややかにして霜華重く、旧き枕故き衾誰と共にかせん）は『源氏物語』葵巻にも引用され、当時著名な句であった。「ふかき枕」の先行例は見当たらないことも合わせて、底本の「ふかき」は「か（可）」と「る（留）」の草体の類似による誤写と考える。心敬には、「千代かけて契をきしも夢なれや旧き枕のさ夜の秋風」（心敬集・三三四・恋枕）、「契りしは夢なりけりと人もなし／ふるき枕はたゞ秋の風」（心敬僧都百句・二二六七）などがある。古き枕はかつては共寝をしていたという昔の恋の象徴であり、当該歌で古き枕に聞くのは秋風の音で、秋風には恋人の「飽き」の意が掛けられている。共寝をした枕でひとり聞く秋風の音に恋人の飽きがより一層強く感じられるのである。

【現代語訳】

どのような人にでも身にしみとおる秋風を、古い枕に一体誰が聞くというのだろうか。（私以外に聞く人はいない。）

寄弓恋

177　うき名のみ契をあきのすゑかけて空にたつかの弓はりの月

【校異】［本文］たつか―たつる（島原）

【自注】なし

【評釈】

歌題の「寄弓恋」は、先行用例も多く、正徹も九首を詠じている。中でも、「契しもはてはうき名にたつか弓はかなき鳥の跡も残さじ」（草根集・巻一之上・永享十年六月七日・祇園社法楽初一念百首）は、当該歌と言葉の道具立てが等しく、心敬は強く意識したものと思われる。

第四句の「たつかの弓」は、早く「手束弓　手尓取持而　朝獦尓　君者立去奴　多奈久良能野尓（手束弓手に取り持ちて朝狩りに君は立ち去ぬ棚倉の野に）」（万葉集・巻十九・四二八一・読人不知）と詠まれるが、古注においてもその実態は未詳とされる。その故か、『俊頼髄脳』、『今昔物語集』などで説話と結びつけられている。それは、女性が弓になり、さらに白い鳥になって紀伊国の関まで飛んで行き、そこでまた人間になったというものである。心敬の『寛政四年百首自注』九三には同じ説話が引用されており、心敬も「たつかの弓」の典拠説話として意識していたことが知られる。但し当該歌は説話による歌語を用いただけで、それを踏まえてはいない。正徹も、「うき名のみたつるゆずゑもあらはれて山分出る紀路の関守」（草根集・巻十一・享徳二年八月十三日・大館兵庫頭教氏のすゝめし百首・寄弓恋。類題本第二句「たつか」）、「雪消て峰のかすみぞたつか弓春の関もる紀路の遠山」（草根集・巻十・享徳元年二月十八日・修理大夫家にての聖廟法楽百首・連峰霞。類題本第三句「霞や」）など、同説話を踏まえた和歌を詠じている。

これら正徹詠でも「うき名にたつか弓」、「うき名のみたつかゆずゑ」などと、「手束弓」と「名が立つ」の掛詞が用いられているが、当該歌でも第一句の「うき名のみ」が「空にたつか」とかかってゆき、同趣向の掛詞になってい

る。

第二句、第三句の「契をあきのすゑかけて」は、「秋」と「飽き」とを掛けて、女性に飽きた男性の気持ちをいう。あえて「秋のすゑ」と詠むのは、暮秋である九月の、さらに後半であることを強調して、空にかかるのは弓張り状の有明月（弓はりの月）であることと整合性を持たせるためである。また、「すゑ」は弓の縁語でもある。

今回は、掛詞として有機的に機能させるための「たつか弓」の語である。なお、島原本は、「か（可）」から「る（留）」、さらに「る（流）」と転じての誤写。

【現代語訳】

恋の噂ばかりが、この契りに飽きた（末の恋なのに）、秋も末になった空に立っているよ。その空には弓張りの有明月もかかっているよ。

178 江鷺

打かすみ水もゆるがずふる雨のほそ江にねむる鷺の一行

【校異】［本文］ねむる―ねふる（島原） 一行―一つれ（島原）

【自注】なし

【評釈】

歌題の「江鷺」は、『草根集』や『松下集』以後の家集に見られることから、正徹周辺で用いられるようになった

ことが窺える。正徹は、同歌題で「山川のふる江の柳かた淵をかくすはひ枝に鷺ぞむれゐる」（草根集・巻六〈次第不同〉）など四首を詠んでいる。

「水もゆるがずふる雨」は水面が揺れ動かない様子で、「宇治川や氷る汀の水車めぐる日影にゆるぐせもなし」（草根集・巻五〈次第不同〉・河氷）では、氷っているので揺るがないと詠む。当該歌では、とても静かに降る雨の降り様が描かれている。また「水も」には、「鷺も」の意を含み、鷺が微動だにせず雨に濡れそぼち眠っている様子も重ねている。鷺は「雨」と結びついて詠まれることが多い（稲田利徳「白鷺の歌」〈40【評釈】参照〉）。

「ほそ江」は「いなさほそ江」のこと（138【評釈】参照）。「ほそ江」の「雨」を詠んだものに、「波や越す刈らねど見えず真菰草いなさほそ江の五月雨のころ」（文保百首・二一二五・隆教）などがあり、細江に降る五月雨によって景色がうちけぶっている様子を詠む。当該歌は、五月雨を春雨の風情に換え、静かに降る様子を詠み、雨が細い意と細江とを掛けている。「ほそき雨」は漢語「細雨」の訓読と思われるが、歌例は見出せない。類想として「細く降る弥生の雨や糸ならん水に綾織る広沢の池」（夫木抄・九七〇・小大進）のように、春雨を糸のように細くこまかな雨のこととして詠むものはある。また『中華若木詩抄』は、惟肖得厳「看春雨（春雨を看る）」詩中の一節「高楼縦目愜春心、細雨如塵晴又陰（高楼目を縦《ほしい》ままにして春心に愜《かの》う、細雨塵の如くにして晴れて又た陰《くも》る）」について、「春雨ナレバ強ク降ラズシテ、イカニモ細々トシテ」と、細雨の降り様を説く。当該歌でもこのような雨を描いていよう。

眠る鷺を詠んだ例は、「ながれすのあやうき浪も白鷺のねぶりはさませかよふ川風」（草根集・巻六〈次第不同〉・白鷺立洲）のように、『草根集』や『松下集』あたりにのみ見られ、これも稲田氏の指摘にあるように、歌題と併せて正徹周辺で新たな描写を試みていたものである。

【現代語訳】

ぼんやりとけむる水面は揺れ動く様子もなく、こまかに降る雨に濡れながら細江に眠る鷺の一群れであるよ。

179　暮山雲《ぼざんのくも》
ひとりのみ苔の戸ぼそに入くるも雲は音せぬ夕暮のやま

【自注】なし
【評釈】

歌題の「暮山雲」は、『新古今集』歌人らが初めて用いた歌題であるが、歌例はあまり多くない。正徹には同歌題で、「日をかさねす丶むる雲の入山に我夕暮れぞとをざかり行」（草根集・巻十四・長禄二年五月二十日・草庵月次）があり、夕暮れ時の山に雲がたなびく様子を詠む。

第一句の「ひとりのみ」は、多くは「私だけが」の意で人について用いるが、当該歌は雲を擬人化した表現。山深く誰も訪れないようなところにやってくるのは雲だけであり、雲ゆえに、それと気づかぬうちに入ってきた様子。

第二句の「苔の戸ぼそ」は、66【評釈】参照。庵を訪れるものは人や風であるが、雲が入ってきたところで音がするはずもない。それを取り立てて詠み、雲を音もなくやって来た訪問者に見立てたことを眼目としている。雲は音もなく訪れ、夕暮れ時の寂しさを慰めてくれるのである。漢詩の伝統を踏まえ、雲は夕暮れ時に山に帰ると詠まれることは多いが（帰雲。60【評釈】参照）、それをさらに山の草庵に帰ると詠むのは、「我だにもせばしと思ふ草の庵になかばさし入る峰の白雲」（風雅集・雑中・一七五七・仏国禅師）などわずかにあるのみ。

【現代語訳】

ひとりだけ荒れて苔むした庵の戸に入ってきても、雲は音を立てることもない、夕暮れの山。

180
遠村煙《えんそんのけぶり》
たえ〴〵のけぶりも水も日くるればむすもほれ行をちの山本

【校異】［本文］けふりも水も―道も煙も（心敬集）　むすもほれ―むすほゝれ（心敬集）　をち―末（心敬集）
【自注】なし
【評釈】
歌題「遠村煙」の初出は『和歌一字抄』。正徹には同歌題で「なにをかはうき夕暮の色ならん煙なみせそをちの山里」（草根集・巻十一・享徳三年六月四日・修理大夫家月次）、「煙たつ所は見えずたが里につゞきの原のくもるゆふかぜ」（草根集・巻十二・康正元年十月十四日・草庵に人々来てすゝめし一続）他一首を詠じている。心敬は当該歌の他に「ながれ洲にを船漕すて煙たつ入江の村にかへるつり人」（心敬集・三〇六）と詠んでいる。
「たえ〴〵のけぶりも水も」は、「たえ〴〵のけぶり」としてとぎれがちに立ち上る煙を、そして「たえ〴〵の水」としてちらちらと見え隠れする川の流れという二つの景を表す。
「たえ〴〵のけぶり」を詠んだ歌には、「霜の上のあさけの煙絶え絶えに寂しさなびく遠近の宿」（拾遺愚草・下・二四三二）があり、絶え絶えにのぼる煙には寂しさを抱かせる働きがある。そして、定家詠は里の朝の時分の煙を詠むが、当該歌では夕暮れ時に置き換え一層の孤独感を漂わせる。また「折りくぶる柴の煙の絶え絶えに麓の風にむすぼほれゆく」（後鳥羽院御集・一二四九）の歌では、とぎれとぎれの煙が風によってひとつになってゆく情景を詠むが、当該歌では煙は川の流れとむすぼおれる。第二句の「けぶりも水も」は、第四句の「むすもほれ行」にかかり、日が暮れてきたので遠目には煙も川筋も薄闇に白くなびくひとつの筋のように見えると、彼方に浮かぶ風景を表す。
「むすもほれ」は、「むすぼほれ」に同じ（92【評釈】参照）。「けぶり」がむすもほる歌は多くの場合、煙がからま

りあうことを恋心が乱れて心が凝り固まると詠まれるが、「かきくらす峰のふぶきに炭竈の煙の末ぞむすぼほれゆく」（秋篠月清集・七六八）のように目に見えるものがからまり合うと詠むこともあり、当該歌もこちらの詠みぶりである。遠くを眺めやる心には「むすもほれ」る気持ちも響かせていようか。

校異に示したように、『心敬集』歌では、「たえ〲の道も煙も日くるればむすぼゝれ行末の山もと」とある。第二句を「道も煙も」とすると、彼方に続く道が見え隠れする景色と、漂う煙とが一つにからみあっているとなる。また第五句「すゑの山本」という表現は珍しいが、「末」に「行末」を掛け、遠くに続く道の果てを表す。

【現代語訳】
とぎれとぎれに立ち上る煙も、見え隠れする川の筋も、日が暮れると（区別がつかなくなって）、一つになってゆくように見える彼方の山本よ。

江雨鷺飛《がううにさぎとぶ》

181 人ぞなきむれゐし鷺もいなさ江にほそき雨ふるゆふぐれのそら

【自注】なし

【評釈】
歌題の「江雨鷺飛」は、「江鷺」（178【評釈】参照）と同じく、『草根集』に初出する歌題である。正徹は同歌題で、「雨しほる江川のきしの村柳とびかふ鷺も色ぞくれ行」（草根集・巻十四・長禄二年十二月十五・紀元盛、八幡参籠法楽とて、題を所望ありし、そのうち二首のうち）など、六首を詠んでいる。

第三句の「いなさ江」は、いなさ細江のこと（138【評釈】参照）であるが、それを「いなさ江」と詠むのは、「いづくにかむれゐし鳥はいなさえの月かげほそき水の秋かぜ」（草根集・巻五〈次第不同〉・江月冷）が管見に入るのみである。当該歌は、この正徹詠の「むれゐし鳥」を「むれゐし鷺」に、「月かげほそき」を「ほそき雨」に置き換えての詠で、強く影響されたことが窺える。当該歌には鷺の飛んでいる姿は直接には表現されていないように見えるが、「いなさ江」に「鷺も去《い》ぬ」を掛け、第五句の「ゆふぐれのそら」と合わせて、鷺の飛び去る光景を詠じているのであろう。掛詞の趣向も正徹詠を踏まえている。当該歌は、むれていた鷺も去ったいなさ江の意と読み取れ、第一句の「人ぞなき」とも呼応していることが理解できる。いなさ江には人の姿も鷺の姿もないのである。そして「いなさ江にほそき雨」には、「いなさほそ江」と「ほそき雨」とを掛ける。細雨については178【評釈】参照。

なお「鷺」については、稲田利徳氏により、「江」、「雨」、「飛ぶ」は伝統的に「鷺」と結合する素材であること、当該歌にあるような「群れる」、「夕日」、「閑」なども同じく伝統的な結合、あるいは鷺の属性を表すものとして詠み込まれることが指摘されている（「白鷺の歌」〈40【評釈】参照〉）。

【現代語訳】
人もいない、群れていた鷺も飛び去ったいなさ細江に、こまかな雨が降っている夕暮れの空よ。

182　　鶴立洲《つるすにたつ》
ひたぶるにわが身うきすのあしたづもよるとや老のなみに鳴らん

【自注】なし

【評釈】

歌題の「鶴立洲」は、『大井河行幸和歌』の「つるすにたてり」（「立鶴洲」という漢詩題の訓読）が初見である。その折の貫之詠が『古今集』に「つるすにたてりといふことを題にて」という詞書で、「あしたづのたてる川辺を吹く風に寄せてかへらぬ浪かとぞ見る」として見える。その後は、『明題部類抄』に、文永十一年『善峰寺三百三十首』（光俊出題）に見えるだけであるが、正徹は同歌題で、「みちてこんしほのほどゝやわづかなる興《おき》の中すにたづねぶるらん」（草根集・巻十四・長禄二年十月十七日・兵部《ママ》卿少輔家月次）など三首を詠んでいる。

第一句の「ひたぶるに」は、一途に、ひたすらにの意で、「み吉野のたのむの雁もひたぶるに君が方にぞ寄ると鳴くなる」（伊勢物語・一〇段）が著名。

第三句の「うきす（浮洲）」は、海や川で、土砂などが積もり浮いたように水面に現れ出た所のこと。当該歌ではわが身の「憂き」も掛けている。「うきす」と言えば多くは「にほの浮巣」を指すが、当該歌のように浮洲の鶴を詠んだものに、『為忠初度百首』の「洲鶴」題七首のうちに、「雲の上に心ばかりはあくがれて浮洲に迷ふ鶴のみなし子」（六六二）があり、平安末期には既に使用例があるものの用例は僅少。漢詩では、文永九年頃の基家『和漢名所詩歌合』に「梁園」題で、「霜冷鶴洲松泊夜、鶯吟梁館竹歌春（霜は鶴洲に冷なり　松に泊る夜、鶯は梁館に吟ず　竹に歌ふ春）」と、鶴は洲の松にいると詠む例もある。

第五句の「老のなみ」は、くりかえし齢を重ね老いに至ることを、波に寄せていった語。「鶴」と共に詠んだ例には、「鶴の住む千江浦廻に我も来て老のなみをば寄せじとぞ思ふ」（夫木抄・一一四二八・祐盛法師）のように、鶴が波を寄せ付けないように、私も鶴にあやかり老いの波を寄せまいと詠んだり、鶴のように長寿を得たいというように、肯定的に詠むのが常套である。しかし当該歌は、浮洲に波が寄るのを厭って鳴く鶴に、老の波が寄るのがつらくて嘆く我が身を重ねている。波が寄ることを厭うのは、「和歌の浦に潮満ち来ればかたをなみ蘆辺をさしてたづ鳴き渡る」

（古今集・仮名序・赤人）がある。一首は縁語、掛詞によって仕立てられた歌。

【現代語訳】
ただもうひたすら己が身がつらい、と浮洲に立つ鶴も、波が寄るのがつらくて鳴いているのだろうなぁ。（私も老の波が寄るのがつらくて泣くことだ。）

思往事《わうじをおもふ》

183　手を折てあひ見し人を夜もすがらかぞへんとすれば明ししの丶め

【自注】　なし

【評釈】
歌題の「思往事」は、「老の後ふたたび若くなることは昔を夢に見るにぞありける」（能因法師集・一九一）など用例は少ない。正徹にも同歌題で、「みしやいま夢もうつゝもわかぬまでよはり行身に思ふ古事」（草根集・巻二・文安四年正月二十二日・修理大夫家月次）の一首がある。

「手を折てあひ見し人」は、「手を折りてあひ見しことを数ふれば十といひつつ四つは経にけり」（伊勢物語・一六段）、「手を折りてあひ見しことを数ふればこれひとつやは君がうきふし」（源氏物語・帚木巻）などと見える。また、長き夜のすさびに古い手紙などを整理しているうちに懐旧の情を催すという『徒然草』二九段にも想を得て、当該歌は出会った人々の数を数え、しみじみと我が人生を振り返るのである。昔の人々を数えているうちに心が過去にとらわれて、いつの間にか夜が明けたという時間感覚を詠んでいる。

なお、第五句の「明し」が、類従本以下の諸本では「明る」となっており、その方が表現としては自然であり、底本の誤りの可能性も考えられるが、ひとまず底本に従った（研究編「『心敬十体和歌』の成立と諸本」参照）。

【現代語訳】
指を折って今までに出会った人々を一晩中ずっと数えようとすると（いつの間にか）明けてしまった東雲の空であるよ。

長高体

『毎月抄』には長高様として見え、第二段階の最初にあげる。『三五記』は第二にあげ、『ささめごと』〈尊経閣本〉の連歌十体も踏襲して第二にあげる。『十体和歌』ではそれを第五にあげている。心敬は『老のくりごと』〈神宮本〉に、『新古今集』時代の歌人のあとに正徹をあげ、「此等の心ばへは、から《（唐）》の詩などの面影までそひ、たけたかく、ひえこほり侍ると也」という。格調高く崇高な風。

184
山霞
春きてやわがもろこしにかへるらんかすみにたゆるみよしの丶山

【自注】なし

【評釈】

歌題「山霞」は、2【評釈】参照。

当該歌は、「唐《もろこし》の吉野の山にこもるともおくれむと思ふ我ならなくに」（古今集・雑体・誹諧歌・一〇四九・時平）を踏まえる。「唐の吉野の山」について、『奥義抄』では、「李部王の記に、吉野山は五台山のかたはしの雲に乗りて飛びきたるよし見えたり」と注する。また謡曲『国栖』には「五台山、清涼山とて、唐土までも遠く続ける吉野山」とある。吉野山が唐土から雲に乗り飛んできた、あるいは唐土の五台山（仏教の聖地）に続く山という伝承があり、それに基づき当該歌も詠まれている。そうすると「わがもろこし」の「わが」は故郷という程の意味となろう。なお、『連珠合璧集』に「もろこし→吉野の山」とあり、「もろこし」と「吉野の山」は寄合。

第四句の「かすみにたゆる」という表現は多くはなく、「朝まだき梢の空を見渡せば霞にたゆる青柳の糸」（殷富門院大輔集・一二）のように、霞に覆われて対象がはっきりとは見えない様を言う。正徹にも「わたの原山を見あてにとりかぢもかすみにたゆる春の舟人」（草根集・巻四〈次第不同〉・海路霞）がある。さらに、「かすむなりけふもろこしの日本をふりさけみてや春をしるらん」（草根集・巻四〈次第不同〉・立春。類題本第二句「もろこしに」、歌題「立春霞」）と、立春の霞の立つ様を唐土と日本とを関わらせて詠むが、そこには前述の吉野山の伝承を背景としていよう。吉野山が霞に隔てられて見えないことを、山がないとするのはいかにも心敬の好みそうな表現である。心敬は、吉野山の伝承と、正徹詠の表現に想を得たのであろう。

当該歌は、吉野山が霞に覆われて見えない状態を、故郷である唐土へ帰っているから見えないのかと詠んだもの。「もろこしにかへる」という表現が雄大かつ格調高い。

【現代語訳】

春が来て、故郷の唐土に帰っているのだろうか。霞に覆われて見えない吉野山は。

深夜梅《しんやのうめ》

185 ふかき夜の梅のにほひに夢覚てこすまきあへぬ袖の春風

【校異】［歌題］深夜梅―軒梅（心敬集）［本文］袖―軒（心敬集）

【自注】

幾処花堂、夢覚而珠簾未巻といへるこゝろ也。（岩橋下・一二五）

【評釈】

歌題の「深夜梅」は、正徹に初めて見える歌題である。正徹には同歌題で、「梅がゝもかすめる月のさよ中にみはてぬ夢やわざとさむらん」（草根集・巻十・享徳元年三月尽続歌）、「見し人の袖の香まがふ梅が枝にかすめる月もふかきよの夢」（草根集・巻十三・長禄元年五月二十九日・小笠原備前入道浄元、明栄寺にての続歌）があり、「夢」の語とともに詠まれている。特に後者は袖の香も詠み込んでおり、措辞の上で当該歌と非常に近い。

自注に挙げる本説は、『和漢朗詠集』の「誰家碧樹、鶯啼而羅幕猶垂。幾処華堂、夢覚而珠簾未巻（誰が家の碧樹にか、鶯啼いて羅幕なほ垂れたる。幾の処の華堂にか、夢覚めて珠簾いまだ巻かざる）」（上・春・鶯・六四・謝観）に基づく。豪華な家では鶯の声に目覚めるが、まだ夢心地で、珠で飾った美しい簾も巻き上げていないという意味である。典拠では鶯の声に夢が覚めるが、当該歌ではそれを梅の匂いによるとする。梅の香で目が覚めるという歌は、「軒近き梅のこずゑに風すぎてにほひに覚むる春の夜の夢」（秋篠月清集・一一〇）などがある。

第四句の「こす（小簾、鉤簾）」は、すだれ。「珠簾」を歌語に置き換えたもの。

第五句の「袖の春風」は、袖に吹きかかる春風のことで、桜や梅とともに詠まれたり、春の季語として詠まれたりとさまざまに用いられる詞であるが、当該歌では、「かげかすむ夕の月はほのかにて梅が香うすき袖の春風」（文保百首・一二〇四・俊光）のように、梅の香を含んだ春風が袖に吹くことを表す。正徹には、「なべてよの空にみちぬる梅が、や天津乙女の袖の春かぜ」（草根集・巻四〈次第不同〉・梅薫風。類題本第二句「うらに」）など五首の歌例があり、比較的好んで用いた句のようである。

校異にあるように、『心敬集』は歌題を「軒梅」とする。この歌題は、「木のもとはやがて軒ばに近ければ風のさそはぬ梅が香ぞする」（新後撰集・春上・四三・後二条院）が早い例であるが、正徹以前には四首程度で多くはない。ところが、正徹には同歌題で、「梅がえにそのなもしらぬ鳥がなく東屋かほる軒の春風」（草根集・巻十・享徳元年二月十四日・明栄寺月次・当座）など八首が見える。また第五句の「袖の春風」を『心敬集』は「軒の春風」とするが、軒に吹く春風はもっぱら梅とともに詠まれる。「軒梅」題には「軒の春風」とするのが題意に沿いやすいであろう。

【現代語訳】

深夜の梅の匂いに夢が覚め、（まだ夢うつつのままで）簾を巻きあげることもできない袖に吹く春風よ。

186　南北梅花《なんぼくのむめのはな》

梅が、も朝《あしたゆふべ》夕に風かはる谷にはたのむそでやなからん

【自注】

是は、朝には南、夕には北、丁太威谷風人被知と云詩の心也。題の南北をふくみ侍り。袖はあると云心なり。たのむべき袖なしと也。（岩橋下・二一四）

【評釈】

歌題の「南北梅花」は僅少。心敬以前には、「人せともかはらぬ梅の匂ひかな花橘はあらずなる世に」（新三井和歌集・一八・公朝）、「出づる日の光にむかふ我が袖の左右にも梅が香ぞする」（雅世集・六一）がある程度。「南北」を結ぶ題はもとより少ないが、正徹には「南北擣衣」題の詠があり（後述）、以降散見されるようになる。

自注に挙げる「丁太威谷風人被知」とは、『和漢朗詠集』（下・丞相付執政・六七九・文時）の「春過夏闌、袁司徒之家雪応路達。朝南暮北、鄭太尉之渓風被人知（春過ぎ夏闌けぬ、袁司徒が家の雪路達しぬべし。朝には南暮には北、鄭太尉が渓の風人に知られたり）」である。鄭太尉は後漢の太尉鄭功。若い頃、若邪渓に薪を採りに行き、仙人の矢を拾い、仙人に返す。仙人から望みを聞かれた鄭弘は、薪採りに行く朝には南風、取り集めて帰る夕には北風を吹かせて民を楽にして欲しいと願い、それがかなったという故事（後漢書・巻三三・鄭功伝李賢注）である。この故事は『宇治拾遺物語』『太平記』で言及されるなど知られていたようで、心敬は他にも、「ゆふべは風のあらくふくをと／行かへるつま木の谷の北みなみ」に「丁太威が、谷の風のあさゆふに吹かはれるを山神になげきて、のどかなりしことを。朝には南、夕には北、丁太威谷風人不知」（岩橋上・二六三）と自注を付して、その典拠を明らかにしている。同時代では、「人に知らる、谷のした道／風かはる妻木の山の朝夕に」（ささめごと〈尊経閣本〉・救済）、「薪こる男の通ふ山陰／朝夕に送るや風の渡し舟」（竹林抄・旅・九九五・賢盛）にも見える。自注の「題の南北をふくみ侍り」は、「朝夕に風かはる」に典拠の「朝南暮北」を詠みこんだことを示す。また梅の香りを袖にうつすとする歌は多いが、当該歌は梅の香を移そうにも「たのむそでやなからん」と詠み、あたかも袖がないかのようである。そこで自注は「袖はあると云心なり。たのむべき袖なしと也」と説く。これは風に吹かれる袖はあるけれども頼みとする袖はないという意。

先述したように正徹には、「南北擣衣」題で「たきゞとりし朝夕の谷の風こゑをひとつにうつ衣かな」（草根集・巻十五〈次第不同〉）と鄭太尉の故事を詠むが、正徹の音に対して、心敬は香りを詠んでその趣向を変えている。しかし、題の「南北」の意はやはり「朝夕の谷の風」によって満たしており、心敬はその手法を踏襲しているといえよう。

【現代語訳】
梅の香りも、朝には南風、夕には北風と吹く風が変わる谷には、（その香をうつすべき）頼みとなる袖はないのだろうか。

水辺若菜《すいへんのわかな》

187　あさまだき芹つむ沢は氷ゐて山をねじろにあらふ雪かな

【自注】なし

【評釈】
歌題の「水辺若菜」は、「つららゐし野沢の清水下とけて若菜摘むべく春めきにけり」（白河殿七百首・二五・師継）など鎌倉初期あたりから見える。同時代に「沢水にかたがた袖を濡らすかな摘める根芹をかつ洗ふとて」（顕氏集・一〇〇）などもあり、「水辺」の「若菜」で「芹」を詠む。

第二句の「芹つむ」は、平安期の慣用的歌語。『八雲御抄』巻三には「せりつむは、たゞもつむ。又恋心によむは有因縁。心に物のかなはぬなり」とある。「芹摘みし昔の人も我ごとや心に物はかなはざりけん」は、『俊頼髄脳』、『奥義抄』など多くの歌学書に引用されており、主意は思い通りにゆかない不遇を嘆くということであるが、当該歌においてはその意味はくみ取りがたい。むしろ『連珠合璧集』に、「芹↓摘、ねにあらはれて、沢、あらふ」という

寄合があるように、上句の「芹つむ沢」から下句の「ねじろにあらふ」の連想が導かれた付合的な作りであろう。また芹を摘む人には隠遁者のイメージが重なる。

第四句の「ねじろ」は、植物などの根が白いことで、「可波加美能　祢自路多可我夜　安也尓阿夜尓　左宿佐寐弖許曽　己登尓弖尓思可（川上の根白高萱あやにあやにさねさねてこそことにでにしか）」（万葉集・巻十四・三五一八・読人不知）とあるように、専ら「根白高萱」と詠まれる万葉語である。「ねじろ」を「たかがや」以外と結んで詠んだのは正徹で、「名にぞふるねじろの柳みかさおちうき川岸の夏の夜の雨」（草根集・巻六〈次第不同〉・夏顕恋）があり、心敬にも「名もしるく霜にくづれし河岸の根白の柳あらふ浪哉」（心敬集・一二一・岸柳）とあり、根が水に洗われ白く見えている様を詠む。

「ねじろ」が「芹」を指すとするものに、『蔵玉集』の「せぜに立つ波とて花よ根白草摘む我が袖に雪は降りつつ」（五）があり、「芹」の異名を「根白草」とする。『蔵玉集』は連歌師に尊重された歌集でもあり、「芹」と「ねじろ」は心敬の中でも自然と結びつく連想であったのであろう。

「山をねじろにあらふ」とは、「山の根を根白に洗ふ」の意。山の根とは山裾の方のことを指し、そのあたりが白いという情景である。山の下方が白くなるという情景を詠んだ連歌に、「たか萱分る水の川上／霧くだる山やねじろに成ぬらん」（顕証院会千句・第八・六三・原秀）がある。

早朝の沢は氷っていて根を洗うことができないのに、山の根が白いことに気付く。山の根を白く洗ったものは何であるか、それは雪だという一種謎解きのような歌であるが、山裾に雪が積もっている風景を、若菜が流れに洗われ根白になることにたとえ、山の根白は雪が洗ったのだとするところに、崇高さを感じさせる。

【現代語訳】

早朝、芹を摘む沢は氷っていて（根を洗うことはできないのに）山の根を白く洗う雪であるよ。

188　野若菜
分出《わけ》てすそ野の若なつむ人にみ山の松の雪を見る哉

【自注】

山里人の、はるかのすそ野までわかなをもとめ侍るを見て、おく山には道たえ松の葉の雪もとけざるをさとりしれる心なり。（岩橋下・二六）

【評釈】

歌題の「野若菜」は、『祐茂百首』や『白河殿七百首』など、鎌倉初期から詠まれる。正徹にも同歌題で、「おきて行たが手枕のをのづから別ぢに生るわかなつむらん」（草根集・巻四〈次第不同〉）など二首がある。

自注の「山里人」は、山里に住む人のことで、山里人が裾野で若菜を摘むということは、わざわざ山中から野に出てきていることを意味する。山裾の野辺で若菜を摘む山里人の姿を見て、奥山はまだ雪に閉ざされ、松の葉に雪が積もっているだろうことを想像しての歌で、実景としての雪が見えているわけではない。

第三、四、五句の「つむ人にみやまの松の雪を見る」と、上句の若菜を摘む山里人の姿を詠み、山里人が野にいるということから下句では深山の様子が自然と思いやられると想像した付合的な歌。格助詞「に」が「見る」の機縁としての働きを持つ。

「み山の松の雪」は「深山には松の雪だに消えなくに都は野辺の若菜摘みけり」（古今集・春上・一九・読人不知）などからもうかがえるように、深山の雪深さを象徴するもの。


【現代語訳】

踏み分けて出かけて行き山裾の若菜を摘んでいる人の姿に、深山の松にはまだ雪が積もっていることだろうと（雪深

い山に）思いをはせることだ。

海辺霞《かいへんのかすみ》

189　すまのうらやたゞ目の前にあはぢ島見えしもかすむ春の曙

【校異】［歌題］海辺霞―海春曙（岩橋）　［本文］前に―前の（岩橋）

【自注】
すまの巻に、たゞめの前にみえ侍るはあはぢの島のみなど、いへるあたりをとり侍るばかり也。（岩橋・二七）

【評釈】
歌題の「海辺霞」は、77【評釈】参照。校異に挙げる『岩橋』の「海春曙」題は他例を見ず、歌より考えられた歌題か。

自注より当該歌は、『源氏物語』を本説にしたものということがわかるが、「たゞ目の前に見やらるゝは淡路島なりけり」という本文は須磨巻ではなく明石巻からの引用である。この錯誤は「淡路島かよふ千鳥の鳴く声にいく夜寝ざめぬ須磨の関守」（金葉集・冬・二七〇・兼昌）より「淡路島」といえば「須磨」と結びついたのであろう。『源氏物語』の当該箇所は四月、夏のこととして描かれており、そこには「あはと見る淡路の島のあはれさへ残る隈なく澄める夜の月」と、明石から淡路島を臨んで見える澄み渡る月を詠むが、「あはは」という同音の語の繰り返しのおもしろさに工夫がある。当該歌はこの歌同様に、「あはぢ島」に淡々《あわあわ》の意を掛け、ほのかに見える淡路島の様を春に置き換え、夕月夜を春霞にかすむ曙へと季節と時刻を一新し、「あはぢ島」と「かすむ」とが響き合うように仕立てている。

【現代語訳】

須磨の浦では、ただ目の前に淡路島が見えていたけれども、〈今は〉霞にくもっている春の曙だ。

山夕霞
190　かゞみ山手にとるばかり見し影も霞にくもるゆふぐれの空

【自注】なし
【評釈】

歌題の「山夕霞」は珍しい題である。正徹には「春夕霞」題で、「花にさけ紅桜そへてみむ入日色こき峰のかすみに」〈草根集・巻十四・長禄二年閏正月二十七日・草庵廿日会〈備前入道浄元逝去により延引〉。類題本第三句「うゑてみん」〉があり、また正広には「浦夕霞」題で、「難波潟波に暮れゆく色そへて霞はてたる淡路島山」〈松下集・一〉とあり、正徹周辺で新たな三文字題が生みだされたかと推察される。当該歌の「山夕霞」題は夕暮れ時の霞が山を覆う様を本意としている。

第一句の「かゞみ山〈鏡山〉」は近江国の歌枕。滋賀県旧野洲町〈野洲市〉と旧竜王町〈近江八幡市〉の境にある山。古来、「鏡」の縁で「影」や「くもりなき」、「月」、「光」、「明し」、「澄む」などと共に詠まれる。

第二句の「手にとるばかり」は、手に取ることができそうなくらい近くにの意。「久方は手にとるばかりなりにけり雲のゐるてふ寺に宿りて」〈恵慶集・八二〉や、「さやけさを手にとる斗久かたの月の宮人月やみるらん」〈草根集・巻五〈次第不同〉・月〉などから、もっぱら「月」を対象として詠まれる。しかし心敬には、「今日はきて手に取ばかり

かすむにも筆をぞ捨る和歌のうらなみ」（心敬集・九七・眺望）と、手にとれるばかりに見えるのは和歌浦だとする歌があり、月の光をはずして詠む。当該歌においても、手にとれそうなほど近くに見えていた「影」は、月ではなく鏡山そのものととらえられよう。「かゞみ山手にとるばかり」は「あふみの海のちかき見わたし／かゞみ山手にとるばかり月すみて」（新撰菟玖波集〈実隆本〉・秋下・八五六・秀満）がある。但し、この句は鏡山には手に取れそうなほど近く大きく澄んだ月がかかっていての意である。『心敬集』歌でも「筆」という縁語を用いていたように、当該歌でも「かゞみ」から「手にとるばかり」を導いている。

「霞にくもる」は、多くの歌では「有明の空」や「曙の空」、「春の夜の月」などを詠み、夕暮れの空を詠むのは珍しい。鏡山を曇らせるものは、春雨や時雨という降物《ふりもの》、また散る花びらなどであるが、霞で曇るという歌に、「今朝見れば霞にくもる鏡山はるるはみがく心地こそすれ」（実家集・四）があり、朝霞によって姿が見えない鏡山が詠まれる。これを踏まえると、当該歌は空が晴れていた時は磨いた鏡のようにはっきりと、また手に取れそうなくらい近く見えていた鏡山が（「見し」の「し」は過去の助動詞）、夕暮れになり、あたりに霞がたなびくと山の姿がおぼろになったという景色を詠んだと解される。

【現代語訳】

鏡山が手にとれそうなほど近くに見えていたが、その山の姿も（遠くなったように）霞にくもっている夕暮れの空よ。

191

霞中月（かすみのうちのつき）

春の夜は行とも見えぬ光哉霞のとこに月やねぬらん

【自注】なし

【評釈】

歌題の「霞中月」は、正徹や正広以前には見出せず、正徹周辺で出された歌題。正徹には同歌題で、「めぐれども春の空をばいでやらぬ霞や月のうきよなるらん」（草根集・巻十五〈次第不同〉）がある。

第二句の「行とも」は、「ゆけども」ではなく、「ゆくとも」と読む。「いづかたへゆくとも月の見えぬかなたなびく雲の空になければ」（後拾遺集・雑一・八四〇・永胤）は、月はじっと留まっていてどこへ行くとも見えないと詠む。永胤詠では、空に雲がなく月が隠されることがないので動いているようには見えないというが、当該歌では、月が霞に覆われているのでまるでじっとしているようで動いては見えないと詠む。心敬は、「ながるゝ水の色の長閑さ／夜もすがら行とも見えぬ秋の月」（心玉集〈静嘉堂本〉・一一四一）とも付けている。

第四句の「霞のとこ」は、他に例を見ない表現。漢詩に「霞床珠斗帳、金鷹玉輿輪（霞の床　珠斗の帷、金の鷹　玉輿の輪）」（韋渠牟「歩虚詞十九首」）とあることは指摘できる。正徹には、「たが中にぬぎてわかれしさ夜衣草葉の床にしく霞かな」（草根集・巻四〈次第不同〉・暁霞）などのように、霞を「しく」という表現があり、このような表現から考えられたか。「とこ（床）」と「ね（寝）ぬ」は縁語。

月が霞に覆われ、おぼろに見える情景が何よりまさるとする歌に、「照りもせず曇りもはてぬ春の夜の朧月夜にしくものぞなき」（新古今集・春上・五五・千里）があり、当該歌でもその美意識を前提にして霞に包まれた月光の美しさを詠む。おぼろに見える月光を「月が霞の床に寝ている」と見たところが心敬の工夫である。明確な三句切れで、上句は春のおぼろ月の光の優艶な様を詠むが、下句は興じて詠んでおり、連歌的構成。

【現代語訳】

春の夜は進んで行くとも見えない月光であることだ。霞の床に月は、じっと寝ているのだろうか。

192　山落花
太山路《みやまぢ》や散しく花を吹立てこけのむしろをまくあらしかな

【自注】なし

【評釈】

歌題の「山落花」は、あまり多くはない。「桜花吹くや嵐のあしほ山そがひになびく峰の白雲」（壬二集・二一八二）のほかは、範宗、順徳院に見られる程度。

「太山路や」と初句切れで、場面が深山路であることを提示している。

第四句の「こけのむしろ」は、苔の生えている様子を筵に見立てたもの。また山住のわび住まいの意もあり、特に修行者の山中の草庵のことを指すが、ここではその意味はない。深山路ゆえに誰も踏む者はなく一面に苔が覆っている道の様子をいう。「花むしろ」の語を背景にしての発想と思われる。「花むしろ」は、正徹に「おしめども庭にちりしく花筵それも心をのぶる老哉」（草根集・巻十二・康正元年三月五日・細川右馬頭入道道賢家にて、庭の花盛なりとて、続歌・花慰老）他数首の歌例があり、花びらが散り敷いている様を表す語。一面の苔の上に花びらが散り敷く様を詠んだものとして、「木の下の苔の緑も見えぬまで八重散り敷ける山桜かな」（新古今集・春下・一二三・師頼）があり、当該歌は、苔の上に散る花びらの様を「花筵」、そして一面の苔の様を「苔筵」としてイメージを結ばせるべく、「花」と「こけむしろ」の語を詠み込む。連歌に「ふりしくを風の跡かと雪晴て／春のむしろはたゞ花のかげ」（諸家月次聯歌抄・二〇〇）とあり、「春のむしろ」として一面に花が散っている様を詠んだ例もある。心敬には「苔の筵」を詠む例として、「太山風木の葉吹きまく音たえて苔のむしろに月ぞふけゆく」（211【評釈】参照）がある。

当該歌は、地面に散り敷いた花びらを吹き上げる嵐に、筵のような苔までもが巻き上げられるようだと詠む。筵は

一般的には「敷く」ものとして詠まれることが多いが、ここでは「まく」と表現される。「筵を巻く」とする歌は、「おきいで、人なき床の月影にさゆる筵をまく嵐かな」（草根集・巻六〈次第不同〉・冬筵）や、「はかなしな仏の法の庭ならで我も筵をまく朝哉」（松下集・一四二七）などとある程度で、古くからの表現ではなく当該歌も含め正徹の影響による当代のものである。

【現代語訳】

この深山路。一面に散り敷く花びらを吹き上げて、筵のような苔までも巻き上げる（かのような）嵐であることよ。

寄花雑

193　たが世にか太山《みやま》にたねを植たてる岩もと桜さきてちるらん

【自注】なし

【評釈】

歌題の「寄花雑」は、「七十の花の都に住みながら春にはあはでよをやつくさん」（壬二集・一四三三）以後の歌例は、「花をまつ世は春しるき木本の袖とふ月に秋風ぞふく」（草根集・巻六〈次第不同〉）などの正徹詠数首まであまり詠まれていない歌題であり、あるいは正徹は家隆に学んだか。

「たが世に」、「たねをまき」という歌例には、「誰が世にか種は蒔きしと人とはばいかが岩根の松はこたへん」（源氏物語・柏木巻）があり、当該歌はかなり近い表現で、あるいは「誰が世に種をまく」という措辞が成語のように使われていたか。当該歌は桜の種について詠むが、「昔誰かかる桜の花を植ゑて吉野を春の山となしけむ」（新勅撰集・

春上・五八・良経）、「行末の花かかれとて吉野山たれ白雲の種をまきけん」（風雅集・春中・一五四・家隆）とあり、一体誰が桜の種を蒔いて吉野山を桜の山としたのかという先行歌がある。『源氏物語』を元として、『新古今集』歌人、正徹、心敬と育まれた表現であろう。

「たねを槙たてる」は、「種を蒔き」と「槙立てる」とを言い掛けたもの。「種を蒔き」を掛詞として詠む歌は多くはない。家隆が「誰か世につれなき種をまきもくの檜原の山の色もかはらず」（壬二集・二七三五）と、「巻向」と掛けている例はある。心敬の当該歌での掛詞は、これとは別に独自に創造したものであろう。

第四句「岩もと桜」は、「吉野川岩本桜咲きにけり峰より続く花の白波」（続後拾遺集・春上・七二・道家）とあるが用例は少ない。心敬には「清水せく岩もとざくら風もがな」（心玉集〈静嘉堂本〉・七六二）がある。岩の根元にある桜で、当該歌では槙が生えている岩の根元にある桜となる。

【現代語訳】

いったい誰の生きていた世において、この深山に種を蒔き、槙の立つ岩の根元の桜が咲き、そして散るのだろうか。

松上藤

194　さく花もしなひやながきさすかめの山松がえの春の藤なみ

【校異】［歌題］松上藤―松藤（岩橋）［本文］さく花―さく藤《花》（岩橋）　藤なみ―藤かえ（島原）

【自注】

伊勢物語に、行平の家の花がめにさせる藤の花のしなひ、三尺六寸侍しなどいへば也。しなひはふさ也。その花がめ

を亀山にそへて申侍り。（岩橋下・一四九）

【評釈】

歌題の「松上藤」は、『宝治二年百首』に初出し、「雲とのみ藤咲きかかる深山には松の雨とや風もなるらん」（七二四・基家）などがある。校異に挙げる『岩橋』の「松藤」題も、「染めて干す若紫の藤衣松も根摺りの色や分くらん」（壬二集・一三五八）や「岩代の松のたぐひに見えぬべし結びかけたる藤の花房」（為尹千首・一九〇）など、多くはないが詠まれている。

自注の『伊勢物語』は、一〇一段の「（行平は）情ある人にて、瓶に花を挿せり。その花の中に、あやしき藤の花ありけり。花のしなひ、三尺六寸ばかりなむありける」を指す。これにより、「しなひ」は藤の花房を意味する。藤の「しなひ」を詠んだ歌例は少ないが、「谷越しの藤の古枝のひこばえてしなひも長く花咲きにけり」（新撰六帖・二三八三・知家）がある。さらに、自注に「その花がめを亀山にそへて申侍り」とあるように、長く垂れ下がっている藤の花を挿した花瓶を、亀山に生える松に藤波がかかっている様に見立てたところが眼目である。

「さすかめの山松がえ」に「瓶」と「亀」とを、また「かめの山」と「山松がえ」とを掛ける。「かめの山」は「亀《かめの》尾山《おやま》」、「亀山」と詠まれる山城国の歌枕（京都市右京区嵯峨）。「亀山にいざ言とはんこのえなるまつの緑は幾世経にきと」（夫木抄・一〇六二七・花山院）などのように、亀の長寿にあやかって松とともに詠まれる。島原本の「藤がえ」は、初句に花を詠んでいることから、底本の「藤なみ」がよい。

なお松にかかる藤の受容については片桐洋一氏「松にかかれる藤浪の」（『古今和歌集の研究』〈明治書院・平成三年〉）を参照。

【現代語訳】

咲いている藤の花房も長く垂れていることよ、（その花の枝を）さしている瓶の亀山の松の枝にかかる春の藤波よ。

照射

195　ともしする野べのさをしか夏の夜も身に霜ふれる夢は見ゆらむ

【校異】［本文］ともしする―ともしさす（岩橋）

【自注】

難波の夢野に、鹿の身に霜ふれる夢をみて、明てあはぢ島にかよひぬるとてころされ侍し。其よりつげ野を夢野と云。（岩橋下・七〇）

【評釈】

歌題の「照射」は、『堀河百首』題。「照射」は鹿狩りの一方法で、小さな篝火を焚き、その火に誘われて寄って来た鹿の目に火影が反射したのを的にして射る。夏から秋にかけて行われるが、和歌においては夏題。

自注の説話は、「夢野の鹿」のこと。『釈日本紀』所引の『摂津国風土記』に、刀我野にいた牡鹿が、背中に雪が降り、薄が生えたという夢を見て、それを牝鹿に語ったところ、矢に射られ塩をふられることを意味するので注意するようにと夢占をした。果たして牡鹿は、淡路島へと渡る途中で射殺される。これにより、刀我野は夢野と名付けられたという話である。夢野の鹿については、「契を秋ぞ通ひ絶えぬる／あはせつる夢野の男鹿音に鳴て」（竹林抄・秋・三八二・賢盛）の諸注、兼載の「すゝきなびきてしかぞおきふす／さめて後いかにうかりし夜の夢」（聖廟千句・第四・七九）の諸注、『雲玉抄』の「又も世にあはぢの舟路かひぞなき夢のつげのと我は言ひしか」の注、「己が身に霜置く夢や見えつらん心細げに鹿ぞ鳴くなる」（秘蔵抄、歌枕名寄）の注などに同様の説明が見られるが、各注により説の相違する点もある。本説の「刀我野」が「つげ野」（岩橋他諸注）、「雪」が「霜」（岩橋他諸注）、「薄」が「芭蕉」（雲玉抄）、また「つげ野」の所在地「摂津国」が「難波」（岩橋）、「播磨」（竹聞）など。心敬の時代には既に説話化した本

文が伝わっていたようであるが、自注の「難波」は誤解か。正徹に「枯野霜」題で「春秋よすだきし虫もすむ鳥も夢野の鹿の跡の霜枯」（草根集・巻十三・長禄元年十一月十九日・高松神法楽歌合《ママ》・枯野霜）の詠があり、夢野の鹿は正徹の時点で霜との取り合わせで詠まれている。当該歌は、照射によって射られる鹿を、夢野の鹿にたとえて詠んだもの。

第一句の「ともしする」は歌例が多いが、『岩橋』の「ともしさす」は多くない上に、実隆以後の作に限られるため、ここでは「ともしする」を良しとする。

【現代語訳】
照射を行っている野辺の牡鹿は、夏の夜にも我が身に霜が降る夢は見るのだろう。

夕立晴《ゆふだちはる》

196　かきくれし山ぎは晴て我門《わがかど》に水ながれ入《いる》ゆふだちのあと

【校異】［歌題］夕立晴―夕立（岩橋）

【自注】
雨のはじめの白水は我に入てながるなどいへる詩の面かげ也。（岩橋下・六四）

【評釈】
歌題の「夕立」は、『宝治百首』など百首題をはじめ多く見られるが、「夕立晴」題は『草根集』に三首見えるほかは、見出し得ない。その中に、「雲は猶空かたわけて夕立の日影さやけきにしの山のは」（草根集・巻三・永享五年六月二十九日・清水神護寺にての探題）があり、あるいは関連があるか。

自注にあるように、「晴後青山臨牖近、雨初白水入門流（晴の後の青山は牖《まど》に臨んで近し、雨の初めの白水は門に入て流る）」（和漢朗詠集・下・山家・五六一・良香）を典拠とし、「晴後青山」と「かきくれし山ぎは晴れて」とが、「白水入門流」と「我が門に水ながれ入」とが対応する。「白水」は、『和漢朗詠集』の古注に「白水とは雨水のたまりたるは白て見ゆる也」（和漢朗詠注）とあり、また「霖雨なんどの后、流る、水は必ず濁りて、此を白水と云。山家は山の麓に在ば、山より落る水、必ず門に入」（朗詠抄〈書陵部本〉）、「下句、田家に雨降れば、濁水入レ門ニと云心也」（和漢朗詠集和談抄）とあり、雨後の「白水」（濁った水）との記述は、そのまま当該歌の状況でもある。

一首は『和漢朗詠集』の詩句に拠りつつ、目まぐるしく変化する雨後の情景を近景と遠景との対比によって描いたところが眼目である。

【現代語訳】

真っ暗になった山際のあたりははや晴れて、我が庵の門に白く濁った水が流れ込んでいる、夕立の跡であるよ。

197　　題同（夕立晴）

いろ〳〵のくちばながれて太山路《みやまぢ》は石はらたかき夕立のあと

【校異】［本文］太山路は―太山路や（島原）

【自注】なし

【評釈】

第二句の「くちば」は、朽ち葉。『詞花集』以下にみえ、晩秋から春にかけて、落ちた葉が朽ちた様子が詠まれる。

正徹は好んで用いており、「木の本にのこる朽ばを吹たて、雪までくもる冬の山風」（草根集・巻二・永享元年十二月十八日・西岡海印寺にて二十日暁のあしたの続歌・落葉）など冬を中心に数首あるが、この語を夏歌に詠んだところに心敬の独自性が認められる。

第四句の「石はら」は、「Ixivara　石だらけの所」（日葡辞書）。「行きて見ん駒の沓掛石原や十市の里に萩咲きぬめり」（夫木抄・四一四九・仲正）などがみえるが、用例は多くはない。またそれを「たかき」とする例は見出せず、類例の「石高き」であれば、「水のはやきは苔はしるなり／石高き山の奥より滝落て」（菟玖波集〈広大本〉・雑一・一二六四・知春）とあり、「此大路はいみじう石高し」（宇治拾遺物語・一六一）などと見える俗語的な表現。全国的に見える地名の「石原」の多くは、川筋に沿った石の多い地帯であり、ここでも石のごろごろとした山間の川筋の様子を描くか。

なお、第三句の「太山路」は、192【評釈】参照。島原本は「太山路や」とするが、ここは底本が良い。

【現代語訳】
（降り積っていた）色とりどりの朽ち葉は流されて、深い山の（川筋の）路は石がごろごろとあらわれている、夕立の跡よ。

閨扇

198　しろたへのあふぎの月に秋深《ふけ》てならせばねやに凩《こがらし》のかぜ

【自注】なし

【評釈】

歌題の「閨扇」は、僅少。『草根集』以前に見出し得ず、同集には九首が見られる。「身にそへば扇もねやにかれぞゆくたが秋風のはししたふらん」（草根集・巻三・文安四年四月二十日・草庵月次・当座）、「たとふらむ閨もる月をてにならす風やかへりて空に涼しき」（草根集・巻四〈次第不同〉）のほか、「閨扇風」、「閨中扇」、「閨中扇風」などの結題も見え、正徹好みの題材といえる。

上句の「しろたへのあふぎの月（白妙の扇の月）」は、白く浮かび上がる扇を月に喩えたもの。扇を月に喩える例には、「盛夏不銷雪、終年無尽風。引秋生手裏、蔵月入懐中（盛夏に銷《き》えざる雪、年を終《を》ふるまで尽くることなき風。秋を引いて手の裏《うち》に生《な》る、月を蔵して懐の中に入る）」（和漢朗詠集・上・夏・扇・一九九・白居易）、斑婕妤「怨歌行」の「新裂斉紈素、皎潔如霜雪。裁為合歓扇、団団似明月（新たに斉の紈素を裂けば、皎潔にして霜雪の如し。裁ちて合歓の扇と為せば、団として明月に似たり）」（文選・巻二七、古文真宝・前集）がある。先掲「たとふらむ」歌に「閨もる月」とあるように、当該歌でも月光が扇に反射し、その白さを際立たせている。なお、日本では、「あふぎの月」で白紙を張った扇や、扇に月光の反射したさまを表し、中世以降に類例が多く、やがて団扇へと置き換えられていく。

「ならせば（鳴らせば）」は、扇で音を立てること。その音が風のように聞える。先行例は、先の漢詩を本説とする歌が『和漢朗詠集』に載るほか、「うたた寝の朝けの袖にかはるなり鳴らす扇の秋の初風」（新古今集・秋上・三〇八・式子内親王）などがある。心敬は、これらの典拠、及び「もる月もしろき扇は夏の夜の閨にも雪をあつめてぞみる」（草根集・巻四〈次第不同〉・閨扇）や前引の「たとふらむ」歌などを念頭に詠むか。

当該歌は、196と同様に漢詩を面影に浮かべて詠む心敬得意の構成である。白詩が扇を懐にしていたのに対し、正徹、心敬詠では手にして使っており、動きのある表現へと変化している。

白扇に反射する月光の白さに秋の深まりを感じ取ろうとしており、盛夏に月（秋）、凩（冬）を思い起こし、視覚と

聴覚の間で自在に季節を進める点が眼目である。

【現代語訳】
白い扇は、月光をうけ白々と光りまるで秋深い月のようで、その扇を鳴らせば、閨に（その音が）あたかも木枯らしが吹くように聞こえることよ。

夏衣

199　難波江やあしづゝよりもあさ衣うすきゆふべは秋風ぞふく

【校異】［本文］あさ衣―海士衣（島原）

【自注】なし

【評釈】
歌題の「夏衣」は、『永久百首』題。

第二句の「あしづゝ（蘆筒）」は、「芦のよ《節》の中にうすやう《薄様》の如くなる物の有るを云ふ也」（流木集）、また心敬の「あしづゝのうす雪こほる汀かな」の自注にある「あしづゝとは、あしのよ《節》の中にあるうすやう《薄様》なり。さて、うすしといへるばかり也」（岩橋上・八五）が参考となる。「難波潟刈り摘む蘆の蘆筒の一重も君を我や隔つる」（後撰集・恋二・六二五・兼輔）のように、「難波（江）」の縁語として、また単衣、薄衣を続け枕詞的に用いる。当該歌では第四句の「うすき」に掛かる。和歌の用例は二十数例のうち正徹以前は七首ほどである。一方正徹には六首見え、「なにはえや風にかれたつあしづゝのうすき氷をくだく浪哉」（草根集・巻一之上・永享十年六月七日・祇園社法楽初一念百首・葦間

氷）など「薄し」とともに詠んでいる。連歌では、「なにはのあまや冬ごもりする／あしづゝのうすき衣を身にかけて／夏のやどりぞそよぐ風まつ」（聖廟千句・第九・二〇〜二一）などの例がある。

第三句の「あさ衣（麻衣）」は、本来は麻で作った粗末な着物。当該歌では、粗末であることに加え、蘆筒のように「薄い」夏衣である点が強調される。第二句、第三句、第五句を「あ」音で頭韻を揃え、強いリズムを生み出している。

衣が涼やかであるゆえに、夏の夕風があたかも秋風のように感じられるという発想が眼目である。夏に秋を感じるという構成は198と共通する。

なお、島原本の「海士衣」は、仮名の「さ（左）」を「ま（万）」と草体の類似により誤読し漢字を宛てたもの。

【現代語訳】

難波江の蘆、その蘆筒よりも（着ている）麻の衣が薄い夕べは、（夏ながら）秋風が吹くことよ。

江夏月《えのなつのつき》

200　すみの江や月をつりかのふけ行ば袖こす浪のよるぞすゞしき

【自注】なし

【評釈】

歌題の「江夏月」は、『為重集』に「濁りなく涼しきものは水錆江《みさびえ》の玉に曇らぬ夏の夜の月」（一三二）、「流れ江の波のよすがに折り敷きて月影涼し伊勢の浜荻」（二四七）の二首が見え、その後は、正徹の「影すゞし春はいなさの山

のはにかゝるほそ江の浪の三日月」（草根集・巻十一・享徳二年四月十三日・修理大夫家月次）まで例を見ない。いずれも涼しさを詠む点は共通する。

第一句の「すみの江」、「浪」、「よる（寄る）」は縁語。

第二句の「月をつりかの」では、「つりか」が名詞となるが、語義未詳。本来「つりかね」とあったものが、「年（ね）」の草体を「乃（の）」と誤り、「つりかの」という本文となったか。本『十体和歌』327に「夕日をつりかねて」という類似の表現があり、当該歌も「月をつりかね」であった可能性を思わせる。ここでは、「つりかね（釣りかね）」ととり、月を釣ることができない、すなわち月が沈むことを止めることができないと解釈する。

第四句の「袖こす浪」は数は少ないものの、『新古今集』以降に用例がある。「松山と契りし人はつれなくて袖越す波に残る月影」（新古今集・恋四・一二八四・定家）は、本歌「契りきなかたみに袖を絞りつつ末の松山波越さじとは」（後拾遺集・恋三・七七〇・元輔）によりつつ、涙にぬれた袖を表している。当該歌では、「にほの海や袖こす浪に漕むかふ舟人涼し興津島風」（草根集・巻四〈次第不同〉・水辺納涼）同様、高い波の比喩である。

第五句の「よる」は、「寄る」と「夜」との掛詞。

【現代語訳】

住の江では、月を釣ることができずに更けてゆくと、袖にかかるように波が寄せる夜の、いかにも涼しいことよ。

夏草露

201　山ざとの夕かげ草に露おちてこぬあきふかき日ぐらしのこゑ

【自注】なし
【評釈】

歌題の「夏草露」は、「おしなべてまだ色づかぬ草の葉にまづ置き初むる夏の朝露」（壬二集・一五六六）ほか、『為家一夜百首』などに見える。その後、『為尹千首』に見え、正徹にも「夏草の露のぬきのみいそげども花の錦はをるたてもなし」（草根集・巻一之上・応水二十六年十月・今川上総介範政家一夜百首）がある。

第二句の「夕かげ草（夕影草）」は槿の異名ともいうが（蔵玉集）、ここは「夕かげ草、夕陽の時分の草迄なり」（兼載雑談）とあるように、夕方の光を受けて見える草の意。もとは「吾屋戸之　暮陰草乃　白露之　消蟹本名　所念鴨（我が宿の夕影草の白露の消ぬがにもとな思ほゆるかも）」（万葉集・巻四・五九七・笠女郎）と詠まれる万葉語で、「庭に生ふる夕影草の下露や暮れを待つ間の涙なるらん」（新古今集・恋三・一一九〇・道経）などと詠まれている。正徹はしばしば詠み、殊に春の歌に集中して用いるなかで、心敬は「岡のべの夕かげ草の露の上に夏なき秋のかよふ松風」（草根集・巻八・宝徳二年六月十三日・或所月次・夕納涼）を参考にしたか。正徹詠では、「夕納涼」題にあわせて「夏なき秋のかよふ松風」と詠むが、当該歌は更に踏み込み、「こぬあきふかき」とした点に工夫がある。草に置いた露が、夕影、夕風、蜩の声とあいまって、まだ来ぬ秋の深まりを感じさせるという。このように、夏にもかかわらず、聴覚、視覚、触覚を通じて秋を感受する構成は、198、199に共通する。

【現代語訳】

山里の残照の中、生い茂った草に置く露がこぼれ、まだ来ていない秋が深まるように感じられる、蜩の声であるよ。

新秋

202　秋きぬとめにはさやまの夕月夜ひかりになびく雲かぜのいろ

【自注】なし

【評釈】

歌題の「新秋」は、当該歌以外に例の見られない、非常に珍しい歌題である。

本歌は、「秋来ぬと目にはさやかに見えねども風の音にぞ驚かれぬる」（古今集・秋上・一六九・敏行）。第二句を「さやま（狭山）」と受け、本歌の「さや（か）」を響かせる。「狭山」は、「妻恋ふる鹿の立どを尋ぬれば狭山がすそに秋風ぞ吹く」（新古今集・秋下・四四一・匡房）のように、深山《みやま》に対し、それほど深くない山をいう。

第三句の「夕月夜」は、夕方に出る月。正徹は、「夕づく夜はゆふべから月の出づる四日、五日の比也。いかにとおぼつかなきか」（正徹物語）と記し、「めぐりあふ花の木のまの夕月夜又いつのよの春かかゝらむ」（草根集・巻八・宝徳二年正月六日・修理大夫家続歌・春夕花）ほか、四季にわたって詠じており、正徹好みの素材といえる。

第四句の「ひかりになびく」は「雲」にかかり、「雲」は「雲かぜのいろ」と続く。「ひかりになびく」は、『堀河百首』に「大空の光になびく神山の今日の葵や日影なるらん」（三五四・匡房）という同じ表現が見え、また正徹にも「花の春に世はうちかすみ春の日の光になびく風はゆるくて」（草根集・巻四〈次第不同〉・春日。類題本第一句「花の香に」）とある。正徹は、霞に光が射すことによって生じる、かすかな風の流れを視覚的に捉えており、心敬はこれを念頭に置きつつ、霞から雲へと変えることで、風の存在を強めていると考えられる。

第五句の「雲かぜ」は、風にたなびいている雲の意。伏見院が好んで用い、以降散見するが、用例は多くはない。正徹は「雲風を空になびけて四方に立春や世をしるあるじなるらん」（草根集・巻十一・享徳三年五月二十九日・諸神法楽百首・立春）など、十首を詠じている。心敬は正徹の歌を念頭に置きつつ、意味の上で上下につながりを持つ複雑な

構成で風景を描き出している。

敏行詠は、目に見えぬ秋の訪れを音によって示すところに発見があり、長く人々の共感を得、感覚を導いてきた。心敬は、敏行詠を念頭に置きつつ、月と風に流れる雲との組み合わせによって、同様の景をあえて視覚的に捉えようとした。この点が眼目である。

【現代語訳】

秋が来たと目にはっきりと見える、狭山の上にある細い夕月。その光を受けて風にたなびく雲こそ秋風の色なのだ。

荻告秋《をぎあきをつぐ》
203 白妙の庭の真砂のはま風に秋をなのりになびくおぎ哉
【校異】［本文］なのりに―なのりそ（島原・岩橋）
【自注】
礒草の藻のこと也。秋をなのりそといへること葉にひかれて、庭をも浜のまさごなどそへ侍り。此のたぐひ、歌に数を知らず。（岩橋下・七一）
【評釈】
歌題の「荻告秋」は、『草根集』に初出し、先行用例の少ない歌題である。『草根集』には、「里わかずうき秋風の吹くるをとはずがたりの荻のこゑ哉」（巻八・宝徳二年九月二十二日・大光明寺月次・当座）など、三首見える。
自注によれば、「なのりそ」という言葉が一首の構成の要であり、底本の「なのりに」は誤写、島原本や『岩橋』

に「なのりそ」とあるのが正しい。「なのりそ　藻の事也」（私用抄）とあり、海藻。但し、「なのりそ」であれば、第四句末を呼びかけ・禁止で止め、第五句末を詠歎で終える非常に複雑な構成となる。

歌題の「荻」を詠む場合、庭など身近に生えているものが風になびくさまを詠むことが常套だが、心敬は「なのりそ」という言葉を詠み込むにあたって、庭の風景を海辺に見立て、縁語仕立てで構成する。すなわち、「庭の真砂」を浜のまさごに、吹く風を「はま風」に、そして「荻」を浜荻と見立てる。

浜荻は、「伊勢のはまをぎと詠めるは、荻にあらず。蘆をかの国にはいひならはせるなり」（俊頼髄脳）、「草の名も所によりてかはるなり／難波のあしはい勢の浜荻」（菟玖波集〈広大本〉・雑三・一三三三・救済）のように、中世には伊勢における蘆の異名と捉えられてきた。心敬はそれを理解した上で、「浜荻」を「浜に生える荻」の意として、縁語に仕立てている。浜荻をこのような意味で用いる歌例は非常に限られているが、正徹には、「神風や伊勢の浜荻折伏せて旅寝やすらん荒き浜辺に」（新古今集・巻十四・羈旅・九一一・読人不知）を本歌とする、「さはりける夜半の夢路のあしわけは秋くる風のあらき浜荻」（草根集・巻十四・長禄二年二月十五日・日下部宗頼興行の続歌・荻妨夢）など、「荻」を詠むべき歌題で「浜荻」を詠む例がある。特に、「いかゞ吹都の宿の荻にさへ秋の心のあらきはまかぜ」（草根集・巻十・享徳元年七月二十六日・平等坊円秀月次・荻告秋）は当該歌と同歌題であり、しかも都の庭に生える荻に「はまかぜ」が吹く趣向も共通している。心敬はこうした正徹詠に想を得たか。

当該歌の「なのりそ」は、「それを名に取成してよめる也」（流木集）とあるように、ここでは「秋を名乗るな」の意を掛け、藻のように風になびく荻に対し秋だと告げるなと制止することで、逆説的に題意を満たす。荻が秋を告げることを厭うのは、「いとどしく物思ふ宿の荻の葉に秋と告げつる風のわびしさ」（後撰集・秋上・二二〇・読人不知）、「秋はただ物をこそ思へ露かかる荻の上吹く風につけても」（新古今集・秋上・三五四・重之女）のように、風に揺れる荻の葉の立てる音が物思いをかき立てるからである。

心敬は自注で「此のたぐひ、歌に数を知らず」というが、「このたぐひ」が、言葉にひかれて眼前の風景を現実とは異なる状況に捉え直す構成を指すとするならば、比喩や古典的な見立てともやや質を異にし、むしろ珍しい表現である。あるいは、「秋風に招く尾花は真野の浦の寄せては帰る波かとぞ見る」（続草庵集・一九三・草花靡風）などを思い浮かべ、庭を浜に見立てることを指すか。

【現代語訳】
真っ白な庭の真砂を渡る浜風のような風に、秋の到来を告げて名乗りをあげるな。なのりそのようになびく荻であるよ。

折萩

204　おらざりし山路の鹿の一こゑにかざす小はぎにのこさましかば

【校異】［本文］一こゑに―一声を（島原）

【自注】なし

【評釈】
歌題の「折萩」は僅少で、『白河殿七百首』以下、心敬以前には四首のみ。心敬にとっては当代風の歌題であったか。

第一句の「おらざりし」は、「折らなかった」の意。「山路」は、「おらざりし山路」と続き、主体が萩を手折らなかった場所であるとともに、「山路の鹿」と続いて鹿の鳴く場所ともなる。一語が上下につながりおのおの意味を成

す、心敬が好んで用いる構成である。「折萩」題に対して、手折らなかった状況を詠むというのも心敬に特徴的な構成であるが、当該歌においては、後述のように歌題の状況を理想的なものとして詠むことで題意を満たしている。

　第三句が島原本のように「一声を」ならば、第四句が第一句から第三句を受け、鹿の声が萩に残るということになる。底本のように「一こゑに」であれば、鹿の声をきっかけとして手折らなかったことになるが、「のこす」の内容がやや曖昧となるか。また第三句、第四句末に同じ格助詞を置くことも珍しく、底本の「に」は誤写と見て島原本に従う。なお、「声を残す」と詠む先行例として「入り日射す峰の梢に鳴く蟬の声を残して暮るる山本」（玉葉集・夏・四二〇・為世）がある。心敬も「郭公過にし声を残す哉くる、ふもとの杉のむら雲」（心敬集・二四・聞郭公）の一首を詠んでおり、余韻を聴覚のみならず、音のよりどころとして空間の一点を示すことで視覚的にも捉えるという構成をとっている。当該歌では頭挿《かざ》す小萩が鹿の音のよりどころである。ただし、「のこす」の動作主が為世詠では「山本」、心敬の郭公の歌では「むら雲」であったのに対し、当該歌では「（おらざりし）我」である。

「萩」は『和名抄』に「鹿鳴草」とあり、露、鹿との取り合わせは常套。和歌において鹿は、夜に山から下り暁に山に帰る。当該歌は、「暁露鹿鳴花始発、百般攀折一時情（暁の露に鹿鳴いて花始めて発《ひら》く、百般《ももたび》攀《よ》ぢ折る一時《いっし》の情《こころ》）」（和漢朗詠集・上・秋・萩・二八二・読人不知）を念頭に置いて詠んだと思われる。

　第五句の「のこさましかば」は、反実仮想の条件節。先行例は「霰降るしづが萱屋の板庇うつつの夢を残さましかば」（拾玉集・六四四）一首が見える。和歌の場合、「思ひ出でてとふ言の葉をたれ見まし身の白雲となりなましかば」（後撰集・雑二・一一五一・読人不知）のように、「〜まし—ましかば」「〜けり—ましかば」と上句を「まし」や詠嘆で停止し、仮定した状況を下句に配して倒置し、上句の内容を否定するのが一般的である。これに対し句切れがなく、第五句末を「〜ましかば」と結ぶ場合は、「いたづらに過ぐる月日を七夕のあふ夜の数と思はましかば」（拾遺集・秋・一五一・恵慶法師）のように、一首全体が現実とは異なる理想的な状態、あるいはそのような状況であればよいの

にとの願望の吐露となる。当該歌も後者の形であり、「（鹿の声を）もし残したならば（よかったのに）」と、実際には萩を手折らなかったことを後悔する形で、屈折しつつ題意を満たしている。

【現代語訳】
手折らなかった山路、その山路で鳴く鹿の一声ゆえに（その声を）、髪に挿す小萩に（名残として）残していたなら（よかったのに）。

暁露

205　夜がれ行よもぎがすゑの露寒み有明の庭や月のふるさと

【校異】［本文］夜かれ行―跡もなき（心敬集）
【自注】なし
【評釈】
歌題の「暁露」は、「〜暁露」という結び題では早くから見えるものの、単独では、『新勅撰集』など鎌倉初期から詠まれている。以後は僅少ではあるが、為世、頓阿、正徹が詠んでいる。正徹には「契てきその暁の露の身を照さむ月にめぐりあへとは」（草根集・巻一之上・応永二十七年二月十七日・聖廟法楽百首）、「衣〳〵の人の涙もまじるらんかなたこなたの路芝のつゆ」（草根集・巻一之下・永享十二年三月十八日〜二十一日・住吉法楽百首）など五首の作例が見える。
第一句の「夜がれ行」は、通ってくる男の足が遠のくさまを指す。訪れが途絶えた庭には蓬が繁る。上句に、『源氏物語』蓬生巻にも通う恋のイメージが漂うことで、露は待つ女の涙をも連想させる。一方、『心敬集』の「跡もな

き」をとれば、枯れ果てた蓬が残る晩秋の庭の情景となり、「蔓草露深人定後、終宵雲尽月明前（蔓草露深し人定《しづ》まって後、終《よもすがら》宵雲尽きぬ月の明らかなる前）」（和漢朗詠集・上・秋・秋夜・二三六・篁）などが背景にあろう。当該歌はあくまで叙景歌であるため、表面上恋歌ではないが、多分に物語的な雰囲気を含んでいる。

第四句の「有明」で歌題の「暁」を満たす。

第五句の「月のふるさと」は、73「人たえて草のみふかくなるときく鹿の薗生や法のふる郷」の下句と構造的に等しい。「……のふるさと」という表現は、「花もみな散りぬる宿は行く春の故郷とこそなりぬべらなれ」（拾遺集・春・七七・貫之）が古く、後世への影響も大きい。心敬は、「散つもる秋の木の葉もそのまゝの花にやくつる春の古郷」（心敬集・二一九）、「いつの春心の花の古郷になりてうき身も苔に朽まし」（心敬集・二二〇）とも詠んでおり、「さくらがりよし野ゝ山に先立て身をふるさとになすこゝろ哉」の歌に「花をとふ心は、われよりさきによしの、木のもとに侍れば、身をば心の古郷となし侍ると也」（岩橋下・二八）と注している。当該歌の「月のふるさと」は有明の庭で、露に有明月が宿っていた状態を指す。人影がなくなり草深い庭には、寒々と露が置いている。心敬は「人ぞうき浅茅が月の古郷は吹だに残せ露の秋風」（心敬難題百首自注・三九・草露映月）を注して、「わが宿をこそあらし侍らめ、浅茅が末の露の月の古郷をだにせめて残し侍れかしとなり。花の古郷あとたへてむなしき枝に春かぜぞふく、などの故郷なり」と述べる。浅茅に置く露が「月の古郷」であると詠まれるが、それは「吉野山花の故郷跡絶えて空しき枝に春風ぞ吹く」（新古今集・春下・一四七・良経）の「花の故郷」を参考にした表現で、しかも本来の意味と異なり、「花にとっての故郷（である枝）」という意味に解釈していたことが知られる。当該歌でも、露がそこに宿る月にとっての故郷と見立てたのである。

当該歌に描かれる光景は『徒然草』の「九月廿日比、ある人にさそはれたてまつりて、あくるまで月見ありく事侍しに、……あれたる庭の露しげきに」（三二段）とある庭の情景と通うところもある。

なお、第三句の「露さむみ」の「み」は、ミ語法であり、本来は「〜を…み」の形で「〜が…ので」の意を表す。だが、『〔冷泉家〕和歌秘々』には「きとみ…たとはゞ、「谷ふかき」とあらんに、こは《強》くきこえ、となりもさしあはゞ、「谷ふかみ」とかゆ《替》べし。みときとは、おなじひゞきのかな也」（圏点は筆者）とあり、この時代になると「ふかき」と「ふかみ」の間に意味上の差を見出ださなかったようである（同内容は『悦目抄』、『かたはし』にもある）。確かに、本『十体和歌』に十八例あるミ語法を見渡しても、原因を示す順接とは言い切れないものもある。本書においては、仮に形容詞的連体形の代用としてのミ語法として、従来のミ語法と区別し、明確にこの用法と思われるものについては注記する。当該歌もその一首。

【現代語訳】

人の訪れも絶え、枯れゆく蓬の葉末の露が冷え冷えと光る有明の庭は、あたかも月の故郷であるよ。

206　　秋田鹿

小山田にたてるはくちて秋ふかみ弓はりの月にをじかなくこゑ

【校異】〔本文〕弓はりの月―弓はり月（島原）　なくこゑ―鳴く也（島原）

【自注】なし

【評釈】

歌題の「秋田鹿」の先行用例は、『草根集』の「しかもこず夢路もたえぬ岡べなるわさ田かりねの霜の明ぼの」（巻十二・康正二年七月二十日・草庵月次）の一首のみ。

当該歌では、「たてる」の主語が問題になる。第五句の「をじか」とすれば、「くちて」とのつながりが不審である。「秋深るをの、山田にさをしかの涙色こきいねぞのこれる」（草根集・巻一之上・永享十年六月七日・祇園法楽初一念百首・田鹿）を念頭に置き、「秋田鹿」題から刈り残した稲や、あるいは、『ささめごと』〈尊経閣本〉に見える「弓矢ぞ国のをさめとはなる／かゝしたつ秋の山田を刈りあげて」（周阿）や「あしひきの山田に立てるそほづこそおのが頼みを人にかくなれ」（古今六帖・一一三四・人麻呂）、「小山田に立てるそほづの弓かけはやと言はねども鹿ぞおどろく」（秋風集・一二四五・知家）などの例から案山子《かかし》（そほづ）とみることもできる。「たてる」の主語は、それらを含めて、山田に立っているものをさす。案山子とすれば、「たてる」や「弓」とのつながりも容易に連想でき、やや言葉足らずの感は免れないが、鳥獣避けの案山子は朽ちたが、その代わりに鹿は月に驚いたとなり、下句とのつながりも明快となる。第四句の「弓はりの月」は、晩秋の細い月であり、鹿を狙う猟師の弓とを掛ける。島原本との異同は、決し難いが、今は底本に従う。

なお、第三句の「秋のふかみ」のミ語法は、205【評釈】参照。

【現代語訳】
山田に立っているものは朽ちて秋も深まり、弓張り月に（驚く）牡鹿の鳴く声が響くことよ。

海辺鹿

207　あはぢがた山をはるかにさをしかのなく音こぎけつ秋の舟人

【校異】［本文］こきけつ―こきたつ（島原）

【自注】なし
【評釈】

歌題の「海辺鹿」は、『拾玉集』、『拾遺愚草』に見え、平安末期から詠まれていたようである。正徹には同歌題で、「淡路がた山路の鹿も妻こめて恋わたるせとの秋の舟人」（草根集・巻二・永享二年八月十三日・草庵続歌）、「淡路がた島山風も早じほに鹿のねうかぶせとの夕浪」（草根集・巻五〈次第不同〉）など四首があり、そのうちこの二首は淡路潟を詠じている。心敬は特に前掲「山路の鹿も」の影響のもとに詠んだか。

これら正徹詠も当該歌も、「夢野の鹿」の故事（195【評釈】参照）による。第四句の「こぎけつ」は、第五句の「秋の舟人」を主語とすることから「漕ぎ消つ」と解せるが、他に例を見ない。島原本の「こきたつ」は、「け（気）」と「た（堂）」の草体の類似による誤写。

【現代語訳】

淡路島の島山を遠く臨む岸辺で（その島山にいる牡鹿を）遥かに呼ぶ牡鹿の声を（櫓声で）漕ぎ消す、秋の舟人であるよ。

旅泊月

208　袖しほる磯のね覚の松かぜも月にこたえぬあまのはしだて

【校異】［歌題］旅泊月―浦月（百首〈天理本・京大本〉・心敬集）［本文］こたえぬ―かこたぬ（島原・百首〈天理本・京大本〉・心敬集）　はしたて―橋立に（心敬集）

【自注】

ね覚めの松風の心ぼそさをも、はしだての月の枕に忘れ侍ると心ばへ也。（百首〈天理本〉・四九）

いそのね覚の松風の心ぼそさをも、はしだての月のまくらにわすれはて侍ると也。（百首〈京大本〉・四九）

【評釈】

歌題の「旅泊月」は、『重家集』以下に見えるが、僅少である。正徹には、「うきねとふ月に吹こす塩風もゆめの関もるむしあけの松」（草根集・巻二・永享四年八月十五日・海印寺にて十五夜の百首の次の三十首独吟）の他二首がある。

第一句の「袖しほる」は、袖がぐっしょりと濡れる様。旅寝のつらさから涙で袖が濡れることをいう。「磯」、「松かぜ」、「あまのはしだて」は縁語。

第四句の「こたえぬ」は、自筆本の『寛正四年百首』に「かこたぬ」とあり、底本は誤写と考えられる。「松かぜ」は、「松風はいかで知るらん秋の夜の寝覚めせらるる折にしも吹く」（玉葉集・秋上・五四〇・具平親王）のように、一人寝や旅寝を覚まし、さびしさを際立たせるものとして、寝覚めとともに詠まれることが多い。自注によれば、当該歌は天橋立に「旅泊」しての詠であり、本来なら寂しさをかき立ててつらいはずの松風も、天の橋立の月の美しさゆえに不平を言わぬと詠む。自注の「月の枕」は、枕辺に月光が射す状態、または月の夜に伏している状態をあらわす。

当該歌は、孤独な旅の一人寝に涙を誘う松風のさびしさも、月の美しさで忘れると、松の間から射す月の美しさを讃える。

【現代語訳】

（涙で）袖が濡れる、磯辺の旅寝の目覚めに聞く松風も、月の美しさゆえに嘆かない天橋立であるよ。

209　河落葉

もみぢばに水はせかれて龍田川山はあらしのしがらみもなし

【自注】なし

【評釈】

歌題の「河落葉」は、建保二年の『月卿雲客妬歌合』、また『草庵集』では「川落葉」題として見える。

当該歌は、「山川に風の掛けたる柵《しがらみ》は流れもあへぬ紅葉なりけり」（古今集・秋下・三〇三・列樹）を本歌とする。本歌では、紅葉を風が掛けた柵と見立てた点が眼目であるのに対し、当該歌では、本歌を前提として、柵である紅葉が山から川に移ったことで、山では風が自由に吹き抜ける一方、川水は堰き止められていると、同時点の異なる二つの場所を詠み込んだ点と、風が吹くことで紅葉が散るという本来の順序を、紅葉が川に移ったため風が吹き抜けると逆転させた点とが眼目である。紅葉を風の柵と詠む例に、「川風は誘ひゆくとも柵を梢に掛けよ秋のもみぢ葉」（宗祇集・一四二一・河辺紅葉）がある。

当該歌は、上句と下句を単純に有と無との対比として詠んだのではなく、紅葉の柵を眼前の風景と想像の中の山の風景との二重写しでとらえている。あるいは、「谷川に柵掛けよ龍田姫峰の紅葉に嵐吹くなり」（金葉集・秋・二四七・伊家）が当該歌の発想の契機となったか。

【現代語訳】

紅葉に川水は堰き止められている龍田川よ。（龍田）山では嵐をさえぎる紅葉の柵もないのだなあ。

屋上霰

210　我庵の軒の杉ぶき末朽てつたふ霰のこゑぞみじかき

【自注】なし

【評釈】

歌題の「屋上霰」は、『亀山殿七百首』に早く見える。また、『藤河百首』の「屋上聞霰」題も作例が多い。正徹には、「たえ〴〵に時雨はもりし閨の上の木葉へだてゝ聞霰哉」（草根集・巻二・永享二年十一月二十八日・草庵月次、同時の続歌）など、四首がある。

軒が朽ちると詠むものは、「五月雨はまやの茅葺軒朽ちて集めぬ窓も蛍飛び交ふ」（御室五十首・二一八・兼宗）が比較的早い例で、中世以降多くなる。屋根の建材としての杉は和歌にも詠まれるが、その場合、「杉板もて葺ける板間の合はざらばいかにせんとか我が寝初めけん」（拾遺集・恋二・七四六・人麻呂）のように、板葺きの隙間を詠み、中世以降は、「むら雲のすぎの庵の荒れ間より時雨にかはる夜半の月影」（玉葉集・冬・八五六・有家）のように、雨漏りがする侘び住まいの様を詠むことを常とする。

当該歌では、屋根に用いた杉板の軒端が朽ちて短くなったことを、そこを転がる霰の音によって知るという発想が眼目である。体験に基づくものであろうか。類想の歌に、「五月雨に柴の庵は傾きて軒のしづくの程ぞ短かき」（秋篠月清集・四二二・五月雨）があるが、こちらは庵が傾き軒端と地面との距離が近くなることで水の音が短くなっている。

【現代語訳】

私の庵の軒の杉板は朽ちて、転がる霰の音がいかにも短いことよ。

211
山冬月
太山風《みやまかぜ》木葉ふきまくこゑたえてこけのむしろに月ぞふけ行

【校異】［歌題］山冬月―冬筵（心敬集）　［本文］こゑ―音（心敬集）
【自注】なし
【評釈】
歌題の「山冬月」は、僅少。『為家集』に一首見え、その後は『草根集』になる。正徹には、「はる丶夜のをとにしぐれて山のはの月の氷をはらふ松かぜ」（草根集・巻三・永享五年十月十二日頃・前阿波守、右馬頭などともなひ、法勝寺にて）他一首がある。なお、『心敬集』の「冬筵」題も、『草根集』の「おきいで丶人なき床の月影にさゆる筵をまく嵐かな」（巻六〈次第不同〉）が唯一の例である。この正徹詠については、192【評釈】参照。
第一句の「太山風」は心敬以前に十六例があるが、そのうち十五例を正徹、心敬、正広が詠んでおり、正徹周辺で好んで用いた語である。「み山風ふかく吹しく冬のはに木の実もおちて谷に行声」（草根集・巻七・宝徳元年四月八日・或人の諸神法楽百首・落葉）のように、当該歌も景気の歌であると考えられる。
第四句の「こけのむしろ」は、一面に生えた苔の様子と、草庵の卑称との両義がある。「山冬月」題をとった場合には、叙景歌で一面の苔である可能性が高い。一方、「冬筵」題をとった場合には、同歌題の正徹詠が実際の筵を詠じているように、当該歌も実際の筵と見なければならない。この場合は、山中の庵の中の筵、或いは山中における旅寝の筵となろう。いずれの場合も、「まく」と「むしろ」は縁語。当該歌では風を音のみで表現していることから、庵の中にあって「ふきまくこゑたえて」といったん屋外へ意識を集中し、一転して庵の内に射しこむ月光によって時の移り変わりを知ったものと解せる。聴覚から視覚への移行による構成が一首の眼目である。

第五句の「月ぞふけ行」は、「月影が冴え夜が更ける」の意味で、「やせ渡る港の風に月更けて潮干る方に千鳥鳴くなり」（山家集・五五二）などの用例が見える。

【現代語訳】

深い山を渡る風が木の葉を吹き散らす音も止んで、庵に煌々と射す月が（冴えて夜が）更けていく。

212
網代

田上《たなかみ》やあしの丸《まろ》ねのしたをびもこほりやむすぶあじろもる夜は

【自注】なし

【評釈】

歌題の「網代」は、『堀河百首』題。

第四句の「や」は疑問の係助詞で、初句切れ、四句切れ。第五、四句は倒置。

第一句の「田上」は、近江国栗太郡（滋賀県大津市）の歌枕。田上川は瀬田川に注ぎ、「月影の田上川に清ければ網代に氷魚のよるも見えけり」（拾遺集・雑秋・一一三三・元輔）など、網代で捕る氷魚などが多く詠まれる。当該歌の「田上」、「こほり」、「むすぶ」、「あじろ」は縁語。「むすぶ」は、結氷する意と、下帯を結ぶ意、網代を結う意を掛ける。

第一句末の「や」は77【評釈】参照。

第二句の「丸ね（丸寝）」は、衣装を着けたまま寝ること。当該歌の「あしの丸ね」は、蘆で葺いた粗末な小屋で

ある「蘆の丸屋」と「丸寝」とが掛けられた、珍しい例である。類似の表現に、「神垣の巌の上の仮伏しに丸寝の蘆を洗ふ宮つこ」（夫木抄・雑十六・一五九五一・為家）があるが他例はみない。当該歌では、漁師が網代を守る夜の厳しい寒さを詠む。

【現代語訳】

田上よ。蘆で葺いた粗末な小屋で着の身着のままで眠っている（漁師の）下帯も凍るだろうか、この結んだ網代を守る夜には。

炭竈

213　煙たつあたりはふさぬけだもの、すがたを雪にたれかやくらん

【校異】［本文］雪―すみ（島原）

【自注】

もろこしなどには、けだもの、かたちを木にてつくりて、それをすみにやきてをき侍れば也。（岩橋下・八六）

【評釈】

歌題の「炭竈」は、170【評釈】参照。

第四句の異同は「雪」、「すみ（炭）」のどちらでも解することができ、自注によれば「すみ」がよいと思われるが、底本に従っておく。

自注にある「けだもの、かたち」をした「すみ」とは、獣炭のこと。本来は、「屑炭和作獣形以温酒（炭を屑《くだ》き和し

て獣形を作り以て酒を温む）」（晋書・羊琇伝）のように、炭を粉にして獣の形に固めた炭団である。『和漢朗詠集』の「他時縦酔鶯花下、近日那離獣炭辺（他の時んばたとひ鶯花の下に酔ふとも、近日《このごろ》はいかでか獣炭の辺を離れむ）」（上・冬・炉火・三六五・輔昭）で知られ、例えば「煙ぞのぼる奥の炭竈／獣のかける雲ゐは遠き代に」（竹林抄・冬・一二二一・賢盛）に、「付所は獣炭と云事、唐にあり。獣のかたをやく也。今は此煙のあがる也」（竹聞）と注されるように、広く知られた本説であった。

当該歌では、本来獣は火を避ける性質をもつはずであるのに、その姿が竈の中で炭に焼かれる面白さを詠んでいる。

【現代語訳】

煙が立つ近くには寄り臥さない獣の姿を、このような雪の日に誰が焼いているのだろうか。

恋心

214　たれぞ此むなし心は人にゆき我にかへるも色見えずして

【自注】なし

【評釈】

歌題の「恋心」は、「かかりける涙と人も見るばかりしほらじ袖よ朽ち果てねただ」（雅兼集・六四）に初出し、院政期に多く試みられたが、室町中期以降の例は珍しい。

第一句に「たれぞ此」と置く歌は、『万葉集』からみられるものの二十首程と少数である。その中で正徹には、「たれぞこのうき夕ぐれをあるじにてとへどこたへぬ宿の秋かぜ」（草根集・巻五〈次第不同〉・秋夕）と、「たれぞ此おもふ

あたりのき丶しれ（ママ）も猶過がたき道のべの宿」（草根集・巻十四・長禄二年二月八日・日下部敏景月次・当座・聞恋）の二首があり注目される。当該歌では、「むなし心」を擬人化し、自らの心に対して「たれ」と驚く構成である。

第二句の「むなし心」は、正徹の「身をかくす屋ど丶も憑むうつほ木のむなし心をはらふ山風」（草根集・巻六〈次第不同〉・閑居木）、「ますかゞみむなし心の中やこれかりにうつるをかたちともみず」（草根集・巻六〈次第不同〉・法師功徳品）などが先行用例として見出せるのみである。心敬は当該歌のほかにも「なに丶かはむなし心のうちに猶とまりて世々の夢のみゆらん」（心敬集・三六三・往事夢）、「めをとぢてむなし心に尋ればふしぎ一つの上につきぬる」（文明三年正徹十三回忌百首・九五）の二首を詠んでいる。

当該歌の「むなし心」は、恋ゆえに我が心が相手のもとにさまよい出て、自らは空虚であるという意味と、恋が成就せず甲斐がないという意味がかかる。心がないはずでありながらむなしさを感じる我に、「誰が感じているのか」と驚き自問している。「むなし心」については仏教との関わりが指摘されているが（稲田利徳「心敬―仏教思想と作品―」〈伊藤博之・今元昭・山田昭全編『仏教文学講座第四巻　和歌・連歌・俳諧』勉誠社・平成七年〉）、当該歌は釈教を恋歌に転じたことが心敬の趣向と見る。第三、四句は対句。第五句「空見えず」（全く見えない）とすべきところを、「色見えず」と表現しているがこれは「色即是空、空即是色」（般若心経）によって、空を色と置き換えたもの。

人を思えば、魂魄が我が身を離れ、思う相手のもとへと彷徨い出るという発想は、近世以前はごく一般的なものである。『源氏物語』の六条の御息所や、「物思へば沢の蛍も我が身より憧れ出づる魂かとぞ見る」（後拾遺集・雑六・一一六二・和泉式部）がよく知られる。当該歌の類想歌に、「思ひやる心の空に行き帰りおぼつかなさを語らましかば」（後拾遺集・恋三・七三一・通俊）、「行き帰る心に人の慣るればや逢ひ見ぬ先に恋しかるらん」（千載集・恋二・七四二・家通）がある。

【現代語訳】

一体誰なのか。この空しい恋心は、相手のもとへ行き、私に帰ってくるともはっきり見えないで。

立名恋《なにたつこひ》

215　つくかねも人の物いひさがにくき世をばとぢめずゆふぐれのこゑ

【自注】

げんじ、すゑつむにむごん〳〵などいへるたはれし給て、口をとぢめ島にかねつくなどいひ給ひしことをおもひよせ侍り。（岩橋下・一一六）

【評釈】

歌題の「立名恋」は僅少。ただし、『為理集』に当座題として見え、『草庵集』、『尭孝法印集』にも見られることから、そのころの二条派周辺で好まれた歌題であったか。正徹は同歌題で、「をともせじ契なき名とけさいふもよのつね人のためしある世は」（草根集・巻三・文安四年四月二十日・草庵月次・当座）など、十七首を詠む。心敬は当該歌の他に「ならへ人つらき物云さがの山峰の嵐はこゑ立ぬ世に」（心敬集・三二五）、「うきなのみ世にはけたれて月に雲胸にけぶりのたゆる夜もなし」（心敬集・三八四）という二首を詠じている。

自注によれば、当該歌は『源氏物語』末摘花巻を本説とする。返歌を詠まない末摘花に対し、源氏が「いくそたび君がしゞまに負けぬらんものな言ひそといはぬたのみに。のたまひも捨ててよかし。玉だすき苦し」と言うと、末摘花に代わり侍従が「鐘つきてとぢめむことはさすがにてこたえまうきぞかつはあやなき」と詠じた場面を指す。

これに対して、『花鳥余情』は、「これは、童部の諺に、無言を行ぜんと約束して、無言〳〵としまにかねつくとい

ひて、なにゝてもうちならしてのち、物いはぬことをする也。しまといふは、しゞまなり。……しゞまにかねつくといふによりて、鐘つきてとぢめん事とはよめり。とぢむるは、口をとぢて物いはぬをいふなり」と注する。ほかに『落書露顕』は、この「しじま」が「源氏物語の秘事の随一」とする。心敬が何を参考にしたか明確ではないが、当該歌では『源氏物語』の「秘事」を詠むことが眼目であっただろう。

第二、三句は、「ここにしもなに匂ふらん女郎花人の物言ひさが憎き世に」（拾遺集・雑秋・一〇九八・遍昭）を踏まえる。人の噂はたちが悪いという意味である。

これらの典拠を踏まえ、人の話を終わらせるはずの鐘の音も、口さがない人々の噂をとめることはできず恋の評判が広がる、とすることで題意を満たす。また、響く鐘は、期待される役割（口を閉じる）を果たさず、恋の時刻（夕暮れ）を告げ、その「こゑ」に人々の噂話の声をも含ませる。本来の働きをせずに鐘が響き渡るという矛盾も工夫であろう。

第四句の「とぢめ（閉ぢめ）」は、「人の物いひ」を「とぢむ」、つまり口をつぐませるという意味であり、「冬やくる秋をとぢめし天の戸の雲をひらきて今朝しぐる也」（草根集・巻七・宝徳元年十月九日・刑部大輔家の名月の月次・時雨）、「うらみずやこよひばかりと別路の跡とぢめつる槙の戸の月」（草根集・巻八・宝徳二年二月二十七日・恩徳院月次〈正月分〉・当座・惜別恋）といった正徹詠がある。あるいはこれらが心敬の念頭にあったか。

【現代語訳】

撞く鐘も、人の口さがない世間の口（が立てる恋の噂）をつぐませることはできず、夕暮れに響く音（声）であるよ。

顕恋《あらはるるこひ》

216　三代かけてつゐにあらはす心にはかはりてつらきそでのしら玉

【自注】

卞和《べんくわ》が玉は三代をへてこそつゐに本意をばとげしぞかし。わが袖の涙〇《玉》、あらはれやすきことのかなしきを。（岩橋下・一六五）

【評釈】

歌題の「顕恋」は、『六百番歌合』に初出し、以後用例は数多い。『草根集』にも二十八首見える。

自注の「卞和が玉」は、『韓非子』和氏に収められ、以後『蒙求』卞和泣玉、『俊頼髄脳』などに引かれたことにより広く知られた故事である。楚人の和氏が宝玉の原石を厲王《れいおう》に献じたところ、石と疑われ左足を切られ、次いで武王にも献じたが、同様に右足を切られた。ようやく三代目の文王によってその価値が認められて、石は磨かれ「卞和が玉」と名づけられた。改編本系『ささめごと』〈書陵部本〉下には、「卞和が玉をも、三代めにこそ知る人侍しとなれ」とある。この説話は、「憂き身とは思ひな果てそ三代までに沈みし玉も時に会ひけり」（新続古今集・雑下・二〇二八・宗尊親王）、「霞とも見る人からや思ふらむ三代にみがきし玉かしるらん」（草根集・巻五〈次第不同〉・霞。類題本第五句「しくらん」）、「思ひ出よ三代にみがきし玉さかに逢もうれしき光ならねど」（草根集・巻十五〈次第不同〉・稀恋）などと詠まれる。

第四句の「かはりて」は、様を異にするの意。宝玉であることを理解してもらうのに三代もかかった和氏の玉とは異なり、「袖のしら玉」（涙）によって、隠している恋が人に知られてしまうというのである。「つらき」は思いやりがなく薄情だという意。中国の故事を詠み込み、涙の玉と対比した点と、涙を擬人化した点とが心敬の工夫である。

【現代語訳】

三代目の王にようやく見出され本意をとげた卞和の玉とは異なり、（隠している思いをすぐに人に知らせてしまう）つれ

ない袖の涙の玉よ。

寄獣恋

217　夜な〳〵の月のねずみに露かゝるおもひのくさのねをもつくさで

【校異】［本文］ねすみに―ねすみよ（岩橋）

【自注】

月日のねずみのふる井の草の根をはみつくすを、夜るひるの光陰のうつるにたとへ侍れば也。此事なが〳〵しければしるに《す》およばず。たれもしれる事也。（岩橋下・九四）

【評釈】

歌題の「寄獣恋」は、『六百番歌合』から見え、『草根集』にも二十六首が詠まれる。

第二句の異同は、『岩橋』の「ねずみよ」が良い。「よ（与）」と「に（尓）」の草体の類似による誤写。従って、二句切れで、第三句以下が倒置される形である。

自注に述べられるのは、『賓頭盧《びんずる》説法経』、『譬喩経』にあり、『俊頼髄脳』などにも引かれる故事。象に追われた人が木の根を伝って井戸に降りて隠れたところ、周囲から四匹の蛇が咬もうとし、白黒二匹の鼠が木の根をかじろうとした。象は無常、鼠は昼と夜、蛇は地水火風を喩えており、そこから「月のねずみ」は月日が過ぎゆくことをあらわすようになった。『歌林』に「月のねずみは、無常のたとへ也」という。和歌の用例は少ないものの、「のどけかれ月の鼠よ露の身を宿す草葉の程もなき世に」（久安百首・九九三・清輔）など、平安期から見える。仏典では、鼠がかじ

るのは木の根であったが、和歌においては草の根となり、露と常套的に結びつく。

第二句の「月」は、恋の思いを抱いて眺める「夜毎の月」の意と、「月のねずみ」の意として上下に掛かる。

第三句の「露」は、副詞の「つゆ」との掛詞で、第五句の「で」と呼応する。「かゝる」は「露が草にかかる」の意と、「このような思い」の意の「かゝるおもひ」との掛詞。ここでの「おもひのくさ」は、折々に恋心を催させるきっかけとなるもの。

第五句の「ねをもつく（す）」は、鼠が「根を食い尽くす」意と、「声も限りに泣く」との掛詞である。

当該歌は、月日によって思いが絶えることもなく、人知れず恋の思いに涙を流す様を詠み、「月のねずみ」により題意を満たしつつ、縁語と掛詞を駆使した点が工夫である。

【現代語訳】
夜ごと夜ごと眺める月に（月の鼠の）月日は過ぎ、露が降りかかる草の根が（鼠に）食い尽くされないように、恋の思いは消えず、涙がこぼれることだよ。泣き声を上げることもなく。

218　寄篷恋《とまによするこひ》

あらいそやおもひをつぎてとまひきしなをくちやらぬ袖の上露

【自注】なし

【評釈】
歌題の「寄篷恋」は、「寄苦恋」題として『宝治二年禅林寺七百首』でも出題されたことが、為家らの私家集から

知られる。正徹以前には十首も詠まれていない。『為尹千首』に見えるが、正徹は同歌題で、「秋すぎし契かりほのとまあれて袖にしぐれのもえぬまもなし」（草根集・巻十二・康正二年十二月二十日・草庵月次・当座・寄蓬《ママ》恋。類題本第五句「もらぬ」）など五首を詠じている。

初句切れ。第一句の「あらいそ（荒磯）」は、歌題の「篷」を受けて、一首の場面を海辺に設定した語。

第二句の「おもひをつぎて」の「つぎ」は、「付く」、「継ぐ」の可能性がある。「付く」であれば「思いを寄せる」、「継ぐ」ならば「思い続ける」となる。おそらく心敬の念頭にあったであろう、正徹の「人は猶梢にねざす松のたね思ひをつきて千世なかさねそ」（草根集・巻六〈次第不同〉・寄宿木恋）が「継ぎて」の解釈が可能であること、さらに、当該歌は第四句の「なを」によって、「思い続け涙を流しながらもまだ朽ちることがない袖」と読み取れることから、ここでは「継ぎて」と解する。

第三句の「とまひきし」の「とま」は、菅などを編んだ筵のこと。「我が袖に苫引きかけよ舟人よ涙の雨も所狭き身ぞ」（散木集・七九二）は、苫を袖に引き掛けよの意で用いている。当該歌の、「とまひきし」も、思い続けて流れ続ける涙にかかわらず、篷（苫）を引き掛けて雨を避けたように袖が朽ちないと取るべきか。俊頼詠を参考にすれば、「とまひきし」が第五句の「袖」に掛かり、「なをくちやらぬ」も、「袖」にかかることとなり、苫を引き掛けた、まだ朽ちない袖に恋の涙が落ちる意と取れる。

なお、「とまひきし」の「き」は、字形の類似から「さ」の誤字の可能性があり、その場合、「とまびさし（苫庇）」は、「いつとなく塩焼く海人の苫庇久しくなりぬ逢はぬ思ひは」（新古今集・恋二・一一一五・基輔）と近い措辞となり、まだ朽ちない苫庇のように久しくなっても、の意となる。ここでは「き」として解した。

【現代語訳】

荒磯よ。思い続け、苫を引き掛けた袖、いまだ朽ち果てない（その）袖の上にこぼれる涙の露よ。

219
海路日暮
くれ行ば舟をかたぶけほをまきてあまのいさめもきかぬなみかな

【自注】なし

【評釈】
歌題の「海路日暮」は、『経家集』に初出するが、全体での用例は十首程度と僅少である。正徹は、「猶もふけ追手のほ綱ときおろし夕浪おしくとまる舟人」（草根集・巻六〈次第不同〉海路暮。類題本歌題「海路暮」）、「友舟もいかりおろすな暮ぬともこゝはなごろのしほの八百あひ」（草根集・巻十四・長禄三年二月二十日・草庵月次・当座。類題本歌題「海路暮雲」、第一句「友舟の」）の二首を詠じている。

第二、三句は、激しい夕波、夕風を擬人化し、舟に及ぼす影響を詠じたもの。第二句と第三句とを対句的に詠むことで、波風の激しさを表している。風によって舟が傾くのは、「若草の妹も乗りたり我も乗り船傾くな舟風吹くな」（拾遺集〈多久本〉・神楽歌・一三五八。北野本下句「舟傾くな舟傾くな」）、「古川に傾き居れる捨て舟の浮かぶ方なく朽ちや果てなん」（新撰六帖・一一一四・信実）などのように、何らかの力によって傾く、あるいは舟が浅瀬や陸に上がった状態を表し、いずれの場合も航行できないことをいう。「ほをまく（帆を巻く）」は、激しい風に煽られることを避けるため帆を畳むの意。

第四句の「あまのいさめ」は、「住の江は海人の諫めし何ならで都忍ぶの草ぞ茂れる」（夫木抄・一〇七二三・四条宮下野）の先行用例があり、心敬にも「心をつくす舟の行すゑ／あら浪は海士のいさめも何ならで」（芝草内連歌合〈天理本〉・二九〇七）の作がある。和歌に詠まれることは少なく、俗語的表現で、船の航行を妨げるものに対し、それをなだめるための発言や所作を指すか。

珍しい言葉を使って仕立てられているが、一首の情景は目にした風景を素直に詠んだものである。

【現代語訳】

日が暮れてゆくと、船を傾け、帆を巻きあげさせて、海人が宥めるのも聞かない激しい波であることよ。

220　古渡船《ふるきわたりのふね》

風あらみさほをつばさにはやとものわたりぞきゆるあまの鳥舟

【自注】なし

【評釈】

歌題の「古渡船」は、『草根集』に初出し、「引程はあまりにしほもはやとものわたらじ浪に舟やながさん」（巻九・宝徳三年十二月十三日・或所にての続歌。類題本第五句「なからん」）他七首が見える。当該歌では、この正徹詠同様、「古渡」を早鞆の渡りとしているが、それは、「古渡と云題には、名所をかならず読也」（時秀卿聞書）という、当時の作法に従っている。その上で神話の天の鳥舟に連想の糸をつなげた点が工夫である。

第二句の「さほをつばさに」は、他に用例がないものの、第五句の「あまの鳥舟」と呼応して、あたかも棹を鳥の翼のように動かして、舟を早く進めるという意であろう。「はやとものわたり（早鞆の渡り）」は、壇ノ浦（山口県下関市）と門司の戸（福岡県北九州市）の間にある海峡。潮流が急であることで知られる。当該歌では、「はや」に「早い」を、「わたり」に「舟が渡る」の意を掛ける。

第五句の「あまの鳥舟」は、「又為汝往来遊海之具、高橋・浮橋及天鳥船、亦将供造（又汝が往来《かよ》ひて海《わたつみ》に遊ぶ具《そなへ》の為

には、高橋・浮橋及び天鳥船、亦供造《つく》りまつらむ）」（日本書紀・神代下）とある神の船である。それを用いて、当該歌では鳥が飛ぶように早く走る船を指している。和中東靖筆『神代上下抄』にある「諸手船《モロテブネ》ト云ハ、舟子《フナコ》共ガ多テ、舟ヲアヤツルコトノハヤキヲ云ゾ。天ノ鳥舟トモ云ゾ。是ガ鳥ノ飛ヤウニハヤカツタゾ」という理解に等しい。多くの漕ぎ手が、舟の両舷で一斉に櫂を並べて漕ぐ舟である。秘伝書には、「天の鳥舟とは、昔、天より神の乗てくだり給し舟也。鳥のごとくに虚空をかけりければ、鳥舟と云へる也」（玉集抄）ほか、『流木集』にも言及があり、連歌師の間では知られたものであったらしい。

重要な先行歌として「奥津風まほにまかぢをとる舟の天飛ばかり渡る浪かな」（草根集・巻二・永享四年五月二十五日・海印寺月次・海路遠。正徹千首第三句「とり舟」）がある。この正徹詠でも「天の鳥舟」を詠み込んでおり、しかも「あま」に「天」と「海人」とを掛ける趣向も共通している。風に乗って早く航行する舟の様子を詠じており、心敬の意識にあったと思われる。

【現代語訳】
風があらいので、棹を翼のように動かして、早鞆の渡りを素早く漕ぎ渡っては消えていく、天の鳥舟のような、海人の船よ。

暮山雲

221　山ふかみ柴のとぼそをゝす袖にこたへんとすればゆふぐれのくも

【自注】なし

【評釈】

歌題の「暮山雲」は、179【評釈】参照。

第二句の「柴のとぼそ」は、「山里の柴のとぼそは雪閉ぢて年の明くるも知らずやあるらん」（玉葉集・雑一・一八二六・肥後）が最も早い例。同義の「柴の戸」に比し、それほど多くはない。柴で作った扉、または草庵の扉や草庵そのものも指し、人の訪わない孤独な山中の生活を詠む。

当該歌は、「岡の辺の里の主を訪ぬれば人はこたへず山颪の風」（新古今集・雑中・一六七五・慈円）、「柴の戸をさすや日影の名残なく春暮れかかる山の端の雲」（新古今集・春下・一七三・宮内卿）の二首を踏まえて詠んだものと考えられる。山里の家を訪ねる立場で風の返事を聞いたと詠む前者の主客を反転し、庵に射しこむ春の日差しを詠む後者の「さすや日影」の「さす」が「射す」と「鎖す」とを掛けていることに発想を得て、雲を戸を押す袖に見立てたか。

当該歌のように、雲を袖に見立てる作例は、七夕を詠んだ『基俊集』の「雲の衣の袖」など類似表現として少いながらも見出し得る。後に正徹は、「夏来ては袖をかさねてうすからず卯花山の雲のさ衣」（草根集・巻九・宝徳三年四月十三日・東大寺正法院にての続歌・首夏卯花）、「おもひあらば空までかよふ蛍をや雲の衣の袖につゝまむ」（草根集・巻一之上・永享元年十二月七日〜十三日・聖廟法楽百首・蛍）のように、七夕以外にも詠んでおり、これらも心敬の発想の源となったであろう。

一首は、自然と開いた戸の隙間から訪問者の袖が見えたので対応しようとしたところ、それは夕日に照らされた雲であったという。庵が高い山の中にあることを言外に示し、また幻ながらいったん描いた訪問者をかき消し、代わりに空間が広がることで一層寂しさを印象付ける。66で「うちむれて苔のとぼそをたゝく哉こたふる人にいつかならまし」と詠んでいたのに対し、「こたふる人」となった当該歌では、夕暮れ時の寂しさに人恋しさがそこはかとなく漂う歌となっている。この二首を並べたとき、いずれも心敬自身の体験の中で生じた感情を基としていると考えられる。

なお、第一句の「山ふかみ」のミ語法は、205【評釈】参照。

【現代語訳】

山深い、柴の戸を押し開く袖に応対しようと見ると、夕日を浴びた雲であったよ。

山家嵐

222　心にはすてしかはらをさのみなど松の戸たゝくみねのあらしぞ

【自注】

法をえて後、法をすてざるをば、月をさすにゆびをまもり、戸をたゝくかはらを猶すてぬなどいへば、われはいまは尋べき法もなきものをと風にむかひていへる也。（岩橋下・一〇七）

【評釈】

歌題の「山家嵐」は、『宝治百首』に見える。正徹には、「さましてもなにゝかはせむ夜はの嵐うき世もしらぬ山がつの夢」（草根集・巻一之下・文安六年三月二十四日～二十七日・住吉法楽百首）、「山ふかみ嵐は松をやどりにて我住軒にならぶとぞきく」（草根集・巻二・永享二年正月二十二日・普勧寺阿悉房の寮にての一続）ほか数首見える。

自注によれば、当該歌は二つの仏教的故事に基づいている。「月をさすにゆびをまもり」は、『碧巌録』、『大智度論』などにある「指月」による。『碧巌録』の本文では「如人以手指月示人。彼人因指当応看月。若復観指以為月体、此人豈亡失月体、亦亡其指（人手を以て月を指し人に示すがごとし。彼の人指により当に応じて月を見るべし。もし復た指を観て以て月体となさば、此の人豈月体を亡失し、また其の指を失はんか）」とあり、月は仏法、指は仏法を説く仏の教えとなり、

指し示す月（法）を見ずに指（教え）のみを見る、または指を法と見なすことで、仏道に迷うことをいう。『ささめごと』〈尊経閣本〉にも、「同じ事時を申す作者は、月をさすに指をのみ見るなどいひ、又、人の心・言葉を取るをば、古人のつばきをなむるなどとて、先人恥ぢしめ侍り」とあることから、心敬は仏説の表面的な文句に拘泥することと捉えていたことが分かる。

　また、「戸をたゝくかはらを猶すてぬ」は『無門関』に基づく。無門慧開の序には、「遂将古人公案作敲門瓦子、随機引導学者（遂に古人の公案をもって門を敲く瓦子と作し、機に随って学者を引導す）」とある。例えば、『癸酉版無門関鈔』には「開門瓦子《ハ》不㆑入也。亦《タ》瓦子《ガ》無《レバ》門《ハ》開《カレマジキ》也」と注される。これによれば、門を開くために必要な瓦子も、一度門に入ってしまえば不要になるように、悟りに至れば仏典が不要になるという喩えである。

　自注にある「われはいまは尋べき法もなき」とは、仏典を学び尽くしたという不遜な態度に見えもするがそうではなく、都を離れ、望まずして法を捨てるような境遇となった自らを、風に向かいひとりごちているのである。心敬は「すまれずは爰をも捨ん嶺の寺／思へば法も戸をたゝく石」に、「修多羅の法は月を標する指、戸をたゝく瓦と謂るなり。石瓦は同事也。字も同、かよ《通》ひする也」（芝草追加・一一）と自注を付すが、この句でも当該歌と同じ典拠を用いている。

　第一、二句「心にはすてしかはらを」は、法へと導く「瓦子」を心の中では捨てたとなるが、これによって庵での修行に移ったことを表し、「松の戸」とともに題の「山家」を満たす。心敬は、「かひなしなをしへのほかに我とこる心のなくはすみぞめの袖」（文明三年正徹十三回忌百首・九一）の一首もあり、悟りには仏法の他に「我とこる《（凝）》心」がなければならないとの孤独に自得するところがあったか。

　第五句の「松の戸」は、221の「柴のとぼそ」と同じく、草庵の戸あるいは草庵そのものを指す。「山深み春とも知らぬ松の戸に絶え絶えかかる雪の玉水」（新古今集・春上・三・式子内親王）のように、人も訪れない山住の孤独を象徴

する。そのような自身の状況と、その庵に吹き付ける風という実際の現象とを、風を擬人的に捉えた上で象徴的かつ対比的に描いた点が一首の眼目である。

あるいは、当該歌は、文明三（一四七一）年秋から冬にかけて、相模国大山石蔵（神奈川県伊勢原市）に移住した後に作られた歌であろうか。

【現代語訳】

自らの心によって捨てた瓦であるのに、これほどまでどうして庵の扉をたたく峰の嵐であるか。

故山猿《こざんのさる》

223　夜ぞふかき杉より西に月落ちてよ河のみねのさるの一こゑ

【自注】なし。

【評釈】

歌題の「故山猿」は、『草根集』に初出する。「おく山の苔の筵の岩枕ふしうくもあるかましら鳴也」（巻十三・長禄元年正月二十八日・日下部宗頼のすゝめし法楽）ほか一首ある。「故」は漢詩では故郷という意で用いるが、歌題としては具体的な場所を示すものではなく、由緒あるというほどの意味である。ここでは心敬の慣れ親しんだ比叡山を指している。

第一句の「ふかき」は上下に掛かり、夜が更けたという意味の「夜ぞふかき」と、杉が鬱蒼と茂るという意味の「ふかき杉」とを兼ねる。よって係り結びによる初句切れではあるが、意味の上では第二句へと続いている。

第四句の「よ河（横川）」は比叡山の三塔の一つ。「都より雲の八重たつ奥山の横河の水はすみよかるらむ」（新古今集・雑下・一七一八・村上天皇）のように、「澄む」、「住む」と縁語で詠む例が多い。心敬は幼くして横川で修行しており、「杉の木のまに雪ぞみえたる／明そむるよ川のをちのひらの山」に、「此句は、かのあたり見侍らざらんかたはひとへに心をえがたかるべし。……拙者、年ひさしく見侍しまゝの体を申」（岩橋上・二一九）と自注し、ある程度の年数を横川に修行して過ごしたことを示唆している。その他、「鐘ふかみあかつき月は霧薄き横河の杉の西に残りて」（心敬集・五二・暁霧）、「都を捨てし山も住みうし／思ひやれ横川の嶺の秋の暮」（竹林抄・雑下・一三〇〇）など、横川を詠じた作品を幾つか残している。

第五句の「さるの一こゑ」の猿は、比叡山の守護を司る日枝神社の神の使いである。

一首は横川において西へと沈む月を詠んだもののようで、杉の向こう側に沈む月は見る者の心を西方浄土へと導き、暗く広がる霊山に響く猿の声が荘厳な空気を一層際立たせる。

【現代語訳】

夜は更けた。高く茂った杉の向こう、西へと月は沈み、（森閑とした）横川の峰に響く猿の一声よ。

山

224　塵ぞまづ山とはならで立ちのぼるふもとの松やあらしふくらん

【自注】なし。

【評釈】

歌題の「山」は、『堀河百首』題。

第一句の「塵」と「山」とは縁語。塵が積もり山となるという発想の歌は、中世以降多く見られるようになる。『大智度論』の「受此業果報則難可得度。譬如積微塵成山難可得移動（此の業の果報を受くれば則ち度を得べきこと難し。譬へば微塵を積みて山を成さば移動するを得べきこと難きが如し）」などによるか。当該歌では、山となるべき塵が積もらず立ち上る様を詠む。

第四句の「ふもとの松」は、勅撰集では『新後撰集』以下に五首見える。「くれて行麓の松の一ふゞき高ねもしらぬ雪に晴ぬる」（草根集・巻五〈次第不同〉・夕雪）のように峰と対比的に詠まれる。当該歌も、峰と山の麓の松とを対比的にとらえている。

正徹には、「生のぼる山や其上雲のちりゐれども峰の松もかはらで」（草根集・巻十二・康正元年二月十一日・三井寺仏地院僧都長算坊月次・峰雲）の一首がある。ここから推すと、立ち上る塵は雲と同義となる。この正徹詠や『古今集』の仮名序「高き山も麓の塵土よりなりて、天雲たなびくまで生ひのぼれるごとくに」などが発想の契機となったか。

眼前の風景から見えない風景を想像し、一首の中にいわば現実と想像とを二重写しの構成で詠む歌は『古今集』のころから見え、『新古今集』のころにより探求され、「み吉野の山かき曇り雪降れば麓の里はうち時雨れつつ」（新古今集・冬・五八八・俊恵）のような明快な二重構造や、「面影に花の姿を先立てていくへ越えきぬ峰の白雲」（新勅撰集・春上・五七・俊成）のような時空間を重層的に描く歌が詠まれるようになる。心敬はそれらを踏まえながら、目に入った情景から瞬時に浮かんだ連想を言葉で後付けしようとしている。

【現代語訳】

塵は、積もって山となることなく、はや雲の峰となって聳えている。はるか麓に茂る松に、今頃激しい風が吹きつけているのだろうか。

225 窓竹
吹まくをむなしき窓の世々の文見る人なれや竹の下風

【自注】なし
【評釈】

歌題の「窓竹」は、平安期に初出し、用例は数多い。正徹は同歌題で、「山のはのあくるもしらず竹の葉のかげに夜深き窓の灯」（草根集・巻一之上・永享十年六月七日・祇園法楽初一念百首）など十一首詠んでいる。心敬は他にも同歌題で、「はかなしな窓のくれ竹うつこゑに夜はのあらしをさとるばかりは」（岩橋下・一九）とも詠んでいる。

四句切れ、体言止め。「窓」と「竹」との取り合わせは「窓近き竹の葉すさぶ風の音にいとどみじかきうたた寝の夢」（新古今集・夏・二五六・式子内親王）など、『新古今集』以下に多数用例があり、常套化していく。白居易などの影響からか、寝殿の窓の近くには竹を植えることが習慣化していたもののようで、「友ときくものなりながらさびしきは窓の北なる竹の下風」（白河殿七百首・六五一・実雄）などの歌もある。

「吹まく」は、211【評釈】参照。風が渦巻いて吹く様をいい、後の「を見れば」を省略した連歌的表現。「まく（巻く）」は「文」の縁語。「秋風の袖に吹きまく峰の雲をつばさにかけて雁も鳴くなり」（新古今集・秋下・五〇六・家隆）が勅撰集での初出。私家集では『清輔集』の「おのづからおとする物は庭の面に木葉吹きまく谷の夕風」（一九二）が最も早い例である。

第二句の「むなしき窓」は、他に用例を見ない。『三体詩』の「深壁蔵灯影、空窓出艾煙（深壁　灯影を蔵し、空窓艾煙を出だす）」（項斯「日東病僧（日東の病僧）」）などの漢語「空窓」を訓読したものか。風が吹き抜ける、誰の姿も見えない窓の意であろう。ただし、「植ゑおきて心むなしきわが友に長きよ契る窓の呉竹」（新千載集・雑中・一八九

八・公賢）、「うき世には誰か友なる窓の竹心むなしき人もなければ」（草庵集・一一二九）などのように、空虚な心の状態で過ごす庵の窓（の竹）という常套的な用法がある。

第三句の「世々の文」は、歴代の書であり、「世」は「節《よ》」に通じ竹の縁語。書を手にすることもなく過ごす草庵の情景を再現しつつ、縁語・掛詞を織り交ぜ、題を表現したところが一首の眼目である。

【現代語訳】
吹き巻くさまを見ると、誰もいない草庵の窓辺に置いた古い本を繰り、あたかも読む人のようだなあ。竹の下を吹きぬける風は。

湖眺望

226　くちせじなうつすすゞりの石山やうかびし海の遠きことのは

【校異】［歌題］湖眺望―湖上眺望（岩橋）

【自注】
彼六十帖の湖水の月にうかびし事を。（岩橋下・一〇五）

【評釈】
歌題の「湖眺望」は、『雅世集』、また同時代の『草根集』が初出。正徹は「しがのうらやなぎたる雲の浪まよりみゆるこじまにいそぐ舟人」（草根集・巻一之上・永享十年六月七日・祇園社法楽初一念百首）など、六首を詠じている。一方、『岩橋』の「湖上眺望」題も、心敬以前に十首程度しか詠まれていない。

初句切れ。

自注によれば、当該歌は『源氏物語』の執筆に関わる伝承を本説とする。『河海抄』には、「(紫式部は)石山寺に通夜してこの事をいのり申けるに、おりしも八月十五夜の月湖水にうつりて、心のすみわたるまゝに物がたりの風情空にうかびけるを、わすれぬさきにとて、仏前にありける大般若の料紙を本尊に申うけて、まづすまあかしの両巻をかきはじめけり」とあり、『源氏物語』を執筆したきっかけを伝えている。心敬には「時雨けりことの葉うかぶ秋の海」の発句もあり、そこには「石山にての発句なれば、ひかるげんじの巻々の湖水にうかびたるなどいへることによせ侍り」(岩橋上・六十)と注され、当該歌と同想であることが知られる。なお、五十四帖の『源氏物語』を「六十帖」と呼ぶのは、天台大師智顗《ちぎ》の『法華文句』十巻、『法華玄義』十巻、『摩訶止観』十巻、荊渓湛然の『法華文句記』十巻、『法華玄義釈籤』十巻、『摩訶止観輔行伝弘決』十巻という天台三大部六十巻に擬す平安末期以来の伝承である。

第二句の「うつす」は、書き「写す」と、湖水が石山の姿を「映す」との掛詞。また、「すゞりの石山」は、「硯の石」と「石山(寺)」との掛詞で、「うかびし」も石山が湖に浮かんで見えることと、想念が浮かんでくることを掛ける。「四方の海を硯の水に尽くすとも我が思ふことは書きもやられじ」(新勅撰集・雑二・一一三八・俊成)など、墨汁を溜めておく硯のくぼみを「硯の海」と呼ぶことから、琵琶湖を硯の海に見立て、『源氏物語』を書き継いだ言葉を詠み込む。

【現代語訳】

朽ち果てることはないだろうよ。書き写す硯、その硯の石の名を持つ石山の姿を遠く映す湖を眺めつつ、(想が)浮かんだ湖の、遥か昔の(物語の)言葉は。

杣木
227　あし原や塩路はとをき八重山に舟木をながす雲のうきなみ
【自注】なし
【評釈】

歌題の「杣木」は、63【評釈】参照。

初句切れ。

第一句の「あし原」は、葦の生えた湿地。葦は淡水の岸辺に多く自生し、難波は葦の名所であった。「難波の葦」は102でも詠まれている。ここでは一面に葦の生える湿地を前にして立ち、遥か向こうにみえる「八重山」を眺めている。

海と山とを「舟木」、「雲のうきなみ」を媒介としてつなぐ。空想と現実、水辺と山類という二重の対比関係を形作っている。「八重山」は具体的な地名ではなく、幾重にも重なる山。「あしがらにおほく八重山と読たる也。たゞかさなりたる山也」（正徹物語）とある。ここでは「八重の潮路」をかける。なお「塩路」、「八重」、「舟木」、「ながす」、「うきなみ」は縁語。また、「葦」、「とをき」、「八重山」、「流す」の組み合わせは319に共通し、古代の宮殿造営に関する伝承に発想の根源を持つと考えられる。

第四句の「舟木」は、舟の用材の木で、歌題の「杣木」を満たす。勅撰集では、『拾遺集』の「奥山に立てらましかば渚漕ぐ舟木も今はもみぢしなまし」（雑秋・一一二六・恵慶法師）が初出。舟の用材となった木を見て、それが生えている様を仮想して詠む『拾遺集』の歌に対し、心敬は逆に、未だ山に生えている木から舟となった姿を連想している。

第五句の「雲のうきなみ」は、雲が波のように見える様をあらわす。用例は僅少で、同時代の正広に「山にても雲のうき波松がもとさわぐは沖つうら風の声」（松下集・三二）がある。連歌には「春日さすかげの佐保川春日山／三笠の岑の雲の浮波」（初瀬千句・第八・六〇・重棟）とあり、謡曲「羽衣」では「風向ふ、雲の浮波立つと見て」などと見える。歌語の「雲の波」と「浮波」とを合成した連歌的表現。類想歌として「一葉舟うかぶや峰の梢より秋を吹こす雲の波かぜ」（草根集・巻十四・長禄二年七月十一日、中原高忠興行の一続・風告秋）がある。

【現代語訳】

山から切り出し筏に組んで川に流し、さらに舟を造り海に浮かぶはずの木々は、今はまだ山に鬱蒼と生えているが、風に流れる雲が波のように見え、早くも浮かんでいるようだと、矛盾を含む面白みを感じつつ詠んでいる。

葦原は、（船の通う）八重の潮路が遠く、その潮路から一層遠い山並みに（生える）舟木を流すかのように動いていく雲の波よ。

暁鶏

228　明そむる遠山守もおどろくやかけのたれおのながき夜のこゑ

【自注】なし

【評釈】

歌題の「暁鶏」は、『延文百首』、『永享百首』に見える。「年々別思驚秋雁、夜々幽声到暁鶏（年々の別れの思ひは秋の雁に驚く、夜々の幽声は暁の鶏に到る）」（和漢朗詠集・上・秋・三五〇・具平親王）などの漢語「暁鶏」に拠るか。用例は

多く、正徹は同歌題で、「きゝいだす鳥の初ねに夜をしればまたながゝらん老ぞふしうき」（草根集・巻十三・長禄元年十月十七日・兵部少輔家月次・当座）などを詠んでいる。

第二句の「遠山守」は、正徹の「桜さく遠山寺のつかひしもみちさまたげの花や見るらん」（草根集・巻四〈次第不同〉・待花。類題本第二句「遠山守」）が唯一の先行用例である。類似表現に、「さくらさくとを山鳥もしるべせよせめては雲のよそにみるべく」（草根集・巻三・永享十二年五月・如意寺西方院にての沓冠歌）の「遠山鳥」があり、「遠山守」も「遠山鳥」や「遠山桜」などと同じ語構成で、歌語の「遠山」と「山守」とを合成した表現である。

第四句の「かけ」は、鶏の古称。「庭津鳥　可鶏乃垂尾乃　乱尾乃　長心毛　不所念鴨（庭つ鳥かけのたれ尾のしだり尾の長き心も思ほえぬかも）」（万葉集・巻七・一四一七・読人不知）などがみえる。定家の「音に立つるかけのたれ尾の誰ゆゑにみだれて物は思ひそめてし」（拾遺愚草・上・一三八三）のように、当時鶏の尾羽が長いものとして詠むことが一般的であったか。「かけのたれをのながき夜」は、『宝治百首』の「限りあればかけのたれ尾の長き夜もさすがにしらむ東雲の空」（三二一八）をはじめとして、僅少ながら成句的に用いられ、正徹にも「山かづらかけのたれおのながき夜は春にもありと月ぞのこれる」（草根集・巻二・永享元年正月六日・畠山阿波守義忠家続歌・暁春月）の一首がある。

心敬は、言葉の上では定家に学びつつ、「夜をこめて鳥のそら音にはかるともよに逢坂の関はゆるさじ」（後拾遺集・雑二・九三九・清少納言）に詠まれた函谷関の故事をも踏まえ、正徹の歌をきっかけとして遥か遠い山にいる山守を思い描き、一首を構成している。

第一句と第四句とで歌題を詠み、第四句の「かけのたれおの」は有心の序として「ながき」を導く。その「ながき」が、「かけのたれお」、「夜」、「（鳴き）こゑ」のそれぞれの長さを表すことで下句の語が緊密につながっている。さらに「の」の繰り返しによりなだらかな響きに仕上がっている。

【現代語訳】

夜が明け始めた遠い山の山守も目を覚ますだろうよ。鶏の、その長い尾のように長い夜が明けるのを告げる長鳴き声に。

冬釈教

229　うつしつる草木も朽て霜をへぬ跡なき法の末の山かぜ

【校異】［本文］草木―木葉（岩橋）

【自注】

釈尊一代説相を入滅の後、阿難尊者結集し給て陀羅葉にかきあつめてひろめ給ひしも、今は末法濁乱の時なれば朽うせ侍ると也。（岩橋下・一七八）

【評釈】

歌題の「冬釈教」は僅少で、『竹風集』、正徹も一座した嘉吉三年の『前摂政家歌合』に見える。

三句切れ。

第一、二句は、自注にもあるように、『大智度論』に見える阿難の教えも朽ち果てたという説による。同話は『沙石集』にも載る。阿難は釈迦のいとこであり、十大弟子の一人。約二十五年間釈迦に近侍し、経典のもととなった教説を弟子中で最も記憶していたとされ、多聞第一と称された。「説相」とは経典の内容のこと。陀羅葉は多羅葉のことで、多羅樹の葉。古代インドではこの葉に鉄筆で写経したという。自注のように、釈迦入滅後、阿難が教説を多羅葉に筆写したとされる。この逸話より、「草木」は「木葉」とあるべきか。ただし、初句の「うつす」に移植の意味

を掛けて解するならば草木でもよい。ここでは、底本に従う。

第三句の「霜をへぬ」は、冬題に即すとともに、年月の経過を表す「幾星霜」の意を掛ける。

第四句の「跡なき法の末」は末法の世の意。

眼前の風景をきっかけとして、釈迦入滅当時から今日につながる仏の道を回想するところに一首の眼目がある。


【現代語訳】

移し植えた草木も朽ち、霜に覆われ幾日もたった。まるで阿難が書き写した多羅葉も朽ちて年月が経ったかのように、その痕跡もなくなった末法の世に吹く山風よ。

釈教

230　彼仏出ざりし世や春の野に鹿なき秋にうぐひすのこゑ

【自注】

仏未出世には、十方常暗冥、阿修羅亦盛、さらに四の季のさかいもいまだなかりし事を。（岩橋下・一一三）

【評釈】

歌題の「釈教」は、73【評釈】参照。

第一句の「彼仏」とは釈尊のこと。自注は「世尊未出時、十方常闇冥、三悪道増長、阿修羅盛（世尊のいまだ出でたまわざりし時、十方は常に闇冥《くらく》して、三悪道《さんなくどう》は増長し、阿修羅もまた盛りなり）」（法華経・化城喩品）による。自注にいう「四の季のさかい」もまだなかったという経典の記述は管見に入らないが、阿弥陀仏の極楽浄土世界には四季の庭があっ

たと考えられていた。

歌題から経典へと連想の糸を伸ばし、教養そのものを詠んだ点が眼目である。

【現代語訳】

釈尊がまだ現れなかった世。そこでは（四季の区別もなく）春の野には鹿が鳴き、秋には鶯の声が聞えたことよ。

寄海述懐

231　大海をのむともなをやあかざらんかぎりなき世の人の心は

【校異】［歌題］寄海述懐―述懐（岩橋）
【自注】
大虚をはらみても猶あきたらはずなど、此世の人の上なき心のたとへをいへば也。（岩橋下・一七六）
【評釈】
歌題の「寄海述懐」は僅少で、『土御門院御集』が早い例である。正徹には、「さすしほのからにのしまを此世にてしづみうかぶと身をなうらみそ」（草根集・巻十一・享徳二年十二月十一日・大光明寺月次・当座。類題本第二句「からか」）の一例がみえる。
三句切れ、倒置法。
自注の「大虚をはらみても猶あきたらはず」は仏典を典拠とする当時の諺と推測されるが、未詳。当該歌はその諺を「大海をのむともなをやあかざらん」と和らげて言ったか。

第四句の「かぎりなき」は、「世の」を修飾するのではなく「世の人の心」までかかり、世俗の人々の限りない欲望の心の意味となる。

【現代語訳】

大海原を飲み干すとしてもやはり満たされることはないであろうか。（私も含め）際限もない此の世の人々の欲望の心は。

濃《こまやかなる》体

『毎月抄』には濃様として見え、第二段階の最後にあげる。『三五記』は第七にあげ、『ささめごと』〈尊経閣本〉の連歌十体は濃句体として第四にあげる。『十体和歌』では第六にあげる。優雅にして巧緻な風。

春田

232 色〱にうつろふ小草《こぐさ》花ぞまつ秋にはかへす春のあら小田

【校異】［歌題］春田—田家（心敬集）［本文］色〳〵に—色〳〵の（心敬集）うつろふ小草—春の小草の（心敬集）花そまつ—はなそさく（島原）春のあら小田—しつかを山田（心敬集）

【自注】なし

【評釈】

歌題の「春田」は、『古今六帖』に見え、『公任集』にも「円融院隠れさせ給うての春の夜の中服《なかぶく》なるころ、つれづれなりければ歌詠みける」という詞書に続いて九首並ぶうちの八首目に、「春の田」題で、「春の田をなぞ打ち返し悲しきは頼り少なき我が身なりけり」（二五〇）がある。正徹には、「ほに出て麦の秋風まつころはたかへす春とみるぞすくなき」（草根集・巻十一・享徳二年三月二十二日・或所月次・春田）の一首がある。

第三句の島原本の本文は、『心敬集』の異同から見ても誤写と考えられる。『心敬集』の「色〳〵の春の小草の花ぞまつ秋にはかへすしづがを山田」（三〇五）との異同は単なる誤写ではなく、一方から他方への改作と考えられる。後述のように、当該歌が難解であったため、『心敬集』の形に改作し、歌題も無季としたか。「まつ（待っ）」は「ぞ」の結びで、ここでは伸び始めた草が花を咲かせようと待っているの意。

第二句の「うつろふ小草」の「うつろふ」は、「いづれをか分きて偲ばん秋の野にうつろはんとて色かはる草」（後撰集・秋下・三七一・読人不知）のように「映ろふ」であり、美しく照り映えるの意。ここでは花をつけ美しく照り映えるであろう草々が伸び始めた様を指す。「小草」は、「をぐさ」と詠まれることが多いが、『重之集』〈西本願寺本〉に「よどのこくさ（淀）」と仮名書きの例があり、平安朝以降「こぐさ」とよまれたものと思われる。日影などに生える丈の低い草の総称で、早春から冬にわたって詠まれる。正徹には「よるふりし庭のこ草の朝じめりこまかにをくも露ぞ涼しき」（草根集・巻十二・康正二年六月十三日・平頼資のすゝめし続歌・夏雨）、「さゝまじるのべの小草の冬の霜かれずはありともわきて見ましや」（草根集・巻一之下・永享十二年三月十八日～二十一日・住吉法楽百首・枯野）の二首がある。な

お「名も知らぬ小草花咲く河辺哉」(竹林抄・発句・一七二一・智蘊)に、心敬は「芝生隠れの秋の沢水」と付けており(竹林抄・秋・三五二)、同じく『竹林抄』の発句に「春草を」として「露待たで靡く若葉の千草哉」(一五八三)が見える。和歌においては秋草を千草と呼ぶのに対し、小草は春のものであるという明確な区分はないが、「おそくとくかはる田面のいろ〳〵に／春の小草の花ぞまじれる」(心玉集〈静嘉堂本〉・一〇一三)、「おもふかひなくなどかへすらん／あらを田の小草に春の花咲て」(園塵第三・二六四)などのように、心敬の頃から春の草として詠まれ始めたようであり、こうした傾向が、宗祇を経て「かた山のかへしさしたる荒小田に小草花咲き小鳥降りつつ」(雪玉集・五二六二・春山田)のように定着していくものと推測される。当該歌はその中でもやや先取的な詠み振りといえよう。

第四句の「秋にはかへす」は、「秋に田返しする」という意にも、上から続いて「秋には小草(千草)に返却する」意とも解することができる。当時はすでに二毛作が行われており、春の田返しの折に秋再び耕すことを連想しているとも取れるが、心敬は第四句に「秋にも」ではなく「秋には」と詠んでおり、意図的に春と秋とを対比させていることから、いずれかの季節で耕すと解すべきである。

春の田に生える草から秋を連想し、その草が成長し花をつける秋には田返しをすると詠んだと見るならば、「春田」題であえて春の様子を詠まない心敬らしい構成といえるものの、歌題から離れる点は否めない。また、眼前に広がるのは荒小田であり草も生えている。前掲の『雪玉集』の例も考え合わせると、ここでは「秋には花を咲かせるであろう草に返す(返還する)」が、「今は田返しをする春の荒小田」と解しておく。こうした難解さは、上句の情景を受け、下句で連歌の付合のような展開を意図したことによって引き起こされたものと推測される。

前掲正徹の「春田」詠は「ほに出て」で麦秋を待つ状況を詠み、春でありながら春であることを忘れる錯覚の妙を表現している。心敬は、正徹詠に拠りつつ、春の小草を介して秋の田の姿をより具体的な形で詠み、春の中に見える秋の姿として時間の交錯を表現する。

当該歌は、春に早くも秋を予感しながら田返しをするその心情を、人のみならず草までもがあたかもそうであるかのように擬人的に捉えた点にも特色がある。

【現代語訳】

色とりどりに映える小草は花を咲かそうと待っている。その花が咲く秋には（千草に）返すが、（今は）田返しをしている春の荒小田であるよ。

簾外燕《れんぐわいのつばめ》

233 袖ちかくいりくるつばめをちかたにかへる羽はやきこすの追かぜ

【自注】なし

【評釈】

歌題の「簾外燕」は、僅少である。『師兼千首』に初出し、他には正徹に「庭めぐるつばめ入なりなかはあけてをしはるみすの下もあらはに」（草根集・巻十一・享徳三年三月二十八日・草庵月次・当座）という当該歌の類想歌のほか二首見える。

燕は漢詩に多く詠まれる。和歌においては、平安期までは雁と対に詠まれることが多く、詩題百首などで漢詩的な素材として読まれる傾向が強い。平安末期から水辺や人家の近くを飛び交う姿など表現が多様化し、漢詩的な印象は弱まる。ただ、謝朓「和王主簿怨情（王主簿の怨情に和す）」詩（文選・巻三〇）の「花叢乱数蝶、風簾入双燕（花叢数蝶乱れ、風簾 双燕入る）」は、『韻府群玉』巻八にも「燕入簾」として立項されるなど、やはり漢詩の影響のもと、

当時改めて興味を引いた素材として、正徹は先の三首を含め十一首を詠んでおり、好んで用いたといえよう。

第一、二句は、「こす（小簾）」をくぐって「袖ちかく」まで入り込んでくる燕を詠み、下句では一転して、そのいかにも素早い飛び方を「かへる羽はやき」と表現する。心敬以前には「立つ方に沖津しほ風吹きむかひかへるははやきはま千鳥かな」（題林愚抄・冬・五四八五・永徳百首・国量）の例が見えるが、「かへるは早き」と助詞の「は」とも解される。

当該歌は、「ちかく」と「をちかた」、「いりくる」と「かへる」との対句的表現で構成している。

第五句の「追かぜ」は、簾をくぐって室内から外へと飛び出す際、簾を揺らした風を燕をより早く飛ばす追い風だと見立てたもの。簾をくぐりぬけて室内に入っては、またせわしなく飛び出す燕の素早さや習性をよく捉えている。

なお「こす」は、185【評釈】参照。

【現代語訳】

袖の近くまで飛び込んでくる燕、再び遠くまで飛び出す羽がいかにも早い、その後を押して簾をゆらす追い風よ。

行路薄

234　花ずゝきわたれどぬれぬかち人のもすそなみこすあふさかの山

【自注】

いせ物語に、かち人のわたれどぬれぬえにしあればの歌をとりて申。あふさかにしの、すゝきなど詠侍れば也。（岩橋下・一五六）

【評釈】

歌題の「行路薄」は、「かき分けてなほ行く袖やしほるらん薄も草の袂なれども」（壬二集・一三八一）が初出であるが、心敬以前は十首程度と僅少である。正徹は同歌題で、「わが袖の露よりしげし花薄ひろのや秋の袂なるらん」（草根集・巻五〈次第不同〉）など五首詠んでいる。

初句切れ、体言止め。

自注によれば、『伊勢物語』六九段の「かち人のわたれど濡れぬえにしあればまたあふさかの関は越えなん」を本歌とする。「わたれどぬれぬ」は、本歌では「え（江）」の音通により「えにし《（縁）》」を導くための有心の序である。心敬は「里人のわたるはぬれぬもすそ哉卯花ちれるしら川の浪」（心敬難題百首自注・二一・卯花埋路）に「うの花のちれる比は、此川の浪□《もカ》里のかよひぢもひとつに侍れば、道行人は花なればもすそぬれずとなり」と注し、卯の花の波に濡れることのない里人を描いている。『伊勢物語』の歌を本歌取りする点も、当該歌と共通している。直接の影響はないと思われるが、類想歌に「秋の野の尾花を分けて行く人の渡れど濡れぬ波や立つらん」（国冬百首・五〇）がある。

自注の「あふさかにしの、のすゝき」を詠んだとする歌は、「吾妹子に逢坂山の篠薄穂には出でずも恋ひわたるかな」（古今集・墨滅歌・一一〇七・読人不知）を指し、これにより心敬は「あふさかの山」の「花ずゝき」を詠んでいる。また、薄は、その穂が風に靡く様子から、「鶉鳴く真野の入江の浜風に尾花波寄る秋の夕暮れ」（金葉集・秋・二三九・俊頼）など、波に見立てられる。

第四句の「もすそなみこす（裳裾波越す）」は、波が越えるの意と旅人が逢坂山を越えるの意との掛詞。

心敬は古今の歌などを念頭に置きつつ、「濡れないのは本当の波ではなく薄だからだ」と、本歌の「ぬれ」ない理由の謎を解くように一首を構成している。

【現代語訳】

（それは）花薄なのだよ。渡っても濡れない、道行く人の裾に波が寄せる逢坂の山路では。

235　露染山葉《つゆやまのはをそむ》

山びめもすゑつむばかりくれなゐの花をしたばにそむる露哉

【自注】なし

【評釈】

歌題の「露染山葉」は、『白河殿七百首』に初出するが、その後は正徹に三首見えるのみの希少な歌題である。正徹は同歌題で、「秋山のしぐれの露の上染にのこる色なきよものもみぢば」（草根集・巻十二・康正二年九月二十日・草庵月次）他一首を詠んでいる。

第一句の「山びめ」は、山を守り支配する女神。『梵燈庵袖下集』〈西高辻本〉に「山姫とは神体の御事也」とある。春の佐保姫、秋の龍田姫に対し、連歌では雑とされ、季節に関係なく山の現象全般に関わる女神。「裁ち縫はぬ衣着し人もなきものをなに山姫の布さらすらん」（古今集・雑上・九二六・伊勢）のように詠まれる。

第二句の「すゑつむ」は、枝先を手折る山姫の動作であるとともに、「くれなゐの花」を修飾して『源氏物語』の末摘花をもあらわしている。末摘花は紅花《べにばな》の異名。花のみ摘み取って染料にすることから呼ばれる。「すゑつむ」を動詞として用いる例は僅少で、最も早い例は「草の庵や法の末摘む夕暮れの峰の樒《しきみ》に風かよふなり」（壬二集・九九八）である。正徹は「末摘む」の語を六首詠んでいるが、「長月の袂にはほせくれなゐのすゑつむ菊の花の下露」（草根集・巻五・〈次第不同〉・九月九日。類題本第五句「したみづ」）のほか、「紅の雪にすゑ摘む」、「長月のすゑつむ菊」、「花

のすゑつむ」、「露のすゑつむ」などと動詞としても機能させている。こうした家隆、正徹詠が心敬の念頭にあったものと思われる。なお心敬は、「秋は今すゑつむ色のした葉かな」（岩橋上・六九）と当該歌と同想の発句を詠み、「くれなゐといへる心を、すゑつむにてふくませ侍り。秋の末なれば、ことばのえん（縁）よろしく哉」と自注を施している。

末摘花を紅葉の比喩として用いる例は、「山姫の天つ領巾《ひれ》かも紅の末摘花に染むる梢は」（万代集・一二二一・覚性法親王）の一首があり、山姫も共通することから心敬の発想と近い。正徹も末摘花を比喩として数首詠んでいるが、紅葉を詠んだものには、「紅のすゑつむ花の下ひもをとくや八しほの岡の紅葉ば」（草根集・巻九・宝徳三年九月二十日・草庵月次・紅葉）の一首がある。

第四句の「したば（下葉）」は、草木の下方の葉。「白露も時雨もいたくもる山は下葉残らず色付きにけり」（古今集・秋下・二六〇・貫之）、「さくら色に下葉をそめよ秋の露」（芝草句内発句・三〇一）のように、露が置くことで紅葉すると詠むのは、和歌の常套表現である。心敬は、露が末摘花（紅花）の染料のように下葉を染めると見立て、その紅が山姫が思わず手折るほど濃いと表現する。歌題によく添った一首である。

【現代語訳】

山姫も枝先を摘みたくなるほど濃い紅の花の色に、紅葉の下葉を染める露であるなあ。

236　寄灯恋《ともしびによするこひ》

待ふけて出ればね屋に影ぞゝ《そ》ふなみだにきえし夜はの灯

【自注】なし

【評釈】

歌題の「寄灯恋」は、『白河殿七百首』に見え、『為尹千首』に「見せばやな袖口いたく焚きしめて人待ち更くる灯の影」（七九九）と見えるが、正徹以前は十首程度しか見えない。正徹は同歌題で、「身にぞしる夜半にかゝげぬ灯のみじかくもえてきゆる思ひを」（草根集・巻七・宝徳元年十一月二十日・恩徳院月次）など三首詠んでいる。

上句は、女が、通ってくるはずの人を一人で待ちつつ部屋から出て、部屋の方を振り返った状況である。「君来ずは閨へも入らじ濃紫我が元結に霜は置くとも」（古今集・恋四・六九三・読人不知）、「君待つと幾夜の霜を重ぬらん閨へも入らぬ同じ袂に」（続千載集・恋三・一三一五・後醍醐院）など、恋人の訪れを閨以外で待つ歌が少なからず見える。「寄灯恋」題ながら、部屋の灯は待つ恋のつらさに流した涙で消えており、寄り添う影は誰もいない部屋に浮かんだ面影である。「亡き人のこの世に帰る面影のあはれ更け行く秋の灯火」（新続古今集・哀傷・一五六九・隆祐）、「さてもまたいつか忘れん面影のほのかに見えし窓の灯火」（題林愚抄・恋・八三五四・弘安百首・隆弁）などの、人の面影が灯火に宿る歌例から判断して、当該歌でもこの「影」は恋人の「面影」であろう。このように、歌題に提示された事象（灯）を「なみだにきえし」として、歌の中に出現させず、却って印象付けるのも心敬の工夫である。

注意すべきは、当該歌が三句切れで、連歌的な構成を持っている点である。第一句から読めば、読み手は第三句の「影」を火影と捉える。そして、下句を読んだ段階で遡って「影」が面影であったと知る。すなわち、上句の「影」が下句によって火影から面影へと取りなされたと解せる。これは、読み手に驚きを感じさせる連歌の取りなし付けの応用である。

正徹の「面影もやみなるね屋のかべしろにあやなく人や夜をへだつらん」（草根集・巻十二・康正元年四月六日・明栄寺月次・当座・寄閨恋）と閨で待つ状況は共通であるが、当該歌では相手を全く現出させないことにより一層孤独が深まっている。全体としては、白居易の「秋夜長、夜長無眠天不明。耿々残灯背壁影、蕭々暗雨打窓声（秋の夜長し、

夜長くして眠ることなければ天も明けず。耿々たる残《のこ》んの灯の壁に背けたる影、蕭々たる暗き雨の窓を打つ声）」（和漢朗詠集・上・秋・秋夜・二三三）を彷彿とさせる。なお、白詩については、174【評釈】参照。

【現代語訳】

（来ぬ人を）待つままに夜が更け、待ちわびて外に出れば孤閨に面影が添い伏すことよ。とうに涙で消えた灯の下。

撫民体　事可然体も此内にあるべく哉

「事可然《ことしかるべき》体も此内にあるべく哉」と注する。『毎月抄』には事可然体を「もとの姿」の一とする。『三五記』は第七にあげ、『ささめごと』〈尊経閣本〉の連歌十体も踏襲して第七にあげる。それを『十体和歌』では、『三五記』の有心体の中に、物哀体、不明体、至極体、理世体とともにあげていた撫民体を十体の一に取り上げて第七にあげ、事可然体をこのうちに含める。『三五記』には、理世体とともに、有心体の中、「まことしくありのまゝに、げにさるまじとおぼゆるやうには心をふかくよみすへたらんたぐひ」という。いかにももっともだという心をこめて詠む風。

蘭若菜

237　たれかいま花もすゝめず梅ぞのゝふりにしあとにわかなつむらん

【校異】［本文］すゝめす―すさめす（岩橋）

【自注】
菅家のすゐが御跡、二条京極東のかたむめぞのゝ、跡といへり。（岩橋下・一二一）

【評釈】
歌題の「薗若菜」は、兼載に「心ありて若菜摘まなん花園に秋待つ草も萌え紛ふらし」（閑塵集・一一）の一首があるほかは、用例が見出せない。但し、『明題部類抄』によると建長七年『権大納言顕朝卿野宮亭会千首』で出題されたことが知られる。

当該歌は、「菅家のすゐ」（菅原道真の子孫）の邸宅にあった「梅ぞの」の跡を詠じたものである。だが自注にある「二条京極東のかた」は鎌倉期の類書『二中歴』〈尊経閣本〉第十に「梅園〔二条南、京極東、朝綱卿家〕」とあり、大江朝綱の邸宅であったことが分かる。一方『十訓抄』に「二条よりは南、京極よりは東は、菅三位の亭なり」（三ノ三）とあり、同地を指して菅原文時（道真の孫）の邸宅であったという。正徹は『十訓抄』を所持していたので（正徹物語）、心敬もそれを目にし、この「梅園」を文時邸と誤解したか。

第二句が『岩橋』のように「すさむ（遊む・弄む）」ならば、「山高み人もすさめぬ桜花いたくなわびそ我れ見はやさん」（古今集・春上・五〇・読人不知）と同様に、慰みにする、心に留めて愛するの意となる。また底本のように「すすむ（勧む・薦む・奨む）」ならば、人々に勧めるの意になる。ともに下二段活用であるが、ここでは『岩橋』の「すさめず」が良く、底本は誤写と推測される。「すさむ」は18【評釈】参照。

第三句の「梅ぞの」は、心敬以前には、正徹の「のちにさへ忘れんものかよそにみておらぬなげ木の春の梅ぞの」

（草根集・巻三・永享十二年五月・如意寺西方院にての沓冠歌）の他には見ない。心敬は『川越千句』第一百韻の発句で「梅園に草木をなせる匂ひ哉」と詠んでいる。当時、太田道真が武蔵国の越生《おごせ》（埼玉県入間郡）から川越に来ており、その邸宅の梅園が見事であり名所となっていたことが、心敬の念頭にあったか。同千句第十発句で道真が「梅さきぬなを山里をおもふかな」と詠じており、心敬句に応じたものであることが分かる。発句の原則によれば、「梅ぞの」は張行場所である川越城にあったと考えることが自然であるが、道真は越生に邸宅を持っていることから、その梅林を面影に詠じたか。

当該歌は、文時（朝綱）の邸宅跡は今や荒れ、かつての梅園の面影もなく草原となっており、それと気づかず若菜を摘む人がいると詠む。菅原道真のような風流心を持つ人と当世の人々を対比させて、道真を称揚している。

【現代語訳】
いったい誰が今、花を心にとめることもなく、（かつて菅家の）梅園だった時を経た跡で若菜を摘んでいるのだろうか。

柳

238　打ちけぶる一もと柳かたまゆはよそにきえぬる春の三かづき

【自注】なし

【評釈】
歌題の「柳」は、『堀河百首』題。
二句切れ、体言止め。

柳の若葉を眉にみたてる表現は、漢語「柳眉」に由来し、「梅花　取持見者　吾屋前之　柳乃眉師　所念可聞（梅の花とり持て見れば我が宿の柳の眉し思ほゆるかも）」（万葉集・巻十・一八五七・読人不知）、「春の日の影添ふ池の鏡には柳の眉ぞまづは見えける」（後撰集・春下・九四・読人不知）など、古くから見えるが、数は多くはない。「柳→まゆ」（連珠合璧集）。正徹も「春にあふ柳もまゆをひらく門戸ざゝで御代のめぐみまてとや」（草根集・巻十・享徳元年正月十八日・大膳大夫家月次始・柳弁春色）ほか数首詠じており、正徹好みの表現といえる。

また、三日月を眉に喩えることも、漢語「眉月」に基づき、「月立而　直三日月之　眉根掻　気長恋之　君尓相有鴨（月立ちてただ三日月の眉根掻き気長く恋し君に逢へるかも）」（万葉集・巻六・九九八・坂上郎女）、「飽かざりし人の眉根によそへても名残ぞ惜しき三日月の影」（新撰六帖・二八三・知家）など、珍しいものではない。「三日月→まゆ」（連珠合璧集）。

第二句の「一もと柳」は、和歌の用例は僅少であるが、正徹には「日影さす一もと柳色そひてならぶ春なき野べの朝霜」（草根集・巻四〈次第不同〉・柳弁春）、「若草の野べのみどりもまだみえず一もと柳川風ぞふく」（草根集・巻十二・康正二年正月十八日・隆宗法印のすゝめし続歌五十首・水辺柳）の二首があり、当該歌に影響があったものと推測できる。

当該歌では柳から眉を連想し、さらに三日月へと結び付け、三日月を片眉に見立てる。すると上句の柳は女の姿（髪）となり、霞む三日月は額にぼんやり描かれる眉となる。三日月を片眉とする歌に、「光満つ望の面影いつなれや片眉残す有明の月」（正治後度百首・六三四・長明）が唯一見える。連歌では、「とけぬるかほの三日月のうす氷／柳のまゆね緑りなる頃」（享徳二年一月二十五日賦何船連歌・三四・宗砌）のように、「柳」、「眉」、「月」は互いに連想の糸で繋がっている。心敬もこうした発想のもとに一首を構成したと思われる。

【現代語訳】

（霞みに）けぶって立つ一本柳。そのしだれた枝の間に、まるで片側がどこかにいってしまった眉の（ようにみえる）

細い春の三日月よ。

239 花有遅速《はなにちそくあり》

ためしうき此世にさきてするの露本のしずくに花ぞ落行

【自注】 なし

【評釈】

歌題の「花有遅速」は、『匡房集』に早く見えるが、心敬以前は十首に満たない。正徹も同歌題で「しるらめやあまた日数をさきだてゝ花にをくるゝ花の形見を」（草根集・巻七・宝徳元年四月二十九日・或人の草庵の両神法楽百首、当座百首。類題本第五句「春の」）の一首を詠じている。この歌題では、「いかなれば同じ深山の桜花移ろひ蓄む木々を分くらん」（壬二集・一五五四）のように、木の生育条件によって、開花時期が異なる状況を詠むのが本意である。しかし、当該歌は一本の木の花の中に「遅速」を見る点が、新しい趣向となっている。あるいは『往生要集』の「なんぞ必ずしも、浄土の時剋を以て花の開く遅速を説かんや」（大文第十）という記述が心敬の念頭にあったか。

当該歌は、「末の露本の雫や世の中の遅れ先立つ例《ため》しなるらん」（新古今集・哀傷・七五七・遍昭）を本歌とする。本歌は、この同じ世に等しく生を受けながら老少不定であることを、木の葉末の露と根元の雫によって喩えたもの。心敬にはほかに、「花もよにをくれさきだち末の露もとあらの桜春風ぞ吹」（心敬集・二一六）という、同じ『新古今集』歌を本歌とする一首もある。

第一句の「ためしうき」は、老少不定を指し、「なほいかに思ふ心ぞ限りなく憂き例をば見果ててし身を」（玉葉

集・恋五・一七四四・公守女）などと歌に詠まれる「うきためし」を返した連歌的表現で、「うき」は「ためしうき」と「うき此世」に掛かる。心敬には「ためしうきならひを」（百首〈天理本〉・二一）という例もある。

本歌に詠まれた人の命のはかなさを花へと移した上で、言外に「遅れ先立つ」を響かせ歌題を表現する。「すゑの露本のしずく」は対句的表現。

枝を伝う露の重みに耐えかねて散る花と、根元の露の上に舞い落ちる花弁とのほんのわずかな遅速を詠む。「花落つるは寂しく静かなる姿也」（初学用捨抄）という意識から、「花ぞ落行」と詠じたのであろう（12【評釈】参照）。「ためしうき此世」、「露」、「花ぞ散行」という語句が互いに響き合い、さらに本歌をも想起させることで、春の歌であるが、全体としては述懐の印象の強い、心敬らしい一首に仕上がっている。

【現代語訳】

（命あるものは必ず死ぬ）さだめがつらいこの末世に咲いて、枝先の露に散り、根元の雫へと花が舞い落ちることだよ。

閑居花

240　うちむれて尋し人の音もなし花にふたりのゆふぐれの山

【自注】　なし

【評釈】

歌題の「閑居花」は、『新勅撰集』に見え、用例は少なくない。正徹は「まぎるべき風さへふかで散かゝる花のをときく窓のうち哉」（草根集・巻四〈次第不同〉）など二首を詠んでいる。

第四句の「花にふたり」は「花と二人」をより深めた表現で、本来は一人であるが花を眺めることによってあたかも二人で対坐しているかのような心境になるという。なお、心敬は「ながめつゝ花とふたりのあはれをも忘るゝ程を此世共がな」（心敬集・二一四）、「おもひをく花とふたりの旅もがな」（吾妻下向発句草・六〇五）と、人ならぬ花と我とで二人という発想をくり返し用いている。「花に二人」、「花と二人」は他に用例がみえず、心敬独自の工夫である。

上句には、「花見にと群れつつ人の来るのみぞあたら桜の科にはありける」（玉葉集・春下・一四四・西行）を思い描いている。一首の構成は「見渡せば花も紅葉もなかりけり浦の苫屋の秋の夕暮れ」（新古今集・秋上・三六三・定家）と類似する。定家が「なかりけり」で三句切れにしているのに対して、当該歌は心敬好みの「もなし」で三句切れとし、上句に賑わしい情景を置き、第三句末で打ち消した後、下句に対比的な夕暮れの風景を描くことで、閑寂の感を深め余韻を引き出す。ただし、定家詠の上句・下句が完全な対比であるのに比し、心敬の一首では花そのものは一貫して存在しており、それによって人の心の移ろいと閑居の静寂とがいっそう強調される。さらに、桜を擬人化し、花と対座していると詠むことにより、孤独が際立っている。

【現代語訳】

連れだって（花を）尋ねてきた人々のにぎわいも今はもうない。花ゆえにあたかも二人でいるような春の夕暮れの山よ。

241　　山家雑

きゞすふすおどろなやきそ山がつも子をばかなしぶ《む》心あるらん

【自注】なし

【評釈】

歌題の「山家雉」は、当該歌の他には管見に入らない。ただし、正徹に「山家春雉」題で、「のがれこし浮世わする丶山陰に子を思ふ雉の声なをしへそ」（草根集・巻四〈次第不同〉）がある。また、当該歌と同想の歌に、「子をおもふきゞす鳴也かの岡に草かるおのこ春なくもがな」（草根集・巻四〈次第不同〉・岡辺雉）がある。

当該歌は、「春日野は今日はな焼きそ若草のつまも籠もれり我も籠もれり」（古今集・春上・一七・読人不知）を念頭に置きつつ、主体から客体へ、人から鳥へと置き換える。

第二句の「おどろ」は、草木が茂っている場所、藪。山焼き、または野焼きをしようとする山賤を詠むことで、歌題の「山家」を満たす。

雉は丈の高い草原に営巣し、雛を守るため巣から離れた所から飛び立ち、着地する。天敵に対して自らを囮にして雛を守るなどの行動から、子を思う心の強い鳥として歌に詠まれる。また、「雉の子を生みて暖むる時、野火にあひぬれば、一たびは驚きて立ちぬれど、なお捨てがたさの余りにや、煙の中に帰り入りて、つひに焼け死ぬるためし多かりとぞ」（発心集・五の一五）とあるが、雉のこうした性質は広く認知されており、「焼野の雉子《きぎす》夜の鶴」という対句で謡曲「唐船」にも引かれている。正徹は前掲の「子をおもふ」歌や、「子を思ふ野べのおどろの下蕨折てなふれそきゞす鳴なり」（草根集・巻四〈次第不同〉・雉）、「おもふらん子をいかにともいまぞきく焼野を行ば雉なくこゑ」（草根集・巻十五〈次第不同〉・雉）など、数首詠んでおり、あるいは心敬の念頭にあったか。

当該歌は、『古今集』の一首と正徹詠との発想を一首にまとめ、人の心を雉の心と重ね殺生を戒める。山賤は風流心を解さない者とされ、特に狩人は殺生戒を犯す罪深い人々とされるが、当該歌は、そのような人々にもせめて「子をばかなしぶ心」はあるだろうと推測し、雉に哀れを掛けて欲しいと願う歌に仕立てている。

【現代語訳】
雉が身を潜めている茂った草を焼くな。（哀れを解さない）山賤といえども、我が子を愛おしむ心はあるだろう。

岡辺雉

242　なくきゞす岡のくずはゝ下にまたうらむる秋を色にいづらん

【自注】なし

【評釈】

歌題の「岡辺雉」は、「子をおもふきゞす鳴也かの岡に草かるおのこ春なくもがな」（草根集・巻四〈次第不同〉）に見られるのみ。『明題部類抄』によれば類題の「岡雉」が『前大納言為家卿中院亭会千首』の春の歌題にある。

初句切れ、体言止め。

雉は、「春野尓　安佐留雉乃　妻恋尓　己我当乎　人尓令知管（春の野にあさる雉の妻恋に己が辺りを人に知れつつ）」（万葉集・巻八・一四五〇・家持）、「狩に来ば行きてもみまし片岡のあしたの原にきぎす鳴くなり」（後拾遺集・春上・四七・長能）などのように、春雌を求めて鳴き、居場所を知られると詠まれる。

第二句の「くずは（葛の葉）」は、裏葉が白いことから、「うらみ（裏見・恨み）」と縁語となる。また秋風によって翻るとして、「あき」に「秋」と「飽き」とを掛け、「葛―うらみ―あき」という縁語で常套的に詠む。主に裏葉の白を詠むため黄葉を詠むことは必ずしも多くないが、類想歌として、「水茎の岡の葛葉も色づきて今朝うらがなし秋の初風」（新古今集・秋上・二九六・顕昭）がある。当該歌は「うらむる」に「裏」と「恨む」を掛け、「下にうらむる」

で、「ひそかに恨む」と「葉の下で」とを意味する。

下句の「秋を色にいづ」は、秋を視覚的に捉えた「秋の色」という和歌的表現をさらに踏み込んだものであり、秋の葛の黄葉を指す。同時に、「色」は雉の「声音」でもある。春に葛の下で鳴く雉が隠れながら抱いている恨みとは、鳴き交わすことのできない恨み。その雉の思いを、秋になれば葛の葉がはっきりと色に出すという。生物の「恨み」が植物に表れるという発想は、「虫の音もいかに恨みて真葛はふ小野の浅茅の色かはりゆく」（続古今集・秋下・四八四・雅経）、「虫の音も忍ぶることぞ真葛原恨みや秋の色に出づらん」（明日香井集・七七四）に詠まれている。雉の声（聴覚）から色（視覚）への移行が眼目である。

【現代語訳】

鳴く雉よ。（声を出せずに）岡の葛の葉の下でひそかに抱く恨みを、また秋には葛が黄葉して色に表すことであろうよ。

郭公

243　ほとゝぎすさくらばかりか世の中にたえば心やのどけからまし

【自注】　なし

【評釈】

歌題の「郭公」は、『堀河百首』題。

当該歌は、「世の中に絶えて桜のなかりせば春の心はのどけからまし」（古今集・春上・五三・業平、伊勢物語）を本歌とし、夏の景物である郭公も、桜に劣らず人の心を並々ならず乱すと詠む。

郭公は、夏の到来を告げる鳥として、平安中期以降、和歌を始め『枕草子』などの散文にも見え、人々がより早く初音を聞こうとした様子は、「山賤と人はいへども郭公まづ初声は我のみぞ聞く」（拾遺集・夏・一〇三・是則）などからも知られる。

桜は、咲く前、開花、そして散る桜のそれぞれに人の心を急きたてる。同様に郭公も初音、不意に聞こえる鳴き声で人を惹きつける。本歌に拠りつつ動物である郭公と、植物である桜とを並べた点に眼目がある。

【現代語訳】

郭公よ。桜だけであろうか、いやそうではない。（お前もまた）全くこの世にいなかったなら、（夏の）心はさぞ穏やかだったろうに。

山照射

244　夏むしの命ばかりかさをしかもむなしともしによるの山かげ

【自注】　なし

【評釈】

歌題の「山照射」は、心敬以前に見えない、極めて珍しい歌題である。「照射」題は、195【評釈】参照。

上句の「～ばかりか…（も）」という比較の構成は243と同じである。

第一句の「夏むし（夏虫）」は、『永久百首』題にもみえるが、特定の虫ではなく、「灯火に入る夏虫のはかなさを身にたとへても明かしつるかな」（永久百首・一七八・俊頼）のように、夏の夜に灯に集まる虫を指す。自ら火に近づ

き死ぬという共通点をもって、罠であるかがり火に気をひかれ、目を合わせて射られる鹿の命のはかなさを強調する。

第四句の「むなしともし」は、「むなしきともし」の意で、鹿は照射を仲間だと思ってみるが、実際は鹿を欺く光であることをいう。形容詞の終止形に名詞が付き連語を形成する形は上代の用法だが、「むなし衣」、「むなし契」のように援用した「富士の根のならぬ思ひに燃えば燃え神だに消たぬむなし煙を」（古今集・雑体・誹諧歌・一〇二八・紀乳母）などが見え、正徹にも「世をうぢのむなし泪やかすみけん難波の春の月のむかしに」（草根集・巻十三・長禄元年二月十三日・平頼資主催四季歌合・古郷春月）他十例ほどある。当該歌の表現はこれらの先行歌を受けたうえでの心敬の造語か。また「むなし」は、「さをしかもむなし」と続くことで、夏虫と同様に鹿も儚いという意味にもなる。「よる」は「夜」と「寄る」との掛詞。「山かげ」は山添い、山に囲まれ影になった場所。

【現代語訳】

夏虫の命だけが儚いのであろうか、いやそうではない。鹿もまた虚しく儚い照射に目を合わせて（命を落とす）、夜の山陰よ。

原照射

245　矢さきにもみねのをざゝのはらごもりつるゝ小鹿《をしか》はおづるともなし

【自注】なし
【評釈】
歌題の「原照射」は、心敬以前には、「夕闇に照射の影は見えながら木の下暗き宮城野の原」（元徳二年北野宝前和

歌・一三三・以藤）ほか一首しか見えない。

第一句の「矢さき（矢先）」は、鏃《やじり》や矢おもて、矢を受ける正面などの意味がある。ここでは狙う目当て、的の意と解す。「みね」は「峰」と「見（ね）」との掛詞。「はら」も「小笹の原」と「腹籠」との掛詞で、和歌では他に見られない。「はらごもり（腹籠り）」は「山籠り」、「巣籠り」などからの類想により造られた俗語。和歌、連歌の用例は僅かであるが、「おやのいたみや子にあたるらん／かり人の矢さきの鹿のはらごもり」（筆のすさみ・良阿）があり、狩で殺した鹿の体内から取れる小鹿を意味する。「原照射」題から「腹籠り」を連想し一首を構成したと推測できる。

第四句の「つるゝ」は連れ立つの意。和歌に用いられた用例は必ずしも多くない中で、「その山としらぬ嵐にまよふなり木葉につるゝさをしかのこゑ」（草根集・巻一之上・応永二十一年四月十七日・細川右京大夫入道道歓家、讃岐国頓証寺法楽和歌・鹿声何方）など『草根集』には十二首ほどあり、正徹が好んで用いた表現と言える。

「小鹿」は「むべしこそ小鹿鳴くなれ妻恋はぬ人だに悲し秋の夕暮れ」（治承三十六人歌合・一八五・有房）のように、牡鹿として詠まれた例が中世以降散見し、『私用抄』には「さほじかに小字をこの比嫌侍る、不分明」とあり、ここでも牡鹿のこととすべきである。

当該歌は、野に身を隠しながら峰にいる鹿を狙っている人と、警戒心の強い母鹿に連れ添っている牡鹿を詠む。

【現代語訳】

狙いを定めた矢先には見えないが、峰の小笹の原に隠れている牝鹿の腹には子がいる。連れだっている牡鹿は恐れる様子もない。

萩露

246　われぞをく雲ゐのかりの涙をも待あへぬ宿のはぎの上露

【自注】なし

【評釈】

歌題の「萩露」は、『和歌一字抄』に見え、『壬二集』、『拾遺愚草』など『新古今集』時代にも試みられた。

当該歌は、「鳴き渡る雁の涙や落ちつらん物思ふ宿の萩の上の露」（古今集・秋上・二二一・読人不知）を典拠とする。この歌により、「露」、「雁の涙」、「物思い」という連想で多くの歌が詠まれた。なお、露を「雁の涙」に見立てることについては、164【評釈】参照。

第一句の「われ」は、第五句の「露」をさし、雁の到来とともに露が自然と置いたと詠む。露が心から置くという発想は「秋はただ心より置く夕露を袖のほかとも思ひけるかな」（新古今集・秋上・二九七・越前）に見られ、それを「われぞをく」として初句切れとし、第二句以下との倒置で強調した。

第二句の「雲ゐのかり」は、雲間をゆく雁。「秋萩の露となりても留まらで落つるは雁の涙なりけり」（草庵集・五〇四）などのように、主体の心情とは切り離し、風景として詠む例もみえる。類想歌として、「分きてよも天飛ぶ雁の置きもせじ宿から深き萩の朝露」（拾遺愚草・中・二〇二八）がある。

通常、雁が涙を置くと見立てるところを、雲居の雁の訪れさえ待ち得ぬ山住の身であるから、萩の上に置いた露は自然と置いたものだと詠み、孤独な状況を際立たせる。

【現代語訳】

自ら置くのだ。雲間を行く雁の涙をも待ち得ない、この宿の萩の上に置いた露は。

247　千栽《せんざい》
うつしうへし秋の千草の哀よりのこるはふかきなでしこの花

【自注】なし

【評釈】
歌題の「千栽」は、前栽のこと。『和漢朗詠集』の秋部に部類され、庭の草木を詠む詩歌が並ぶが、歌題として作品が残るのは、『題林愚抄』の「前栽霜枯」という類題程度で、当該歌に先行する用例は見えない。

第一句の「うつしうへし」は、移植のこと。古来、梅、菊、松のほかさまざまな草木が庭の彩りとして移植され、詠まれている。秋の千草も「さまざまの花をば宿に移し植ゑつ鹿の音さそへ野辺の秋風」（千載集・秋上・二六一・兼実）など散見し、特に撫子《なでしこ》は『源氏物語』手習巻に、「移し植ゑて思ひ乱れぬ女郎花憂き世を背く草の庵に」という妹尼の歌のほか数首見出せる。

第二句の「秋の千草」は、秋に咲く草花。秋草は見る者の心に哀れを催すが、撫子にことさら強く感興を催すのは、可憐な花に加え、「色ごとに匂へる宿の撫子は古へからの種にぞあるらし」（公任集・六二）のように、色や種類の多様性と、すっくと立ち風に揺れるはかなげな様が他の草の中で目立つためであろう。また、撫子に「撫でし子」という意味を重ね、和歌においては、愛児や女性、または遺児の意で詠むことが常套化しており、慕わしさや哀れを誘う。正徹にも「今こそあれ秋の千草の花さかばうつりやはてんなでしこの露」（草根集・巻四〈次第不同〉・瞿麦露、類題本第五句「なでしこの花」、歌題「瞿麦」）があり、「秋の千草」と対比している点で、当該歌と共通する。なお、撫子については、307【評釈】参照。

撫子は、春から秋にかけて、時を分かたず咲くことから、常夏の異名を持つ。第四句の「のこる」は、撫子が咲き

残る意と「あはれ」が残る意とを掛ける。「ふかき」は「深く印象に残る」という意と「深い花の色」の意とを兼ねる。当該歌の撫子の花の色については、「撫子の紅深き花の色に今宵の雨に濃さやまされる」（赤染衛門集・七六）と同様濃い紅と解する。

【現代語訳】

庭に移し植えた秋の千草の風情よりも、一層心に残るのは、咲き残ってなお深い色の撫子の花であるよ。

山家鹿

248　我世をばかけても知らず山がつの鹿おどろかすこゑぞはかなき

【自注】　なし

【評釈】

歌題の「山家鹿」は、心敬以前には、「なにとなくすままほしくぞおもほゆる鹿あはれなる秋の山里」（山家集・四三五）、「もろごゑに我も鳴きなん山里の秋のけしきはしかぞ悲しき」（禅林瘀葉集・四七）などがあるが僅少。

第一句の「我世」は、己の生涯あるいは寿命。心敬には、「いとはじよわが世を秋のさびしさはなれこしまゝの宿の夕暮」（心敬集・四四・秋夕）など三首見える。当該歌では山賤の寿命。「かけても」は第一句から続けて「生涯に渡って」の意と、下へと続き「全く知らない」の意とを掛け、山賤が自身の命の限りが迫っているということを少しも気付いていない様子をあらわす。

「山がつ」と「鹿」とが一首の中に詠まれることは珍しいが、歌題から読み取れば、山賤の住まいである山家に鹿

が訪れ、山賤の声に驚く様を詠んでいる。類想歌に、「小山田の庵近く鳴く鹿の音におどろかされておどろかすかな」（新古今集・秋下・四四八・西行）がある。鹿の声に驚かされて立てた人の声にまた鹿が驚くという西行詠を圧縮し、鹿の訪れに驚いた山賤の声に鹿も驚き声を立てたと、山賤と鹿の両方の声を表すか。『連珠合璧集』には「をどろかし」に「又か丶し」と注記し、「驚し」と「か丶し」とを同じものと考えている。「かがし」（後には「鹿驚」と宛てることもあった）からの連想で一首を仕立てたか。

当該歌において、はかないのは声であるが、同時に「今日過ぎぬ命もしかとおどろかす入相の鐘のこゑぞかなしき」（新古今集・釈教・一九五五・寂然）で、鐘の音が命のはかなさを「然《しか》と驚かす」（それと気付かせる）ように、「鹿」には「然」と気付かせるの意を含み、山賤が自らが寿命に追い立てられていることに気付いていないと詠む。心敬らしい釈教がかった一首である。

【現代語訳】
自分の命がはかないことも全く気付かず、山賤がやって来た鹿を驚かした、その声こそがいかにもはかないことよ。

擣衣
249　さ夜衣むなしき玉のこゑふけてたれなきあとの月にうつらん

【自注】なし

【評釈】
歌題の「擣衣」は、『堀河百首』題。

第一句の「さ夜衣」は、夜の衣の意であるが、「うち返し思へばあやし小夜衣九重きつつ誰を恋ふらん」（実方集・二六三）、「小夜衣着て馴れきとはいはずともかごとばかりはかけずしもあらじ」（源氏物語・総角巻）のように、一人寝の寂しさや共寝の後の感傷を象徴するものとして詠まれた。ただし、当該歌では「小夜衣いづくのさとに打つならん遠く聞こゆる槌の音かな」（山家集・四四三）のように、夜に打つ衣の意。

上句の「玉のこゑ」の「玉」は、声の美称の「玉」の意と「魂」の意との両義。「むなしき玉（魂）の」と「玉の声」の両方にかかる。「玉の声」は多く人の声を指すが、正徹は「こほるらしみぞれにをもき蓑の毛は玉のこゑするみちの山かぜ」（草根集・巻十・享徳元年十一月二十八日・平等坊円秀月次・当座・山路雹、類題本第三句「毛に」）、「和歌の浦のよるの塩干に光そふ玉の声かる友千鳥哉」（草根集・巻十三・長禄元年十一月二十五日・山名弾正少弼、閲兵部少輔、草庵に来ての続歌・浦千鳥）のように、美称の意でさまざまな音に用いている。これらのいずれもが、軽やかでやや高い、テンポ良く響く音を称しているのに対し、心敬は悲しさ、寂しさを誘う擣衣の音として心の声の意をも含める。今は亡き人への追憶に結びつけた点が工夫である。砧は、李白「子夜呉歌」（古文真宝・前集）の「何日平胡虜、良人罷遠征（何れの日か胡虜を平げて、良人遠征を罷めん）」に窺えるように、遠い戦地に赴いている夫を思い、妻が孤独に衣を打つという漢詩文以来の伝統がある。心敬はそれを踏まえ、「むなしき玉」、「たれなきあと」と詠み、同じく遠く（死出の旅路）に旅立った夫を思って衣を打つ妻を描く。擣衣については、103【評釈】参照。

第五句の「月」は、先掲「子夜呉歌」が「長安一片月、万戸擣衣声（長安一片の月、万戸衣を擣つ声）」と始まるように、擣衣とともに詠まれることが多い。

第三句の「ふけて」は「こゑふけて」と「（夜が）更けて」の掛詞。

【現代語訳】

夜の衣のさびしさに、応えることもない魂を呼ぶような（衣を打つ）玉のような音が響いて、夜も更け、誰が亡く

なった後の月に向かい衣を打つのだろうか。

250　鷹狩嵐

しらなみにわが身をなしてあらし吹《ふく》おばながもとを鳥や立らん

【校異】［本文］もとを―もとそ（岩橋）　鳥や―鳥の（岩橋）

【自注】

ぬすたつといへること葉侍れば、しらなみはぬす人の名なれば、鳥のぬすたつさま也。（岩橋下・八七）

【評釈】

歌題の「鷹狩嵐」は当該歌以外管見に入らない。なお「鷹狩」題は、『堀河百首』題。

第四句の「を」は「ぞ」でも、第五句の「や」は「の」でも通じるが、ここではいずれも底本に従う。

自注にいう「ぬすたつ」は「盗起つ」と表記し、「鳥のぬすみ立とは、つかれの鳥の、鷹にも犬にもしられずして、落草《路カ》より外の草に羽音もたてずして立を申也。ぬす立ともぬすみたつとも、同言也」（歌林）とある鷹詞。鷹狩において鷹に追われた鳥が物陰からひそかに飛び立って逃げることをいう。「はし鷹の雲にかけるを見るからに盗起つ鳥の心かしこき」（後京極摂政殿鷹三百首）のように、「盗起つ鳥」として詠まれる。第一句の「しらなみ」は、風に揺れる尾花があたかも白波に見えるという情景とともに、「白波といふはぬす人をいふなり」（俊頼髄脳）のように、『後漢書』霊帝紀の「白波賊」より盗賊を意味する。

第五句の「鳥や立つらん」の「らん」は、中世になると、「旅の衣は篠懸《すずかけ》の露けき袖やしをるらん」（謡曲「安宅」）

のように、詠歎の終助詞「かな」に相当する用法が表れる。ここもそれに近い。
心敬は、題の「鷹狩」から「盗起つ」という語を思い浮かべ、「盗む」から「白波」へ、さらに嵐の中を「盗起つ」鳥へと連想の糸をつなげる。第二句末の「て」は軽い停止であり、第一、二句の「しらなみ」は視覚的には嵐に吹かれて揺れる尾花のことであるが、同時にしらなみにわが身をなすのは獲物として狙われている鳥となる。203と同様、語義と音の両面から歌語を次々につなぎ一首を仕立てていく、心敬得意の構成である。

【現代語訳】

（あたかも）盗人になったかのように、白波が立つように穂を揺らして激しく風が吹く薄の根元から、（嵐に紛れて）こっそりと鳥が盗起ってゆくことよ。

時々思出恋《ときどきおもひいづるこひ》

251　わすれずよ夕暮のくも夜はの風おどろかすよの遠きおもひは

【自注】なし

【評釈】

歌題の「時々思出恋」の先行用例は管見に入らず、極めて僅少な歌題である。
初句切れ。第一句が第二句から第五句までの内容を受ける倒置。このように、第一句を詠嘆で切り、主体が意志を強く訴えるという形は『新古今集』前後から多くなるが、第一句に「わすれずよ」と置く形は、「忘れずよまた忘れずよ瓦屋の下焚く煙下むせびつつ」（後拾遺集・恋二・七〇七・実方）が最も早い例である。心敬と同じ構造の、第五句

末を「は」で強調する先行用例は、「忘れずよほのぼの人をみしまえの黄昏なりし葦のまよひに」（秋篠月清集・三五三）がある。正徹には「忘れずよ我たらちねとたちなれし鹿苑世の露のめぐみを」（草根集・巻十五〈次第不同〉・懐旧。第四句「苑世」は「苑生」の誤りか）他二首がある。

第二句と第三句とは対句。「夕暮のくも」も「夜はの風」も、女に恋人の訪れを期待させるものである。「いつしかと暮れを待つ間の大空は曇るさへこそ嬉しかりけれ」（拾遺集・恋二・七二二・読人不知）には、雲が夕暮れの到来を示唆し、それを契機に一層男の訪問が心待ちにされている（83【評釈】参照）。また、「君待つと我が恋をれば我が宿の簾うごかし秋風ぞ吹く」（新勅撰集・恋四・八八二・額田王）など、風の気配を男の訪れと誤る和歌は多い。

第四句の「おどろく」は、「夜とても寝られざりけり人知れず寝覚めの恋におどかれつつ」（拾遺集・恋三・八〇一・読人不知）のように、ぼんやりした意識や浅い眠りについた状態から、恋心を起因として覚醒するさまをあらわすが、それを他動詞として用いている。心敬には他にも「恋しさを又おどろかすゆふべかなわすれずながら袖の月かげ」（心敬集・三八二・寄月恋）の一首がある。「よ」は、時間を表わす「世」と男女の仲の「世」との掛詞。「遠き」は前後に掛かり、二人の仲が隔たったことと、かつての恋が今はもう過去の物となって久しいという時間の経過を表す。

夕暮れの雲や夜の風を契機に思い出したかつての恋を詠むことで、歌題を満たす。なお、夕暮れの雲を人の訪問ととらえるという発想は、221に共通する。

【現代語訳】

忘れることはないよ。夕暮れ時の雲や夜半の風がふとあの人が訪れたのかと思わせる、二人の間が隔たって久しい遠い恋の切なさは。

山家嵐

252　夕ま暮軒ばの山ぞ色見えぬ松はあらしのこゑにのこりて

【自注】なし

【評釈】

歌題の「山家嵐」は、222【評釈】参照。

第二句の「軒ばの山」は山家において軒近に見える山の風景を指す。「春霞昨日を去年のしるしとや軒端の山も遠ざかるらん」（拾遺愚草・上・一〇〇二）のように、『千五百番歌合』あたりから定着してくる。（稲田利徳「『軒端の山』考―中世和歌の隠遁的措辞の形成―」〈国語国文〉平成十二年八月〉参照）。

第四句の「あらしのこゑ」については、松風を嵐の声とみる例として、「冬ざれは嵐のこゑも高砂の松につけてぞ聞くべかりける」（拾遺集・冬・二三六・能宣）が先例としてあるが、松に限定するものは僅少。

当該歌を解釈する上で参考になるのは、心敬の「音信し人は帰て日くるれば松よ《(に)》嵐のかたる山かな」（心敬集・八八・山家嵐）である。この歌は当該歌と同じ歌題であり、夕暮れの松に嵐が吹く趣向も一致している同想歌。心敬は自注で、「松にのみひそかに風のかたらへる」（百首〈天理本〉）、「松にのみ嵐のひそかに音する」（百首〈京大本〉）と述べ、友人の帰った後、松風だけが残ることに注目している。正徹の「山ふかみ嵐は松をやどりにて我住軒にならぶとぞきく」（草根集・巻二・永享二年正月二十二日・普勧寺阿悉房の寮にての一続・山家嵐）でも、「嵐は松をやどり」とし、その音は「我住軒にならぶ」ほど近くに聞こえる。歌題も同じであり、当該歌を詠むにあたり心敬の念頭にあった可能性がある。

当該歌は、いつも良く見える「軒ばの山」も、「夕ま暮」には見えず、木々の区別さえつかない周囲の山で、松だ

けが吹き抜ける風の音によってそれと知れると詠む。同想の歌に91がある。心敬は視覚と聴覚とのずれを示すことで時間の流れを表現し、一首に奥行きを生んでいる。また、嵐が松の音として残ると詠むことで、嵐の激しさとともにしみじみとした余情を表現している。

【現代語訳】
夕暮れになると、軒近くに見える山は木々の区別もつかない。ただ、松だけが嵐によってそこにあると知れることだよ。

山家鳥

253　山ふかみ苔路を誰かかよふらん垣ねをこえてしとゞなくこゑ

【自注】なし

【評釈】
歌題の「山家鳥」は鎌倉期から見え、以後の用例は比較的多い。正徹も同歌題で、「すむまゝに我をばしるや名もしらぬみ山の鳥のこゑぞちかづく」（草根集・巻六〈次第不同〉）など七首詠んでいる。

第五句の「しとゞ（鵐）」はホオジロ類の総称で、これにより歌題の「鳥」を満たす。和歌に詠まれることは非常に稀であるが、正徹が「しとゞなく冬野ゝむばらみもたえて寒きさ枝の霜を吹かぜ」（草根集・巻九・宝徳三年十月二十四日・修理大夫家月次・当座・野）、「庵あれしかきほのむばら霜さえてふるき山田にしとゞ鳴声」（草根集・巻七・宝徳元年四月十三日・成就院にての三首・当座・田家鳥）と、鵐を二首に詠じていることは注目されよう。連歌では、「やほ梅《ぶカ》の

咲とはみえず匂ひきて／さえづる鳥の声はしとゞか」（文安五年十一月十二日賦山何連歌・八八・重）など、散見される。心敬の『連歌詞』（当世連歌ニ用詞の事）にも「しとゞ鳴」を立項して、「夕霜さゆる木々の村立／しとゞ鳴冬の山本日は入て」（行助）を示す。

早く記紀歌謡に「阿米都都　知杼理麻斯登登　那杼佐祁流斗米（胡鷰子鶺鴒《あめつつ》　千鳥ま鵐《しとと》　何ど開《さ》ける利目《とめ》）」のように見え、『八雲御抄』には「しとど鳴なりなどは、おろ狂たる言なり」とある。先行用例のいずれもが寒々とした情景の中に鵐の声を配し、籬または垣の茨と組み合わせて詠んでいる。「鵐鳴く籬の竹の夕煙いくよかへぬる人住まずして」（土御門院御集・二四六）が最も早い例である。

当該歌の上句は、誰かが通っているのだろうか、いやそんなはずはない、という自問自答の形を成す。その訪れと思わせたのが垣根を越えて鳴く鵐の声であると、上句に対し下句で理由を示す、連歌的な表現となっている。無意識のうちに人の訪れを待つ心があり、山深い庵ゆえ尋ねる人もいない寂しさを鵐の声によって一層際立たせる点に、作者の工夫がある。

【現代語訳】

山深いので、苔むした道を誰が訪ねて来るのだろうか。（いや誰も来ない。）あれは垣根の向こうから聞こえてくる鵐の声だよ。

旅宿

254　つゐに行道のこなたのやすらひはたが身がたびのやどりなしぬを

【校異】［本文］なしぬを—ならぬを（心敬集）

【自注】なし
【評釈】

歌題の「旅宿」は、『散木集』に初出する。「旅宿花」（125【評釈】参照）など結び題で詠まれることが多く、単独の歌題としてはそれほど多くない。

第五句の異同は「ら」と「し」の草体の類似による誤写で、『心敬集』の「ら」が正しい。

本歌は、「つひに行く道とはかねて聞きしかど昨日今日とは思はざりしを」（古今集・哀傷・八六一・業平、伊勢物語）。本歌の「つひに行く道」とは、死出の旅路のこと。当該歌では、その死出の旅路の「こなた」、すなわち現世が詠まれる。仏教では、現世は前世、来世の間の仮の宿に過ぎない。従って、現世での「やすらひ」も一時的なものに過ぎず、「たびのやどり」でさえない。

同想の句に、「つゐに行く道のこなたの仮の宿／休みしほどを急ぐ旅人」（竹林抄・旅・一〇四九・心敬）がある。兼載の『竹聞』には、「かりの宿とはやすみしやど也」とあり、心敬は前句の「仮の宿」（現世の比喩）を、一時的な旅泊の意に取りなしている。

なお、当該歌は応永二（一四六八）年七月十八日、品川での法楽百首の内、羈旅十首の一首である。その跋に「右百首和歌、備聊法楽、且為慰羈中病心、乍卒爾両三日之間吟之、特依述心懐、頗狂歌麤言、外見憚多之、則令奉納者也」とあるように、いずれも述懐的であり、応仁の乱に巻きこまれ、やむなく東国に身を寄せることへの不安や、現状を受け入れようとする心の揺らぎが赤裸々に詠まれており、いわゆる境遇詠である。

「やすらひ」は動詞「やすらふ」の名詞形で、旅先での滞留の意味。当該歌は関東下向中のかりそめの「やすらひ」の中で詠まれたものであろう。

【現代語訳】やがて行く死出の旅路の前の、今生のつかの間の滞留は、誰にとっても旅の宿りのように留まることはできないものを。

釈教

255　誰もきけ秋のをじかのその、くさのちはひろ野に匂ふ山かぜ

【自注】なし

【評釈】

歌題の「釈教」は、73【評釈】参照。

初句切れ。初句は命令形でいわゆる下知の形であり、一首の印象を深める連歌的表現である。

第二、三句の「をじかのその」とは鹿野苑《ろくやおん》のこと。当該歌と73は、歌題と鹿野苑を詠む点で共通する。73の『岩橋下』の自注には、「いまは白鷺池にも水たえ、鹿薗にも草のみふかし」とあり、鹿野苑が草深くなるとは、仏教の衰退を象徴していた。当該歌の「をじかのその、くさ」は草深くなった末世をあらわすとともに、「言の葉草」から経典を指す。正徹は「行てみぬ鹿野園生の秋の花むなしき露を月みがくらん」（草根集・巻十二・康正元年八月二十三日・恩徳院の歌合・秋遠情）などと詠み、釈教の内容を秋の歌としているのに対して、当該歌は秋の景を釈教歌として仕立てている。73は仏教の衰微を嘆く内容であるが、当該歌は広く伝播した仏教を「誰もきけ」と、唱導する。

第二句の「をじか」は、妻訪う「秋の牡鹿」と「鹿の園（鹿野苑）」との意で、上下に掛かる表現。

第四句の「のち」は釈迦の初の説法から以後当代までを指し、法の教が後の世に広く伝播することをあらわす。「ひろ」は「のちは広（い）」と「広野」とを掛ける。「広野」は広い野原で、連歌では「むらさめ過る遠の遠山／広き野に夕景誘ふ森見えて」（享徳二年三月十七日賦何路連歌・五五・忍誓）などと詠まれている。

一首は、鹿の声を乗せて草原を渡って来る風を釈迦の教えとし、山風が薫る様で仏法の尊さを表す。鹿の音と草の香とのいずれもが山風によって運ばれ、聴覚・嗅覚を一体として象徴的に用いている点が一首の眼目である。

【現代語訳】

誰もみな聞け。秋の牡鹿が鳴く、あの鹿野苑の（ように深く茂った）草よ。その草の香が広野に薫るように、（末法の世に）後々も、尊い教えを広く伝える山風を。

釈教水

256 仙人《やまびと》にむかしつかへて結びしやのこる御法の水のみなかみ

【校異】［本文］結ひしや―つたへしや（岩橋）

【自注】

釈尊、むかし阿私《あし》仙人につかへ、菜をつみ水をくみて、法花をつたへ給ひし御ことを。（岩橋下・一〇八）

【評釈】

歌題の「釈教水」は、『続草庵集』と、『草根集』に「をのづから法の衣を清む也ちらせる枝の水のしら玉」（巻十二・康正二年十二月二十八日・修理大夫家の聖廟法楽百首。類題本第四句「杖の」）の各一首が見えるのみ。

三句切れ。

第三句は『岩橋』では「つたへしや」であり、自注はそれによる。底本の「結びしや」は、「(法の)水を結ぶ(掬う)」と「結縁」との掛詞。『法華経』聴聞の逸話を指す。『岩橋』の「つたへしや」ではそのような含意はなく、「結びしや」がより歌題の「釈教水」に沿っている。

阿私仙人は阿斯、阿私仙ともいい、『法華経』提婆達多品《だいばだったぼん》に「時有阿私仙……時王聞仙言、心生大喜悦、即便随仙人、供給於所須、採薪及菓蓏、随時恭敬與(時に阿私仙あり。……時に王は、仙の言を聞きて、心に大喜悦を生じ、即便、仙人に随って、須むる所を供給し、薪及び菓《このみ》、蓏《くさのみ》を採って、時に随って恭敬して与えたり)」という逸話による。釈迦が過去世において千年阿私仙人に仕え、水汲みや薪拾いをした後、『法華経』を聴聞した。当該歌は「法華経を我が得しことは薪こり菜摘み水汲みつかへてぞ得し」(拾遺集・哀傷・一三四六・行基)を念頭に置く。同逸話は、宴曲「山」、謡曲「鉢木」などにも見え、広く知られていたことがうかがえる。

下句の「御法の水」は、「法水」を和らげた表現で、煩悩や妄念を洗い清める仏教の比喩として用いられるとともに、日々の仏事の中で汲む阿迦井の水に仏の教えが受け継がれていることを実感して詠んでいる。『散木集』に最も早い例が見えるが作例は多くない。その中で慈円は六首詠んでおり、うち一首「あはれにも袖こそ濡るれ手にむすぶ御法の水の末を思ふに」(拾玉集・二・一九〇二)は当該歌と同想である。当該歌では釈尊が汲んだ「水」、すなわち『法華経』の意である。

当該歌は、歌題の「水」を比喩的に捉え、今に流れる「水」(『法華経』の象徴)が、水を汲むなどの奉仕の末に得られたという『法華経』聴聞の当時へと時間を遡行して詠んだ点に工夫がある。

【現代語訳】

阿私仙人にかつて仕えて(『法華経』を聴聞した時)掬った(水な)のだ。今に伝わる御法の水の始まりは。

257
釈教
はかなしや心にまもる名もしらでなぎさのあまのひろふうつせは

【自注】なし
【評釈】

歌題の「釈教」は、73【評釈】参照。

初句切れ。ここでの「はかなしや」は、仏と結縁を結び後世を願うことをしない様をいう。

第二句の「心にまもる」は一心に思うほどの意。「心にまもる名」は、『伊勢物語』六五段に「このみかどは、かほかたちよくおはしまして、仏の御名を御心にいれて」と見え、『和歌知顕集』〈書陵部本〉に「仏の御名とは、大日如来の御名を申也」、また『伊勢物語愚見抄』〈自筆本〉に「三宝に帰依し給ふ事、よの御門にすぐれたまへり」とあることから、一心に唱えるべき仏の名号もしくは仏道修行に専念することの意となる。

第五句の「うつせ」は「うつせ貝」で、「住吉の浜によるてふうつせ貝みなきこともて我が恋ひんやも」（古今六帖・一九〇一・躬恒）のように、中身がない、あるいは割れた貝の意で用いる。海辺の風景と取りあわせて実らぬ恋の嘆きを詠むことが多いが、当該歌では、海人が仏の教えもしらず殺生を生業として結縁しない様を虚しいとし、その拾った貝に身（実）がないことによって象徴している。また、うつせ貝には末法の世である「現世《うつせ》」の意味も掛ける。

【現代語訳】

虚しいことだなあ。心にかけるべき仏の御名も知らないで、渚で海人がうつせ貝を拾う現世は。

258
夜灯
九《ここのつ》の枝もある世にひとつだにふくればくらきやどのとも□《しカ》火

【自注】
もろこしなどには、九枝とてかず〱ともす火だにあるぞかしに、わがやどのともし火は、ふくればうちしめり侍る事を。（岩橋下・一〇六）

【評釈】
歌題の「夜灯」は、『宝治百首』に初出し、用例は少なくない。正徹も同歌題で、「照すまでかゝぐることはかたくとも法にそむかぬ灯もがな」（草根集・巻一之上・永享元年十二月七日～十三日・聖廟法楽百首。類題本第四句「そむけぬ」）など五首を詠んでいる。

当該歌は、「九枝灯尽唯期暁、一葉舟飛不待秋（九枝灯尽きてただ暁を期す、一葉舟飛んで秋を待たず）」（和漢朗詠集・下・餞別・六三六・庶幾《もろちか》）にも見えるように九つに分岐した燭台。『玉造小町子壮衰書』に「紅蠟之灯挑九枝而満堂上、翠麝之薫招百花而余室中（紅蠟の灯は九枝を挑《かか》げ堂上に満ち、翠麝の薫は百花を招きて室中に余れり）」とあるなど散文には見えるが、和歌に詠む例はほとんどない中で、「あつめをけ窓の蛍も九の枝の光ぞことのはのはな」（草根集・巻三・永享五年正月八日・草庵月次・当座・蛍）、「九の枝の光か玉かざる花のうてなをみがきそへつゝ」（草根集・巻六〈次第不同〉・古寺灯）の正徹の二首が知られ、いずれもその明るさを特徴としている。心敬はこれらの歌に学んだと思われる。

第四句の「ふくれば」は、夜が更けるの意。唐土にあるという九枝の灯を比較の対象とし、自らの庵のわずかな灯の心もとなさを詠む。灯は仏教においては法灯、灯明をさし、知恵を意味するなどしばしば経典に出てくる。釈教の並びに続けてあることから、あるいは釈教的な意味を含むかとも思われるが、歌題から雑の歌として解釈する。

【現代語訳】
九枝灯（という明るい灯）もあるこの世で、たった一つでさえ夜が更ければ光が弱まる我が庵のさびしい灯よ。

259　披書知昔《ふみをひらきてむかしをしる》
巻すてし内外《うちと》の文にすむむしをはらふたもに（と脱カ）露ぞこぼるゝ

【自注】なし

【評釈】
歌題の「披書知昔」は、『白河殿七百首』に初出するが、正徹以前には二首を数えるのみである。正徹は同歌題で、「紙の香のふるきばかりぞつく墨は筆もまだひぬ水茎の跡」（草根集・巻六〈次第不同〉）、「よむ文のふるきことの葉末の世にあはぬを見ても涙おちける」（草根集・巻九・宝徳三年八月四日・右京大夫家月次。類題本第二句「こと葉の」、第五句「おちけり」）の二首を詠んでいる。また、「披書逢昔」という類題もある。

第一句の「巻すてし」は、巻子本を巻いたまま放置することであろうが、歌での用例は管見に入らず、歌語ではなく日常語であったか。心敬には「まつ夜むなしき灯のもと／時鳥はつ音に文を巻捨て」（吾妻辺云捨・一五四）の付句があり、書籍から他のことに心を奪われた折の行為として「巻捨て」と詠んでいる。当該歌も他事に興味が移ったために長く書籍に手を触れなかった様子を詠むが、うち捨て置かれた理由は明示されない。

第二句の「内外の文」は、仏典である内典と、それ以外の一般書である外典《げてん》のこと。和歌、連歌では、「なにとして内外の文を学びけんまくものぶるも物憂かる間に」（夫木抄・一五〇八四・公朝）が見出せるのみである。

第二、三句の「文にすむむし」は、紙魚《しみ》。「紙魚といふ虫の住みかになりて」（源氏物語・橋姫巻）と物語にあるが、和歌に詠まれることはほとんどない。その中で正徹は、「見るぞうき其世にもあらぬ紙のかにしみの出行文はやぶれて」（草根集・巻十二・康正元年五月八日・修理大夫家月次始・追加・旧恋）など六首詠んでおり、正徹好みの素材であったのだろう。心敬も影響を受け、それを「文にすむむし」と詠む。正徹が紙魚を抒情性を催す契機としているのに対し、心敬は紙魚という存在そのものを対象とし、それを払うという何気ない行動に、長く書を開かなかった時を感じ涙している。

先引した『源氏物語』に、「紙魚といふ虫の住みかになりて、古めきたる黴くささながら、跡は消えず、たゞいま書きたらんにも違はぬ言の葉ども」とあり、紙魚は時を経た紙に住む虫である。先掲した同歌題の正徹詠の二首のうち、「紙の香の」歌はこの『源氏物語』を本説とし、当該歌と同じ意味の「知昔」である。一方、「よむ文の」歌は上古の文が末世に合わないことを嘆く。この場合の「昔」は亀鑑たるべき往古のことで、当該歌とは性格が異なっていよう。

「内外の文」によって歌題の「書」を、「文にすむむし」によって「（書を）披き昔を知る」の意を満たす。捨て置いて長い月日が経過したことを実感しており、歌題に即しつつ述懐歌となっている。

なお、第四句の「はらふたもに」は「と」の脱落であり、「はらふたもとに（払ふ袂に）」とあるべき。

【現代語訳】

巻いたまま捨て置いていた内典外典に住む紙魚を払うその袂に、（放置していた時の長さを痛感して）涙がこぼれることよ。

260

釣漁《てうぎよ》

はかなしなつゐに心のみさほをばしらぬおきなの釣りのいとなみ

【自注】なし

【評釈】

歌題の「釣漁」は、70【評釈】参照。

上句の「心のみさほ」は、「心の操」と「水棹」との掛詞。釣り人の知らない「心のみさほ」とは、仏法、引いては殺生戒のことか。当該歌は257と構造的、内容的に近接するが、257の「心にまもる名」に当たる部分が「心のみさほ」であり、同意に解釈しておく。

第五句の「釣りのいとなみ」は、「釣りの糸」と「釣りの営み」の掛詞。翁にとって、釣りが世を渡る手段であることをいう。一首は、年老いてなお仏の道につくことも思い及ばず殺生をする翁の姿に、人の心の至らなさ、虚しさを詠む。漁をすることを仏の教えと対極的なものとして捉え、その営みを心憂きものとして捉える点が257に共通する。

【現代語訳】

虚しいことだなあ。今（この年）に至るまで心に守るべき法も知らない翁が、（釣棹を手に）釣り糸を垂れて生きる様子は。

261

市商客《いちのしやうかく》

世をわたる心やひとりなかるらんかたみをくみて出し市人《いちびと》

【自注】龐居士《はうこじ》といひし禅祖師は、さうきをくみて市にいでゝ、其日ををくりしのみなり。賢をうらやみ侍り。（岩橋下・一七九）

【評釈】

歌題の「市商客」は、用例は少なく、『白河殿七百首』が早い例である。正徹には同歌題で、「ありへんと市にまじりし仙人も玉の緒ばかりえがたきはなし」（草根集・巻六〈次第不同〉。類題本第三句「杣人」）など三首詠んでいる。「商客」は、「商売《シャウバイ》（―賈《ユ》／―客《カク》）」（節用集〈易林本〉）とあり、旅の行商人の意。但し、「市商客」題には「市」が付されており、また、この歌題での詠作には旅を題材にする例がないことから、ここでは単に市で物を売る商人とみなしてよい。

当該歌は、自注にあるように「龐居士」の故事を踏まえる。龐蘊は唐代の馬祖道一門下の在家の禅家で、龐居士と呼ばれた。家財を悉く西湖に投じて乞食の境に入り、娘と竹漉籬《ちくさいり》（竹籠）を売って生計を立てた。禅の奥義を究めたとされ、『碧巌録』等に公案が見え、また伝が『五灯会元』、『景徳伝灯録』に載る。『ささめごと』〈尊経閣本〉には、「龐居士はさうき《笊器》を組みて市に出でぬるばかり也」とあり、龐居士の生き方が「艶」なる心（23【評釈】参照）から出た句の比喩として引かれている。

第一句の「世をわたる」は、生計を立てること。

第三句の「かたみ（筐）」は竹で編んだ籠のことで、自注の「さうき（笊器）」に同じ。『ささめごと』〈尊経閣本〉に「姿をかざらで心に艶に深き歌」の例歌として、慈円の「担ひ持つ笊器の入れ子町足駄世渡る道を見るぞ悲しき」（拾玉集下句「世を行く道の物とこそ見れ」）を載せる。当該歌とは「かたみ（さうき）」、「世」、「わたる」が通じており、当該歌の発想の源であったかと思われる。

上句では、心が「なかるらん」と詠まれるが、「忘らるる身を憂き物と思ひ知る心一つのなどなかるらん」（続千載

集・恋四・一四五七・宗氏）、「雲雀けどをき夕暮の声／心など空にのみしてなかるらん」（文安雪千句・第一・八九・能阿）などから、「（心は）無かるらん」が定型表現であったことが窺える。当該歌では、龐居士は渡世の心を一人だけ持っていないのかという意味で、「其日をくりしのみ」（岩橋）、「市に出でぬるばかり」（ささめごと）からは、龐居士に渡世心があったとはいえ、多くの商い人とは異なり、儲けを主眼とせず、日々の糧を得ることのみを目的としていたと捉えられていることが分かる。自注に「市に出てその日をくりしのみ」とあるのも同様に考えられる。『文選』巻二二に収められる「小隠隠陵藪、大隠隠朝市（小隠は陵藪に隠れ、大隠は朝市に隠る）」（王康琚「反招隠詩」）は、中世にはよく知られた成語であるが、心敬は龐居士を「大隠」と見ている。修行をあえて行わなくても、普段の生活がそのまま修行であるような、そのような「賢をうらや」んでいる。ここには、『徒然草』の「人はをのれをつゞまやかにし、おごりをしりぞけて、財をもたず、世をむさぼらざらんぞいみじかるべき。むかしより、かしこき人のとめ《（富）》るはまれなり」（一八段）や、「いみじかりし賢人、聖人も、身づからいやしき位にをり、時にあはずしてやみぬる、又おほし」（三八段）などを反映した価値観が見える。心敬も『ささめごと』〈尊経閣本〉で「歌道七賊」を挙げ、その一つに「徳人」を数える。先掲の慈円詠の取り上げ方も考慮すれば、外形を飾らず、心そのものが清浄であることをよしとしたのであろう。

【現代語訳】

（龐居士には）生計を立てる心を一人だけ持っていないのであろうか。籠を編んで（市に）出て売った商い人よ。

一節体

『毎月抄』には有一節様として見え、第二段階のうち。『三五記』は第九に有一節体をあげ、『ささめごと』の連歌十体は第八に一節体をあげる。『十体和歌』では第八にあげる。一首のうちの特定の箇所に趣向のある風。

軒梅

262　梅がゝも軒ばのしのぶもぢずりにみだれて匂ふ袖の春かぜ

【自注】なし

【評釈】

歌題の「軒梅」は、4【評釈】参照。

上句の「軒ばのしのぶもぢずり」は、「軒ばのしのぶ（軒端の忍）」と「しのぶもぢずり（忍捩摺り）」の掛詞。「軒ばのしのぶ」は、9【評釈】参照。「しのぶもぢずり」は、忍摺《しのぶずり》と同じで、忍草の葉を布に摺り付けたもの。「陸奥の忍捩摺り誰ゆゑに乱れんと思ふ我ならなくに」（古今集・恋四・七二四・融、伊勢物語）をはじめ先行例は多く、その模様が乱れた様なので、「乱れ」に掛けて用いられる。「しのぶもぢずり」と「みだれて」、「袖」は縁語。

正徹には「軒梅（簷梅）」題での詠が八首あり、その中で、「梅がえも苔のみだれて匂ふまで古き軒ばに春風ぞ吹」

（草根集・巻一之上・永享三年二月四日・畠山右馬頭持純家詠一日百首。類題本第一句「梅がか」）と「もえ出る軒のしのぶをかごと、や袖にみだれて匂ふ梅が、」（草根集・巻九・宝徳三年二月二十一日・細川右馬頭入道道賢家の会始・当座）は、当該歌と言葉遣いが非常に近い。当該歌は、正徹の二首を巧みに組み合わせ、さらに「軒」、「みだれて」から前掲『古今集』歌の「しのぶもぢずり」を引いたのである。古歌の「しのぶもぢずり」の語を用いて、掛詞や縁語を幾重にも用いているところが一節体か。また、全体としては「百敷や古き軒端のしのぶにもなほ余りある昔なりけり」（続後撰集・雑下・一二〇五・順徳院）を想起させるなだらかな言葉つづきでもある。

【現代語訳】（軒の近くに植えた）梅の香も、軒端に生えている忍草の、忍摸摺り模様のように（強く弱く）乱れて匂ってくる、袖に吹く春風よ。

遊糸《いとゆふ》

263　かすが野の一むらずゝき面かげを空にみだしてあそぶいとかな

【自注】なし

【評釈】

歌題の「遊糸」は、『永久百首』題。「遊糸」は陽炎の異名で、蜘蛛の子が糸を引いて空に飛ぶこともいう。「野草芳菲紅錦地、遊糸繚乱碧羅天（野草芳菲たり紅錦の地、遊糸繚乱たり碧羅の天）」（和漢朗詠集・上・春・春興・一九・劉禹錫）に見られるように、元は漢語であるが、日本では「いとゆふ」と訓じている。当該歌では、「遊糸」をそのまま「あ

そぶいと」と和らげ、陽炎を指す。

第一句の「かすが野（春日野）」は、大和国添上郡《そうのかみ》（奈良県奈良市）の野で、若草山や春日山の西側の裾野一帯を指す。そこに「一むらず丶き（一村薄）」が生えているというが、「君が植ゑしひとむら薄虫の音の繁き野辺ともなりにけるかな」（古今集・哀傷・八五三・有助）のように、一所に群がり生える薄をいう歌語。謡曲では「一村ず丶きの穂に出づるは」（「井筒」）を「ヒトムラズスキ」と謡っており、「ず丶き」と濁音であったらしい。

当該歌は、糸遊と薄の揺れる姿が類似することに着目して詠んだもの。但し、糸遊は春の現象であるが、薄は秋である。季節としては対となるが、これらを詠む先行歌に、正徹の「みだる也日影もみえずくもるにし薄ちるの丶秋のいとゆふ」（草根集・巻十五〈次第不同〉・薄。類題本第三句「くもるにも」）がある。秋の曇り空に散り乱れる薄を、春の景物である陽炎に見立てたものである。稲田利徳氏は、「糸遊現象の発生条件である春日の季節でなく「日影もみえ」ないなかで「秋の糸遊」を詠じたところに、作者の手柄があった」（〈40【評釈】参照〉『正徹の研究―中世歌人の研究』第二篇第三章第三節「糸遊の歌」）と論じる。稲田氏も指摘するように、当該歌はこの正徹詠を参考にして詠まれた可能性が高い。

遊糸は、先掲劉詩の「遊糸繚乱」や「うち乱れ澄めるみ空に遊ぶ糸に天の川瀬の水を引かばや」（永久百首・二九・顕仲）のように、乱れるものとして詠まれる。また、薄も「薄→みだる丶」（連珠合璧集）と寄合になっている。正徹は「乱れる」という特性に注目して、両者を比喩的に結び付けたが、心敬は、正徹詠が「薄」を主眼とし「いとゆふ」を比喩として用いる点を逆転して、「あそぶいと」に「一むらず丶き」の「面かげ」を見るのである。その点が一節体か。

さらに、当該歌には春日野の薄が詠まれるが、その背景には、「暮立之　雨落毎（一云、打零者）　春日野之　尾花之上乃　白露所念（夕立の雨降るごとに〈一に云く、打ち降れば〉春日野の尾花が上の白露思ほゆ）」（万葉集・巻十・二一七三、

読人不知）などから、「春日野→尾花」〈大胡修茂寄合〈京大本〉〉という寄合が成立する。同時に、第四句の「みだして」に注目すれば、春日野は、「春日野の若紫の摺衣忍の乱れ限り知られず」〈新古今集・恋一・九九四・業平、伊勢物語〉から、「乱れ」に縁のある歌枕である。先述の通り、遊糸、薄も「乱れる」特性が本意である。これら三つが「乱れる」を介して合わさり、当該歌に「かすが野」、「一むらずゝき」、「あそぶいと」が詠まれたのである。すなわち、心敬は先掲正徹詠を反転させ、「遊糸」題で薄を詠むことを考え、さらに遊糸、薄から「みだして」を導き、そして「みだして」から「かすが野」というように結び付けたと考えられる。

【現代語訳】

春日野に生える一村薄の面影を、空に〈浮かべるように〉揺れる陽炎であることよ。

新樹

264　玉づさのたよりもたえぬ夏ふかみ青葉がおくの小野の山里

【校異】［歌題］新樹―山新樹〈岩橋〉

【自注】

うき舟の小野といへる所に住給しに、兵部卿宮より、文などかよはし侍るあたりに、青葉の山やり水のくらきことといへるさま。〈岩橋下・六七〉

【評釈】

歌題の「新樹」は、87【評釈】参照。『六百番歌合』で夏題の巻頭に置かれるように、初夏の情景を詠むのが一般

的であるが、当該歌は「夏ふかみ」と、盛夏として詠んでいる。一方、『岩橋』の「山新樹」題は、心敬以前には四首程度しか見えず、中でも正徹の「山風も梢をわたるむら猿の声さへふかくしげる夏哉」（草根集・巻四〈次第不同〉）、「花ならぬ山の林になる梅のみさへわかばの色にゝほへる」（草根集・巻十一・享徳二年五月十一日・三井寺照光坊にての続歌）の二首は注意される。

自注によると、当該歌は『源氏物語』夢浮橋巻の本説取りである。自注の本文は、同巻の「小野には、いと深くしげりたる青葉の山にむかひて、紛るゝことなく、遣水の蛍ばかりを、むかしおぼゆる慰めにて、ながめたまへるに」に相応する。比叡山に詣でた薫が帰途についたことを、小野にいる浮舟が遠くの谷あいに灯る松明の明かりによって知る場面である。従って、自注の「兵部卿宮」は「薫」とするのが正しい。当該歌の第二句の「たよりもたえぬ」は、「文などかよはし」とする自注は、薫から浮舟への手紙のやりとりが続いているとしている。

第一句の「玉づさ（玉章）」は、書状。第二句の「たより（便り）」と同じ。「たまづさのたより」は、「玉章の便りにあらぬ一筆の絵に描きやすき秋の雁」（新撰六帖・二五七四・信実）があるが、多くはない。ところが、正徹には「玉章のたよりかゝげしさゝのはに霰吹すせ風ぞ恨る」（草根集・巻五〈次第不同〉・篠上霰。類題本第四句「吹きまぜ」）等がある。

【現代語訳】

（とっくに絶えてしまったと思われるのに）書状が絶えることのない夏も深いので、茂った青葉の奥となった小野の山里よ。

五月雨

265　河岸や柳がうれもなびきもにむすもほれぬる五月雨の比

【自注】なし

【評釈】

歌題の「五月雨」は、『堀河百首』題。

第二句の「柳がうれ」の「うれ」は、末のこと。柳葉の先端を指す。

第三句の「なびきも」は、「柳がうれもなびき」と「なびきもに」と、「なびき」が上下に掛かる。「なびきも（靡藻）」は、波に靡く藻のことで、「紫之　名高乃浦之　靡藻之　情者妹尓　因西鬼乎（紫の名高の浦の靡藻の心は妹に寄りにしものを）」（万葉集・巻十一・二七九〇・読人不知）と詠まれる万葉語。上記『万葉集』歌を含めて、勅撰集に五首を数える。正徹にも「なみにうく岸の柳のかげよりもなをなびきもの春の川風」（草根集・巻十一・享徳二年二月六日・細川右馬頭入道道賢家続歌・柳靡風）の一首がある。

第四句の「むすもほれぬる」は、92【評釈】参照。当該歌では二つの解釈が考えられる。一つは、なびき藻を実景ととり、柳となびき藻が絡む様子を詠むとするもの。もう一つは「なびきもに」を「なびき藻のように」の意とし、柳の葉先が絡む様子を詠むとするものである。

『和漢朗詠集』の「潭心月泛交枝桂、岸口風来混葉蘋（潭心に月泛《うか》んで枝を交ふる桂、岸口に風来て葉を混ずる蘋《うきくさ》）」（上・春・柳・一〇九・文時）を解して、「岸の辺りの柳の、風に吹き乱れて水に浮びたるは、浮草の葉に交て見ゆる、興ありと作れり」（朗詠抄〈書陵部本〉）、「混葉者、風渡時き、水の中の蘋葉と垂楊の糸と混合せりと云也云々」（和漢朗詠集和談鈔）などとあるように、文時詩は水面の柳の葉先と浮草とが絡む様子を描いている。抑も、「嵐吹く岸の柳の稲《いな》筵《むしろ》織り敷く波にまかせてぞ見る」（新古今集・春上・七一・崇徳院）の「稲筵」とは、本来は田の稲の穂を筵に喩えた

言い方であるが、「河のつらに生ひたる柳の枝の、水にひたりて流るるが、またいなむしろに似たるなり」（俊頼髄脳）とあるように、水に浸る柳の葉先を喩えることもある。心敬はこれらを踏まえ、柳の葉先が水面に届き、しかも水中の靡藻と絡み合う様子を詠んだのであろう。「五月雨の比」は川水も増水しており、また柳の茂る葉も長く垂れていて、柳の葉先が水面に届くことも道理である。

【現代語訳】
河岸では、そこにある柳の葉末も（水面に届き）なびいて、（水中の）なびき藻に絡んでいる五月雨のころであるよ。

266　　山五月雨
山河《やまがは》や雲の袖ひつ五月雨にをちかた人のわたる瀬もなし

【自注】なし

【評釈】
歌題の「山五月雨」は、『拾玉集』、『拾遺愚草』に見え、『新古今集』時代に試みられた。正徹も同歌題で、「さみだれは水おちみえてながれけん真砂にうづむやまの下柴」（草根集・巻四〈次第不同〉、正徹詠草〈常徳寺本〉では永享六年五月十六日・宮道親世の所の三首和歌）と詠んでいる。

第一句の「山河」は、山中の谷川の意で、山と川とを指す山川《やまかわ》ではない。265と同じく、「山河や」は場所を提示する詠嘆表現である。

第二句の「雲の袖」は、雲を袖に見立てた歌語。正徹には「松風も春をよろこぶしらべにて雪をめぐらす雲の袖か

な」（草根集・巻七・宝徳元年四月二十六日・或人の住吉、玉津島両神法楽百首・早春雪）や「おとめ子がかざしの桜かつちりて雲の袖ふる山風ぞ吹」（草根集・巻一之下・宝徳三年四月二十一日〜二十五日・春日法楽百首・花挿頭）とあるが、用例は僅少。恐らく、霞を袖に見立てた「霞の袖」の類推であろう。「袖」は「雲の袖」と「袖ひつ」との上下に掛かる。

上句は、山にかかる雲を衣に見立る。「袖ひつ」は、「袖ひちてむすびし水の氷れるを春立つ今日の風や解くらん」（古今集・春上・二・貫之）に拠る表現。「ひづ」は古くは「ひつ」と清音だが、この頃の清濁は判断が難しい。『日葡辞書』に「Fitçuru」とあるので、一応清音で読んでおく。

第四句の「をちかた人」は76【評釈】参照。当該歌も、「うち渡す遠方人に物申す我そのそこに白く咲けるは何の花ぞも」（古今集・雑体・施頭歌・一〇〇七・読人不知）に拠っている。この歌は『源氏物語』夕顔巻に引用されるが、夕顔の花を指して言われる。また、同歌を本歌取りした「うち渡す遠方人に言問へど答へぬからにしるき花かな」（新古今集・雑上・一四九〇・小弁）の詞書きに「五月ばかり、ものへ罷りけるに……」とあり、やはり夏、特に五月の印象が強い。当該歌が五月雨を詠むに当たり典拠とするのも、そのような事情によるか。

第五句の「もなし」は、74【評釈】参照。

【現代語訳】

山の谷河。そこでは、雲の袖が垂れこめて袖を濡らす五月雨（によって増水した水面）に、旅人が渡る瀬もないことよ。

267　　題同〔山五月雨〕

雪にだにのこるしるしのさほ山もうづもれけりな五月雨の比《ころ》

【自注】なし
【評釈】

第三句の「さほ山（佐保山）」は、大和国（奈良県奈良市）の歌枕。佐保は、平城京の北東方の山麓一帯を指し、その北側に連なる丘陵を佐保山と呼ぶ。紅葉の名所として知られ、和歌では紅葉と常套的に詠まれる。当該歌では、佐保山が「雪にだにのこる」と詠まれるが、佐保山が雪が降っても姿を隠さないと詠む例は見当たらない。平城京の東部に位置する佐保山は五行説により春を司るとされ、そこから、佐保山の神霊である佐保姫は春の女神とされる。その霊験によって、佐保山を雪の中でも隠れないと捉えたものであろう。

雪が降ってもはっきりとそれとわかる佐保山も、しかし「五月雨の比」には「うづもれ」てしまう。「絶え絶えにいつもかかると見し雲の山の端埋づむ五月雨のころ」（頓阿句題百首・八九・良守上人）では、山の稜線は五月雨の雲によって隠されている。これを参考にすると、当該歌も五月雨の雲によって山の稜線が隠されている様子を詠んだものか。五月雨の頃の佐保山を詠む例には、「佐保川やいづれの年の水嵩より名に負ふ山ぞ五月雨のころ」（松下集・二八二五）、「うち上る佐保の川原の五月雨に山本かけて水の涼しさ」（雪玉集・七五九）があるが、ともに佐保川の増水する様子に主眼がある。五月雨と佐保との組み合わせは、当該歌とほぼ同時期に詠まれたこの二首程度であり、心敬が非常に新しい素材を扱っていることが窺える。

当該歌は、266同様、低く垂れこめた雲と激しく降る雨によって、天地の間が一面に白く煙ることで山が隠された状態を詠む。歌題の語彙を用いつつ、主題となる佐保山が実際には見えないと詠む、心敬らしい構成になっている。

【現代語訳】

雪の中でさえそれと知れる佐保山も、埋もれているのだなあ。五月雨の頃には。

268　蚊遣火《かやりび》

かのこゑをいとふとすればあやにくに我をぞいだす閨のけぶりの

【自注】なし

【評釈】

歌題の「蚊遣火」は、89【評釈】参照。

第一句の「かのこゑ（蚊の声）」は、蚊の羽音のこと。「夏の夜は枕を渡る蚊の声の僅かにだにも寝《い》こそ寝られね」（秋篠月清集・二七三）を初出とするが作例は多くない。そのなかで、正徹は「すくもたく煙もすみて深夜に蚊の声かへるしづが家〳〵」（草根集・巻四〈次第不同〉・蚊遣火）など蚊の歌としては十五首、そのうち蚊の声を八首詠んでおり、正徹の好んだ語といえる。心敬も正徹に学んだか。

人が蚊遣火の煙にむせぶ、あるいは追われるといった同想の先行歌に、当該歌と同歌題で詠まれた『堀河百首』の「己れこそ下に燻《くゆ》らめ蚊遣火のかへりて我をふすぶるやなぞ」（四八三・国信）、「蚊遣火を間近く立てて山賤の己れ煙にむせぶ何ぞも」（四九四・肥後）を指摘できる。心敬は説明を最小限に切り詰め、焚いた蚊遣火のために、蚊ではなく自らが閨を追い出されるという滑稽な姿を詠んでいる。第三句の「あやにくに」は、「あやにくとは、おもひたがふ事也」（宗祇袖下）。

第四句と第五句とは倒置。本来は「閨のけぶりの我をぞいだす」であり、「けぶりの」の「の」は主格を表し、擬人法を用いている。歌末を格助詞の「の」で留める例は非常に珍しいが、「吹き迷ふ野風を寒み秋萩の移りも行くか人の心の」（古今集・恋五・七八一・常康親王）などわずかにあり、心敬の念頭にもあったか。「あやにくに」という思いや擬人表現の印象を強め、声調上やわらかさ、あるいは余韻を残すといった効果を意図したものか。

【現代語訳】
蚊の声を厭うて（焚くとすれば）、皮肉にも自分を追い出すよ、閨の蚊遣火の煙が。

269　夏池《なつのいけ》
まこも草すゐばかりをかるの池のみなぎはたかき五月雨の比

【自注】なし

【評釈】
歌題の「夏池」は、心敬以前では、「郭公宿の池なる草の名のうき事あれや我のみぞ泣く」（為家集・三九六）など五首ほどしか見えず、非常に僅少である。

第一句の「まこも草（真菰草）」は、沼沢に自生するイネ科の多年草。夏に葉を刈って筵を編む材とする。当該歌は五月雨の降る時期に真菰草を刈る様子を主題とするが、このような情景を詠む歌例は、「五月雨はおふの川原の真菰草刈らでや波の下に朽ちなん」（新古今集・夏・二三一・兼実）など多い。「五月雨→まこもかる」（連珠合璧集）。

第三句の「かるの池」は、「（真菰草を）刈る」と「軽の池」との掛詞。軽の池の「軽」は、大和国十市郡（奈良県橿原市大軽町）の地名。古く「軽池之　汭廻往転留　鴨尚尓　玉藻乃於丹　独宿名久二（軽の池の入江めぐれる鴨すらに玉藻の上に一人寝なくに）」（万葉集・巻三・三九三・紀皇女）に詠まれるが、真菰草と詠み合わされることはない。

第四句の「みなぎは（水際）」は、「汀（みぎは）」に同じく川や池などの水が陸と接する所をいう。「布奈芸保布保利江乃可波乃　美奈伎波尓　伎為都都奈久波　美夜故杼里香蒙（船競ふ堀江の川の水際に来ゐつつ鳴くは都鳥かも）」

（万葉集・巻二十・四四八六・家持）にも詠まれ、語としての成立は古いものの俗語であったらしく、和歌では『万葉集』以降ほとんど詠まれず、正徹以前に四首ほどしか見えない。一方、正徹は「五月雨のみなぎは見ゆるかきねまでながれし川ぞ里のよそなる」（草根集・巻四〈次第不同〉・五月雨）ほか四首詠じており、正徹がこの語を意識的に用いていることが知られ、心敬は正徹から学んだと思しい。当該歌ではこの語を万葉語として捉え、「かるの池」と響かせたか。

当該歌のように「みなぎはたかき」と詠む歌例は他に見えない。五月雨によって増水して、水位が高くなった様をいうのであろう。増水すれば、「いかにして真菰を刈らん五月雨に高瀬の淀の水増さりける」（堀河百首・四四一・師時）のように、真菰草が水に隠れてしまうこともある。これにより「真菰草高瀬の淀に茂れども末葉も見えず五月雨のころ」（久安百首・一〇二九・待賢門院堀河）と「末葉」（葉先）を詠むようになる。連歌においても「淀の入江の五月雨の比／越す浪の末葉の真菰刈り捨てて」（竹林抄・夏・二八六・行助）などの用例が見える。当該歌が「すゑばばかりをかる」のも同じ流れであり、現実の風景をよく反映しつつ、掛詞により巧みに言葉を続け一首を構成している。

当該歌は万葉語を取り入れ、上句の理由を下句で述べる構造に特色があり、これにより一節体とする。

【現代語訳】
真菰草の葉末だけを刈る軽の池、その水面が高くなる五月雨のころよ。

夕立

270　ふらぬ日もふもとのちりをふき立て夕立めぐるをちの山かぜ

【自注】なし

【評釈】

歌題の「夕立」は、『永久百首』題。

上句の「ちりをふき立て」とは、風が塵を舞い立たせる意であるが、「鳴神の音ほのかなる夕立の曇る方より風ぞ激しき」(新拾遺集・夏・二九二・為兼)、「吹をくる風にまかせて山のはの雲に先立夕だちの雨」(草根集・巻一之上・応永二十一年四月十七日・細川右京大夫入道道歓家、讃岐国頓証寺法楽和歌・夕立)、「あらきかぜ先吹上て玉ぼこの塵さへくる夕立の空」(草根集・巻一之下・永享十二年三月十八日〜二十一日・住吉法楽百首・夕立)などから、夕立が来る直前には強い風が吹き、その後雨雲が近づき暗くなるといった、夕立における一連の流れが認識されていたことが窺える。その情景を塵に託して詠む例は、先掲正徹詠のほか、「吹き上ぐる塵も湿りて道の辺や風もせに行く夕立の跡」(卑懐集・一九八)、「夕立は塵吹き立つる風の上に雲をも待たず曇る空かな」(柏玉集・五八二)が見えるが、ほぼ心敬と同時代の用例に限られる。心敬は新しい詠法を吸収し、実践したのであろう。

第四句の「めぐる」とは、回って移動することで、ここでは夕立が次の場所へ移っていくこと。「夜をかけて遠方めぐる夕立に此方の空は月ぞ涼しき」(玉葉集・雑一・一九三七・泰宗)、「山づたひ夕立うつる風さきに木のはも鳥もふかれてぞ行」(草根集・巻十二・康正元年六月五日・草庵に人々きたりて・遠夕立)などに、同様の景が描かれている。塵の描写とともに写実的とも言い得る趣向である。

当該歌は夕立の「ふらぬ日」の情景である。そこには、夕立の降る日は勿論、降らない日であっても、夕立の風が起こるという内容が含意されている。「夕立」とは、もともと雨に限らず、夕方に雲や風が急激に起こることも指した。当該歌も急な気象変化によって歌題を満たす。

当該歌は、上句に「ふ」を頭韻として配し、三句末を「て」で一端切り、その風景にあわせて第四句を置き、第五句の体言止めへとつなげている。

【現代語訳】
降らない日であっても、麓の塵を吹き上げて、夕立が巡っている遠い山に吹く風よ。

271 六月祓《みなづきばらへ》

おもふ事数〳〵さゞれ石河にすてゝぞかへるせゞのしらなみ

【自注】なし

【評釈】

歌題の「六月祓」は、『六条斎院歌合』から見え、『滝口本所歌合』、『五社百首』以下用例は多い。六月晦日に、宮中や諸社、或いは水辺で行う神事で、神前に茅輪《ちのわ》、川原に斎串《いぐし》を立てて祝詞を誦す。人々は茅輪をくぐり、或いは体を撫でた人形《ひとかた》を罪や穢とともに川に流して、半年間の汚穢・罪障を祓い清める。

「さゞれ石河」は、「さゞれ石（細石）」と「石河」の掛詞。この「細石」は、川にある小石であるとともに数々の思いの象徴でもある。「石河」は、川底に石の多くある浅い川のこと。また川の名としては、大和川に合流する河内国の川が知られるが、ここでは「石川や瀬見の小川の清ければ月も流れを訪ねてぞすむ」（新古今集・神祇・一八九四・長明）から、下鴨神社の社域を流れる瀬見の小川を指す。第四句の「かへる」は、瀬見の小川で禊ぎを済ませて「帰る」の意と、波が寄せては「返る」の意との掛詞。なお、正徹は「名取河瀬々の埋木水鳥のかくれんかげも嵐吹日は」（草根集・巻五〈次第不同〉・瀬水鳥）、「恋せじとするにはあらず神風になびけみそぎのせゞのゆふしで」（草根集・巻九・宝徳三年六月八日・修理大夫家月次・当座・寄風祈恋）など、「瀬々の」の語を様々に用いて二十首ほど詠んでおり、

心敬の印象に残っていたか。

禊ぎで思いを捨てる歌に、「恋せじと御手洗川にせし禊ぎ神は受けずぞなりにけらしも」（古今集・恋一・五〇一・読人不知、伊勢物語）がある。正徹の「おもふことさしてなき身や夏をけふすつるばかりの麻のゆふしで」（草根集・巻一之上・永享十年六月七日・祇園法楽初一念百首・六月祓）では、生きることに関わる悩みを広く指すもののようである。心敬は「おもふこと御祓に捨て帰るさも世はあやにくに秋かぜぞ吹く」（寛正四年百首自注・三五・夏祓）と詠み、「世中よろづ、とすればかくするならひなれば、たま〳〵に御祓に思ふことどもをはらひすて侍れば、かへるくれつかたは又すゞろなる秋風たち侍ると也」〈天理本〉と自注を付す。「御祓に思ふことどもをはらひすて侍れば」は、当該歌と同様である。但し、当該歌は先掲の正徹詠と、歌題と「おもふ事」の語とが共通しており、心敬はこの歌に学んだか。当該歌は、正徹詠と同様に、禊ぎによって心のわだかまりや雑念を払い清めたと詠む。

当該歌は、「おもふ事」が「数〳〵」あり、「数〳〵」の「さゞれ石」のある「石河」というように、上句が掛詞と縁語仕立ての構成を取りつつなだらかに続いている。これにより一節体とするのであろう。


【現代語訳】

思いの数々を、その思いのように数々の小石がある石河に捨てて帰るよ。川の瀬ごとに立つ白波よ。

田霧《たのきり》
272　山ざとは梢も見えぬ朝霧にいなばをのこすしかの一こゑ

【自注】なし

【評釈】

歌題の「田霧」は、他に見られない、珍しいものである。ただし、類題の「秋田霧」題には、「見るままに田の面遥かにあらはれて遠ざかりゆく秋の朝霧」（為理集・四八二）があり、正徹も「雲路よりほなみにおつる白鳥の鳥羽田にきゆる秋の夕霧」（草根集・巻十四・長禄二年七月十七日・兵部少輔家月次・当座）など二首を詠じている。当該歌では、山里は梢も見えぬほどに霧が深く立ちこめており、鹿の姿はもちろん田すら見えない状況が詠まれる。

「尾上より門田に通ふ秋風に稲葉を渡る小牡鹿の声」（千載集・秋下・三二五・寂蓮）は、秋風にのって聞こえてくる鹿の声が、風に揺れる稲葉の音と重なる様を詠んでいる。正徹も「いなば吹風もめぐりてかたしらずあしの丸やのさを鹿のこゑ」（草根集・巻十一・享徳二年七月二十九日・平等坊円秀月次・田家聞鹿）と、稲葉を吹く秋風に運ばれる鹿の音を詠んでいる。これらの先行歌を踏まえつつ、当該歌は鹿の声のする場所をそのまま稲葉のありどころと捉えている。すなわち、秋風の描写こそないが、一面の霧によって何も見えない中で、鹿の声によってそこが稲田であることが分かるというのである。このように、見えないものを音によって知るという状況を「のこす」と表現するのは、91、106、252と共通する。心敬好みといえる。

【現代語訳】

山里は、梢も見えないほどの朝霧（の中）で、稲葉のありどころを知らせる鹿の一声であるよ。

273　薄風《すすきのかぜ》

夕間暮木《こ》の本ずゝき墨染の袖とふ色の秋かぜぞふく

【自注】なし

【評釈】

歌題の「薄風」は僅少で、心敬以前には正徹に、「契きや時を待えてほにいづる一花ずゝき秋のはつかぜ」（草根集・巻八・宝徳二年七月二十日・恩徳院月次）、「太山にはおつるかいさや鷲の羽のきりふの薄秋風ぞ吹」（草根集・巻十二・康正二年八月七日・恩徳院歌合〈七月分〉）の二首が見られるのみである

第一句の「夕間暮」の「まぐれ」とは「目暗」の意で、「間暮」は宛字であるが、中世ではもっぱらこの字が用いられていた。

第二句の「木の本ずゝき」は、他に用例を見ず、「岩本薄」などによる類推表現であろう。「木の本ズスキ」と濁音で読むべきであることは、263【評釈】参照。薄は「秋の野の草の袂か花薄穂に出でて招く袖と見ゆらん」（古今集・秋上・二四三・棟梁）のように、靡く穂が袖に喩えられ、薄が招いていると擬人的に詠まれる。ただし、薄をあえて「墨染の袖」と詠むのは、「すみぞめの夕　夕暮れの色、うす墨色なる物也」（流木集）のような言い方を踏まえる。夕暮れ時の薄の色が、ほの暗く薄墨色に見えるというのである。夕方の草木の色を墨染色と詠む例に、「すみ染の夕陰草の色もなし光にてらす花の木の本」（草根集・巻十・享徳元年三月十三日・細川右馬頭入道道賢家にての一座・夕花）、「薄墨に画ける雪の夕哉」（竹林抄・発句・一八二六・専順）を指摘できる。

秋風は「吹きよれば身にもしみける秋風を色なき物と思ひけるかな」（続古今集・秋上・三〇六・友則）のように「色なき風」と詠まれるが、夕暮れの薄暗がりの中でも一層暗い木の下に生える薄に吹くことで、それが墨染めの袖を訪うたかのようだと見立てた点をもって一節体としている。「色」は、直接には墨染色をいうが、秋の風情の意を添える。目に見えぬ秋風を木の下の薄によってあらわした点が眼目である。

【現代語訳】

夕方ほの暗くなる頃、木の下の薄の墨染色の袖（のような穂）を、訪ねるかのような様の秋風が吹くよ。

小鷹狩《こたかがり》

274　たが鳥のあとしもわかず荻のはにつけても送る秋のかり人

【自注】なし

【評釈】

歌題の「小鷹狩」は、140【評釈】参照。

上句の「たが鳥のあと（誰が鳥の跡）」とは、「誰の（持ち物である）鳥」と「誰の（書いた）手紙」の意との掛詞。古代、黄帝に仕えた蒼頡《そうけつ》は、鳥の足跡を見て文字を発明したという（蒙求・蒼頡制字）。この故事から、「鳥の跡　文字也。　歌に文を鳥の跡と詠める、連歌も可同之」（流木集）とあるように、「鳥の跡」は文字、書跡、そして手紙の意となる。心敬も「つらかりし八声は過ぬ朝床□《にカ》むなしき鳥の跡だにもみず」（心敬難題百首自注・六七）に「暁ちかく鳥の音に帰し後は、筆のゆくゑをだにきかずとなり」と付注している。

当該歌は『源氏物語』松風巻を本説とする。140「日暮ればかたへに小鳥とりつけておぎのは山をいづるかり人」の自注に、『源氏物語』松風巻を本説とする旨が見える。鳥を荻に付けるというのは、これを典拠としている（詳しくは140【評釈】参照）。「荻」と「文」との取り合わせは、「かごとにも付けたる文は見えもせで荻引き結ぶささがにの糸」（為尹千首・七四八・寄蛛恋）、「たはつくる玉づさならぬ荻のはに野分の風のかへしをぞみる」（草根集・巻十三・長禄元年十二月十四日・鴨部之基す、めし住吉法楽百首・野分。類題本第一句「たがつくる」）などの例は見えるものの、和歌に詠

まれることは少ない。連歌では「ゆふべやこひのつかゐなるらん／ふみも見ぬおぎのかれはに風ふきて」（聖廟千句・第七・五三）など、しばしば詠まれる。

当該歌では、先述の通り、上句が掛詞によって成り立っているが、このような意味上の二重の構造が、当該歌を一節体に配した理由であろう。当該歌は140の趣向をさらに進めた感のある詠であるが、歌題や内容が共通する点から考えると、この当該歌と140は同じ時に詠まれた可能性もあろう。

【現代語訳】

誰の手紙ともわからずに、獲物とともに荻の葉に付けて届ける、秋の狩人よ。

秋田里《あきのたのさと》

275　山がつのさゝのかりぶきあれはてゝ袖にいなばの秋風ぞふく

【自注】　なし

【評釈】

歌題の「秋田里」は、先行用例を見出せず、非常に珍しい。但し、類題の「田里」は『草根集』に初出し、正徹は「かよひなき田中のさとの一村はいな葉かりての後ぞさびしき」（巻一之上・永享十年六月七日・祇園社法楽初一念百首）、「なるこ縄むすべるす戸のあけたてに門田の末は鳥さはぐなり」（巻十一・享徳二年五月二十日・草庵月次・当座）などの他五首を詠じている。

第一句の「山がつ（山賤）」は、一般には樵夫や猟師など身分の卑しい者を意味するが、当該歌では、『能因歌枕』

の「山賤とは、物思ひ知らぬを云ひ、あやしき人をも云ひ、山里に住むを云ふ」の「山里に住む者」の意に近い。

第二句の「さゝのかりぶき（篠の仮葺き）」は、正徹の「やどゝせぬ野べの嵐ぞ声すぐるさらば露ほせ篠のかりぶき」（草根集〈内閣文庫蔵『草根抄』系本〉・巻十二・康正元年閏四月二十三日・恩徳院の歌合・野篠）が見える程度。類似の表現をもつ例に、「今夜もや佐野の岡辺の秋風に篠葉仮り葺き一人かも寝ん」（夫木抄・九一九九・知家）、「一むら雨をとをすやまかげ／はかなくもを篠を軒にかりふきて」（園塵第一〈続類従本〉・七三四）などがある。いずれも篠で屋根を仮に葺いた篠葺き屋である。篠を葺いた粗末な庵を指す「篠の庵」という言い方は古くからあり、それを和らげて「篠を葺く」、「篠葺き」、そして「篠の仮葺き」という表現に発展したのだろう。

当該歌は、篠葺きの仮屋が荒れ果ててしまい、そこにいる山賤の袖に稲葉の上を渡った秋風が届くという。仮葺の小屋が粗末な造りであることは、「秋の田の仮ほの庵の苫を粗み我が衣手は露に濡れつつ」（後撰集・秋中・三〇二・天智天皇）のように、屋根を漏る露や雨であらわすことが多い。一方、当該歌の「あれはてゝ」という表現にはある程度の時間の経過が想定され、簡便な造りながら長年使われた庵であったか。正徹の「を山田や残るをしねをかるふきのとまもあらはにある丶庵哉」（草根集・巻一之上・永享元年十二月聖廟法楽百首・田家。類題本第三句「かりぶき」）は、晩稲を刈る時期の荒廃した仮屋を詠む。当該歌は、刈り入れの時すでに荒れ果てた仮小屋とそこに暮らす山賤とを詠むことで、より一層秋の里の寂しく冷えびえとした風情をあらわそうとした点が眼目である。

【現代語訳】

山賤の、篠で葺いた仮屋はすっかり荒れ果てて、その袖に稲葉を渡る秋風が吹くことよ。

秋田家《あきのたのいへ》

276　むらすゞめおなじ褚《(ママ)》にさはぎゝぬいねこくしづが庭をしたひて

【自注】なし

【評釈】

歌題の「秋田家」は、心敬以前には、正徹の「小鹿鳴老の枕のいねがてを山田もるおにこよひかしつる」（草根集・巻十三・長禄元年八月晦日・鴨部之基すゝめし続歌）の一首が見られるのみである。

第一句の「むらすゞめ（村雀）」は、「秋の田の穂波に集《すだ》く村雀鳴子の音に立ち騒ぐなり」（正治初度百首・一九四・惟明親王）のように、秋の収穫時の騒がしい様子が詠まれる。当該歌にも「いねこく」とあり、脱穀の際のことであることが示される。類似する「こき垂れて」は、「刈りて干す山田の稲のこき垂れてなきこそ渡れ秋の憂ければ」（古今集・雑上・九三二・是則）以後歌語として詠まれるが、「明けぬとて帰る道にはこき垂れて雨も涙も降りそほちつつ」（古今六帖・二七三二・貫之）のように「滴り落ちる」といった意味で涙を流す状況をあらわすことが多く、脱穀の意で詠まれることはほとんどない。一方、「稲といふ物をとり出て、わかき下衆どもの、きたなげならぬ、そのわたりの家のむすめなどひきもて来て、五六人してこかせ」（枕草子〈陽明本〉・九五段）のように、俗語的、散文的表現としては用いられていた。再び和歌で詠まれるのは、「わさ田かり稲こきちらすしづのめが門の出居も心行らし」（草根集・巻十・享徳元年七月二十六日・平等坊円秀月次・当座・田里。類題本第四句「土居も」）、「田中なる民の戸みればしづの女はいねこく庭にするうすのこゑ」（草根集・巻十二・康正二年九月二十日・草庵月次・当座・秋田。類題本第三句「しづのめが」）を待たねばならず、正徹が意識的に俗語的表現を用いていることが分かり、心敬もそのような系譜にある。

第二句の「褚」は、綿入れ、おおい、袋の意。だが、これでは一首の意味が通らない。心敬には「むら雀落ぼをひろふ里の子の袂にさはぐ秋の山かげ《(ママ)》」（心敬集・三五四・田家鳥）という当該歌とほぼ同じ内容の歌があり、この歌に

より「褚」は「袂」の誤写と推測される。第五句の「庭をしたひて」は他の用例を見ない。むら雀を擬人化し、本当は米粒を目当てに来ているものを、賤の袂を目指し庭を慕って来たとしたところが新鮮であり、これにより一節体である。心敬はかつて目にした光景をもとに工夫したものであろう。

なお、この当時は千歯扱きはまだなく、扱き箸と呼ばれる大きい箸状の道具を用いて脱穀を行っていた。扱き箸による脱穀は、江戸期には女性（特に未亡人）の作業であり、また先掲の正徹歌でも「しづのめ」とあることから、当該歌の「しづ」も農婦と見てよい。

【現代語訳】

群れをなす雀が一つの袂を目指して賑やかに寄ってくる。稲を脱穀する賤（の女）のいる庭を慕って。

落葉

277　たえまなくさそふ風よりたゞ一《ひと》は心におつる山ぞしづけき

【校異】［本文］心に―心と（心敬集）　山そしつけき―庭そさひしき（心敬集）

【自注】なし

【評釈】

歌題の「落葉」は、『永久百首』題。

当該歌は、『淮南子』の「見一葉落而知歳之将暮（一葉の落つるを見て年のまさに暮んとするを知る）」、及びそれが誤って伝えられた「一葉落天下知秋（一葉落ちて天下秋を知る）」（古今事文類従、詩人玉屑、五灯会元等）を典拠とする。第一

句、第二句はしきりと吹く風が木の葉を散らす様を詠む擬人的表現。

第三句の「心におつる」は、和歌での用例は管見に入らない。ただし、心敬は「山ふかし心におつる秋の水」と詠み、それに「山閑の秋の水の冷々としたるに心をすまし侍れば、むねのうちと水とひとしく清々たりといへり」（岩橋上・五二）と自注を付す。この例から、「心におつる」とは、山の静けさの中で、ある事象とそれを見る心とが通い合う様子を表すことが理解できる。『心敬集』は「心とおつる」の本文を持ち、そうであれば、風によるのではなく葉が自然と枝から離れる意となる（94【評釈】参照）。連歌では、「空にあらしのよはくなるをと／木のはみな心とおちてゆく秋に」（聖廟千句・第九・九）が見える。当該歌に当てはめれば、上下句の意味がよく通るが、ここでは底本に従い、『岩橋』を参考にして解釈した。

激しく吹き続ける風の音よりも、一葉だけ自然と落ちた葉の音によって一層山の静けさが心に沁み、静かな心に余韻が響く様を詠む（143【評釈】参照）。静けさの象徴としての葉で題意を満たし、かすかな音によって静けさを実感するという構成はまさに一節体である。

【現代語訳】
絶え間なく誘いかけるように吹く風の音よりも、ただ一葉自然に落ちたその音が、心に響く山の静けさであるよ。

暁千鳥

278　小夜千鳥たがきぬぐ〳〵を玉くしげあくるかたみのうらになくらん

【自注】なし

【評釈】

歌題の「暁千鳥」は、早く『田多民治集』や『頼政集』等に見える。『為尹千首』に「淡路潟やや月影も明け方になるとの千鳥声渡るなり」（五四三）、正徹にも「浜千どりなくねかなしき明くれにたが衣〴〵の袖のうら人」（草根集・巻八・宝徳二年十二月八日・修理大夫家月次）ほか五首を認め得る。心敬も当該歌以外に、「霜さゆる袖の河原のさ夜千鳥たが帰るさの涙とふらん」（心敬集・四一三）を残している。

一首は、暁に鳴く千鳥を詠むが、第二句の「たがきぬ〴〵」は、定家の「思ひ出でよ誰が後朝の暁も我がまだ忍ぶ月ぞ見ゆらん」（拾遺愚草・上・一〇八五）を踏まえた表現である。ただし、先掲した正徹詠が、「暁千鳥」題で「たが衣〴〵」と詠んでおり、当該歌はこの正徹詠に強い影響を受けていると思われる。正徹詠が「袖のうら（袖の浦）」（出羽国酒田）という歌枕を詠むのに対して、心敬は紀伊国の歌枕である「かたみのうら（形見の浦）」（和歌山県和歌山市）を詠む点に工夫がある。なお、「うら」は「浦」とともに、「あくる」とつながって玉くしげの「（蓋の）裏」の意も含む。

形見の浦は、『万葉集』に既に見えるが、『新古今集』時代に懐古的に詠まれるようになり、「風寒み夜の更けゆけば妹が島形見の浦に千鳥鳴くなり」（新勅撰集・冬・四〇八・実朝）など、千鳥を詠むことがあった。

第三句の「玉くしげ」は、櫛笥《くしげ》の美称で、櫛などを入れる箱のこと。箱の「身」の部分と関わって「み」の音を持つ語や、蓋を開ける意から「あく」に懸かる枕詞として詠まれる。当該歌でも、直後の「あくる」、「かたみ」に掛かる、心敬のいう半臂《はんぴ》の句（109【評釈】参照）の役割を果たしている。「あくる」は「開くる」と「明くる」との掛詞。「別れても今日より後は玉櫛笥あけ暮れ見べき形見なりけり」（玉葉集・旅・一一二二・読人不知）では、旅の別れに際して、女が男に形見の玉櫛笥を渡しているが、当該歌では、「きぬ〴〵」、「玉くしげ」という恋歌の語を用いつつ、恋から離れ、言葉の連想で一首を仕立てている。

当該歌は、千鳥が後朝の別れを思って鳴いているとするが、これには、千鳥が暁の空に鳴く光景に、男女の別れの

場面を想起させることによって、一首全体に寂しげな色調を帯びさせる効果が認められる。

【現代語訳】

夜に鳴く千鳥は、誰の後朝の別れを思って、玉櫛笥を開けて形見とするように、明けてゆく形見の浦に鳴くのであろうか。

竹霰

279　夜をさむみさはぐと聞ば村鳥はねぐらの竹にちるあられかな

【自注】　なし

【評釈】

「竹霰」の歌題は、『白河殿七百首』に初出するが、心敬以前には十首程度しか見えない。『為尹千首』に「葉を交はす竹の小枝に揺りためてもる程遅き玉霰かな」（五五二）と見え、また正徹には「をとたかくしほる嵐は竹の葉にたまりておつる玉霰哉」（草根集・巻二・永享二年十一月二十八日・草庵月次）の詠が残る。

村鳥が夜の寒さゆえに騒ぐと詠む歌例に、「夜を寒み明石の浦の浜風に戸渡る千鳥声騒ぐなり」（堀河百首・九八〇・師頼）がある。その村鳥の騒ぐ声がねぐらである竹林から聞こえるが、騒ぐ村鳥の声だと思ったものが、「竹にちるあられ」の音であったと謎解きをする点に、当該歌の面白さがある。

竹の葉に当たる霰の音は、「霜凍る朝けの窓の竹の葉に霰砕くる音のさやけさ」（草庵集・七五七）、「神無月時雨は過ぎぬ竹の葉に激しき音や霰なるらん」（拾玉集・四五四）など、はっきり聞き分けられる強い音として詠まれる。当

該歌では、まず耳に聞こえる音の激しさから、村鳥が騒いでいるのかと想像したのである。

当該歌では上句と下句との間にある種の断絶が見られるが、これは連歌的な構造である。事実、「風まぜに霰打ちる天津空／をどろきけりなとぶ鳥の声」（美濃千句・第五・五六・守保）、「あられときぐ竹をうつこゑ／ねぬ鳥よあなかまよはも更ぬらん」（伊庭千句・第七・一三・宗長）のように、霰の音と鳥を付合に用いる例も見られる。特に後者は、当該歌と同想であり、いかに心敬が連歌的な取りなし付けの面白さを和歌に導入したかが窺われる例である。

【現代語訳】
夜が寒いので、（村鳥が）騒いでいるのかと聞いていたところ、村鳥（だと思ったの）はそのねぐらである竹に散りかかる霰（の音）であったよ。

椎柴霜

280　山がつの椎しばぐるま霜こほる峰のかけ路は落すまもなし

【自注】なし

【評釈】
歌題の「椎柴霜」は、心敬以前には正徹の「山陰や朝霜きえぬ椎柴にさやぎくらせる霰こがらし」（草根集・巻三・文安四年十月二十九日・草庵月次）一首が見えるのみである。類題には慈円と正徹が詠む「椎柴霜深」題があり、正徹は「うら葉さへ霜の色かるしゐしばにむすびそへたる嶺の月かげ」（草根集・巻五〈次第不同〉）と詠んでいる。

第二句の「椎しばぐるま」は、「椎柴」と「柴車」の合成による心敬の造語。他に用例を見ない。「椎しば」は、燃

料の柴にする椎の木のこと。また、「柴車《しばぐるま》」は、「柴車落ち来るほどに足引の山の高さを空に知るかな」（堀河百首・一三六二・匡房）に対する「大なる木を切て其上に多く枝をのせて峰よりをとす也。又柴つむ車もあり」（六花集注〈蓬左本〉）という注を参看すれば、丸太の上に柴の束を乗せて山の上から落すこと、或いは柴を積んだ車のこと。当該歌では「落す」と詠まれており、前者の意味と推測される。それが、木を組んだ険阻な桟道である「かけ路」を、「落すまもな」くゆくのは、道に敷いた木が霜で凍ったため、自ら勢いよく滑り落ちるのである。

【現代語訳】

山賤の椎柴を乗せた柴車は、霜に凍る峰の桟道では、（自ずと転がり）落とす間もないほどだ。

柴霰

281　真柴かる袖のあられの玉だすきむすもほらし（ママ）峰の嵐に

【自注】　なし

【評釈】

歌題の「柴霰」は、「冬枯れの柴刈る民の手を寒み霰横切る四方の山風」（壬二集・一四〇〇）に初出するが、その後は正徹が同歌題で「霜さやぎあられ玉ちる山風に柴の実おちてをとぞあらそふ」（草根集・巻五〈次第不同〉）など四首を詠じていることが目につく。心敬以前には十首も詠まれていない。

第一句の「真柴」は、「柴」の美称で、「真」は接頭語。その柴を刈る袖に「玉だすき」を掛けて、刈るときに袖が妨げにならないよう紐でたくし上げている。

第二、三句の「あられの玉だすき」は、「霰の玉」と「玉襷」の掛詞。袖に降りかかる霰と、袖に掛けた襷の美称である。正徹も「いくたびかをとはあられの玉だすき思ふにちがふ雪気なるらん」（草根集・巻一之下・享徳二年三月七日～九日・日吉社法楽百首・霰）と同じ言葉遣いで詠じており、心敬の念頭にあったか。

第四句の「むすもほらし」は、「むすもほるらし」の「る」の誤脱。「むすもほる」は、92【評釈】参照。襷は「懸く」と詠まれることが一般的であるが、「思騰　痛文為便無　玉手次　雲飛山仁　吾印結（思ひ余りいとも術無み玉襷畝傍の山に我が締め結ぶ）」（万葉集・巻七・一三三九・読人不知）や「姫君の襷ひき結《ゆ》ひ給へる胸つき」（源氏物語・薄雲巻）など、「むすもほる」に類する言葉に繋がる例も若干存する。当該歌では、第三句から続いて、玉襷が袖に結ばれている意が掛けられていると見るのが自然であろう。また、袖に降りかかる霰の玉が「むすもほる」、すなわち、霰が一所に寄り集まる意も掛かっている。霰が袖に「結ぶ」、「むすもほる」とする歌例は見えず、ここに心敬の工夫（一節）があることは明かであるが、襷によって袖に撓みができ、そこに寄り集まって霰が溜る様子である。

【現代語訳】
柴を刈る袖に降りかかる霰の玉、（袖には）玉襷が結ばれ、また霰の玉も一塊になっているだろうよ。峰に吹く嵐によって。

282　市歳暮《いちのせいぼ》
うぐひすの春待梅のはながさをからぬ市女もいそぐころかな

【自注】なし

【評釈】

歌題の「市歳暮」は、『澄覚法親王集』等に見られるものの殆ど詠まれることはない、珍しい歌題である。正徹には「うらざりき老たるしづが哀にもたち帰る年のくる、市哉」（草根集・巻五〈次第不同〉。類題本第四句「もちかへる」）の一首がある。

上句の「うぐひすの」、「梅のはながさ」は、「青柳を片糸に撚りて鶯の縫ふてふ笠は梅の花笠」（古今集・神遊歌・一〇八一）を踏まえた表現である。梅花の姿を笠に見立てたもので、鶯が縫うとされる。鶯が「春待」と詠むのは、「鶯の梅の花笠ふる雪にかくれて近きはるや待らん」（草根集・巻十四・長禄二年十二月十七日・兵部少輔家月次・歳暮梅）を意識するか。鶯、梅という春の風物を並べ、その春を迎えようとせわしなく過ごす歳暮を描く。

さらに、当該歌では、鶯の花笠を「からぬ（借らぬ）」「市女」が詠まれるが、これは「市女笠」を隠した詠み方である。「市女笠、これは市女のきたる笠也」（玉集抄）。「市女笠」を詠む先行歌は、「別れめや今こそ三輪の市女笠ただなほざりの姿なれども」（為尹千首・七七四）、「たがためにをのれうちきてかへるらむかふや市めの笠をかさねて」（草根集・巻六〈次第不同〉・行路市。類題本第四句「よぶや」）しかなく、「市女笠」を和歌に詠むことが、為尹から正徹へ、正徹から心敬へと受け継がれてきたことが窺える。

第五句の「いそぐ」は、支度をするの意。新年の準備をする歳暮の慌ただしさを、市女の忙しく立ち働く姿によって示す。但し、ここに「いそぐ」という言葉を持ってきたのは、十二月が「師走」と呼ばれ、「（法師が）東西にはせはしる《（馳せ走る）》」（奥義抄）などと文字通りに捉えられていたことを掛けている。『徒然草』（一九段）にも、「としのくれはてゝ、人ごとにいそぎあへるころぞ、又なくあはれなる」と見える。

『古今集』歌の「鶯の梅の花笠」といった雅語を用いながら、それを「からぬ」と打ち消して、師走の市女という世俗的な光景を描き歌題を満たす点に、当該歌の面白味がある。

【現代語訳】

鶯が春を待って縫う梅花の花笠を借りることもしない市女も、（新年の）準備を急いでいる年の暮れであるよ。

283　忍涙恋
おちそめし褚もやがて色こきや心にたへしなみだなるらん

【自注】なし
【評釈】

歌題の「忍涙恋」は、54【評釈】参照。

第二句の「褚」字は、276と同様に「袂」の誤写と思われる。

袂に涙が落ちて「色こき」というのは、所謂紅涙（血の涙）が袂を染めるということ。「血の涙」とは、漢語「血涙」の訓読から生じた語で、歌語としては「血の涙落ちてぞたぎつ白川は君が世までの名にこそありけれ」（古今集・哀傷・八三〇・素性）以来、痛切な悲しみによって流す涙の誇張表現として用いられた。従って、第一句の「おちそめし」には、「落ち初めし」と「落ち染めし」の両義が掛かる。「色こきや」の「や」は疑問で、現在の原因推量を示す歌末の「らん」と呼応する。

第五句「なみたなる」の「な」は依拠した影印本では読みにくいが、字形の痕跡から「な」と読んだ。「あやにくに人目も知らぬ涙かな耐へぬ心に忍ぶ甲斐なく」（山家集・一二七三）のように、心に耐えて恋を忍んでいるのに、涙を耐え忍ぶことができず人に知られてしまうというのに対して、当該歌では涙を擬人化して心に耐えていた涙なのだ

とする。

【現代語訳】

落ち始めて染めた袂も、そのまま（血の）色が濃くなるのだろうか。心に耐えていた涙であるからだろう。

秋旅

284　われにかせ衣かりがね行かたも秋かぜさむみゆふだちの色

【自注】なし
【評釈】
歌題の「秋旅」は、「忘れなん待つとな告げそなかなかに稲葉の山の峰の秋風」（新古今集・羇旅・九六八・定家）など、『新古今集』時代に盛んに詠まれた。だが、それ以後はあまり見られず、『草根集』には「秋旅宿」や「秋旅情」、「秋旅行」等の結題の形での詠作がある。
当該歌は、「夜を寒み衣かりがね鳴くなへに萩の下葉も移ろひにけり」（古今集・秋上・二一一・読人不知）を本歌として、「衣かりがね」、「さむみ」の二語を摂取する。さらに、正徹の「鳴てくる雁の羽衣我にかせ秋のよさむは空にますらん」（草根集・巻十三・長禄元年八月二十七日・兵部少輔家月次・初雁）は、当該歌と「われにかせ」、「かり」、「さむみ」が共通し、しかも雁の飛ぶ空の状況を思いやる点でも等しい。恐らく、心敬はこの正徹詠を強く意識し、それを発展させる形で同じ本歌を取ったのであろう。但し、当該歌は「行かたも」の「も」字によって、雁の飛ぶ「行かた」と詠作主体の「行かた」を掛けて、歌題の「旅」を満たしている。

第五句の「ゆふだち」は、勅撰集では夏部に部類されることが多く、『草根集』でも夏部に多くの「夕立」詠が見られる。同時に、『永久百首』の秋歌に「晩立」題があるように、実はもともと両様の捉え方があった。「よられつる野もせの草のかげろひて涼しく曇る夕立の空」（新古今集・夏部・二六三・西行）のように、夏の暑さを払う夕立が詠まれることがある一方、当該歌のように寒さと共に詠む例は、「ふりまぜて夕立さむし玉霰」（心玉集〈静嘉堂本〉・七七六）が見られる程度である。この句は、夏部に入っており、当該歌の内容と関係が深いといえよう。当該歌の主題は、これから向かう先の寒さを案じることであり、それを『古今集』歌を本歌として仕立てた点に一節がある。

なお、第四句の「秋かぜさむみ」のミ語法は、205【評釈】参照。

【現代語訳】

私に貸してくれよ。衣を。雁よ、お前の行く方と同じく、私の行く方も秋風が寒々しい、夕立の気配（だから）。

草庵雨

285　おき出てわがもりすつる夜はもうし雨をあるじの草のかりいほ

【自注】なし

【評釈】

歌題の「草庵雨」は、『為家集』に「明けやらぬ草の庵の雨のうちは聞くにまさりて袖濡らしけり」（一八九五）ほか一首が見えるが、作例は少ない。正徹には同歌題で、「もりやすく雨も心に思ふらん草ふく宿のある、軒ばを」（草根集・巻二・永享二年四月一日・西岡海印寺にての探題。類題本第三句「思ふらし」）など九首が見える。

当該歌は、歌題の「草庵雨」から、「蘭省花時錦帳下、廬山雨夜草庵中（蘭省の花の時の錦帳の下、廬山の雨の夜の草庵の中）」（和漢朗詠集・下・山家・五五五・白居易）のような、外の雨を草庵の中で聞き侘ぶる情景に舞台を設定する。さらに、当該歌では起き出した上で「もりすつる」とある。

第二句の「もりすつる（守り捨つる）」は、番をしてきた仮庵を捨てること。『連珠合璧集』に「冬」の寄合として、「庵あれて」、「もりすつる」の二語が挙がっている。この場合は、田を守る庵であるが、和歌では他に氷室、網代などが守る対象となっている。一方、当該歌では「草のかりいほ」を「もりすつる」のであるが、これは正徹の「立出て雨やどりせん草の庵もらぬ所も嵐ふくなり」（月草・宝徳三年六月か・草庵雨）を念頭に置いた表現であろう。正徹はやはり同歌題で「まばらなる草のとまぶき露なれてもるを雨ともしらぬ庵哉」（正徹詠草〈常徳寺本〉・永享六年四月二十六日・阿波守月次・草庵雨）と詠み、雨が降っても気にならないほど、普段から露が洩る草の庵を描いている。「立出て」詠でも同様に、いっそ「立出て雨やどり」をした方が良いような草庵である。この、草庵を出て雨宿りをするという捻った表現から、心敬は、「あるじ」である自分は「おき出て」庵を「もりすつる」が、その代わり降る雨が庵を「もる（守る・漏る）」であろうと、諧謔的に詠じたのである。

【現代語訳】

（雨漏りがひどいため、）起き出して、私が守り（切れず）捨てて出る夜中も辛いものだなあ。（私の代わりに）雨を主人とする草の仮庵よ。

286

述懐

うき身にはおもひも捨じおもふことおもひすつればゆらぐ玉のを

【自注】なし

【評釈】

歌題の「述懐」は、74【評釈】参照。

一首は、志賀寺の上人の逸話を題材に詠んだもの。天智天皇の命によって建立された近江国志賀郡（滋賀県大津市）の崇福寺（通称志賀寺）は、十大寺の一つとして古来より尊崇を受けた。志賀寺の上人は、九十歳の頃に京極御息所に恋心を抱き、今一度見参したい旨を訴えたところ、御息所はその思いを受け入れて、御簾から手を差し出した。聖はその手を取り、「初春の初子の今日の玉箒《たまばはき》手に取るからに揺らく玉の緒」と詠みかけ、浄土へ導くことを約束した。御息所は「よしさらば真の道のしるべして我を誘へゆらく玉の緒」と返歌し、聖は喜んで帰って行った。この話は、『俊頼髄脳』などの歌論書や『太平記』にも載り、上人の歌は『新古今集』に読人不知詠として収められる。『俊頼髄脳』に「その歌にゆらぐ玉のをと詠める、ゆらぐはしばらくといへることばなり。玉の緒とは命といへる事なり。されば、この御手をとりたるによりて、しばしの命なむのびぬると詠めるなり」、今川了俊の『歌林』には「ゆらく玉のをとは、延命と書り。いきの緒ののびたる也」とあり、「ゆらく玉のを」は「延命」の意と解されている。正徹も「心静延寿」題で「うきながら年はへにけりなぐさむる心をゆらぐ玉のをにして」（草根集・巻六〈次第不同〉）、「しづかなる心をもてば時うつりことさりかねてゆらぐ玉のを」（草根集・巻八・宝徳二年十月二十六日・三井寺に行き、たびたびの歌に。類題本第四句「ことかさなりて」）と詠み、同じ説話を題材としている点から、正徹の時代にも「ゆらぐ玉のを」が「延寿」の意味であったことが窺える。なお、心敬には、288「玉ばゝき手にだにとるな庭の面に花散しけるしがの山かげ」の自注に「彼上人、后の御手をとりての歌の心を。初子のけふの玉ばゝきのこと也」（岩橋）とあり、やはり同説話に取材した一首がある。「ゆらく」は古くは清音であるが、心敬の頃は、「ゆらぐ」となっていたか。

思いを捨ててしまえば命が延びる意の下句に対し、辛い身の上には悩みをも捨てはするまい、と詠む。「述懐」の

「思ひ」は、思うにまかせぬ境遇を嘆くのが本意である。その「思ひ」を捨てれば苦しい現状のまま生き続けなければならず、「思ひ」を抱えたままなら寿命が縮むという板挟みの苦しみをも詠んでいる。なお、「思ふことおもひすつれば」という同音の繰り返しによる構成は、「忘れぬやさは忘れけり我が心夢になせとぞいひて別れし」〈拾遺愚草・上・二六八〉を思い浮かべていたか。

当該歌は「思ふ」の用い方に特色があり、最初に「思ひ」を「捨てじ」と打ち消した上で、「思ふこと」「思ひ捨つる」と畳みかけるように繰り返し、一首を仕立てたところに一節がある。

【現代語訳】

つらい我が身には、悩みも捨てはするまい。悩みを思い切ってしまうと、延びてしまう命であるよ。

写古体

『毎月抄』の十体には見えない。『三五記』も事可然体の中に、秀逸体、抜群体とともに含めてあげる。『ささめごと』の連歌十体は第九に写古体を立て、『十体和歌』も第九にあげる。『紹芳連歌』の注に、「古人の句を見る心地に候。歌に写古体など、申侍るべき歟」とあり、『ひとりごと』〈天満宮本〉に、「古人の強力・写古体とてたくみにするどなるも、はげしくは見え侍らざる哉」として、強力体と並べる。古歌・故事を思い起こさせる風。

287　山花

山ふかみ岩もとあらのさくらがりこけのむしろにこよひかもねん

【自注】なし

【評釈】

歌題の「山花」は、「尋山花」、「遠山花」などと結題で詠まれる事が多いが、正徹は「山花」題で、「霞むなよ山の桜戸あけぬよの花よりいづる臥待の月」（草根集・巻一之上・応永二十三年六月十九日・五十首）など五首を詠じている。当該歌では苔の上の桜が主題である（192【評釈】参照）。

第二句から第三句は、「岩もと（岩元）」、「もとあらの桜」、「桜がり（桜狩り）」と掛詞を連続して使う、心敬らしい手法。「もとあら」は木の根もとに枝や葉が少なく、まばらである様を表す歌語。「宮城野のもとあらの小萩露を重み風を待つごと君をこそ待て」（古今集・恋四・六九四・読人不知）から、多く萩の花と読み合わされる。桜については、「我が宿のもとあらの桜咲かねども心をかけて見れば頼もし」（好忠集・四五）があり、歌論書にも、「さくらは他の木よりは木（本カ）あらしといひ習たり」（顕注密勘）、「もとあらのさくらは、もとのあらき也。同萩」（八雲御抄）との言及があるが、歌例は少ない。但し、正徹には、「春毎の道のゆくてに折すてゝもとあらの桜花ぞすくなき」（草根集・巻十一・享徳二年二月二十九日・修理大夫家月次・行路花）という、桜が「もとあら」である理由を、道行く人に手折られたためとする歌例がある。また、「これも猶あさけの風のすゑの露もとあらの桜一花もなし」（草根集・巻六〈次第不同〉・朝観無常）という、「末の露元の雫や世の中の遅れ先立つ例しなるらん」（新古今集・哀傷・七五七・遍昭）を踏まえて「もとあら」の語を導く歌もある。なお、「岩もと」の「さくら」は、193【評釈】参照。

第二句の「岩もとあら」は、和歌では他に用例を見いだせないが、心敬に「まくらかせ岩もとあらのさくら花」

（芝草内発句・四〇）がある。ここでは当該歌の「こよひかもねん」を「まくらかせ（枕貸せ）」と詠み、桜の下で寝ることを望んでいる点で同想である。『ささめごと』〈心敬私語本〉では、「枕かせ岩もとあらの桜がり」を「此句、末の五もじ入ほが成べし。桜花にていかにもよろしかるべき也。桜がり、境に入過てたけたかきと申侍り」と評する。但し、これが心敬の説かどうかは判断できない。

第五句の「こよひかもねん」は、「足引の山鳥の尾の垂《しだ》り尾の長々し夜を一人かも寝ん」（拾遺集・恋三・七七八・人麻呂）を踏まえた表現。但し、この歌はもと『万葉集』巻十一に収められており、そこから当該歌の「かもねん」を万葉語として一首を写古体に入れている。なお、第四句の「こけのむしろ」も万葉語である（192【評釈】参照）が、この語は当時既に一般的であったので、心敬は万葉語と意識していない可能性が高い。

なお、第一句の「山ふかみ」のミ語法は、205【評釈】参照。

【現代語訳】
山深い、岩根に生えた根本のまばらな桜の花を訪ねて、この一面の苔の上で今宵は寝たいものだ。

古寺花

288　玉ば丶き手にだにとるな庭の面に花散しけるしがの山かげ

【自注】
彼上人、后の御手をとりての歌の心を。初子のけふの玉ば丶きのこと也。（岩橋下・一四八）

【評釈】

歌題の「古寺花」は、院政期から見え、正徹も同歌題で、「初瀬山尾上のかねも河波も花のためとや春はのどけき」（草根集・巻二・永享二年二月十五日・草庵月次と同時の続歌）など三首を詠じている。正徹は「古寺の題にて必寺と読べしと存じたるは、をかしき事也。古もたゞそへ字也。只寺まで也」と「古寺」題の詠み方を述べるが（正徹物語）、心敬も「古」、「寺」の両字を直接に詠まない。崇福寺（志賀寺）の上人（「彼上人」）をめぐる説話（286【評釈】参照）を典拠とすることで、一首が「古寺」を詠むものであることを示唆する。

「玉ばゝき」は、古く「始春乃　波都祢乃家布能　多麻婆波伎　手尓等流可良尓　由良久多麻能乎（初春の初子の今日の玉箒手に取るからに揺らく玉の緒）」（万葉集・巻二十・四五一七・家持）とあり、上代では小さな宝玉を貫いて作った箒を指した。だが時代が下るにつれ、箒の美称として用いられるようになった。『万葉集』も「多麻婆波伎」と「タマバハキ」で、謡曲「田村」でも「タマバワキ」と謡われることから、心敬のころもそのように発音されていたことが分かる。当該歌は『俊頼髄脳』などに説かれる伝承をもとに、先掲『万葉集』歌が「手に取るからに」と詠んだ「玉箒」を、「手にだにとるな」と反転させた点に面白味がある。

当該歌の舞台となった崇福寺へは、京の荒神口から北白川を経る「志賀越道（志賀の山越）」で赴くことが一般的であった。「桜花道見えぬまで散りにけりいかがはすべき志賀の山越え」（後拾遺集・春下・一三七・成元）などが端緒となり、『永久百首』、『六百番歌合』などで「志賀山越」が春の歌題として定着した。特に『新古今集』以後、落花を本意とするようになる。当該歌の落花の主題も、そのような本意に基づいている。

志賀寺の庭に散り敷いた桜の花と「玉ばゝき」の関係は、「主殿伴御奴《とのもりのとものみやつこ》心あらばこの春ばかり朝清めすな」（拾遺集・雑春・一〇五五・公忠）に基づく。主殿寮の清掃の任にあった下役人が、散り敷く花を朝の「清め」で掃いてしまうことを止めたこの歌には、散った花をいつまでも眺めていたいとする希望が詠まれている。当該歌で「手にだにとるな」と詠むのも、志賀寺の寺男への呼びかけで、散り敷く花を眺めていたいから、箒を手にとって清めてはならな

いというのである。とものみやつこが用いる道具を「玉ばゝき」とする例は、「神垣の塵をもためぬ朝清め／この玉ばゝきもてるみやつこ」（紫野千句・第五・一四・純阿）など、連歌に散見する。

当該歌は、『万葉集』歌を説話化した形で受容しているが、そのような古い伝承に拠った点に写古体である根拠が求められよう。

【現代語訳】

玉箒を手にとることさえもしてくれるなよ。庭一面に桜が散り敷いた、この志賀の山陰（の志賀寺）では。

秋田風《あきのたのかぜ》
289　雁なきて秋かぜ寒し我やどのかど田の柳下ばちる比

【自注】なし
【評釈】
歌題の「秋田風」は、『明題部類抄』によれば、『前大納言為家卿中院亭会千首』に見えるが、歌例は『他阿上人集』以下に六首ほどと、殆どない。同歌題では、「潮風や越えて吹くらん湊田の穂波波寄る秋の夕暮れ」（為尹千首・三九二）があるほか、正徹は「色〳〵のいなほにみがく朝ひこの玉の露散小田のあき風」（草根集・巻十四・長禄二年七月十日・高松神前歌合）など二首を詠んでいる。為尹、正徹は、秋田の稲穂を吹く風を詠むが、当該歌は門田の柳に風が吹く様を詠む点に違いがある。
当該歌は、「蒹葭水暗蛍知夜、楊柳風高雁送秋（蒹葭水暗うして蛍夜を知る、楊柳風高くして雁秋を送る）」（和漢朗詠集・

上・夏・蛍・一八七・許渾）を典拠とする。「下葉散る柳の梢うちなびき秋風高し初雁の声」（玉葉集・秋上・五八一・宗尊親王）は、同じ詩句を典拠とし、しかも柳の下葉に着目する点で当該歌と近い。

第五句の柳の「下ばちる比」は、「初雁」を詠むこの宗尊親王詠から考えて初秋ともとれるが、心敬は「ちらしかね柳にあをし秋のかぜ」の自注で、「いまだ初秋のかぜなれば、柳をもはらひかね、つよからずと也」（岩橋上・四九）と、初秋の風は柳の葉を散らさないと述べる。ほかに、「まだ来ぬ暮の秋の初風／下葉散る柳や雁を誘ふらん」（竹林抄・秋・三二六）という当該歌と同想の句では、初秋から中秋への季節の移り変わりを詠むことから、当該歌も中秋の景ととる。心敬には、「柳散り雁が音寒き河辺哉」（竹林抄・発句・一七二六）ともあり、心敬が好んだ主題であることが分かる。当該歌は、「雁なきて」の聴覚、「寒し」の触覚、「下ばちる」の視覚など、感覚的表現を組み合わせた、心敬好みの歌である。

なお、第四句の「かど田」は、もとは領主の邸宅の門前にある美田。「妹家之　門田乎見跡　打出来之　情毛知久照月夜鴨（妹が家の門田を見むと打ち出で来し心もしるく照る月夜かも）」（万葉集・巻八・一六〇〇・家持）などと詠まれる万葉語。院政期には歌語として定着している。典拠に『和漢朗詠集』を用いた点と、「かど田」が万葉語であることから、写古体としたのであろう。

【現代語訳】
雁が鳴き、秋風が寒いことだ。私の家の門田の柳の下葉が散る頃よ。

290　浜千鳥《はまのちどり》
はま河やめなるゝ海士の友千鳥みなぎははしる声ぞのどけき

【自注】なし

【評釈】

歌題の「浜千鳥」は、心敬以前には十首程度と、非常に数少ない。『為尹千首』に「大伴の御津の浜辺の夕千鳥松風さへに声添へてけり」（五四七）と詠まれるほか、正徹も同歌題で、「夕千鳥妻もかれてや浜つゞらくるかひなしと浪になくらん」（草根集・巻七・宝徳元年十二月八日・仏地院長算坊にての続歌）など四首を詠む。いずれも浜に遊ぶ千鳥を詠むが、当該歌は千鳥が「はま河」を走る様を詠み題意を満たす。

第一句の「はま河」は、河口あたりを指す語。歌例は少ないが、『夫木抄』は「浦の浜川」を立て、「さざ波や浦の浜川水満ちて渡りかねたる五月雨のころ」（一〇八七六・為家）など三首を挙げる。いずれも五月雨によって水かさが増えたために浜川を渡ることが困難である様を詠むことから、本来は水量も多くない穏やかな川であると推測される。正徹には、「汀なみ塩みちのぼるはま川の橋におりゐて行千鳥かな」（草根集・巻八・宝徳二年十二月十四日・備前入道浄元家続歌・千鳥過橋）があり、「浜川」に「千鳥」を詠み合わせている。

「めなるゝ（目慣るる）」は、見慣れること。「友千鳥」とは、本来は群れている千鳥の意で、千鳥同士が友であることをいうが、ここでは「海士の」友である千鳥の意を掛ける。浜で働く海士を見慣れた千鳥は、特に驚くこともせず「のどか」に鳴いている。「年魚市潟《あゆちがた》潮干にけらし夕さらず遊ぶ千鳥も声のどかなり」（夫木抄・六八一五・光俊）に通じる、千鳥が遊ぶ干潟の穏やかな情景である。

第四句の「みなぎは（水際）」は、269【評釈】参照。その水際を「はしる」千鳥であるが、鳥を「走る」と表現することは稀である。「うちむれて鵜のゐる川のみなぎはにをのれさばしるいさな白さぎ」（草根集・巻六〈次第不同〉・白鷺立河）は、魚が速く泳ぐことを表す「さばしる」という語を使って、それを捕らえる白鷺が素早く動く様を詠む。心敬には、「氷けり瀬々を千鳥のはしり水」（心玉集〈静嘉堂本〉・九〇六）という、「走り水」を掛詞に用いて千鳥が走

るとする句もある。走る千鳥の姿は、心敬が実際に目にした光景か。
抑も千鳥は冬の景物であるが、それを「のどけき」という春の語を用いて表現した点に、当該歌の趣向がある。千鳥を「はしる」と表現することと併せ、現実に即しつつ、趣向を凝らした一首である。第四句の「みなぎは」を万葉語と見て、写古体としたか。

【現代語訳】

浜河では、見慣れた海士の友である千鳥の群れが水際を走っている、その声ののどかなことよ。

冬田鶴《ふゆのたのつる》

291 むれてゐるたづぞ白鳥山松や鳥羽田をかけてさゆる夕じも

【自注】なし

【評釈】

歌題の「冬田鶴」は、当該歌以外に見出せない。田にいる鶴を詠むべき歌題は僅少ながら、「田家鶴」題、「田家見鶴」題が『持為集』や『草根集』に見え、正徹は「秋もりしかりほのぬしやてがひけむかり田の霜に鶴ぞをちくる」(草根集・巻七・宝徳元年五月二十日・念仏寺の寺僧賢順の続歌・田家見鶴。類題本第五句「おりくる」)と、すでに稲を刈り取り霜の降りた冬の田にいる鶴を詠じている。

第二句の「白鳥」は、鵠《くぐひ》(白鳥の古名)や鷺などの大型の白い鳥を指す語であり、「白鳥の」は「鳥羽山」にかかる枕詞でもある。当該歌は、「白鳥能　飛羽山松之　待乍曽　吾恋度　此月比乎」(白鳥の鳥羽山松の待ちつつぞ我が恋ひ渡

るこの月ごろを）」（万葉集・巻四・五九一・笠女郎）を踏まえて、「白鳥」、「山松」、「鳥羽」を寄合のように用いている点に心敬の趣向がある。なお、『万葉集』歌の「白鳥」は枕詞。「飛羽山」の所在は未詳。

第四句の「鳥羽田」は山城国の歌枕。京都市南区上鳥羽から伏見区下鳥羽にかけての一帯で、広々とした田園風景として貴族に親しまれた。正徹の「雲路よりほなみにおつる白鳥の鳥羽田にきゆる秋の夕霧」（草根集・巻十四・長禄二年七月十七日・兵部少輔家月次・当座・秋田霧）は、田一面に垂れ込める霧の中に白鳥が降り、その霧に姿を隠す景を詠み、また「明わたる鳥羽田の雪にしら鳥のおりゐるみれば雁ぞ鳴なる」（草根集・巻五〈次第不同〉・田残雁）は雪を着る雁を白鳥と見紛う。特に後者は、雪と霜との違いはあるものの、田一面に霜が置く様子を詠む当該歌と趣向が近く、心敬の念頭にあったか。

心敬には「大淀の松は名のみを残しけり／河辺の上の雪の鳥羽山」の作があり、自注には「前句、松捨がたきにて、鳥羽山の松といふ習《ひ》はし候程に申」（芝草追加・七）とある。心敬にとって、先掲した『万葉集』歌にあった「鳥羽山松」は印象深い言葉であったようだ。先掲した『万葉集』歌を典拠とする点が写古体である。

【現代語訳】
群れている鶴こそ白鳥なのだ。鳥羽山の松が生えている、（そのあたりの）鳥羽田一面に置いて冴えている夕霜であるよ。

292　山家冬月《やまがのふゆのつき》

山ざとはやもめがらすのなくこゑに霜夜の月のかげをしる哉

【校異】〔歌題〕山家冬月―冬月（百首〈天理本・京大本〉）

【自注】

これは、とぢこもりて月をも見侍らざるに、さ夜中にひとつうかれてなき侍るに、さえ氷れる月の面かげを思ひやり侍ると也。（百首〈天理本〉・六四）

これは、とぢこもりて月をも見侍らざるに、さ夜中に烏の一うかれゆくこゑに、さえこほりたる月の程を思ひやりたる心也。（百首〈京大本〉・六四）

【評釈】

「山家」と「冬月」との歌題は、それぞれ数多く詠まれるが、結題としては十首に満たない。但し、「山家冬月」題は、「山颪の景色ばかりや冬ならん都なりせば秋の夜の月」（秋篠月清集・一三〇四）など、『新古今集』前後に詠まれていることから、この当時好まれたようだ。一方、『寛正四年百首』には「冬月」題とあり、どちらの歌題でも題意を満たす。

第二句の「やもめがらす」は、本来夜半から夜明けにかけて鳴く烏のこと。『遊仙窟』〈醍醐寺本〉の「可憎病鵲半夜驚人（可憎《あなにく》の病　鵲《やもめがらす》の半夜《よなよな》に人を驚かし）」の「病鵲」を訓読した語である。この詩句は『朗詠百首』に「独り寝るやもめ鴉はあなにくやまだ夜深きに目を覚ましつる」と詠まれるが、この百首が家隆作という伝承を持つため、「やもめがらす」の語は『遊仙窟』本文ではなく、『朗詠百首』から受容した可能性もある。歌例では、「あなにくのやもめ鴉や今宵しもまだきに鳴きて人を悩ます」（重家集・一八三）などが古く、後朝の別れを惜しむ際に詠まれた。また、「月に鳴くやもめ鴉の音に立てて秋の砧を霜に打つなり」（六花集・八五〇・為家）は、月夜に鳴く「やもめ鴉」と「霜」とを結びつけており、心敬の念頭にあったか。

当該歌の「月のかげをしる」とは、実際に月を見る意ではない。自注に、「とぢこもりて月をも見侍らざるに……

月の面かげを思ひやり侍る」とあるように、家に籠もっていて見ることのない月を、やもめ鴉の声を契機に想像するというのである。「月花をばさのみめにてみる物かは。春は家にたちさらでも、月の夜はねやのうちながらもおもへるこそ、たのもしうおかしけれ」（徒然草・一三七段）と近い。鴉の声で「霜夜の月」を想像するのは、前掲の為家詠にもすでに見られるが、「月落烏啼霜満天、江風漁火対愁眠（月落ち　烏啼いて　霜　天に満つ、江楓　漁火　愁眠に対す）」（三体詩・張継「楓橋夜泊」）の光景にも通じる。連歌には「夜中の月や猶かすむらん／雪のこる深山烏の声きゝて」（紫野千句・第九・二九・周阿）という、鴉の声によって月を思いやる句もある。心敬は、「思ふ心ぞ空にうかるゝ／烏なく霜夜の月にひとり寝て」（竹林抄・恋下・八六二）に、「霜夜の月のさえこほるにたへて、やもめがらす、また小夜中ひとつそらにうかれ侍る比しも、われもひとりふし侘たるかなしさと也」（心敬連歌自注〈校本〉・三九）と自注を付す。この句でも、一人眠る詠作主体は、同じく独り身の（「やもめ」）鴉が霜夜の月に浮かれ鳴く声を、屋内で聞いており、当該歌と同想の句といえよう。

当該歌は、自注にもいうように、冬の山家に閉じこもり、烏の鳴く声（聴覚）から、月（視覚）を思いやっている点に趣向がある。古い典拠をもつ「やもめがらす」の歌語を用いたことが、写古体の根拠であろう。

【現代語訳】
山里では、（夜半に）一羽で鳴く鴉の声で、霜の降る夜の月光が冴えていることを知るのだなあ。

293
寄日恋《ひによするこひ》
人ごゝろ三《みつ》が一《ひとつ》もたのまれずまれに子日《ねのび》ののちの夕ぐれ

【自注】
むらさきの上にはじめてちぎれるあした、惟光がねのこのもちいはいくつと申侍ば、三が一にこそと申給へることを。
（岩橋下・九一）

【評釈】
歌題の「寄日恋」は、鎌倉期から見えるがあまり多くはない。その中で、『為尹千首』に「山の端に入日の影を急ぐかな来ればと言ひし契りばかりに」（六〇二）とあり、正徹も同歌題で、「思ひつゝねし夜の床に朝日さす袖の煙やなみだなるらむ」（草根集・巻六〈次第不同〉）など十首詠じていることは注目すべきであろう。但し、当該歌以外の歌は、歌題の「日」を太陽や陽光によって満たそうとするが、心敬は「子日」という暦日の「日」を詠む点で異なる。

自注にあるように、当該歌は『源氏物語』葵巻を本説とする。光源氏が紫上と契った翌朝、惟光が「さても子の子はいくつか仕うまつらすべう侍らむ」と、新婚三日目に食す三日夜餅を幾つ調達しようかと問うと、源氏が「三が一つかにてもあらむかし」と答えた場面である。源氏の返答の真意には諸説あるが、ここでは「三が一つ」を「三分の一」との意に解しておく。このころは秘説とされた箇所であり（紫明抄、花鳥余情など）、それを詠み込んだ点に心敬の趣向が存する。秘説であったためか、「三が一」が和歌で詠まれる例は非常に少なく、心敬以前では、同時代の正広の『松下集』に「我一人契なくとも明日の暮れ三つが一つをもち月の影」（九四九）、「郭公三つが一つに声ぞなる高嶺のことも知らぬ枕に」（二七七九）の二首が見いだせる程度である。

第五句の「のちの夕ぐれ」は、「いひし日をたがへけるかと又ぞまつたのめてあくる後の夕暮」（草根集・巻九・宝徳三年正月二十二日・一色左京大夫教親家月次・当座・待恋）では、男が来訪を約した夜の翌夕。「またじとてぬればねられずいかゞせん／契しまゝの後の夕暮」（川越千句・第九・一四・永祥）では、男の約束より後《あと》に訪れた夕暮れという意味で翌日に限定されない。当該歌の「まれに子日」は、「子の日」と「稀に寝」の掛詞で、男の来訪が間遠であること

を示し、「のちの夕ぐれ」も約束以後の夕方という意味であろう。

一首が『源氏物語』を本説とした点が、写古体の理由であろう。

【現代語訳】

あの人の心は、三つの内一つもあてに出来ない。稀に共寝をした子の日の後の（また一人待つ）夕暮れよ。

寄鳥恋
294　きぬ〴〵もまだ告しらぬ鳥の子の巣にある程をあふ夜ともがな

【自注】なし
【評釈】

歌題の「寄鳥恋」は、『散木集』に初出し、以後『六百番歌合』など歌数も多い。正徹も同歌題で二十首近く詠んでおり、心敬にも当該歌のほか、「世々かけて双ぶつばさを契しや空飛鳥の跡のしら雲」（心敬集・八一）、「世の中のうつろふ色に花鳥もかたらひはてぬ春の衣〳〵」（心敬集・三四二）の二首がある。

第二句の「告しらぬ」は、告げることを知らない意であるが、類例が見いだせず、連歌的な圧縮表現といえよう。

第三句の「鳥の子」は、鳥の卵や雛のこと。古く「鳥の子を十づつ十は重ぬとも思はぬ人を思ふものかは」（伊勢物語・五〇段）、「鳥の子はまだ雛ながら立ちて去ぬかひの見ゆるは巣守なりけり」（拾遺集・物名・三八三・読人不知）などと詠まれる。男女が共寝の床で、夜明けを知らせる鳥の鳴き声に、別れるときがきたと知るのは、「きぬ〴〵」の一般的な情景である。その鳥がまだ告げることを知らず、巣にいるうちに恋人に逢いたいという。鳥に妨げられるこ

となく共寝をしたい、という希望を誇張して表現したものである。同様の例は、正徹の「暁をまだねにたてぬ鳥の子のかひある夜はの契ともがな」(草根集・巻六〈次第不同〉・寄鳥恋)を見るのみ。この正徹詠は当該歌と歌題を同じくしており、心敬の念頭にあったか。

巣にいる「鳥の子」を詠む趣向が、『伊勢物語』、『拾遺集』と近く、このような古歌に見る表現を用いた点に、写古体の所以があろう。

【現代語訳】

後朝の時刻を告げることもまだ知らない雛鳥が巣にいる間を、あなたと逢う夜としたいものだ。

寄火恋

295 ふけにけりまつ夜はをそのたはれ男が心もつらしひとりかもねん

【自注】
伊勢物語に、思ふかたにあひ侍らんとて、雨夜、火をとりに、男、こゝろをもしらでかへし侍れば、われをかへせるによむ事を。(岩橋下・一六八)
【評釈】
「寄火恋」を歌題とする歌はそれほど多くはない。正徹は同歌題で、「うき中のかはりやすきは石の火の光のまさへ猶ぞのどけき」(草根集・巻二・永享二年七月十日・右馬頭家月次の同時続歌)など四首を詠じている。この歌題では、正徹詠のように、石火のはかなさに移り気な恋心を重ねるほか、藻塩を焼く火、或いは漁り火に恋の思「ひ(火)」を

よそえる歌例が殆どで、当該歌と同じ本歌に基づく詠はほかに見えない。当該歌は歌題の「火」字を直接的に詠まないが、本歌にすがって間接的に満たしている。

自注によれば、当該歌は「遊士跡　吾者聞流乎　屋戸不借　吾乎還利　於曽能風流士（たはれ男と我は聞けるを宿貸さず我を帰せりおそのたはれ男）」（万葉集・巻二・一二六・石川女郎）の本歌取りである。この歌の左注によれば、思いを寄せる隣人の男の家を、老婆に身をやつした女が火をもらうことを理由に訪ねたが、男はあっさりと女を帰してしまう。これは、その男をなじった歌である。この説話は『伊勢物語』にはなく、自注は心敬の思い違いか。

この歌の「をそのたはれ男」とは、「たはれをは遊士とかけり。好色と云ふ心也。をそとは、きたなしと云ふ也。色好みときけどわれをとゞめず、きたなき色ごのみなりとよめり」（奥義抄）とあり、著しい色好みのこと。なお当該歌の「まつ夜はをその」は、「待つ夜は遅」が掛けられる。

この本歌を用いた重要な先行用例に、正徹の「かへさじと思ふ隣は火もこはず我名やたちしをそのたはれお」（草根集・巻九・宝徳三年七月晦日・今宮社務秀雅の坊にての続歌・寄隣恋）がある。正徹は、男の立場から、隣家の女の来訪がないのは、自分が「おそのたはれを」であるという悪評が立ったからだろうかと詠む。一方、心敬は、恋人となった男女の間で、男を待って独り寝をする女性を詠歌主体としており、本歌の状況をずらしている。

写古体であるのは、一首の本歌が『伊勢物語』にあると心敬が考え、しかも、第五句の「ひとりかもねん」が万葉語であることによる（287【評釈】参照）。

【現代語訳】

夜は更けてしまった。あの人を待つ（間に）夜は遅くなり、（火を乞うた女を追い返した）あの「おそのたはれ男」の（ような浮気なあの人の）心がつらいのだ。私は独り寝をするのだろうか。

296　旅泊夢

うきまくら夢もおどろくことなかれ馬屋のおさにやどりかる夜は

【自注】

前に注し侍ること也。筑紫にうつらせ侍し時、駅長に口詩給ひしこと、その御詞、莫驚と侍ば也。（岩橋下・一〇三）

【評釈】

歌題の「旅泊夢」は、『澄覚集』に初出し、正徹以前には十首ほどしか見えないが、正徹が十五首を詠じていることは注目される。「ぬるひまも浪を枕になれきてしいそのうら人しばし夢かせ」（草根集・巻八・宝徳二年二月二十七日・恩徳院月次〈正月分〉・当座）など、いずれも船旅の宿りを詠む。「旅泊」題は、208【評釈】参照。

自注の「前に注し侍ること也」は、『岩橋』上の「夢にもすまのうらめしの世や／おどろくをむま屋のおさが宿かりて」に対する自注「これは、北野のつくしへ左遷の御時、すまのうらのむま屋のおさに、一夜やどりをかし申し侍るに、かたじけなく口詩など給ひしこと也」（一三九）を受ける。すなわち、当該歌は菅原道真の「駅長莫驚時変改、一栄一落是春秋（駅長驚く莫れ　時の変改するを、一栄一落　是れ春秋）」を典拠とする。この詩は、道真が筑紫への左遷の折、明石の駅長に送ったものである。『源氏物語』須磨巻、『大鏡』に引かれて、著名な詩句である。自注に「口詩」とあるが、この語は『源氏物語』にしか見えず、心敬が『源氏物語』を踏まえてこの詩句を受容したことが知られる。しかも、『源氏物語』には「むまやの長にくし取らする人もありけるを」とあって、古来「くし」をめぐって諸説が分かれた。心敬は「くしとは口詩也。物にも書つけずして口にいふ詩也」（河海抄）、「口詩、非口韻絶句云々。一句の詩を口にて云也」（一滴集）などの古注釈に従っている。

但し、『岩橋』上には「すまのうら」とあるが、道真が詩を送ったのは明石でのことである。心敬はこの伝承が

『源氏物語』須磨巻にあることから、須磨でのことと誤ったのであろう。とはいえ、当該歌にあっては、須磨のことする方が歌題に即している。須磨は水駅であるので、「旅泊」題に相応しいからである。

須磨の宿は、「須磨の関夢を通さぬ波の音を思ひも寄らで宿を借りけり」（新古今集・雑中・一六〇〇・慈円）、「旅寝する夢路は絶えぬ須磨の関通ふ千鳥の暁の声」（拾遺愚草・上・二四三、続後拾遺集）など、破られやすい旅中の眠りでも、夢が妨げられることはないと詠まれる。当該歌の「おどろくことなかれ馬屋のおさ」は、詩の「駅長莫驚」の訓読であるが、心敬は「おどろく」を「目を覚ます」意に読み替えて、枕に呼びかける。

第一句の「うきまくら」は、船旅の最中、波に浮かび、また涙に浮かぶ枕の意。旅愁を表す「憂き」も掛かる。また、第二句の「夢も」は、歌題の「夢」であるとともに、「なかれ」に掛かる副詞の役割も果たしている。

一首が道真の詩句に拠ることから、写古体に入っている。

【現代語訳】
つらい船旅で、（涙に）浮かぶ枕よ。夢を少しも目覚めさせてはならない。（須磨の）駅長に宿を借りる今夜は。

海路

297　うなばらやおきつ大舟山《おほぶね》のはのかすみを見すて行もしられじ

【自注】なし

【評釈】
歌題の「海路」は、『堀河百首』題。

第二句の「大舟」は、大きな船。「海原乃　路尓乗哉　吾恋居　大舟之　由多尓将有　人児由恵尓（海原の道に乗りてや吾が恋をらむ大舟のゆたにあるらむ人の子ゆゑに）」（万葉集・巻十一・二三七一・読人不知）のように『万葉集』に多く詠まれ、また「いで我を人な咎めそ大舟のゆたのたゆたに物思ふころぞ」（古今集・恋一・五〇八・読人不知）など『古今集』の古歌にも見える。だが、その後『新千載集』に入集する藤原為明詠まで歌例が見えない。「舶《オホブネ》」（名義抄）とあるように濁音でよまれた。

多く「ゆた」、「ゆたか」を伴い、その大きさが言及される大舟であるが、正徹にも「おほ舟のゆたかにたてる袂かな霞によする春のうら人」（草根集・巻十一・享徳二年二月四日・右兵衛佐家続歌・海上霞）の詠がある。当該歌では、大舟は海原の沖に配され、「行もしられじ」と、沖を行く姿が分からなくなるほど広大な海路が強調される。

第四句の「かすみを見すて」は、「春霞立つを見捨てて行く雁は花なき里に住みや慣らへる」（古今集・春上・三一・伊勢）に拠る表現である。霞が立つ、浦近くの山の端を後に残して急ぐ様子が、「すて（捨て）」に表れている。「ほのぼのとあか石の浦の朝霧に島隠れ行く舟をしぞ思ふ」（古今集・羇旅・四〇九・人麻呂）に詠まれる、霧に隠れて進む舟の趣向を、春の情景に置き換えたものか。

「大舟」が万葉語である点、第四句が『古今集』に拠る点から、一首は写古体である。

【現代語訳】

海原。その沖を漕ぎ行く大きな舟が、（浦の）山の端に掛かる霞を見捨てて漕ぎ進む様子も見えないだろうよ。

298　旅行

詣こし神をつえともたのむ哉よはれる老の坂のした道

【自注】なし

【評釈】

歌題の「旅行」は、「旅行という題は、旅にても行歩の体をよむべし」（心敬法印庭訓聞書）とあるように、陸路の旅を詠じることが多いが、「おもはじなたとへば行もとゞまるも此世は旅の空の浮雲」（草根集・巻十二・康正元年四月二十四日・忍担法師あづまのおくにくだる折の餞別、探題）のように、抽象的な旅の情景も詠まれる。当該歌も、人生を旅に喩えて題意を満たす。正徹は同歌題で前掲歌など九首を詠んでいる。

上句の「神をつえともたのむ」とは、旅の途中で参詣した神を、旅行で用いる杖のように頼るという意味。『古今集』の「ちはやぶる神や切りけんつくからに千歳の坂も越えぬべらなり」（賀・三四八・遍昭）は、「銀の杖」（詞書きによる）を「神や切りけん」と戯れた詠である。ここに、神の作った杖をつくことで長生きするという発想が見えるが、神を杖とするというより直接的な表現は、一条兼良が山王七社に奉じた「老が身も越えん千年の坂本に杖とぞ頼む七の神垣」（藤河の記）が見える程度である。一方心敬には、神ではなく「人」を杖とするという用例が見える。応仁二（一四六八）年の百首にある「杖とだにたのめる方もなき老の坂の東に身ぞよはりぬる」（心敬集・二八二）は、「坂の東」（坂東）に移り、頼みとする人も死した後の孤独感が詠まれる。また、本『十体和歌』が合綴されている、文明三（一四七一）年以後に書かれた『老のくりごと』〈神宮本〉には、「杖とたのみし輩も、みな世をはやくせし歎き」という一文があり、やはり心頼みとした人物の死が言及される。この二例は当該歌と近い時期に書かれたと思しく、この時期の心敬が好んだ表現であったらしい。謡曲「蟬丸」に「杖柱とも頼みつる父帝には捨てられて」とあり、当時諺のように用いられていた。

下句の「老の坂」は、「老の坂　千年の坂　いづれも坂とは数のつもる心也」（流木集）、年老いていく年月を上り坂に擬えた表現。中世になると、「老の坂また越えぬべき年の暮れ急がぬしもぞ苦しかりける」（新千載集・冬・七三

○・尊氏)、「今は我苦しき老の坂越えてまた分け侘ぶるすずの下道」(新拾遺集・雑中・一七四二・道昭)のような述懐調の詠が多くなる。心敬の周辺では、「ひとり杖つく旅のやまみち／越わびつ六十あまりの老の坂」(川越千句・第三・三九・道真)は、まさにこの年六十歳を迎える道真による作であり、先掲の『応仁二年百首』の心敬詠でもやはり述懐調であった。

なお、山城国大枝(京都市西京区)から丹波国篠村《しのむら》(京都府亀岡市)に到る峠道は、現在「老の坂」と呼ばれる。これは「大枝《おおえ》の坂」の転であると推測されるが、『明徳記』上巻には「若敵桂川を越て老の山手向に駆上て」と、「大枝の山」が「老の山」に転じている様子が窺える。「老の坂」の呼称は、白慧『山州名跡志』(正徳元〈一七一一〉年)に見え、室町期から江戸初期にかけて「老の坂」の名が定着していた可能性もある。「旅行」題であるが掛詞で用いているか確証はなく、指摘するにとどめる。

当該歌の下句は、「よはれる老」、「老の坂」、「坂のした道」と掛詞を畳み掛ける心敬得意の手法である。峠を越える前の平坦な道である「坂のした道」から、これから越える「老の坂」を眺め、神を心の支えとしようという。

『古今集』の遍昭詠を発想の源とする点で写古体である。

【現代語訳】

参詣して来た神を、杖としても頼みにすることよ。この弱った老体で上る、老の坂の下道では。

299　釈教

世のすゑは墨の衣も武士《もののふ》のやつことなれる法ぞかなしき

【自注】なし

【評釈】

歌題の「釈教」は、73【評釈】参照。

第二句の「墨の衣」は、墨染の衣から、それを着る僧侶を指す。「墨染の衣」が一般的な歌語であるのに対して、「墨の衣」の歌例は「色も香も忘れし墨の衣手に何そは匂ふ梅の下風」（新続古今集・雑上・一六二四・尋継）が見える程度であるが、連歌では、「我は世にそむけられてぞ捨はてし／こゝろを染よ墨のころもで」（文和千句・第四・二四・周阿）以降散見する。

「武士」も「やつこ（奴）」も、ともに『万葉集』に詠まれるが、この頃には既に俗語と化していた。「家尒有之　櫃尒鎖刺　蔵而師　恋乃奴之　束見懸而（家にありし櫃に錠《ざう》刺し蔵《をさ》めてし恋の奴の摑み掛かりて）」（万葉集・巻十六・三八三八・穂積親王）の「恋の奴」のほか、「神の御奴」と詠まれる例は多いが、当該歌のようにそれ以外の「やつこ」を詠む歌例は管見に入らない。「やつこは、いやしきつかはれ人を云也」（歌林）というそのままの意味で用いた「武士のやつこ」を詠む当該歌は、多分に俗語的な表現である。

当該歌は、末世の現在、武士の手先として働く僧侶を批判する歌である。本来、殺生を生業とする武士は、仏法から最も遠い存在である。だが末法のいま、僧侶が武士に荷担する事態となっていることを嘆いている。『徒然草』八〇段にも、「人ごとに我身にうときことをのみぞこのめる。法師はつはもの、道をたて」と見えている。これは当時至る所で見られた光景であろう。一方、時の将軍である足利義教や、同じ正徹門の連歌師宗砌のように、還俗して武士に戻る人まであった。このような仏法が軽んじられる状況は、心敬にとって「かなしき」ものであったに相違ない。

万葉語の「やつこ」を用いる点で、写古体とするか。

なお、当該歌は『醒睡笑』巻三に、「身着法衣思染俗塵（身は法衣を着れども思ひは俗塵に染めり）」（中峰和尚修行記）

の言葉とともに載る。この歌には、江戸前期に笑話として引用されるに値する、普遍性があったのだろう。

【現代語訳】
末世の今、僧侶さえも武士の手先となっている（程、衰えてしまった）仏法は、悲しいことだ。

行路柳《かうろのやなぎ》

300　道のべ哉《や》ふるき堤のさし柳誰が世にしめしさかひなるらん

【自注】　なし

【評釈】
歌題の「行路柳」は、鎌倉期から詠まれるが、『宝治百首』の四十首を除けば、心敬以前には十首程度しか見られない。正徹は同歌題で、「里とをみたが世の行て恋わびて野原の柳くちのこるらん」（草根集・巻三・永享六年正月二十二日・中務大輔熙貴家月次。類題本第二句「たかせ」）など、二首を詠じている。

第三句の「さし柳」は、古く『万葉集』に、「乎夜麻田乃　伊気能都追美尓　左須夜奈疑　奈里毛奈良受毛　奈等布多里波母（小山田の池の堤に挿す柳成りも成らずも汝《な》と二人はも）」（巻十四・三五二二・読人不知）とあり、「挿す柳」の語が見える。柳は水辺を好み、生命力が強いことから、堤を強くするためによく植えられた。「挿す柳」とは、挿し木で栽培する柳の生態を捉えた語であろう。それを「挿し柳」と名詞で詠むのは、「これやまた堤の上の挿し柳並びの池に春風ぞ吹く」（為尹千首・七二）、「仮に住む柴の庵の挿し柳春知るほども立つ緑かな」（松下集・五・山家柳）など、多くはないものの室町期になると見出せる。

西行の「山賤の片岡かけて占むる野の境に立てる玉の小柳」（新古今集・雑中・一六七七）に詠まれるように、土地の境に柳を植えることは、その土地の所有権を主張する行為であった。当該歌の「しめし」も占有するの意。正徹も「を山田のさかひの柳一かたにぬしさだまらずなびく春風」（草根集・巻十一・享徳二年二月十六日・祇園阿弥陀院にての続歌・田辺柳）と詠み、土地の境にありながら枝を靡かせ「一かたにぬしさだまらず」である柳を詠じている。

とはいえ、年を経てしまえば、柳に囲われた土地が誰の物であったのかも、よく分からなくなる。「小山田の池の堤の古柳誰が挿し初めし緑なるらん」（壬二集・一一九〇）は、池の堤に植わっている古柳を眺めながら、それを植えた過去に意識を向ける例として、当該歌に先行する。心敬はこの歌を意識したか。

当該歌は『万葉集』歌を踏まえて詠まれている点が、写古体である。

【現代語訳】

道ばたの、古い堤に植わっている挿し柳は、いつの世に誰が領有を示した境界なのだろうか。

強力体　鬼拉体など此内侍べきか。

「鬼拉《おにとりひしぐ》体など此内侍るべきか」と注する。『毎月抄』には鬼拉の体が見え、錬磨の後に詠み得る体とする。『三五記』は第十に鬼拉体をあげ、その中に強力体をあげる。『ささめごと』〈尊経閣本〉の連歌十体は第十に強力体を立て、『十体和歌』も踏襲する。広大さ、力強さのあらわれる風。いささか従来の和歌の詠みぶりを逸脱しかねない面も感じさせる。

春天象

301　天にますとよをかひめの袖見せて神代のまゝにかすむ春哉

【自注】なし

【評釈】

歌題の「春天象」は、『伏見院御集』以下、室町和歌に散見する。正徹には同歌題で、「ほしかくる霞の衣ひまもなしいづくの空かあまのかぐ山」（草根集・巻四〈次第不同〉）など計八首が見られ、『松下集』にも見られることから、正徹周辺で多く試みられたようだ。

第二句の「とよをかひめ（豊岡姫）」は、「幣帛《みてぐら》は吾がにはあらず天にます豊岡姫の宮の幣帛」（拾遺集・神楽歌・五七九）と見え、当該歌の上句はこれに拠る。『源氏物語』少女巻にも「天にます豊岡姫の宮人も我が心ざす注連《しめ》を忘るな」と引かれる。宮中で五節の儀が行われるに際し、五節の舞姫であった惟光の娘に、夕霧が詠みかけた歌である。この歌の豊岡姫は、以前は「五節舞妓事也」（河海抄）と解釈されていたが、このころには「天照太神を申也」（花鳥余情）とされ、歌題から判断すれば、当該歌でも天照大神を指すと考えられる。

たなびく霞を衣や袖などの薄布に喩えることは、「行く春の霞の袖を引き留めてしほるばかりや恨みかけまし」（新勅撰集・春下・一三六・俊成）など珍しくはない。その袖の主を女神とする場合は、「佐保姫の衣は風なほさえて霞の袖に淡雪ぞ降る」（続後撰集・春上・二〇・嘉陽門院越前）、「山姫のときあらひ衣かけほすや日影にかすむさほの川岸」（草根集・巻九・宝徳三年正月二十一日・冷泉宰相持為家続歌・霞）、「さほ姫の霞の袖にかみすぢをみだすばかりの春雨の空」（心敬集・一一・春雨）のように、春の女神であった佐保姫、また山の女神である山姫とするのが殆どである。豊岡姫とする例は当該歌以外に見出せない。

正徹は「久堅の神代のま〻に春の袖ふりさけみよとかすむそら哉」（草根集・巻十・享徳元年正月朔日・春神祇）と詠んでおり、当該歌とは「袖」、「神代のま〻に」、「かすむ」、「春」が共通し、発想の上でも近く、当該歌はこの正徹詠の影響を受けていることが窺われる。

【現代語訳】

天にまします女神、豊岡姫の袖（の様）を見せて、神代そのままに霞んでいる、春であることよ。

302　静対花《しづかにはなにむかふ》

桐のはの砌《みぎり》にもろき秋はあれどゆふべの苔に花おつるとき

【自注】　なし

【評釈】

歌題の「静対花」は、「風ふかぬ春日のどけみ咲匂ふ花に心をあはせてぞみる」（草根集・巻十一・享徳二年二月二十九日・修理大夫家月次）に初出する。他には『雅康集』に見えるのみで、先行例は非常に限られている。

当該歌の上句は、中世広く知られた成句である『准南子』の「見一葉落而知歳之将暮（一葉の落つるを見て年のまさに暮んとするを知る）」（277【評釈】参照）、及び白居易「長恨歌」の「春風桃李花開日、秋露梧桐葉落時（春の風に桃李の花の開くる日、秋の露に梧桐の葉の落つる時）」（和漢朗詠集・下・恋・七八〇）に拠る。『連珠合璧集』にも「桐→落葉」の寄合が挙げられている。「砌」は多義語であるが、当該歌の上句と下句とが対比的な構造によって成り立っていることに注目すれば、下句の「苔」と同じく、庭などの地面を指すと考えられる。「手なれぬ琴は風やひくらむ／ほしま

つる砌すゞしく夜はふけて」（新撰菟玖波集〈実隆本〉・秋上・六〇四・実隆）の「砌」の用法と等しい。

木の葉の落ちる様を「もろき」と表現するのは、「木の葉散る時雨やまがふ我が袖にもろき涙の色と見るまで」（新古今集・冬・五六〇・通具）、「嵐吹く峰の紅葉の日に添へてもろくなりゆく我が涙かな」（新古今集・雑下・一八〇三・俊成）以下、珍しいものではない。特に桐の葉に限れば、「もろくなる桐の枯葉は庭に落ちて嵐に交じる村雨の音」（風雅集・秋下・七一一・永福門院）があり、正徹にも「音たつる雨のみおちて一葉だにまだもろからぬ桐の朝風」（草根集・巻七・宝徳元年七月二十三日・左京大夫家月次・新秋雨）とある。

第五句の「花おつる」は、「花落つるは寂しく静かなる姿也」（初学用捨抄）とあるように、音もなく静かに落ちる様で、歌題の「静」を満たす（12【評釈】参照）。当該歌では、苔の上に落ちるので、いっそう音もしないのである。つまり、桐の葉が落ちるときに音を立てるのに対して、花は音を立てないというのである。上句の聴覚に対し、下句に視覚を置く心敬らしい構成を取る。

当該歌は、上句の秋の風情と下句の春の風情とを対比し、所謂春秋論の伝統的構成を踏まえる。『万葉集』の額田王以来、『拾遺集』や『源氏物語』など、春秋の優劣を論じる歌や物語は数多く作られてきた。但し、これらは春秋のどちらが優れた季節であるかを論じるものである。それに対して、当該歌は、静けさの中の寂しさをめぐっての対比である。心敬は「花おつるゆふべは秋の山ぢかな」（岩橋上・二一五）という句に、「花の落はてゝ、人も影たえたる山の、引かへ心すごく侍るは、さながら秋ふかき比かとこゝろぼそきをいへり」と自注を施す。この句の作意は、散り果てた花を愛でる人のない状況にあったらしいが、「心すごく」、「こゝろぼそき」（いずれも肯定的な評価）という視点は当該歌にも通じていよう。先掲の同歌題の正徹詠が「花に心をあはせてぞみる」、花と詠歌作主体との一体化を詠じるが、当該歌もそのような寂しさが心にしみ入るというのである。春秋論という伝統的な様式を用いながら、主題をずらした対比に仕立て上げた点に、当該歌の独自性が表れている。

【現代語訳】
桐の葉が庭にはらはらと散る（心寂しい）秋はあるが、（一層心に迫るのは）夕方の苔の上に音もなく花が落ちる時であるよ。

山路落花

303　はし鷹のすゞかの山路花ぞ散る尾をひくきじの跡見やるまで

【自注】なし
【評釈】
歌題の「山路落花」は、「桜花道見えぬまで散りにけりいかがはすべき志賀の山越え」（後拾遺集・春下・一三七・成元）が初出であるが、先行用例はさほど多くはない。当該歌も成元詠と同じ趣向で、山路を覆うほどの落花の情景を詠んでいる。

第一句の「はし鷹」は、小鷹の一種。脚に鈴を付けることから、「すず」にかかる枕詞として用いられる。「すゞか（鈴鹿）」は伊勢国の歌枕。三関の一つである鈴鹿関（三重県亀山市）が置かれ、古来要衝の地として重視された。当該歌のように、「はし鷹の」が鈴鹿にかかる歌は、「数ならぬ身ははし鷹の鈴鹿山訪はぬに何の音をかはせん」（玉葉集・恋三・一五六八・小馬命婦）と「見るままにしらふになりぬはし鷹の鈴鹿の山に雪は降りつつ」（文保百首・四六八・実重）が見出せるのみである。但し、心敬はほかに「すへしはいつぞさゝぬ関の戸／はし鷹のすゞかの山ぢ明はてゝ」（吾妻辺云捨・四七四）とも詠んでおり、当該歌とともに珍しい例といえる。鈴鹿の花は「えぞ過ぎぬこれや鈴鹿の関

ならんふり捨てがたき花の陰かな」（拾遺愚草・下・二六七三、新後撰集）、「雪桜吉野に分けし鈴鹿山関もふり行く花の色かな」（壬二集・二一七五）と詠まれるが、先行例は多くはない。当該歌では、恐らく、下句の趣向を成立させるために詠み込まれた名所であろう。

雉はその美味ゆえ、鷹狩りにおける主要な獲物の一つであった。そこから、「たとへば、鼠の猫にあひ、雉の鷹にあふが如し」（新猿楽記）などと言われる、弱いものと強いものの対比を意味する「雉と鷹」という諺にもなった。

第五句の「見やる」は、遥か遠くを眺める、見渡すの意。当該歌の下句は、花の散った道が、くっきりと浮かび上がるさまが、雉の尾の跡のように見える意。このような趣向は、正徹の「いぬいる、谷のおどろの雪の上に尾を引鳥の跡やみえけん」（草根集・巻十五〈次第不同〉・鷹狩。類題本第五句「路や」）と極めて近い。但し、小鷹狩は秋に行うのが常である。従って、当該歌は「はし鷹」、「きじ」とはいうものの、鷹狩の情景ではない。心敬は、この正徹詠を花の中に翻案するにあたり、鳥を「きじ」と具体化し、その縁語で「はし鷹」を据え、さらに枕詞として用いて「すゞか」を導いたのではなかったか。また、当該歌の下句は、「花誘ふ比良の山風吹きにけり漕ぎ行く舟の跡見ゆるまで」（新古今集・春下・一二八・宮内卿）を下敷きにし、山路に降り積もった花を、先掲「いぬいる、」歌同様に、雪の上についた雉の尾の跡と見立てている。

なお、「花散る」は、12【評釈】参照

【現代語訳】
鈴鹿山の山路に花が散っている。それは、（鷹に狙われた）雉の長い尾が引いた跡と見渡されるほどに。

海上帰雁

304　こぎかへる小舟ときけば春の雁からろをしてる海になく也

【自注】なし

【評釈】

歌題の「海上帰雁」は、「わだの原空も一つの波間より絶えみ絶えずみ帰る雁」（信生法師集・六〇）しか見出せない、希少な歌題である。

「晴虹橋影出、秋雁櫓声来（晴虹　橋影出で、秋雁　櫓声来たる）」（白居易「河亭晴望（河亭の晴望）」）、「秋風に声を帆に上げて来る舟は天の戸渡る雁にぞありける」（古今集・秋上・二一二・菅根）、「雲衣范叔羈中贈、風櫓瀟湘浪上舟（雲衣は范叔が羈中の贈、風櫓は瀟湘の浪上の舟）」（和漢朗詠集・上・秋・雁付帰雁・三二三・具平親王）に見えるように、雁の鳴く声は舟の櫓を漕ぐ音と似ていると捉えられていた。

第四句の「からろ（唐櫓）」は、櫓をゆるやかに押す押し方。雁声を特に唐櫓に比する歌には、「唐《もろこし》の波路や過ぎし秋の雁雲居にきても唐櫓押すなり」（夫木抄・四九三一・俊成）があるが、あまり多くはない。正徹には「舟人のなみにからろをおしあてにくる雁しるき浦の朝霧」（草根集・巻七・宝徳元年八月二十九日・仏地院僧都長算坊月次・初雁来）など五首を見出すことができ、連歌には「急ぐ心をつるゝ古郷／奥津舟《おきつふね》空にから櫓を雁鳴きて」（竹林抄・旅・一〇〇二・智蘊）ともある。これは正徹好みの類比であったらしく、心敬もそれを受け継いでいよう。

下句の「をしてる」は、「唐櫓押す」と「押し照る海」の掛詞。一語を上下に掛けて用いる心敬好みの表現である。これも前掲正徹詠の「からろをおしあてに」や「久かたの天の川舟からろをやをし明がたの初かりのこゑ」（草根集・巻十二・康正元年八月七日・右兵衛佐家月次・当座・初雁）の「からろをやをし明がた」といった掛詞から学んだものであろう。「をしてる」は、本来は「押照　難波穿江之　葦辺者　雁宿有疑　霜乃零尓（押し照るや難波堀江の葦辺には雁寝

たるかも霜のふらくに)」(万葉集・巻十・二一三九・読人不知)などと見える難波にかかる枕詞であった。心敬の「もみぢばに秋やをしてる空の海」(芝草句内発句・三二一)は難波を詠まないが、紅葉に顕れる秋が空一面に映えるという句意であろう。当該歌の「をしてる」も、雁が海に広く鳴き渡っている意と考えられる。

【現代語訳】漕ぎ帰っていく舟の音かと聞くと、北へと帰る春の雁が、唐櫓を押すような声で広い海を鳴き渡っているのであったよ。

葵

305　あふひ草ひくや二ばの松のおに又露分る春のふる道

【自注】なし

【評釈】

歌題の「葵」は、『堀河百首』題。

第三句の「松のお」は、松尾社が鎮座する松尾のこと。「神は松の尾、八幡。この国の帝にておはしましけんこそめでたけれ」(枕草子〈陽明本〉・六八段)、「すべて神のやしろこそすごくなまめかしき物なれや。ことにおかしきは、伊勢……松尾」(徒然草・二四段)、『玉葉』治承四(一一八〇)年八月四日条「東有厳神(謂賀茂)、西有猛霊(謂松尾)、南開北塞」など、松尾社は広く信仰を集めた。松尾社の「あふひ草」とは、松尾社の祭(還幸祭)を指す。還幸祭は、貞観年中に始まり、四月上申日に催された(公事根源)。「年を経て松の尾山の葵こそ色もかはらぬかざしなりけれ」

（続古今集・夏・一九三・紀伊、堀河百首）、「二葉挿す松の尾山の葵草幾世かはらで今日にあふらん」（年中行事歌合・二三・了俊・松尾祭）と詠まれるように本殿、御輿などに葵として用いられる。当該歌は、祭の準備として葵を取る様子を詠んでいる。

第二句の「ひく」は、「あふひ草ひく」と「ひくや二ば」の上下にかかる。「ひくや二ばの松」は、子の日の松の風習のこと。正月の初子の日に、小松を引き抜き長寿を祈願した。当該歌と言葉遣いの近い「今も二葉のあふひてふ草／子日せし松の尾山は春すぎて」（心玉集〈静嘉堂本〉・一〇一二）から判断して、実際に松尾山で小松引きを行ったと考えてよい。「二ば」は、小松が二葉であったことと二葉葵を掛けている。二葉葵は松尾社の紋でもあった。この掛詞は「あふひこそあひ生ならね神山の昔の二葉松はふりつゝ」（草根集・巻四〈次第不同〉・山葵）にも見られ、心敬の念頭にあったか。当該歌は、祭の葵草を引くために露を分けて踏み入る道は、春に小松を引くために通った道だという。

第五句の「ふる」は「春の経《ふ》る」と「古道」の上下に掛かる。下句は、「嵯峨の山千代の古道跡とめてまた露分くる望月の駒」（新古今集・雑中・一六四六・定家）を踏まえる。心敬は、昔から連綿と続く行事であることを強調するために「ふる道」と詠み、さらに定家詠に遡って「又露分る」を引用したのである。

【現代語訳】
二葉葵を引く（ために通うこの道は、同じ）二葉の松を引いた松尾で、また露を分けて進む、（小松引きの際にも通った）春の古道であるよ。

盧橘年久《ろきつとしひさし》

306　花もわがよはひをつぎて匂ふらん宿はひさしの軒の立花

【自注】なし

【評釈】

歌題の「廬橘年久」は、『草根集』の「さゞれ石も岩ほとならで橘のかげふむ庭に年ぞ数そふ」（巻十二・康正元年五月八日・修理大夫家月次始）しか他出を見出せない歌題である。当該歌と言葉の重なりは見られないが、同じ時期の詠作であろうか。

上句の「よはひをつぐ（齢を継ぐ）」とは、歌題の「年久」に鑑みて、年齢を重ねることであろうが、当該歌以外に例のない表現である。橘は常緑樹であり、その実が強い芳香を発することから、「天皇命田道間守、遣常世国、令求非時香菓〔香菓、此云箇倶能未〕。今謂橘是也（天皇、田道間守《たぢまもり》に命《みことおほ》せて、常世国《とこよのくに》に遣して、非時《ときじく》の香菓《かくのみ》を求めしむ〔香菓、此をば箇倶能未《かくのみ》と云ふ〕。今橘と謂ふは是なり）」（日本書紀・垂仁天皇九十年）にあるように、時間を超越した存在として聖別視される植物であった。ここから、その芳香とあいまって昔を偲ばせる橘の主題（26【評釈】参照）も導かれる。当該歌では、下句の「ひさし」に庇を掛け、「宿は久し」と受け、「庇の軒」と下に続ける。「宿は久し」に、上句とともに橘の永続性を詠み、さらに住む者の年齢の高さも暗示している。

【現代語訳】

花も花自身の年齢を重ねて咲き匂っているのであろうか。建って久しいこの宿の、庇の軒先に咲く橘は。

瞿麦

307　あはれめよ名におふ花もたらちねのなでぬばかりのみどり子ぞこれ

【自注】なし

【評釈】

歌題の「瞿麦《なでしこ》」は、『永久百首』題。「撫子」とも表記されることから、撫で可愛がる子を象徴する場合が多い。当該歌でも、直接的に「瞿麦」とは詠まれず、「名におふ花」と「なでぬばかりのみどり子」によって歌題を満たしている。「みどり子」は「Midorico 四、五歳までの幼児」（日葡辞書）であるが、当該歌では瞿麦がまだ小さく、その葉が緑色である様を指して、名に掛ける。

当該歌は「垂乳女はかかれとてしもむばたまの我が黒髪を撫でずやありけん」（後撰集・雑三・一二四〇・遍昭）を本歌に取る。「初めて頭下ろし侍りけるとき」に詠まれたこの歌の、親が我が子の黒髪を撫でて可愛がる情景を踏まえる。瞿麦の花を、親が「なでぬばかり」の可憐な花であるというのである。「瞿麦」と遍昭詠とを結びつける例は、「あはれにも花のかざしをたらちねのほとけもかくぞなでしこの露」（草根集・巻四〈次第不同〉・瞿麦露。正徹詠草〈常徳寺本〉では、永享六年四月二十四日・中務大輔月次。類題本歌題「瞿麦」）と「老いにけり我その髪に垂乳根のかくやあはれむ撫子の花」（松下集・七〇・瞿花）の二首しか見えない。この趣向は、正徹周辺で好まれたようだ。

さらに、第一句に「あはれめよ」と置く例は、「あはれめよ面ぎらひせぬみどりこのさしいだす手とみゆる尾花ぞ」（草根集・巻五〈次第不同〉・薄）しか見えず、「あはれめよ」、「みどりこ」が共通する点から、心敬はこの歌も意識していたか。また、『桂林集注』には、「又、近曽《サイツコロ》心敬僧都歌に、あはれめよ馴し袂の梅の花昔は露に匂ひやはせし。艶美なる歌なれども、常縁が難じて云、うつくしげなる女房などのうしろすがたをみて、むかひてみれば鬼瓦のやうなると難じたるは、五文字俗言なるゆへなり」とあり、歌頭に「あはれめよ」と置くことを東常縁が難じたと一色朝直は捉え

ている。それに従えば、当該歌の「あはれめよ」もやはり「俗言」と見られていたが、正徹も心敬もそのような歌語でない表現をも用いて作歌していたといえよう。花が愛でられる草をまだ咲かぬうちから愛しむ点に新しさがある。

【現代語訳】

愛おしめよ。（撫子《なでしこ》という）名前を持つ花も、（今はまだ）親が撫でんばかりに可愛がる幼な子（のような幼い草）なのだ、これは。

民戸早苗《みんこのさなへ》

308　しら露も民さへ秋をおもひ草とるやさなへの手にもたまらぬ

【自注】なし

【評釈】

歌題の「民戸早苗」は、鎌倉末期の『元徳二年北野宝前和歌』、『師兼千首』に見えるが、『草根集』以前には僅か二首程度である。一方、『草根集』には「みたやもる民の戸ばりのすが筵ながき日かけてとる早苗哉」（草根集・巻四〈次第不同〉）、「しづが屋に早苗とりつみ日はくれぬ小田のうへめや明日を待らん」（草根集・巻四〈次第不同〉）など四首あり、正徹周辺で数度試みられたことが分かる。

当該歌は、「思草葉末に結ぶ白露のたまたま来ては手にもかからず」（金葉集・恋上・四一六・俊頼。詠歌大概、桐火桶第四句「手にもたまらず」）を本歌とする。第一句の「しら露も」は下句の「手にもたまらぬ」にかかり、本歌と同じく、白露が手から零れる様子である。また、心敬は「急早苗」題で、「さなへ草老たるしづも行末の秋をうき身に懸

てとるらん」（心敬集・三六一）と詠んでおり、早苗も「手にもたまらぬ」にかかると見られ、早苗も、露も手にたまらぬとなる。早苗を手に取るとは、苗代から田に移し植えること。

「おもひ草」の実体については諸説あったが、「露やなみだのたぐひ《ママ》なるらん／思草むねにうつろひ野にかれて」の自注に、「おもひ草とは、ふぢばかま、しをんなど、しるせり。我おもひをも此草にたとへ侍り」（心敬連歌自注〈校本〉・一九）とある。当該歌でも、「秋をおもひ」と「おもひ草」の掛詞である。民の「我おもひ」（ここでは秋の収穫）の意が込められている。

「民さへ秋をおもひ草」とは、具体的には、秋に収穫する成長した「さなへ」、すなわち稲である。「植ゑ暮らす緑の早苗里ごとに民の草葉の数も見えけり」（拾遺愚草・中・二〇二二）に、「民の草葉とは稲のことを大方には云也。只、民のことばかりと可意得と也」（拾遺愚草抄出聞書〈書陵部本〉）とある注が参考になる。「民さへ」は、一首の中でそこに主意があるわけではないが、帝が民のことを思い、実りの秋を思うことが暗黙のうちに込められていると見る。帝が民を思うということについては、新嘗祭や大嘗会、あるいは『百人一首』の「秋の田のかりほの庵の苫をあらみ我が衣手は露にぬれつつ」（一・天智天皇）についての注釈で、たとえば『経厚抄』の「一首の心、田夫のさまを読給へる歌也」といった考え方が、当時としてはごく普通であった。「君子之徳風。小人之徳草。草尚之風必偃（君子の徳は風なり。小人の徳は草なり。草、これに風を尚《くわ》うれば、必ず偃《ふ》す）」（論語・顔淵第十二）に見られるように、民を草に喩え、百姓を「民草」という。（「百姓《タミクサ》」〈節用集書言字考〉）。

当該歌の「おもひ草」は、それまで行われた諸説から離れて、実体を稲とする独自説を立てているように見えるが、心敬は「思ふ」と「草」とが結合した抽象名詞として用いているのである。このような用法は、連歌における取りなし付けの応用と考えてよい。例えば、「くれて露けしかた思ひ草／諸葉ともみえぬ葵やしぼむらん」（心玉集〈静嘉堂本〉・一〇二九）では、前句の「思ひ草」を葵と付けなしている。他の例でいえば、「聞くもめづらしこの都鳥／時鳥

今朝は音羽の山越えて」（竹林抄・夏・心敬・二四三）は、郭公を付けたことで、前句の「都鳥」を「都に聞く鳥」の意と取りなしている。具体的な名称を抽象化して用いる技法は和歌では殆どなく、連歌に精力を傾けた心敬らしさの出た一首である。

【現代語訳】
白露も、民までもが秋（の実り）を思い、民がいまおもひ草（この早苗）を取る手にも（白露が）溜まることはなく零れ落ちている。

隣蚊遣

309 ならびすむしづ屋の蚊火《かび》のうつりがも袖にうるさき旅のかりふし

【校異】［歌題］隣蚊遣―隣蚊火（心敬集）［本文］かりふし―かりかな（心敬集）

【自注】なし

【評釈】

底本の「隣蚊遣」題、『心敬集』の「隣蚊火」題もともに他出用例はないが、「隣蚊遣火」題であれば、「夕ざれは続く垣根の蚊遣火を我が宿ともやよそに見るらん」（拾玉集・三三九六）など、心敬以前に三例ほど見える。当該歌は第一句「ならびすむ（並び住む）」により、歌題の「隣」を満たしている。

第三句の「蚊火」は、蚊遣火のこと。早く「足日木之　山田守翁　置蚊火之　下粉枯耳　余恋居久（足引の山田守る男の置く蚊火の下焦がれのみ我が恋ひをらく）」（万葉集・巻十一・二六五七・読人不知）と見える。

蚊遣火を「うるさき」と表現する和歌は多くなく、『堀河百首』の「蚊遣火」題で詠まれた「蚊遣火の煙うるさき夏の夜は賤の伏屋に旅寝をばせじ」(四八四・師頼)、「柴の屋の這入りの庭に置く蚊火の煙うるさき夏の夕暮れ」(四九〇・顕仲)の二首が注目される。特に、師頼詠は、蚊遣火が煩わしい夏は賤屋に宿を借りることはしまいと歌う。心敬はそれを踏まえて、泊まる宿ではなく、隣家の賤屋から蚊遣火が届くとした。一般的に、「うつりが(移り香)」は好ましいものとされるが、それを厭わしい卑俗な蚊遣の匂いとしたところに、おかしみがある。なお、蚊遣火についてては89【評釈】参照。


【現代語訳】

並び住む賤屋の蚊遣火の移り香も、袖に香って厭わしい、旅の仮寝であるよ。

夏竹

310　夏ぞなきさえだきりすて竹の樋に水はしらかす山の下かげ

【自注】なし

【評釈】

歌題の「夏竹」は、心敬以前には、『伏見院御集』、『草根集』にしか見えない希少な歌題である。「六月の夏の日数も竹の子の枝さすそのぞふかくなりゆく」(草根集・巻十二・康正二年六月十三日・平頼資のすゝめし続歌)。

第二句の「さえだきりすて」は、『草根集』の「呉竹のもとたちながら窓の戸にさ枝きりすてむかふ山哉」(巻十・享徳元年二月二十一日・草庵に人々来ての続歌・窓前竹)と「呉竹のもとつさ枝を切すてゝ又窓あかき紙のうちかな」(巻

十二・康正元年十一月二十日・草庵月次・窓前竹）とにしか見えず、正徹好みの表現であったようだ。枝を切り捨て、幹の部分を二つに割り、「竹の樋」を作るのである。この樋《ひ》は、土中に埋める下樋《したび》ではなく、懸樋《かけひ》である。

第四句の「はしらかす」は、「走らせる」という意味であるが、用例は「夜もすがら使をはしらかす」（覚一本平家物語〈龍大本〉・巻十二・泊瀬六代）、「おのこどももあまたはしらかしたれば」（徒然草・八七段）などの散文が中心で、韻文では「走らかす沖つ舟人今ははや風をしるべの縁《えに》やするらん」（為尹千首・九六七・如是縁）が見える程度。恐らく、俗語に近い表現であろう。

第一句の「夏ぞなき」は、歌頭で歌題を否定し、初句切れにより印象を深める詠み方である。「夏月」題で初句に「夏ぞうき」と置く130と近い言葉遣いである。「夏ぞなき」は「夏ぞなき玉ちる滝の岩浪に日影しぐる、松の下風」（草根集・巻十二・康正元年五月十四日・明栄寺月次・当座・対泉避暑。類題本第四句「日かず」）の正徹詠があり、心敬はこれに学んだか。

【現代語訳】
夏はないのだ。小枝を切り捨てて（作った）竹の懸樋に、水を勢いよく流している山の麓では。

池上蓮

311　かの見ゆる池辺のはちすてこらさは秋にもこゆる花のさゞなみ

【自注】
そがぎくの本歌をとりて引かへ申候。そのてこらさにもおさ〳〵こえたりと也。（岩橋下・一五一）

【評釈】

歌題の「池上蓮」は、『為忠家初度百首』の後、『草根集』まで用例が見られない、珍しい歌題である。『草根集』には「これなくはなに、たとへん花も実もおなじ時しる池の蓮葉」（巻四〈次第不同〉）のほか、二首が収められる。

自注にあるように、当該歌は「かの見ゆる池辺に立てるそが菊の茂み小枝の色のてこらさ」（拾遺集・雑秋・一一二〇・読人不知）を本歌とする。この歌は「そが菊」を主題に詠むが、「そが菊」の実体については、『俊頼髄脳』、『正徹物語』などに諸説が挙げられる。当該歌には「そが菊」とは詠まれないが、第四句の「秋にも」の部分に、秋に咲く「そが菊」の意が隠されている。

第三句の「てこらさ」は、「是は、かのみゆる池辺の菊の色、うつくしさとみゆる也」（八雲御抄）、「めでたき事なり」（秘蔵抄）、「てうあい（寵愛）したる心也」（玉集抄）とあるように、可愛らしい美しさのこと。自注にあるように、当該歌は、本歌に詠まれた「そが菊」の「てこらさ」を上回る、蓮の「てこらさ」を詠んでいる。蓮は古来より愛でられたが、特に中世になると周茂叔「愛蓮説」（古文真宝・後集）の影響が大きく、中の「蓮花之君子者也（蓮は花の君子たる者なり）」という価値観が広がっていった。四愛図の一つとして、画題にも好まれた。なお、「てこらさ」と詠む例は殆どないが、心敬には「あかで猶おるてこらさの丹葉《もみぢ》かな」（心玉集〈静嘉堂本〉・八五五）という、紅葉の美しさを詠む例がある。第一句の「かの」も、遠称ではなく、この画題などでよく知られている蓮の愛らしさの意。

第四句の「秋にもこゆる」は、第三句を受けて「秋に咲くそが菊の美しさを越える」意。第五句は蓮の花が小波のように揺れる様の比喩表現であるが、「こゆる」と「さゞなみ」が縁語。また、自注の「おさ〳〵こえたり」は、『ささめごと』〈尊経閣本〉にも「古にもをさ〳〵こえたる歌の聖」と見え、心敬の好んだ言い方のようだ。

【現代語訳】

このように見えている池辺の蓮の愛らしさは、秋に咲くそが菊にも優る、（一面に揺れる）花のさざ波よ。

312　夏日

てりにけり夏の末野の朝日かげ草ばをよるの露ものこさで

【自注】なし

【評釈】

歌題の「夏日」は、鎌倉期の『竹風抄』に初出し、心敬以前に三例しか数えられない僅少な歌題である。「照りくらし土さへ割くる夏の日の梢ゆるがぬ水無月の空」（伏見院御集・一三九六）のように、当該歌も夏の強い日差しを詠んでいる。

第一句の「てりにけり」の主体は、第三句の「朝日かげ」であり、初句切れの詠嘆を強調するための倒置である。

第二句の「夏の末野」は、「夏の末」（晩夏）と「末野」の掛詞。末野は、遥か前方に広がる野。

第四句の「草ばをよるの露」は、「草葉を縒る」と「夜の露」との掛詞。「草葉を縒る」とは、「よられつる野もせの草のかげろひて涼しく曇る夕立の空」（新古今集・夏・二六三・西行）に対して、清原宣賢が写した上冷泉為和所持の『新古今注』に「よられつるとは、草ばの、日にしぼみてよりたるかがやうにみゆるをいふ也」とあるように、強い日差しのために草葉が萎れ、捻られたようになること。まだ日差しの強くない朝日であるにも拘わらず、草葉をしなえさせ、草葉に置く夜露を蒸発させてしまう様子は、これから訪れる昼日中の日差しの強さを予想させる。心敬の「夏の日は草葉を夜の露もなし」（竹林抄・発句・一六九七）は同想の発句。

【現代語訳】

照りつけていることよ。夏の広野に差す朝日の光は。草葉を萎れさせ、夜露も残さないで。

313　夕立
天水《あまみづ》をこぼすばかりにふりくるはは る ゝ ぞはやき夕立の空

【校異】［歌題］夕立―夏雨（心敬集）［本文］こほすはかりに―こほすことくに（心敬集）ふりくる―降る雨（心敬集）はやき―安き（心敬集）

【自注】なし

【評釈】

歌題の「夕立」は、270【評釈】参照。

第一句の「天水」は幾つかの語義があるが、ここでは天に貯えられている水、すなわち雨水。「神さびてよるべに溜まる雨水の水草ゐるまで妹を見ぬかな」という出典未詳の好忠詠は、『奥義抄』、『袖中抄』等の歌学書にも言及されるが、『六花集注』〈彰考館本〉中には「よるべとは、社頭や寺や《（衍字カ）》などの、穴がめをきて、雨水をためて、火事の時の用意にするを云也」とある。一種の天水桶に溜まる雨水のことを詠じた歌である。

『心敬集』は「天水をこぼすごとくに降雨ははる ゝ ぞ安き夕立の空」（三六六）の本文を持ち、底本と歌意はほぼ同じであるが、その表現が大きく異なる。心敬による改作が行われたらしいが、その前後は明らかにできない。第二句の「こぼす」は、多くの雨水が降り落ちてくる様子であるが、「こぼすごとくに」（心敬集）の本文は、『伊勢物語』八五段に「雪こぼすがごと降りて、ひねもすにやまず」と見え、「雪は猶こぼすがごとく降つもる小野 ゝ 御室の冬のゆふぐれ」（草根集・巻十五〈次第不同〉・雪）、「うれへわする ゝ 酒のたのしみ／みればまづこぼすがごとく降雪に」（諸家月次聯歌抄・三〇）のように、伊勢詞として定着している。また、第四句は、どちらの本文の形も、近いものが先行用例に見出せる。底本の形では「稲妻の光の間ともいふばかり早くぞ晴るる夕立の空」（新後拾遺集・夏・二六五・公蔭）、

「夕立ははるるもはやきそのま哉」（紫野千句・第七・一・重貞）、『心敬集』の形では「夕立の空かき曇る風早み晴るるもやすく雲ぞ過ぎぬる」（嘉元百首・一六二三・重経）。底本の場合は雲が晴れ渡るその早さを客観的に、『心敬集』の場合はそこに詠歌主体の判断を込めて主観的に描写している。

【現代語訳】

天の水をこぼさんばかりに降ってくるのは、晴れるのも早い、夕立の空であるよ。

314　　題同〔夕立〕

東より南にきほふ雨のあしはやくぞめぐるゆふだちのそら

【校異】［本文］めぐる―過る（岩橋）

【自注】

東南雨のあしきほひて、西北に雲のはだへおこるなどの心也。（岩橋下・一五五）

【評釈】

自注にある通り、当該歌は「西北雲膚起、東南雨足来（西北に雲の膚《はだへ》起こり、東南に雨の足来たる）」（李嶠百詠・雨）を典拠とする。『李嶠百詠』の中でもかなり知られた詩句であったらしく、「雲のはだへも寒き風かな／紅葉散秋の時雨の雨のあし」（菟玖波集〈広大本〉・秋下・四四五・浄永）、「東南に風起《た》つて、西北《せいぼく》に雲静かならず」（謡曲「熊坂」）、「東南に雲収まつて、西北《せいぼく》に風静かなり」（謡曲「調伏曽我」）などと引用されている。心敬は「来」字を「競」字と記憶していたようだが、この形の本文は管見に入らない。当該歌の上句はほぼ「東南雨足来」の和らげである。

第三句の「雨のあし」は、漢語「雨足」、「雨脚」の訓読に基づく語。「内より御使、雨の脚よりもけにしげし」（源氏物語・夕顔巻）、「降る雨の脚とも落つる涙かな細かにものを思ひ砕けば」（詞花集・雑上・三三三・道綱母）など、古くから見られる。心敬の作では、「たちどまらねば雲もさだめず／あしはやくわれに時雨の雨もうし」（吾妻辺云捨・四六四）、「雲はやくゆく空のさむけさ／月影をはこぶ時雨の雨のあし」（吾妻辺云捨・四八八）があるが、両句とも付句の「雨のあし」は、前句の「たちどまらねば」「はやくゆく」といった「脚」の縁語があるために詠まれたものである。当該歌でも、第四句の「はやくぞめぐる」が「雨のあし」の縁語となっており、一首の上下がなだらかに繋がるような構成である。なお、「めぐる」夕立については、270【評釈】を参照。

【現代語訳】
東の空から南の空へ、競うように移る雨脚。足早にめぐる、夕立の空であるよ。

月前風

315　夕ざれは嵐をふくみ月をはく秋の高ねの松さむくして

【自注】なし

【評釈】
歌題の「月前風」は、院政期ごろから見え、『新古今集』にも「月はなほもらぬ木の間もすみよしの松を尽くして秋風ぞ吹く」（秋上・三九六・寂蓮）が同歌題で収められる。正徹も同歌題で、「吹風のめにみずとをき海山も月にさやけき秋のおもかげ」（草根集・巻三・永享五年八月二十六日・阿波守家月次）など六首を詠じている。

当該歌は正徹との関係を考える上で、大変重視すべき詠作である。『東野州聞書』に宝徳二（一四五〇）年十月ごろの話として、「蓮海（心敬の前名）といふ法師、『嵐をふくみ月をはき』とよみたりけるを、「近比の事かな、『月をはき』とは」と申されし。「かやうの事こそ道の零落よ」とくれ〴〵申されし」という正徹の直話が伝わる。正徹は心敬作の当該歌を「道の零落」（歌道の退廃）とまで非難している。稲田利徳氏は、当該歌の「嵐をふくみ月をはく」が漢詩を訓読したような生硬な表現である点を、正徹の批判の根拠と指摘する（〈40【評釈】参照〉『正徹の研究　中世歌人研究』第一篇第三章第五節「正徹と心敬」）。

確かに、「嵐をふくみ」は「九夏三伏之暑月、竹含錯午之風（九夏三伏の暑月に、竹錯午の風を含む）」（和漢朗詠集・下・松・四二四・順）、「古樹含風常帯雨、寒巌四月始知春（古樹　風を含んで　常に雨を帯び、寒巌　四月　始めて春を知る）」（三体詩・方干「龍泉寺絶頂」（龍泉寺の絶頂））などの「含風」からの類推、「月をはく」は「水煙晴吐月、山火夜焼雲（水煙　晴れて月を吐き、山火　夜　雲を焼く）」（三体詩・岑参「夜宿龍吼灘思峨嵋隠者（夜　龍吼灘に宿して、峨嵋の隠者を思ふ）」）、「四更山吐月、残夜水明楼（四更　山　月を吐き、残夜　水　楼を明らかにす）」（杜甫「月」）などの「吐月」の訓読と考えられる。さらにいえば、第五句の「松さむくして」も「山遠雲埋行客跡、松寒風破旅人夢（山遠うしては　雲行客の跡を埋む、松寒うしては風旅人の夢を破る）」（和漢朗詠集・下・雲・四〇四・読人不知）と見え、「寒松一色千年別、野老拈花万国春（寒松　一色　千年別なり、野老　花を拈ず　万国の春）」（臨済録・行録）にある「寒松」も一般的な詩語である。「高ね」も漢語に「高嶺」「高峰」があり、そうすると一首全体が漢詩に由来する言葉によって組み立てられていることが分かる。風を孕む意味の「ふくみ」に、月が急に昇る意味の「はく」と続ける対句的表現も漢詩を意識していよう。ここに心敬の狙いがあったことは疑いないが、正徹は和歌的な雅馴な表現から逸脱したものとして批判したのであろう。心敬には「花を吐あらしをふくむ青葉哉」（心玉集〈静嘉堂本〉・六九八）という句もあり、このような漢詩風の表現を好んでいたことが知られる。当該歌では、漢詩の詩句を和歌に置き換えて、風に吹かれる庭の松間から

上る月を詠む。

なお、第一句の「夕ざれは」は、心敬『私用抄』に「春ざれは、夕ざれは　去字一義。しかれども、ただ春なれば、夕なればと云心也」とあり、現在通行の意味とは異なったものと考えていた。

【現代語訳】

夕方になると、嵐を含み月を吐く（かのように急に月が現れる）。秋の高嶺の松は寒々として。

夕雁

316　雁なきて夕浪さむみわたらへや大河のべのくぬぎちるころ

【自注】

渡会の大川のべのわかくぬぎわかくしあればいもこひんかも、人丸。此歌とれるばかりなり。太神宮法楽なれば。

（岩橋下・一二一七）

【評釈】

歌題の「夕雁」は、『金槐集』に初めて見えるが、心敬以前にそれほど多くを数えない。正徹も「あまを舟雲まの浪の夕月夜それもほのかにわたる雁がね」（草根集・巻九・宝徳三年八月十五日・大光明寺月次）等、三首を詠じている。

自注によれば、当該歌は「度会　大川辺　若歴木　吾久在者　妹恋鴨（度会の大川の辺の若櫟若くしあれば（我れ久にあらば）妹恋ふる（ひむ）かも）」（万葉集・巻十二・三一四一・人麻呂）を本歌とする（自注の本文は、『万葉集』〈西本願寺本〉の左訓に一致する）。当該歌は伊勢の「太神宮」へ手向けた法楽和歌の一首であったらしいが、「太神宮」は皇大神宮

（内宮）と豊受大神宮（外宮）の両宮を指すか。いずれにせよ、人麻呂が伊勢の度会を詠じた歌を踏まえて、法楽に相応しい和歌に仕立て上げている。

雁の鳴き声に寒さをあわせる歌には、「雁鳴きて吹く風寒み唐衣君待ちがてに打たぬ夜ぞなき」（新古今集・秋下・四八二・貫之）などがある。心敬も「雁なきて秋かぜ寒し我やどのかど田の柳下ばちる比」（十体和歌・289・秋田風、心敬集）と詠んでおり、当該歌と一部言葉遣いが酷似する。同想のものと判じて良い。なお、当該歌の第三句「わたらへや」は、雁が「渡る」と伊勢の名所である「度会」の掛詞である。

第五句に詠まれる「くぬぎ」は、本歌の素材をそのまま用いたものであるが、和歌や連歌で詠まれることは少ない。勅撰集には一首も見えない。特に雁とともに詠じた例は「秋の田のさかひのくぬぎ色付て岡のべの霧に渡る雁金」（草根集・巻五〈次第不同〉・田上雁）の正徹詠を見出すのみである。心敬の念頭にあったか。

なお、第三句の「わたらへ」は、「度会（わたらひ）」の転訛。中世に、イ段とエ段の音が混淆したことによる。『岩橋』の「渡会」も「度会」に通用していた。「受け継ぎて今は我が世をわたらへや五十鈴の川の絶えぬ流れに」（柏玉集・一八六六）など、若干の歌例もある。

【現代語訳】

雁が鳴きながら、夕べの川波が寒いので、度会の辺りを渡ってゆくよ。この大川の川辺の櫟の葉が散るころは。

317　河霰《かはのみぞれ》

あさわたりもすそぞこほるしなが鳥いなの河原のみぞれふる比

【校異】［歌題］河雹―雹滋旅衣（岩橋）［本文］あさわたり―あさわたる（岩橋）

【自注】

いなのみぞ川といへる、いなの丶川のみぞれとつゞけ侍り。（岩橋下・八五）

【評釈】

「霙《みぞれ》」の歌題は『永久百首』題であるが、「河雹《かはのみぞれ》」は他に用例を見出せない、極めて希少な歌題である。抑も、「雹」は『節用集』の類では「あられ」と訓じられ、「みぞれ」と読む例は見当たらない（「雹《アラレ》・霰《同》（二字同ジ）」（下学集〈筑波本〉）。だが、管見の範囲では、「虹の原や鳥立見ざりしはし鷹のみぞれも雪も降り暮らしつつ」（隠岐高田明神百首・六六・乗阿・狩場雹）が「雹」字を「みぞれ」と詠む初見で、『草根集』でも「雹湿旅衣」題で「みぞれ」と詠んでいる（後掲）。「霰」字は「みぞれ」とも訓じられることから、「雹」字も「みぞれ」と読んでいたか（「霙《ミゾレ》・霰《ミゾレ》・雨雪《同》」節用集〈黒川本〉）。なお、『岩橋』は「雹滋旅衣」題であるが、これも他出は見えない。だが、「旅衣きそのあさ布ぬれこほるみぞれにとまる坂の下庵」（草根集・巻十三・長禄元年十二月十三日・恩徳院歌合・電湿旅衣。類題本歌題「雹湿旅衣」。）の正徹詠から判断して、『岩橋』は「雹湿旅衣」の誤写であろう。

当該歌の趣向は、下句の「いなの河原のみぞれ」にある。心敬によれば、摂津国の猪名川を詠じた「年越えぬさのみは待たじしなが鳥猪名の溝川すまじとすらん」（永久百首・四四五・俊頼）の「猪名の溝川」から、「みぞ」の同音をもって派生させた表現である。「猪名の溝川」は、他には「刈て行人影す也ありま菅／道は田づらのゐなの溝川」（顕証院会千句・第十・三四・宗砌）が見える程度。「みぞれ」に続けた当該歌の表現は独自のものである。なお、第三句の「しなが鳥」は水鳥を指し、「猪名」にかかる枕詞であるが、当該歌では半臂の句（109【評釈】参照）の役割を果たしている。

第一句の「あさわたり（朝渡り）」は早朝に川を渡る意。「人事乎　繁美許知痛美　己世尓　未渡　朝川渡（人言を繁

みこちたみ己が世に未だ渡らぬ朝川渡る）」（万葉集・巻二・一一六・但馬皇女）等に見られる「朝川渡る」という万葉語を縮めたものであろう。「朝渡り」「朝渡る」とも、『草根集』に初出する、正徹の創出にかかる表現である。「朝わたる駒とめてけりときあへぬひのくま川のあつき氷に」（草根集・巻十一・享徳二年十一月二十日・草庵月次・河氷。類題本第一句「朝わたり」）、「思川さてもあふせの朝わたり我かた淵に又しづみぬる」（草根集・巻十一・享徳三年五月二十六日・平等坊円秀月次・逢後増恋）。心敬には「岩洩る水のすさまじき山／逢坂や関の小川の朝渡り」（竹林抄・旅・九八七）もある。和歌では正徹、心敬以外ほとんど詠まれることはないが、連歌では「田中によどむ水のすゞしさ／門ちかきいさら小河のあさわたり」（三島千句・第六・六七）などそれほど珍しいものではない。

【現代語訳】

早朝に川を渡って。裳裾が氷る。猪名川の川原に霙が降る頃には。

318
　　庭寒月
さえてけり嵐の上に影ふかき月はあり明霜は雪の夜

【自注】なし

【評釈】

歌題の「庭寒月」は、「冬枯れの庭の浅茅生風冴えて霜深き夜の月ぞ寒けき」（俊光集・三六四）しか先行用例を見出すことのできない、極めて稀な歌題である。歌題の「庭」を満たすに当たり、心敬は庭に類する言葉を詠み込むことはせず、一面に置いた霜を描写することで、そこが庭であることを示している。

第一句の「さえてけり」は詠嘆の初句切れ。霜が冷え冷えとしているさま。それによって月光の冴えわたっていることを知るとする。

第二句の「嵐の上」は、「打ちも寝ず嵐の上の旅枕都の夢に分くる心は」（拾遺愚草・下・二六八九、風雅集）に端を発する歌語。正徹も、「ちりまよふ嵐の上は猶さえて空に木葉の霜やをくらん」（草根集・巻三・永享五年三月十一日ごろ・阿波守子息治部少輔義有、北野社にたてまつる百首・落葉）ほか二首に摂取している。

第三句の「影ふかき」は、「おびをなしたる山のしら雲／めぐる日の影こそふかく霞ぬれ」（因幡千句・第八・九一・藤豊）から判断して、月が雲の向うで光る情景。

「月はあり明」を用いた双貫句法（125【評釈】参照）には、「時しもあれなぞあながちに辛からん秋は夕暮れ月は有明」（壬二集・五八四）、「山ざとやなにゝつけてもうかるらん／花はころすぎ月は有あけ」（菟玖波集〈広大本〉・春下・一七二・良基）があり、定型表現に近かったようだ。また、「霜は雪の夜」は、霜が置いて雪のようである様をいうが、このような詠み方は「あかしかねおきいでゝ見れば風すさむ霜は雪よの月ぞのこれる」（草根集・巻十三・長禄元年十月八日・日下部敏景のすゝめし月次・霜夜寒月）しか見出せない。「月はあり明」は、「月はあり」と「有明」の掛詞。

【現代語訳】

冴え冴えとしていることよ。（はげしく吹く風に流れる雲の奥に、）光り輝く月と、その有明月（の光を受けて輝く）霜とで雪のように見える夜（の庭）だ。

汀蘆

319 ひき捨てしその世は遠きみなぎはの蘆のふるばや四方の八重山

【自注】なし

【評釈】

歌題の「汀蘆」で詠む和歌は、当該歌以外に見出せない。当該歌では「みなぎはの蘆」と、そのまま詠み込まれている。

当該歌は、国生み神話を本説に採る。『和歌童蒙抄』巻三に、枕詞「あしびき」の語源説の一として、「あし引とは、むかし天地さきわかれて泥湿いまだかわかず。……されば、山の土かわかずして葦を引義によりて、あし引の山とはいふ歟」とあり、『毘沙門堂本古今集注』は、「桜花咲きにけらしなあしびきの山の峡より見ゆる白雲」（春上・五九・貫之）を注して、「範兼童蒙抄には、……日本記云、伊弉諾伊弉冉、日本をつくりてありしに、国土に葦のみしげりて、人の住べき所なし。仍葦原の豊津国とも云、又豊葦原とも云也。此時、地神達あつまりて此葦を引すつ。ひきをきたる所は高じて山となり、引たる跡は谷川となるなり。故に葦引の山と云也」と述べる。

この説話は、『太平記』巻二五（『太平記』を引用する『壒嚢鈔』巻五にも）では、伊弉諾尊、伊弉冉尊が「淡路洲《くに》」にて宮造りをした際、「（二神が）この葦を引き捨てたまふに、葦を置きたる所は山となり、引き捨てたる跡は川となる」と見え、『看聞日記』永享四年三月十五日に演能記録の見える謡曲「逆鉾」にも「（伊弉諾尊の）鉾の手風、はやてとなつて。芦原をなぎ払ひ、引き捨置《ケ》けば。山となりぬ、足引の山といひ」という類話が載る。『毘沙門堂本古今集注』は『日本書紀』を典拠と主張するが、『日本書紀』にこのような説話は見当たらない。中世の書物にはしばしば、『日本書紀』を典拠とすると主張しながらそこに見られない説話を展開するものがある。このように、『日本書紀』を核としつつも注釈や創作を通して拡大した神話説話世界を「中世日本紀」と呼ぶが、心敬はこれらの説話の「蘆を引き捨て、蘆を捨て置いた所が山となった」の部分を典拠としたのである。なお、「中世日本紀」については、伊藤正義氏「中世日本紀の輪郭―太平記におけるト部兼員説をめぐって―」（「文学」昭和四十七年一月）を参照。

なお、「みなぎは」は269【評釈】を、「八重山」は227【評釈】を参照。

【現代語訳】

（神が）引き捨てた神代が遠くなり、（蘆の生い茂ったために）遠くなった水際の蘆の降り散った古葉なのか。周囲の山々は。

羇旅遠

320　くれぬまに宿とふばかり行なやむわがあしびきの山ぞはるけき

【自注】なし

【評釈】

歌題の「羇旅遠」は、他に「東よりつくしすぐる、日本ははなれこじまぞもろこしの国」（草根集・巻十二・康正二年八月十五日・修理大夫家月次。類題本第二句「過ぐるも」）しか見出せない、極めて稀な歌題である。心敬も「羇旅はたゞたびまでなり」（心敬法印庭訓聞書）と述べるが、当該歌ではこれからの遥かな行路に歌題の「遠」字を含ませている。

一首の眼目は下句の「わがあしびきの山」にある。「あしびき」に山の枕詞の意と「足を引きずる」意を掛けている。このような技法は、「まだなれぬ旅にきそ路を遠くきて／つかれの駒のあしびきの山」（菟玖波集〈広大本〉・雑体連歌・誹諧・一九三〇・家躬）に見えるが、この句が俳諧と捉えられていることは重要である。実際、心敬の「行暮す花にたをやめ足引の遠山ざくらあすやたづねん」（心敬難題百首自注・一三・遠望山花）、或いは「月は朧にて、猶足引

の山深み、分け迷ひ行く有様は」（謡曲「二人静」）程度しか用例を見出せず、避けられた表現であることが窺える。だが、「行暮す」詠の「あしよわきたをやめなんどは尋ねかね、遠山の花のこなたに一夜などをあかし侍るすがたなるべし」という自注から、心敬が「あしびき」を掛詞として用いていることは明らかである。用例が限られる中で心敬が二首も詠じていることは、心敬歌には俳諧に近い表現が憚ることなく詠まれていることを示唆する。

当該歌の、これからの旅路を思う趣向は、「明けばまた越ゆべき山の峰なれや空行く月の末の白雲」（新古今集・羈旅・九三九・家隆）に近い。また、「日暮れて途遠し（日暮塗遠）」の情景である。これは『史記』において、伍子胥や主父偃が諺に類するものとして用いたものである。この成語は『徒然草』に「日くれみちとをし」（一一二段）とあるが、心敬が意識していた可能性はあろう。

【現代語訳】
暮れないうちにと今宵の宿を探すほど進み煩っている。私が足を引いて辿る（この）山道の遠いことよ。

独述懐

321　われぞこの鳥にもあらぬかはほりのたとへかなしき墨染の袖

【校異】［歌題］独述懐—述懐（岩橋）

【自注】
智度論に、末世の比丘の、すがたばかりをまね侍るを、鳥にもあらずねずみにもあらず、蝙蝠のたとへなど侍るを。（岩橋下・一七四）

【評釈】

歌題の「独述懐」は、『為家集』に初出するが、それほど多くはない。先行用例の中では、正徹は十首程度と多く、突出して詠作している。「ほどあらじよしさは命世の中に独うき身と思ひはつとも」（草根集・巻三・永享六年十一月十六日・弾正少弼家月次。正徹詠草〈常徳寺本〉では、永享六年十一月十六日・宗砌所にての読歌）のように、自他を区別し、自らの歎きを歌うところに「独述懐」題の本意がある。

自注にあるように、一首は経典を典拠とする。『仏蔵経』上の「破戒比丘亦如是……譬如蝙蝠欲捕鳥時則入穴為鼠、欲捕鼠時則飛空為鳥。而実無有大鳥之用、其身臭穢但楽闇冥（破戒の比丘もまた是の如し。……譬へば蝙蝠の、鳥を捕へんと欲する時は則ち穴に入りて鼠と為り、鼠を捕へんと欲する時は則ち空に飛び鳥と為るが如し。しかも実には大鳥の用あることはなく、その身臭穢にして但だ闇冥を楽しむ）」は、鳥でもなく鼠でもない蝙蝠に、半僧半俗の僧侶を比定し、厳しく批判している（なお、『大智度論』には見えない）。この喩えは、「仏蔵経ニ、是ヲ鳥鼠比丘と云り」（沙石集・巻四の一）、「黒の衣のあさはかに、ただ夷の姿にあらざるばかりにて、蝙蝠の鳥にも鼠にもあらざるがごとくにして」（なぐさみ草）、「故契経ニ、喩ヘテ二末世ノ比丘一似レ僧而非レ僧ニ。似レ俗而非レ俗。曰二――ノ比丘ト一也」（下学集〈筑波本〉・蝙蝠）など諸書に引かれ、広く知られていた。心敬も一般に広がっていた形で受容したのではないか。但し、この典拠を詠作に利用した可能性のある例は、「絵にかける鳥は鳥にてさもあらず／かはほりすだく古寺のかべ」（行助句集・一五八）しか見出せない。蝙蝠の黒い翼は、僧侶の幅広い黒染の袖に似ていることの連想か。

第一句の「われぞこの」が題意の「独」を満たし、僧侶でありながら俗世に強く結びついている自らを歎く述懐歌である。稲田利徳氏は当該歌を元に、「一角の僧侶であった」心敬が「連歌道に魅了されている自己に「蝙蝠」のごとき態度を感じとっていた」とする。（「心敬―仏教思想と作品―」〈214【評釈】参照〉）。

【現代語訳】

私こそこの、（鼠でも）鳥でもない蝙蝠という譬えが悲しく思われる、（蝙蝠のような）墨染の僧衣の袖であるよ。

古寺嵐

322　寺はあれて人なき鐘のこゑす也木をうごかせるみねの嵐に

【自注】なし

【評釈】

歌題の「古寺嵐」は、『白河殿七百首』に初めて見えるが、正徹以前には五首も残らない。一方、正徹は「夕なみもたかきはつせの川嵐吹のぼる鐘や尾上こゆらん」（草根集・巻八・宝徳二年七月九日・大光明寺月次・当座）など、六首を詠じている。心敬は歌題の「古」字をただの「そへ字」とは捉えず、「寺はあれて人なき」と住持がいなくなってしばらく時間の経過した寺を舞台としている（288【評釈】参照）。

一首は、「月隠重山兮、擎扇喩之。風息大虚兮、動樹教之（月重山に隠れぬれば、扇を擎《ささ》げてこれに喩ふ。風大虚に息《や》んぬれば、樹を動かしてこれを教ふ）」（和漢朗詠集・下・仏事・五八七）の後半を典拠とする。永済注に「円音教風息レバ法性虚ラニ、動方便樹ヲ訓一乗之風」とあるように、真実の教えである「風」が吹かなくなれば、仏は方便である「樹」を動かして人々を悟らせる意である。元は、天台三大部の一つである、智顗の講義録『摩訶止観』巻一に収められる句である。この典拠は、「山のはの木をうごかせる風涼し扇をあげて出る月よに」（草根集・巻四〈次第不同〉・夏月）、「涼しくも木を動かして吹く風に山は扇をあぐる月かな」（松下集・二〇五五）と、心敬周辺の歌人にも踏まえられる。両首とも叙景歌の趣きであるが、朗詠句を典拠に釈教的な雰囲気を漂わせる。正徹から心敬、正広へと、特定の典拠が伝

わっていく様が窺え興味深い。

第二句の「人なき」は、上下に掛かる。すなわち、「寺はあれて人なき」と「人なき鐘」という二つの繋がりになる。「人なき鐘」は、撞く人のない鐘の意であろうが、他に用例を見出せない、連歌的な圧縮表現である。実際、心敬には「古寺は松やあるじと成ぬらん／人なきかねの風になる声」（心玉集〈静嘉堂本〉・一四三五）の句があり、全体も当該歌の趣きと非常に近い。

【現代語訳】

寺は荒れて人のいない（その寺の）鐘の音が聞こえてくる。木を揺り動かしている峰の嵐に乗って。

323　　寄巌祝

君ぞ見んまれに天人《あまひと》袖ふるゝいはほもさゞれ石となる世に

【自注】なし

【評釈】

歌題の「寄巌祝」は、南北朝期の『耕雲千首』、『師兼千首』等から作例が見えるが、心敬以前にはほとんど詠まれない。正徹も同歌題で、「さゞれ石もならぬ岩ほのこれる山いつよりありていつのよまでか」（草根集・巻十・享徳元年五月十九日・修理大夫家会始）の一首を詠じている。

当該歌は、「君が世は天の羽衣稀に来て撫づとも尽きぬ巌ならなん」（拾遺集・賀・二九九・読人不知）、「動きなき巌の果ても君ぞ見ん乙女の袖の撫で尽くすまで」（拾遺集・賀・三〇〇・元輔）、「我が君は千代に八千代にさざれ石の巌

となりて苔のむすまで」（古今集・賀・三四三・読人不知）の三首を強く意識している。

『拾遺集』歌（読人不知）は、「経云、方四十里の石を三年に一度梵天よりくだりて、三銖の衣にて撫に尽を為㆓一劫㆒」（奥義抄）と施注されるように、仏教語「劫」を用いた詠作である（大智度論）。心敬の「乱れ碁を打つ其間には劫ありて／石をも尽くす天の羽衣」（竹林抄・雑上・一一九五）も、「天人のあまのは衣を以、千年に一度づゝ、下りて岩をなでつくさんが一劫也」（竹聞）から明らかなように、当該歌と同想である。また、言葉の上では清輔詠に多くを負っている。当該歌の「天人」は、天人（天上界の人）を訓読した語であるが、ここでは清輔詠の「乙女」と同意で天女を指す。当該歌の下句は、巨大な巌も「劫」を経て「さゞれ石」になるという意味であるが、これは『古今集』歌を裏返したものといえる。

当該歌と同歌題同想である同時期の作例に「羽衣の袖より尽きん巌をば民をも撫づる君のみぞ見ん」（卑懐集・七三三）を挙げることができる。この歌には「石を撫でる」ならぬ「撫民」が詠まれ、「君」への祝言がより強くなっている。

【現代語訳】
我が君こそ出会われるだろう。天女が袖を触れる巌が、小石となる世に。

長歌反歌

太田道真禅門のかたへ、七朝の祝言に遣し侍る
長歌

324
あら玉の　年はむかしに　立かへり　世ものどやかに　四方のうみ　八のあづまの　国つかぜ　花を匂はす　ことのはに　六くさ七くさ　つむ人の　よはひも遠き　むさしの丶　うけくる花の　うけがたき　身は敷島の　あま人に　むまれきつ丶も　うきしづむ　うき世の旅に　年をへて　雲井はなる丶　老鶴の　羽杖つかれて　音になくを　千代のともづる　あはれとて　やどりをかせる　松がえを　おなじみどりの　かげたかき　山田の杉の　いろかへず　君と人との　身をあはせ　千とせをかはし　つかへなん　やどる此宿　万代はへん

かへし歌

325
七草やことのはぐさに春をつむ千とせぞ遠き武蔵野のはら

【自注】なし

【評釈】

この長歌と反歌は、太田道真（永享四〈一四一一〉年～長享二〈一四八八〉年）に、正月七日の朝に詠み贈ったものである。

春の若草七種類を食し、命の長久を願う七草の風習は、室町期ごろからは正月七日（人日の節句）に広く行われるようになった。「七朝」は他に用例を見ず、恐らくは、七月七日の夜を指す「七夕《しつせき》」から類推された、正月七日の朝を意味する心敬による造語であろう。心敬は「すゑ遠き野もせのわかなたれもけふ老せぬ人の日にやつむらん」に「七日をば人日といへば也。清岩和尚、頽齢の比の年始会なれば、いさ、か賀し侍る也」（岩橋下・一二二・野若菜）と自注する。この歌は「清岩和尚」（正徹）の長命を人日の節句に祝賀したものであるが、当該歌も同様の発想である。長歌に「七くさつむ人のよはひも遠き」とあるように、全体では道真の長寿を予祝することが意図されている。「世ものどやかに　四方のうみ　八のあづまの」に見られるような、頭韻を踏み、数を対比的に用いるなど、技巧を凝らした縁語仕立ての長歌である。

歌頭の「年はむかしに……国つかぜ」では、道真が治める関八州において、戦乱が終息し平和が到来したと述べられる。そして、そこでは「ことのは」に花が咲くが、「六くさ」（六義）とあるように、特に和歌に対する道真の風雅心が称揚される。「君子之徳風。小人之徳草。草尚之風必偃（君子の徳は風なり。小人の徳は草なり。草、これに風を尚《くは》ふれば、必ず偃《ふ》す）」（論語・顔淵第十二）、「風、風也。教也。風以動之、教以化之（風は風なり。教なり。風は以てこれを動かし、教は以てこれを化す）」（詩経・大序）等に端を発する、政治和歌一如観を背景として、道真の善政と「ことのは」隆盛との強い結びつきが「国つかぜ」に示されている。なお、「六くさ」は、次の「七くさ」を呼び出すために特に「六草」と表現し、リズムを生んでいる。

次いで、「うけがたき」で心敬の状況に転じる。「受け難き人の姿に浮かび出でてこりずや誰もまた沈むべき」（新

古今集・雑下・一七五一・西行）を踏まえながら、自らを「あま人（海人人）」と卑下しつつ、「敷島の」と冠して、自らも和歌を詠むことを示す（「敷島」は大和であり、「敷島の道」は和歌の別称）。「雲井」（京都）を離れて、「うき世の旅に」長く年を経たと述懐する。74「たびのふせ屋におとろへて」と近い認識である。「うきしづむ」は、「うきしづむ　世の浮沈也。人の世は一篇ならぬ也。沈むとも浮くと也」。（流木集）の意なので、戦乱に巻き込まれた人生を回顧している。「老鶴」は心敬自身の象徴であるが、「老鶴といふは詞はよまざる也。老のつるとは詠也」（時秀卿聞書）とあり、歌語ではなかったことが窺える。「老鶴」がつく「羽杖《はづゑ》」とは、「Fazzuye　鳥が疲れた時に、その杖のような役をする翼。主として鷹について言う。Fazzuyeuo tçuqu　鳥が疲れている時とか、空腹の時とかに、翼を支えにして身を休める」（日葡辞書）ことである。心敬は他に、「木こる翁のたどるやま道／畑に鳴鳩の羽づえをわがつきて」（川越千句・第六・一七）と用いるが、その他は「鷹は羽杖我は狩り杖今日つきて帰る狩り場に心留めつ」（雅康集・二二七）、「文の使はあしもやすめず／春雨に羽づえつかるゝ雁鳴て」（文明六年一月五日賦何木連歌・六九・宗祇）がある程度で、用例に乏しい。この宗祇句と同じく、「羽杖つかれて」は、「杖突かれ」と「疲れ」の掛詞である。

年老いた心敬を「千代のともづる」（道真）が「あはれ」に思い、「松がえ」の「やどりをか」してくれた。「清唳数声松下鶴、寒光一点竹間燈（清唳数声松の下の鶴、寒光一点竹の間の灯）」（和漢朗詠集・下・鶴・四四六・白居易）、「松たてるちとせの宿のありとみて雲井のつるぞこゝにおりいる」（草根集・巻十一・享徳二年正月五日・武田大膳大夫信賢家続歌・鶴。類題本第五句「おりぬる」）など、古来、鶴は松に棲むと考えられた。また、この「ともづる」の呼び名には、知己であること以上の含意がある。「和かの浦に身は老づるも千世の友むれゐるやどゝ松にとひきぬ」（草根集・巻七・宝徳元年四月十六日・或人のすゝめし三首・庭上鶴）、「和歌のうらの我友鶴のすむ磯をけふとひくれば千世の松かげ」（草根集・巻十二・康正二年三月十二日・宮道親忠家続歌・名所鶴）など、正徹には、歌道における友を「友鶴」と呼び、しかもそれが「千代」に渡る親交である点を強調する歌が数首ある。心敬も、文事に心を寄せる点を含めて、道真を「と

もづる」と認めているのであろう。

「山田の杉」とは、山田荘の杉の意。山田荘は川越あたりを指す旧称である（和名類聚抄）。文飾の上では、「松がえ」から同じ常緑である「杉」が導かれるが、川越には、川越城内の三芳野天神社の「腰掛の杉」（三芳野天神縁起）や「初雁の杉」、星野山無量寿寺（喜多院）再興にまつわる「明星の杉」（星野山仏地院濫觴）など、杉に関する伝承が残されている。この「山田の杉」も、当時は具体的なある樹木を指したと思しい。また、この「杉」には太田家が仕えた扇谷上杉氏が掛けられる。「かげたかき」の「かげ」は大樹の陰の意で、心強い庇護をいう。従って、「君と人との」の「人」は臣の意で、一義的には道真を指すのであろう。最後に、扇谷上杉氏と太田家の君臣和合を説き、「千とせ」、「万代」に渡る安寧を言祝いで、長歌を締め括っている。

反歌の上句は、春、正月七日の朝に七草を摘む意であるが、「ことのはぐさ」に和歌・連歌の道に精進する意を込める。

なお、長歌の「世ものどやかに……国つかぜ」が、心敬の「のどけしな九重八の国津かぜ」（吾妻下向発句草・五九九）と酷似することなどから、当該歌が文明三（一四七一）年正月の詠であることが推測されている。金子金治郎氏『心敬の生活と作品』（桜楓社・昭和五十七年）、島津忠夫「心敬年譜考証」（145【評釈】）を参照。

【現代語訳】

新年を迎えた今は、昔に立ち返って、世の中ものどかに、四方の海、関八州の善政の国風が花を咲かせた和歌、その六義ならぬ、（和歌に心を寄せて）七草を摘む人の命もはるかで、広々とした武蔵野の、受け継ぐ花の、恵みを受け難いこの身は、この国の海人（のように卑しく）に生まれてきたが、浮沈の激しい憂き世の旅に長の年月を過ごし、京都を離れたこの年老いた鶴（私）が、羽を杖のように突いて疲れた様子で、声をあげてないているのを、千代までも続く友鶴が、かわいそうだと宿に貸してくれた、その松の枝を、同じ緑の、山田荘のあの高い杉のように、色を変える

ことなく、扇谷上杉氏と太田家が君臣の力をあわせて、きっと千年を約し仕えるだろう、私が泊まっているこの宿は、万代を経るのだろう。

七草（の日）よ。（それにことよせ）言葉を磨いて春を摘む、千年の先までもはるかに続く、広々とした武蔵野の原であることよ。

瀟湘八景歌

或人、瀟湘八景の歌を難去競望侍るに、頓に詠じ遣之。左道々々。

この前書きによれば、以下の八首は「或人」の依頼に基づき詠まれたものである。文末の「左道」とは、「Satŏ 左道《ひだりみち》。すなわち、乏少の儀。貧弱、または些少」（日葡辞書）の意で、八首が質的に粗末であるという心敬の謙辞である。応仁二（一四六八）年『連歌百句付』の奥書、文明二（一四七〇）年『芝草句内岩橋』の奥書等にも見え、心敬好みの言い回しであった。なお、以下の八首は、『十体和歌』諸本や『心敬集』にも収められず、底本にしか存在し

ない。

瀟湘八景の「瀟湘」とは、洞庭湖とその南に位置する長江支流域全体を指す呼称である（中国湖南省）。宋代の画家宋迪が瀟湘一帯の八つの絶景、すなわち、瀟湘夜雨・漁村夕照・遠浦帰帆・山市晴嵐・洞庭秋月・平沙落雁・煙寺晩鐘・江天暮雪（底本の順による）を描いたことが、瀟湘八景の成立とされる。その後、瀟湘八景は画題として定着し、またそこに画賛が付されたことにより、詩題としても一般的になった。日本では、鎌倉後期の渡来僧である一山一寧、大休正念作の詩が最も古く、以後五山を中心に絵画と八景詩は数多く作られていった。和歌に限れば、冷泉為相作とされる八景和歌が最も古く、主な歌人では京極為兼、頓阿、冷泉為尹が次ぐ。

『草根集』（巻九・宝徳三年七月朔日）の詞書には、「南禅寺東禅院景南和尚之勧進にて、八景詩歌の色紙を給はりし、自分之外人数、歌方飛鳥井中納言入道祐雅、息中納言雅親、冷泉中納言持為、畠山修理大夫入道賢良、細川右馬頭入道道賢、尭孝法印、愚弟正広」とあり、正徹らが一人一首を担当し瀟湘八景歌を詠じたことが知られる（稲田利徳『正徹の研究　中世歌人研究』〈40【評釈】〉第三篇第二章第四節「瀟湘八景歌」参照）。また、日本における瀟湘八景の受容と展開については、堀川貴司氏『瀟湘八景　詩歌と絵画に見る日本化の様相』（臨川書店・平成十四年）を参照した。

底本の歌は先述のような順に並び、一般に流布していた伝玉澗作の二種の八景詩（①、②とする）、為相作の八景歌の順序とは異なる。だが、心敬のこれは、恐らく意図的な並び方ではない。『八景鈔』には、「畢竟、次第ニ心ハナキ歟。何モ心アツテ次第ヲ編タル理ハナキ也。何レノ景モヲトリタルハナキゾ」とあり、中世から八景の順序に関心が払われたことが知られる。だが、順序の正しさについての結論は出なかったようだ。

心敬に瀟湘八景歌を依頼した「或人」とは誰であろうか。都にあったころの心敬は、『所々返答』第二状において述懐される輝かしい経歴の割に、それ以上の活躍を具体的に跡づけることは難しい。都での心敬は一歌僧に過ぎず、著名な他の歌人の陰に隠れていたといってもよい。つまり、瀟湘八景歌を依頼されるのは、関東下向以後であった可

能性が高い。さらに当時、瀟湘八景にまつわる詩歌が依頼される場合、八景を描いた屛風や絵に対する画讃であることが多いことを考慮すれば、依頼主は上級貴族、有力武士、大寺院あたりが考えられよう。そうすると、例えば、太田道真周辺の武家（太田道真であれば、長歌の詞書きに名前が出てくるので、ここで「或人」とぼかすのは不自然）、鈴木長敏の一族、品川の妙国寺、川越の喜多院、大山石蔵の隠棲先の寺院などが想定できる。

瀟湘夜雨《せうしやうのやう》

326　竹のはやわがうれへにも色かへんむなしき跡の雨をきく夜は

【自注】なし

【評釈】

瀟湘夜雨は、「Xôxŏno yoruno ame. 夜、この場所で聞こえる雨の音」（日葡辞書）とあるように、雨音を聞くのが本意である。確かに、先行する冷泉為相の八景歌でも「船よするなみにこゑなき夜のあめをとまよりくゞるしづくにぞしる」とあり、聴覚に重点が置かれている。当該歌の第五句「雨をきく」もそのような伝統に従っている。中世には、瀟湘八景のそれぞれについて本意が確立し、画賛等に詠まれた際にはある定まった意味を示すことが指摘されている（芳澤勝弘「畫賛解釋についての疑問　五山の詩文はどう讀まれているか」〈『禅文化研究所紀要』平成十二年十一月〉）。瀟湘夜雨は、「瀟湘夜雨（無分暁、又、暗点）」とされ（宗門方語）、夜の茫漠とした様が本意である。

当該歌は斑竹の故事を踏まえる。舜に嫁した尭の二人の娘、娥皇と女英は、湘浦で崩じた舜を悼み、悲嘆に暮れて流した涙が竹を斑に染めたほどであった。その後、二姫はそのあたりで水死し、黄陵廟に葬られたという。もとは

『博物志』、また『初学記』などの類書に収められる話であるが、日本では「竹斑湘浦、雲凝鼓瑟之蹤。鳳去秦台、月老吹簫之地（竹湘浦に斑なり、雲鼓瑟の蹤に凝る。鳳秦台を去る、月吹簫の地に老いたり）」（和漢朗詠集・下・雲・四〇三・張読）、『和歌童蒙抄』巻七、『唐物語』第十三等に見える。特に注意すべきは、伝玉澗作の八景詩②の瀟湘夜雨に「孤灯篷裏聴簫瑟、祇向竹枝添涙痕（孤灯　篷裏　簫瑟を聴く、祇《た》だ竹枝に向かひて　涙痕を添ふ）」とあって、当該歌と明確に同じ典拠を踏まえる点である。『八景鈔』は「懸ル瀟湘ノ住居物スゴキ処ニ、友モナク独リ居ル体也」とするが、当該歌も同様の状況であり、「わがうれへ」とは孤独からくる寂しさであると推測できる。なお、同故事は、心敬の「古の涙のそめの竹のははぬるゝばかりにふる時雨哉」（心敬難題百首自注・八三・雨中緑竹。岩橋第二句「そめぬ」）でも踏まえられている。

心敬は『老のくりごと』〈神宮本〉で「感情慮絶、まことに瀟湘廬山の夜の雨を聞」と述べ、瀟湘夜雨と廬山の夜の雨（69【評釈】参照）を対比的に用いるが、当該歌にも廬山の夜の雨の面影があろう。今川了俊に門弟となることを決意させた、「なさけある友こそかたき世なりけれひとり雨聞く秋の夜すがら」（落書露顕・秋雨）という冷泉為秀詠も影響を与えたか。

第四句の「むなしき跡」は、娥皇・女英が水死した跡のこと。二姫の舜への深い愛情をも指している。

【現代語訳】
竹の葉は、私の憂愁の念によっても色を変えるだろうか。娥皇・女英の伝承の旧跡で雨を聞く夜には。

漁村夕照《ぎよそんのせきせう》

327　かすむ江にしづむ夕日をつりかねて帰るやあかぬをちのあま人

【自注】なし

【評釈】

漁村夕照は、「Guoisonno xeqixô　夕方、漁師の門口で漁をしたり、網を広げたりしているのを見ること」（日葡辞書）、「漁村夕照〔晩晴〕」（宗門方語）とあるように、晴れた夕刻に漁の様子を見ることが本意である。当該歌では、漁からの帰途につく海人が詠まれている。

上句の「夕日をつりかねて」とは、海に落ちつつある太陽を釣り上げて時をとどめることはできないという意味。裏に魚は時間切れのために釣ることができず、「あかぬ」心を残しながら引き上げざるを得なかった思いを含む。「夕日を釣る」という表現は日本には見られず、漢詩にも、「海岸耕残雪、沙渓釣夕陽（海岸　残雪を耕し、沙渓　夕陽を釣る）」（皇甫冉「送王翁信還剡中旧居（王翁信の剡中の旧居に還るを送る）」）がある程度で、先行用例は極めて少ない。心敬独自のものといえよう。

第四句の「帰るや」の「や」は詠嘆。

【現代語訳】

霞んでいる入り江に、沈みつつある夕日を釣り上げることができないで帰っていくのだなあ。漁に心を残す、遠くの海人たちは。

328　遠浦帰帆《ゑんぽのきはん》

しぐるらしくものかたほをかけすてていそぐ小舟のあとの塩かぜ

【自注】なし

【評釈】

遠浦帰帆は、「Yenpono qifan　遥かかなたに帆かけ舟を見ること」（日葡辞書）、「遠浦ノ帆帰〔必到ル〕」（宗門方語）とあり、遠く舟が帰って行く様子である。正徹には「つり棹の糸うちなびけ奥津風なぎたる浦にかへる舟人」（草根集・巻三・嘉吉二年四月・当初、大館治部大輔□□八景屏風の賛とて所望ありしに、遠浦帰帆を）の「沖津風たつ夕浪にとぶ鳥のかへるを見れば舟にいさり火」（草根集・巻九・宝徳三年七月朔日・南禅寺東禅院景南和尚勧進の八景詩歌）の二首がある。後述のように、当該歌は寧ろ、「無辺刹境入毫端、帆落秋江隠暮嵐（無辺の刹境　毫端に入る、帆　秋江に落ちて暮嵐に隠る）」（玉澗詩①・遠浦帰帆）、「風むかふ雲のうきなみたつとみてつりせぬさきにかへるふな人」（冷泉為相）を摂取していると考えられる。

第二句の「かたほ（片帆）」とは、風を横から受けた場合の帆のこと。真帆に対していう。正徹が七首を詠み、先行用例の中では突出している。当該歌では、帆が雲のように見える意と、舟が片帆である情景を掛ける。正徹には「浪の上にこぎ行舟はしらねども雲のほおろす興つしほ風」（草根集・巻十一・享徳二年四月七日・修理大夫家月次・当座・海辺雲）の「雲のほ」という表現もある。恐らく、これは漢語「雲帆」から来ている。唐代から用例は見え、「江火明沙岸、雲帆礙浦橋（江火　沙岸に明らかに、雲帆　浦橋に礙《へだ》てらる）」（三体詩・祖詠「泊楊子岸（楊子の岸に泊す）」）に「大船ガ雲ノゴトキ帆ヲカケテ」（素隠抄）と注されるように、帆を雲に喩えた言い方である。『韻府群玉』にも「雲帆〔張――（雲帆）／馬融伝〕」（巻八）と立項される。但し、正徹詠では「海辺雲」題から判断して、「雲のほ」は雲の意も掛けている。正徹は、「花の雪」、「波の花」から類推して、雲を実体、帆を比喩と捉えることもできると考えたのだろう。心敬の「くものかたほ」も、風に散らされたちぎれ雲と舟の片帆の意を掛けていると思われる。

さらに、正徹には「朝あけの霞のかたほかけすて、浦かぜとをくわたる舟人」（草根集・巻一之下・宝徳三年四月二十

一日～二十五日・春日社法楽百首・渡霞）の詠があり、第二、三句が当該歌と極めて近い。この歌では、正徹は「雲帆」を「霞のかたほ」とずらしているが、心敬は第二句、第三句を摂取した際、もとの「雲帆」に近づけ、さらに片帆を入れたのであろう。心敬は、「霞のかたほかけすてゝ」と「雲のほ」という二つの正徹由来の表現を組み合わせて、当該歌を詠じているのである。

当該歌第一句に「しぐるらし」とあり、一首が冬の景として示されるが、これは先掲玉潤詩①の影響であろう。玉潤は、「秋江」を行き「暮嵐」のせいで見えなくなる船を描く。心敬はそれを引きかえて、冬時雨の雲が湧き立つ中、急ぎ帰る舟を詠んでいるのである。「かけすてゝ」の「捨つ」は「去る」意で、当該行動の勢いを表している。為相詠の「雲のうきなみたつとみて」も、雲に嵐の気配を読み取り、帰港する情景を示し、当該歌と発想が近い。

【現代語訳】
時雨れているらしい。雲のような帆を片帆に掛けて急ぐ小舟の後を追って吹く、潮風よ。

山市晴嵐《さんしのせいらん》

329　盃にみねのあらしをくみすてゝたもとやかろきかへる市人

【自注】なし

【評釈】
山市晴嵐は、「Sanxino xeiran　山の間に、大勢の人々が市に集まっているのを見ること」（日葡辞書）、「山市晴風〔村気〕」（宗門方語）とある。山間の市に集まる人々の賑わいを表わす。当該歌でも、市に集まる「市人」が描かれる。

正広にも同歌題で「嵐吹く夕の雲も市人も群がり帰るをちの山本」（松下集・八二七）と詠んでいる。

第一句の「盃」は、第四句から推定して、「市人」が飲んだ酒のこと。これには玉澗詩①、②の影響が考えられる。すなわち、「最好市橋官柳外、酒旗揺曳客思家（最も好し　市橋　官柳の外、酒旗　揺曳す　客思の家）」①、「一竿酒旆斜陽裏、数族人家煙嶂中。山路酔眠帰去晩、太平無日不春風（一竿の酒旆　斜陽の裏、数族の人家　煙嶂の中。山路　酔眠して　帰り去ること晩し、太平　日として春風ならずといふこと無し）」②とあり、どちらの詩にも酒店が詠まれている。当該歌も市人が酒店で酒を汲み交わしている。「あらしをくみすてゝ」は類例のない独自の表現である、嵐の中、酒店で市人が酒を飲み、その間に嵐もすっかり止んだことを、酒ばかりか峰の嵐をも酌み捨てたというのである。「すてゝ」は、嵐が止んだので、酒を酌み交わしていたのを止めての意を含む。

第四句のように、袂を軽いと表現する際は、「いつしかに今朝は袂の軽きかな秋は衣に立つにぞありける」（俊成五社百首・三六・立秋）、「神垣に今日立ちめぐる八乙女の袂も軽く夏は来にけり」（為家五社百首・一四五・更衣）のように、風が袂を揺らす軽やかさであったり、夏衣の薄い様を詠じることが多い。当該歌の市人は、雨後の風によって袂を軽く揺らされている。商い物がすべて売れてしまって、両肩に担う荷がなくなり、袂が軽々と自由に動かせることをいう。

正広詠が、天候の変化によって市に集まっていた人々が帰り行くさまを詠んでいるのに対し、当該歌は、市人ひとりに焦点をあて、その飄々とした足どりを詠んでいる点に特色がある。

【現代語訳】

盃に、（酒ばかりか）峰に吹く嵐をも酌み尽して、（嵐がやめば盃を捨て置いて、）袂も軽々と帰る市人よ。

330
洞庭秋月《とうていのしうげつ》
ふけ行ば海もひとつの光哉か□《さカ》なるみねは月にしづみて

【自注】なし

【評釈】

洞庭秋月は、「Tôteino aqino tçuqi　秋の月」（日葡辞書）、「洞底《ママ》秋月（明《ナルコト》如レ暁《ノ》）」（宗門方語）、「此洞庭湖ハ七八百里ニワタリタル広キ湖ナル程ニ、月モ此ノ洞庭ノスミヨリ出テ又洞庭ノスミヘ入ゾ。広キ故ナリ」（八景鈔）によれば、広大な洞庭湖に明るく輝く秋の月を詠むことが本意である。

上句は、月光により湖面が一色に輝く様である。「浅緑花も一つに霞みつつ朧に見ゆる春の夜の月」（新古今集・春上・五六・孝標女）は、霞の中で一色になる花を詠み、当該歌の「ひとつ」の用法と近い。連歌では、「波も秋なる汐かぜぞふく／月よこそうらも湊もひとつなれ」（菟玖波集〈広大本〉・秋上・三五二・信詮）、「まづとをくなるうらのいで舟／奥津浪空もひとつに月おちて」（文安元年十月十二日賦何船連歌・五五・正）など、当該歌と同じ趣向が見出せる。

注目すべきは、『八景鈔』が劉禹錫「君山」詩の「湖光秋色雨相和、潭面無風鏡未磨（湖光　秋色　雨相和《あひ》し、潭面　風無く　鏡未だ磨かず）」（本来は「湖光秋月両相和」の本文）を引き「秋声《色》モ湖ノ光モ一ツニ成テ」と注する点である。当該歌と極めて近い情景である。

「此洞庭ニハ七十二峰がアルトシタホドニ」（八景詩）や、東沼周曮「江天暮雪」詩の「七十二峰波底影、群仙騎鶴下瑶池（七十二峰波底の影、群仙鶴に騎って瑶池に下る）」に「三四之句、洞庭ハ七十二峰也。七十二峰ガ此洞庭ノ水ニ写リテ見事也。何ニ譬エン様ナイゾ」と注されるように（中華若木詩抄）、洞庭湖の周囲には七十二峰と称される峰々が立ち並んでいた。一般的には「みねに月は」沈むとあるべきところを、当該歌の下句は「みねは月に」沈むとある。

月光に照らされて、山並みも「ひとつの光」として輝き、湖面に姿を映すというのであろう。僅か二字を入れ替えるだけで新しい表現に仕立てた手腕は評価されるべきである。「立よりて涼しさまさる木陰かな」の初五を、「立さりて」と一字を変えて新しい趣向を立てた（兼載雑談）心敬らしい繊細さである。「心敬の発句、てにはのあしきは有まじき」（兼載雑談）と専順に評された心敬は、てにをはの一字にも気を配る歌作を行っているのである。

なお、『土佐日記』一月十七日の条に「曇れる雲なくなりて、暁月夜いともおもしろければ、船を出だして漕ぎ行く。この間に、雲の上も海の底も、同じごとくになむありける」とあり、当該歌の情景に似る。それを意識していたとすれば、「海もひとつ」は、海も空も一つにの意となる。なお、心敬においては琵琶湖に映る比叡山を連想させる題であっただろう（332【評釈】参照）。

【現代語訳】
夜が更けると、湖面も一色に輝く光であるよ。（洞庭湖周辺の）重なる峰々は月に沈んだように見え。

平沙落雁《へいさのらくがん》

331　むれてゐる真砂の霜や□（五）ぬらんとのゐの雁のこゑのさむけさ

【自注】なし

【評釈】
平沙落雁は、「Feisano racugan　入江の浜に野鴨の群れが下りる時とか、休んでいる時とかの景色」（日葡辞書）、「平沙《ノ》落雁〔胡乱〕」（宗門方語）とあるように、浜辺における雁の乱れた群れを描くことが主眼である。先行用例の

「まづあさるあし辺の友にさそはれて空行雁も又くだるなり」（為相）、「さむき江の浜すやねぐら嶺越て入日のまへに落る雁金」（草根集・巻三・文安四年十一月朔日・典薬頭盛長朝臣、平沙落雁絵かきたるついたて障子のしきしのうた一首よみてとありしに）は、浜辺に下り立とうとしている雁を詠じている。

第二句の「真砂の霜」は、砂浜に照り映える月光を指すことが一般的である。「風吹枯木晴天雨、月照平沙夏夜霜（風枯木を吹けば晴の天の雨、月平沙を照らせば夏の夜の霜）」（和漢朗詠集・上・夏・夏夜・一五〇・白居易）を典拠とした言い方であるが、当該歌では月はなく、浜に置いた霜のことである。心敬は白詩の「平沙」を「平沙落雁」に結び付け、当該歌に「真砂の霜」を詠じたのである。玉澗詩①の「天寒水冷難成宿、猶自依々怨別離（天寒く水冷やかにして宿を成し難し、猶《なほ》自依々として　別離を怨む）」に「此ハ、秋ノ末ツカタト見ヘタゾ」（八景詩）と注されるのと同様に、当該歌も晩秋の光景と見て良い。

第四句の「とのゐの雁」は、他に用例を見出せない言葉である。類例には「深き夜の深山隠れの宿直猿独り訪なふ声の寂しさ」（新撰六帖・五一四・信実）、「あかつきふかきたびの一こゑ／目をさます宿直に月や寒ぬらん」（三島千句・第十・四一・加注本前句「猿の一声」）の「宿直猿」がある。『三島千句』に付された、実隆によると見られる注には「是はとのゐざると付たり。宿直雁と云事もあり」とあり、やはり「とのゐの雁」という言い方があったらしい。恐らく、夜に休んでいる雁の群れの中で、目を覚ましつつ周囲の危険に気を配る役目を負っている雁のことであろう。

【現代語訳】

（雁が）群れをなしている真砂の霜は冴えているのだろうか。見張り役の雁の声の寒そうなことよ。

煙寺晩鐘《えんじのばんしょう》

332　夕暮をうごかす鐘に打けぶり杉むらかすむをちの山本

【自注】なし

【評釈】

煙寺晩鐘は、「Yenjino banxô　遠方にある寺で遥かにひびく鐘」（日葡辞書）、「煙寺晩鐘〔暗撞、胡乱〕」（宗門方語）とあり、靄の向こうから朧気に響く晩鐘を聞くことが本意である。為相も「暮かかる霧よりつたふ鐘の音に遠方人も道いそぐ也」と、本意通りの歌を詠じている。

当該歌の鐘は、「杉むら」が「山本」にある「をちの山」の寺にある。「鐘のかすめるを、ひとへに夜分にあらずといへる人あり。かすむは遠き也」（私用抄）とあるように、霞の中から鐘が「かすむ」ように聞こえるが、その音で寺との遠い距離を認識するのである。当該歌と似た風情の「松一むらに浦ぞ暮れゆく／遠き江の煙に曇る鐘の声」（竹林抄・雑上・一一一二・心敬）について、兼載が「執筆夜分といひしに、作者腹立、晩鐘なり」（竹聞）と事情を伝えるように、心敬は靄の中の晩鐘という主題に強い拘りがあったようだ。

鐘が夕暮れを「うごかす」とは、その響きで夕暮れという時を人々に意識させて、宵へと向かわせる意。夕暮れの中に晩鐘が響き、その一撞き毎に徐々に薄暗くなっていく情景であろう。このような用法の「うごかす」は非常に珍しく、心敬らしい感覚的な詠みぶりである。

さらに、当該歌は330同様比叡山を詠んだものと考えられないだろうか。心敬にとって、「杉」は若年時代に修業した横川を想起させるものであった（223【評釈】参照）。この当時、近江八景はまだ確立していないが、心敬の意識の中で琵琶湖を洞庭湖に比すことがあっても不思議ではない。

【現代語訳】

夕暮れを宵へと向わせる入相の鐘の音によって、杉村が霞んで見える遠い山の麓であるよ。

333　江天暮雪《（かうてんのぼせつ）》

むらかもめあしのはしろき雪の江に色わかれ行ゆふぐれの空

【自注】なし

【評釈】

江天暮雪は、「Côten noboxet　夕方、川とか入江とかに降る雪の景色」（日葡辞書）、「江天暮雪（一片白）」（宗門方語）とあり、あたり一面雪に覆われている景色である。正徹も「其山とくらせる代々の跡ふりて雲にたえにし江にこそ有けれ」（草根集・巻十二・康正二年八月二十八日・八幡藤坊の障子に、八景のうたすゝめられし中に。類題本第四句「雪」）と詠んでいる。

第一句の「むらかもめ」は群がる鷗の意であるが、先行用例は見出せない。「村鳥」、「村千鳥」などの類想であろう。漢詩文では鷗は世俗から離れた清廉であることの象徴として詠まれ、五山文学でも頻出する（中川徳之助「白鷗考」〈『日本中世禅林文学論攷』清文堂出版・平成十一年〉）。この意味で、禅林で尊重された瀟湘八景に鷗が描かれることは自然であるが、范希文「岳陽楼記」（古文真宝・後集）に「沙鷗翔集、錦鱗游泳（沙鷗翔集し、錦鱗游泳し）」と洞庭湖の様子が描かれることが典拠となる。

上句の雪によって「あしのはしろき」情景は、「蘆の葉にかかれる雪もふかき江の汀の色は夕ともなし」（為相）に似るが、それよりも「難波江や蘆の葉白く明くる夜の霞の沖に雁も鳴くなり」（後鳥羽院集・一四一四）を明確に踏ま

えると考えてよい。『十体和歌』は元来『老のくりごと』に付随していたと考えられるが（研究編「『心敬十体和歌』の成立と諸本」参照）、特に『老のくりごと』〈神宮本〉には後鳥羽院詠が「本歌共上下継ざま覚悟あるべく哉」として挙げられる。さらに、同じく引用される「千鳥鳴く川辺の茅原風さえて逢はでぞ帰る有明の空」（壬二集・二八〇九）とともに、関東歌壇で「当世の連歌の本尊」とされることは注意される（雲玉抄。但し、後鳥羽院ではなく定家の作とされる）。『雲玉抄』の関東に関する記事は信憑性が高いとされるが、関東で書かれた『老のくりごと』が両首を名歌と扱っていることと無関係ではなかろう。

第四句の「色わかれ行」とは、「山本のあけのそほ舟もみぢ葉に色わかれゆく跡のうら風」（心敬難題百首自注・九二・海路眺望）の自注に「山かげにうかびぬるまでは舟のあけなる色も紅葉もひとつに侍し。こぎはなれてたがひの色□《（をカ）》わき侍ると也」とあるのと同様に、雪の置いた蘆と見分けのつかなかった鷗が飛び離れたことで、白色が天と地の二手に分かれたことをいう。もとは「田子の浦の波も一つに立つ雲の色分かれゆく春の曙」（拾遺愚草・上・一二一九）を典拠として、「山の端の霞も雲もほのぼのと色分かれゆく曙の空」（松下集・四五）、「月雪の色別行朝哉」（竹林抄・発句・一八二八・智蘊）という正徹周辺歌人に用例があることは示唆的である。

鷗と雪との類似性を詠む例は「波の上に消えぬ雪かと見えつるは群れて浮かべる鷗なりけり」（俊成五社百首・三六四・水鳥）、「しろきは雪の色とこそみれ／月寒き浦のかもめの声はして」（菟玖波集〈広大本〉・雑一・一一九四・遠実）などが見えるが多くはない。

【現代語訳】

群れている鷗が、蘆の葉の白く見える雪の降る入り江に（飛び立って）白色が（天と入江に）分かれてゆく夕暮れの空よ。

島原本異本歌

麗体

〈底本152と154の間〉

　　　草庵春雨

334　うちしめり草の戸いでぬはなの香もぬるゝやいとふ夜半の春雨

【自注】なし

【評釈】

歌題の「草庵春雨」は、正徹の「草の庵ねぬにぞおもふ春雨のこまかに遠き世々の古事」（草根集・巻四〈次第不同〉）しか先行用例を見出せない歌題である。但し、類題の「草庵雨」題は珍しいものではない。歌題の「草庵」は第二句の「草の戸」で満たされるが、そこに降る「夜半の春雨」も隠者に縁のある光景である。心敬は、「蘭省花時錦帳下、廬山雨夜草庵中（蘭省の花の時の錦帳の下　廬山の雨の夜の草庵の中）」（和漢朗詠集・下・山家・五五五・白居易）の「雨夜」を、「夜半の春雨」にずらしたのであろう。

第一句の「うちしめり」は、第三句の「はなの香」に掛かる連用中止法である。『源氏物語』梅枝巻で源氏が「こ

の夕暮れのしめりに試みん」と言うのは、春雨の「しめり」の中で薫物合を促すものであった。『河海抄』は「薫物はしめりににほひまさる物也云々」と注し、湿り気が香りをより強くするという。当該歌の「はなの香」も、春雨のために香り立つのである。「うちしめり菖蒲ぞ香る時鳥鳴くや五月の雨の夕暮れ」（新古今集・夏・二二〇・良経）も、雨の「しめり」に香る「菖蒲」を詠んでおり、香りそのものがしめっているとも解せる。当該歌も、良経詠を意識していると思われる。但し、香りを「しめ」ると表現する歌例は、良経詠のほかには心敬の「山桜色もにほひもうちしめり花に散さぬ春のあさ露」（心敬集・三二八・朝花）が見える程度であるが、連歌では、「ふるき枕の人のおもかげ／きぬ〴〵のにほひもしめるよるの雨」（享徳千句・第一・一五・之基）、「山路のともよひとつ宿かれ／雨ふれば菊のにほひのしめる日に」（因幡千句・第六・八九・青陽）など数例ある。連歌的な表現といえる。

当該歌では、強く漂う「はなの香」が擬人化され、春雨に「ぬる、やいとふ」から草庵のうちに籠もると詠まれる。「ぬる、や」の「や」は、「聞くも憂し涙のほかの夕時雨濡るるを厭ふ袖ならねども」（続千載集・哀傷・二〇四九・教範）の「濡るるを厭ふ」と類似の表現であり、疑問の係助詞を間に挿入し、「はなの香」が草庵に留まる理由を推量する。なお、「山風も花の香ながらまきの戸をおして春雨明ぼの、空」（草根集・巻四〈次第不同〉・春曙、正徹詠草〈常徳寺本〉では、永享六年二月三日・菅原性言のもとでの三首和歌）は、花の香が草庵に入り来る様を詠んでいるが、当該歌では、庵の内で花の香が非常に強い状態をいう。

【現代語訳】

しっとりと（いっそう匂い立っている）、草庵の戸を出てゆかない花の香りも、濡れることを嫌がっているのだろうか、この夜半の春雨に。

〈底本177と178の間〉

羈旅遠

335　おもふ人なくとも袖やしほれまし角田河原の夕暮の空

【自注】なし

【評釈】

歌題の「羈旅遠」は、320【評釈】を参照。

当該歌は、『伊勢物語』九段を本説取りする。都から東国に向かい、「角田川」に辿り着いた一行は、「その川のほとりに群れゐて、思ひやれば、限りなく遠くも来にけるかなとわびあへるに、渡守、「はや舟に乗れ。日も暮れぬ」と言ふに、乗りて渡らんとするに、みな人物わびしくて、京に思ふ人なきにしもあらず」、そして、業平が「名にしおはばいざ言とはむみやこ鳥わが思ふ人はありやなしやと」と詠じると、「舟こぞりて泣きにけり」という状態であった。歌題の「遠」は歌本文に詠まれないが、本説の「限りなく遠くも来にけるかな」という感慨が「角田河原」によって想起され、間接的に満たしている。心敬には、この本説の「遠い」という点に注目した作例が三つある。「とはむ人なき道のはるけさ／すみだ川袖にながるゝ日は暮て」（芝草内連歌合〈天理本〉・二八九九）、「わかれし人の遠き面かげ／すみだ川舟まつくれに袖ぬれて」（心敬連歌自注〈校本〉・四二）は、前句の「はるけさ」、「とをき」を空間的な意味と捉えている。また、『藤川百首』題の「隔遠路恋」を詠じた「われぞたゞ鳥のねをなく住田川袖にながれぬ都共哉」（心敬集・一七七）では、題の「隔遠路」は直接的に詠まれない。この作例も本説によって満たしている。また、当該歌では、「おもふ人」、「袖やしほれ」（「舟こぞりて泣きにけり」）、「角田河原」、「夕暮の空」（「日も暮れぬ」）と、全ての言葉が本説に縁のあるもので構成され、一首全体が本説に密着した詠みぶりである。

同じく九段を本説とする「我が思ふ人に見せばやもろともに角田川原の夕暮れの空」（新勅撰集・羈旅・五一九・俊

成）も、都に残した「思ふ人」を遠く思いやる詠である。それに対して、当該歌には「おもふ人なく」とあり、詠作主体が「おもふ人」を持たないように見える。「や…まし」は推量。15【評釈】参照。

【現代語訳】

思いを寄せる人がなくても、袖が涙で濡れるのだろうか。この角田川の川原の（舟を待つ）夕暮れの空の下では。

二　資料編

天理図書館蔵『百首和謌』（寛正四年百首自注）
――解題と翻刻――

島津忠夫
竹島一希

解題

一　はじめに

天理図書館蔵の心敬自筆『百首和謌』（寛正四年百首自注）を翻刻する。(1) この本は早く、横山重・野口英一編纂校訂『心敬集　論集』（吉昌社・昭和二十三年）に翻刻されたが、意味の通らない箇所が間々あり、そのまま引用することは躊躇われた。一方、本書は重要美術品の認定を受け(2)、また収蔵される天理図書館でも貴重書となっているため、閲覧は容易ではなかった。ところが、過日、天理図書館のご厚意により、拝見させていただく機会を得た。この僥倖に、新たに翻刻を起こし、またそれに伴い諸本との関係を考え直したい。

まず、書誌について記す。既に『天理図書館稀書目録　和漢書之部　第三』（昭和三十五年）に詳述されており、それを参考にした。

縦二三・五糎、横一〇米七〇糎。巻子本一軸。全一筆で心敬自筆。表紙は改装後のもので、亀甲華文金襴表紙。外題はない。見返しには金銀摺箔が貼られる。本文料紙は裏打ち済みの楮紙で、裏は金切箔散らし。内題は「百首和詞」。内題左下に「権大僧都心敬」と自署。手擦れの跡より、もとは袋綴であったことが知られる。袋綴のときは、縦二三・五糎、横一五糎の全十九丁。半葉に和歌三首九行が墨書され、行間に細字朱筆で注文が書かれる。奥書は、「寛正第四暦暮春下旬於紀州／名草郡田井庄宮参籠中／為備法楽早卒詠之毎首／狂哥左道〳〵」と墨書。巻頭に「天理図書館蔵」、巻末に「月明荘」の方形朱印。「赤星家蔵」と書かれた紙票が付属することから、もとは赤星弥之助の旧蔵で、月明荘を経て天理図書館に入ったことが知られる(3)。現在の所蔵番号は911・25―37。

二　成立

奥書には「寛正第四暦暮春下旬、於二紀州名草郡田井庄宮一参籠中、為レ備二法楽一早卒詠レ之。毎首狂歌、左道々々」（私に訓点を付す。以下同）とあるが、これは百首を詠進した際のもので、自注を施した年次を示すものではないと考えられている（後述）。寛正四（一四六三）年三月下旬、心敬は紀伊国名草郡（和歌山県和歌山市）の田井庄宮に百首を奉納した。田井庄宮の特定は難しいが、本百首から二ヶ月後に執筆される『ささめごと』の奥書にある「田井庄想《ママ》社」〈草案本系国籍類書本〉、「田井庄八王子社」〈改編本系書陵部本〉と同一と目される、田井庄の氏神である（本百首98参照）。本百首の中に、

田家

90　をのづから心のたねもなき人やいやしき田井の里にむまれし

〈天理本(4)〉

拙者、彼田井ノ庄と云ところにて生て、三歳にて都へのぼり侍ると也。さやうの述懐ども思ひつゞしり侍り。

〈京大本〉

心敬、かの田井の庄といへる所にてむまれ侍りて、三のとしとやらん、都へのぼり侍り。さやうの事ども思ひつゞけて。

とあり、田井庄は心敬の故郷であった。先述の通り、本百首から二ヶ月後には『ささめごと』を当宮参籠中に執筆する。この百首前後の心敬の気力の充実ぶりが窺える。

なお、90の自注に「彼田井ノ庄と云ところ」〈天理本〉、「かの田井の庄といへる所」〈京大本〉とあり、自注を記したのは田井庄を離れた場所であることが分かる。すなわち、自注は寛正四年六月以後の帰洛後のある時期に記されたと推測できるにとどまる。(5)

三　諸本

言うまでもなく、天理本は歌本文、注文とも心敬自筆であるから、最も信頼の置ける本文を持っている。一方、本百首には、心敬が別の時期に自注を付したと思われる自注本も伝わっている。これら二系統の自注本について、その関係を考察したい。

ア　市古本(6)

市古貞次氏旧蔵本は、外題はないが、『寛正四年百首自注』、『応仁二年百首』、『連歌百句付』が合写されている。

『連歌百句付』の心敬の奥書の次の丁に、本書全体にかかると思われる「心敬自筆ニ而写畢」という書写奥書があり、それによれば市古本百首自注は心敬自筆本を写したものとなる。自注本文は天理本系統、奥書も天理本に一致し、天理本の特徴である、53「岡紅葉」歌に54「庭紅葉」歌の注を記し、結果53の注を欠落させる点も等しい。結論を言うと、市古本は天理本を直接写したものと思しい。例えば、1の注では、

立春

1　あらぬ世にくれまどひぬるいとなみも一夜明ればなれる春かな

〈天理本〉
此歌、五文字にてきりて、あらぬ世に一夜あくればなれる春かな、と見つべき也。くれまどひぬるは、世のいとなみにをしなみ迷惑の心也。くるゝにはあらず。くらきさま也。

〈市古本〉
此歌、五文字にてきりて、あらぬ世に一夜あくればなれる春かな、と見るべき也。くれまどひぬるは、世のいとなみにをしなみ迷惑の心也。くるゝにはあらず。くらきさま也。

とあり、「見つべき」〈天理本〉と「見るべき」〈市古本〉という字形の類似に起因する違いのみで、漢字の宛て方まで同じである。天理本と市古本とは、歌本文では15「ひともとも―ひともとに」、56「そふる―うふる」の相違しかなく、以下それ以外の相違点を挙げると（天理本―市古本）、

1　見つへき―見るへき
3　むす□□―むすほれ
4　しつくの―しつくに《ヒ》の、玉水を―玉水と
9　いへる心―いへる
10　二たひ―二たゝ
13　□たれ侍るは―またれ侍る、たれ―たね、侍るらん□也―侍るらん
15　いへる―いふ、なれぬ―おれぬ

16　もなかなる―もかな《ヒ》かなる、侍り―侍りし
18　くちなしに―くちなしの《ヒ》に、とり―とりて
19　上の花―上の鳥《ヒ》花
21　かへそめ―かつそめ
22　照もせす―照もやせす
24　市古本は歌を掲げて注を欠く
26　□たり―きたり、してに風ふく―してにふく
28　あやしのしつか―しつか
29　うきしつめる―うきしめる
30　そゝろき過たる風情也よもきにゐてもえ侍るほたるは―わか身の陸沈し侍るあはれをうき
31　夏山の―夏山に《ヒ》の
34　年ひさしく―年のひさしく
36　思ひ―如此
37　□へし―返し、よりは―よりかは
38　思ひの―如此、雁も―雁、心也―心歟
40　侍る也―侍る歟
43　いせものかたり也―いせものかたりに
44　ひころ□り―ひころより、かこ□て―かこたす
46　物に―物、露―雁
48　ふけはてたる―ふけたてる
51　擣衣―擣旅
54　庭―衣
57　時なき―時なく
60　侍り―侍に
61　ゆきくれたる―ゆきくれた《タ》る
63　むすふ《よする》―よする
65　いてにし《そたちし》―そたちし
66　といる―といへる
67　ふりおもり―ふり、あさき心―あさ心
68　つもれる―つもる
70　くれに―くれと
72　思ふかた―思ふこと
73　夕暮と―夕暮に、ことを―ことを也
74・75　市古本は両注が入れ替わり、「左右」と訂されている
75　巻に―巻、海になる―海なる
76　たとひ―たとい《ヒ》ひ、侍らは―侍は

79　秋風の―秋風
85　衣々の―衣々
87　窓竹―寄竹（歌題）、えし―せし、嵐を□る―嵐をくる
88　き□□なり―きくと也
89　漏水漏剋―漏水剋
93　なり侍る―なりて《ヒ》侍る
94　あはれも―あはれと
96　いま―いまた、夢なれ□―夢なりと
98　まもり―まほり

となる。24の注を欠落させる点、30の注の冒頭「そゞろ〜ほたるは」を欠落させる点など、天理本に大きく劣る部分もある。とはいえ、異同の多くは写し間違いに類するものであるし、また天理本の注が朱字で書かれ、現在ではかなり褪色が進み、判読困難な部分もあることを思えば、市古本は天理本の直接の写しとして貴重な伝本であるといえよう。事実、市古本によって、天理本の3・13・26・37・44・87・88・96における判読不能の文字を補うことができるのである。

イ　京大本(7)

『寛正四年百首』の心敬自注には、天理本の他にもう一系統が存在する。京都大学附属図書館所蔵本がそれで（以下、京大本）、京大本が心敬自筆ではないものの、心敬自筆本の近いところでの写しであることは既に説かれている。注文の性格は、天理本と同文、もしくは同趣旨であり、著しい違いを見せることはない。例えば、先掲の1に対して、

〈天理本〉

此歌、五文字にてきりて、あらぬ世に一夜あくればなれる春かな、と見つべき也。くれまどひぬるは、世のいとなみにをしなみ

〈京大本〉

此歌は初五文字にてきりて、あらぬ世に一夜あくればなれる春かな、と見るべし。くれまどひぬるは、世のいとなみにたれもめ

迷惑の心也。くるゝにはあらず。くらきさま也。　　いわくの心也。

といった具合である。天理本と同じく、京大本の奥書も「寛正第四暦暮春下旬、於紀州名草郡田井庄宮、為備聊法楽卒尓詠之。述心懐計、毎首狂歌、左道々々」と、百首の成立に関するもので、注釈の付された時期について語ることはない。

ここで問題になるのは、天理本と京大本との先後関係である。島津忠夫氏は天理本が京大本に先行すると述べ、金子金治郎氏は天理本は清書本であるという逆の立場をとる。

島津説の根拠は、自注には故郷を来訪した際の感懐がはっきりとあらわれているから、天理本は寛正四年に近い時期に書かれたという推測と、京大本のみに付される仮名書きの奥書、

歌をこと葉にていひあらはし候へば、いかばかりの秀逸さへ裳におち、無下になり候と古人申候を、これは尽瓦礫狂歌をおこがましく申あかし候へば、はぢのうへのはぢがましさにてこそ候へ。　鶴若

の詞章が、心敬の自注作品集である『芝草句内岩橋』（文明二年に一応の成立）の序文の「いかばかり秀逸名句も、ことはりをときこと葉にあらはせば、裳に落侍るなどゝ先人も申侍り。いはんや、つたなくあさはかの塵どもことはり侍らんは、かたはらいたきこと也」と多く一致する点にある。ここから、京大本と『岩橋』の成立を同時期と推測し、京大本の成立を応仁元年の関東下向後とする。一方、金子氏は特に根拠を示されない。

この問題を解決するために、本稿は視点を変えて、和歌の歌本文に注目したい。『寛正四年百首』には、心敬自筆と目される写本が存する。46「野月」から奥書までの残欠本で、尊経閣文庫に現蔵される(8)。天理本、尊経閣本は自筆本、京大本も自筆本に近い写しであると推定されるから、これら三本を比較すれば、心敬の推敲の跡を辿ることができるだろう。三本の歌本文に異同が見られるのは、以下の箇所である。

	天理本	京大本	尊経閣本
51	さ夜・うらなみ	夜は・しらなみ	夜は・しらなみ
58	さはく	そよく	そよく
63	むヒ《よ》すヒ《す》ふヒ《る》	よする	よする
65	いヒ《そ》てヒ《た》にヒ《ち》しヒ《し》	出にし	いてにし
68	一むら	一むら	一ヒ《む》むヒ《ら》らヒ《立》
70	さむみ	さむき	さむき
72	いつる	いつる	かへす
73	よもきふに	よもきふに	よもきふと《に》
79	をしへし	をしへし	をしかへし
83	【別記】	同上	同上
86	あた浪	あたなみ	[ ]ヒ《あ》[ ]ヒ《た》[ ]ヒ《な》み
90	むまれし	むまれし	むまるゝ
91	のこるにあふそなみたおちぬる	のこりにあふそなみたおちぬる	のこる[を]ヒ《に》[み]ヒ《あ》[て]ヒ《ふ》[そ]ヒ《そ》おとろかれぬる
94	あはれはいつか	あはれはいつか	あはれ[を]ヒ《は》[ ]ヒ《い》つか

97	なくる	すつる	すつる
100	ことの葉も	言葉も	ことの葉は

【別記】

83かひそなきむなしかたみのなくねのみ夜るはもすそのつまにぬれとも　〈天理本〉

かひそなきむなしかたみのなくねのみ夜はもすそのつまにぬれとも　〈京大本〉

なれよとも身には思はぬ涙のみそへとなく《ヒ》□《ね》はよそにのみして　〈尊経閣本〉

全十六例のうち、天理本と尊経閣本のみとが一致する本文はなく、京大本と尊経閣本のみとが一致するのは六例、尊経閣本独自の本文は七例を数える。つまり、尊経閣本は独自の本文を持ちつつも、その本文は天理本よりも京大本に近いことが分かる。確かに、奥書も、

〈天理本〉

寛正第四暦暮春下旬、於紀州名草郡田井庄宮参籠中、為備法楽早卒詠之。毎首狂歌、左道々々。

〈京大本〉

寛正第四暦暮春下旬、於紀州名草郡田井庄宮、為備聊法楽卒尓詠之。述心懐計、毎首狂歌、左道々々。

〈尊経閣本〉

寛正第四暦暮春○《下旬》、於紀州名草郡田井庄社、聊為備法楽卒尓詠之。述心懐計、毎首狂歌、左道々々。

というように、尊経閣本は京大本とほぼ一致する。従って、この三本が成立した順序としては、京大本を間に挟んで、

①　尊経閣本→京大本→天理本

② 天理本→京大本→尊経閣本

の二種類が考えられる。

三本の成立順を窺う手がかりとして、65に注目したい。65は『心敬十体和歌』や『岩橋』にも収められる。これら諸本の本文を併記すれば、

はしたかのすよりいでにし《そだちし》《ヒヒヒヒ》人ぞあるころす心をなにをしふらん　〈天理本〉

はしたかのすより出にし人ぞあるころす心をなにをしふらん　〈京大本〉

はしたかのすよりいでにし人ぞあるころす心をなにをしふらん　〈尊経閣本〉

はし鷹のすよりそ立し人ぞあるころす心をなにをしふらん　〈十体和歌〉

はしたかのすよりそだちし人ぞあるころす心をなにをしふらん　〈岩橋〉

となる。『十体和歌』の「そ立し」は、本来「そたちし」とあったものを、書写者が誤って係助詞と動詞の組み合わせと捉え、漢字を宛てたものと思われるので（本書評釈編51【評釈】参照）、「いでにし」本文をもつ京大本、尊経閣本と、「そだちし」本文をもつ天理本、『十体和歌』、『岩橋』に分かれることになる。特に天理本の「いでにし《そだちし》《ヒヒヒヒ》」に注目すれば、「いでにし」から「そだちし」への改訂が想定できるのではないか。

そうであれば、先の「①尊経閣本→京大本→天理本」を支持すべきであるが、もう一例83を考えよう。83は天理本・京大本の歌と尊経閣本の歌と、一首全体が差し替えられている。「かひぞなき」歌は、『源氏物語』若菜下巻における柏木を本説とすることで、「寄獣恋」題を満たしているが（百首自注参照）、「なれよとも」歌も同様の詠みぶりである。この点で歌本文に優劣は見えないが、『岩橋』には「かひぞなき」歌が収められており、「なれよとも」歌は尊経閣本にしか認められない歌である。

『岩橋』は奥書に文明二年七月の年記があるものの、文明三年の和歌や句が含まれており、心敬自身によって翌年

あたりまで手が加えられたらしい。[9] 心敬は文明七年四月十六日に死去するが、晩年に精選して『岩橋』で自注まで付した歌を、『岩橋』執筆の後に一首全体を差し替えたとは考えにくい。つまり、83では「なれよとも」歌が初案で、「かひぞなき」歌が最終案と想像でき、これは三本の成立順を①とした先ほどの想定とも矛盾しない。三本は「尊経閣本→京大本→天理本」の順で成立したと考えられるのである。

確かに、島津説が指摘するように、京大本の跋文と『岩橋』の序文とは近い文言を持っている。これには二つの可能性が考えられよう。一つは京大本、天理本とも『岩橋』に近接した時期に付注したというもの。心敬が自ら注を付した『芝草』、『連歌百句付』は、ともに関東下向後に執筆されているから、本書もその一環で、五、六年前に詠じた自信作であった『寛正四年百首』に、改めて自注を付したものであるかもしれない。[10]

もう一つは、両書とも同じ典拠を引用した可能性である。「歌をこと葉にていひあらはし候へば、いかばかりの秀逸さへ裳におち、無下になり候と古人申候」〈京大本〉と「いかばかり秀逸名句も、ことはりをときこと葉にあらはせば、裳に落侍るなど丶先人も申侍り」〈岩橋〉とは、「古人」や「先人」の言を引用した部分である。引用の典拠を明確にできないのが悔やまれるが、ともかく同じ典拠に拠っていることは疑いない。そうであれば、たとえ数年を経ても同じ表現をとることは可能であり、両書の詞章が一致することは成立を推測する決め手にはならないだろう。

いずれにせよ、天理本の歌本文が清書本に当たり、この百首の最終案と思しい。尊経閣本、京大本、天理本と辿ることで、心敬の細かい推敲の跡を窺うことができるだろう。

注

（1）『寛正四年百首』については、金子金治郎「心敬故郷へ帰る」（『心敬の生活と作品』〈金子金治郎連歌考叢Ⅰ・桜楓社・昭和五十七年〉前編第三章（2））、島津忠夫「心敬の前半生」（『島津忠夫著作集　第四巻　心敬と宗祇』〈和泉書院・平成十

六年〉第一章一（1）に詳しい。以下に言及する金子氏、島津氏の論はこれに基づく。また、心敬の伝記関係の記事は両書に多くを負っている。

（2）昭和二十四年五月二十六日発行の官報第六七〇七号に、「百首和歌注　心敬筆（寛正第四暦暮春下旬奥書）」一巻が重要美術品の認定を受けたと記載される。文化庁『重要美術品等認定物件目録』（思文閣・昭和四十七年）三部参照。

（3）大正六（一九一七）年に行われた第三回赤星家所蔵品入札会の目録に、「三六八　心敬僧都百首和歌」とあり、また昭和十二（一九三七）年十月に発行された『弘文荘待賈古書目』10号に「64　心敬僧都　百首和歌自注」として掲載される。

（4）〈天理本〉〈京大本〉については、「三　諸本」を参照。

（5）島津注（1）前掲論文参照。

（6）原本未見。国文学研究資料館所蔵の紙焼写真（C2302）に拠る。なお、湯浅清『心敬の研究　校文篇』（風間書房・昭和六十一年）第六部に翻刻される。

（7）金子金治郎編『連歌貴重文献集成　第五集』（勉誠社・昭和五十四年）所収の影印に拠る。詳しい解題は、同影印解説（島津忠夫執筆）、島津忠夫「心敬年譜考証」（注（1）前掲書第一章一）寛正四年の項参照。

（8）原本未見。湯浅清『心敬の研究　校文篇』第六部の翻刻に拠る。

（9）金子、島津注（1）前掲論文参照。

（10）心敬の自注とその性格については、島津忠夫「自注のある文芸ということをめぐって」（『島津忠夫著作集　第二巻　連歌』〈和泉書院・平成十五年〉第一章二）を参照。

〔付記〕

貴重なご所蔵の本の翻刻を快くお許し下さった天理図書館、また仲介して下さった牛見正和氏に深謝申し上げます。

なお、本書の翻刻は島津・竹島両人で行い、解題は竹島が執筆した。

翻刻

天理大学附属天理図書館本第一一四五号

凡例

一、翻刻に際し、原本のままを原則とした。
一、和歌に通し番号を付した。
一、注における改行は省き、追い込みの形とした。
一、濁点、句読点を付し、漢字は通行の字体を用いた。
一、反復記号は原則として原本のままとしたが、漢字の場合には「々」を用いた。
一、原本では注の部分は朱書きであるが、この翻刻では歌本文と区別しなかった。
一、注本文の朱には一部褪色が見られ、現在では判読不能な箇所も存する。その場合は□を用いた。文字の形が一部残り、推測が可能である場合は、□の右傍に（カ）の形で推定される文字を記した。

百首和謌

春二十首　　権大僧都心敬

立春

1　あらぬ世にくれまどひぬるいとなみも一夜明ればなれる春かな

此歌、五文字にてきりて、あらぬ世に一夜あくればなれる春かな、と見つべき也。くれまどひぬるは、世のい

となみにをしなみ迷惑の心也。くるゝにはあらず。くらきさま也。

朝霞

2 春とだにまだあへぬ色を朝ぼらけ遠きばかりにかすむ山哉

此心は、春にはいまだかすみあへぬより、とをきかたをよすがにかすみたる也。定家卿、秋とだに吹あへぬ風、の名歌を、うらやみたる風雅なる歟。

谷鶯

3 おびにせるほそ谷川のあさ風にむすぼゝれぬるうぐひすのこゑ

万葉集に、大君のみかさの山のおびにせる、といへる歌をとりて、あさかぜのいまださむけきに、鶯のこゑむす□□さだかならずと也。

残雪

4 山ふかみ苔のしづくのこゑぞそふ木ずゑの雪や春になるらん

式子内親王の、松の戸にたえ〴〵かゝる雪の玉水、をうらやみ侍るばかり也。させるふし侍らず。

若菜

5 あさぢふや露にしほれて世々の跡わすれがたみにつむわかなかな

此、露にしほれてと侍る、なみだと露と二かたによせ侍り。わすれがたみも、花籠と忘えぬと也。むかしの跡などなれば、すゞろなる風情なる歟。

里梅

6 あるじだに折かけがきのむめの花たれにかかれず春をまつらん

さしもなさけふかゝるべきあるじだにも、あやなくかきにしほり侍るえだの、たれに見よとて半かれやらで、

春ごとにはかなくさきわび侍るらんと也。

簷梅

7
われなくはしのぶの軒の梅の花ひとりにほはむ露ぞかなしき

心敬が古屋の苔ふかき軒ばの花を思ひよせ侍り。さすがに年ひさしくむつれ侍しわが身、いづちにてもはかなくきえうせ侍らん後の夕の露に、ひとりにほひ侍らんあはれを。

春月

8
面影は春やむかしの空ながらわが身ひとつにかすむ月かな

かの五条あたりのあばら屋のすのこにひとりふしわびて、月やあらぬとずんじ侍る面影を、わが身のうへに思ひあはせ侍るなるべし。

春曙

9
花鳥の色にも音にもとばかりに世はうちかすむ春のあけぼの

光源氏の母の更衣、世をはやうせしかなしびに、花鳥の色にも音にも及がたかりしを、などいへる心也。明ぼの、うちかすみ侍るにほひ、面影には、花も鳥もおよびがたしと也。

帰雁

10
わが上にかへるならひの春もがな老のなみ路にとをき雁がね

わが身の老なみの二たびかへることなきを、春のかりのゆくをながめて、かゝらましかば、とうらやみ侍るなるべし。

春雨

11
さほひめの霞の袖にかみすぢをみだすばかりの春雨のそら

細雨のみだれたるを、さほひめのかみすぢなどか、とうたがへるおもかげなり。

岸柳

12 名もしるく霜にくづれし河ぎしの根じろの柳あらふ浪かな

冬の霜にくづれ侍しきしの柳の根のうきたるを、よせかへる浪のあらへるは、まことに根白の柳の名をあらはし侍るとみゆと也。

待花

13 おぼつかなたが心よりしたひもの人につれなき花となるらん

世中に心をつくして□(まカ)たれ侍るはいかなるたれか、さ夜の下ひものつれなきにならひ侍るらん□(とカ)也。

初花

14 あさまだき空もにほひになびくまで世をほのめかす花の色かな

世をほのめかすなどいへるに、はじめの花の心をふくませ侍り。空もにほひになびくなどいへるも、たゞうちきらしひとへにえんなる風情也。

見花

15 ひともとも今年ぞなれぬ旅の空心にむかふ花はあれども

花をみるといへる題にて、一もともなれぬなどいへるは、傍題にて侍ども、忘えず心にむかへるは猶ふかくや侍らん。心敬が旅の空にまどひありき侍ることを。

花盛

16 うちきらし世ははなれや玉鉾の道ゆき人もさりあへぬころ

これも、花のもなかなるといへる心をふかくふくみたるなるべし。世は花にうちきらして、行かふ人さりあへ

ぬさま、誠に盛にてもや侍らん。此歌はいさゝか、拙者、心をとゞめ侍り。

落花

17
花ならぬ身をもいづちにさそふらんみだれたる世のすゑの春かぜ

都ほとりもみだりがはしくて、うかれいでこゝかしこにさまよひ侍るわが身のありさまを、つゐでに申あらはし侍るなるべし。

款冬

18
色にいでゝ露ぞこぼるゝいへばえにいはぬやつらきやまぶきの花

古今集に、とへどこたへずくちなしにして、といへるより、ものいはぬ花と也。しかはあれど、花に露のこぼれ侍るはくるしくや、といへり。伊勢物語の、いへばえにいはねばむねに、などをとり侍り。

池藤

19
しづむまはにほひぞうすき水鳥のはかぜになびく池の藤なみ

水の上の花に侍れば、うき鳥のはかぜをよすがににほひ侍るらんと也。

暮春

20
物ごとに世はおとろふる色みえて人の心に春ぞ老ゆく

老春のあぢきなく心ぼそく侍るおりふし、何事も世のすゑになり侍る心ちし侍ると也。

夏十五首

更衣

21
花の色にむかしや心そめざらんならひうき世にかふる袖かな

そのかみ、いかなる心なき人の、花のなごりをもおしみ侍らでかへそめ、ためしうきならひをのこし侍るらんと也。

卯花

22 しく色やいまもなからん雨そゝくうの花やまのおぼろ月夜に

卯花月夜に、雨のうちそゝき侍る面影に、照もせずくもりもやらぬ春の夜のあはれを思ひいで侍ると也。

待郭公

23 あやにくに今や過らんほとゝぎすまちあかす夜のうたゝねの空

世の中、よろづあやにくなるならひなれば、待あかし侍るはつれなくて、あしたのうたゝねにや過侍るらんと也。

聞郭公

24 ほとゝぎす過にしこゑを残す哉くるゝふもとの杉のむら雲

此、過ゆくこゑとは、なきこゑ□面影□□まだきくごとくなるといへる心ばへ也。さて、杉の□□などゝ申侍り。木ずゑにとゞまりたると□□□□也。

郭公稀

25 郭公木ずゑもしらぬ一花を青葉の山にのこすこゑかな

花は過て侍る山に、一こゑを花にとりはやしたる也。しかも、まれなるといへる題を心にめぐらし侍り。

故郷橘

26 なき人やふりにし宿に帰らん花たちばなにゆふかぜぞふく

物の色もわかれぬ昏黒に、古木の花たちばなの、荒庭にかほりたるは、うへをきし魂霊やたゞいま□（きカ）たり侍る

と也。慈鎮和尚、しでに風ふく、御詠心なり。

早苗

27　さおとめのなに心なくうたふにも旅ゆく袖は露ぞこぼるゝ

ゆくゑなき旅の空にひとりまどひありき侍る時は、いかなるふしも心にそみて、あはれふかく侍る心を。

五月雨

28　かゝらんとかねて思ひしかひもなしかやふく庵のさみだれのころ

年ひさしく都ほとりも住あきてうるさく侍れば、いかなるかたついなかのあやしのしづがわら屋にも、此世をつくし侍ばやと思たち侍しに、草屋のなが雨にうちこもり、ひごろの心もたへわび侍ればと也。

鵜川

29　しまつ鳥うかべる浪のくるしさも陸にしづめる人ぞしるらん

わが身の陸沈し侍るあはれを、うきしづめる鳥のくるしさによせて詠じ侍るなるべし。

叢蛍

30　さしも草もゆるとみればくるゝ夜の蓬が原にゐるほたる哉

そゞろき過たる風情也。よもぎにゐてもえ侍るほたるは、火にもぐさをそへたるかといへり。なやむ心のするわざに似たり。原の字にて草むらをば申侍る也。

夏草

31　すゑ野ゆくをちかた人の袖みえばしげる草ばの程ぞしられん

此歌、袖みえずはと申侍べきを、見えばと侍るべく思ひとき給はゞ、いさゝか心あるべく哉。定家卿、夏山の草葉のたけ、の歌にて、愚詠心しらるべく哉。

夕立

32 をちかたの雲に一こゑなる神にやがて降きぬゆふだちの雨

さしむきたる一ふし、平懐体なれば、心こもらず侍り〳〵。

夏月

33 なつの夜やゆくかたちかき武蔵野の草のは山にかゝる月影

萩、たかかや、しげりあひ侍る比は、むさしのゝ月もゆくかたみじかくやと也。

杜蟬

34 空蟬のはにをく露も待あへず忍びにかよふもりの秋かぜ

此歌させる風体侍らねども、かやうの題よみにくゝ侍る也。年ひさしく心をよせ給はざらん好士は、この分別などありがたく哉。

夏祓

35 思ふこと御そぎに捨てかへるさも世はあやにくにあきかぜぞふく

世中よろづ、とすればかくするならひなれば、たま〳〵に御祓に思ふことどもをはらひすて侍れば、かへるくれつかたは又すゞろなる秋風たち侍ると也。

秋二十首

早秋

36 うちつけに思ひのこさぬ一葉かな秋たつ今朝の木がらしのかぜ

うちつけに物ぞかなしき、とふるき歌侍る心なり。秋たつ今朝の木がらし、作者いさゝか粉骨と思ひ侍る歟。

上句にてことはり分侍れば、とがなく哉。

七夕

37 ちぎりよりかざしの玉をしるべにてかへるやつらき天の川浪

是は、玄宗の使、方士に、かんざし、むらさきのひれなどを送りて□（かカ）へし給ひしは、彦星の衣々よりはなごりかなしく哉と也。楊貴妃、七夕になり給ひしを。

荻風

38 色も猶宿からふかきゆふぐれの袖の露ふくおぎのうはかぜ

わが身の宿から思ひの露も色まされると也。定家卿、わきてよも雲井の雁も、といへる歌の心也。

萩露

39 いにしへもさぞな雲ゐの秋の袖露ふき結ぶはぎのゆふかぜ

きりつぼの更衣うせ給ひしかなしさを、母のかたへ命婦を御つかひにて、ゆきかへり侍し歌どもの心どもをふくめる也。大かたのいまだにこはぎの露は身にしみ侍るに、あらき風さそひし心いかばかりと也。

女郎花

40 あづまぢの野上にたてるをみなへしうかれしつまや花となるらん

野上にたてり侍るをみなへしは、むかしのうかれめのゆくゑにやと申侍る也。此歌、不庶幾体也。

夕虫

41 草のはらすゞしき風やわたるらん夕露またぬむしのこゑ〴〵

ひやゝかなる風、にわかにたち侍るには、わがゆふぐれをまちあへず音をやたて侍ると也。

夜鹿

42 ふけぬるか月ははるけき手枕にしかの音ながらおろす山かぜ

此下句、いさゝか同類思ひいだし侍ども、すでにしるし侍れば、先さしをきぬ。左道々々。

初雁

43 たなびきて帯をぞ継げるかすがの、わか紫の衣かりがね

いせものがたり也。かりぎぬのすそをきりて帯につぎて、わか紫のすり衣とかきつけ侍しことを。追つきてといへる義も侍るにや。

秋夕

44 いとはじよわが世を秋のさびしさはなれにしまゝのあきのゆふぐれ

わが身の世を秋のあぢきなくたへがたさは、ひごろ□り身にそひ侍れば、わきて秋の夕をもながくかこ□《(たカ)》でと也。

山月

45 むら雨のはるゝもまたぬ月影を袖にまちとる山のはの雲

まことに、一むら雨の、月のむら雲ながらのひかりを袖にまちえ侍ると也。

野月

46 宮城野や夜のにしきの色ならぬこはぎが露にやどる月かな

夜のにしきとてあやなき物にいひならはし侍ども、月ににほへる露はなをえんふかしとなり。

河月

47 月のみぞ形見にうかぶきの川やしづみし人のあとのしらなみ

此国のみだれに、此川に千八百人しづみうせ侍るそのうちに、むかし見侍しかた〴〵侍し程に、此川辺にた

びくいで、月を見侍て。

江月

48　ふけにけりをとせぬ月に水さび江のたなゝし小舟ひとりながれて

ひとへにさびふけはてたる風体也。音せぬとは人のさしすてたる也。ふけたる月に舟の心とたゞよひ侍る也。

浦月

49　袖しほるいそのね覚の松かぜも月にかこたぬ天のはしだて

ね覚の松風の心ぼそさをも、はしだての月の枕に忘れ侍ると心ばへ也。

籬菊

50　今朝見れば花ぶさおもみさく菊のませゆふばかりをける露かな

をきこぼれ侍る露、さながら花のませをゆへるかとみえ侍ると也。古歌に、浪もてゆへるあわぢ島山、などの心也。

擣衣

51　たがためぞさ夜の衣のうらかぜにうつこゑたえぬあきのうらなみ

此歌、たしかに擣衣の風情ならず哉。うた合などにはすこし心あるべき歟。かやうにもよみ侍る、くるしからず。

暁霧

52　鐘ふかみあかつき月は霧うすき横川の杉の西に残て

さしあたり景曲のすがた也。鐘ふかきなどいへる五文字、作者粉骨歟。

岡紅葉

53
染にけりまゆみの岡の秋の露ふりにし宮に宿直するまで
（注なし）
庭紅葉
54
せきいるゝ水なき庭にもみぢ葉をながす音羽の山おろしのかぜ
周防内侍が、せきいるゝ水、と詠じ侍ども、心敬が庭はかの山のふもとながら、せきながす水もなきを、あらしのつてにもみぢばをながし侍るといへる也。
（※この注は、53番歌と、歌題である「庭紅葉」の間に書き付けられている）
九月尽
55
かたみこそ今はあだなれとばかりのうきゆふ暮をのこす秋かな
古今集に、これなくはわするゝひまもあらまし物を、といへる心をよせて、これなくはゆく秋の。

冬十五首
初冬
56
すさましき空のけしきも風のをともかなしさそふる冬は来にけり
心、ことばもこもり侍らず。ひとへに一ふしの体のみ也。
時雨
57
神な月いかに時雨ゝあめならん里わく比もしらぬ袖かな
わが涙のまなく時なきことを、時雨によせてかこち侍るばかり也。
落葉

58
あすもふけ木葉にさはぐ風ならでたれ山里の冬をとはまし
さしも木葉にそよぐ風は、すごく、かなしく侍ども、とふ人は思ひたえ侍れば、これをだにさびしさのよすがにと也。

朝霜

59
朝ごとの蓬が色やますかゞみわがしろかみにむかふ霜かな
よもぎのしろかみを見侍て、わが身の日にそへてかしけゆくをかなしび侍る也。

寒草

60
玉ぼこの道ゆき人も袖ふれぬ草葉を冬は結ぶ霜かな
しげき夏野をゆく人は草の葉を結てしるべとし侍り。冬がれのころは霜のみむすび侍ると也。

千鳥

61
袖さむみゆく人たえて千どりなくそがの川原のゆふぐれの空
われのみふゞきにかのとをき河原にゆきくれたるかなしさ也。能因法師が、塩風こして、などの心ばへ也。

水鳥

62
かへりさすつばさに霜やおもるらんうきねの鳥の夢さますこゑ
さ夜ふかく鳥のなけるは、おもれるうは毛の霜に夢やさめ侍ると也。かやうにうたがいても詠じ侍ること、常也。

氷初結

63
今朝はまたこまかにむすぶ《よする》汀のみ氷てのこるいけのさゞなみ
題のはじめてといへるを、心にもたせて詠じ侍る也。しはめる汀のみ氷て、さゞなみいまださはぐとばかり也。

冬月

64 山里はやもめがらすのなくこゑに霜夜の月の影をしる哉

これは、とぢこもりて月をも見侍らざるに、さ夜中にひとつうかれてなき侍るに、さえ氷れる月の面かげを思ひやり侍ると也。

鷹狩

65 はしたかのすよりいでにし《そだちし》人ぞあるころす心をなにをしふらん

梁の誌公といへる人は、鷹のすよりいでたると也。此国にも、朗弁もわしにとられてそだち侍などの事を。

野霰

66 ゆふざれはあられみだれてとふ宿もいなのゝをざゝ山かぜぞふく

万葉に、ゆふぎりたちてやどはなくして、とい（へ脱カ）る所なれば也。うちむかひたるすがたばかり也。

浅雪

67 草も木もわが名かくさぬ雪までぞ宿のゆくゑは人にしられん

今すこしふりおもり侍らば、草木もやどもわきがたかるべしと也。題のあさき心をめぐらして、うす〳〵とふりたる面かげ也。

積雪

68 山もとの杉の一むらうづみかね嵐も青くおつる雪かな

ひとへにつもれる雪の風情也。定家卿、みねのときは木吹しほり、などいへる風情をぬすみ侍り。

閑中雪

69 思ひたえまたじとすれば鳥だにもこゑせぬ雪のゆふぐれの山

此歌、すこし心ふかく申侍にや。心をとゞめて見給はゞ、作者本望にや。

歳暮

70 年さむみ松の色にぞつかへては二心なき人もしられん

これは、霜雪にあらたまらざる松のつれなさ、年の末にあらはるといへる。勁松は年のさむきにあらはれ、忠臣は国のあやうきにまみゆと云文の心、としのくれに思合侍る也。

恋十五首

寄月恋

71 ながめつゝさても忘れぬ涙かなたがなぐさめと月はなるらん

人ゆへの涙はながめてもわすれ侍ねば、わが身には月もなぐさめならずとかこち侍る也。

寄雲恋

72 ながめても思ひやいづるとばかりにうき身をかくる夕暮の雲

人も思ふかたありて夕の空をながめば、雲によせてもわがことを思ひあはせや侍ると也。はかなきよすが也。

寄露恋

73 よもぎふに残るもかなしおきいでしあかつき露のあとの面かげ

此夕暮とちぎりてかりにいでにし庭もむかしがたりに成て、よもぎが露のみかたみなることを。

寄雨恋

74 ぬれ〳〵も今夜の雨にわがゆかば人や心をあはれとも見ん

心づくしにまつ夜はかひもなければ、うはの空にぬれてをゆきや侍らんと也。不庶幾風情也。

75
寄海恋
うき身をも海にいれとやいさむらん枕のしたのおきつしらなみ
ひかる源氏にあかしの巻に、あかしの入道六十ぢなり侍しが、むすめひとり侍り。さいわいなくは海に身をしづめ侍といさめし事也。枕の下の海になるは涙也。

76
寄山恋
わがなみだ空に時雨ればいこま山雲のかくさぬ時はありとも
伊勢物語に、かのたかやすのおんなよみ侍る、君があたりをながめやらん雨はふるとも雲なかくしそ、といふ心を。たとひいこま山を雲のかくさずとも、わが涙まなく時なく時雨侍らば、かひなしと也。

77
寄橋恋
ふりにける世々のいただの橋よりもこぼるゝものは涙なりけり
万葉の歌に、いたゞの橋はこぼれぬる物、といひならはし侍り。此はしよりも、なみだはこぼれやすしと也。平懐一ふしの歌也。

78
寄関恋
きくもうし都はかすむ春ながらわがあふ坂の関のあきかぜ
世はうちかすみ思ふことなき春ながら、君とわが中の秋かぜは、春にもすゞろにかよひ侍にこそかれ〴〵なれと也。

79
寄木恋
うはの空にをしへし杉の木ずゑにも心はみえてあきかぜぞふく
伊勢が杉たてる門といへるより、をしへ侍る歌によむ。よそめより宿の木ずゑ、秋風のたつに、あるじの心の

うたて侍らん、あらはれぬると也。

寄草恋

80 つれなさをかたみのすゝきしげき野と成て夜な〳〵むしもうらみよ

わが身、はかなき露ともきえ侍らば、うへをける一もとずゝきもしげき野と成て、なくむしもつれなくうらめしかりしかたをかこち侍れと也。

寄鳥恋

81 世々かけてならぶつばさを契しや空とぶ鳥のあとのしら雲

長恨歌に、玄宗と楊貴妃かたらひ侍しに、あめにすまば一の鳥のはねとなり、つちにむまればおなじ木の枝とならんと契し跡なきことを。

寄虫恋

82 朽ん世を思ふもかなしきり〴〵す筆の跡みる夜はになくこゑ

禿筆、きり〴〵すとなるといへば、わが思ふ人の筆の跡も、つゐには秋のむしとくちこそ侍らめと、ゆくすゑをかけて心ぼそく思ひつゞけ侍と也。

寄獣恋

83 かひぞなきむなしかたみのなくねのみ夜るはもすそのつまにぬれども

かの衛門のかみ、女三の宮をほのかに見たてまつりて、心空にあくがれ、せめてのことゝや、かのねこをあづかりたてまつりて、夜ひる身にそへしなり。なれよなにとてなく音なるらん、などの心也。

寄枕恋

84 きえかへりおもひしづむもかひぞなきさ夜の枕のふるき世の夢

楊貴妃うせ給て、ふるき枕ふるき衾たれとともにか、などの心を思ひよせ侍り。此ふるき世の夢とは、うつゝの過にし夢也。

寄衣恋

85 あふことを夢にもなさずしろたへの色うらめしき衣々の空

源氏の物がたりなどに、しろたへの衣々、白たへのきぬたなどいへるなり。しろたへの衣々のあらはなるに、あふ夜を夢にもなさぬと也。

雑十五首

浦松

86 まちこふる人ありとてもなにならん世はあだ浪のみつの浜松

万葉に山上憶良、みつの浜松まち恋ぬらん、と詠ぜしよりそのゝち、諸人如此詠じならはし侍り。わが身の思ひとき侍れば、たとひ都にまつ人侍も、夢なるべきと也。

窓竹

87 はかなしな窓のくれ竹うつこゑに夜はのあらしをさとるばかりは

香厳和尚の撃竹のさとりなどゝ申て、石の竹にあたりたるをきゝて大悟をえし也。まことの覚をばえずして、竹のこゑにて夜はの嵐を□ると也。

山家嵐

88 をとづれし人はかへりて日くるれば松にあらしのかたる山かな

閑居をとぶらひし人も、昏黒には散々に成て、松にのみひそかに風のかたらへるをき□□なり。

89
山家水
柴の戸にふるきかけひのをときくも命の水のすゑぞかなしき
漏水、漏剋など、て、時も日ももりうせ侍て、命の水もおぼえずながれのつき侍る事のかなしきをずんじ侍也。

90
田家
をのづから心のたねもなき人やいやしき田井の里にむまれし
拙者、彼田井ノ庄と云ところにて生て、三歳にて都へのぼり侍ると也。さやうの述懐ども思ひつゞしり侍り。

91
故郷
たちかへりみしは数々なきよりものこるにあふぞなみだおちぬる
紀州十余年みだれに、此国にてむかし見侍りし人、まれにものこり侍らず。たま〳〵ひとりなどながらへ侍る、ふしぎの事と思ひて。

92
海路
思ひいづる今夜ぞなきかからどまり遠きあふぎの風も身にしむ
さ衣の女、都よりまどひいでゝ、むしあけのほとり、からどまりといへるうみにて、舟より身をなげ侍り。あふぎをかたみに都へをくり侍しと也。その跡に一夜とまりて、あはれをかけ侍ば也。

93
関路
うらめしき紀の関もりがかたみ哉春ををくれる弓はりの月
むかし、人のつま侍り。弓になりけり。男、ふしぎのことゝ思ひ侍り。又しろき鳥になりて南のかたへはるかにとびさりて、紀の関のほとりにて又人になり侍ると也。弓は物を送る物なれば、春をも弓はりの月の送るかといへる也。

94
羈旅
いそがじよたびにさまよふ程ばかり物のあはれはいつかしらまし
なまじひに都ほとりにさまよひ侍れば、俗塵にうばはれて色にまどひ、心をもしづめ侍らざるに、かく羈中にさまよひ侍れば、さすがにものゝあはれも心にしみ侍ることを。

95
述懐
をとはやまなれしふもとの宿はあれていま市ぐらに身をかくす哉
わが身の述懐をあらはし侍り。年久住なれし古寺も、よもぎ、あさぢにやつれて、たのむかげなく侍れば、まどひいでゝ道のほとりのしづ屋、いちぐらに命をかけ。

96
懐旧
なきはみなうつゝにかへるむかしにてひとりいまみる夢ぞかなしき
まことに思ひとき侍れば、なき人は無住本覚のうつゝにいとまをあけ侍り。いまいきのこりて、さま〴〵の跡なしごとにまうけんをそへ侍るのみ。夢なれ□《（とカ）》いへる也。

97
眺望
今日はきて手にとるばかりかすむにも筆をぞなぐるわかのうら浪
和歌の海の辺の春のけしきにむかひて侍るに、とし久しくおろかなることの葉にかけ侍しは、かたはらいたき事と也。

98
神祇
ひとり猶わが氏神や捨ざらんさらずはかゝる世にものこらじ
かばかり人にも世にもはなれたるわが身の、いまゝでながらへ侍る、なまじひにうぢ神ひとりやあはれとまも

り給らんと也。

釈教

99　をのづからおはりにむかふゆふぐれやひごろの法もさはりならまし

これは、をのれとさとりしるべき事なれば、とかくしるしあらはすにおよばざる也。

祝言

100　ひとりたゞ身をなぐさむることの葉も三のほかなるたのしびにして

三のたのしびとは、栄啓期が三楽、陣《（ママ）》平が三楽也。歌を詠じて心をのぶる、かれがたのしびのほかの楽也といへり。栄啓期が三楽、目耳しひたるに生れず、女にむまれず、人はわかきに死るに、年闌までいきたるなり。

陳平が三楽、家もたず、宝もたず、妻子もたず。

寛正第四暦暮春下旬、於紀州名草郡田井庄宮参籠中、為備法楽早卒詠之。毎首狂歌、左道々々。

吉田文庫蔵『於関東発句付句』
――解題と翻刻――

竹島一希

解題

一　はじめに

文正元（一四六六）年四月、心敬は句集『心玉集』〈静嘉堂本〉を編纂した。ある人からの「御競望」により、発句二八七句、付句三六一句を選んだものである。それから丁度一年後の応仁元年四月、心敬は関東へ下向するために伊勢へと出立したので、結果的にそれが在京時代唯一の総括的句集となった。『心玉集』を編むに当たって、心敬はどのような手控えから精選したのだろうか。関東下向後の句集には、『芝草句内岩橋』、『芝草句内発句』、『芝草内連歌合』のように、「芝草」の名が冠せられている。この「芝草」こそ、和歌、連歌、連歌論などを集成した全集に近い手控えであったと推定されている(1)。

とはいえ、これまで「芝草」に類するものが確認されたことはなかった。だが、新潟県新潟市秋葉区にある吉田文庫御所蔵の『於関東発句付句』（以下本書と通称する）は、関東に下着した直後の応仁元年六月から八月にかけての

「芝草」、もしくはそれに極めて近い句集であると見て間違いない。内容を吟味する前に、まず書誌事項を掲げる。

縦一九・五糎、横一三・一糎。列帖装中本一冊。表紙は素紙。表紙右肩に「十住院心敬連哥竹林作者〔琴山〕」という極札が貼られる。本文料紙は斐楮交漉。全一五丁。半面八行書き。一丁表右上に「楽浪書斎」（吉田東伍）、同右下に「洒竹文庫」（大野洒竹）の方形朱印がある。内題は「於関東発句付句　法印心敬」。裏打ち補修あり。室町後期写。

二　内容

本書には奥書等はないが、巻頭に「法印心敬」と署名があることと、本書所収句が心敬の句集と重複する（後述）ことから、本書が心敬の句集であることは明らかである。本書は発句一二句、付句一一二句から成るが、中に鈴木長敏作の「声さむみ日ぐらしむかふ泉哉」（58）（通し番号は私による。以下同）と「朝かゞみ夏も手にとるこほり哉」（94）の発句二句が混じっているので、心敬の句に限れば、発句一〇句、付句一一二句の計一二二句が収められる。発句の数から、本書が十二の連歌作品からの抄出であることが分かるが、一座から最多で二四句しか抜き出されていない（120〜166）ので、その十二の作品は百韻であったと推測できる。本書の劈頭は「武蔵品川ニテ六月六日／郭公きゝしは物かふじの雪」（1）、掉尾は「同十八日／江に遠し朝の月のひとり舟」（234）であり、ここから次の二点が推測できる。

第一は、本書が日次詠草である点である。「武蔵品川ニテ六月六日」、「同八日於定光寺」、「同十二日於善福寺」というように、発句の前書きが日次順に並んでいるので、本書は某日に行われた連歌会での発句、付句を順に抜き出したものであろう。このことは、関東下向後の発句を時期を追って集めた「吾妻下向発句草」（『芝草句内発句』所収。以下

「発句草」）と比較すれば、より判然とする。(2) 次に「発句草」の発句を掲げるが、比較のために、句末の〈　〉内に本書の通し番号と本書による詠作日時を記した。

武蔵品川にて

ア　郭公きゝしは物か富士の雪　〈1　応仁元年六月六日〉
イ　ながれきてあづまにすゞし法の水　〈20　応仁元年六月八日〉
ウ　九の品川ちぎるはちすかな　〈33　応仁元年六月十二日〉
エ　夏やあらぬ月をうかぶる今朝の海　〈66　応仁元年六月二十二日〉
オ　ひやゝかに露しく竹の筵かな　〈75　応仁元年六月二十四日〉

おなじき秋

カ　日をいたむ一葉ゝおとす風もなし　〈120　応仁元年七月三日〉
キ　けふ七葉とりかぢいそぐ舟出哉
ク　朝じほは楸風ふく浜辺かな
ケ　露おちし跡を花野のしほり哉
コ　江にとをし朝の月のひとり舟　〈234　応仁元年八月十八日〉
サ　花とをしなみを千種の秋の海　〈167　応仁元年七月某日〉
シ　春の雁かへるは秋の花野かな　〈176　応仁元年八月八日〉
ス　くもる夜は月に見ゆべき心かな　〈211　応仁元年八月十五日〉
セ　今朝ぞ秋雪の夜なりし月の庭

（以下略）

「発句草」は、本書にはないキ、ク、ケの三句をもち、またコを前置している。

まず、キ「けふ七葉とりかぢいそぐ舟出哉」は、七枚の梶葉に歌を書き、それを織女星に手向ける「梶の七葉」の風習を詠じたものであるので、七月七日の発句である（「とりかぢ」に「七葉を取り梶」と「取り舵」とを掛ける）。直前のカは七月三日の句であるから、キは「発句草」の中で正しい位置にあると思われる。つまり、本書は、心敬が応仁元年七月七日に詠じたキを欠いているのである。

このことに関連して、古筆手鑑『手鑑』〈永青本〉所収の次の古筆切は、一つの示唆を与える。(3) まず、全文を翻刻する。

〈整理番号：281〉

A　旅の道ひとり〳〵に身はなりて

　　同於妙国寺

B　朝じほは楸かぜふく浜辺かな

C　　しばしこゝろぞ空にまよへる

D　袖までは花をおとさで吹風に

E　　心をゝくる老ぞかなしき

F　待ゆふべこぬ夜の中に年を経て

G　　なをざりのたまづさならばとめじとや

「連歌師心敬」筆と極められている古筆切である。Bは「発句草」ク、C／Dは『吾妻辺云捨』七／八（但し、前句「こゝろぞしばし」）、『心玉集』〈陽明本〉などの心敬句集に、またGが『竹林抄』旅・一〇一〇の前句になっている（付句は「旅のつてをもいとふ早舟　心敬」）ことから、この古筆切が心敬の句集の断簡であることは疑いない。この古筆切

は本書の一部ではなかろうか。

古筆切、本書とも筆遣いに格段の特徴はないが、古筆切の寸法は縦二〇・六糎、横一三・〇糎と、本書の半丁分にほぼ等しく、半面八行書きである点も同様である。さらに、古筆切右肩にある墨によるシミは、本書一一丁表以降各丁表右肩に見える墨のシミと酷似する。この古筆切が本書の表半丁分である可能性は高いといえよう。

さらに、この断簡を本書の一部とすれば、Aは応仁元年七月七日張行、キを発句とする連歌の中の一句である。本書の前書きから類推すれば、キが本書に収められる場合の前書きは、「同七日於〇〇」となろう。従って、Bの「同於妙国寺」の「同」とは、七月七日を指す。つまり、キとクとは、同じ応仁元年七月七日に張行されたと推定できる。

本書に収められる十二作品うち、「日をいたむ一葉は落す風もなし」(120)を発句とする百韻から抄出される二四句(付句のみ。120〜166)が、ある百韻から抄出された最多の句数であることは先述した。だが、先の古筆切は、ちょうどこの二四句のうちに入るものである。逆に言えば、本書の八丁の後ろから一一丁の前までの間に、数葉が欠けていることになる。120から122がカを発句とする百韻からの抄出であることは確かであるが、本書九丁、一〇丁に載る句がカ、キ、ク、ケのいずれを発句とする百韻からの抜き出しであるかは判断がつかない。長敏の句など、「発句草」に載らない句を発句とする百韻であった可能性もある。付句はいずれも心敬の句であるが、詳しい詠作日時の確定には至らない。

さて、「発句草」のコは、本書における位置と異なり、かなり前置されている。だが、詠作順序としてどちらが正しかったのか、詳しいことは分からない。本書では「同十八日」の前書きが備わり、一見本書の方が正しいように思えるが、コが欠落を含む120から166までの直後であるから、本書に大きな錯簡がある可能性も否定できない。つまり、本書234の前書き「同十八日」は、本書のように八月十八日なのか、それとも「発句草」から推定される七月十八日なのか、判断の決め手を欠いている。

また第二は、本書が残欠本である点である。掉尾の「同十八日／江に遠し朝の月のひとり舟」(234)という書き方から見て、本書は、元の心敬の詠草の途中までの書写であることが分かる。本書は半面八行書きで、234はその八行目であるから、本書の親本は234以降の句も持っていたと考えられよう。

なお、本書の筆跡を心敬自筆の『連歌百句付』などと比較すると、本書が心敬筆であるとは断定できない[4]。とはいえ、本書が室町後期の写本であることは動かず、心敬の手控えのようなものを写した、極めて貴重な本であることは間違いない。

三　心敬句集との関係

次いで、「発句草」以外の心敬句集との関係を考える。まず、以下に本書所収句の他出状況を整理した。略称は次のものを用いた。異同は有意のもののみを記した。

云捨（『吾妻辺云捨』）、岩橋（『芝草句内岩橋』）、静心（静嘉堂文庫本『心玉集』）、心拾（静嘉堂文庫本『心玉集拾遺』）、陽心（陽明文庫本『心玉集』）、野心（野坂本『心玉集』）、天連（天理図書館本『芝草内連歌合』）、松連（島原松平文庫本『芝草内連歌合』）、赤苔（赤木文庫本『苔筵』）、百韻（大阪天満宮蔵賦山何連歌）、新菟（『新撰菟玖波集』）、名所（『名所句集』）

句番号	他出・異同
1	百韻・1

2／3	百韻・18／19
4／5	百韻・22／23
6／7	百韻・26／27
8／9	百韻・33／34、「よもきかそのは花の木もなし—蓬かしまのかきの木もなし」
10／11	百韻・58／59、「水も—水に」
12／13	百韻・61／62
14／15	百韻・66／67
16／17	百韻・48／49、「しほた□ゝ—塩たるゝ」
18／19	百韻・70／71、「面白き—雨白き」
33	心拾・1713、野心・210
36／37	天連・2993、松連・177、「いつわたらまし—えこそわたらね」（天連、松連）
46／47	岩橋・257、「さきたつおやにつれぬかなしさ—おやにをくれし跡そかなしき」
56／57	名所・1087
60／61	竹林抄・406、新菟・762、云捨・206、天連・2737、松連・51、赤苔・1798、「やとに—宿は」（云捨、松連）、「やとに—宿の」（天連）、「やとに—里は」（赤苔）、「月をのみ—月をたゝ」（竹林抄、新菟、云捨、天連、松連、赤苔）
71／72	陽心・76
76／77	竹林抄・1364、「ましはりすてすいたる世中—ましはりつらく残る世の中」

104／105	陽心・152、「下草―した□□」
120	岩橋・46、心拾・1740、野心・306、天連・2591、松連・56、「一葉は―一葉を」（心拾、野心）
147／148	陽心・38、「あるはうし―あるものを」、「はなよ―花に」
176	岩橋・65
211	竹林抄・1733、岩橋・63、心拾・1748、野心・313
222／223	竹林抄・1085、云捨・162、天連・2717、松連・41、「まちぬる―待つる」（竹林抄、云捨、天連、松連）
230／231	竹林抄・418、新菟・808、云捨・240、「月のしろき―月白き」（云捨）
232／233	云捨・56、陽心・78
234	心拾・1733、野心・299

本書の心敬の発句は、全て「発句草」に重出しており、目新しいものはない。しかし、一一二句の付句のうち、実に九二句が新出句であり、晩年の心敬の句風を追う上で本書は極めて重要な意義を持つ。

さて、この表の幾つかの点を考察したい。1を発句とする百韻は、心敬独吟「賦山何連歌」として、五伝本が知られている（連歌総目録）。本書にはこの百韻から発句と付句九句が選ばれている。心敬は、独吟百韻のうちの一割しか精選しないという厳しい姿勢を見せている。「発句草」では1が関東下向後の最初に置かれることから、この百韻が心敬が関東で詠じた最初の独吟であると推定されていたが、諸本は端作りを欠き、詠作日時は未詳のままであった。

今回、本書により、応仁元年六月六日に詠まれたことが明確になった。このことの意義は第四章に後述するので、いまは発句の解釈にとどめておく。「郭公き、しは物かふじの雪」は郭公という四、五月の景物を詠むことから、心敬の関東下着の時期と照らし合わせて、この発句の詠作状況をめぐって諸説が行われていた。(5) だが、六月六日の詠であれば、発句の原則通り嘱目吟と解される。「不尽嶺尓《フジノネニ》　零置雪者《フリオクユキハ》　六月《ミナツキノ》　十五日消者《モチニケヌレバ》　其夜布里家利《ソノヨフリケリ》」（万葉集・巻三・三二〇・高橋虫麻呂）に基づく「ふじの初雪、六月也」（梵灯庵袖下〈西高辻本〉）という伝承が広く信じられていた中世では、冠雪した六月の富士は特別なものあった。心敬の草庵は富士を眺望できる品川にあったから、草庵から目にした光景を発句に仕立てたのであろう。つまり、夏の代表的景物である郭公を聞いたことよりも、雪解け間近の富士を見ることができた方が喜びが大きいというのである。

なお、これまで、この百韻の34は諸本と対照させた上で「蓬がしまの花の木もなし」の本文が採られていた。(6) すなわち、「面影や我がたつそまのあとならん／蓬がしまの花の木もなし」の付合である。だが、この付合では、比叡山に蓬萊島が付く根拠がよく分からないし、抑も「蓬がしま」は水辺で、打越の「36　岩こす水の音ぞかすめる」と差合である。その点、本書の「よもぎがそのは花の木もなし」は式目上の問題がなく優位な本文である。恐らく、「よもぎがその（蓬が園）」は荒れ果てた志賀の花園のことで、古来変わらぬ比叡山と昔日の面影のない志賀の花園とを対比しているのであろう。

さて、心敬の句集『心玉集』に目を転じると、『心玉集拾遺』〈静嘉堂本〉、『心玉集』〈野坂本〉、『心玉集』〈陽明本〉との共通句はそれぞれ四句を数える。『拾遺』は関東下向後の発句を四季別に編纂した一三七句から成る発句集、野坂本は下向前の句集である『心玉集』〈静嘉堂本〉、及び下向後の『拾遺』から発句四〇二句を抜き出し、四季別にまとめた句集である。(7) 従って、『拾遺』と野坂本とが同じ句を選んでいるのは問題ではない。一方、陽明本は静嘉堂本を途中から改編したもので、陽明本の独自部分には在京時代、関東時代の区別なく、句が集められている。今回四句

の出典を確認できたことは収穫である。

ところで、心敬は晩年、宗雄法師に形見を与えたことが知られている。(8) 現在では歌切として伝わっているが、これは二枚から成り、右の一面には心敬自筆百首和歌の巻頭一首が記される。左の一面は宗雄の識語で、

此八帖者、権大僧都心敬自筆也。是を形見にせよとて、相州石蔵といふ所より送給畢。雖レ然、予が老衰、日々夜々増長之上、高融御器量御数寄無二左右一御事候間、遣レ之置候。十六帖内如レ斯。

文明九年二月十三日　宗雄（花押）

とある。心敬は宗雄に十六帖の形見の品を贈ったが、宗雄はそのうちの八帖を高融（伝未詳）に渡したらしい。金子金治郎氏は、この歌切が百首と識語とから成ることから、宗雄は高融に八帖の歌集を贈り、手許に八帖の句集を残したと推測する。こう考えれば、『芝草』〈明応本〉巻頭の「心敬詠歌 八冊 芝草 抜書」とも符合するからである。

要するに、心敬は自作を歌集八帖と句集八帖とに書きためていた。この八帖という数字に関して、心敬が関東に下向した応仁元（一四六七）年から、死去する文明七（一四七五）年までがちょうど八年であることと関連させて考えれば、心敬はその年の詠草を歌集一帖と句集一帖とに纏めていたことになる。これは心敬の師であった正徹の営為と一致する。『草根集』永享四（一四三二）年三月八日の詞書きに「愚老廿歳の年よりよみをきし歌二万六七千首、三十余帖にかきをきしも」とあり、同年正徹が五十二歳であったを考慮すれば、正徹も毎年一帖にその詠歌を整理したことが分かる。(9) 実際、『草根集』とは別に、永享五年、同六年、同九年の日次詠草が現存する。

従って、心敬は関東下向後、毎年二帖（歌集一帖、句集一帖）に作品を纏め、さらに連歌論書などと合わせて「芝草」と呼称していたと推測できる。本書は奥書などを欠き、その伝来の事情は未詳であるが、この「芝草」の応仁元年分の句集一帖の一部に相当する可能性は高いと言えよう。(10)

四　伝記的事実(11)　付宗祇のこと

日次句集である本書が明らかにする最も重要な点は、心敬の伝記面における事実である。本書の前書きを並べると、

1　武蔵品川ニテ六月六日
20　同（六月）八日於定光寺
33　同（六月）十二日於善福寺
66　於善福寺（六月）廿二日
75　於妙国寺（六月）廿四日
120　於妙国寺七月三日

となる。

心敬自筆『古今和謌集』〈天理本〉の奥書に「依二聊宿願一、去卯月廿八日、白地花洛出倍令二大神宮参籠一。就二不慮事一、為二富士鎌倉一見一得二便船一、武州品川云所渡侍」とあり、心敬が応仁元年四月二十八日に京都を出立、伊勢参宮を経て関東に下着したことが知られる。先述の「発句草」は、冒頭に「伊勢太神宮法楽」の前書きのもとに「五月雨の下葉は水のかしは哉」、「とこやみもさぞな五月の岩戸山」の二句を掲げる。この句から、五月に伊勢を訪れたことは確かである。その後、船を得て伊勢（大湊か）から品川に向かうが、品川下着の日付は未詳であった。しかし、本書により六月六日に品川で百韻を独吟したことが確実になり、六月初旬に下着した可能性が高くなった(12)。

先に引用した前書きに見える三寺院のうち(13)、音響山善福寺は、永仁二（一二九四）年に他阿上人真教によって設立された時宗寺院である（品川区北品川一丁目）。なお、善福寺で詠まれた「九の品川しるきはちすかな」（33）は、『慶

長見聞集』では品川九品寺での張行、『太田家記』では太田道灌が品川の館で張行した品川千句の発句とされる。[14]だが、張行場所は善福寺であり、またこの一座は百韻であったと思われる。善福寺ではもう一巻、「夏やあらぬ月をひたせる今朝の海」(66)を発句とする百韻が催されている。

日蓮宗の鳳凰山妙国寺（天妙国寺。品川区南品川二丁目）は、長禄三（一四五九）年、鈴木道胤・光純らの援助を基に、日叡によって再興された大寺である（妙国寺縁起・伝灯鈔）。妙国寺は、先の古筆切の前書きにも「同於妙国寺」という形で登場していた。

ここで、鈴木長敏についてまとめておこう。文明二（一四七〇）年に日親が記した『伝灯鈔』によれば、鈴木氏は祖父道永—父道印（道胤）—源三郎と続くが、この源三郎が長敏か光純（幸順）に比定される。[15]生没年は未詳であるが、鈴木氏は紀伊国熊野の出身とされ（新編武蔵風土記稿）、伊勢・関東間の商取引、金融活動などによって富を蓄えた有徳人であると推定されている。[16]長敏は、文明二年正月の「川越千句」に参加するなど、関東の有力な連歌好士であった。本書の「声さむみ日ぐらしむかふ泉哉」(58)と「朝かゞみ夏も手にとるこほり哉」(94)は長敏作の発句であるが、他の百韻にも一座していたのではないか。

「東の方にあひ知れる長敏といへる人、便船を送りて」（ひとりごと）とあるように、伊勢にいた心敬に品川への船を手配し、関東に迎えたのは長敏である。「品川草庵」（前掲『古今和謌集』奥書）、「たのまぬ磯に藻塩の草の庵をむすび」（老のくりごと〈神宮本〉）とある、心敬の品川での草庵を用意したのも長敏であろう。長敏が妙国寺の大檀那であり、また宗祇が心敬の草庵を「心敬僧都の旅宿の坊」（萱草・二五六）、「心敬僧都の坊」（萱草・二六一）と呼ぶことから、心敬の草庵の場所として妙国寺の塔頭が有力視されてきた。だが、日蓮宗寺院の塔頭に、権大僧都という位階をもった天台僧を住まわすだろうか。やはり、『新編武蔵風土記稿』の如く、心敬の草庵は長敏の居宅の近く、現在の南品川南馬場町付近にあったと考えておくのが穏やかであろう。[17]なお、この場所は善福寺まで約五〇〇メートル、妙

国寺、定光寺まで約一キロで、ともに徒歩で十五分もかからない。妙国寺では、「ひやゝかに露しく竹のむしろ哉」(75)と「日をいたむ一葉は落す風もなし」(120)、また「朝じほは楸かぜふく浜辺かな」(古筆切：B)を発句とする一座が催されている。

定光寺は現存しないものの、寛永十(一六三三)年に編纂された『時宗藤澤遊行末寺帳』に、「品川長徳寺　同所海蔵寺　同所善福寺　同所定光寺」(武蔵国)と、品川の時宗寺院として掲載される。寛永十六(一六三九)年、徳川家光の命で萬松山東海寺が創設されるに伴い、恭敬山長徳寺がその末寺であった定光寺の寺地に移転したという事情があり、[18]定光寺は現在の長徳寺の寺地(品川区南品川二丁目)にあったことが分かる。往事、定光寺は妙国寺と隣接していたのである。ここでは「流来てあづまに涼し法の水」(20)[19]を発句とする百韻が巻かれた。三寺院とも、心敬という著名な京連歌師が近くに居を占めたことを聞きつけ、早速連歌会に招いたのであろう。

ところで、宗祇の『萱草』に収められる「うき中に形見のなくはいかゞせん／哀さきだつ跡のみどり子」(一四八六)の付句と、本書の「あはれさきだつ跡のみどり子／あしよはき人はさきだつ《とまれる》旅の道」(141／142)の前句は、全く同じ句形である。これは偶然とは思われない。

宗祇は、文正元(一四六六)年六月頃に離京し、九月に関東に下着した。心敬のほぼ一年前に関東に赴いたわけであるが、関東では同年十月に『長六文』を長尾孫六(景棟)に、翌年三月に『吾妻問答(角田川)』を長尾孫四郎(景春)に与えるなど、連歌師としての活動を本格化させている。心敬との関係に限れば、[20]応仁二(一四六八)年十月の奥州旅行(白河紀行)に赴く途上、那珂湊(茨城県ひたちなか市)へ船出するために品川に立ち寄ったとされることが、まず間違いのない、関東で宗祇が心敬に見《まみ》えた最初の機会であった。[21]ところが、先述の付合は、

うき中に形見のなくはいかゞせん
哀さきだつ跡のみどり子　　宗祇

と三句続きに復元され、心敬と宗祇が一座する、応仁元年七月三日の連歌を跡付けることができる。[22]心敬が関東に下着してすぐに、宗祇は馳せ参じていたのである。その後も、「川越千句」や『所々返答』第三状など、宗祇は機会をとらえて心敬の理論や技術を受け継ごうと努力している。宗祇は、従来考えられている以上に、品川の心敬のもとを訪れたらしい。

宗祇は恋の前句を述懐に転じ、親に先立たれた幼子を詠む。心敬は「さきだつ」に「とまれる」と対比的に付け、「みどり子」を「あしよはき人」と受ける。健脚の親に取り残された足弱な幼児を詠じた、旅の取りなし付けである。心敬の句は、言葉の面では四手付のようにも見えるが、打越からは十分離れている。このように的確に展開する術も、宗祇の学んだ重要な要素に数えることができよう。

応仁元年、心敬は「なく〳〵武蔵の品川といへる津にいたり」、「かりねの夢の内に五とせまでたゞよひ」（老のくりごと〈神宮本〉）、結果的に関東で客死するとはいえ、心敬は「かりね」から帰洛する心づもりであった。その意を表す和歌は幾つかあるが、[23]「思へたゞすまぬ人だにあるものを忍ばじ身にはなれし都を」（心敬集・二八六・応仁二年百首）を例に取ろう。

下句で「身にはなれし都を」「忍ばじ」というのは何故か。上句では、「（都に）すまぬ人だにある」ことを「思へたゞ」と、強い口調で自らに下知する。品川から都に赴いた経験を持つ人は数えるほどであっただろう。仮令今は都から離れていても、「すまぬ人」に比べれば、自分はまだ悲しむに足りない。それが「だに」である。「うけがたき世に生れてもなにならん都のほかの人と成せば」（正徹十三回忌追善百首・六六・旅十首のうち）のように、「都のほかの人」は、この世に「生れても」その甲斐がない。ここには、三歳から都に身を置いた心敬の、[24]抜きがたい京中心主義が見られる。従って、帰洛の可能性が少なくなってもなお都を思う自分を、この現状に辛うじて慣れさせようとする

意志が、「都を」「忍ばじ」という打消意志に表れたのである。その内実は、応仁元年八月の『難題百首』で「わすれじよなれし都の草の陰おもはぬ野べの露に消ゆとも」（九七・寄草述懐）と詠まれた「わすれじよ」に等しい。

このように、心敬は常に東国を否定するけれど、草庵のあった品川が当時関東で有数の港湾都市であったことは強調しておくべきだろう。[25] 伊勢方面や江戸湾岸の諸都市との海上交易、また品川（目黒川）を利用した流域地域との取り引きなどにより、品川は中世期に入り大きな発展を遂げた。長享二（一四八八）年、嵐によって「品河之浜」の「伊陽之商船」が破損したと記録に残るが、[26] 心敬も長敏の仕立てた「商船」に乗じたと思われる。妙国寺の檀越である鈴木氏、海晏寺の壇越である榎本道琳などの有徳人は、海上交易によって大きな収益を上げていた。つまり、心敬の意識はどうあれ、彼は摂津国堺（大阪府堺市）や筑前国博多（福岡県福岡市）に類する裕福な港湾商業都市に住まいしていたのであり、貧相な片田舎に身を埋めていたわけではない。応仁の乱で荒廃した都にいるよりも、富裕層の援助によりよほど余裕のある暮らしを営むことができたのではないか。

そのような「交通」が優れた文化を生み出したことは、言を俟たない。先にも引いた「うけがたき世に生れてもなにならん都のほかの人と成せば」は、都と「都のほか」とを峻別し、後者を貶める意識が濃厚であるが、その「都のほか」の品川でも、「九重の都のうちに生れなで賢き人をみるぞかなしき」（心敬集・二五八・応仁二年百首）と詠まれる「賢き人」の姿があった。それら「賢き人」は、「都はるけき境なれども、いにしへの人の旧跡とて、和歌の心ざしの人・色好みなども残侍て、をのづから忍び〳〵に歌・連歌などの事をもたがひに語らひ侍事、より〳〵也」（ひとりごと）の「和歌の心ざしの人・色好み」に通じるが、その存在は古来よりの伝統というよりも、富裕層の誕生による当代的な現象であったと思われる。また、宗祇や兼載が心敬の膝下に集ったことにも、交通の要衝である品川の特質が深く関わっている。

本書は心敬の新出句を多く含み、その伝記面における新たな事実を提示する。見ず知らずの土地で、心敬は自らの

詩嚢をさらに豊かにしたが、それは品川であるからこそ為し得た達成であったことを見逃してはならない。

＊引用文献の底本は本書に準じた（評釈編凡例参照）。それ以外は以下に拠った。

『太田家記』……東京市役所編『東京市史稿　市街篇　第二』（臨川書店・平成五年）
『尭雅僧正関東下向印可授与記』……藤井雅子「尭雅僧正関東下向印可授与記」（『研究紀要〈醍醐寺文化財研究所〉』第19号・平成十四年十二月）
『慶長見聞集』……中丸和伯校注『慶長見聞集』（新人物往来社・昭和四十四年）
『古今和詞集』〈天理本〉……金子金治郎『心敬の生活と作品』（桜楓社・昭和五十七年）巻頭口絵
『時宗藤沢遊行末寺帳』……東京大学史料編纂所編『諸宗末寺帳　下』（大日本近世史料・東京大学出版会・昭和四十四年）
『芝草』〈明応本〉……横山重・野口英一編『心敬集　論集』（吉昌社・昭和二十三年）
「心敬歌切」……『心敬の生活と作品』巻頭口絵
『新編武蔵風土記稿』……蘆田伊人編『新編武蔵風土記稿　第三巻』（大日本地誌大系（三）・雄山閣・昭和三十二年）
『手鑑』〈永青本〉……財団法人永青文庫編『細川家　永青文庫叢刊　別巻　手鑑』（汲古書院・昭和六十年）
「天和三年七月廿五日付寺社奉行本多忠周覚書」……品川区立品川歴史館編『品川歴史館特別展　海にひらかれたまち―中世都市・品川―』（品川区教育委員会・平成五年）
『梅花無尽蔵』……市木武雄『梅花無尽蔵注釈　第一巻』（続群書類従完成会・平成五年）
応仁元年六月六日賦山何連歌〈大阪天満宮本〉……横山重編『心敬作品集』（角川書店・昭和五十三年）

注

（1）　和田茂樹「心敬の芝草句内発句、芝草句内岩橋、所々返答について（上、下）」（『国語国文』第7巻第4号、第5号・昭和十二年四月、五月）、島津忠夫「芝草」（『俳文学大辞典　普及版』角川学芸出版・平成二十年）を参照。なお、和田氏は、「芝草」を『心玉集』を基として句、和歌を増補したものと、すなわち、関東下向後の成立であると考える。

（2）『芝草句内発句』については、和田注（1）前掲論文参照。

（3）この古筆切については、岩下紀之「永青文庫本『手鑑』中の連歌作品について」（『連歌史の諸相』汲古書院・平成九年）に翻刻、検討され、小林強「出典判明連歌関係古筆切一覧稿」（「人文科学〈大東文化大学〉」第11号・平成十八年三月）に言及される。

（4）心敬真筆の本には、『連歌百句付』（天理図書館綿屋文庫俳書集成編集委員会編『諸家自筆本集』天理図書館綿屋文庫俳書集成第三十五巻・八木書店・平成十一年）、『百首和詞』（本書に翻刻を収めた）、『古今和詞集』（いずれも天理図書館蔵）等が知られている。

（5）発句については、金子金治郎「心敬の生活」（『心敬の生活と作品』前編）、島津忠夫「心敬年譜考証」（『島津忠夫著作集第四巻　心敬と宗祇』〈和泉書院・平成十六年〉第一章一）を参照。なお、金子「応仁元年夏心敬独吟山何百韻訳注」（『心敬の生活と作品』後編第三章）は、当該百韻全体に訳注を施す。その解題にもこの発句のことが詳しく検討されている。

（6）金子注（5）前掲「応仁元年夏心敬独吟山何百韻訳注」参照。

（7）横山重編『心敬作品集』（角川書店・昭和五十三年）の三輪正胤氏による同書解題を参照。

（8）この歌切については、金子注（5）前掲「心敬の生活」を参照。

（9）酒井茂幸「文安・宝徳期の武家歌壇　能登守護畠山義忠と正徹」（「国立歴史民俗博物館研究報告」第136号・平成十九年三月）参照。

（10）浅田徹「心敬の和歌資料覚え書き―権大僧都心敬集末尾歌群及び芝草句内岩橋下の配列について―」（「お茶の水女子大学人文科学研究」第2号・平成十八年三月）は、『心敬集』の末尾歌群がある年の日次詠草であること、また『岩橋下』が三群に分かれ、その抄出母体が自作を（三体和歌の）三体に分類した歌集である可能性を論じる。後者に関しては、浅田氏が言われるもう一つの可能性、すなわち、心敬が三度の抄出行為を繰り返したとする可能性を支持したい。この解釈の難点は、現『岩橋下』への抄出と追補とが計六次に渡ることになり、成立が複雑に過ぎるというものである。だが、浅田氏が示唆するように、各歌群は門弟に与える度に追加されたもので、各歌群への抄出と追補とが時間を空けてなされたとすれば、それほど煩雑であるとは思えない。一方、『岩橋上』は、ある程度のまとまりはあるものの、かなり雑然と並べられた句集である。こちらは日次句集から直接抄出された可能性が高い。つまり、三体句集は存在しなかったと思われ、もしそうならば、和歌連歌一如観を唱えた心敬が、自作の三体歌集のみを編んだことになる。やはり、『岩橋』の抄出母体は日次歌集、日次

句集であると考えたい。なお、『岩橋下』の77から80は秋の歌題であり、『応仁二年百首』の抜粋の後、夏、秋、冬と季節毎に和歌が抄出されていて、81、82に対する配列上の疑問はなくなる。

(11) 心敬の伝記に関しては、金子、島津注(5)前掲書参照。

(12) 醍醐寺無量寿院の堯雅僧正（一五一一年～一五九二年）は、天正四（一五七六）年に、伊勢から品川まで船旅で四日間かけて到着している。『堯雅僧正関東下向印可授与記』には、「天正四丙子……伊勢路ヘ懸リ船ニ乗テ、武州ノ品川ニ上ル。此間四日路也。ヲカニ上リ一夜、船中ニ二夜《よ》也」（第二冊）、「下総江自伊勢舟ニ乗、品川ニ付テ船路四日也。中一夜澤《ミナト》ヘアガリ、二夜船ニ寝、柱一本ニテ品川迄デ付タル事、稀ノ事也。上テ柱直ヲ見ル風多也」（第三冊）とある。心敬のころも、順調であれば、伊勢から品川までは一週間程度の船旅であっただろう。心敬は五月もかなり下旬になってから伊勢を出立したと思しい。

(13) 品川の寺院については、東京都品川区編『品川区史　通史編　上巻』（昭和四十八年）三（三）3、柘植信行「中世品川の信仰空間―東国における都市寺院の形成と展開―」（「品川歴史館紀要」第6号・平成三年三月）を参照。

(14) 『慶長見聞集』には、品川の古老の話として、

品川九品寺にて「九つのしな替りたるはちす哉」と発句ありしに、人聞て、河に蓮見（珍）事と沙汰しければ、「極楽の前に流るゝあみだ河はちすならではこと草もなし」と心敬証歌をひかれたり。（品川の塔、風に損る事）

とある。また、『太田家記』には、

一、武州品川於御前（御殿山其処ナリト云フ）、千句連歌御興行のよし。品川千句と云。発句、
九つの品川しるき蓮かな
巻頭発句、心敬作のよし。

とある。なお、品川千句については、前島康彦「品川千句と江戸歌合」（『太田氏の研究』〈名著出版・昭和五十年〉「太田道灌」八）等に言及がある。

(15) 佐藤博信「有徳人鈴木道胤と鎌倉との関係をめぐって―『伝心鈔』を題材に―」（『続中世東国の支配構造』〈思文閣出版・平成八年〉第三部第一章）参照。

(16) 道胤を中心に据えた論には、柘植注(13)前掲論文、佐藤注(15)前掲論文の他に、永原慶二「熊野・伊勢商人と中世の東国」（『室町戦国の社会　商業・貨幣・交通』〈吉川弘文館・平成十八年〉Ⅲ[5]）などがある。

(17) 『新編武蔵風土記稿』には、「鈴木道胤旧蹟〔今の南馬場町は道胤馬場の旧跡にて、居跡も其辺ならんと云〕」、「心敬僧都庵蹟〔其地詳ならず。或は鈴木道胤が旧跡の辺ならんと云〕」とある。

(18) 長徳寺蔵「天和三年七月廿五日付寺社奉行本多忠周覚書」には、「居屋敷者長徳寺同末南品川定光寺其節及退転候ニ付彼寺地江引移定光寺与申寺号を□別院ニ□シ長徳寺と相改由ニ候」とある。

(19) この句の「涼し法の水」には、心敬の水に対する嗜好が反映している。稲田利徳「心敬―仏教思想と作品―」〈伊藤博之・今成元昭・山田昭全編集『仏教文学講座　第四巻　和歌・連歌・俳諧』勉誠社・平成七年〉参照。

(20) 関東における心敬と宗祇との交流については、島津忠夫「宗祇と心敬」（島津注（5）前掲書第二章三）、奥田勲「東国遍歴」（『宗祇』〈吉川弘文館・平成十年〉第一の二）、「宗祇をめぐる人々」（同前第二）を参照。

(21) 金子金治郎「宗祇の紀行」（『連歌師と紀行』〈桜楓社・平成二年〉Ⅳ3）参照。

(22) 『ささめごと』〈心敬私語本〉の上巻には、「応仁弐年文月之比、於藤沢武蔵国品河、仁上木長阿弥陀仏、定以所持書取。是十住心院より信人也。文明七年九月十五日」、下巻には「文明七年九月十五日　宗祇」の奥書が見える。心敬私語本には、心敬の関与しない改訂や追加があり、秘伝的性格が強いとされる。奥書によれば、応仁二年七月に藤沢で宗祇が書写したらしいが、既に一年前に品川で出会っているにも拘わらず、心敬から直接『ささめごと』を与えられることもなく、しかも秘伝的な伝本を書写する点に疑問が残る。宗祇奥書を仮託と見る島津氏の見解に従いたい。島津忠夫「『ささめごと』諸本の周辺」（島津注（5）前掲書第一章二）参照。

また、宗祇の『下草』〈東山本〉に収められる「心敬僧都旅宿にて／露やいつ空をうかぶる秋の海」（一四一三）は、心敬の元で詠まれたことがはっきりしている発句であるが、この詠作時期も従来の推定より一年早く、応仁元年七月であった可能性がある。

(23) 「いつまでか古郷人の捨を船思はぬ磯の浪を憑まむ」（心敬集・二八五・応仁二年百首）、「世にふとも柳桜をこきまぜし都の夢は又や見ざらん」（正徹十三回忌追善百首・九・春十首のうち）など。

(24) 心敬は、「田家／をのづから心のたねもなき人やいやしき田井の里にむまれし」（寛正四年百首・九〇）に、「拙者、彼田井ノ庄と云ところにて生て、三歳にて都へのぼり侍ると也」〈天理本〉、「心敬、かの田井の庄といへる所にてむまれ侍りて、三のとしとやらん、都へのぼり侍り」〈京大本〉と自注を施す。

（25）綿貫友子『中世東国の太平洋海運』（東京大学出版会・平成十年）以下、品川と伊勢地方との海上交易についての研究が進んでいる。

（26）万里集九『梅花無尽蔵』第二に「孟夏四日、大風俄起、及抜樹抜屋。伊陽之商船、繋品河之浜者数艘、纜断檣折、破損矣。魯陵之数千斛没浪底。余物称是（孟夏四日、大風俄かに起り、樹を抜き屋を抜くに及ぶ。伊陽の商船、品河の浜に繋ぐ者数艘、纜断ち檣折れ破損す。魯陵の数千斛浪底に没す。余物是に称《かな》ふ）」とある。

〔付記〕

本書の閲覧、翻刻を快くご許可下さいました新潟市の吉田文庫、吉田ゆき様、旗野博様に深謝申し上げます。また、品川区立品川歴史館の柘植信行氏には私信にて様々にご教示いただきました。厚くお礼を申し上げます。

翻刻

凡例

一、翻刻に際し、原本のままを原則とした。
一、全句に通し番号を付した。
一、濁点、句読点を付し、漢字は通行の字体を用いた。
一、反復記号は原則として原本のままとしたが、漢字の場合には「々」を用いた。
一、虫損等、判読不能箇所には□を用いた。正しい本文が推定できる箇所には、文字の右傍に(カ)の形で推定される文字を記した。
一、丁移りは」(1オ)のように示した。

於関東発句付句　　法印心敬

武蔵品川ニテ六月六日

1 郭公きゝしは物かふじの雪
2 まよひうかるゝ雲霧のやま
3 鳴鳥の木ずゑうしなふ日は暮て
4 かすみへだつる方はしられず
5 むさし野はかよふ道さへ旅にして
6 はかなや命なにをまつらん
7 矢さきにもつまどふ鹿はたゝずみて」(1オ)
8 面影や我がたつそまのあとならん
9 よもぎがそのは花の木もなし
10 いはほのかげにふせる旅人
11 夏ぞうき水も一夜のむしろかせ
12 暮かゝるなにはのあし火焼そめて
13 かれ飯いそぐ小屋のあはれさ
14 とひし其夜は夢かうつゝか

15 帰るさはこゝろもまどひめもくれぬ」（1ウ）
16 けぶりすくなく見ゆる遠かた
17 しほた□ゝすざきのあまのはなれ庵
18 舟よばふなり春のあさなぎ
19 面白き海のひがたをそくきて

同八日於定光寺

20 流来てあづまに涼し法の水
21 むれつゝもやどりうかれの鳥鳴て
22 竹もねぶりやさますさ夜かぜ」（2オ）
23 むなし契りの暮ぞかなしき
24 今はたゞ命や我にまたるらん
25 かすみはてたる山のあはれさ
26 花さへや老のそら目にかわるらん
27 あはれこの世をなにとわたらん
28 さま〴〵に人のいとなむ市をみて
29 かすめる庭のくれぞさびしき
30 ぬれ〳〵も君まつ雨にたちいでゝ」（2ウ）
31 おもひきゆべきあとぞかなしき
32 枯やらでかた見のすゝき露もおけ

同十二日於善福寺

33 九の品川しるきはちすかな
34 明やらぬ枕のうへに露もりて
35 さ夜の時雨よゆめなぬらしそ
36 やすくも世をばいつわたらまし
37 老はたゞはねなき鳥のたぐひにて」（3オ）
38 草も木も枯なでつゐに残らめや
39 土さくるまでてらすみな月
40 猶うきふしの風のはげしさ
41 舟子だにうたはぬばかり海あれて
42 恋しつらさよ誰にうらみん
43 今はたゞふるき枕とふたりねて
44 散花に我身をなしてとゞめばや
45 うき世の風に誰かのこらん」（3ウ）
46 さきだつおやにつれぬかなしさ
47 涙のみもろこし遠き舟のみち
48 人もなきよもぎが庭の梅の花
49 にほひにかすむふる宮の月
50 いでゝいなばや宿ぞすみうき

51 たましゐのかるを此身のうらみにて
52 うき事かたる夜半のさむしろ
53 しらぬにも旅や枕をならぶらん」（4オ）
54 かすかにのこる谷の下道
55 いつの雪岩のはざまにこほるらん
56 わくるもかなし小野ゝゆふぐれ
57 人かへる横川の峰に鐘なりて
58 声さむみ日ぐらしむかふ泉哉　長敏
59 こぬ秋ふくる松のしたかぜ
60 あれたるやどに秋かぜぞ吹
61 月をのみうき夕暮のあるじにて」（4ウ）
62 人のこゝろのすゑのうき雲
63 とぶ鳥のあとなき空をちぎりにて
64 あふ事まれのをしへかなしも
65 面影やむかふ戸ぼそを明もせで

於善福寺廿二日

66 夏やあらぬ月をひたせる今朝の海
67 人まつ空ぞこゝろうかるゝ
68 舟わたすむかひの村のうす煙」（5オ）
69 うらがれの草葉を見てもかりの世に
70 人のかた見の野べのゆふぐれ
71 かすみにけりな山の下みち
72 春雨のふる江にしづむ一ばし
73 あひ見ても此まゝならしうちとけよ
74 ゆふじもこほる二もとのすぎ

於妙国寺廿四日

75 ひやゝかに露しく竹のむしろ哉」（5ウ）
76 まじはりすてずいたる世中
77 花のもともみぢの陰に身は老て
78 見えてみだるゝ雪のあさあけ
79 しらざりし舟出にあくるいそのなみ
80 恋ぢおもへばさきの世もうし
81 なげくとや契なき身をうけぬらん
82 都にもにぬ方ぞすみうき
83 侘ぬるや世に捨られて出ぬらん」（6オ）
84 こゝをもしのべかくれがの山
85 鳥の音もむなし心のさはりにて
86 わすれがたみの空のうき雲

87 語にや昨日の花はのこるらん
88 　水も声せよすめる山陰
89 まぎるればこゝろにうかぶ事もなし
90 　太山のゆふべかねもしづけし
91 つねなきをなげくにぬるゝ墨の袖」（6ウ）
92 　舟さすかたにのぼるうす霧
93 雲をのみはるけき方の目あてにて
94 朝かゞみ夏も手にとるこほり哉　長敏
95 扇の月ぞさゆるかげなき
96 　わが身おもへばあはれ程なし
97 みどり子とみしも老ぬる世中に
98 　そまよりいづる川ぞひの道
99 のぼりかねみほおと（ママ）くし舟はやみ」（7オ）
100 　野にふりはつる跡のあはれさ
101 文字もなき人のかたみの木は朽て
102 　年経つゝ住や思の山がくれ
103 こゝろをつれぬ世のほかもがな
104 　ひまにぞたかき雪の下草
105 水ぬるむ春山沢のうすごほり
106 　猶ぬれそひぬかへるさの袖
107 うらみ侘行てもあかぬ此ゆふべ」（7ウ）
108 　心にやむなしき法はこもるらん
109 しのぶる夜半にかへす小車
110 　こゝろにくたすことの葉ぞうき
111 筆にだにまだ恋しさはあらはさで
112 　こけの衣ぞやゝさむくなる
113 つまにさへすてしうき身やわかるらん
114 　とまらぬ春のあとの山かぜ
115 まてしばし富士のねかすむ舟の道」（8オ）
116 　夜をさむみ河辺の真砂霜ふりて
117 かへるさをくる月袖におつ
118 　身をある物とたのみだにせず
119 なきも猶若きを聞はかなしきに
　　於妙国寺七月三日
120 日をいたむ一葉は落す風もなし
121 　ながむる空に《ぞ》《ヒ》ひ（とカ）かり暮せる
122 人ぞうき秋しもなどかわするらん」（8ウ）
123 　見ればみなとによするしら浪

124 うきしづむ舟につながぬ夢はうし
125 　わかれし庭のかすむあはれさ
126 二月や鹿のその世の跡さびて
127 　わすれぬ人に涙おちつゝ
128 恋しさをおもひ捨ぬはゆふべにて
129 　心さはがすおもかげはうし
130 吹風もつらき形見の草の原」（9オ）
131 　こまはなつ野の末のほそ道
132 引わたす沢のつぎはし心せよ
133 　露にすゞしきさむしろの月
134 ぬれ〳〵もしける枕に身をそへて
135 　つらきも人の形見ならずや
136 鳴やなけ筆の行末のきり〴〵す
137 　白雲の山のはうすく立消て
138 なかばのこれる虹ぞみじかき」（9ウ）
139 　命のうちをたのむはかなさ
140 ふところに入野の鳥のかくれかね
141 　あはれさきだつ跡のみどり子
142 あしよはき人は~~さきだつ~~《とまれる》旅の道
143 　野となるほどのわが里の秋
144 をきわたす袖を草葉の露もうし
145 　なをもおもひはふかくこそなれ
146 あまりわがなくに涙の水もひて」（10オ）
147 　なげゝどもつれぬならひのあるはうし
148 散行はなよとまるわが身よ
149 　宮城野の露に都の袖くちて
150 たびのおもひぞ雨にまされる
151 　ひもをもとかず返す玉づさ
152 手もふれぬ人をかこつはおろかにて
153 　さすがやすらふあらましの道
154 身こそあれおもひすつべき都かは」（10ウ）
155 　袖に虫なく野ぢの秋かぜ
156 月もよに行人したふ影ふけて
157 　暮ぬとて萩散野べを帰らめや
158 月にもあかぬしかのひとこゑ
159 　ながむる月ぞ涙すゝむる
160 花おつるかげをあはれとねたる夜に
161 　うき秋の雨は涙やそゝくらん

162 わがうへすぐる旅のかりがね」（11オ）
163 ふかきこゝろのことのはの末
164 偽やそなたばかりのつみならん
165 むら雲まよふ遠かたの山
166 いなびかり空に剣をぬくと見て
167 花とをし浪を千草の秋のうみ
168 契し秋はわすられもせず
169 老が身を待てや残野べの露
170 ある程だにもいとふ世中」（11ウ）
171 恋しぬとおもひも出じなきもせじ
172 わすれぬ秋の残る柴戸
173 なにのはのおもかげ塩（牆カ）を染ぬらん
174 わが一筆を引かたもなし
175 しほひよりまなぶはあさき和歌の浦

八月八日

176 春の雁かへるは秋の花野哉
177 つれなき露ぞ袖にのこれる
178 老を《を》だにまたでや花はしほるらん」（12オ）
179 み《朽》ちはてん身をおもふはかなさ
180 先だちし昨日の人のつかをみて
181 うきをたへぬと誰をうらみん
182 罪なきは心もしらじはなれじま
183 身にしむ袖にのこる春かぜ
184 涙こそかすむ夕も秋の露
185 きくたよりあれ山郭公
186 人づてもたえたる沖に舟出して」（12ウ）
187 こゝも猶ちりはつるよと花をみて
188 さとこそ梅津さくはひところ
189 あすの花さへ見ゆるあさがほ
190 露のぼる籬の竹の夜をかけて
191 鳥だになかずかげふかき山
192 落葉にや水も梢もかれぬらん
193 夜半に過ぬる人はしられず
194 思はぬやわがぬるひまに帰るらん」（13オ）
195 草葉のすゑを行る旅人
196 春もはや生田の若菜つみ捨て
197 なみだぞこほるふくる手枕
198 余所になけ人はかはらのさ夜千鳥

199　みしやゆふべの雲となるらん
200　帰るさのもみぢの山の村時雨
201　とはれぬ月に嵐ふくなり
202　われとなる戸ぼそもしのぶさはりにて」（13ウ）
203　いまさらくゆるこゝろはかなさ
204　ちらせるをとりもかへさぬ文はうし
205　おつるなみだは我もおぼえず
206　旅のうさ家をはなれし神もしれ
207　あやにくにいそげば春も遅かれや
208　むかひの花に小舟よぶ人
209　かへるさおしき露のあけぼの
210　槿もほのみし人の夢にて」（14オ）

八月十五夜

211　くもる夜は月に見ゆべき心哉
212　木のもとしばしたのむ旅人
213　秋やまだぬれぬばかりに時雨らん
214　かゝる身をうき世の友やいとはまし
215　杖にすがれる墨《め》ぞのそで
216　日はしづみぬる山ぞかすめる
217　水底をさえづる鳥や出ぬらん
218　宮の跡草葉に池もうづもれて」（14ウ）
219　神はなにゝかかげやどすらん
220　むなしき床の霜もすさまし
221　身をしほる後のあしたの秋のかぜ
222　まちぬる月のかゝる山のは
223　郭公こゝろくらべに夜は明て
224　ありても命きえもはてばや
225　恋しさのつもるやまひにうちふして
226　あはれにのこる秋草の原」（15オ）
227　露さむみやせたる牛のかへる野に
228　川ぞひ小舟ひくとこそ見れ
229　山づたふかけ路に人の手をかけて
230　ふむとも見えぬ道の露霜
231　行人もしづまる月のしろき夜に
232　なみだのうかむ奥山のくれ
233　花はみな杉たつ峰にさるなきて

同十八日

234　江に遠し朝の月のひとり舟」（15ウ）

三　研究編

『心敬十体和歌』の成立と諸本

島津忠夫

一

本書に扱った『心敬十体和歌』（以下、『十体和歌』と略称する）は、神宮文庫蔵本『苔筵』二冊のうち、上巻の『老のくりごと』の部分を除いた「十体和歌」以下の和歌作品である。本書の底本としている神宮文庫蔵本は、二冊より成り、室町末期の写本で、題簽には上下いずれにも「苔莚〈共／二〉」と記されているが、これは後筆で、本来のこの書の書名ではないと考えられている。神宮文庫蔵本『苔筵』の内容は、

上『老のくりごと』『心敬十体和歌』

下『ささめごと』（下）

より成る。下巻の『ささめごと』は、「寛正五季五月日　花洛東地音羽山麓十住心院　心敬在判」の奥書を持ち、下巻のみの本である。『ささめごと』については、「『ささめごと』諸本の周辺—心敬私語本を中心に—」（「ビブリア」114、平成十二年十月。島津忠夫著作集第四巻『心敬と宗祇』和泉書院・平成十六年）に考察を加えているので、ここには詳しくは触れないが、私の『ささめごと』成立論の結論を要約すれば、

1　寛正四（一四六三）年五月、紀州田井庄想社に参籠中に、ある人の所望により執筆。上巻のみ。現存する上巻だけの諸本の祖本。

2　上巻はそれだけで完成しており、人に請われるままに書いて贈ることが多かった。

3　帰洛後、補綴としての下巻を執筆。その未定稿本が寛正五（一四六四）年五月日までに完成していた。それが『苔筵　下』の親本。

4　下巻は手元において整備につとめ、上下二巻の形にまとめられ、文明二（一四七〇）年二月七日、興俊（実は兼載）に与える。これが国籍類書本の祖本。

ということになる。下巻の未定稿本の転写本がたまたま神宮文庫蔵本『苔筵』の書写者の手にあり、上巻とともに一筆で書写されたものと考えられる。

ところで、神宮文庫蔵本『苔筵』上巻であるが、遊紙前後に各一丁、墨付五十五丁で、第二丁～第十六丁裏八行目までが、『老のくりごと』で、

むかし牧童竹馬のか様の用心共尋侍しに、さゝめごと二冊にすぢともなき麁言ども粗しくし侍れば、くはしく申侍らばくりごとともなるべく哉。

の奥書があり、その丁の最後の行に、

芝草詠歌内次第不同　　釈心敬

と記し、次の丁からは、五十三丁表八行目までに、「十体和歌」が記されている。

その丁の最後の行から続けて「太田道真禅門のかたへ七朝の祝言に遣し侍る」の長歌・反歌が五十四丁の二行目まで記され、四行分の空白を置いて、「或人瀟湘八景の歌を難去競望侍るに頓に詠じ遣之左道々々」として、「瀟湘夜雨」以下「江天暮雪」に至る瀟湘八景歌八首が記されている。その後には奥書も何もない。

このことから、書写者の意識では、『老のくりごと』から太田〔大田〕道真に遣わした長歌反歌までが一続きのものであり、瀟湘八景歌は別に伝わったものを末尾に写したと考えられる。ところが、もとは、道真に遣わした長歌反歌も、十体和歌とは別に考える必要があろう。『老のくりごと』と『十体和歌』は、『老のくりごと』の序の部分に、

契の程もかつはふしぎにかつはいなみがたくも侍て、えもしらぬすぢごともなき十の姿などになぞらへて尋給へるまゝうち出侍り。

とあるのと呼応するものとすれば、もともと一体のものであったと考えられる。『老のくりごと』が「かりねの夢の内に五とせまでたゞよひ」とか「いにしやよひの比」とあり、秋の景色が書かれていることから、文明三年秋冬の間の執筆とする説（湯之上早苗氏『連歌貴重文献集成』第四集・勉誠社・昭和五十五年・解説）に従って、この『十体和歌』も文明三年中の頃の成立と見られる。私の「心敬年譜考証」（著作集第四巻『心敬と宗祇』）を繰ってみると、文明三年の正月は大田道真の川越館で迎え、

のどけしな九重八の国津風（「吾妻下向発句草」）

の句を詠み、道真への長歌・反歌も、金子金治郎氏の『心敬の生活と作品』（桜楓社・昭和五十七年）の説により、この年の正月七日のことと推定され、三月二十九日に道真に『私用抄』（大阪天満宮文庫本「初心抄」の奥書による）を与えている。春に川越館での興行に臨み、五月九日には正徹十三回忌の「心敬僧都百首」を詠み、某月某日、相模の大山の奥に移住することになり、秋か冬のころの某月某日、住持の和尚の求めに応じて『老のくりごと』を書くのである。『老のくりごと』のあとに添えられた『十体和歌』が、「芝草詠歌内次第不同」とあることは、『芝草句内発句』（本能寺蔵本）の巻頭に「芝草内発句年記不同」とあることと照応する。心敬には、ほかに『芝草句内岩橋　上』（本能寺蔵本）、『芝草内岩橋下』（本能寺蔵本）、『芝草内連歌合』（天理図書館蔵）などがあり、心敬の手元に「芝草」と名付ける連歌・和歌の作品集成があって、乞われるままに、抄出したり、注を加えたりしているのであるが、この場合は、

順不同に取り出し、十体に分類したものと考えられる。

この心敬の瀟湘八景歌は、正徹の『草根集』巻九、宝徳三（一四五一）年七月に、景南英文の勧進で八景詩歌をよんだことが見え、私は何となく心敬の場合もその頃かと考えていたが、景南英文勧進の八景詩歌は、堀川貴司氏の『瀟湘八景　詩歌と絵画に見る日本化の様相』（臨川書店・平成十四年）によれば、『待需抄』から詠出の歌人が知られ、心敬はその中には見えないので、その折のものではなく、本書評釈編に記すように、「或人、瀟湘八景の歌を難去競望侍るに頓に詠じ遣之」とあるのは、これもまた関東でのものと考えた方がよさそうである。従って、神宮文庫蔵本『苔筵』の下巻は、「十体和歌」とともに、いずれも関東に散らばっていた心敬の資料を集めたものということになる。『老のくりごと』と「苔筵上」の「十体和歌」より成る一書があり、あとに道真に遣わした長歌反歌、さらに瀟湘八景歌を集めて書写して上巻とし、たまたま手元にあった下巻だけの『ささめごと』を、下巻としたのではなかったかと思われる。

「苔筵」という書名で思い出されるのは、赤木文庫旧蔵本『心敬句集苔筵』のことである。この書の原本は未見であるが、『心敬作品集』（角川書店、昭和四十七年）によれば、はじめに「自讃歌」が記され、そのあとに「苔筵下　付句」として、有心体（八十三句）、幽玄体（三十二句）、面白体（五十六句）の付句があり、そのあとに、面白体の発句九句を収める。奥書には、

自讃歌幷苔筵下、内少々書写訖。右筆無雙悪筆、雖不少其嘲、為御一覧、依難去御所望、令校合者也。連々被加落字、正本可被清書事、宜肝要者也

于時天文五年六月十七日佐東安村於旅泊庵　　平雅胤（花押）

円乗　まいる

とあり、天文五年平雅胤筆であることは、口絵にある奥書の写真からも明らかである。ここに収められた句は、『心

敬百句付』と共通する句があることから、三輪正胤氏の解説にあるように、応仁二（一四六八）年六月二十五日以後で、これもまた関東下向後のものであることが知られる。この『心敬句集苔莚』も、筆者の平雅胤のもとに、たまま「自讃歌」と、「苔筵下」の断簡があってそれを書写したに過ぎないであろう。「苔筵下」は、おそらくもとは十体の付句と発句より成っていたものと思われる。内題に「苔筵下　付句」とあることから、「苔筵　上」が想定され、「苔筵下　付句」のあとに発句があったとすれば、「苔筵　上」に相当するのが、『十体和歌』ではなかったか。『芝草句内岩橋』の上が発句・付句であり、下が和歌であることと合わせ考えてみても、上下は逆であるが、心敬は常に連歌と和歌を一体としていたことが想定される。ただ、その『十体和歌』がそのまま神宮文庫本『苔筵　上』の『十体和歌』であったとは限らない。むしろ『老のくりごと』と一体となった「十体和歌」が、「苔筵　上」の「十体和歌」として別に存在していたと考えることも可能であろう。三輪氏は、神宮文庫本の書名を参照した上で、

「苔筵」といふ名称は、ある特定の一書を指すばかりでなく、数書を合本しての総称としても用ひられてゐたのではあるまいか。

と言われるが、「苔筵」という書名は、もともと「苔筵　下」（付句・発句）「苔筵　上」（和歌）より成り、神宮文庫本の後人の筆に成る「苔筵〈共／二〉」は、この書との関連で付されたものではないかと思われる。

二

心敬は、『ささめごと』（上巻）の末尾にも、「古人の句少々」として、「幽玄体」「長高体」「有心体」「濃句体」「麗句体」「面白体」「事可然体」「一節体」「写古体」「強力体」の十体に分けて、古人の句より各五句をあげている。もともと心敬の意識では、『ささめごと』（上巻）に、「一体をも心をとめて修行をこらし侍らば、さかひに至るべきや

らん」の問いを設けて、「先達申し侍りしは、大むねいづれの体をも捨てざらむこそ、二なう賢き人とは申し侍らめ。一つかたちにのみとゞまり給はば、そこら残りおほくや侍らむ」と答えているが、その「いづれの体」の例をあげたのが、この末尾の十体の句だったということができよう。

この『ささめごと』（上巻）末尾の「連歌十体」については、金子金治郎氏の「心敬の連歌十体について」（「湘南文学」13・昭和五十四年三月）に、詳細な作品自体の分析によって心敬の十体観を検証されている。これは、連歌の十体についての論であるが、「はじめに」として、『十体和歌』にも触れ、「連歌十体」「十体和歌」『三五記』の十体を表記して、その相違を検討し、

後年関東へ下った心敬は、自歌を十体に分類して、心敬僧都十体和歌を達成している。その分類と、この連歌十体とには、小異があるが、どちらの分類も、三五記の和歌十体を潜ってきている。

と言われる。

『十体和歌』は、神宮文庫蔵本によると、

有心体（七十四首）
幽玄体（四十五首）
面白体（三十一首）
麗体（三十三首）
長高体（四十八首）
濃体（五首）
撫民体（二十五首）（「事可然体も此内にあるべく哉」とある）
一節体（二十五首）

写古体　（十四首）
強力体（二十三首）（「鬼拉体など此内侍べきか」とある）

計三百二十三首の歌を分類するが、歌数はまちまちである。『三五記』の十体は、

第一　幽玄体（付行雲体　廻雪体）
第二　長高体（付高山体　遠白体）
第三　有心体（付物哀体　不明体　至極体　理世体　撫民体）
第四　麗体（付存直体　花麗体　松体　竹体）
第五　事可然体（付秀逸体　抜群体　写古体）
第六　面白体（付一興体　景曲体）
第七　濃体
第八　見様体
第九　有一節体
第十　拉鬼体（付強力体）

とあり、それをもとに組み換えていることが知られる。『三五記』は本来冷泉家時雨亭文庫本のように、この十体を示す本の巻のみであったものに、末の巻が付加されて二巻となり、多くの写本が伝えられて来たものである。この十体は、冷泉家時雨亭文庫本によれば、おそらくはもと長高体に澄海体が加わっていたり、花麗体が美麗体であったりする小異はあるが、心敬が見た『三五記』（おそらく末の巻を付した二巻本か）もそれほど大きな相違はなかったと思われる。それをもとに、『ささめごと』上巻末尾の「連歌十体」を考えたものであろう。金子氏が指摘されるように、『三五記』の「見様体」を立てず、その替わりに「事可然体」のうちに付記されていた「写古体」を一体とする。「連

歌十体」であげていた「事可然体」は、『三五記』が「有心体」に付記していた「撫民体」を立てて、「事可然体も此内にあるべく哉」とするのである。

心敬は、『所々返答』第三状（文明二年・「宗祇禅師返札」）に、

初心の時は、用心修行なく、たくみに結構のおもしろきをむねとして心をまどはし侍り。中つころよりは、風雅にあまり、行雲・回雪・景曲に入ふし、あるは一句に文をおりつけ、あるは無文にさしのびとりひしぎたる所を忘れ、あるはうつくしき、あるはたくましきかた過ぎ、いづれも落しづまらず。老後には、いづれをも捨ず、十体をうらやみ、哀ふかく又道をまもるこころいでき侍歟。

とも、

心をたかく、こと葉をえんに、一風にとまる心をきらひ侍るべく哉。句の面白とをばかたはらになして、ひとへに位に心をかけ、たけ・面影・しなをむねとすべしとなり。

と言っていることも、「十体和歌」の名称にこだわらず、根幹に持っていた意識であったと言えよう。心敬の十体観は、金子氏の「連歌十体」をもとに、各体の初めに略述しておいた。心敬の『十体和歌』の十体における、それぞれの和歌の分析は、[評釈]編自体を見られたい。

三

ところで、この『心敬十体和歌』を心敬の作ではなかろうとする湯浅清氏の説がある。『心敬の研究』（風間書房、昭和五十二年）には、第一編第一章第六節に、「心敬僧都十躰和歌」の項を掲げ、「書名」「形態」「内容」から検討し、「心敬以外の人による分類の方に強く傾きつつも」「存疑といった所でとどめて」おきたいとする。

しかし、「心敬僧都十躰和歌」という書名については、「続群書類従」本にのみ見えるもので、本来の書名ではないと言われること自体は正しいが、後述するように、「続群書類従」本は、本書の成立にほとんどかかわりのない所での写本で、「続群書類従」に所収されるに当たっての書名であって、そのことから本書を心敬の作でないとすることはできない。また形態の上から、「寛正百首」から十首、「応仁二年百首」から十首採録されているのに、文明二（一四七〇）年初秋に会津で興俊（兼載）に与えた『芝草句内岩橋』に採録されている「応仁元年百首」と「文明二年百首」からは採録されていないこと、「撫民体」は他に触れていないことから、『十体和歌』の心敬作に疑問を持たれている。「撫民体」は、「事可然体も此内にあるべく哉」とあり、『十体和歌』に於いての改訂と見ればとくに問題はない。「応仁元年百首」と「文明二年百首」から採録されていないことも、十体に分けるに当たっての偶然の結果と見てよかろう。問題は、内容の十体観である。湯浅氏は、『心敬の研究』の第二章第三節の「十体観」で、詳しく考察を試みられている。金子氏も、『十体和歌』を心敬作としつつ、この湯浅氏の論説を「心敬の連歌十体を全面的に対象とし、十体としての風体に焦点を絞った雄編である。各体ごとに該当する所論と作品を網羅し、所論を参考にしつつ作品の風体を考定している」と言われる。湯浅氏は、その十体観の基準に合わせて、特に「有心体」「一節体」について、「心敬の考えていた内容と、「十体和歌」に分類されている歌の風体の内容とが、一致するものもあるが、異なっていると見られるものも多いこと」を指摘される。これは、この度の評釈に当たっても、しばしば問題になったことであるが、こうした分類についてはきわめて微妙な問題があって、そのずれをもとにして心敬作を疑うことは危険であると思う。

『連歌貴重文献集成』第四集（勉誠社・昭和五十五年）の『苔筵』解説（湯之上早苗氏）にも、湯浅氏の説を考慮において、「心敬作とするには、少しばかり不審が残っている。『ささめごと』上巻の十体と小異があるからであるが、後人の作ならば却って『ささめごと』の十体などを墨守して心敬らしく見せるということも考えられるからなんとも決

定しがたい」と言われる。浅田徹氏も、「心敬の和歌資料覚え書き―権大僧都心敬集末尾歌群及び芝草句内岩橋下の配列について―」（御茶の水女子大学「人文科学研究」2・平成十八年三月）に、「十躰和歌は定家十躰・三五記などに基づく十体論に従い、自作を分類したもの（中略）。どちらも（芝草句内岩橋とともに）心敬自身の晩年の選抄と考えられる。（心敬十体和歌）には無視し得ない異論もあるが、状況証拠は自選を示唆する）」とある。

私も、やはり、『老のくりごと』との一貫性をもとに心敬作と見ておきたい。詳しくは［評釈］編を見られたいが、その独特の作風には、正徹との関係を「昔はまま子、今はみなし子」（所々返答・上）と言っている心敬を外にしては考えられない。ある日の押川加緒莉・竹島一希・大村敦子・岡本聡の諸氏との討論の結果によるのだが、「色々にうつろふ小草花ぞまつ秋にはかへす春のあら小田」（春田　二六二）は、『心敬集』の「色々の春の小草の花ぞまつ秋にはかへすしづがを山田」（春田）と類歌であり、これは作者自身の添削と考えられるのである。

四

『十体和歌』の諸本を整理すると、

(1)『老のくりごと』に『十体和歌』を付す本

(2)『十体和歌』のみの本

(3)『老のくりごと』のみの本

となる。そのうち、(3)に属する①書陵部蔵御所本（近世中期写　古典文庫『連歌論集』三　所収。木藤才蔵氏編『心敬連歌論集』に影印）、および②群書類従本『老のくりごと』は、ここでは考察の外に置く。

(1)に属する本には、次の諸本がある。

①神宮文庫蔵苔莚本

原型をもっともよく残している。十体和歌も諸本のうちもっとも歌数が多い。本〔評釈〕編の底本。

②国立国会図書館蔵本「十住心院心敬紀行」（一九七、一八五）　半紙本一冊。〔国会本と略称〕

元表紙（薄藍色）に題簽「十住心院心敬紀行　全」（覆い表紙あり）

印記「□原家蔵」「故□原家納本」

各葉十行。和歌一行書。

奥書「此巻者十住心院心敬法印之／作と云々／貞享三乙丑載十月八日写之畢／一校同十月十一日畢」「墨付二十七枚」。

本文同筆の書き入れがある。

江戸中期の転写にも見えるが、やはり奥書通り貞享の書写本とみるべきか。

『老のくりごと』は、御所本系（⑶①）。

『十体和歌』は、題を三題（時に二題）纏めて記したあとに和歌を記す。

内容は③山岡本・④書陵部路行本・⑵②類従本と同系。

③書陵部心敬記本（黒、一三三）　半紙本一冊　〔山岡本と略称〕

書陵部の目録は『老いのくりごと』で取る。

後補表紙（刷毛目）題簽「心敬記」。「山岡明阿弥自筆本」と朱書。

印記「山岡文庫」「黒川真頼蔵書」（長方印）「黒川真頼」（丸印）

奥書「明和八とせ辛卯二月廿六日武庫寓居にして写畢」。

「或人心敬僧都の紀行といふものもて出て見せぬとりて読は初には都のさわきいてきしより寺にも住侘て

吾妻にくたりてこの国の品川に留りそれより鎌倉大山のほとりに五とせはかり住してなとしるし中比には連歌のおきてをのへしりへにはぬしのよみし歌をのせたりその連歌の事は是よりまへにさゝめことゝいへるもの有しにつきて後に是を書れたれはこの書の名なにとかいひけんを今はうせものしたるなるへし紀行といふへきものにもあらす是も後の人のしるせしものならん歟見るかまに〱昔の世のしたはしさにきのふよりうつし初めてけふ午のかひ吹ころにはてぬくりかへし考るにいとまなけれは定めて筆のあやまりも有へからんかしこと日をまちてこそたゝしなお《ほ(朱)》いてんものなり」（句読点を打たずにおく。後人［黒川真頼か］の朱ままあり。多くは略）の長文の奥書あり、「浚明」と自署す。

識語「此書山岡浚明自筆本〔「本」の右に朱で「可」〕愛玩于時文政酉極日」名前の部分墨消し。印記「□□」

各葉十行。和歌一行書。

『三十幅』の底本。

はじめに「芝草詠歌内　次第不同」とある。

④書陵部蔵路行記本（一五四、五一三）　大本一冊〔路行記本と略称〕

表紙（薄藍色）。題簽「路行記〈十住院心敬〉」

江戸中期（享保寛政期）写。印記「斑山／文庫」（方印）。斑山文庫旧蔵本。

各葉十行。和歌一行書。

『十体和歌』は、題を三題（時に二題）纏めて記したあとに和歌を記す。

(2)

『十体和歌』のみの本

①肥前島原松平文庫本東常縁集所収　（島原／一三七／一三）　大本一冊。〔島原本と略称〕

寛文元禄期写（「尚舎源忠房文庫」印記あり）。

縦二八・五糎、横二一・〇糎。表紙：縹色、雷文繋ぎ地に蓮華唐草文様、左肩題簽（雲母刷り）「東常縁集」
四つ目袋綴一冊。本文料紙は鳥の子。遊紙：前一丁（かつて調査していたが、この書誌は、竹島一希氏の改めて近年
の原本調査による報告にもとづく）
『東常縁集』に付載。撫民体以下欠脱。あとに「自書色紙歌　常縁」として二首がある。

②続群書類従本〔類従本と略称〕

イ書陵部蔵写本（版本の原本）
和歌部巻四〇三　経旨和歌（夢中和歌）と合本。江戸期写。
内題「芝草詠歌同（「同」をミセケチ、右に「内」）次第不同」

ロ内閣文庫本　版本
内題「心敬僧都十体和歌　芝草詠歌内次第不同」
写本の訂正を本文化している。

⑴②③④と同系。

底本の神宮文庫蔵苔筵本をもとに、各体の諸本の歌数を表に示すと、

有心体（七十四首）島原本三十三首
類従本二十七首　山岡本二十七首　国会本二十七首　路行記本二十七首
幽玄体（四十五首）島原本二十八首
類従本十九首　山岡本十九首　国会本十九首　路行記本十九首
面白体（三十一首）島原本十八首

類従本十六首　山岡本十五首　国会本十六首　路行記本十六首
麗体　（三十三首）島原本十三首
類従本二十首　山岡本十九首　国会本十九首　路行記本十九首
長高体（四十八首）島原本二十三首
類従本九首　山岡本九首　国会本九首　路行記本九首
濃体　（五首）島原本二首
類従本三首　山岡本三首　国会本三首　路行記本三首
撫民体（二十五首）類従本八首　山岡本八首　国会本八首　路行記本八首
一節体（二十五首）類従本七首・山岡本七首・国会本七首　路行記本七首
写古体　（十四首）類従本三首・山岡本三首・国会本三首　路行記本三首
強力体（二十三首）類従本八首・山岡本八首・国会本八首　路行記本八首

となる。底本の歌数が多いことが知られる。面白体の山岡本は一首誤脱であり、麗体の類従本は、179暮山雲があり、山岡本以下の諸本の誤脱かと思われる。

なお、島原本には、麗体に底本にない二首が見られる。濃体の途中からあとは欠損である。この書が、『東常縁集』のあとに、「芝草詠内　次第不同」として『十体和歌』を記し、そのあとにまた、「自書色紙歌　常縁」として常縁の二首を記しているのは、この「芝草詠内　次第不同」とあるだけで、作者不明と考え、それを常縁集にかかわるものとして書写したものか。この書の原本は、底本と異本関係にあるもので、本文においても参照の価値を持つ。

それに対して、類従本以下の諸本は、原本よりはかなり後、おそらくは江戸中期に抄出された一本より、分かれて生じた異本で、本文においてもほとんど参考にならず、かえって混乱すると思われるので、［評釈］編では〔校異〕

から省いた。

24袖上菖蒲（菖蒲）、44朝紅葉（紅葉）、92題同〔夕荻〕（荻）、101田鴫（鴫）、105故郷落葉（落葉）、106夜霰（霰）、111峯炭竈（炭竈）、120鶯告春（鶯）、123題同〔江春曙〕（春曙）、127春田蛙（蛙）、129初郭公（郭公）、139野分朝（野分）、241山家雉（雉子）、248山家鹿（鹿）、279竹霰（霰）、321独述懐（述懐）、323寄巌祝（祝言）などと、類従本以下は、歌題を簡略化している。

315「月前風」は、類従本、国会本は、歌題のみあって歌がなく、山岡本・路行記本は題も歌もない。

275「秋田里」は、類従本以下の諸本は「秋田家」とするが、これは、276「秋田家」の目移りによる誤りで、それをこれらの諸本がそのまま踏襲している。

有心体73「釈教」は、類従本以下諸本は、麗体の最後183「思往事」の次にある。

本文の異同については煩雑になるので、ほんの一端だけを記しておく。

142　ふかき夜の夢のふるさと忘はてゝたびねの山にもる時雨哉

この三句「忘はてゝ」は、底本が「忘」は「荒」の誤写で、島原本も類従本以下も「あれはてゝ」であるが、結句「もる時雨哉」は、類従本以下は「ふるしくれかな」となっている。

156　此ゆふべ山のはさむき五月雨のなごりすゞしき月のうすぐも

の二句「山のはさむき」が、類従本以下「山のは青き」となっている。心敬の「青」に対する感覚からは、注目されるが、これも私見は「寒」と「青」の字体の類似による誤写と見る（ただし、共著者の間では逆の見解もあった）。

176　大かたの身にだにとをるあきかぜをふかき枕にたれかきくらん

の四句「ふかき枕に」は底本の誤写で、類従本以下「古き枕に」である。

178　打かすみ水もゆるがずふる雨のほそ江にねむる鷺の一行

の第四句「ほそ江にねむる」が類従本以下は「細江にかすむ」となっている。それについて、初句「打かすみ」に類従本以下は、「かすみ」の右に「そゝき」と付記する。類従本の板本は「うちそゝき」を本文化している。これは、類従本以下の祖本が第四句を「細江にかすむ」に誤ったので、初句の「打かすみ」と「かすみ」の重複に気づいて「そゝき」ではないかとしたのである。山岡本が、第四句の「細江に霞む」の「霞」の右に「本」としたのも初句との重複を気づいての付記である。

289　雁なきて秋かぜ寒し我やどのかど田の柳下ばちる比

の初句「秋かせ寒し」が、類従本以下「秋風さむみ」、第四句の「かと田の柳」が「山田の柳」になっている。

144　雪おもると山の木ずゑ下折てまちあへず出る月のさやけさ

の「木ずゑ」が、類従本以下「杪」の字が書かれており、この種の本の祖本にあった文字と考えられる。これは、

223　夜ぞふかき杉より西に月落ちてよ河のみねのさるの一こゑ

の「杉」が類従本以下、「椙」の字が書かれていることも同様に考えられよう。

したがって、諸本の関係を標示すれば、

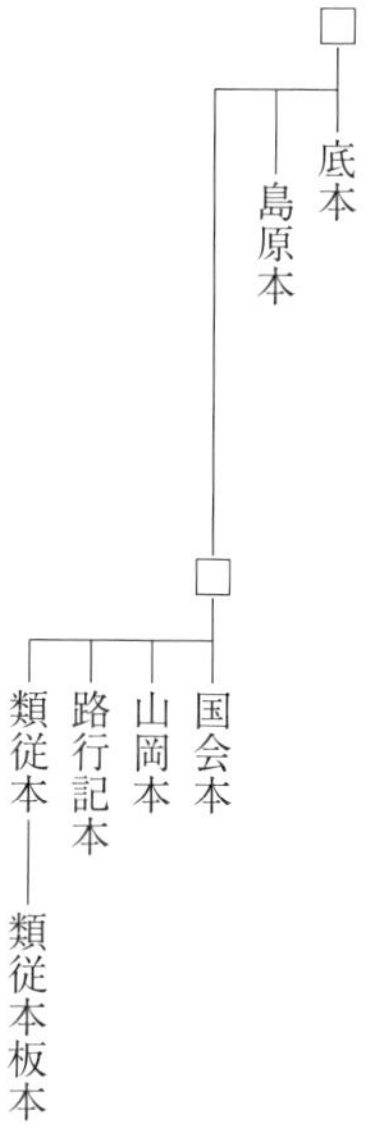

となる。

『心敬十体和歌』にみる連歌的表現

大村敦子

連歌師の詠む和歌は「連歌歌」として歌人の側から非難されていたことは『落書露顕』[1]や『和歌用意条々』[2]などに見えよく知られることで、連歌特有の表現が連歌のみならず和歌にも用いられていた当時の様相を語るものである。濱千代清氏は「歌連歌と連歌歌[3]」の中で「連歌歌」は「智巧的でごつごつした歌」を指すであろうと定義されている。それは言い換えればなめらかに上から下へと読み下せない、あるいは誦した時に耳に立つ箇所のある和歌ということになろう。

連歌特有の表現、いわゆる「連歌的表現」について主に語彙の面からの考察では、島津忠夫氏「宗祇連歌の表現[4]」、稲田利徳氏「室町期の和歌における連歌的表現—連歌師の和歌を中心にして—[5]」が、また連歌の付合の技法を考える上では両角倉一氏「『新撰菟玖波集』の付様の一面—「とりなし付」を中心に—[6]」などすぐれた先行研究がある。本論は『心敬僧都十体和歌』の和歌解釈を通して、「連歌師である心敬」の和歌に表れる「連歌的表現」について、連歌の技法や「連歌的発想」の面から考察するものである。

一　掛詞・縁語

心敬の掛詞や縁語による表現については早くに稲田氏の「心敬和歌表現の特性―言語の重層効用―」[7]において、「和歌一首の中の、他の景物との関連で、尋常ならざる表現」をとっているとの指摘がなされている。掛詞や縁語という和歌の技法は作品に厚みをもたせるものとして理解できるが、心敬のそれは構造の複雑さが目立つ。すでに稲田氏によって指摘されていることではあるが、その煩瑣なまでの掛詞・縁語が何によって醸成されていったのかを見るためにも本論でも押さえておきたい（引用歌の数字は『心敬十体和歌評釈』、『草根集』は『私家集大成』、その他は『新編国歌大観』の番号に拠る）。

271「六月祓」　おもふ事数〳〵さゞれ石河にすてゝぞかへるせゞのしらなみ（一節体）

帰る　返る　縁語

図示したとおり、上句は「おもふ事（が）数〳〵」あり、その物思いのような「数〳〵（の）さゞれ石」がある「石河」と、言葉を密接に掛け継ぎながら詠む。また下句は、（数々の物思いを石河に）捨てて帰る意の「すてゝ」「かへる（帰る）」と、白波が寄せ返るという意の「しらなみ」と「かへる（返る）」との縁語で、「かへる」が上下の語に掛かり、「帰る」と「返る」とを掛ける。

この271番の心敬詠は、

草根集541「六月祓」

おもふことさしてなき身や夏をけふすつるばかりの麻のゆふしで

草根集390　此つゐでに、上の社のみたらしにみそぎして、あるねぎの家に立ち寄りて侍りしに、日比ゆかしく
思ふ人の今までありしが、立ち帰りぬと申侍るに、此度きたらんに見せよとて
みそぎ河かへりし浪の跡にきて契しらるゝせゞのゆふしで

の正徹詠二首を踏まえ詠まれている。

さて『十体和歌』271番では『草根集』541番の思うことはさしてないという意を数々あると逆に転じて詠み替え、またさらに正徹390番の「かへりし浪」を踏まえ、石河の白波が返るとする。加えて詞書きにある「帰る」の意も響かせ、物思いを捨てて帰るとする。二首の正徹詠を一首に詠み込もうとした結果、非常に密接な構造となってしまったと言えよう。さらに「石河」については、

新古今集1894　石川やせみのをがはのきよければ月もながれて尋ねてぞすむ　鴨長明（巻十九　神祇）

によって、ただ小石の多い河というのではなく、賀茂社の「瀬見の小川」の意が含ませてある。それは「六月祓」という歌題を満たすための用意である。

このように一首のうちの掛詞・縁語の多用はひとえに詠もうとする内容が多いためである。短詩型文芸である連歌においてこの技法は有効な手段であるのは否めないが、心敬はその密接な掛け方を和歌にも用いたため、いささか煩雑な構造となってしまっているのである。

『十体和歌』において「掛詞（掛ける）」という技法は枚挙にいとまがない。その中でも当該歌のように同音異義の掛詞ではなく、上下の言葉に掛かる手法が間々見られることは心敬の特徴として指摘できよう。

88「水鶏」　山ざとは水のひゞきもかすかなる杉まの月にくいな鳴なり（幽玄体）
（聴覚）（視覚）（聴覚）

これは「かすかなる」の一語が「水のひゞき」、「月」、「くいな鳴」の三つの要素に掛かっているものである。山里に響く水音はとぎれとぎれなのだろうか、かすかに聞こえ、杉の木の間からもれくる月の光はあえかで、水鶏の声もかろうじてそれとわかるほどに聞こえる。「かすかなる」という感覚が、水の音と水鶏の声の聴覚と、月の光の視覚との二種類の感覚を表す。掛ける語、あるいは対象によってその言葉の奥行きが広がり、幾つもの効果を演出する。これは稲田氏の「ある特定の言語からかもしだされる情緒に、他の部分が緊密に反応し、あたかも、表現以前の微妙深甚な情緒が響きあってくる」という指摘に該当しよう。

97「暮山鹿」　ゆふぐれはとをざかり行山のはを軒ばにかへすさをしかのこゑ（幽玄体）
（時間的推移）（視覚的推移）

ここでは「とをざかり行」は、「ゆふぐれ」と「山のは」の二つに掛かっている。当該歌を素直に読めば先ず「とをざかり行」のは「山のは」と読める。日が落ちて行くに従いあたりが暗くなり、今まで見えていた山の端が見えにくくなり、遠くに行ってしまったように感じるという視覚的距離を表す。一方「ゆふぐれ」が「とをざかり行」とは、夕暮から夜へと向かう時間的推移を表している。秋のこととて暮れ始めるとたちまちに日は落ちてゆき、夕暮れの時分はあっという間に過ぎ去った時間へと追いやられる。「とぞさかり行」が視覚という感覚的なものへの把握に用いられるのは常套であるが、同時に時間的なものにも向けられ、五感という同じ次元での用法に収まることなく用いられていることが了解される。

このように感覚の種類やレベルを問わず多くの語に「掛ける」ということは、その言葉が内包している多義性を最大限に引き出す。心敬にはこうした掛ける対象によってその言葉に奥行きを与え、場面を効果的に演出するという「掛詞（掛ける）」の技法を自在に用いているのである。先に挙げた稲田氏も一つの動詞の主体が複数にわたるという

特徴を有していることを「言語の重層効用」と名付けられ、「一定の空間設定のなかに、二つ以上の対象物が、時間的に変化、展開してゆく手法」が心敬和歌にあることを論じられている。

こうした掛ける対象、あるいは主体が複数にわたることによって、一つの言葉がいくつにも重なってゆく技法の根底は「取成付」の発想につながるのではないだろうか。

二　取成付

「取成付」とは、前句の主体や対象が付句によって変わるという極めて地下連歌的付合の技巧で、宗祇や兼載はそうした技巧を排除しようとする立場を取っていながら、『新撰菟玖波集』には取成付による付合が少なからず認められることが両角氏によって指摘されている。

22「葵露」　音に鳴て卯月の鳥や過ぬらんしぼむあふひも（に）おつる夕露（有心体）
縁語

〈自注〉賀茂祭はかならず中の酉の日なれば、鳥の日の過ぬるか、あふひのしぼみぬるはと也。鳥といへることと葉にすがりて、音になきて過るかなど也。ゆふ露は鳥のなみだかといへり。此歌を郭公など、見給はゞ、不便のことなるべし。（『芝草句内岩橋下』(8)）

一首は図示したように、「鳥」の語による縁語仕立てであるが、上句に「や〜らん」を置いた明瞭な三句切で、第三句のらん留により上句の独立性が強く感じられる。自注にはこの歌が賀茂祭を詠んだもので、「酉の日」であるとし、「郭公」ではないと解いている。言い換えれば当該歌は、先入観なく鑑賞すると、「卯月の鳥」は

「郭公」などの夏の鳥を詠んでいると理解されるだろうということである。しかし、それでは心敬の狙うおもしろさ、趣向は伝わらない。この歌は動物の鳥と思わせながら、実は暦日の「酉の日」を詠んで展開している点が眼目である。動物の「鳥」を、日付の「酉」と理解させようとするのは和歌の常套からはずれる解釈であるが、連歌ならばそれは容易に転換できる「取成付」という付合技法がある。試みに当該歌を連歌の前句と付句のように書き換えてみる。

音に鳴て卯月の鳥や過ぬらん
しぼむあふひ（に）もおつる夕露

自注では「卯月の鳥」を「郭公」などととらえるのは都合が悪いと注するが、第一句目に「音に鳴て」とあり、上句を前句としてとらえた時にはやはり動物の鳥と理解するのが妥当で、声をあげて「卯月の鳥」は過ぎたのだろうか、と鳥の飛び去った情景に解釈されよう。ところが下句への続きを、前句の疑問を受けて付句を付けた付合として考えると、前句「卯月の鳥」を「酉」の日のことに替えて、それを契機に賀茂祭へと連想がつながり、「あふひ（葵）」を導いたと解される。これは前句と付句とで主体が転じる「取成付」の手法である。前句の「鳥」を付句では日付の「酉」に取り成して、賀茂祭を象徴する「あふひ」を連想し、「夕露」を置くことで祭の終わった情景へと導く。つまりこの一首は連歌の「取成付」の発想によって詠まれているのである。連歌という座においてならばこうした付合は理解され興を催したであろうが、和歌ではそうした詠みぶりは常套からはずれるため自注で明らかにしなければならなかったのであろう。

173「夜増恋」　まぎれつる人もしづまり月もふけよるはすゞろにそふなみだ哉（麗体）

対句

「まぎれつる人もしづまり」をそのままに読めば、物思いが紛れていた人もその物思いが鎮まりとなる。しかし、

物思いがなくなった人が、「すゞろにそふなみだ」などと、思いがけず涙をこぼすという行為につながるだろうか。当該歌は図示したとおり、「人」は上下に掛かり、「まぎれつる人」と「人もしづまり」とでは指す「人」が異なっているのである。「まぎれつる人」は、昼間はまぎれていたあの人のことで、恋の相手。「人もしづまり」は、昼間は周囲にいた人々で、昼の喧噪が夜になると静まることをいう。昼間は物思いがまぎれていたあの人のことも、夜になるとあたりの人々も静かになり、一人になると思わず涙をこぼしてしまう、と「人」を転じると矛盾なく理解される。しかし「まぎれつる」と「しづまり」の主体が同一人ではないとする詠み方は和歌には極めて稀であり、非難の対象ともなるであろう。連歌の「取成付」の技巧による発想が、このような主体を転じた詠み方をさせたのである。

「取成付」という連歌の技巧と、和歌の「掛詞」との邂逅が、主体を転じ、幾重にも意味を持たせる作風を心敬にもたらしたと考えられよう。稲田氏の論じられた「言語の重層効用」の起因が「主体や対象のあいまいさ」にあるということも、連歌的付合の発想を心敬が深く身につけていたためそれを和歌に取り込んだ産物ではなかったか。

308　「民戸早苗」　しら露も　民さへ　秋を　おもひ草とるやさなへの手にもたまらぬ（強力体）

図示するように、上句は言葉同士が非常に緊密に掛かっていることがわかる。「おもひ草」は「道の辺の尾花が下の思草今さら何のものか思はむ」（万葉集・巻十2270・第四・五句の現行訓は「今さらさらに何をか思はむ」）のように、尾花の下に生えている「思草」のように「思ふ」として、「思」の語を導く。また「野辺見れば尾花が末の思ひ草枯れ行く冬になりぞしにける」（和泉式部・新古今集・冬・624）などから「思草」という名の具体的な草があるという把握で詠まれるものであることが理解される。この心敬詠でも、秋の思草のように白露も秋を思い、民までもが秋を物思うという意となる。「思草」の実体は南蛮煙管や露草、藤袴、紫苑他の諸説があり、また連歌においては『連珠合璧集』

に「思トアラバ尾花がもと」と挙げるように薄の寄合語として認識される。ところが当該歌では「（民さへ秋を）おもひ草」という具体名詞を、「（民が秋の実りを）思う草」の意に取り成し、「民が秋の実りを心配する草」とは「秋の稲」という連想の過程を挟み、夏の今はまだその思草は「早苗」であるという連想を導く。

一首を上句と下句とに分け、付合として解してみる。

しら露も民さへ秋をおもひ草
　とるやさなへの手にもたまらぬ

前句として見た上句は、先述のとおり秋の思草にたとえて、白露も民も秋を思うと詠む。付句として見た下句は、手に取る早苗は次々と植えられて、手にたまることはないと詠む。そして上句と下句のつながり（付合）は、思草を早苗に取り成し、また白露に「手にもたまらぬ」が付くという構造として解することができる。さらに、上句を秋として詠み、歌題「民戸早苗」を外しているかのようでいて、下句で夏の今の早苗の様子を詠み、季移りの付け方で題を満たすという技巧も用いられている。ちなみに「～をおもひ草」という表現は、正徹に「鳴きゞす子を思ひ草秋かけて涙や春の野辺を染むらむ」（草根集・巻四・野外雉）の一首を見るだけである。当該歌はこの正徹詠に倣ってのものであろうが、上句から下句への展開の発想は「取成付」に通じる。

168「江残雁」　ふゞきするこしの遠山こえわびてなご江におつるかりの一行（麗体）

て留の句として一首を前句と付句とに分けてみる。

ふゞきするこしの遠山こえわびて
なご江におつるかりの一行

前句は吹雪の山を越えわびるということで旅人の体を想起するのが常套であろう。そこに付句が付くと越えわびていたのは雁であったのだと、「こえわび」る主体は旅人から雁に転じられる。当該歌は第三句て留でもあり形式的にも連歌的構造を想起させる。そのため上句で描かれた情景から予想される主体を、下句で裏切るかのように転じるという流れとなり、連歌の付合を思わせる。当該歌もまたその構想は「取成付」に基づいた連歌的発想に依拠している。

229「冬釈教」　うつしつる草木も朽て霜をへぬ跡なき法の末の山かぜ（長高体）

〈自注〉釈尊一代説相を入滅の後、阿難尊者結集し給て陀羅葉にかきあつめてひろめ給ひしも、今は末法濁乱の時なれば朽うせ侍ると也。（『芝草句内岩橋下』）(8)

一首は三句切の歌でもあるので、前句付句の関係に分けてみる。

うつしつる草木も朽て霜をへぬ

跡なき法の末の山かぜ

前句のみでは「うつしつる草木」は移し植えた草木の意となり、それが朽ちてしまい霜を置いているという冬の情景である。付句は「跡なき法」という法の教えの衰退を表したもの。二句の間の付合は如何なる連想に拠るものか。自注の助けを借りると、「うつしつる草木」が前句のような自然の草木ではなく、阿難が釈迦の言葉を書き写した多羅葉の意ととらえた詠作であることが理解される。また「霜」も自然の景物としての「霜」が、歳月を表す「星霜」の意となり、上句では冬の情景であったものを、下句を続けることで上句に釈教の意味が加わる。当該歌の構造には、冬の句を釈教の句に取り成す発想があったとみてよい。

このように取成付の発想は、主体を転じるだけでなく、「元の主体」と「転じた主体」とを重ね合わせる表現へと

成長してゆく。

15「古郷花」　わすられぬよもぎが露に立ぬれて我面影や花に見えまし（有心体）

「よもぎが露に立ぬれて」いる主体は何か。まずは「我」である。かつてはよく馴染んでいた庭――今は荒れ果て蓬生となっている庭――で蓬の露、涙の露に立ち濡れていた私である。しかし今は私はその庭にはいない。荒れて古郷となってしまった庭では、今は「花」が露に濡れているのである。「よもぎが露に立ぬれて」いる主体は、昔の露に濡れる「我」と、今露に濡れる「花」とが二重に重なっている。忘れられない古郷、そこはかつては馴染んでいた庭で、蓬の露や涙の露に立ち濡れていた私の面影が、今は古郷となってしまった庭で露に濡れているであろう花には見えているだろうか、と主体の「我」と「花」とがオーバーラップして現れる。主体を転じるという「取成付」の技巧が複雑な和歌の構造を作り出したと言える。

以上のように心敬の和歌には「取成付」を応用して取り込まれていることが認められる。「取成付」の技巧のおもしろさは意表を突いた展開という点にあり、この技法を用いる発想の根本には「興じる」という態度があり、心敬の興じる姿がかいま見えるようである。

三　季移り

先に、「取成付」で引用した308も連歌の季移りの手法が指摘できた。季移りは前句と異なる季節の句を、雑の句を挟まずに付ける手法である。

110「爐火煙」　うづみ火のけぶりやねやにのこるらんおぼろにうつる袖の月かげ（幽玄体）

一首は袖の涙に映る冬の月光が、爐火の煙にぼんやりとかすんでいる様子を詠む。上句と下句とを付合として見ると、

うづみ火のけぶりやねやにのこるらん
　おぼろにうつる袖の月かげ

前句にあたる句は「うづみ火」で冬の句となり、付句にあたる句は「おぼろ」で春の句となる。当該歌も「季移り」という連歌的展開となっていると言えよう。そもそも「季移り」は一句を彩る季節の色を劇的に変化させる効果があり、先に見た「取成付」と同種の意表を突く展開を狙った手法である。

四　引違《ひきたがえ》

「引違」は、『連理秘抄』に「月の夜に雨を恋ひ、花の句に風を忍ぶ類也。是は殊に上手の興ありてとりなす也」とあるように、和歌の本意をわざとはずす詠み方で、上級者にのみ許される技法とする。『撃蒙抄』(9)には「花に風をこひ、月に雲をねがふ事あり。堪能にあらずは、強沈思に及べからず。假ば古今集に花に向ひて散ぞめでたきといひ、万葉に、月を見て雨かきくらすなどいふことの類なり。おもかげやそのよの夢と(に)成ぬらん／花みし月に雲ぞこひしき是は花の雲を月にとりよせたる也。いのちにのこる老のあらまし／なか〳〵にさだめなき世ぞたのみなる　定なき世をたのみたる、尋常にはあるべからず。是一体也」とする。ここに引く古今集の歌は「残りなく散るぞめでたき桜花ありて世中はてのうければ」（春・よみ人しらず）を指すのだろうし、この技法は和歌にその源があるが、連歌に取り

込まれ、有効かつ高度な付様の一体となったものである。

125「旅宿花」ふけあらし《下知》又やねざらんかすむ夜の月の手枕花のさむしろ《対句》（面白体）

花の題でありながら「ふけあらし」と下知する当該歌は「引違」の技巧である。春霞にかすむ月を見ながらの手枕に、嵐に散り敷く花を小筵にして再び同じ場所で旅寝をしたいと望む。心敬には当該歌と同じ発想の「ちる花にあすはうらみん風もなし」の発句がある。『芝草句内岩橋上』の自注によると、「さしもうらめしくつらき風も、散みだれたる花に心狂じて忘はてたる也。散つくしてあすはかならずうたてうらめしかるべき物をといふ」と説く。これも散る花の面白さに今だけは花を散らす風を恨みに思いはしない、明日になればどうして散らせてしまったのだと思うとしてもと、常套の発想を逆転させて詠む。先掲の古今集は憂き世からの解放を願っての逆転した発想であるが、心敬の当該歌や発句は、ともに興あるゆえに良しとする。『徒然草』の百三十七段「花はさかりに、月はくまなきものを見るものかは」の延長線上にある美意識ではあるが、心敬のそれは興じている感性が強い。本意をはずすところにおもしろさのある「引違」は、和歌の正格ではなく、連歌本来の誹諧性を持っているといえよう。

五　枕詞・序詞

291「冬田鶴」むれてゐるたづぞ白鳥山松や鳥羽田をかけてさゆる夕じも（写古体）

図示した「白鳥山松」「鳥羽（田）」は、元は「白鳥のとば山松」という「待つ」を導く序詞。

万葉集588　白鳥のとば山松の待ちつつぞ我が恋ひわたるこの月ごろを（巻四）

「白鳥」は「とば山」に掛かる枕詞で、白鳥が飛ぶ飛羽山。「とは」には永久の意がかかり、飛羽山の松のようにずっと待つの意が籠められる。心敬詠は「白鳥のとば山松」を「白鳥」と「山松」、そして「鳥羽山」の音韻からの連想で「鳥羽田」を詠む。しかし「白鳥」と「山松」と「とば」とを詠む場合、『万葉集』に倣い「白鳥のとば山松」と詠むのが常套で、先掲『万葉集』歌の他に八首の用例がある。また、「鳥羽」と「山松」とを詠む場合もやはり「とば山松」の語順をとる。しかし例はほとんどなく、『六花集』に、「さえわたる冬にも成りぬかささぎの鳥羽山松の霜のかけ橋」（内大臣）が一首あるのみである。さらに、「白鳥」と「とば」とを詠むものは、「白鳥のとば山（とば田）」と、『万葉集』歌の語順を崩さず詠む歌が四例あるが、正徹には、

明わたる鳥羽田の雪にしら鳥のおりゐるみれば雁ぞ鳴なる（草根集）

があり、「鳥羽田」と「白鳥」とを分けて詠む初出となる。一方、連歌においては、

たれかきく覧山松の風　超心

鳥羽田もるかりほの秋の暮つかた　原秀（顕証院会千句第二百韻、宝徳元〈一四四九〉年）(10)

の付合があり、「山松」に「鳥羽田」が付けられたと解されよう。心敬の時代においては「白鳥のとば山松」という序詞を分解して、寄合のように用いているのである。正徹詠で既に「白鳥」と「鳥羽田」とが一連の語としてではなく、それぞれ単語として詠まれている影響があったとも考えられるが、心敬はこの序詞を連歌的寄合語のように和歌に持ち込んだ点を趣向と考えていよう。

六　歌枕

『十体和歌』は題詠であるが、ややもすれば落題、傍題と思える歌が数々ある。

106「夜霰」　こぼれつるあられは過て深夜にひとりをとする軒の松かぜ（幽玄体）

霰の本意は降る音にありそれを詠むべきであるが、当該歌は「あられは過て」として、霰は既に降り過ぎており今は降っていない時点を詠んでいる。ではどうやって歌題を満たしているのであろうか。今、聞こえているのは松風の音だけである。しかし先刻まではその松風の音に霰の降る音も混じっていたのである。先刻と今と、松風の音の変化によって霰が降り過ぎたことを知る。霰の音を直接に詠むのではなく、松風の音に降り過ぎた霰を思いやる間接的な把握で題を満たしている。

175「面影恋」　わが心なに、ふかめておもかげもうすくなる世に色まさるらん（麗体）

「わが心なに、ふかめて」が「色まさるらん」にかかり、私の心は何によって深められ恋心が募るのだろうかと、恋心の深まりを詠む。しかし「おもかげもうすくなる世に」として面影は薄らいでいるとする。「面影恋」は面影が身に添い切なく恋しいことを詠むものである。しかし心敬は面影は薄くなるのに思いは強くなるのは何故なのかと詠むことで面影に思いを馳せる。

106は今は聞こえないものを詠み、175は薄らいでゆく面影を詠む。二首に共通するのは、ないものに心を寄せて詠むことで歌題を満たすという方法である。そこには心敬の志向性がうかがえる。

朝鳥のかすみになきて花もなし

ろう〳〵としたるあした、花に鳥ののどやかになき侍る也。花はあるといへるこゝろなり　（『芝草句内岩橋上』(8)）

これは、朧に霞む春の朝、視覚的には見えないが鳥の鳴き声が聞こえて花のあることが知られるというものである。花はあるのだがないと表現する心敬の「もなし」の用法であり、先掲の歌題のとらえ方もこの発想と同様である。

『ささめごと』に「言はぬ所に心をかけ」と、表に現れていないことに意識を向ける態度の要を説き、あるいは『所々返答　第一状』(11)で宗砌を批判して、

身をばいづくに捨ててをくべき

世はつらく嶺の庵はさびしくて

此句も、さびしくて無下に覚侍る歟。侍公など申侍らば、

世はつらく嶺のいほりは松の風

と、「さびしくて」とあからさまに詠むのではなく、「松の風」と詠むことで十分さびしさは表現できるとする。直接的な表現には余情や面影などが感じられないとする心敬の連歌論にも通じるものである。

これらに共通するのは、あるものをないと言うことで、見えないもの、あるいは聞こえないものの存在に気付くという逆説的な把握の方法である。そうした心敬の特徴的な志向性、表現方法が歌題にも敷衍されている。しかしここで注意されなければならないのは、和歌においてはその表現方法は一般的ではないということである。この歌題の満たし方にしても、根本に和歌の伝統的な本意をずらすという発想のあることを見落としてはならない。そしてそれが今まで見てきたように連歌の技巧、発想によって裏付けられているということである。

以上のように『十体和歌』には連歌的技巧が取り込まれ、ねらった趣向は連歌的発想に起因していることがわかる。その中でも「取成付」は和歌では成立しない方法であり、また「引違」は和歌の本意を意図的にはずすことが趣向のねらいである。あるいは、ないものに心を寄せることで満たす「歌題」。それらの方法を和歌に取り込むことで見えてくるのは、和歌に対する意欲的な態度とは別に、その伝統的な和歌の正しい姿をはずすという心敬の志向性ではないか。実はこの根本的な志向性、発想こそが本来、連歌が持っていた地下的面白さで、心敬にはこうした趣向を興じる態度があることを考慮し、作品の解釈にあたるのがよいのではないだろうか。

和歌研究の側から解釈される心敬の和歌は難解、そして題詠についてはともすると「傍題」、「落題」ととらえられてしまいがちである。難解との謂いは、和歌としてのなめらかな詞の続き様が妨げられるという違和感が強く感じられるからで、いかにも「連歌歌」との誹りを受けそうな歌である。そのような歌は連歌修行を積んできたことによる連歌的発想――付合の方法――を取り込んでいるためであった。【掛詞・縁語】の多用、【取成付】の技法、【季移り】、【引違】などの付合的読みを取り入れることで難解とされる作品の理解が可能になる。また題詠の場合、心敬の歌題のとらえ方は彼の連歌の作風と共通する心敬の志向性――あるものをないと言い、あるいは見えないものの存在に思いを馳せるという逆説的な把握態度――に拠ると考えられる。心敬には和歌の伝統的な本意をずらすという連歌によって鍛えられてきた発想が時に顔を出す。その連歌的手法を読み解くことによって、心敬の意図した歌題の満たし方、歌題の理解が了解される。

心敬の和歌を解釈する場合は、連歌の尺度を必要とするものが少なからずある。そして心敬自身の和歌詠作に影響を及ぼす連歌的表現は、換言すれば心敬の連歌の作風、志向性をより鮮明に浮かびあがらせることにもなるといえよう。

注

（1）『落書露見』（歌論歌学集成第十一巻）には「六、七十余年の昔、きゝ侍しには、歌よむ人の連歌をば、連歌道の輩は「歌連歌也」とて大にきらひき。連歌師の歌をば、歌よむかたよりは「連歌歌」とてわらひし也。」とある。
（2）『和歌用意条々』（日本歌学大系第五巻）には「上句に詞をつくし力を入れつれば、下句かならずよみにくし。連歌は一句に心をいひはてたるに、後の句を求めつくるによりて、連歌歌とてこはく聞ゆるは此謂い也」とある。
（3）『連歌―研究と資料―』桜楓社・昭和六十三年
（4）『島津忠夫著作集　第三巻』和泉書院・平成十五年
（5）『連歌と中世文芸』角川書店・昭和五十二年
（6）『宗祇連歌の研究』勉誠社・昭和六十年
（7）「中世文藝」45号・広島中世文芸研究会・昭和四十四年十一月
（8）『連歌貴重文献集成　第五集』勉誠社・昭和五十四年
（9）『連歌論集　上』岩波文庫・昭和二十八年第一刷（昭和六十年第三刷）
（10）『千句連歌集　二』古典文庫・昭和五十五年
（11）『連歌論集　三』三弥井書店・昭和六十年

心敬と『伊勢物語』注釈
——「五大」思想を底流として——

岡本　聡

一

「五大」思想とは、「空」を中心として、「地」「水」「風」「火」が循環するという思想である。この考え方が、紀元前のギリシャ哲学イオニア学派の学問の中に既に登場しているものである事は、三田誠広氏『原子アトムへの不思議な旅』（サイエンス・アイ新書・平成二十一年）が、史的に解説しているが、それまで万物のもととして個々に提唱されたものをまとめ、最初に四元素説（水、空気、火、土）を提唱したのは、イオニア学派のエンペドクレス（ＢＣ四九三～ＢＣ四三三）だという。

また、宇宙論や、量子力学を中心とした最新の理系の学問の中には、この考え方を裏付ける実験が存在する事に関しては、アーヴィン・ラズロの『生ける宇宙―科学による万物一貫性の発見―』（日本教文社・平成二十年）が参考になる。

本稿では、仏教思想である「五大」思想を、冷泉家流と言われる古注の「不生不滅」という思想から正徹が受け継ぎ、それを『伊勢物語正徹自署』において「秘々」としていた内容が、正徹から心敬への聞書である宮内庁書陵部蔵の『伊勢物語聞書』に現れてくる事を指摘し、それが心敬以後の宗祇流の『伊勢物語』注釈に少し言葉を変えて受け継

がれ、それ以後の古今伝授の流れにも取り入れられている事について検討していきたい。

二

「五大」（火・土・風・水・空）という考え方に興味を持ったのは、芭蕉の禅の師である仏頂禅師が「四大」（火・土・風・水）循環の考え方を説いていたからである。『仏頂禅師語録』[1]には次のようにある。

四大トハ地大、火大、水大、風大ノ四ツヲ云ナリ。大ノ字ノ心ハ広大無量無辺ニシテ思議セラレザルヲ云ナリ。……四大仮合スルトキンバ天地万物各ソノ形ヲ仮作スルヲ生ト云ヒ、四大仮ニ散ズルヲ死ト云ナリ。正与麽ナルトキンバ生ト云ヒ仮合ニシテ実ニアラズ。死ト云モ仮滅ニシテ実ニアラズト観徹シテ、直下ニ生死ノ心解脱シ去ヲ実修行ト云フナリ。然ルニ古今愚昧ノ衆生ハ、天地自然ノ定理ニタガイ、仮相ヲ執シテ実相ナリトアヤマリ来ル。故ニ生ヲ愛シ死ヲ憎ムナリ。

この「四大」が仮に結合したものが「生」、仮に分散したものが「死」というものなのに、世の中の人々は生を愛し、死を憎むと書かれている。

「四大」の「大」とは「原子」の意味であり、その「原子」というのは、本来それ以上に細かく分割出来ないものという意味であったようであるが、最近の科学では「原子」よりも微小の単位「中性子」と「陽子」も存在する。とにかく、そこまでミクロのレベルで言えば、「物」も「人」も循環しており、本来は同じものだというのが、仏教における「物我一如」（物（自然）と私は一緒である）という思想であるものと考えられる。前掲『生ける宇宙―科学による万物一貫性の発見―』は次のように述べている。

米国オークリッジ国立研究所が行った放射性同位元素分析によれば、一年間で生有体を構成する原子の九八パー

セントが入れ替わるそうだ。（中略）身体のなかに存在するもので不変なものなどない。オークリッジ国立研究所の調査結果を信じれば、一年半後の「私」は物質的には、全く違う物質になっているという事になるのである。これは人の体もまた「四大」循環の流れの中にあるという事であろう。

これを近年、生物学者の福岡伸一氏が『生物と無生物のあいだ』（講談社現代新書・平成十九年）に、「動的平衡」という言葉を使って論じている。福岡伸一氏は一九三〇年代後半のルドルフ・シェーンハイマーの生命観を発展させているのだが、そのルドルフ・シェーンハイマーの実験は、食べたものにマーカーを付けて、その結果食べた物の五六・五％が、身体を構成するタンパク質の中に取り込まれ、身体のありとあらゆる場所に分散され、残りの四三・五％は外に出てしまう事を突き止めたのである。この結果を受けて福岡伸一氏は次のように結論づけている。

かつてあなたの一部であった原子や分子はもうすでにあなたの内部には存在しない。……私は、ここでシェーンハイマーの発見した生命の動的な状態という概念をさらに拡張して、動的平衡という言葉を導入したい。……海辺に立つ砂の城は実体としてそこに存在するのではなく、流れが作り出す効果としてそこにある動的な何かである。……生命とは動的平衡にある流れである。

福岡氏は、生命の流れを砂の城にたとえている。砂の城が平衡を保っているように見えるのは、一瞬一瞬、砂粒が入れ替わっているからだということである。『方丈記』(2)冒頭部は、この事を別の表現で説明している。

ゆく河の流れは絶えずして、しかも、もとの水にあらず。

これは「無常」という事を説いているのだが、まさに宇宙にある全てのものは、「無常」であり、一瞬一瞬変化している。川だとして指さしたものは、瞬間に本質的には違う物質に変化してしまっている。すべては大いなる宇宙の循環の流れの中にある。

近年また「空」（真空）の存在についても科学的に証明されつつある。先のアーヴィン・ラズロ『生ける宇宙―科学

による万物一貫性の発見―』には、この「空」（真空）について次のように描かれている。

この真空、すなわちヌエーテルは、宇宙のすべての要素を構成している素粒子が誕生する基盤であると同時に、素粒子が最終的に到達するところでもある。素粒子はまず最初にビックバンにおいて真空から出現し、そして「対生成」と呼ばれるプロセスを通して出現しつづける。ある極めて高い閾値《いきち》を超えたエネルギーが真空に注ぎ込まれると（たとえば素粒子加速器などで）一個の粒子とその反粒子が生成される。粒子と反粒子が出合って互いに消滅しあうことがなければ粒子は自らの存在を確固たるものとし、反粒子は真空のゼロ・ポイント・フィールドの孔《あな》として存在しつづける。

また、二〇〇五年にブルックヘブン国立研究所によって発表された実験の結果、次のような報告が為されている事が、アーヴィン・ラズロ前掲書に引かれている。

真空は極めて高密度な「グルーオン・プラズマ」をなしているかもしれないと示唆している。これは、クォークどうしを結びつけている粒子グルーオンのプラズマという意味である。クォークは陽子と中性子を形成する基本単位であり、したがって、わたしたちが物質として思い浮かべることのできるすべてのものの基本要素である。だとすると、宇宙のすべての物質の存在が持続するのは真空のグルーオン・プラズマのおかげだということになる。光学的手段で観察可能な物質の九五パーセント以上が、真空のグルーオン場におけるクォークとインスタントンの相互作用のおかげで存在しているらしいのだ。真空に関する理論はまだ発展途上の段階だが、真空こそが宇宙の最も根本的な場なのだということを、早くもわたしたちに教えてくれている。

つまり、宇宙空間の「真空」は「無」ではなく、すべてのものを生み出す母胎を形成しているというのである。最新の宇宙論が「空」こそがすべてを生み出し、「空」こそがすべての物質が帰って行く場所であるという仏教的真理を論証しつつあるという事である。「五大」が「空」から生まれ「空」に帰り、「人」も「自然」も永遠の「動的平

衡」にある事は、今や単なる宗教上の思想ではなく、科学的事実として捉えられつつあるのである。

三

『伊勢物語』の注釈や、古今伝授の中にもこの「五大」という思想を確認出来る。最も古く「五大」という言葉を確認出来るのは、宗祇あたりであろうと思われる。それ以前には、同等の思想が背景にあったものとは考えられるものの、直接「五大」という表現は用いられていない。

『伊勢物語』三十九段の内親王崇子が亡くなった場面の源至の歌「いとあはれなくぞきこゆるともしけち消る物とも我はしらずな」の注釈として宗祇の『伊勢物語山口抄』には次のように書かれている。

　きゆる物とも我はしらずなとは一切衆生は法界の五大がむすぼゝれて人となれるもの也。分散すれども、法界五大の火なれば常にきゆることはなしと云心也。

当然、宗祇が弟子の肖拍に語ったものはほぼ同じ内容が語られる事になる。『伊勢物語肖聞抄』（宗祇述、肖柏聞）には次のように書かれている。

　法界の五大の火はきゆる物ともしらずと云心也。地水火風空に結ばれて人身をうくる物也。此姿をうけたるも法界の五大なれば死するも又むなしからずと云也。是則非真滅の儀なり。

ここでは、「地水火風空」という言葉がはっきりと使われている。それ以後は忠実に、少しだけ表現を変えられながら、この「五大」思想が受け継がれていくのである。

それでは、以下、『伊勢物語』(3)注釈を古注（和歌知顕抄系）、冷泉家流、旧注、新注に分けながら、この部分の解釈における「五大」思想がいかに変遷していくかという事について論じていきたい。

古注（和歌知顕集系）

いとあはれなくぞきこゆるともしけちきゆるものともわれはしらずな

【和歌知顕集】（源経信〈一〇一六～一〇九七〉作に仮託　書陵部本系統　歓喜光寺蔵）

風、ともしけちとは、さうそうのひの名也。この火は、いで、ゆくときともしたるま丶にて、かへりにはともしてもかへらぬ火なれば、ともしけちといふなり。されば、この御子はゐていでたてまつりなば、またもかへり給まじき御子なれば、わかれはかなしかるべし。まして、御としさへわかくてうけ（せ）給へるとなきあひたるをばきかぬか、いかにかく御はうぶりのところにて、せうゑうし、女けさうし、くるまにほたるをばいる丶ぞとよめりける也。この御子は、十五歳にしてせ給へり。

【伊勢物語知顕集】（源経信〈一〇一六～一〇九七〉作に仮託　島原松平文庫蔵）

「ともしけち」は葬送の火のなり。さうそふのひ、ともにともしていでたるひは、ながくともしてかへる事なし。やがてともしけちてすつるがゆへに「ともしけち」とはいふなり。

【伊勢物語次第条々】（室町時代成立の秘伝書『知顕集』の流れを汲む　片桐洋一氏蔵）

（「出ていなば」歌の注として）此歌の心は、釈尊入滅後の事を思出てよめり。かの御にうめつをば、ともし火の消るにたとへて、あとのくらき闇にみな人のまよへるがごとしといはんとて、ともしけちとはいへり。けちとは、消うする心なり。しかるに、斎院の御門のうせ給へるは、仏の御わかれにもかなしみの心はおとらず、といはんとて、なくこゑをきけといへり。

【伊勢物語歌之注】（室町中後期成立の秘伝書『知顕集』の流れを汲む　片桐洋一氏蔵）

このうたの心は、いたるは、しやうめつなきだうりをしりたるなりといへり。きゆる物ともしらすなとは、ふしやうふめつのことはりなり。ふしやうふめつとは、しやうぜず、めつせずとなり。たましいには、しやうめつな

きとなり。されば、きゆる物とはしらずとよめり。

【伊勢物語髄脳　伊勢物語大灌頂以後秘々中書】（弘安五〈一二八二〉年奥書　鉄心斎文庫蔵）

生死即涅槃無明、即法性、法性即無明読也。是則、地、水、火、風、空の五行の体と云は、五穀の精也。秘べし〳〵。

古注の「和歌知顕集系」に分類されるものを概観すると、死は死として扱い、若くして亡くなった内親王崇子二条后を悼み悲しんでいると解釈しているものと窺える。源経信に仮託される歓喜光寺蔵『和歌知顕集』は、こんなに若く亡くなったにも関わらず、業平が、どうして、葬送の場所に逍遥し、女車のように見せかけて、車に蛍を入れたのかと見咎めているものと解釈している。島原松平文庫蔵『伊勢物語知顕集』には、この部分の解釈は無く、「ともしけちは葬送の火のなり」という前半部分のみが備わる。『和歌知顕集』の流れを汲むものとされる『伊勢物語次第条々』は室町時代成立の秘伝書とされるが、たしかに両系統の『和歌知顕集』に備わる前半部と同じく、「ともしけち」を考察した上で、「うせ給へるは、仏の御わかれにもかなしみの心はおとらず」として、死の悲しみを表現しており、その後の冷泉家流や、旧注に描かれているような、死とは本当に滅する訳ではないから、悲しむ必要がないとする解釈とは一線を画する。ここまでは、『和歌知顕集』の流れを汲む古注として疑問がないものである。しかし、片桐洋一氏蔵『伊勢物語歌之注』に関しては室町時代の秘伝書で、『和歌知顕集』の流れを汲むものとされる事には、少々疑問が残る。ここには、既に冷泉家流の注釈や、旧注で見られる「不生不滅」の考えが顕れてきているからである。本書はむしろ次の冷泉家流の古注と流れを同じくするものかとも考えられる。『和歌知顕集』のようにただ死を悼むという考え方と、生きとし生けるものは「不生不滅」であり、なぜ嘆く必要があろうかという考え方とは、明らかに一線を画しているからである。『伊勢物語髄脳』は弘安五（一二八二）年の奥書がある事から考えて、旧注以前、古注か、冷泉家流に分類出来るものと考えられるのだが、その内容は「地、水、火、風、空」の「五行」と書かれて

おり、冷泉家流にある「四大」や「不生不滅」に一見矛盾せず、これを冷泉家流の解釈に分類しても良さそうに見える。しかし、「五行」は「土、水、火、木、金」であり、「五大」の「風」「空」が無く、代わりに「木」「金」が入っている。古代中国に端を発する思想であり、後述するが、旧注の内では、季吟の版本『伊勢物語拾穂抄』のみに「五行」思想の流入が確認出来る。「五大」と「五行」とを並列に示す注釈には、三輪正胤氏が『歌学秘伝の研究』（風間書房・平成六年）に分類して示されるように、灌頂伝授期為顕流の注釈書類に散見されるものである。すなわち、『古今集』の注釈には、鎌倉期に遡って、「五行」思想が入り込んでいる事が知られるのである。しかし、『伊勢物語髄脳』が不審であるのは、「五行」と明記しているにも関わらず、その内容を「地、水、風、火、空」と「五大」思想で書いてしまっており、根本的な誤りを犯してしまっている事である。仏教思想「五大」と、古代中国の思想「五行」を混同してしまっている点が極めて不審なのである。この『伊勢物語髄脳』については、近年小川豊生氏編の『古典偽書叢刊　第一巻』（現代思潮新社・平成十七年）にも収録されている。次に冷泉家流の古注に分類されるものを並べ、検討していきたい。

冷泉家流系

【十巻本伊勢物語注】（正長元〈一四二八〉年藤原為将奥書　鉄心斎文庫蔵）

歌ニ、出テイナバ限ナルベミトモチケチトハ、今ノ娑婆ヲ出テユケバ、限ナルベキ命也。年経ヌルカト、泣音ヲ聞ケトハ、四大本ニ帰シメ、不生滅ノ理ニ叶ナバ年経タルト云事ヲ、人シラデ泣カトヨメル也。返歌ノ歌ニ云、イトアハレナクゾ聞ユルトハ、我ハ死ヌルヲ、イト哀トモ思ハズ、消ル物トモ知ズト云リ。ナヲゾアリケルトハ、直グナル歌ト云意也。スグナルトハ、法門ノ心ヲ読テ、正直ナル義也。

【増纂伊勢物語抄】（奥書に今川了俊〈～応永二十七（一四二〇）年〉の名　鉄心斎文庫蔵）

歌に、出ていなば限なるべしともしけちとは、今出て行ば、限成べき命也。年へぬるかと、泣こへをきけとは、四大本に帰し、不生滅の理に叶なば、年経ぬと云事を、人しつてなくかと読る也。返歌には、あはれなぞ聞ゆるとは、我は死るを、いと哀とも思ず、消物とも知ずと云也。なをぞありけるとは、すぐなる歌と云心也。すぐなるとは、法門の意を読り。正直なる義也。

【伊勢物語奥秘書】（室町時代後期　文明年間から数十年　心敬より後　鉄心斎文庫蔵）

『文選』云、四大所成之命火類、水辺之焰五大仮令之質形、如風前之雲、又『涅槃経』云、命火消風、形水登煙云々。何も、只今御子隠れさせ給へば、人々の心も、くれまどひて、晴夜に灯をけしたるやうになると、云りけるにや。一説、消物とは我はしらずとは、涅槃大悟不生不滅の理り、得たる心なるべし。……あはれなくは無の字なり。不生不滅の道理を思へば、哀ともおどろかれぬとなり。直なると云義もあり。又云、道理と云心もあり。……あはれなくは無の字なり。不生不滅の道理を思へば哀ともおどろかれぬとなり。直なると云義もあり。又云道理と云心もあり。

【伊勢物語陽成院伝】（室町時代後期　『奥秘書』と近い時期か　片桐洋一氏蔵）

歌の心は、むせびなく声は、我も聞たり。さりながら、火をともし付て、人のしんいのきゆる物とはしらず。その故はほんかい《ママ》の五だいの火は、消べからず。人の身は、地・水・火・風・空の五がむすぼゝれて、人とはなるなり。五がはなるれば死すといへども、火は火、土はつち、水は水、風はかぜ、空は空にかへる程に、死するもまたむなしからず、不生不滅の理をおもへば、今更あはれ供おどろかれぬとなり。

【伊勢物語懐中抄】（室町時代末期　片桐洋一氏蔵）

（いでゝいなばの注に）法花経の文に、如薪尽火滅と云は、たきゞつきて火のめつするがごとく此御子うせ給ひければ上下ともにまよひにおよぶ間（中略　いとあはれの注）業平、なくこゑをきけとあれば、もとより、いと哀な

くぞ聞ゆる。業平のなげき、まよひのうへの歎也。此せかいはふしやうふめつの国也。ふしやうふめつとはしせずむまれず、さとりのうへはしやべつをしらず。我もまたふしやうふめつの心をしれば、きゆる物とも我はしらずなといへる也。是はしすると云事を我はしらぬ也。色ごのみの事なればも雪月花のうへばかりをしらんと思へば、仏法をもしるよとほめて、なをぞありける、きどくなるとほめたる也。

【伊勢物語明暦抄】（明暦元〈一六五五〉年奈良在住の僧侶　片桐洋一氏蔵）

いで、いなばとは、車のうちをうちに有ていなば、たがひにかぎりなるべきとふしやうふめつの心をよめる。ふしやうふめつとは、うむれずめつせずといふ心をよめる。ともしけすとは、ほたるのともしびをけすこと。……いとあはれなるぞと聞ゆるは、中将のともすひをけして、なくこゑきこゆれ。われはふしやうふめつの心をよめる……

冷泉家流の注釈では『十巻本伊勢物語注』や『増纂伊勢物語抄』では、「四大本ニ帰シメ、不生滅ノ理ニ叶ナバ」という表現が重なっており、冷泉家流が「不生不滅」の「五大」循環の思想を根本にしている事が知られるのである。『伊勢物語奥秘書』においても、「一説、消物とは我はしらずとは、涅槃大悟不生不滅の理り、得たる心なるべし。」とし、「不生不滅の道理を思へば、哀ともおどろかれぬとなり」と結んでいる事から、基本的には、冷泉家流の解釈を踏襲している事が見てとれる（江戸中期伴蒿蹊筆もほぼ同文）。しかし、『伊勢物語奥秘書』に関しては、文明年間から数十年を経たものであり、「本覚思想」や、「不生不滅」などの思想を明記した、後述する正徹から心敬への聞書との前後関係はわからない。特に本書には、片桐洋一氏解題（『鉄心斎文庫　伊勢物語古注釈書叢刊』第一期二巻）が触れるように、第八十二段の「散ればこそいとど桜はめでたけれ」の注に次のように記されているのである。

心敬の発句に「雨におち風にちらぬは花もみぢ」と申されたるは秀逸と申侍り。同じ心なり。

この事から、本書については片桐氏解題も述べるように、心敬の「雨におち」句制作以降さほど時期を経ない頃のも

のであるものと考えられる。後の旧注との関係を考えるならば、『十巻本伊勢物語注』や『増纂伊勢物語抄』に書かれていた内容が、秘伝化され、正徹からそれを伝授された心敬へと受け継がれていくのである。正徹が自署した『伊勢物語正徹自署』には、この三十九段の二首の和歌の解釈を「秘々」と注記しており、冷泉家流の解釈を正徹は受け継いでいたものの、これを秘伝として伝えなかった。その内容を文明十一年に心敬に伝えたものが、湯浅清氏『心敬の研究　校文篇』（風間書房・昭和六十一年）に紹介されている宮内庁書陵部蔵の『伊勢物語聞書』である。室町時代後期とされる片桐洋一氏蔵の『伊勢物語陽成院伝』の記述「ほんかい《ママ》の五だいの火は、消べからず。人の身は、地・水・火・風・空の五がむすぼゝれて、人とはなるなり。」は、宗祇の『伊勢物語山口記』の「法界の五大がむすぼゝれて人となれる物也」と本文がほとんど重なるものであり、冷泉家流古注には分類されているが、むしろその内容からは宗祇流を受けたものと考えるのが妥当であるものと考えられる。これについては、『伊勢物語古注釈書コレクション』（片桐洋一編・和泉書院・平成十一年）第一巻の『伊勢物語陽成院伝』解題（中葉芳子氏）にも「不生不滅の道理」と書いている『伊勢物語奥秘書』とは一線を画し、「旧注の影響が感ぜられる注釈」と指摘している。室町時代末期とされる『伊勢物語懐中抄』は、『十巻本伊勢物語注』や『増纂伊勢物語抄』、『伊勢物語奥秘書』などにも引いている『文選』『涅槃経』『炎経』『法華経』の文章を共通して引いている事から、この冷泉家流とされる古注の末流と捉えて良いものと考えられる。また、明暦元（一六五五）年に奈良在住の僧侶が書いたとされる『伊勢物語明暦抄』も、この歌の解釈について「ふしやうふめつ」「うむれずめつせず」などと表現しており、旧注の宗祇流ではなく、冷泉家流とされる古注の影響を受けているものと考えられる。

旧注

【伊勢物語正徹自署】（正徹　蜷川智蘊筆　応永三十二〈一四二五〉年成立　片桐洋一氏蔵）

いで《秘々》丶いなばー
いと《秘々》あはれー

【伊勢物語愚見抄】（一条兼良　文明六〈一四七四〉年成立　文明十一〈一四七九〉年写　時雨亭文庫本）
「なくこゑをきけ」とよめる歌を、いとあはれなくいへると也。たとひなく声をきかずとも、つゐにきゆまじきうへは、思の色は見ゆべしといふ心也。「われはしらずな」は、われはしらずなんといふ詞也。

【伊勢物語聞書】（正徹から心敬　文明十一〈一四七九〉年　宮内庁書陵部蔵）
此二首何も秘哥也。色々説在之。出テいなばの哥、此哥秘也。心ハ今此人ノ死スト云ハ此世コソカギリナレ、**本覚ノ都**ニ帰ナバ年ハヘヌベシ。返歌ノ心本ヨリ死スルト云事ナケレバ、死スレドモアハレナシト云也。トモシケチハ葬ノ心也。**不生不滅ノ理**ニ叶フ。

【伊勢物語山口記】（宗祇　延徳年間〈一四八九～一四九一〉　鉄心斎文庫蔵）
いたるの返しの心、なくこゑをきけと云をうけて、いと哀になくぞ聞ゆるといへる也。消る物とも我はしらずなとは、一切衆生は、法界の五大がむすぼゝれて人となれる物也。分散すれども法界五大の火なれば、つゐに消る事はなしと云也。

【宗祇流伊勢物語聞書】（宗祇門弟の講釈聞書　鉄心斎文庫蔵）
きゆるものとも我はしらずなと云事、人の命はきゆる物といへども法界五大の火はきゆる物とも我はしらずと至の業平の返歌にかくいはる事也。地水火風空の五大死する時は悉く分散すれども法界五大の火消る事はなしと云心也。是則非真滅故也。

【伊勢物語肖聞抄】（肖柏　文明九〈一四七七〉年本　宗祇注書入　片桐洋一氏蔵）
「いとあはれなくぞ聞ゆる」とは彼みこのおもひに人のなげきて、泣ぞきこゆるといへる。（トモシケチ是モ命ノキ

ユルニタトヘリ。イトアハレムニテハナシ。泣ナリ。）中将のなく声をきけといふ返しなればかく云也。此下は、命の消るといへども、法界の五大の火消る物ともしらずと云心也。人の一身は地水火風空にむすばれて人身をうつ（く）る物也。此姿をうけたるも法界の五大なれば、死するも又空からずと云也（是亦非真滅ノ心也）。

【伊勢物語肖聞抄】（肖柏　延徳三〈一四九一〉年本　聖護院蔵）

「いとあはれなくぞきこゆる」とは業平の歌になくこゑをきけといふをもつて泣ぞき　こゆるといへり。中将のなくこゑをきけと云返しなればかく云也。この下は、命はきゆるといへども、法界の五大の火はきゆる物ともしらずと云心也。人の一身は地水火風空にむすばれて（人）身をうくる物也。此姿をうけたるも法界の五大なれば、死するもまた空からずと云也。是即非真滅の儀也。

【伊勢物語聞書】（宗祇の流れを汲む　蜷川親当の句を含む）

ともしけちは車の蛍の火にたとへて御子の事をよむにや。御子うせ給ひても、くるしからず。一切のしゆ生は法界の五大なり。きゆるとは法界の火体もとのごとく帰らせ給ふ御子の事なればさのみくるしからずと也。あめのしたの色ごのみの歌にては、なをぞ有けるとは彼いたる好色に長じたる物なりけるが、よく〳〵さとりのうへよくもしるよとほむることばなり。

【伊勢物語古注】（伝宗長　石水博物館蔵本）

消る物とも我はしらずなとはもとよりほうかいの火だい此一身の人あらはれて侍れども限りある命むなしくなれば、又本の火に返して玉へばそのまゝてらす火也。くるしからずやとよむにや。

【伊勢物語忍摺抄】（『伊勢物語宗長聞書』と同一の本文を有す　鉄心斎文庫蔵）

なくぞきこゆるとは啼声をきけと侍る返しなればなり。人の命はきゆるといへども終に法界の五躰の火は消る物ともしらずといふ心也。人の身は地水火風空にむすばれたるなれば死するも更にむなしからずといふ心なり。

【志能夫数理】（橋本公夏　明応三〈一四九八〉年　明応六年堯恵在判本　陽明文庫蔵）

泣ハ無ニソヘタリ。死スルト云理ハ実ニハナキ物也トイフ心ヲ、アハレナル事モナキニソヘ、消ル物トモ我ハシラズナド云リ。不生不滅ノ理ヲ答タル返歌也。

【伊勢物語惟清抄】（三条西実隆講　清原宣賢聞書　大永二〈一五二二〉年　天理図書館蔵）

泣声ヲキケト、ヨメルヲウケテ、誠ニアハレニ、泣声ノキコユルヨト云テ、乍去、我ハ更ニ真実ニ寂滅トハ思ハズ、一切衆生ハ、法界ノ五大ヲ、カリニムスンデキタレリ。法界ノ五大ハ、消物トハ、我モオモハズト也。是即非真滅ノ心也。

【伊勢物語宗印談】（宗印　大永三〈一五二三〉年　宗祇流を伝える　鉄心斎文庫蔵）

ともしけちは、車の蛍の火にたとへて、御子の事をよむにや。御子うせ給ひてもくるしからず。一切のしゆ生は、法界の五大なり。きゆるとは、法界の火体もとのごとく帰らせ給ふ。御子の事なれば、さのみくるしからずと也。

【伊抄　称名院注釈】（三条西公条　天文五〈一五三六〉年　学習院大学蔵）

彼御子の御事を、人のなげきて、なくぞきこゆるといへるは、中将の泣声をきけと云へる返しなれば、同心していへり。此下はおぼめきて無分別やうによめり。さりながら、命の消るといへども、法界の地水火風空の五大の火はきゆる物ともしらずと云也。人の一身は此五大にむすばれて人身をうくる物也。されば死するも又空からず。是即非真滅の儀也。あはれに思へども、こゝを思ふと也。

【伊勢物語秘用抄】（三条西公条の影響がある注釈書　鉄心斎文庫蔵）

本来の心はきゑつうせつはせぬ物也。誤りて消滅をたつる也。きゆる物とはわれはしらぬなどいふ也。又天の下の色ごのみの歌にてとほめたることば也。君この本意なしと伊勢が書たるは至をゝさへたる也。おうるをばおそれあはれむべき事をばあはれみ侍こそかへりて慚愧の心きなのいとあはれとは実の滅にはあらず。空風火水地の

かくる心也。法花経、我雖説涅槃、是亦非真滅われゐらんなど、いへどもまことのめつにあらずといふ心也。

【経厚講伊勢物語聞書】（鳥居小路経厚　天文十二〈一五四三〉年　曼殊院蔵）

第一二句ハ誠ニアハレニ宮人ドモノ泣声ノキコヘ候ヨト同心スル句也。下三句ノ心ハ、ともしけちきゆる物ともシラヌト云ハ、人ハ不生不滅ノ理リニ帰スル物ナレバ、今夜ノ別トテ嘆クベキニモ非ズト云心也。

【伊勢物語永閑聞書】（永閑　中世末『万水一露』は天文十四〈一五四五〉年　鉄心斎文庫蔵）

いとあはれなくぞ聞ゆるともしけちきゆる物共我はしらずな、至かへし、中将の哥に泣声をきけとよめるをうけて誠哀になくこゑのきこゆるよと同心して、乍去それはまよひたる上にてこそ。命は消る物とはいへ我は真実の寂滅と思はず、其ゆへは一切衆生は法界の五大、池水火風空にむすばれて、かりに人身をうけたる物也。されば法界五大の火はきゆる事なきゆへに消る物共我は思はずとはいへる也。此義を是即非真滅とはいへり。

【紹巴本伊勢物語附注】（天文二十四〈一五五五〉年三条西公条奥　天正四〈一五七六〉年紹巴写　鉄心斎文庫蔵）

いとあはれとはまへに業平の歌にきけといふにこたへて、いとあはれなくぞきこゆるといへり。きゆる物とはわれはしらずなとは、われはさらにきゆる物とはしらず。生ずる時は法界の五だいかりて生死するも、もとの所へ返すほどに真実の寂滅とはしらずといへり。是則非真滅の心也。

【伊勢物語聞書】（紹巴周辺の連歌師か　鉄心斎文庫蔵）

イト哀ナクゾ　前ノ哥ニ同心シテ哀ニ泣ガ聞ユルト也。哀無ト見ルハ悪シ。下句ハ迷ノ上ニコソ消ルト見レバ我ハ常住不滅也。（法華経我雖説涅槃是亦非真滅）。衆生ハ是此家ノ五大也。水火トモニ本ノ儘也。真実ノ火ハ不消也。常在霊鷲山則是非真滅ノ覚也。本ノ五大ニシテ火非火也。

【伊勢物語称談集解乾】（三条西公条の次男水無瀬兼成　慶長五〈一六〇〇〉年　鉄心斎文庫蔵）

「鳴声をきけ」とよめる歌を、いと哀なくといへると也。たとひなく声をきかずとも、つゐにきゆまじきうへは、

思の色はみゆべしと云心也。「我はしらずな」は、しらずなんと云詞也。アハレニモナキ也。本来の心ハ消ツウセツハセヌ物也。誤て消滅ヲタツルガ消ル物トハ我ハシラヌナド我モ又シラズト云ト也。天ノ下色好ノ哥ニテト猶ホメタル詞也。ミコノ本意ナシト伊勢ガ事たれハ至ヲオサヘタルナルベシ。ヲソルベキ事ヲバ畏レ、可哀事ヲバアハレミ侍るこそかへりて慚愧の行ナレ。〽イトアハレ是ハ実ノ滅ニ非ズ、空風火水地ノ返ル心也〽法華経ニ我雖説涅槃是又非真滅

【伊勢物語抄　冷泉為満講】（冷泉為満講　松平忠吉聞　慶長九〈一六〇四〉年　片桐洋一氏蔵）

なくこゑをきけとよめるをうけて、まことになくこゑのきこゆるよと云て、さりながら我はさらに真実に寂滅とはおもはず。一切衆生は法界の五大をかりにむすんで地水火風空をうけてきたれり。法界の五大は消るものとは我はおもはずと也。是即飛真滅の心也。

【伊勢物語抄　諸注集成】（作者不詳　慶安年間〈一六四八〉刊行の『伊勢物語集注』に酷似　片桐洋一氏蔵）

師云、崇子内親王ノカクレ給フヲサシテトモシケチト云。九云、五文字ハ領解シタル詞也。男ノ歌ニ泣コヘヲキケトアルニ、答テ最哀ナクヲ聞ヌルト也。乍去、人ハ法界ノ五体ヲ仮リテ生ジ、滅スル時ハ五体ヲ返ス也。サレバ、法華経ニ、我雖説涅槃、是則非真滅ノ心也。然バ、常住不滅ノ義也。ソレホドニ愁傷スベキニアラズ。実の五体ノ火ハ消ヌト也。法華経・寿量品ニ、無有生死、若退若出、亦無在世及滅度。

【伊勢物語兼如注】（兼如　寛永九〈一六三二〉年兼如が紹巴の注に加筆　鉄心斎文庫蔵）

なくこゑをきけとあるをうけて、我もさほどの事は　聞うると也。ともしけちたるとても真実は不消物と也。一切衆生は諸家の五大かりにむすんで来れり。今かりの五大こそ消る物なれ。是則真滅と云時は真実に寂滅とはおもはぬとよめり。

【伊勢物語聞書】（兼如　近世初期成立寛文〈一六六一～〉頃書写　片桐洋一氏蔵）

なくこゑをきけとあるをうけて、我もさほどの事は聞うると也。ともしけちたるとても、真実は不消物と也。一切衆生は、法家の五大、かりにむすんで来れり。今かりの五大こそ消る物なれ。是則非真滅と云時は、真実ニ寂滅とはおもはぬとよめり。

【伊勢物語闕疑抄】（細川幽斎　寛永十九〈一六四二〉年風月宗智版　鉄心斎文庫蔵）

前の業平の歌の聞といふにこたへて、まことに哀になくこゑの聞ゆるといひて、去ながら我は更に真実の寂滅とは見ず、一切衆生は死といふ事は定る事なれば、生ずる時は法界の五大をかりて来り、死する時は五大を返すなり。「是即非真滅」の心也。然ば常住不滅の儀也。

【伊勢物語御抄】（御水尾院述　講釈聞書　江戸初期　宮内庁書陵部蔵(4)）

誠に哀になく声の聞ゆる、されど真実に消る物とは知ぬと也。是即非真滅心也。常住不滅の理にていふ也。一切衆生は、法界の五大の火をかりて生ずるなれば、色身は滅すれども、此火は終に消る事無理にて如此よめる也。

【伊勢物語器水抄】（伝烏丸光廣　江戸初期　蓬左文庫蔵(5)）

人は法界の五大を仮て生じ滅する時は五大をかへす也。されば法花経に我雖説涅槃是則非真滅の心也。然れば常住不滅の義なり。実の五大の火は消ぬと也。

【伊勢物語集注】（一華堂切臨　慶安五〈一六五二〉年版　鉄心斎文庫蔵）

師云、崇子内親王のかくれさせ給ふをさして、ともちけちと云。九禅抄云。五文字は領解したる詞也。男の哥に泣こゑをきけとあるに答て最《いと》哀なくを聞と也。さりながら人は法界の五大を仮て生じ、滅する時は五大をかへす也。されば法華経に我雖説涅槃是則非真滅の心也。然れば常住不滅の義なり。それほどに愁傷すべきにあらず。実の五大の火は消ぬと也。

【伊勢物語抄】（一華堂切臨と関わりがある書か　江戸前期　奈良女子大学蔵(6)）

衆生は法界の五大をかり人と成、死の時、又久真に不死。蓮華我難説涅槃、是則非真滅。いとあはれなくぞ聞ゆるともしけち、一切衆生は、法界の五大むすぼをれて人と成、分散すれば、各〳〵にかへるなり。法界の火なれば、終にきゆる事なし。方便品、我難説涅槃是非真滅、ともしけちは如薪尽火滅ノ心也。

【伊勢物語抄】（細川幽斎の『闕疑抄』の影響が強い書　江戸前期　架蔵本）

まへのきけといふによりて、まことになくこゑのきこゆる。さりながら我は真実の寂滅とは見ず。一切衆生にしぬるといふことはさだまれることなれば、うまるゝときは火をかりて生れ、死するときは火をかへす也。しかれども常住不滅の儀なり。

【伊勢物語嬰児抄】（紹巴の弟子の連歌師か　江戸前期　『闕疑抄』と密接な関係　片桐洋一氏蔵）

此心は、なりひらの歌をもつともうけたるやうにて、たゞしわれはあはれともきかず、ともし火のきゆるも、まことにきゆるにあらず。しやうあるものはかならずしすることはりなれば、はじめてなげくべきにあらず。むまるゝ時は五だいをかへす。たゞ是即悲真滅也。又法花経寿りやう品にも、ほうべんげんねはんとゝき給へば、もゆるともきゆるとも我はしらず、ねこんふしやうはんごんふめつなればと也。

【伊勢物語拾穂抄】（北村季吟著　寛文三〈一六六三〉年以前成立　鉄心斎文庫蔵）

続拾遺集にはいとひてもと五文字あり。家集にはいとひては何か別のおしからん、楚辞云悲莫悲生別離、与君生別離。(7)

【伊勢物語拾穂抄】（北村季吟著　寛文三〈一六六三〉年以前成立　延宝八〈一六八〇〉年刊）

玄　業平の歌の「なくこゑをきけ」といふにこたへて、まことに哀になくこゑのきこゆるといひて、さりながら我は真実の寂滅とは見ず、一切衆生生ずる時は法界の五大をかりて来り、死する時は五大を返すなり。「是即非真滅」の心也。然ば常住不滅の儀也。師　是業平に恥しめられて当意にのべたる返歌也。法界の五大は地水火風

空。人にとりては木火土金水の五行即五蔵也。是即非真滅は法華経に「我雖説涅槃　是則非真滅」これ也。常住不滅の儀は、涅槃経云「実不畢竟涅槃　是故当知是常住法　不変改法云々」これ也。

【伊勢物語秘注】（平間長雅　元禄十七〈一七〇四〉年奥書　享保二十一〈一七三六〉年写　鉄心斎文庫蔵）

闕疑云、前の業平の哥のきけといふに答て寔に哀に泣声の聞ゆると云て、去ながら我は更に真実の寂滅とは見ず。一切衆生の生死は定れる事なれば生ずる時は法界の五大をかりて来り、死する時は五大を返す也。是即非真滅の心也。然ば常住不滅の義也云々。外云人の一身も地水火風空にむすばれて請たる物也。此姿法界の五大なれば、五大の火は消る物にあらずと也。是即非真滅の時は真実の寂滅と思はぬと也。

冷泉家流の注釈の部分でも触れたが、旧注において着目すべきは、正徹の『伊勢物語正徹自署』と、正徹から心敬への聞書である宮内庁書陵部蔵の『伊勢物語聞書』である。『十巻本伊勢物語注』や『増纂伊勢物語抄』など冷泉家流の古注を踏襲し、正徹は、この二首を「秘々」とした。正徹が「秘々」とした内容が、仏教的死生観に関わる「不生不滅」の冷泉家流（『十巻本伊勢物語注』や『増纂伊勢物語抄』など）と言われる注釈書類の解釈であることは、正徹から心敬への文明十一年の伝授である宮内庁書陵部本『伊勢物語聞書』によって判明する。この本について紹介した湯浅清氏は『心敬の研究　校文篇』（風間書房・昭和六十一年）で本書の翻刻を付している。ただ湯浅氏の「心敬と伊勢物語」(8)が出された時点（昭和五十九年）では、片桐洋一氏蔵『伊勢物語正徹自署』は紹介されておらず、この部分が正徹自署で「秘々」と記されている事についての言及はない。この『伊勢物語聞書』には、「此二首秘哥也。色々説在之。出テいなばの哥此哥秘也」として『伊勢物語正徹自署』の「秘々」という正徹の朱書書き入れを裏付けながら、その「秘」された内容を「心ハ今此人ノ死スト云ハ此世コソカギリナレ、本覚ノ都ニ帰ナバ年ハへヌベシ。返歌ノ心本ヨリ死スルト云事ナケレバ、死スレドモアハレナシト云也。トモシケチハ葬ノ心也。不生不滅ノ理ニ叶フ。」として指し示している。そして、この正徹から心敬へ伝えられた注釈は旧注の中で、最も早い時期に、「本覚ノ都」や、

「不生不滅」を明示しているものと考えられる。ほんのわずかに早い時期に成立した一条兼良の『伊勢物語愚見抄』の「たとひなく声をきかずとも、つゐにきゆまじきうへは、思の色は見ゆべしといふ心也」という一文をここに挟み込んで見る時、明らかに正徹から心敬が受け継いだ内容が、その後、宗祇から明示されていく事になる「法界の五大の火」を借りてこの世に来た人間存在は「非真滅」であるという思想の先駆けになっている事がわかるのである。一条兼良の「つゐにきゆまじき」という表現は、冷泉家流の「不生不滅」の事を言っているものとも捉えられるが、曖昧な表現であり、正徹から心敬へ伝えられた伝授の内容とは一線を画すものと言えよう。湯浅氏が前掲「心敬と伊勢物語」で、正徹から心敬への聞書では「いとあはれ泣くぞ聞ゆる」と本来解釈される所が、「いとあはれ無くぞ聞ゆる」と解釈されている事が本聞書の独自性であると指摘している。たしかに、一条兼良の「たとひなく声をきかずとも」という解釈だと明らかに「泣く」と取っている。しかし、正徹から心敬への聞書では「死スレドモアハレナシ」「不生不滅ノ理ニ叶フ」とつながることから、たしかに湯浅氏の指摘するように「いとあはれ無く」と解釈するのが妥当のようである。この部分の解釈を受け継いでいるという意味では、宗砌、専順、心敬に連歌を学び、東常縁に古今伝授及び伊勢物語伝授を授けられた宗祇は極めて重要な場所に位置する。宗祇の『伊勢物語山口記』[9]にある「一切衆生は、法界の五大がむすぼゝれて人となれる物也。分散すれども法界五大の火なれば、つゐに消る事はなしと云也」は、その後元禄期の北村季吟に至るまで、一貫してその底流をなしている事に気づくのである。心敬の「本覚」を「法界」に置き換え、「不生不滅」を「非真滅」に置き換えてはいるものの、宗祇が『伊勢物語』の注釈において連歌の師である心敬の影響を受けた可能性は考慮しても良いものと考えられる。これを考える上で大変参考になるのが、宗祇の『老のすさみ』（『連歌論集（三）』中世の文学・三弥井書店・昭和六十年）の次の心敬の付句に対する宗祇の批評である。

風も目に見ぬ山のあまびこ

物ごとにただありなしをかたちにて

風もあまびこも、あるものにはあれど、また空体なり。されば、ありなしが則ち形なり。物事にとは、この二つにて一切の空仮を悟る心なり。……尤も難儀たるべきを如此付け出づること、神変のことにや。

宗祇は心敬の句についてこの『老のすさみ』の中でいくつも紹介しているのだが、とりわけこの付句に対する宗祇の解説では、「空」「不生不滅」「五大」という事がその底流にあり、それをさりげなく付句で表現しえた心敬の句を「神変のことにや」（神のしわざではないでしょうか）などと絶賛しているのである。ここでは、「風」と「あまびこ（山彦）」があるにはあるのだけれど「空」であり、一切の物事が「空」である事を悟る心なのだと宗祇は解説している。この宗祇の心敬への傾倒ぶり、あるいは「空仮」に対して示す深い理解を考慮に入れるならば、『伊勢物語』三十九段の宗祇の注釈は、連歌の師である心敬の影響を受けたものとも考えられる。しかし、後述するように、『古今集』の伝授においては、宗祇は常縁に『伊勢物語』伝授をも受けている。人丸の「ほのぼのと」歌に対する『両度聞書』や、宮内庁書陵部蔵『古今和歌集』の切紙の表側にはとらえられない本覚思想を「切紙の上口伝」で、「浮世の旅、終に誰も本覚の故郷に可帰るよしにこそ」としている点は着目に値する。つまり、ここでも「本覚の都」という正徹が「秘々」としたものを、常縁もまた「本覚の故郷」として口伝で秘して伝えているからである。宗祇という人物は、心敬からも、常縁からも、この『伊勢物語』三十九段の解釈に本覚思想を取り込み得る事が出来た可能性を指摘出来る。表現は少しずつ変えながらも、この宗祇流を忠実に受け継いだものと考えられる旧注は、以下の通りである。

『宗祇流伊勢物語聞書』（宗祇門弟の講釈聞書）
『伊勢物語肖聞抄』（宗祇門弟肖柏の注釈）
『伊勢物語古注』（宗祇門伝宗長とされる石水博物館蔵の注釈）
『伊勢物語聞書』（宗祇流の流れを汲み、蜷川親当の句を引く注釈）

『伊勢物語忍摺抄』（宗祇の弟子宗長の聞書と同一の本文を有する注釈）
『伊勢物語惟清抄』（宗祇から古今伝授を受けた三条西実隆の注釈）
『伊勢物語宗印談』（宗祇流の注釈を伝える宗印の注釈）
『伊抄　称名院注釈』（三条西実隆の息、三条西公条の注釈）
『伊勢物語秘用抄』（三条西公条の影響がある注釈）
『伊勢物語称談集解乾』（三条西公条の次男、水無瀬兼成の注釈）
『伊勢物語永閑聞書』（宗祇弟子宗碩の弟子永閑の注釈）
『伊勢物語聞書』（三条西公条とつながりを持った里村紹巴の弟子兼如の注釈）
『伊勢物語兼如注』（三条西公条とつながりを持った里村紹巴の弟子兼如の注釈）
『紹巴本伊勢物語附注』（三条西公条、紹巴二人の奥書を有する注釈）
『伊勢物語聞書』（紹巴周辺の連歌師による注釈）
『伊勢物語抄　冷泉為満講』（冷泉為満講、松平忠吉聞の聞書）
『伊勢物語闕疑抄』（三条西公条の息実枝に古今伝授を受けた細川幽斎の注釈）
『伊勢物語御抄』（幽斎の弟子智仁親王に古今伝授を受けた御水尾院述の講釈聞書）
『伊勢物語器水抄』（幽斎から古今伝授を受けた烏丸光廣の注と伝えられる注釈）
『伊勢物語集注』（三条西公条から学んだ一華堂乗阿の弟子、一華堂切臨の注釈）
『伊勢物語抄　諸注集成』（切臨の『伊勢物語集注』に酷似している作者不詳の注釈）
『伊勢物語抄』（一華堂切臨と関わりがある書かとされる注釈）
『伊勢物語嬰児抄』（紹巴の弟子の連歌師かとされる注釈）

『伊勢物語拾穂抄』（紹巴、幽斎から学んだ貞徳の弟子、北村季吟の注釈）

『伊勢物語秘注』（地下貞徳流の注釈）

これらの注釈は「法界の五大をかり」という表現と、「非真滅」という表現を共通して使用しており、宗祇流の注釈をきわめて忠実に引いているものと言う事が出来よう。すなわち、宗祇からの流れの中で、『伊勢物語抄冷泉為満講』を例外とすれば、およそ一本の筋で、宗祇流の注釈を忠実に受け継いでいっている様子が概観できるのである。

旧注の中で、明応六（一五〇二）年堯恵在判の橋本公夏『志能夫数理』、鳥居小路経厚が天文十二（一五四三）年に講じた『経厚講伊勢物語聞書』には「不生不滅」という言葉があり、冷泉家流の古注釈を参照しているものとは考えられるのだが、表現の上では宗祇流と接触しているものとは考えられない。

以上が旧注における三十九段の解釈のあらましである。心敬の弟子宗祇は、恐らく心敬の注釈か、あるいは常縁からの「切紙の上口伝」に描かれる「本覚思想」を受け継ぎ、その注釈の流れを言葉レベルでも忠実に伝えていっている事が見てとれる。これは、元禄期の北村季吟の版本『拾穂抄』にまでほとんど形を変えずに伝えられている訳だが、北村季吟の『拾穂抄』初稿本の段階では、宗祇流を引いているものとは考えられない。後になって、宗祇流をも加え、ここに「五行」思想なども加味して版本『拾穂抄』は成立したものと考えられる。また「五大」の他に、「五行」をも併せて引くのは、季吟の『拾穂抄』版本の独自性と言える。

新注

【勢語臆断】（契沖著　元禄五〈一六九二〉年頃成立）

「鳴声をきけ」と云をうけて、げにもいとあはれになくぞきこゆる。但しともしけちとのたまへど、真如の随縁せる四大仮合の火こそきえうするとみゆれ、真如の性に帰すればうすることなし。よりて消るものとも我はしり

侍らずと、ほたるにつけて是則非真滅のこゝろを云り。王充論衡曰「人之死也、猶火之滅、火滅而耀不照人死而智不慧。」是は外道の断常二見の中の断見也。凡人は死して気に帰るといふは断見なり。人畜常に定ると云は常見なり。これみな邪見なり。いま、いたるはたはむれに読は信ずるにたらず。また折もあしけれど、猶王充にはまされる歟。ある人申けるは、ほたるをともしけつとて、「なく声をきけ」といひ、それをかけて「なくぞきこゆる」とよめるは、およその虫みななく物なれば、うたのならひに御別をかなしみて、人のなくをもほたるの上よりいへば、これ、ほたるのなくと云證歌なりとある先達の秘蔵の口伝にのたまへりと語りき。

【伊勢物語童子問】（荷田春満　享保十八〈一七八八〉年真淵書写本　麻布羽倉氏本）

問抄云、前の業平の歌の聞といふにこたへて云々。（誠に哀に鳴声のきこゆるといひて、去ながら我は更に真実の寂滅とは見ず。一切衆生は死といふ事は定る事なれば、生るゝ時は法界の五大をかりて来り、死する時は五大を返す也。是、即、非真滅の心也）。しかれば常住不滅義なりと、此説いかゞ。

答、歌書の條に、仏老の書を引て、其意を得るは仏老者の事なり。神書・儒書を引ていふも同じ。歌書は歌書にて其意を知べし。仏老者の歌道を知らじ。歌学者、仏老をしらじ。只其理りを高上にせんと欲するより牽強附会の説あまた出来る。皆とるにたらず。

【伊勢物語古意】（賀茂真淵　宝暦九〈一七五九〉年加藤千蔭写本　片桐洋一氏蔵）

（いでていなばの歌に関しての注のみ）こは葬者を挽出てゆかば、是ぞ親王の此世の限なるべし。身の火尽て終り給ふも、齢経給ふものか、わかくおはするをと、人々のなくこゑをきけと、なまめく至に示すなり。さて蛍を燈火といふよりして「如煙尽灯滅」てふ仏の入滅の語にとりなして、灯尽といひ、且久しう待わびて歎くを年へぬるかと哭にそへたるなど、例の記者の歌にてかさねぐ〵むつかしくうるさし。

【勢語図説抄】（斎藤彦麿　享和元〈一八〇一〉年　鉄心斎文庫蔵）

いとあはれ云々の哥は契沖師の云く年へぬるかと泣声いとあはれに聞ゆれど、四大仮合の火はきゆるとも真如の性に遍すれば失る事なし。法華経に我雖説涅槃則是非真滅とある意也といはれたり。なほぞ有けるは天下の色ごのみの哥にしてはあまりに凡にぞ有ける。今一ふしあるべきをと含めたるなるべし。

【伊勢物語新釈】（藤井高尚　文化十〈一八一三〉年一月成立文政元〈一八一八〉年刊　鉄心斎文庫蔵）

かけ歌に「なく声をきけ」といへるをうけて、げにいとあはれになくぞきこゆる、さて「ともしつき」とのたまへど、法華経に「我雖説涅槃是則非真滅」とあるごとく、常住不滅なりとおもへば、きゆるものとも我はしらずなと云意也。

【伊勢物語箋】（橘守部　文政元〈一八一八〉年序　鉄心斎文庫蔵）

げにも（いとあはれ）に御この（なく）声（ぞきこゆる）されど四大仮合の火こそ蛍の如くしばし消うすとは見ゆれど、猶真如の性に帰するといへば、姫皇子の御魂はしか（ともし火のごとくきゆるものともわれは）おもひ（しらじな）

新注では、この部分の解釈が旧注とは全く変わってしまっている事が一目瞭然である。契沖は、死んだら人が断滅し、二度と生まれないというのを「断見」、人の霊魂は永遠不滅であるとする考え方を「常見」とした上で、「これみな邪見なり」と一刀両断に斬って捨てている。しかし、契沖は冷泉家流に端を発した「不生不滅」が、正徹心敬を経由して、宗祇に渡り、北村季吟にまで至るという旧注に底流をなしていた「五大」を基礎とした「不生不滅」（生まれる事も滅する事も無い）の死生観そのものを、否定している訳ではない。契沖もやはり「是則非真滅のこゝろ」と言っているのである。ただ「私」という意識が継続していることを仏教者の立場から否定しているだけである。「非真滅」とは「私」という意識を超越した上での「非真滅」なのだ。『勢語臆断』が出されたのは、元禄五年。時代は徳川綱吉の時代であり、元禄二年から北村季吟が幕府の歌学方になり、側用人の柳沢吉保も季吟から古今伝授を受け

ている事を考え併せると、契沖のこの説がいかにそれまでの宗祇流と比べて異端だったかが理解出来る。この年元禄五年に柳沢吉保は、芭蕉が『野ざらし紀行』の折に訪ねた三井秋風の禅の師である高泉禅師を江戸に招いている。柳沢吉保はこうした若い時からの禅僧達との書翰のやりとりを元禄十六年に『勅賜護法常応録鈔』（大和郡山市永慶寺蔵）（中尾文雄編・永慶寺発行・昭和四十八年）という本にまとめさせている。その第七巻、法雲和尚とのやりとりには、「四大」や「不生不滅」に関する次のような記述が見られる。

四大身トハ、円覚経ニイデタリ。人ノ身ハ、外ノ地水火風ノ四ツヲ攬メテ、化合シテ、内身ノ四大ヲ成スヲ、四大身ト云フ。……四大無我、心本無心。生即チ不生。四大色身ハ、虚妄ニヨリテ生ズ。虚妄ヲ離レヌレバ、四大モトト無シ。サラニナニヲ認メテ、ワレトセン。

この中にもこの「五大」思想を確認する事が出来るのである。季吟から古今伝授を受けた柳沢吉保を中心とした幕府周辺では、旧注的死生観（五大や不生不滅）の方が支配的だったものと考えられる。契沖の考察では「不生不滅」と同時に語られる「魂」の永続性という意味での「輪廻」思想（常見）をも「邪見」として峻別していることに格別な意義を見い出せる。しかし、荷田春満『伊勢物語童子問』においては、問答形式で、生れる時には、法界の五大を借り、死ぬ時には五大を返すという常住不滅の説についてどう思うかという問いかけに対し、「歌書は歌書にて其意を知べし。仏老者の歌道を知らじ。歌学者、仏老をしらじ。只其理りを高上にせんと欲するより牽強附会の説あまた出来る」として、旧注のように仏教的死生観を歌学に取り込む事事態を否定する。賀茂真淵『伊勢物語古意』においても、この歌の解釈に仏教的解釈を入れる事を「かさね〴〵むつかしくうるさし」としている。ところが、斎藤彦麿の『勢語図説抄』では、「契沖師の云く」とあるように、契沖の『勢語臆断』の前半部をほぼそのまま踏襲している。この斎藤彦麿の解釈以後、藤井高尚の『伊勢物語新釈』にしても、橘守部の『伊勢物語箋』にしても、契沖説の真意を受けた形で引き継いでいるのである。「契沖師の云く」としている斎藤彦麿をはじめ橘守部なども「四大仮合」あるい

は「真如の性」という言葉を用いているのだが、「真如の性」については、それ以前の旧注に同表現を全く見いだせず、契沖の独自性があらわれている部分である。しかし、鉄心斎文庫蔵の慶長十三年の中院通勝花押のある嵯峨本『伊勢物語』の所持者が契沖とほぼ同じものを下敷きにして、この部分の注釈をしているのである。次に示すのが、鉄心斎文庫蔵嵯峨本の該当箇所の朱筆書き入れである。

なくこゑをきけといふをうけて、げにもいとあはれになくぞきこゆる。但しともしけちとのたまへど、真如の随縁せる四大仮合の火こそきえうするとみゆれ、真如性に帰すればうする事なし。よりてきゆるものとも我はしり侍らずと、蛍につけて是則非真滅の心をいへる也。

嵯峨本『伊勢物語』慶長十三年中院通勝花押本は、中院通勝のごく周辺の貴顕に配られたものと考えられ、これが先の契沖の『勢語臆断』の記述と一言一句同じである事は、この本の旧蔵者を特定する上でも重要であるものと考えられる。この部分に関しては、後考を期したい。

以上のように、古注（和歌知顕抄系）から冷泉家流、旧注、新注と『伊勢物語』注釈における、三十九段の解釈に現れた「五大」思想の死生観の変遷を概観していくと、この思想が仏教的世界観において重要であるだけに、『伊勢物語』注釈史における背骨のようなものが見えてくる。この仏教的死生観を歌学に入れるか入れないかという事が重要な視点になってくるのである。そういう意味では、古注（和歌知顕抄）には、ほとんど見られない仏教的死生観（不生不滅）が、冷泉家流の『十巻本伊勢物語注』や『増纂伊勢物語抄』において初めて確認出来、仏教者でもある正徹や心敬を経由して、少しだけ言葉を変えて宗祇に流れ込む。前述したように、正徹は、この三十九段における二首の歌の脇に「秘々」としているのに対し、正徹から心敬への聞書である宮内庁本『伊勢物語聞書』では、「本覚」や「不生不滅」などという表現を出して、宗祇の「法界」や「非真滅」という言葉の先蹤を為している。宗祇流は先に見てきたように、この「法界の五大」「非真滅」という言葉を忠実に写しながら、貞徳門の北村季吟にまでたどり着

く。季吟と同時代に水戸家に雇われた契沖によって、中世半ばから近世前期にまで一貫して貫かれていたその仏教的死生観は「断見」「常見」を「邪見也」とすることにより、「私」という「魂の永続性」を明確に峻別して否定している。そして、荷田春満『伊勢物語童子問』や賀茂真淵『伊勢物語古意』が、歌学に仏教的解釈を持ち込む事そのものを、否定していくという流れであろう。そういう意味では、『伊勢物語正徹自署』や、正徹から心敬への聞書である宮内庁書陵部蔵『伊勢物語聞書』という注釈書は、伊勢物語注釈史上、極めて重要な分岐点となる資料であるものと考えられる。

四

さて、『伊勢物語』のみではなく、『古今集』の秘伝である古今伝授中、人丸の「ほのぼのと」歌に関する注釈の中にも、「五大」思想を見いだす事が出来る。三条西実枝から細川幽斎への伝授である、宮内庁書陵部蔵の『当流切紙二十四通』(10)には次のようにある。

人間ノアリサマ、ツヰニ誰モ本覚ノ故郷ニ帰スベキノ理也。又云、五大分離シテ本源ニ帰リ法界ニ満ル心也。ほのぼのと一気生ジテヨリ六根六識ヲ具足シテ又本ニ帰ルサカヒヲ浦トハ云ヘリ

ほのぼのと明石の浦の朝霧に嶋がくれ行舟をしぞ思ふ

ここにも、「五大」思想が、先述した『伊勢物語』注釈と矛盾する事の無い価値観で描かれている事が確認出来る。すなわち、「五大」が集まる事によって「生」が形作られ、「五大」が分散する事によって「本源」(空)に帰るというものである。また、先述したように『伊勢物語正徹自署』において正徹が秘した内容「本覚の都」が、常縁から宗祇へ伝えられた「切紙の上口伝」にも「本覚ノ故郷」として入っている事も着目される。

これはまた、実枝が述べ、幽斎が聞き手になっている『伝心抄』においても次のように描かれる。

明石ノ浦ト云ハ胎内ニ十月ヤドリテ五大ヲウクル所也。朝霧ト云ハ本覚真如ノ無明ノ所也。嶋ガクレ行トハ生老病死ト云。舟ヲシゾハ、舟ハ公界ヲ渡モノト云

しかし、この歌に関して、文明三年一月二十八日から四月八日までと、六月十二日から七月二十五日まで東常縁から宗祇への二度に渡る講釈聞書である『両度聞書』(11)では、全くこの「五大」を用いた解釈が見られない。

これは海路に我思人のおもむくを送てよめる歌也。明石の浦は所の道地也。たとへばあかしの浦より舟出してこぎいづる人の次第に遠ざかり行おりふし、霧のむら〳〵はる〴〵とたちて、ある時はかすかになり、又はさやかにみゆる折ふしも侍り。猶みるまゝにしまがくれはてぬるを、いまはいづくにか行らん、いかやうにか成ぬらんなど、ひとかたならず思やるよし也。大方の旅の空さへあはれにも、かなしくも侍を、まして万里の波濤を思ふ人のこぎ別ゆかんを思やる心、いふかぎりなうあはれふかゝるべきにこそ。此歌、旅に入事、尤の奥義也。霧を病などいふは不用。

これに関して、宮内庁書陵部に東常縁から宗祇への「幅九寸五分、広一尺四寸七分許」の切紙が存在する事が三輪正胤氏『歌学秘伝の研究』(風間書房・平成六年)に紹介されており、三輪氏は、これを切紙による伝授の初めを示す資料であるとしている。宮内庁書陵部蔵『古今和歌集』全十二冊の第一冊目『古今和歌集見聞愚記抄』(12)に、その切紙とそれに関わる口伝、伝授次第などが記されている。これは、常縁から、宗祇に伝えられ、頼常、素純へと伝えられている。その内容を見ると、この「ほのぼのと」歌についても切紙で書かれている表の部分と、口伝で伝えられている裏の部分がある事が窺える。すなわちその裏の部分に、『伊勢物語』で正徹が「秘々」とした解釈で、心敬の聞書の方には書かれている「本覚の都」に近似した言葉があらわれている事が知られるのである。切紙の表側の説の方には以下のようにある。

此哥にさま〲の義、家々に口伝する所也。然れ共、貫之、旅の部に入たり。更、此外は不及沙汰事也。しゐて今議をたつ。天武天皇第一の皇子高市の皇子、十九歳にして世を早し給ふをよめる歌となん。ほの〲と云に四の義あり。明若寿風也。万葉につかふ所也。明と云は夜などの明ぬるを云。左伝に、明旦とかきて、ほの〲とよめり。若をほの〲と云。春の草木のもえ出る体也。典義抄云、深草未出春色若《ホノ〲》たりといへり。寿風は常に文道につかふ字也。文選云、寿《ホノカニツタウ》　伝之公政得之道といへり。文集云、風《ホノカニキク》　聞といへり。此の四之義之内には、今の歌、寿の義也。王子の崩にあつる也。浦とは、此世界を隔行によそへたり。霧、又物をへだつるならひ也。一説、霧を病にあつるよし申。嶋がくれ行とは去行也。又、生老病死の四魔にもあつるよし申。此四にかくされ給。船をしぞおもふとは、船を王にたとへたり。王子は帝にたがふべからず。然者船と云也。貞観政要に云、君如船臣如水といへり。種々の儀共あれども不及筆端者也。

これが「切紙の上口伝」には次のように書かれている。

ほの〲の哥の事、生老病死の四魔と云事不可用之。嶋がくれは八嶋の外へこぎはなるゝと可心得。則此家をさるの心也。此哥ほの〲とあかしとつゞけて明闇をいへる而已。又明行方へいへり。旅の部に入たる事甚深の妙也。浮世の旅、終に誰も本覚の故郷に可帰るよしにこそ

これは、先述したように正徹が『伊勢物語正徹自署』において「秘々」とし、心敬が『伊勢物語聞書』において、「本覚の都」と書いた関係と重なってくるのである。つまり、正徹は心敬に「本覚の都」という言葉を口伝で伝え、常縁も宗祇に口伝で裏の説として「本覚の故郷」を伝えているという事である。常縁は、和歌を正徹に学んでいるから、「本覚の都」と「本覚の故郷」の言葉が似通っているのは、本来秘伝の出所が正徹あたりを経由していた可能性が考えられる。稲田利徳氏は「心敬―仏教思想と作品―」(『仏教文学講座』勉誠社・平成七年)において宮内庁書陵部蔵『伊勢物語聞書』三十九段の「本覚の都」の使用に着目して論じている。その中で心敬自身が「本覚の都」を和語化

した「もとのさとりの都」を心敬自身の『心玉集』で次のように用いている事を指摘している。

出し都のはるぞ忘るる

霞むなよもとのさとりの胸の月

また、山田昭全氏は「もとのさとりの都」の用例を「文学に現れた天台本覚論―歌謡と和歌の場合―」（「国語と国文学」平成二年十一月）において探索していて、稲田氏も紹介している。これを『新編国歌大観』（角川書店・平成十五年）、『私家集大成』（エムワイ企画・平成二十年）のCD-ROM版などで再検証すると、正徹、心敬より前には、次の三例が見られる。

西へゆくみのりのかどを尋ぬればもとのさとりの都なりけり　（『草庵集』頓阿）

こととはむもとのさとりのみやこ鳥迷ひのはじめありやなしやと　（『続門葉和歌集』）

こととはむもとのさとりのみやこびとうき世に生死ありやなしやと　（『仏国禅師集』）

後は、正徹とその弟子の用例である事が見て取れる。

待惜みさき散る花のふる郷や本のさとりの都なるらん　（『草根集』正徹）

わするらんもとの覚の都をば立たずよ六の道の旅人　（『草根集』正徹）

をくりをく本の覚の都まで千々の仏やてをさづくらん　（『草根集』正徹）

内野ゝかたへいでゝみれば、うちならべたりし市、かり屋のかたち、ひとつもなく、世中に軒をならべ、かきをあらそひしすみかとても、わづかなる年をへだつるほどにもあらず、家もあるじもいづちともしらずなり行ためしのみこそあれど、すべて三界無安のことはりまであぢきなくおぼゆ、さるは色〳〵さま〳〵につくりすへたりし人の姿、馬牛鳥獣、そうして六道四生のありさま、十界一如とみしは、みな**本覚の都**に帰りけるにや、形もなし

さま〴〵の市のかり屋のかた代も跡なき夢の面影ぞたつ　（『草根集』正徹）
忍べただもとのさとりの都をもすまぬはしらじ九重の空　（『心敬集』心敬）
本覚の都にかへりみん花を先この世にてをるぞ妙なる　（『松下集』正広）
はかなしやもとのさとりの都には帰らぬたびの行もとまるも　（『雅親集』飛鳥井雅親）
都おもふ本覚《もとのさとり》の道なれやうき世のたびの夢の浮橋　（『拾塵和歌集』大内政弘）

また、『清水宗川聞書』（『近世歌学集成』明治書院・平成九年）にも次のようにある。

蜷川新衛門も此頃の人、弟子にてはなし。是も多作也。新続古今の時、一、二万程遣したるに、集に不入。是に述懐して一夜百首よみて遣たる。此内が一首入也。無官故よみ人しらず

とをからぬもとのさとりの都鳥こと問人のなきぞ悲しき

これは、正徹について書いた記事に続く記事であり、蜷川新衛門が「（正徹の）弟子にてはなし」と言っているものの、ここにも「もとのさとりの都鳥」と詠まれている事が確認出来る。蜷川新衛門は弟子ではないが、先述した『伊勢物語正徹自署』を筆者した人物である。宮内庁書陵部蔵『寒川入道筆記』（日本古典文学大系）の「慶長十八年正月十五日」の項にも「此段蜷川新右衛門親慶日日記ニアリ。則自筆也」として次の記事が掲げられ、この事が裏付けられる。

さて此百首の中に

遠からぬもとのさとりのみやこどりこととふ人のなきぞかなしき

此哥一首入られけり。哥道の冥加、誠不至して高位にまじハるとハげに尤ト京わらんべ申伝へタゾ。

以上のように、「本覚の都」という言葉は、正徹に極めて近い所で使われている事が確認出来るのである。特に『草根集』（宮内庁書陵部蔵本）の中には、長い詞書を有する中に、「本覚の都」という言葉がそのまま出現し、なおかつその言葉を定義するような内容になっており着目に値する。「本覚の都」の古い用例には、鎌倉後期の仏教書『一

言芳談』（日本古典文学大系）に、「太神宮は本覚の都へかへりおはします」や、鎌倉後期から南北朝期成立の北畠親房の『真言内証義』（日本古典文学大系）に「本覚の都に法楽を受事自如也」などがある。正徹や心敬と同時代で天皇家や足利義詮、義満、義持の三代に医者として仕えた坂士仏の『伊勢大神宮参詣記』（三重県立図書館蔵本）などにも「本覚真如の都をいでて、末世愚鈍の生をすくひ、随縁応円の鏡となりて、常没流転の塵にまじはる」などという用例が見受けられる。

「本覚の故郷」の用例は、藤原長綱の『長綱集』の詞書に確認出来る他には、三条西実隆『雪玉集』に見いだせる。

本覚のふるさとをわすれて輪廻の旅にまよふよし申したる人の返ごとのついでに

いつの日かわがふるさとのあらはれむいまだたびなるここちのみして（『長綱集』）

故郷のもとのさとりにかへりては夢のやどりをいかがみるらん（『雪玉集』実隆）

天台本覚思想が心敬以後の連歌論にはほとんど見られないものの、宗祇や宗牧の論書に注目すべきものがある事については、木藤才蔵氏「連歌論と仏教思想」（『仏教文学講座』勉誠社・平成七年）に指摘がある。宗祇の『吾妻問答』に「本覚真如の道理に可帰候」としているのを引いて木藤氏は次のように述べている。

ここにいう「本覚真如の道理」は、そのあとに法華経法師功徳品から引用されている「皆与実相不相違背」云々とあるのと合わせ考えると、「生滅する現象界こそ、本来、ほんとうの悟りの世界」となす、日本天台の本覚思想を踏まえた悟りの境地を意味していることは疑いのないところである。宗祇が、この言葉をごく自然に記しているところをみても、本覚思想の浸透の実態を推察できるのである。

続いて宗牧も『四道九品』(13)で「天台教学」の影響を明記している事に触れている。

飛花落葉によそへても生死無常の理をわきまふべき也。然ば、天台には、花は開々常住、散々常住、と観ずる也。此詞を思って常住不滅の悟を得、連歌の作意を求むべし。

このように見てみると、正徹、心敬、正広、宗祇などに天台本覚思想が浸透していっており、それが古今伝授の常縁から宗祇への「切紙の上口伝」にも「本覚の故郷」という表現で入り込んできている様子が見て取れるのである。

　この「切紙の上口伝」は先述した実枝から幽斎への『当流切紙二十四通』の中の「切紙之上口伝」の内容とほぼ重なっている。「浮世の旅」という部分が、「人間ノアリサマ」に変わっているだけである。宮内庁書陵部蔵『当流切紙二十四通』では、表の説と裏の説が併記されている事が窺い知られる。

　そして、この「ほのぼのと」歌に関しては、少なくとも天台本覚思想の秘伝化されたものが、常縁から宗祇に伝わったものであるという事も確認出来るのである。

　もっとも古く、この「ほのぼのと」歌の解釈において、「五大」ではなく「五行」という形で、同様の死生観に触れているものは、神宮文庫蔵『古今秘歌集阿古根伝』[14]である。この本の奥書には「元弘元年林鐘中三日書写校合芋藤為明判」とあり、元弘元（一三三一）年には、二条為明の手に渡っている事が知られる本である。本書では「ほのぼのと」歌について次のように述べられている。

　「若々」（ホノボノ）トハ六道四生流転生死ノ事ヲ指。人ノ魂ハ父母ノ嫁セヌ先ハ空中ニ有テ自他差別ナシ。……木火土金水ノ五行ノ質分散スト云ドモ、本有ノ自性清浄ノ魂ナレバ、長不失帰空。其時男女ノ姿モ不分、色相モナク虚空ト同体ナリ。人ト生ルベキ縁到来時、有縁ノ男女ニ嫁スル所ヨリ天降テ出生スル也。主ハ本ノ帰空。是ヲ愚人ハ云死嘆ナリ。更ニ生ズル事モナク死スル事モナキ也。悟此理人ハ生死ニ不可順。

『古今秘歌集阿古根伝』で興味深いのは、「五大」と「五行」思想が並列して書かれている事である。当然、中身も「地水風火空」だけではなく、「木火土金水」も併せて記されているのである。先の『伊勢物語』三十九段の注釈においては、古注では偽書と考えられる『伊勢物語髄脳』、そして旧注においては、江戸時代中期北村季吟の版本の『伊勢物語拾穂抄』にのみ「五行」思想が入り込んでいる事を確認出来る。三輪正胤氏が『歌学秘伝の研究』（風間書房・

平成六年）で紹介し、先述の『古典偽書叢刊　第一巻』にも、収録されている神宮文庫蔵の『和歌古今灌頂巻』には、季吟の版本『拾穂抄』と同じく、人丸の「ほのぼのと」歌の解釈において「五大」と「五行」が並列して示されている。鎌倉後期に成立していたとされ、神宮文庫にのみ伝わるこの本に季吟は接する事が出来た可能性がある。それは、この本に「牘庫」印（内藤風虎の印）が押されているからである。季吟と風虎の関係の親密さは、新玉津島神社蔵の『北村季吟日記　寛文元年秋冬』（『北村季吟著作集　第二集』）[15]を見れば、たった半年ほどの日記の中に五回もその名前を見いだす事が出来る事からも推察出来る。版本『拾穂抄』のように「人にとりては木火土金水の五行五蔵也」とする注釈は、三十九段の『伊勢物語』注釈史において、季吟独自のものであり、季吟は内藤風虎蔵の『和歌古今灌頂巻』などをも参照した可能性が考えられる。

しかし、『古今秘歌集阿古根伝』も傍線部分のように、「木火土金水ノ五行ノ質分散スト云ドモ……長不失帰空」として、分散した所で、「空」という状態になっているだけであるという価値観は先述した「五大」思想の考え方と全く変わらない。また、「主ハ本ノ帰空」という価値観に関しても、愚人は「不生不滅」である事を知らないから、死を悲しむという先の『伊勢物語』旧注の諸注釈とも重なってくるのである。すなわち、宗祇以後のどこかの時点で、古今伝授の方にもこの死生観は受け継がれたものと考え得る。死生観というものは、ある意味では確固たるものであろうから、この「五大」循環という死生観を持っているものが、『伊勢物語』注釈と『古今集』注釈において別の死生観を語る事は考えにくいからである。

『古今集』に関しても、古い注釈では、先述の『伊勢物語』の注釈同様、全く「五大」循環の思想を確認する事は出来ず、死を悼む哀悼の内容となっている。ただ、その内容は、先述した常縁から宗祇への切紙の表の説とほとんど重なっているのである。

鎌倉時代弘安（一二七八〜一二八七）末年頃とされる能基の『古今和歌集序聞書三流抄』[16]には次のように記される。

ホノ〴〵ハ、彼親王十九ニテ死シ玉フヲ云。アサギリニトハ、アキラカナル処ニ座シテ見ツレドモクラキ道ニ入玉フヲ云。朝トハ春宮ノ太子ナレバ申也。王ヲアシタト申義也。シマガクレ行トハ、秋津嶋ヲカクレ行キ玉フヲ云也。或云、生老病死ノ四魔ニカクサレテ行ト云。当流ニハ、秋津嶋ヲカクレ行ヲ云。船ヲシゾ思フトハ王ヲオシト思フ也。此人正シク即位ナケレドモ、儲君ナルユヘニ、舟ト云。王ヲ舟ト云事、民ヲワタス義ヲ以テ云也。史記云、大公主政悉賢而直、恵波流、外千万濤貴賤渡世事能妙、故号舟筏、誰不敬、又貞観政要一巻云、臣如水君如舟、水能渡舟水返覆舟、臣能随君、臣返亡君、サレバ、王ヲ舟ト云也。……

この内容と同内容の注釈を伝えるのは、長享三年（一四八九）三月から四月までの飛鳥井栄雅からの講説聞書である『蓮心院殿説古今集注』(17)である。

明旦《ホノボノ》。風聞とも書也。歌のおもて神妙金言の歌と也。異議なし。但、下は文武の御子高市王子十九にて崩御の時、その無常を詠也。嶋がくれゆく舟とは、東宮までは君とひとしきゆへ君をば船、臣をば水の心にて如此詠也。君を船筏にたとへたり。貞観政要ニ云。君ハ舟ノ如ク、臣ハ水ノ如クトあり。水よく舟を浮め、水又舟をくつがへす。臣よく君をうやまひ、臣又君を侵と有。人丸第一の歌と申せし也。公任卿、此歌を三年案ぜしと也。定家卿、三年は心をそきとありしと也。いづれも吟味すべき歌也。此うた正説あり。別而口にあり。

公任がこの歌を三年間「案じた」という事は、京都府総合資料館蔵の常縁本と近いとされる宮内庁書陵部蔵『古今集抄』(18)にも取り上げられている。

ほの〴〵とは、夜のあくる時、あかしとそへたり。「ほの〴〵とありあけの月」とよめるも此如也。ふねをしぞおもふとは、おきの小嶋ともにかくれあらはれ、あさ霧にこぎまよふふねどもの物あはれに見ゆるよし也。此哥は、或は尺教に尺せり。四条大納言は、此うたを三年まで心えずと申されけるとかや。人丸はやこのうたを家集にもたびの部にいれたり。海辺の旅也事おほしといへども、これを略しをはりぬ。又貫之も、この部に入たり。

不可有不審。

『蓮心院殿説古今集注』にも見られた公任が三年間この歌について悩んだという逸話がここにも確認出来る。また、ここには「或は尺教に尺せり」と後の三条西実枝から幽齋への切紙の内容に見られる「五大」思想を暗に類推させるような内容が書かれている。そして、これがあるいは『蓮心院殿説古今集注』末尾に見られる「此うた正説あり。別而口にあり」という口伝の内容にあたるものとも考えられる。宮内庁書陵部蔵『古今集抄』末尾の「人丸はやこのうたを家集にもたびの部にいれたり。海辺の旅也事おほしといへども、これを略しをはりぬ。又貫之も、この部に入たり」とある内容は、常縁から宗祇への『両度聞書』にある「此歌、旅に入事、尤の奥義也」と重なってくるものと考えられる。これは、「尺教」ではなく「たび」の歌として解釈すべきという事であろう。東常縁から宗祇に与えられたとされる『古今和歌集灌頂口伝』では、能基の『古今和歌集序聞書三流抄』に書かれた内容に詳しく注を加えていく形で、一首の中に和歌の「六義」があるとする説を付加している。ただし、この「六義」の内容は、先の常縁から宗祇への切紙の表側の説の「四義」とは重ならない。『古今和歌集灌頂口伝』[19]には次のようにある。

この哥は文武天皇におくれ奉りて読給とも云、又、高市皇子におくれまいらせてともいへり。いづれも哀傷の心なるべし。ほの〴〵とは、ほがらになる心なり。「朝霧」とは、きりは物を隔ものなり。「あかしの浦」とは、舟をよまん料也。「嶋がくれ」とは、此嶋はつねのしまにはあらず。人間の苦に、生老病死の四苦を四魔といふなり。しぬるは、此四苦におかされて死れば、此を四魔とは云なり。「舟をしぞおもふ」とは、この舟はつねのふねにはあらず。御門を奉申也。王を舟にたとへ奉る事、常のごとし。されば十善の御門もこの四魔にをかされて死せ給といはんとて、「舟をしぞ思ふ」とよみ給也。凡六義といふは、哥の六の心なれば、哥一首にはあるべからず。されども、今の哥には一首に六の義ありと口伝する也。其故は、哥、面はあかしの浦の景色をよめども、した心には哀しやうの心をそへてよみ給へるは風の心なり。十善の御門すら無常をまぬかれ給はず、まして我等

も無常をのがれがたしと理を尽して読給ふは賦の心なり。次に「朝霧」と云は、あしたの露ともいはれ、又御かどを朝と申は比の哥也。帝を船にたとへ奉事は興の哥也。現に文武天皇もかぎりあれば四魔におかされて崩御し給ふとただちによみ給は雅の哥也。帝徳いみじけれ共、崩じ給ふと神明に告てよみ給ふは頌、洋々として耳に満る心なり。然ば、一首に六義をこめたるはこの哥より外はあるべからずと習べし。

ここでは、この一首に「六義の説」が込められている事が論じられている。本書後半部の「六義」の説を伝えているのは、『毘沙門堂本古今注』に類する別流の秘伝書として知られる『玉伝深秘巻』[20]である。本書においても『古今和歌集灌頂口伝』を受けた形で、この一首の中に「六義」がある事を指摘しているとともに、先に引いた『宮内庁本古今抄』や『両度聞書』に引く「此歌、旅に入事、尤の奥義也」という部分について、「おもてには海上の旅と見えたれども、心種々にあり」としている。彰考館蔵『玉伝深秘巻』には、正徹、正広、正恵という系譜が示されている。そういう意味では、『伊勢物語』の場合と同様に正徹からの伝系が伝えられていて興味深い。『玉伝深秘巻』には次のようにある。

この歌は人丸准的の歌なり。これ歌の手本なり。おもてには海上の旅と見えたれども、心種々にあり。そのゆゑに一首に六義あり。歌の姿は雅なりといへども、裏には高市の皇子崩御の哀傷をよみたまふ、これ風なり。名所の海路・別離・哀傷等多数を一首によむ。これは賦なり。舟の人をわたすに王の世を渡すにたとふるは、これ比なり。娑婆はあきらかなれば、これあかしの浦にたとへ、冥途はくらけれぱ霧にたとふ、これ興なり。賢王を舟にたとふ。愚王をばたとへず。しかれば君をほむる、これ頌なり。これ大意の歌なり。

『玉伝深秘巻』ではこの部分が書かれる直前に「六義」の事について記されている。この部分を見ると、「古今」という二字に「十二の義」があるとして「古の六義」と「今の六義」に分けているのだが、その「古の六義」とした内容を、自古・空古・躰古・性古・親古・疎古として次のように書かれている。

第一自古は本有常住の古、本来不来不去にして自然の性徳なり。しかれば万法の改補なき所を自古といへり。第二空古は本来不生不滅の躰なれば一塵一法もはじめてこれをとらんとすれば有無の儀相を離れて五行五色等を自然に立るべし。ゆゑに空古といへり。第三に躰古とは空木国土山河大地等皆往昔常住の理躰なり。第四、性古、色にも見えず香にもきかれず。されども自然として三十一字の徳義をあらはして詠吟をなせば、もののあはれを知り、思ふこころざしをあらはすゆゑに性古といへり。第五、親古とは、万物において五七五の句の中に思ひとりつらぬるに、事として不知といふことなし。この故にて親古といへり。第六に疎古は実躰自性のかたまれるを離散して雑躰となせるゆへに疎古と云へり。

ここにも先の『伊勢物語』の注釈において、冷泉家流古注釈や、正徹、心敬、宗祇以後に現れてくる「不生不滅」の考え方を確認する事が出来るのである。

宗祇から三条西実枝までのどの時点で明確に「五大思想」が入ってきたかについては、今後更に検討していきたいが、少なくとも宮内庁本、三条西実隆『古今集聞書』（実隆本）における「ほのぼのと」歌の注釈に「此哥上品上生にて切紙ありと云々」と書かれた後に細字で、「経信卿ニ伝授ノ説ニホノボノハ伽羅藍也。アカシハ十月ニ五躰成スル也。朝霧ハ本覚真如ニヘダ、リタリ」とあり、既に天台本覚思想が入り込んでいる事が確認出来る。実隆は自らの歌集『雪玉集』の中で、先述したように「故郷のもとのさとり」として、「本覚の故郷」という「切紙の上口伝」の言葉を自らの歌の中にも取り込んでいるのである。

五

先の『伊勢物語』注釈の中で、冷泉家流を度外視すると、旧注の中でもっとも早い時期に正徹から「秘々」の中身

を伝授され、「五大」思想を注釈に取り込んだものと考えられる心敬の連歌論『ささめごと』には、芭蕉の「わびさび」にもつながるものと考えられる「さび、冷え」などという美意識が見られる。芭蕉は、貞門系の俳人として出発していて、貞徳周辺の人は明らかにこの『ささめごと』を用いて言及している事を潁原退蔵氏(21)に言及がある。そこから類推しても、芭蕉という人は、『ささめごと』を読み、意識していた可能性は高いのだが、今の所、芭蕉が『ささめごと』を確実に読んでいた証拠は、確認出来ない。しかし、芭蕉がその影響を顕著に受けた仏頂和尚の『仏頂禅師語録』の中には、先に見てきた『伊勢物語』注釈や、古今伝授中の「五大」思想と重なってくる思想が描かれている事は、先にも触れた通りである。

冒頭に掲げた『仏頂禅師語録』に描かれているのは、『伊勢物語』注釈や、古今伝授に描かれている「五大」思想を大変わかりやすくまとめたものであり、その内容は「空」を除いた「四大」とはなっているものの、内容については、「五大」思想と比して一切矛盾無く整合性を持っているものと言えよう。そして、その中心が「空」にある事も、それ以前の『伊勢物語』注釈や、古今伝授に顕れている「五大」思想と異ならない。つまり、心敬と芭蕉とでは「五大」思想に関して、共通の価値観を持っていた可能性が高い。少なくとも、芭蕉が仏頂和尚の影響を受けた後の芭蕉紀行文学には、少なからず同様の仏教的価値観を見いだす事が出来るのである。

『ささめごと』には、当然の事ながら、心敬自身の『伊勢物語』注釈と同様の仏教的価値観が表れている。以下に、それを確認していきたい。仏教的な言説の概念をわかりやすくする為に、引用には小学館の新編日本古典文学全集を用い、直後にその現代語訳を併記した。「空」については、以下のように書かれている。

三世に主なき万法也。ただ幻のうちの善悪の理のみぞ、不思議のうへの不思議なり。それも天然法爾のごとし。

（過去、現在、未来の三世にわたってだれのものでもない空が、万有一切の真理なのである。ただ、夢幻の仮象に現われる善悪の判断基準こそ摩訶不可思議なものである。それは天然自然、あるがままの姿のようなものである。）

この中では、「空」が「万有一切の真理」である事が語られている。「不生不滅」については以下のように記される。

我覚本不生　出過語言道　諸過得解脱　遠離於因縁　知空等虚空

（いっさいの事象は本来生滅のない本質的に不生の実在であることを悟り、言語の論理性を超越し、悟りを妨げる過誤からも解脱し、生起する因縁条件からも離脱できればはじめてわが空の身が絶対無に等しいことを悟る。）

この中で書かれている「因縁」ということも、これと関わって問題になってくる。あらゆる現象や物事は絶対的にそこに存在するものではなく、全ては関係性の上にのみ成立するという考え方は、次のように描かれている。

若能転物　即同如来

（もし、虚像であるあらゆる現象や物は因縁によってのみ生起することと知れば、真理を体得した如来に同じとも説く。）

知法常無性　仏種従縁起

（一切の真理は、それ自身実体のない無自性で、成仏する因は、条件環境によって起こるものであると。）

そして、それを知る事は、次のような「悟り」に到達するのだと書かれているのである。

心外有法　輪廻生死　一心覚知　即棄生死　一度見一心　永超越生死

（我々の心識の外に法、真理があると観ずれば、その迷妄のために生と死の世界に輪廻し、心と法が同一、真理即心識と覚悟すれば、生も死も超越して同一となり悟りが開けるといわれる。一度その一心の根源を究め尽くせば、永久に生と死から超越することができる。）

これは『唯識論』を唐代の学僧慈恩大師が解釈したものであることが次の『沙石集』(22)の言説により知られる。

唯識論に云はく、「未明真覚恒処夢中、故仏説為生死長夜」と云へり。慈恩大師は、「心外の法を有すれば、生死に輪廻す。一心を覚知すれば、生死永く棄つ」と釈し給へり。

『ささめごと』では、『伊勢物語』注釈や、古今伝授に書かれているだけでは理解し得なかった仏教的真理が、もう一つ深い部分まで論究されているものと考えられる。ここで描かれている事は、まさしく「本覚」（衆生に本来的に備わっている悟りの智慧）であり、先の『伊勢物語』で正徹により秘された「本覚の都」、古今伝授の切紙で常縁によって口伝化され宗祇に伝えられた「本覚の故郷」に他ならない。本覚思想は主に天台宗を中心として広まった思想と考えられ、天台本覚思想とも称されており、心敬以後の宗祇や宗牧の連歌論にも浸透している事は前述の木藤氏論文に詳しい。天台宗の僧侶であった心敬にとっては、冷泉家流古注にある「不生不滅」などの仏教的な解釈を取り入れる事や、天台本覚思想で『伊勢物語』を解釈する事に全く違和感がなかったに違いない。

このあたりの仏教的思想を、もう少し深く考えていく為に現代の仏教者の言説を参考にしたい。ベトナムからフランスに亡命した現代の仏教者ティク・ナット・ハンの『死もなく怖れもなく』（春秋社・平成二十三年）という書が、この事をわかりやすく解説している。

無我は仏教の用語で「空」というが、これは他から切り離され独立した自己がないことを意味する。私たちの存在は無我だが、だからといって、私がここに存在しないということではなく、何もないという意味ではない。……無常、無我、インタービーイングの本質を深く見つめていくと、私たちは究極の次元にある涅槃に触れることができる。

ティク・ナット・ハンは「因縁」をインタービーイングと表現している。「無我」、「無常」（五大循環とも置き換えられる）そしてインタービーイング（因縁）の本質を深く見つめていくと我々が本来「空」であるという「涅槃」（悟り）に触れる事が出来るのだと言っている事は、『ささめごと』で心敬が述べている事に極めて近い。「私」と思っているものは、実は関係性（インタービーイング）の中にしか存在しない。それは「無常」であり、常に流動的な「動的平衡」の中にあるものだ。そして、「私」というものを認識せずにいられ、「空」になりきった時にこそ、真の涅槃（悟

り）に触れる事が出来るものと考えられる。先に見た『伊勢物語』注釈において、契沖が旧注的理解から、あえて「常見」「断見」を峻別したのは、この「私」という意識そのものを切り離したものと捉えられる。道元の歌[23]に次のようなものがある。

春は花夏ほと、ぎす秋は月冬雪さえて冷しかりけり

道元は座禅により「自然に心身脱落」し「本来面目」が現前することを説いていた。（『普勧座禅儀』）。「本来面目」と題されるこの歌は、座禅により到達し得る境地を詠んでいるものと考えられる。アメリカの現代思想家ケン・ウィルバーの『存在することのシンプルな感覚』（春秋社・平成十七年）はこの歌の内容を引きながら、次のように記している。

道元禅師は祖師を引用して言う。私がはっきりと認識したのは、心とは山や川や、広大な土地、月、太陽、星以外のものではないということだ。まったく途方もないことである。全宇宙が、「私」となる。全宇宙は究極の「それ」となる。

先の道元歌の「本来面目」には、すべてが「私」であるという思想が描かれている。心敬は先の『ささめごと』の中で次のように述べている。

森羅万象即発身　是故我礼一切塵

（現象界のあらゆるもの一切は、即ち発身仏そのものである。だから自分は塵泥に等しいものでも仏として礼拝する。）

ここでは、森羅万象が「私」ではなく、「仏」なのだと言っている。これは、いわゆる汎神論（あらゆる所に神が偏在する）という事なのだろうが、秋月龍珉の『無門関を読む』（講談社学術文庫・平成十四年）には次のように書かれている。

「仏教は汎神論だ」と言った学者がいました。しかし、これは、有神論とか汎神論とかいうような、西洋哲学の概念で仏教を測る過ちに陥ったものです。……「自己の本性」（自性）に目覚めることが仏教の大事です。……それにはまず「無我」の境地に入ることです。それが「禅定」です。無我の禅定に入ると、不思議にすべてが自

己になるのです。……そこでは人（主体）と「境」（客体）が「物我一如」です。

仏教的には、まず「物我一如」（「我」と「物」が一緒）があるという事ではなく、「無我」の境地を獲得した後、全宇宙が私になるという事なのである。道元や、心敬が表現している事、森羅万象は「私」であり「仏」であるというのは、つまり「無我」を確立してから後の境地という事なのであろう。「無我」の境地に至ることが出来れば、「私」は「森羅万象」そのものであり、「仏」そのものであるということだと考える事が出来る。先の道元の歌に描かれる無我の境地、すなわち森羅万象そのものと同一化するという意識は、無我の境地を確立し、この転生を断ち切った後の悟りの状態という事であるものと考えられる。これこそが、先に述べられてきた衆生が本来的に備える智慧（本覚）そのものであり、人はやがてそこに戻る（「都」「故郷」と表現されている）という事なのであろう。

「五大」思想において語られる「不生不滅」という考え方も、この本質的な「悟り」の後に訪れる境地であるものと考えられる。前掲『死もなく怖れもなく』には「不生不滅」についても次のように表現している。

科学が実証しているように、「ここにある何か」が「無」になることも「無」が「有」になることもできない。物質は消滅することがないからだ。物質はエネルギーにエネルギーは物質に変わるが、消滅することはできない。……あなたの受胎の瞬間は、あなたの継続の瞬間であり、違うかたちで顕現する瞬間だ。このように見続けていけば、あるのは生と死ではなく、つねに永遠の変容だけだとわかるだろう。

ここでは、生まれるとか死ぬという事は存在するものが突然無くなったり、あるいは何も無いものが突然現れてくるという事はあり得ない事を言っている。材料となる何かは必ず既にあり、それが変化しただけなのである。これと関連して、ティク・ナット・ハンは「雲の変容」という文章も書いているが、その中で、雲はいつ死ぬのだろうかという命題を掲げている。すなわち、雲は雨になる時死ぬのだろうか、それとも、雨が川になる時死ぬのだろうか、川が海にたどりついた時に死ぬのだろうか、あるいは海が蒸発して雲になる時に死ぬのだろうかと。つまり、ここにある

のは「死」ではなく永遠の「変容」であり、「雲」もまた「人」と同じく、原子や分子の塊であるならば、「人」もまた「動的平衡」を保ちながら、永遠に「循環」し、瞬間瞬間に「変容」していくだけで、その実態は「不生不滅」なのである。

また、すべては「因縁条件」（インタービーイング）から生起するという事についても次のように語っている。

独立して存在できるものは、何もない。何かがここにあれば、それはそれ以外のすべてのものに依存してここにある。これをインタービーイングと呼ぶ。存在するとは相依相関（インタービー）することだ。……紙は太陽の光や森とインタービーしている。花も花自身では存在できず土壌や雨、雑草、昆虫たちとインタービーしなければならない。存在は虚構だ。あるのはインタービーというありようだけなのだ。

先に挙げた『ささめごと』に言う、一切の事象は本来「不生不滅」である事を悟り、生起する「因縁」条件（インタービーイング）からも、もし離れる事が出来れば、「空」の身の自分が「絶対無」に等しいという事を悟るとある事こそが、この仏教的な悟りの本質を描いているものと考えられるのである。

すなわち、『ささめごと』に論述されていて、現代の仏教に至るまで一貫して論じられている重要な仏教的死生観の片鱗が、『伊勢物語』注釈や古今伝授の中に秘伝思想として語り継がれているものと考えられるのである。そして、またそこで直感的に描かれていた仏教的死生観というものが、先述したように現代の科学（宇宙論や生物学）で裏付けられつつあるという事は大変興味深い事である。「五大」循環の思想、「不生不滅」の思想は、『伊勢物語正徹自署』に「秘々」とされ、正徹から心敬への聞書である宮内庁書陵部蔵『伊勢物語聞書』において「秘」された内容が心敬へと伝授され、それが少しだけ表現を変えて宗祇に伝わり、宗祇流を通して北村季吟にまで至り、契沖により、「常見」「断見」は「邪見也」と、より詳細に「私」意識を去る事に対して厳密に峻別された後、荷田春満により、歌学に仏教的解釈をする事自体が否定されるに至るのである。あるいは三条西実枝から幽斎への古今伝授の中にも見られ

ているものの、その後本居宣長の古今伝授そのものへの否定によって、この古代の叡智ともいうべき死生観そのものも注釈史の中から姿を消していくのである。

注

(1) 高木蒼梧『忘岳窓漫筆』東京文献センター・昭和四十五年
(2) 本文は日本古典文学大系・岩波書店・昭和三十二年に拠る。
(3) 以下の引用は、特に注記が無い限りは、以下の三書に拠っている。
片桐洋一編『伊勢物語古注釈書コレクション』和泉書院・平成十一年～二十三年
片桐洋一・山本登朗編『鉄心斎文庫　伊勢物語古注釈書叢刊』八木書店・昭和六十三年～平成十四年
片桐洋一・山本登朗編『伊勢物語古注釈書大成』笠間書院・平成十六年～
(4) 宮内庁書陵部の紙焼写真に拠る。
(5) 蓬左文庫の紙焼写真に拠る。
(6) 『奈良女子大学附属図書館蔵　伊勢物語関係写本　解題と翻刻』（伊勢物語の複合的研究プロジェクト・平成十二年）に拠る。
(7) 『楚辞』九歌第二、少司命「悲莫悲兮生別離　楽莫楽兮新相知」。
(8) 『連歌研究の展開』勉誠社・昭和六十年
(9) 山本登朗氏『伊勢物語論　文体・主題・享受』（笠間書院・平成二十三年）に京都大学蔵本『伊勢物語宗祇注』を根拠に、宗祇が常縁から古今伝授とともに伊勢物語伝授を授けられた事が記されている。
(10) 以下、近世和歌輪読会の宮内庁書陵部蔵『当流切紙二十四通』の輪読会での「ほのぼのと」歌に関する海野圭介氏の平成二十一年十二月二十二日の輪読資料を参照した。また、本文は、京都大学国語学国文学研究室編『古今切紙集　宮内庁書陵部蔵』（臨川書店・昭和五十八年）を使用した。
(11) 片桐洋一編『中世古今集注釈書解題　（三）』赤尾照文堂・昭和五十六年
(12) 国文学研究資料館マイクロデジタル画像データベースに拠る。当該書は『古今秘伝集』として出てくる。長谷川千尋氏も

東常縁の古今伝授について論じた「東常縁の歌学における常光院流の継承」（『中世近世和歌文芸論集』思文閣出版・平成二十年）において、この四〇九番歌を取り上げ、東家切紙には、この歌に関するものは見られず、常光院流に「ホノ〴〵ノ歌ノ事」の切紙があることを指摘している。

(13) 宮内庁書陵部蔵本。国文学研究資料館のマイクロデジタルデータベースに拠る。

(14) 『室町ごころ　中世文学資料集』（岡見正雄博士還暦記念刊行会編・角川書店・昭和五十三年）に片桐洋一氏の翻刻が載る。

(15) 北村季吟大人遺著刊行会編・昭和三十八年

(16) 片桐洋一氏編『中世古今集注釈書解題（二）』赤尾照文堂・昭和五十九年

(17) 片桐洋一氏編『中世古今集注釈書解題（四）』赤尾照文堂・昭和五十九年

(18) 片桐洋一氏編『中世古今集注釈書解題（五）』赤尾照文堂・昭和五十九年

(19) 片桐洋一氏編『中世古今集注釈書解題（五）』赤尾照文堂・昭和五十九年

(20) 片桐洋一氏編『中世古今集注釈書解題（五）』赤尾照文堂・昭和五十九年

(21) 『潁原退蔵著作集』（中央公論社・昭和五十五年）第十巻「心敬と芭蕉」に指摘がある。本稿の初出は『俳諧精神の探求』（秋田屋・昭和十九年・再版昭和二十二年）である。

(22) 新編日本古典文学全集に拠る。この部分の注には「原典未詳」とし、貞慶（一一五五〜一二一三）の『愚迷発心集』に「心外に法有りといはば、生死に輪廻す、歎くべし、悲しむべし。一心を覚知すれば、生死永く棄つ。信ぜずんばあるべからず」という言説を引いている。

(23) 引用歌は早稲田大学図書館蔵『傘松道詠集』（延享三年刊）に拠る。早稲田大学図書館ＷＩＮＥを利用した。版本『傘松道詠集』では「消えで」の部分が「さえて」になっているが、永平寺蔵の室町時代の古写本『建撕記』では「消えで」となっているので、恐らくそちらの本文が正しいのであろう。

〔付記〕

貴重な御蔵書を閲覧させていただいた鉄心斎文庫、石水博物館、蓬左文庫他諸機関に、末筆ながら心より御礼申し上げる。

『心敬十体和歌』における初句末「や」の機能について

押川かおり

一

心敬の『十体和歌』には初句末に助詞「や」を置く歌が少なからずあり、何らかの表現効果を期待したものと推測できる。また、それらはいくつかに分類でき、同じ初句末「や」でありながら、機能において違いが認められる。それぞれが先行歌の表現の摂取によって成り立ちながらも、それまでの和歌とは異なる独自の表現も認められ、和歌と連歌との表現の共有と相違といったことを考える上で、ひとつの契機となる可能性もある。

本注釈書に翻刻、加注した十体和歌は、長歌、反歌、「瀟湘八景」歌、異同歌を含め三三五首であり、そのうち初句に助詞「や」を置くものは二七首、約八％である。これは、八代集中最も多い『千載和歌集』が約三％であるのと比しても多いといえよう。

各体における分布は左のようになる。（ ）内は各体の歌数である。

有心体	四首	（七五首）	幽玄体	五首	（四五首）	面白体	一首	（三一首）
麗体	一首	（三三首）	長高体	七首	（五三首）	濃体	なし	（五首）
撫民体	一首	（二五首）	一節体	二首	（二五首）			

写古体　四首（二四首）　強力体　なし（二三首）　かへし歌　一首　瀟湘八景　一首（八首）

個々の歌数が少ないため安易に比較はできないものの、幽玄体、長高体、写古体の割合が高く、面白体、麗体、濃体、強力体が一首もしくは全くないというのは気になるところである。幽玄体、長高体、写古体はいずれも本歌、本説による場合が多く、趣深い叙景を描く、抒情的傾向が強いなど共通点がある。対して、面白体は展開の意外性、滑稽性に主眼があり、濃体は非常に視覚的、観察的で対象を微細に捉えるなど特色がある。言い換えれば、前者が伝統的な発想や主題を受け継ぐ傾向にあるのに対し、後者はより詠作時の直感、発想に拠るところがあり、言語遊戯的、あるいは即物的傾向があるといえる。もっとも、十体に分類された和歌を詳細にみると、厳密にはその体にそぐわないと思われる要素を含む歌もあり、前述のような特色はあくまで傾向としてしか指摘できない。ただ、一首の中の言葉遣いや構成は、詠作時の指向性といったものが反映しており、その結果として成った歌が分類されたとみれば、各体における分布の偏りはそれなりの意味を持つといえよう。

次に、二七首の歌を表現により分類し、以下それぞれについて考えていきたい。

二

『心敬十体和歌』の初句末「や」は、二種に大別できる。一つは「用言＋や」もしくは「用言＋助動詞＋や」のように、第一句が叙述的な機能を持つもの。他方は「体言＋や」という形である。まず前者についてみいていく。

a 11 なげかずやかくおとろふる世間にむかしながらの花のいろかな　（有心体・花）

57 しるらめやさ夜のむつごとあともなき枕の上のふるき世の月　（有心体・旧恋）

（歌の上部のローマ字は説明の都合でつけた区分。数字は歌番号である。）

いずれも、動詞あるいは動詞・助動詞に「や」を続けた初句切れで、二句以下に初句の対象となる具体的な情景が説明的に置かれる。こうしたかたちは『古今和歌集』からみえるものの、その動詞はかなり限定され、歌数にも偏りがみられる。試作的に詠まれ、特定の時代や歌人に限定された動詞もあれば、定型化するものもある。

右の二首についても、「なげかずや」は他に用例がみえないが、「しるらめや」は『伊勢集』の「しるらめや我が衣手は朝霧のおぼつかなくてふるにぬるとは」がもっとも早く、勅撰集では『金葉和歌集』から『新続古今和歌集』までみえ、安定して詠まれている。

「なげかずや」の「や」詠嘆である。嘆くのは「花」であり、「や」が一首の中の主体（詠作者主体）の存在を示している。二句以下が初句の感慨を催す対象となっており、初句と対置的関係がなりたっている。ただし、「かくおとろふる」「むかしながら」は主体の経験や判断によるものであり、さらに歌末に「かな」と詠嘆を繰り返すことで全体としては非常に主観的、詠嘆的な一首となっている。花の美しさを詠みながら、それと対比して世の移ろいを嘆く主体がいる。初句は詠作主体の存在を暗示するものしての機能を担っているといえよう。

「しるらめや」の「や」はいわゆる反語の係助詞であるが、やはり初句が詠作者の主観的判断を示しており、二句以下はその対象である。前の『伊勢集』の歌にもみられるように、この形の初句は広く詠まれており、第五句末に「とは」もしくは「を」「をば」と置くかたちで定型化している。この「や～とは」、「や～を（ば）」の型では、二句以下は初句の「しる」の内容であり、初句と二句以下は倒置の関係となり、初句の切れは弱い。さらに、詠作主体がある対象、歌を送る相手や、題に基づいて想定された架空の対象に対して問いかける形を取る。これに対し心敬の歌では、人ならぬ月の光を眺めて独りごちており、この初句における常套的な用法とは逆に、自己の内面へと意識が向かっている点に特徴がある。二句以下が「しる」の内容ではなく、「しる」の動作主体であるとともに、初句の感慨を引き起こす原因でもあることで、初句と二句以下とはくっきりとした対置関係となり、初句が明快に切れる。

右の二首は、詠嘆と反語という違いはあるものの、第二句以下に、前の『伊勢集』の歌のような暗黙裏に設定された歌の受け手としての人物ではなく、昔と変わらない自然を置くことで、移りゆくこの世にあって述懐する詠作主体の存在が享受者に印象づけられる効果がある。

b
148　わがためやかけひにうけてまつのはをこけの庵にはこぶ山みづ　（面白体・山家水）

これも、aのように動詞こそ含まないが、「わたしのため（に運ぶのであろう）か」と詠作主体の感慨を述べる。これ「や」は疑問の係助詞と解せるが、結びにあたる部分がなく、二句以下が叙景である点は先の二首に共通する。これら三首が題によって詠まれたとするならば、aの二首が本歌、本説などを引きつつ構成されているのに対し、148番歌は、「わがためや嵐の末の春の花ながれての世のうきをみすらむ」（草根集・第四・次第不同・落花）などの先行歌が発想の契機となったにしても、一首の叙景は日常的に目にした光景を思い起こしてのものと推測される。着想の意外性ゆえ結果的に面白体に部類されているが、aの二首同様、平安以来の「や〜とは」の形から離れ、独自の形をとる。

c
257　はかなしや心にまもる名もしらでなぎさのあまのひろふうつせは　（撫民体・釈教）

初句「はかなしや」は『人麿集』、『小町集』などにもみえ、用例は多い。「はかなしや」については、石川常彦氏が「「はかなしや」稿—新古今的初句切れ論のために—」（「武庫川国文」5号・昭和四十八年三月。『新古今的世界』和泉書院・昭和六十一年所収）で論じられている。石川氏は、「単一主情語＋詠嘆や」の形は、勅撰集では『金葉集』が最も多く以下減少し、『千載集』で再び増え、その『千載集』において、二句以下が情景を描きながら初句の主情と対応するという初句切れの構想が確立したとされ、その典型として同集所収の式子詠「はかなしや枕さだめぬうたた寝のほのかにかよふ夢の通路」をあげられている。さらに、「はかなしや風に漂う浪の上ににほの浮巣のさてもよぞふる」（正治初度百首・鳥・式子）がひとつの完成形であるとして、明確な初句切れとなっており、「はかなしや」が形態と心情の両方を表現しうることによって、二句以下のにほの浮巣の状態であるとともに、それによって比喩される生命全体

のはかなさ、さらに客体化された詠作者自身をもあらわすに至るが、これは無情を意味する「はかなしや」であったゆえに可能であったと結論づけられている。

心敬の257番歌は、五句末に「は」を置くため明快な初句切れとも、比喩的な表現ともなっていない。いわば『詞花集』以前の構成であり、初句で「はかなし」といわれる対象が二句以下に描かれている。釈教という題に拠るところも大きいであろうし、それ以上に、出家者である心敬の立場からすれば、こうした情景にであうたび抱いたであろう日常的な感慨であると推測される。「うつせ」という第五句に掛詞はみられるものの、非常に素直な、巧まない詠み振りとなり、結果的により古い形になったと考えられる。撫民体で唯一の初句末「や」ではあるが、表現のなじみ深さと心敬自身の感慨とが重なったところになった歌とみるべきで、唱導する者として海士の行動を眺めたという視点故に部類されたものとみるべきであろう。

以上aからcの四首の例は、二句以下が、初句の感慨に対し、その具体的な情景である点が共通する。ただし初句末「や」の機能は同一ではない。このことから、心敬の意識には初句末「や」で主観を述べるという形があり、状況に応じて自在に組み替えて詠んでいたと推測できる。そのようにみれば、先行例のない「なげかずや」も、「なげかずよ」という既存の表現を応用したとも考えられるが、むしろ初句末「や」の主観提示の型があって、「去年見しに色もかはらず咲にけり花こそものは思はざりけれ」（金葉集・巻九・雑上・兼方）を契機として容易に発想できたものと推測できる。

d　87　あき、てやうづみかへさんうらわかみ木のはのしたによはき山かぜ　（幽玄体・新樹）

184　春きてやわがもろこしにかへるらんかすみにたゆるみよしの、山　（長高体・山霞）

これらは、いずれも初句末の「や」が二句、三句末の推量表現に結びを置く二句切れ、三句切れの歌である。a～cが、初句に主観・感慨を提示したのに比し、dの二首は、初句から区切れまでが推測であり、間接的に主体の存在

を伝えるものの、抒情性は弱い。それぞれ二句、三句以下は推測の根拠となった眼前の風景であり、句切れを境に、予想と現実、将来と現在の対比となっている。

同様に、二句以下の区切れを伴う初句末の「や」は、『古今集』以下、「月やあらぬ春や昔の春ならぬ我が身ひとつはもとの身にして」（古今集・巻五・恋・業平）などの変形を生みつつ展開し、『後拾遺集』のころから、後にみるような体言に「や」がつづく形へと移行していく。

五句末を体言で止めることで上下が対置関係となる構成は、「きゆるをや都の人は惜しむらむけさ山里にはらふしら雪」（千載集・巻六・冬・清輔・雪）など平安末期から鎌倉初期に完成していく定型の影響がみてとれ、後半の展開に心敬独自の工夫は認められるものの、「や」の機能という点では伝統的な詠み振りといえる。

三

次に、十体和歌の初句末「や」の大半を占める、体言に接続する「や」について考える。

この形は、「しきしまや大和にはあらぬ唐衣ころもへずしてあふよしもがな」（古今集・巻一四・恋四・貫之）のように、枕詞という形では早くからみられる。『拾遺集』頃に「や」の前の名詞の種類や、被修飾語との関係が多様化し、その後『千載集』の頃から『新古今集』編纂期頃まで様々な試みがなされ、一定の成果が現れる。

この形のうち初句切れのものについては、石川常彦氏が、論考「初句末「や」の場合―新古今的初句切れ論のために―」（『国語国文』第43巻7号・昭和四十九年七月・前掲論集所収）において詳細に分析されている。石川氏は、新古今表現の特徴を構造的に捉えるうえで句切れに注目され、その中で体言に接続する詠嘆の初句末「や」に絞り、二句以下が「主情性を排除した叙景写景」でありつつ、初句との対立により一首全体として「情意表象」となる過程を明らかに

されている。今、心敬の「体言初句末や」を考える上で、少なからず関係があると思われるため、同氏の分類を紹介する。まず、「地名歌枕」として次の四つの分類を示している。

Ⅰ「さざなみや」など、いわゆる枕詞として第二句の属性を示す初句切れ。

Ⅱ「大原や～をしおの山」のように、初句の地名に第二句の地名が含まれる。

Ⅲ「神風や～五十鈴の川の」のように、枕詞に被枕詞の意味をも含め、第二句以下に初句に含まれる地名を置く。

Ⅳ「紀の国や～あまの伏屋の」のように、第二句以下に説明が置かれ、直接初句を受けないことにより、初句が地名枕詞から地名提示へと変質した。

Ⅰ、Ⅱはいわゆる枕詞であり八代集にも用例がみられるが、第二句の属性を示すⅠに対し、Ⅱでは初句と二句以下の対置性が強くなる。Ⅲは『拾遺集』の頃からみえ、初句と第二句とがともに具体的な事象を示すため、ⅠⅡに認められた第二句以下に対する緊縛性が弱まる。Ⅳは『拾遺集』の頃からみえ、新古今時代に安定する。初句の場面提示性が強まり初句切れを指向し、「三島江やしももまだひぬ芦の葉に角ぐむほどの春風ぞ吹く」（新古今集・巻一・春上・道光・水郷春望）のように、「初句歌枕・自然写景構造」としてひとつの到達点に至る。ただし、枕詞の性質上Ⅰから Ⅳいずれも十分な独立性を持つ初句切れに至らず、景物による情意表現を探求する新古今歌人たちによって捨象されていく。やがて、歌枕ではない「川上」「山陰」といった「空間的場所」を詠む試みが新古今当代歌人によって試みられるも、個々が試みた多様な表現は自然淘汰され、急激に衰退した。一方「榊葉や」「萩の葉や」といった「個物名」による初句切れでは、「さむしろや待つ夜の秋の風ふけて月をかたしく宇治の橋姫」（新古今集・巻四・秋上・定家・月）によって情意を伴って十分に切れた初句切れが完成された。これ以外に、「あけぼのや」、「ゆうざれや」といった時間の限定による類型構造も試みられたが、これは十分に発達することなく、その形だけが継承された。およそ以上のように、石川氏は論じられている。

既に一でみたように、心敬は既存の表現を摂取しつつ、自在に詠んでいるが、必ずしも新しい構成を追い求めるものではなかった。正徹の定家尊重の姿勢や、新古今的歌風と連歌との関係を考えれば、新古今歌人が試みた初句末「や」の形が心敬詠にみられてもよいのだが、実際には全てが『心敬十体和歌』内で確認できる訳ではない。ここでは右の石川氏の分類を念頭に置きつつみていくこととする。

e
77　橋立やまつをうら風明る夜の夢もつゞかずかすむ浪かな　（幽玄体・海辺霞）
119　はしだてや梢を遠きくもでにてうら風わたるまつの村立　（幽玄体・海辺松）
151　須磨のうらや心づくしに船出せしむかしも遠くかすむなみかな　（麗体・海辺霞）
199　難波江やあしづゝよりもあさ衣うすきゆふべは秋風ぞふく　（長高体・夏衣）
200　すみの江や月をつりかのふけ行ば袖こす浪のよるぞすゞしき　（長高体・江夏月）
212　田上やあしの丸ねのしたをびもこほりやむすぶあじろもる夜は　（長高体・網代）

これらは、いずれも歌枕によるものであるが、石川氏の分類によるⅠからⅢの形はみられず、いずれもⅣの形になっている。いわゆる、場面を提示する形である。このことから体言に接続する初句末「や」については、心敬は新古今時代以降の形態を摂取、踏襲しているといえる。

77番、119番はいずれも天橋立を初句に置き、その風景を二句以下で描く。橋立を詠んだ歌は多いものの、風景を描き第五句で「天橋立」と詠むものが主流であり、『万葉集』以下初句に置く場合は「橋立の」と第二句を修飾する形で詠まれる。初句末「や」を詠むものは『堀河百首』の「橋立やよさのうら浪よせてくる暁かけて千鳥なくなり」をはじめとして数首である。77番歌は、「明くる夜」「夢」「かすむ」と茫漠とした印象の語句を並べた後、五句末に「かな」と詠嘆を置くことで多分に主観的なものになっている。一首の焦点は二句以下の情景にあり、初句は、歌枕としての文学的な連想を惹起させるものでありながら、充分にそれを発揮して二句以下と対置することなく、初句切

れの機能も弱まり、「橋立では」と二句以下に対し補足的に情報を提示するものとなっている。このような構成の結果、題を冠しながらも実景に臨んでの詠作という印象を与えるのである。これに対し119番歌では、第五句の「松の村立」が二句以下の叙景を象徴的にまとめ、伝説を下敷きとして時空間的に広がりを含みつつも明確な輪郭をもって風景がたち現れる。このため初句は切れ、初句と二句以下とが対置する構造をとる。第三句末の「くもでにて」というやや屈折のある表現のため不十分ではあるものの、初句の持つ文学的な印象が、一首に奥行きを与えていく。

「須磨の浦や」は正徹に三首認められ、いずれも「須磨の浦や山路も雪の水馬屋漕ぎとどまらぬ鈴船の声」（宝徳元年十二月二日・兵部少将の家の月次・駅路雪）のように題詠により、須磨の浦の情景をやや即物的に詠んだものである。これに対し、151番歌では、「須の浦や―心づくしに」と続けることで『源氏物語』を引き寄せ、「むかしもとをくかすむ」と現実と物語世界、現在と過去との境界を曖昧に仕立てている。霞にけぶる風景を詠むことで題を満たしつつ、歌枕の持つ歴史的、物語世界を取り込んだ余情に富む叙景歌を意図したものであろうが、特に五句末に詠嘆を置くことによって抒情的に仕上がっている。77番歌と151番歌は題が同じであり、第五句も共通するが、当該歌の初句は、二句以下との関係から、場所の持つ伝承性が強く、それ故、より場所の提示としての機能が強い。

長高体の三首のうち、「難波江や」「すみの江や」の二首は、初句が場所の提示となり、二句以下と対置的関係になる初句切れである。情景は類似しており、いずれも夏の夜の風の涼しさを素材とする。ただし、前者は「よりも～うすき」と感覚的表現を含み、「秋風ぞふく」という第五句とあわせて風を感じている主体の存在が強く意識される。また、200番歌も「よるぞすずしき」という主観的表現で結ばれている。いずれも、新古今時代に探求された、石川氏のいわれる「主情性を排除した叙景写景」でありつつ、初句と第二句以下との対立により一首全体として「情意表象」する歌には至ってない。その原因のひとつとして、さきの主観、感覚的表現の影響以外に、個々の語が上下の言葉とつながることで幾重にも意味を含み、さらに縁語として間を隔てつつつながりを持つという、心敬の好む複雑な

構造が指摘できる。心敬の、ひとつの言葉の語義、あるいは音から連鎖的にイメージを膨らませていくという手法は、連歌創作の中で磨かれたものであろうが、こうしたいわば流動的な表現は、連想によって詠み継ぐ連歌においては有効であるが、情意を表象し得る程の明確な印象を持つ叙景を構成するには適さないであろう。

　こうした意味で、212番は、初句「田上」を二句以下が「こほり」「あじろ」といった景物で受け、「こほりやむすぶ」という疑問表現にかすかな主体の存在が感じられるものの、全体としてはほぼ叙景のみの構成となりえている。初句は切れ、二句以下に対して情意を喚起すべき場所の提示となっている。

　以上、歌枕に接続する初句末「や」は初句切れの形をとり、新古今時代にいったん到達をみた二句以下叙述の形を踏襲している。初句の切れが甘いものもあるが、初句が二句以下に対し場所を提示する可能性は含んでいる。

四

f

101　小山田やあかつきさむみなく鴫のはねかきくもり月は時雨て　（幽玄体・田鴫）

192　太山路や散しく花を咲立てこけのむしろをまくあらしかな　（長高体・山落花）

218　あらいそやおもひをつぎてとまひきしなをくちやらぬ袖の上露　（長高体・寄篷恋）

227　あし原や塩路はとをき八重山に舟木をながす雲のうきなみ　（長高体・杣木）

265　河岸や柳がうれもなびきもにむすもほれぬる五月雨の比　（一節体・五月雨）

266　山河や雲の袖ひつ五月雨にをちかた人のわたる瀬もなし　（一節体・山五月雨）

290　はま河やめなるゝ海士の友千鳥みなぎはゝしる声ぞのどけき　（写古体・浜千鳥）

297　うなばらやおきつ大舟山のはのかすみを見すて行もしられじ　（写古体・海路）

300　道のべ哉ふるき堤のさし柳誰が世にしめしさかひなるらん　（写古体・行路柳）

これらは、特定の歌枕ではなく石川氏のいわれる「空間的場所」にあたる初句である。このような一般名詞がある情意を提示するためには、その言葉に対する一定の了解が広く共有されていることが前提となる。和歌の場合それは、古歌や本説となり得る作品群の共通理解、あるいは長い時間の中で常套化した縁語関係によって生起される特定の情感の共有を以て成り立つこととなる。言い換えれば、先行作品が多ければそれだけ用いられる語句も増える可能性がある。しかし、枕詞に比して条件の固定が少ない分、よほど特徴的か、誰もが体験しうる場所でもなければ共通の了解は得られず、歌は説明的になるか、逆に限定的で難解なものとなることが予想される。こうしたことから実際には使用できる語句は限定され、試作的な詠歌では多様性がみられるものの、安定して詠まれるものは希である。また、一見、他の語への修飾性が弱まり初句切れが容易になるように思われるが、観念的な独立性が乏しいため、二句以下の叙述を待たなければなぜその場所かという必然性に欠ける場合もある。

ただ、こうした試みは、時として二句以下の語との対置関係によって強い情意性を含みつつ、初句が標題の提示といった新たな機能を持ち得る可能性を含んでいる。

265「河岸や」290「はま河や」300「道のべ哉」は単独語彙としては用いられるものの、初句で一定以上の情感を生起させることは期待できず、その結果用例も限られている。「河岸」は「五月雨」という題に対し、「柳―なびきも」を素材とするための場所の提示の域を出ず、「はま河」もまた、題の「浜千鳥」を満たしつつ、「めなるる」「のどけき」といったのどやかさを提供する素材であり、ともに二句以下に対して従属的である。「道のべ哉」は二句以下の叙景を概括的に設定提示したもので、下句に対して従属的ではないものの、「や〜らむ」の形を取り初句の独立性は弱い。297番「うなばらや」も同様で、二句の「おきつ大舟」との類似性によって初句切れは弱く、観念もしくは情意の提示には至らない。266「山河や」も山の谷川という限定的で特徴的な状況であり、二句以下についても出家者など山住の

ものでなければ滅多に遭遇しない状況であり、情意を想起させるには致らない。

一方、101「小山田」192「太山路」218「あらいそ」227「あし原」は語句として、古くからよく詠まれるものであり、それぞれ人里からはずれ、人もいないといった共通する要素を持ち、寂寥感を含んだ場所というイメージが確立している。特に、太山路をのぞいた三語は視界がひらけ、寂寞たる印象を生起させる。このため、初句によってある程度寂寥感を催す情景が描かれることが期待され、二句以下にそうした情景が描かれれば、一首は余情に富んだ世界を形成することとなる。しかし、いずれも二句以下が既にみた心敬好みの複雑な表現であったり、特異な情景であることによって充分に機能していない。

101「小山田や」は、三句までは「暁の鴫の羽がき百はがき君がこぬ夜は我ぞかずくる」といった先行歌の世界を含みつつ、初句の持つ寂しさによく響きひとつの情景をつくっている。しかし、「はねかき」「かきくもり」の掛詞、「かきくもり月は時雨て」という語彙の転倒、さらに「月は時雨れて」と後に何らかの叙述が続くことを期待させながら、それに充分答えうる内容がくみ取りがたいこと、鳴く鴫と月との関係の薄さといったことが、情景の再生を困難にし、充分に情意を喚起し得ない。小山田、暁、寒さ、鴫（の羽がき）、（冬の）月、時雨といった情意を伴う歌語を並べながら、一首としての世界が立ち現れがたいのは、情報の多さと混乱によるものと考えられる。同様の指摘は218番歌についてもいえよう。

192「太山路」の歌は同じ初句、二句を持つ「深山路や散り敷く花を踏まじとて松の下行く谷の岩橋」（秋篠月清集・上・花の歌の中に春の心を・良経）と比較すると、良経歌が情景、松の下を行く人物の心情ともに容易に理解でき、さらに寂しく静かな深山で花を避けて歩く情景にそこはかとないはかなさと優しさとを感じさせるのに対し、心敬の歌では下句の難解さが状況の理解さえ困難にしている。このため初句は、一定の状況を提示していながら情意を喚起するには到らないのである。

227「あし原や」では、二句以下に「塩路」、「八重山」、「雲のうきなみ」と次々と情景をあげ、そのいずれもが空間的広がりを持ち、かつ方向性が異なるため一つの情景としてもはや成立しない。

これら非歌枕の場所による初句末「や」は、いずれも詠嘆用法であり、本来明確な初句切れとなることで状況とともに標題的機能をも期待できるものであった。ただし、それは二句以下の叙景の鮮明さを以て成立し、第二句以下が初句と対置的に情景を構成することで情意をも生起するのである。心敬の歌では、第三句から第四句への移り、あるいは下句全体の難解さによって二句以下の叙景が鮮明さを欠き、そのため初句の機能は充分に発揮されなかった。ただ、いずれの歌も一つ一つの掛詞や縁語を解きほぐすか、下句だけをみれば内容は了解される。ここから以下のような推測ができる。

一つは、これらの場所が枕詞のような拘束性を持たないため、様々な素材との組み合わせが可能であり、これによって心敬は二句以下に多様な構成を用いた。その場合、連歌の研鑽の中で培われた、言葉から言葉あるいは事柄を連想するという、いわば習性のようなものが、掛詞を媒介とした展開の飛躍や情報過多を引き起こし、情景の再生を困難にした。

二つ目は、同じ初句であっても、新古今時代の歌人や、彼らの方法論を踏襲した他の歌人たちの歌が容易に理解されるのは、常套化した観念的な表現をふまえているからであり、心敬は、おそらく実体験に基づきつつ自在に発想をしたがためにその枠から外れ、余情をたたえた歌を意図しつつも完成に至らなかったのではないか。あるいは、余情を詠むことを優先していなかったのではないかということである。

五

g
26　なき玉やふりにし宿にかへるらんはなたちばなに夕風ぞふく　（有心体・故郷橘）
46　あきの色や物おもふ宿にのこるらんわが袖したふ木がらしのかぜ　（有心体・暮秋風）
116　長月やいひしばかりに秋ふけて袖のしぐれにあり明のかげ　（幽玄体・寄雨恋）
325　七草やことのはぐさに春をつむ千とせぞ遠き武蔵野のはら　（かへし歌）
326　竹のはやわがうれへにも色かへんむなしき跡の雨をきく夜は　（瀟湘夜雨）

右の五首は、いずれも場所でさえない一般名詞を初句に置くものであり、非歌枕の地名以上に情報は散漫化、希薄化する可能性が容易に想像される。

26「なき玉や」46「あきの色や」はいずれも第三句末の「らん」を結びとする係助詞である。二首は非常によく似た構成で、ともに上句で「なき玉」「あきの色」といった目に見えないものの存在を「かへる」「のこる」と擬人的に提示し、下句ではそのような想念の生じた原因として叙景の風が示される。上下句の対応関係は明確で、先のf群にみられたような難解さはない。「なき玉」はふりにし宿、橘（の香）、夕風といった常套的に詠まれる語句とともに、経過した時間や亡き人を偲ぶ主体の存在を暗示する。「あきの色や」は初句自体、見えない秋を「色」とする目を引く用言を含みつつも、物思う宿、木枯らしの風といった情意的な語句と響きあって、暮れゆく秋の寂しさをよくあらわしている。

326「竹のはや」は三句末に結びを置く係助詞で、上下句で倒置となる。上句で竹を擬人的に扱いつつ憂える詠歌主体の心と対比させ、下句は上句の煩悶の行われる時間と状況、さらにその遠因を示す。「うれへ」「むなしき」といっ

た心情表現によって、一首の情感は成り立っており、初句によるものではない。325「七草や」116「長月や」の二首は、新古今時代に試みられた時間を伴う初句末「や」の流れを受け継ぐものである。ただし、二首は本歌の存在を待って理解されるもので、初句の切れも弱く主題の提示としても充分に機能していない。

以上のように、g群は、「一般名詞＋や」の形により、二句以下との関係によって情意を喚起することが期待されるものの、初句切れとしての機能が充分に発揮されず、新たな発展はみえない。

六

『心敬十体和歌』に見える初句末「や」は、疑問、反語、詠嘆に大別でき、このうち体言に接続する初句末「や」は、八代集特に新古今時代に試みられた形を享受しつつ詠まれている。それらは、新たな発展には至らなかったものの、心敬が先行する作品から、主題や語彙だけではなく一首の仕立てや構成も取り入れ、定式化したそれらを用いて自在に言葉の組み替えを行っていた様子が確認できた。

また、句切れを挟んで飛躍的な展開がみられること、伝統的な和歌ではみられないような、複雑で入り組んだ語彙動詞のつながりや語義の多重性は、連歌師である心敬であればこその表現であると考えられる。言い換えれば、心敬の和歌は連歌的発想を取り込んだ、語彙相互の連想によって成り立つものであり、このため新古今的な表現を指向しながらも、新古今歌人たちが目指した、仕立てとしては叙景歌でありながら抒情をたたえる歌を充分に詠み得なかったものと推測される。

ただ、歌枕を初句に置く初句末「や」の歌では、そのものが持つ伝承・物語世界、それに伴う情意をも含む場所の

定示の可能性も見えた。更に心敬が「一般名詞＋や」で多様な素材を扱うことにより、初句末「や」による一首（一句）の場面の提示、それによる情意の喚呼といった、初句機能の可能性が示されたといえよう。

参考文献

石川常彦「「はかなしや」稿―新古今的初句切れ論のために―」（「武庫川国文」5号・昭和四十八年三月。『新古今的世界』和泉書院・昭和六十一年所収）
石川常彦「初句末「や」の場合―新古今的初句切れ論のために―」（「国語国文」第42巻8号・昭和四十八年八月・同右書所収）

不肖の弟子
——正徹と心敬続貂——

竹島一希

一　はじめに

室町和歌を代表する歌人である正徹（永徳元〈一三八一〉年～長禄三〈一四五九〉年）と、その門弟であった心敬（応永三〈一四〇六〉年～文明七〈一四七五〉年）との関係については、これまでも度々論じられてきた。中でも、稲田利徳「正徹と心敬」、「『心敬僧都百首』の世界―正徹遠忌和歌をめぐって―」(1)は、心敬の作品を読み解き、説得力に富む論を展開する。従来の研究で明らかにされた事柄を簡単にまとめておきたい。

「清岩（正徹）和尚に三十年は日夜のことに侍しかども」（ひとりごと）、「三十とせの庭訓」（所々返答・第一状）という述懐を基にすれば、永享元（一四二九）年あたりに、心敬は正徹の門弟となったらしい。正徹と心敬とを引き会わせたのは、能登畠山氏の畠山義忠（法名賢良。未詳～一四六三年）ではなかったか(2)。正徹が東福寺時代に住した塔頭栗棘庵は、能登国志津良庄（石川県輪島市）を庵領とし、能登畠山氏は栗棘庵の大檀那であった(3)。義忠は『草根集』に最も頻繁に登場する武家歌人である。一方、紀伊国田井庄（和歌山県和歌山市）出身の心敬は(4)、「畠山寺」（名数語彙）とも称された十住心院に住した(5)。正徹と心敬（心恵）とがともに姿を見せる最初の史料である『尭孝法印日記』文安三（一四四

六）年一月二十日の歌会は義忠主催、同二十三日の一色教親主催歌会にも義忠の参加が見える。また、ほぼ同時期には、義忠が正徹、心敬、尭孝らを率いた高野山行も行われた。

正徹の死に関して、「今は清き岩（清岩＝正徹）ほよりうち出でし光も消え侍れば、この道又かき暮れぬるこそ悲しけれ」（ささめごと〈尊経閣本〉）、「まことに十方常暗冥」（ひとりごと）、「うらめしき五月のけふの別かな世はとこやみの敷島の道」（正徹十三回忌追善百首・二〇）等、心敬は痛切な歎きを表明する。これは、正徹が心敬にとって絶対的な存在であったことによる。その一方で、「ことの葉はつゐに色なきわが身哉むかしはまま子いまはみなし子」と詠み（所々返答・第一状）、正徹の在世中は「まま子」として扱われ、その死後は「みなし子」となったと自認していた。実際、心敬の「夕ざれは嵐をふくみ月をはく秋の高ねの松さむくして」（十体和歌・315・月前風）は、「かやうの事こそ道の零落よ」と慨嘆される（東野州聞書）[6]ほど、正徹の心敬評は低いものであった。正徹は心敬を一介の法体歌人としか見ておらず、直弟子の扱いをしていなかったと推測される。つまり、両者の関係は、心敬の一方的な絶対視から成り立っており、そこに正徹に評価されないことへの不満の原因も存しているのである。

正徹と心敬に関する従来の研究は、美意識や作風と言った巨視的、抽象的な観点、或いは個々の語に注目する極微的な視点で、両者の関係を論じたものが殆どである。心敬の和歌は、これまで具体的な研究対象となったことはなかった。だが、『心敬十体和歌』（以下、『十体和歌』と称する）には、正徹詠の本質的な影響が明らかに見て取れる。本稿はその諸相を分析し、影響を具体的に跡付けたい。その上で、正徹と心敬との関係を再検討することを目標とする。

分析対象とする『十体和歌』は、心敬の『老のくりごと』の「えもしらぬ、すぢごともなき十の姿」との関連により、『老のくりごと』と『十体和歌』とが一つである『苔筵』〈神宮本〉所収本が本来のものであったと考えられている。心敬が自作を十の歌体に分かち、歌道修行の参考として供したのである。神宮本では総歌数は三三三首である。

末尾に長歌一首とその反歌一首、瀟湘八景歌八首が付されるが、本稿は題詠歌を対象としたいので、これら十首を除外する。さらに、松平本には、神宮本に見られない和歌が二首見え、それを加えて都合三二五首の題詠歌を論の対象とする。(7)

以下、『十体和歌』の和歌や歌題を詳細に吟味してゆくが、分析は『新編国歌大観』、『新編私家集大成』に基づいたものである。この二叢書に入っていない膨大な和歌が存在していた／いることは言を俟たない。二叢書に現れる用例のみを基に、先行用例や用例数に言及することは、厳密には確実性に欠けた論証である。だが、その問題は脇に置き、現段階で調べられることを論じていきたい。

二　歌題

最初に、『十体和歌』の歌題に注目したい。歌題には、『堀河百首』題である1「立春」、『永久百首』題である7「春曙」といった、著名な組題百首題が用いられる一方、心敬以前に殆ど用例を見出すことのできない歌題も多い。『十体和歌』に先行する用例が二十に満たない歌題を一覧にすれば、別表（六九一頁）のようになる。

先行用例では特に正徹に注目して、正徹以前の用例数と正徹における用例数とを区別した。例えば、19「花形見」は、鎌倉期の『亀山殿七百首』に初出し、心敬以前には十首の用例を見る。そのうち、正徹以前に五首、正徹関連の詠草に五首が見出せる。付記の欄には、正徹の師である冷泉為尹（一三六一年～一四一七年）の唯一まとまった歌群である『為尹千首』（一四一五年）と、正徹の愛弟子であった正広（一四一二年～一四九三年）の『松下集』とにおける出現状況を記した。

『十体和歌』の題詠歌三二五首の歌題から、内部の重複を除けば、二八五の歌題が残る。そのうち、先行用例二十

首以下のものは一六六種を数える。割合にすれば五八・二%、約六割にのぼる。(8) この数値は、心敬が新規の歌題に果敢に挑戦していたことを示すものと考えてよい。

また、22「葵露」等の二九の歌題が、『十体和歌』で新出する歌題である。二八五のうち、実に一割が新出歌題によって占められている。これら新題も、やはり心敬の積極的な新題開拓によって案出されたものであろう。詳しく見ると、22「葵露」では、「葵」(『堀河百首』題)と「露」(同)とを結び、特に「葵の上の露」を詠ませようとする。また、27「軒蛍」は「蛍」(『堀河百首』題)が飛ぶ場所を「軒」に指定し、60「夕雲」は雲の、特に夕時分の様子に限定する。新題は、一般的な歌題を組み合わせたり、またそれらを特定の場所や時間の中におくことで、より細かい状況を詠ませようとしている。この傾向は、新題に限らず、別表全体、ひいては中世和歌全体に当てはまることではあるが、改めて指摘しておきたい。

さらに、先行用例二十首以下の一六六の歌題のうち、一一三の歌題が既に正徹によって試みられている。六八・〇%、約七割である。また、正徹に初出用例が見える歌題は三六、二一・七%を数える。現在の『草根集』は一万一千首強という膨大な和歌を収める家集であるから、『十体和歌』の歌題と共通してもさほど不自然ではないが、この数値はやはり高い値を示していよう。

また、71・72「行路市」は総数一八のうち正徹詠が一四を占め、別表には載せていないが、ほかに215「立名恋」は総数二五のうち正徹詠が一八を、321「独述懐」は総数二一のうち正徹詠が一四を占めている。これら、総数の半数以上を正徹詠の用例が占める歌題は、それが正徹周辺で好んで出題されたことを示唆する。『十体和歌』に見られる正徹好みの歌題は、心敬の歌題選択が正徹の強い影響下にあったことを推測させる。

正徹は、永享四(一四三二)年四月二日頃、二十歳ごろより詠じてきた二万六、七千首を収めた手控え三十余帖を全て焼失した(草根集・巻二・一七三四詞書)。その後も文安五(一四四八)年四月十八日(康富記・同日条)、長禄元(一

四五七）年三月二十五日（草根集・巻十三・九七三四詞書）の最低二度草庵が類焼したが、[9] その度に詠草類を焼失したことだろう。それでも正徹は生前から詠草を書き溜めており、文明四（一四七二）年夏までには、正広は現在の日次本系に近似した『草根集』を編纂し終えた。[10] だが、この文明四年には、心敬は応仁元（一四六七）年六月初旬以来の関東下向の最中であり、[11] 心敬が現在見る『草根集』を持っていなかったのは確かである。[12] 但し、『草根集』に付された一条兼良の序文から、『草根集』の命名が正徹によるものであり、正徹の生前に原『草根集』が出来上がっていたかと推測される（稲田氏）。この原『草根集』や未定稿、習作のような正徹詠草を書写することも、心敬にとっては容易であったに違いない。心敬が現在の『草根集』に収録されていない正徹詠を手控えに記していた可能性は高いが、例えば次の和歌には『草根集』未収録の正徹詠の影響が看取できる。

草庵雨

285 **おき出てわがもりすつる夜はもうし雨をあるじの草のかりいほ**《一節体》

歌題の「草庵雨」は、『為家集』に初出し正徹以前に六例しかなかったが、正徹は九首を詠じ、その好みを示している。「蘭省花時錦帳下、廬山雨夜草庵中（蘭省の花の時の錦帳の下、廬山の雨の夜の草庵の中）」（和漢朗詠集・下・山家・五五五・白居易）を背景とした孤独な隠者という主題は、いかにも中世らしい歌題である。285は、夜中に草庵を「おき出て」庵を「もりす《守り捨》」てたところ、外で降っている雨が私に代わって庵主となったという歌意である。何故雨の降る深夜に草庵を出なければならなかったのか、その理由は明確に示されていない。

そこで、正徹詠を検すれば、「立出て雨やどりせん草の庵もらぬ所も嵐ふくなり」（月草・一〇四・草庵雨）を見出すことができる。この歌で草庵を「立出て雨やどり」をするのは、雨が「もらぬ所も嵐」が吹くような粗末な草庵であるからである。草庵が雨をしのぐ役を果たさないのである。「雨やどり」のために雨のただ中に出て行くという諧謔味のある上句は、この一首の眼目である。この正徹詠を下に敷けば、285も雨漏りが酷い草庵であるからこそ起きて

「もりす」て、改めて「立出て雨やどり」をするための場所を探さなければならなかったと解釈できるのである。

285の下敷きとなった正徹詠は『草根集』に収められず、永享六（一四三四）年頃から正徹死没の直前までの詠作を断片的に収めた『月草』にのみ見えるものである。(13) 偶々参照すべき正徹詠が『月草』に残されていたから、285をより正しく解釈することができたが、今では見ることのできない正徹詠も心敬の手控えに書き留められていた可能性が高い。そうであれば、『十体和歌』に新出する二九の歌題も、正徹が既に試みていたのではないか。

正徹詠と『十体和歌』との歌題の重なりについて、心敬と正徹がある歌会に同座して、同一歌題で詠じたという事情は考えにくい。当時の歌会は詠むべき歌題が籤引きで決まる探題形式のものが常であり、しかも定数歌を想定して歌題を割り振る続歌形式であれば、一座する歌人が同じ歌題で詠じる可能性はさらに限られる。先掲285や後掲する『十体和歌』の例から考えれば、ある歌題で詠じた正徹詠を受けて、後に心敬が同歌題で詠じたと考える方が自然である。

招月庵における歌会では正徹の出題が専らであるし、また、修練を目的として、心敬が正徹に給題されたこともあったであろう。(14) 正徹の出題による歌題を心敬が詠じる機会は、数多く想定できる。このとき、手控えを繰り、特に同歌題の正徹詠を参考にして、心敬は作歌したのではなかったか。類題本系『草根集』が、同歌題、同素材で詠まれた正徹詠を参照することを容易にしたであろうということは、既に指摘されている。(15) 心敬の手控えにも同様のことが言えよう。

東常縁は次のような逸話を伝える。

一、宝徳三（一四五一）年冬の比か、招月（正徹）の出題に「和レ詞恋」といふ有。法印（堯孝）の被レ申候は、「古不レ見二此題一。若自作歟」と有。古へは新題を出す事、其仁有由、八雲御抄にも見えたり。如何。近年此類多し。能々可レ存事なり。

（東野州聞書）

正徹は、ある歌会で「和詞恋」題を出した。尭孝は「古不㆑見㆓此題㆒」と指摘するが、確かに「和詞恋」題は、『草根集』の「あらかりし千草の風は声過て言葉なびく露ぞ身にしむ」（巻十・七三六九・享徳元年二月十四日・明栄寺の月次に）と「かく計ぬるよなき身にぬき川の瀬々のやはらた末やたのまん」（巻十四・一〇一七二・長禄二年一月八日・日下部敏景興行にて月次ありしに・詞和恋当座。類題本歌題「和詞恋」）の二首しか見えない。[16]「和詞恋」という新規出題をした正徹を、尭孝は『八雲御抄』を基に批判している。正徹が新規出題をしても良い「其仁」ではないというのである。[17]正徹が出題の故実を把握していたかどうかはさておき、正徹は「自作」の新題をそのような場でも積極的に出題していたのである。正徹周辺における新題開拓の様子を窺うことができよう。

三　正徹詠

『十体和歌』に対する正徹詠の影響は、歌題の選択のみに留まらない。211「山冬月／太山風木葉ふきまくこゑたえてこけのむしろに月ぞふけ行」《長高体》の「太山風」は、深山に吹く風の意で、その限りでは問題はない。だが、類例を探せば、正徹が最初に詠んでおり、しかも和歌に詠まれた十六例のうち、実に十四例を正徹、正広、心敬の三名が占めている。[18]「深山に吹く風」、「深山の風」を切り詰めた「深山風」は、正徹色の非常に強い正徹語なのである。

また、269「夏池／まこも草すゑばばかりをかるの池のみなぎはたかき五月雨の比」《一節体》の「みなぎは《（水際）》」は、「布奈芸保布《フナギホフ》　保利江乃可波乃《ホリエノカハノ》　美奈伎波尓《ミナキハニ》　伎為都都奈久波《キヰツツナクハ》　美夜故杼里香蒙《ミヤコドリカモ》（万葉集・巻二十・四四六二・大伴家持）と『万葉集』に古く見える語であるが、これも正徹に再発見された歌語であると言ってよい（正徹以前に二例、正徹に五例、心敬に三例）。

正徹詠との語彙の共通性は、正徹と心敬の和歌基盤が等しかったことを意味するが、共通するのは語彙のみではない。

初秋

90　秋よいま誰《たが》きぬ〴〵のかへさよりあかつき露にぬれてきぬらん《幽玄体》

第二句の「誰きぬ〴〵」は、「誰の後朝」の意で、定家の「思ひ出でよ誰が後朝の暁も我がまた忍ぶ月ぞ見ゆらん」（新後撰集・恋四・一〇六六、拾遺愚草）に端を発する表現である。この歌より、「誰きぬ〴〵」と「あかつき」を摂取したことは明白である。90の歌意は、誰の後朝の帰り道を通って、男の流す涙と暁に置く露に濡れながら、秋が今やってきたのだろうか、というもので、恋の風情を漂わせながら、秋を擬人化して表現する点に特色がある。

一方、正徹には「いくさとの暁露にたちぬれて朝戸あけよと秋のきぬらん」（草根集・巻五〈次第不同〉・三八九九・早秋暁露）という非常によく似た趣向の和歌がある。この正徹詠でも、「暁露」に濡れた秋が擬人的に詠まれているし、歌末の「きぬらん」も一致する。

抑も、「あかつき露（暁露）」は、「比日之《コノコロノ》　暁　露丹《アカツキツユニ》　吾屋前之《ワガヤドノ》　芽子乃下葉者《ハギノシタバハ》　色付尓家里《イロツキニケリ》」（万葉集・巻十・二一八二・読人不知）と詠まれる万葉語である。これは正徹詠では「早秋暁露」題を満たすために選ばれた語であるが、90ではそのような必然性に欠ける。『礼記』月令に「孟秋之月、涼風至、白露降（孟秋の月、涼風至る、白露降る）」とあるように、秋が露とともに訪れることは確かであるが、殊更「あかつき露」である必要はない。

この疑問は、90が正徹詠を参照した和歌であると考えることで解決しよう。すなわち、心敬は、「初秋」題を得て、類似題の「早秋暁露」で詠まれた正徹詠に注目した。そのとき、趣向の根幹を正徹詠に学んだが、正徹の「暁露にたちぬれて朝戸あけよ」がいかにも恋の風情であることに気付いた。そこで、後朝の別れを詠む定家の「誰が後朝の暁」を思い起こし、そこを取り入れた。心敬は、正徹詠に定家詠を合わせて一首を詠じたと考えられる。

稲田氏は、膨大な正徹詠を理解するために、類想歌という観点を発案された。(19)「同類を詠まじ」（正徹物語）を理念として、常に新しい趣向、表現を志向した正徹ではあるが、歌数が多ければ、それだけ歌同士の差異が微細なものになってしまうことは免れない。類想歌とは、正徹詠内部における「類似した措辞や同じような発想」の和歌である。私見では、類想歌は正徹詠の内部にのみ見出されるものではなく、心敬、また正広にも拡張すべき概念である。招月庵の主要歌人として、心敬や正広は正徹から懸命に学んだのであろう。

とはいえ、正徹詠の内部における類想歌と、正徹詠に見られる心敬詠の類想歌とを一括りにすべきではない。心敬はあくまでも独立した歌人であり、本来は正徹詠の類想歌を作ることは望ましくないからである。そこで、心敬詠に強い影響を与えた正徹詠を類想歌と呼ばず、脇本歌と名付けよう。(20)この時代になると、本歌取りの対象となる和歌は『新古今集』まで（その後、『続後撰集』まで）となり、(21)徐々にその対象が拡大する傾向にある。だが、正徹のようなほぼ同時代の歌人の和歌を取ることは認められていないはずである。脇本歌を引き続き指摘してみよう。

鶯告春

120 **雪はみなこゑよりとけて鶯の色に草木もなれる春かな《面白体》**

うぐひすをば青鳥とつかひて青き色なれば、如此申侍り。（岩橋下・一一八）

この歌の眼目は、「鶯の色に草木もなれる」にある。春は「青陽」とも呼ばれるが（爾雅・釈天）、若草が生い出で樹木が芽吹けば、現実的にも山野は一様に「青き色」になる。その色を「鶯の色」と表現するのは、同じく青色であるということと、「うぐひすをば青鳥と」いうことに拠る。

本来、「青鳥」とは西王母に仕えた仙鳥を指す。歌学書に「王母きたらむとするとき、まづ青き鳥つかひにきたる。これによせて、使をば青鳥といふ也」（奥義抄）、また『韻府群玉』巻十一にも「青鳥〔七月七日、忽有――飛集殿前。東方朔曰、此西王母欲来有頃。王母至二――夾侍王母傍。漢武故事〕」とある。この使者としての青鳥に現実の鶯を

宛てたのは、鶯が「青」色であるからである。(22)鶯は春告鳥の異名を持ち、「鶯告春（歌題）—春告鳥—鶯—青鳥—春の使者」というように、鶯に使者の意を託すのは理に適っている。

このような発想は、「春の来る使ひのためや鶯の青き色にはなり始めけん」（正治初度百首・一一〇六・藤原俊成、夫木抄）に早く見え、俊成も、鶯が春告鳥であり、青色である点を以て、鶯を青鳥と詠じている。その後は、それを踏まえた「知らで聞く人もやあらん鶯の春に先立つ青き鳥とは」（正治後度百首・八〇五・宮内卿・鶯）の他は、僅かに次の正徹詠二首を見出すばかりである。「春の色に鶯あをき鳥や来て枝にかくらむ梅の花がさ」（草根集・巻七・五四二九・宝徳元年一月二十日・恩徳院といふ寺に人々よりあひて、月次せしに・梅花告春）、「こゑすなり鶯あをき鳥とてや春のつかひに山ぢこえきて」（草根集・巻十一・八四三五・享徳三年二月二十九日・清水平等坊円秀月次に・山鶯告春）。

この二首の正徹詠には、鶯を青鳥とする発想がはっきりと看取できる。しかも、両者の歌題は「梅花告春」、「山鶯告春」であり、120の「鶯告春」と非常に近い。心敬は、「鶯告春」題を詠むにあたり、正徹詠の中からそれに近い歌題を探し出し、この二首を脇本歌として用いたと考えられる。

河上月

132　**木の間もる月に川音さよふけて舟に人なき宇治の山もと**《面白体》

この歌の第三句は、同時代の批判を受けるような表現であった。(23)

蓮海心敬のうたに、舟に人なしと読たるは、連歌詞也。同事ながら、招月の歌に、人もわたらぬせたの長橋とあそばしたるは、歌詞也。（時秀卿聞書）

132の「舟に人なき」は、文字通り「舟には人がいない」意であり、問題のある表現には見えない。だが、西洞院時秀（後、時当）は、正徹の「人もわたらぬせたの長橋」(24)の「歌詞」に比べて、それが「連歌詞」であると非難を加えている。正徹がゆったりと詠じていることから判断すれば、「連歌詞」とは連歌らしい切り詰めた言い方を指すと考

えられる。確かに、「……に人なし」の形は、和歌では「道のべや夕の風の声す也市に人なき塵はくもりて」（草根集・巻九・七〇三九・宝徳三年七月二十一日・常楽寺の月次に・行路市）が見出せるのみであるが、連歌では「はげしき浪や露くだくらん／水とをき《く》《ヒ》舟に人なき野は暮て」（葉守千句・第三・四一・宗長）など散見される（例えば「月に雲なし」などでも同様だろう）。

さらに、132は次の歌評との関わりも指摘できる。

招月の歌とて承及申候。

ぬし知らぬ入江の夕人なくてみのと棹とぞ舟に残れる

さらにうらやましくもなき歌なり。ぬしはまんのけしき有けるとぞ。是等や乱世の声にも侍べき。是は私の存所なり、あやまりにや、いかゞ。神慮ぞ誠にしらぬ。恐しや〳〵。(25)（東野州聞書）

この正徹詠は、宝徳元年十月九日に刑部大輔家の月次歌会にて詠まれた「江舟」題の歌である（草根集・巻七・六〇〇〇。第四句「蓑とさほとの」）。この歌を詠じた正徹には「まんのけしき」、慢心があったという。これは、正徹にとっての自讃歌であったことを示すが、常縁は「乱世の声」（『詩経』大序の「乱世之音」に拠る）であると捉える。

正徹詠は、著名な柳宗元「江雪」詩「千山鳥飛絶、万径人蹤滅。孤舟蓑笠翁、独釣寒江雪（千山　鳥飛絶え、万径人蹤滅す。孤舟　蓑笠の翁、独り釣る　寒江の雪）」を典拠とする。(26)柳宗元は、厳寒の雪の中、孤独に釣りをする「翁」を描いている。正徹はそれを時間的に進めて、この翁が「みのと棹」とを舟に残したまま姿を消した「入江の夕」を詠じた。柳詩では、「鳥飛絶」「人蹤滅」という状況の中で、翁のみが動きを見せていた。一方正徹詠では、その翁さえも見えなくなり、真に動きのない情景となっている。正徹は、柳詩を発展させ、しかも唐絵のような純粋に静謐な叙景歌を詠み得た点を自讃したのであろう。

この歌には「夕間暮人なき舟の蓑笠に村雨かゝる入江かなしき」（草根集・巻十四・一〇四三八・長禄二年六月二十三

日・草庵住吉法楽の歌合に・江上舟）の類想歌がある。一〇四三八番歌の「人なき」は、舟上に誰の姿も見えない意であるが、六〇〇〇番歌の「人なくて」は、入江と舟の両方に掛かっている。これらの「人なくて」や「人なき舟」が、心敬の「舟に人なき」と関係が深いことは明らかである。正徹が自讃歌譚を周囲に喧伝し、それを心敬が直接耳にして脇本歌としたと想像できる。

さて、120、132の歌体はともに面白体とされる。面白体とは趣向がかった歌を指す歌体であるが、120では「鶯の色に草木もなれる」、132では「舟に人なき」が面白体であることの根拠をなしていよう。だが、それらはともに正徹詠に基づいている。つまり、この両首では、一首の眼目となる箇所が、正徹詠の模倣から成り立っているのである。

次の二首では、脇本歌は一首全体の趣向に影を落としている。

遊糸

263　かすが野の一むらずゝき面かげを空にみだしてあそぶいとかな《一節体》

この歌は「遊糸」題であるのに、第二句で「一むらずゝき」が詠まれる。遊糸は春、薄は秋の季語であり、季節としては対極に位置するはずである。その二つが結び付く根拠は、第四句の「みだして」にある。連歌の寄合には「いとゆふ→みだる」、「薄→みだるゝ」（連珠合璧集）とあり、遊糸も薄も「乱れる」という特性が共通していることが分かる。(27)春空に乱れる遊糸が、秋に乱れる薄の面影を空に浮かべるという歌意である。

第一句の「かすが野（春日野）」は、「春日野→尾花」（大胡修茂寄合〈京大本〉）という寄合が示すように、薄の縁語ではある。(28)とはいえ、春日野の薄を詠じた和歌は二十首に満たず、実際に薄の名所であったかさえ疑わしい。それよりも、「春日野の若紫の摺衣忍の乱れ限り知られず」（新古今集・恋一・九九四・業平、伊勢物語）の著名歌から、春日野を「乱れる」に縁のある名所と捉え、遊糸、薄と絡めて一首を「乱れる」という共通性で縁語仕立てにしたのであろう。

263は、歌題の通り遊糸を主題に据えた一首であるが、遊糸が「一むらずゝき」の「面かげ」をもつと詠む。季節が対極に位置する景物を取り合わせた、斬新な趣向である。だがこれも、正徹の「みだる也日影もみえずくもるにし薄ちるの、秋のいとゆふ」（草根集・巻十五〈次第不同〉・一〇九一〇・薄。類題本第三句「くもゐにも」）を脇本歌に想定できる。(29) 正徹詠は、「薄」題であり、「薄ちるの」の様子が詠まれている。日の光が模糊とした野原で散る薄を「秋のいとゆふ」と見立てる。第一句に「みだる也」とあることから、正徹も薄と遊糸の「乱れる」という特性に着目して、二つの景物を取り合わせたことが分かる。心敬は正徹の趣向を反転し、遊糸を薄に見立てた上で、正徹詠の「薄ちるの」を春日野と具体化している。263の一節体は一首の特定の箇所に趣向が存する歌体であるが、「一むらずゝき面かげを空にみだして」がそれに該当しよう。とはいえ、それは正徹詠の「薄ちるの、秋のいとゆふ」を反転させた趣向である。

春田

232 **色〳〵にうつろふ小草花ぞまつ秋にはかへす春のあら小田《濃体》**

この歌は『心敬集』には、「田家／色〳〵の春の小草の花ぞまつ秋にはかへすしづがを山田」（三〇五）の形で収載される。この両首は歌題や上句が大きく異なり、心敬自身の推敲を思わせる。両首を読み易い表記にするなら、

① 春田／色々に移ろふ小草花ぞ待つ秋には返す春の荒小田（十体和歌）

② 田家／色々の春の小草の花ぞ待つ秋には返す賤が小山田（心敬集）

となる。先ず、異同のない部分を考える。第三句の「花ぞまつ」の「まつ」は、「ぞ」の結びの「待つ」であり、「先づ」ではない。また、第四句の「秋には返す」は、「秋に田返しをする」意。「田返す」は、田植えに備えて、田の土を掘り返す農作業であるから、本来は春季の行事である。だが、「秋には返す」の「は」に注目するなら、「春には田返しをせず、秋には田を返す」とするのが精確である。秋の田返しは、この当時既に一般化していた二毛作の光景で

あろうが、現実に秋の田返しが行われるとしても、それを詠じた和歌はまず見当たらない。従って、この歌の趣向は極めて斬新かつ当代的である。正徹も庶民の生活を活写するような和歌を得意としたが[30]、心敬もそれを受け継いでいるのである。

まず②を解釈する。上句の「小草の花ぞ待つ」は、「小草の花が待つ」とするか、「小草が花を待つ」とするか、両様の解釈が可能である。「小草の花」は、「さだかに見えぬ道芝の露／暮る野に花咲く小草摘捨てて」（竹林抄・秋・三四九・心敬）、「名もしらぬ小草花さく河べ哉／芝生隠れの秋の沢水」（竹林抄・秋・三五二・心敬）のように、秋の草花を指すことが一般的である。心敬も「わか草のまちどをづまや秋の花」（心玉集〈静嘉堂本〉・七一四）と詠み、春の若草の「まちどをづま《待ち遠夫》」が秋の花であるという[31]。若草が、秋になれば自分に咲く花を、心から待ち遠しく思っている句意である。従って、「小草が（秋の）花を待つ」という解釈も十分に可能である。

しかし、細かく見れば、②の小草には、特に「春の」が冠せられている。実は、春の小草は、心敬以前に和歌で詠まれることは殆どなかった[32]。すると、心敬の「おそくとくかはる田面のいろ〳〵に／春の小草の花ぞまじれる」（心玉集〈静嘉堂本〉・一〇一三）は注意されよう。この付合では、「田面」に咲く「春の小草の花」が詠まれている。花をつけた小草を春に目にすることは、現在でも自然の景である。しかし、古典和歌としては、小草が花を咲かすのは秋であり、春の草花は詠歌の対象とはならなかった。すなわち、春の草花は当時極めて新鮮な題材であったといえる。心敬は嘱目した光景を、意図的にそのまま詠じたと考えられる。この句を参考にすれば、②も同様の景、田に咲く春の草花を詠じたものと解釈できる。そのとき、小草の花が待つ「秋」とは、自らが紅に彩られる時期、もう一度美しく草紅葉する秋となろう。つまり、「色々の春の小草の花ぞ待つ秋」は、「色々に咲いている春の小草の花が待っている、草紅葉する秋」の意である。

次いで、①に移ろう。①でも問題となるのは、上句の解釈である。第一、二句の「色々に移ろふ小草」とは、秋に

小草に咲いた花、または草紅葉したその色が徐々に衰えていく意とするのが自然である。だが、その解釈では歌題の「春田」とそぐわない。仮に第一、二句を秋の小草の様子とすれば、一首の大部分が秋の田の描写となり、歌題から大幅に逸脱することになろう。やはり、①の上句も春の小草を詠じたもので、その結果①と②は歌題の相違を乗り越えて同想の歌であると考える方が良い。すなわち、②の「色々の」が「花」に懸かっていたように、①の「色々に移ろふ」も「花」に懸かると捉えるべきである。先引した「おそくとくかはる田面のいろ〳〵に／春の小草の花ぞまじれる」では、前句の秋の稲田の様子が、付句によって田面に咲く小草の花の様子に取りなされている。付合では、「おそくとくかはる」とは、春の草花の様子である。この「いろ〳〵に」「おそくとくかはる」「小草の花」を言い換えれば、まさしく①の「色々に移ろふ小草（の）花」となるのである。

結局、①と②とは同想歌であると考えられるが、ともに非常に奇抜な趣向の歌である。「春の」小草の花や二毛作を詠歌の対象とした点も目を引くが、それよりも、「春田」題のもとで、秋田の様子を想像するのは何故だろうか。

正徹詠に目を向ければ、同歌題の「ほに出て麦の秋風まつころはたかへす春とみるぞすくなき」（草根集・巻十一・八〇〇〇・享徳二年三月二十二日・或所月次に・春田）は注目に値しよう。この正徹詠では、「麦の秋風まつころ」の、麦秋に至る直前の晩春の景が詠まれる。この歌も「春田」題で、「麦の秋風」という他季を詠じる点に特色がある。心敬は「春田」題を詠むにあたり、この正徹詠を脇本歌として、そこから春田を詠みつつ他季を詠むという趣向を摂取し、さらに「春の」小草の花や二毛作といった心敬独自の要素を加えたのではないだろうか。

特に263、232には、趣向の根幹を支配する正徹詠を指摘することができた。正徹詠はまさに脇本歌として、これら心敬詠が正徹詠なしに詠まれたとは思えないほどである。一見奇異に見える心敬詠も、その裏に正徹詠が隠れていることが多く、次の例も同様である。

山

224　塵ぞまづ山とはならで立ちのぼるふもとの松やあらしふくらん《長高体》

「塵ぞまづ山とはならで」は、「塵が積もって山となる」というよく知られた成語を反転させたものである[33]。塵は古来言われるように山となることもなく、塵のまま立ち上っているが、それは山麓の松に吹く嵐が吹き上げるからだろうか、と一首は解釈できる。難解な表現もなく、歌意はこれ以外に動かし難い。塵は、「床の塵」や「和光同塵」など、定型表現で詠まれることが多く、現実的な塵の様相が和歌に描かれることは少なかった。しかし、「行き悩む牛の歩みに立つ塵の風さへ暑き夏の小車」（玉葉集・夏・四〇七・藤原定家、拾遺愚草）など、中世になると現実味のある塵が詠まれるようになる。224は、「山」題を満たすために、塵が山に沿って吹き上がる様子を詠じており、一首の主景に吹き上がる塵を据えたことで、古典和歌から離れた、ある種の写実性を獲得している。

一方正徹には、「生のぼる山や其上雲のちりゐれども峰の松もかはらで」（草根集・巻十二・八七八四・康正元年二月十一日・同坊〈三井寺仏地院長算の坊〉にて月次ありしに・峰雲当座）という、224と近い措辞の和歌が見える。この正徹詠は、「澄み上る心や空を払ふらん雲の塵ゐぬ秋の夜の月」（二度本金葉集・秋・一八八・源俊頼）を念頭に置いての作である。俊頼詠は、「我心を秋の月にたいしてすます、其心がのぼりて空をはらふか、雲はちりほどもなきはと也」（九代集抄）という歌意で、「雲の塵」は月にかかる雲の比喩である。正徹詠は、塵が山を成したのは大昔のこと、空に浮かぶ塵である雲は峰にかかるが、雲に隠れる松は昔から変わらない姿であるという意味であろう。「峰雲」題を満たすために、山の中腹に雲がかかっていると詠む点で、「雲の塵ゐぬ」とした俊頼詠と異なる。

正徹には「吹のぼる時こそ有けれ風ごしの峰に雲ゐるきその御坂路」（草根集・巻六〈次第不同〉・五二四二・嶺雲）という詠もあり、八七八四番歌と同歌題の類想歌である。表面には詠まれていないが、ここでも「雲（の塵）」が山を「吹のぼる」と解釈して良い。つまり、正徹詠では、塵が「生ひのぼる」、「吹のぼる」ことが前提となっている。心敬はこれを踏まえて、塵が「立ちのぼる」と詠じたのであろう。但し、正徹詠ではあくまでも「雲の塵」が空に浮か

ぶのであり、224のように「塵」そのものではない。正徹詠の景は古典和歌として不自然ではないが、心敬詠は塵が吹き上がる様子という、およそ古典的ではない趣向となっている。心敬は正徹詠の発想を借りることで、結果的に写実的な和歌を詠み得たのである。

さて、ここまでの検討を振り返ってみよう。第二章では、『十体和歌』の歌題と正徹詠に見える歌題とがかなりの程度一致することを論じた。しかも、心敬詠における正徹詠の影響は、歌語一語から一首の趣向全体に至るまで、様々な様相を窺うことができる。第三章で明らかになったように、心敬詠は具体的なある正徹詠を脇本歌としているので、心敬は正徹の詠草を手元に置き、それに基づき作歌していた可能性が高い。特に、285、232のように脇本歌と同一歌題である場合、また90、120のように脇本歌と類題関係にある場合は、より示唆的である。

心敬はしばしば孤高の存在と呼ばれ、中世歌学、美意識の極北にその位置を与えられてきた。とはいえ、これほどまでに正徹に学んだ（まねびた）跡を辿ることができるのであれば、「孤高」とは言い難い。寧ろ正徹と心敬という師弟関係、招月庵流という流派の中で、練り上げ鍛えられたものが、心敬に発露したという方が適切ではないか。

四　冷泉為尹、藤原家隆

ここまで、『十体和歌』に正徹詠の影響がはっきりと看取できることを指摘した。第四章では視点を変えて、心敬が正徹詠を介して受容した、冷泉為尹と藤原家隆の歌について考える。

1　冷泉為尹

正徹は、今川了俊（一三二六年～一四一四年頃）、冷泉為尹の両名に歌道を学んだ。了俊に関しては研究が整い、師弟

関係が跡づけられている。(34) 一方、為尹との関係については、論じられることが少ない。『十体和歌』への為尹の影響のうち、為尹―正徹―心敬と辿ることのできる歌例を見てみよう。

別表によれば、『十体和歌』に見られる歌題で、先行用例が二十首に満たないもののうち、『為尹千首』とは二〇が重なっている。そのうち、187「水辺若菜」題のみが正徹に用例を見ない。とはいえ、正徹は『なぐさみ草』で『為尹千首』に言及しており、『為尹千首』を確実に目にしている。(35) 恐らく、「水辺若菜」題の正徹詠は、現存していないだけであろう。

以下、心敬の二首について、正徹を介した為尹摂取を指摘する。

旅恋

115　**しるといへばいそまつがねの枕にも心をかくるおきつしらなみ《幽玄体》**

115は、「知るといへば枕だにせで寝しものを塵ならぬ名の空に立つらん」(古今集・恋三・六七六・伊勢)を踏まえ、磯辺の松の根元に旅寝するとき、枕とする松の根に白波が寄せ来るが、根に恋心を知られないよう注意するという歌意である。第四句の「心をかくる」は、「枕にも心をかくる」と「心をかくるおきつしらなみ」という具合に、上下にかかって重層効用の効果を上げている(重層効用については後述)。

第二句の「いそまつがね(磯松が根)」は、「波之伎余之《ハシキヨシ》　家布能安路自波《ケフノアロジハ》　伊蘇麻都能《イソマツノ》　都祢尓伊麻佐祢《ツネニイマサネ》　伊麻母《イマモ》　美流其等《ミルゴト》」(万葉集・巻二十・四四九八・大伴家持)などの「磯松」と、「大伴乃《オホトモノ》　高師能浜乃《タカシノハマノ》　松之根乎《マツガネヲ》　枕宿杼《マクラニネヌト》　家之所偲由《イヘシシノハユ》」(万葉集・巻一・六六・置始東人)などの「松が根」という、二つの万葉語を結んだ語である。

この「磯松が根」の歌語は、正徹にとって忘れることのできない歌語であったに違いない。

或所の褒貶の会に、為尹卿、契絶恋に、

かけてうき磯松がねのあだ浪は我身に帰る袖のうらかぜ

とよみしを、一座こと〴〵く負のよし申侍しを、我一人いひはりて、殊勝のよし申き。「契たる心聞え侍らず」と難じ侍しを、「『かけてうき』といへるこそ契たるにてはあれど、『我身にかへる』といへるが、作者の骨ををられたる所也。是をだに心えざらんは、さたの限にあらず」と、散々に問答し侍しを、了俊おともせずして聞ゐて、有々て落涙して、「げにさにて侍り」と申されしとき、一座皆一同に閉口して勝にさだめられき。さて後に作者をあらはしたれば、為尹卿の歌也。此事を喜て、会席ごとに申されしとかや。ほぞにとほりてさかひにいたらざる人は、人の歌をみる事もかたき也。（正徹物語）

為尹詠を的確に理解し、歌会で勝を一人主張する正徹、そしてその意見を賞讃する了俊と為尹。この歌会は、正徹にとって輝かしい記憶であった。管見の限り、この為尹詠が「磯松が根」の初出用例である。その後は正徹の「和かのうらや磯松がねのしき浪に名をもあらはせ千代の友鶴」（草根集・巻三・二〇七一・永享五年十一月十二日・同〈草庵〉月次に・海辺見鶴）、「よもつきじ磯松がねにみさごゐてつばさになづる君の生《生》さき」（草根集・巻八・六七二六・宝徳二年十二月十八日・修理大夫の家にて年忘の会に・磯岩松）の二首にしか、「磯松が根」の語は見えない。為尹詠も正徹詠も、115と同じく、「磯松が根」に特別な重きを置くわけではない。しかし却ってこのような何気ない措辞にこそ、為尹―正徹―心敬という三者の系譜を辿ることができるのである。

野分朝

139　**あさまだき虫に露かふ草もなし夜はの野分の庭にみだれて《面白体》**（岩橋下・七九）

げんじの、野分のとぶらひの所に、むしにかふ露もなくみだれふしたるさまども也。

心敬自身が言明するように、139は「はらは《(わ)》べ下ろさせ給て、虫の籠どもに露飼はせ給なりけり」（源氏物語・野分巻）の本説取りである。野分の翌朝、秋好中宮方の童女が籠の虫に露を与える場面である。

虫に露を「飼はせ」るとは、「笹隈檜隈川に駒留めてしばし水飼へ影をだに見ん」（古今集・神遊歌・一〇八〇）の

「駒に水飼ふ」から類推すれば、虫に水を与えることであろうと理解できる。そのためであろうか、正徹以前の『源氏物語』注釈書には、「むしのこ《籠》どもに露をかはせ給」（光源氏物語抄）など、「こども」に付注したものばかりである(36)。一方、了俊の『歌林』には、「虫のことは、虫の家の事也。源氏に、むしの籠に露かはせ給と云り。露をそゝく事歟。野分巻にあり」と言及があるが、その意について確信を持てなかった様子が窺える。

さらに、この言葉を詠み込む和歌は、為尹の「荒かりし野分のませも乱れつつ露飼ふ庭の鈴虫の声」（為尹千首・七四六・寄鈴虫恋）が最も早く、正徹の「野べの霜にみなこゑたえて籠の内に露かふ虫の残るはかなさ」（草根集・巻十五〈次第不同〉・一〇九六二・虫）がそれに次ぐ。その後に、139や「あられん物か野分吹宿／みだれぬる草は虫かふ露もなし」（河越千句・第二・二一・心敬）が生まれるのである。「虫に露飼ふ」という細かい表現に目を向け、印象的な言葉として本文に即しながら一首に取り入れることは、了俊・為尹—正徹—心敬と繋がる冷泉流の伝統といえよう。

2　藤原家隆

藤原定家を信奉していた正徹は、一方で藤原家隆詠についても研鑽を重ねた。正徹は、家隆を定家と比肩する歌人と認めており（恋歌を除く）(37)、『壬二集』〈蓬左本など〉、『家隆卿百番自歌合』〈群書類従本など〉には、正徹の書写奥書が残る(38)。冷泉為広の門弟であった宣光（玄誉）(39)の『釣舟』に「初心の時つねに見てしかるべき物のこと……家の集には……玉吟といへるは家隆卿の集也。尤よし」とあり、家隆重視は冷泉流の伝統であったらしい。

正徹詠における家隆詠の摂取については既に指摘があるが(40)、『十体和歌』にも家隆詠を念頭に作したと思しい和歌が幾つか見られる。特に二首を選び、家隆—正徹—心敬の流れを探ろう。

初秋衣

29 **露はらふはつかり衣はし鷹の外山あくれば秋かぜぞふく《有心体》**

「初秋衣」題は先行用例がほとんどなく（六九一頁別表参照）、本意が固まっていない歌題であるが、心敬は小鷹狩を舞台とする。小鷹狩は、箸鷹や隼などの小型の鷹を用いて秋に行う狩りである。29の「はつかり衣」は、「初狩り」と「狩衣」を結んだ語。小鷹狩りを初《はつ》鳥《と》狩りとも呼ぶため、「初狩り」というのであろう。

初狩衣は、家隆の「箸鷹のはつ狩衣露分けて野原の萩の色ぞ移ろふ」（続後撰集・秋上・二九三、壬二集、自歌合）に初出する歌語である。この語はその後、「かくてしも世をば尽くさん山鳥のはつ狩衣朽ち果てぬとも」（続千載集・恋二・一二四六・源通光）など数首に詠まれ、特に「箸鷹の外山の里の秋風に初狩衣今や打つらん」（新千載集・秋下・五一八・二条良基）は29と表現も近い。

とはいえ、29の脇本歌に「箸鷹の初かり衣かりぞなくほさでやかさむのべの夕露」（草根集・巻三・二二〇二・永享六年九月十六日・左衛門佐家にて一続ありし中に・初雁）を挙げるべきであろう[41]。正徹は家隆詠の第一、二句をそのまま用いて、同音で「かり（雁）」に繋げる。小鷹狩りの獲物である雁は、上句を緊密に構成する役割を果たしている。一方下句は、著名な「夜を寒み衣かりがね鳴くなへに萩の下葉も移ろひにけり」（古今集・秋上・二一一・読人不知）を踏まえ、本歌とは倒に、野原の露に濡れた狩衣を雁に貸そうというのである。『古今集』歌をここで用いた理由は、この歌の下句を家隆詠の下句と重ねたからである。つまり、正徹は家隆詠を本歌取りするにあたり、その上句はほぼそのまま摂取する一方、家隆詠の下句と似る『古今集』歌を組み合わせたのである。

初狩衣を詠む先行用例のうち、箸鷹と結ぶものは、家隆詠、良基詠、正徹詠、そして29のみである。「箸鷹の」を、家隆、正徹は「は」（同音の「羽」）の枕詞として、良基、心敬は「と」（同音の「鳥屋《とや》」）の枕詞として用いている。心敬はさらに、題意を満たすために、「秋来ぬと目にはさやかに見えねども風の音にぞ驚かれぬる」（古今集・秋上・一六九・藤原敏行）から、秋風が秋の到来を告げるという本意を取り、一夜が明けて秋風が初狩衣という「初秋（の）衣」

に吹いていると詠む。露に濡れる初狩衣の主題を、家隆―正徹―心敬と辿ることができるのである。

題同〔夕花〕

83　夕暮をちぎれる誰かかこつらんくもるもしらぬ花のいろ哉《幽玄体》

83の上句は恋歌の風情である。夕暮れを約した恋をする人（恐らく女性）が嘆いているが、それは「くもるもしらぬ花のいろ」のせいである。「いつしかと暮れを待つ間の大空は曇るさへこそ嬉しかりけれ」（拾遺集・恋二・七二二・読人不知）は、夕暮れかと紛う曇り空を詠むから、「くもるもしらぬ」花が女性を落胆させるのは道理である。桜が咲く時期に曇りがちになることを表す「花曇り」の語は、心敬の活躍する直前の応永期には広く用いられるようになっており、[42] 83には花曇りにならない空を恨む気持ちも含まれている。

恋と夕花とを結び付けた和歌を探せば、家隆の「待つ人の曇る契りもあるものを夕暮れ浅き花の色かな」（壬二集・一五五六・春夕花）が見出せる。「曇る契り」とは家隆が創出した語であるが、恐らく、先掲『拾遺集』歌を踏まえ、「空が曇れば（＝夕暮れになれば）訪れよう」という男性の約束の意であろう。男性を待つ女性は、約束通り男性を心待ちにしているが、花は夕暮れの中でも輝きを失うことはない。「春夕花」題の通り、夕暮れの花の美しさを称えている。歌題も83と近く、心敬はこの同想歌を参考に作歌したと思われる。

この家隆詠は、勅撰集などにも採られず、『壬二集』、『夫木抄』等にしか収められない。この点でそれほど目に立つ歌ではなかったが、正徹はこの歌の「曇る契り」を都合十首に摂取している。そのうち、家隆詠と同じく花を詠じた和歌は二首見えるが、「初瀬山花より出る鐘はなどくもる契をよそに告らん」（草根集・巻十四・一〇二七五・長禄二年二月二十日・草庵月次に・花鐘）は、「年も経ぬ祈る契りははつ瀬山尾上の鐘のよその夕暮れ」（新古今集・恋二・一一四二・藤原定家）と家隆詠とを本歌とする。[43] 正徹は両首を織り交ぜ、やはり恋歌の風情を基調としている。

この「曇る契り」は、「春の夜を誰にかすめて夕端山曇る契りに出づる月影」（松下集・七〇八・春月幽）と正広にも

るきっかけとなったのであろう。継承され、正徹を介した招月庵周辺における家隆受容の様子が窺える。心敬にとっても、正徹詠が家隆詠に目を向けるきっかけとなったのであろう。

五　不肖の弟子

『十体和歌』にはっきりと影響を及ぼした正徹詠を脇本歌と呼び、その影響の度合いを探ってきた。その結果、正徹詠の影響は、心敬詠の表面的な言葉遣いにとどまらず、一首の構想の根源にまで及ぶことが判明した。一首を支える最も重要な趣向においてさえも、正徹詠の影響が如実にあらわれていることは、従来見過ごされてきた点である。

稲田氏は、心敬詠に見られる特徴的な技法を考察し、重層効用と名付けたが、それは正徹の技法を徹底化させたものといえるだろう。(44) 心敬の重層効用とは、一首を縁語仕立てにすることにより、そこに複層的な面影を呼び起こし、歌意の表面にはあらわれないような時間的経過を感じさせる技法である。例えば、心敬詠の重層効用の好例として挙げられたのは、

樵路日暮

149 **薪とるをちの山人いそぐなり夕ぐれはこぶかねのひゞきに《面白体》**

である。第四句の「夕ぐれはこぶ」は、鐘の音が夕暮れを招く意である。加えて、縁語により「をちの山人」が「薪」を「はこぶ」情景が浮かび上がる。措辞の表面的な繋がりは、薪を採る山人の耳に鐘が聞こえ、そこで山人が帰りを急ぐという時間的な経過を読み手に意識させる。

さて、この歌の眼目である「夕ぐれはこぶ」は、正徹の「袖ぬれてこふる昔の人はこで夕暮はこぶふる郷の雨」(草根集・巻十一・八六〇四・享徳三年六月二十六日・平等坊円秀月次に・夕雨当座)から摂取したものである。正徹詠でも、

ことはない。

「ふる郷の雨」が古人を運ばずに「夕暮（を）はこぶ」のであるから、そこに弱い形での時間的な経過を見出せない

149は《面白体》に属すが、その根拠は第四句の「夕ぐれはこぶ」にあろう。すなわち、歌体を確定する最も重要な部分が、正徹詠からの摂取となっている。これまで考察した、

120　雪はみなこゑよりとけて鶯の色に草木もなれる春かな《面白体》
132　木の間もる月に川音さよふけて舟に人なき宇治の山もと《面白体》
263　かすが野の一むらずゝき面かげを空にみだしてあそぶいとかな《一節体》

においても、その歌体となる趣向の根幹が、正徹詠の摂取に基づいていた。いま、心敬詠の独自性という問題を、改めて考え直さねばならない。

心敬詠には脇本歌としての正徹詠を数多く指摘できるが、脇本歌をもつ心敬詠は、本来は等類と呼ぶべきである。等類とは、近来歌人の歌作に似てしまった和歌の謂いである。すなわち、心敬詠が正徹詠に似ていれば、心敬詠が等類となる。言い換えれば、等類とは剽窃、盗作であり、たとえ和歌が古典の引用から成り立つとしても、厳しく非難されるべき事態である。

心敬前後の等類を考える上で、次の「宣光返答」は参考になる。歌道の師であった宣光に、十市遠忠が詠草とそれにまつわる疑問を提出したことに対する、宣光の返書である（番号は私に付した）。

1　恋ぞうき身をおく山のすまゐにもあらぬ夕の松かぜのこゑ
2　君が身の老となるまでながらへば世につらかりし面かげやみん
3　夕暮は心にもあらぬおもひかなひとり身をゝく宿の松かぜ
4　よしさらば我年つもれつれなさもさすがふりぬと人をみるがに

招月の御歌両首、前の歌、心・ことばともに似て候。等類にてはあるまじき歟と承候。尤候。際限なき事候間、よみあてらる丶ことも候。又、前の歌すこしかなはぬこと候へば、よみなをして主に御成候ことも候。能々御覧じ候へ。清厳の御詠はくらいたかく、形幽玄なるやうに候。

書状の奥に「詞書歌者壮年宣光法師同類等相尋詠歌之一紙」とあり、遠忠が特に「同類等」に関して尋ねたことが分かる。1と2が遠忠の歌、3は『草根集』（巻七・五六六六・宝徳元年四月二十三日・或人、住吉玉津島両神法楽とて、百首よみし中に・閑居恋）、4も『草根集』（巻七・六〇二二・宝徳元年十月二十三日・左京大夫の家の月次に・経年恋）に収められる正徹詠である。遠忠は、1が3の、2が4の等類ではないかと不安に思ったのだろう。

宣光は等類であると判断したようだ。但し、等類は「際限なき事」であるから、偶然に「よみあてらる丶ことも」あり得る。また、新たに詠みかえて、その趣向の「主」になることさえ可能であると述べる。他の箇所でも「此両首（遠忠詠と正徹詠のこと）、心・ことば大略相似候こと、御面目之至候」であるとか、「惣じて、上手と等類をよみ合候こと、つねにあること候。時節のはやきが高名までにて候」など、宣光は等類を軽んじるような口ぶりである。だが本心は、「初心の時は本歌にに《(似)》候こと、名誉にて候。等類をのぞくと申は、已達の上のこと候」とあるように、初学者である遠忠が等類を恐れる余り「こたけ《(小丈)》なる歌ばかり」詠むようになることを諫めたのである。[45] 宣光門では、『草根集』を手本に、特に初学者は等類を恐れず歌数をこなすことが専らとされていたようだ。

確かに、1と2とは等類の批判を免れない歌作である。趣向も等しく、言葉の面でも正徹詠を組み替えたように思える。1と2が等類であれば、翻って、これまで検討した『十体和歌』の心敬詠の多くが、脇本歌の等類であると断じて良い。或いは、遠忠の例から、それら心敬詠も正徹詠に学んだ初学期の作であるという擁護もあるかもしれない。だが、心敬が、それら「習作」を文明三年の『十体和歌』に編纂した事実は残る。等類として除くことはしなかったのである。等類に対する心敬の意識の低さは否定できない。

但し、心敬も「歌には同類とて人の心・言葉をかす、恐しきことに申すとかや」という問いに、「いかばかりの玄妙の句にても侍れ、以前人のをかしたる心・言葉は、たゞ人の物をいひつぎたるなるべし」と応じており（ささめごと〈尊経閣本〉）、当時の常識的な等類観は持っていた。それにも拘わらず、自作の等類を去らなかったのは、心敬はそれらを等類であると意識していなかったからではないか。先般来、脇本歌という名称を用いた所以である。

では、正徹は等類に関してどのような考えを抱いていたのか。

永享四年、それまでに詠じた和歌約三万首を焼失した正徹は、「其後もいけるかぎりのなぐさめ」（草根集・巻二・一七三四詞書）として、その生涯に四万首以上を詠じた。そして、「同類をよまじとしのぐほどに」（正徹物語）と述べ、新たな趣向、言葉を常に志向したことが知られる。心敬も「清岩和尚のつねに申し給ひしとなむ。「我が歌は悪かるべし。毎々人の歌を詠まじと案じ侍る程に」とありし。恥づかしき事なるべし」（ささめごと〈尊経閣本〉）という直話を伝える。「敷島や此道芝は分ぞえぬ人のことの葉かゝぬならひに」（草根集・巻六〈次第不同〉・五〇三〇・独述懐）(46)。類題本第五句「からぬ」）の歌題の「独」は、「人のことの葉からぬ《借らぬ》」からこその孤独である。

その結果、在世中から異端視され、「吾風のすがたを世にぞいとふなる松のことのは人なまなびそ」（草根集・巻六〈次第不同〉・五一九五・寄風述懐）、「もろこしの人になしてぞいとはるゝ大和こと葉と思ひこしかど」（草根集・巻十五〈次第不同〉・一一二〇九・述懐）と自作で詠じるほどであった。だが、五一九五番歌と同じ「寄風述懐」題で、「いづかたになびくも道にそむかねば風のまゝなる和歌のうら松」（草根集・巻六〈次第不同〉・五一九六）と詠じているのは重要である。「述懐は連歌にはかはりて、（歌道では）なにゝても心におもふ事を」（正徹物語）詠じればよいが、この歌には歌「道」はいかなる歌「風」も受け入れるはずであるという強い信念がある。

これらの「松のことのは」、「和歌のうら松」の「松」は、師である了俊以来の「松月」号を継承した(47)正徹自身の象徴である。「まなびこし風のすがたもいかならんしらず老木の松のことのは」（草根集・巻二・一二四〇・永享元年六月九

日・崇徳院法楽とて、播磨守入道祐順すゝめられし歌の中に・述懐）、「和歌のうらや昔の風のすがたにはをよばぬ松のことのはぞうき」（草根集・巻一・三九九・永享元年十二月七日百首・浦松）など、知命を目前にしてなお自らの詠歌に確信が持てない様子、或いは大先達に遠く及ばないという歎きが表出されもする。だが、『所々返答』第二状でも引用される「心をば高根の八雲八重牆にこえんと思へ松のことの葉」（草根集・巻六〈次第不同〉・四八七八・嶺雲）、また「叶ぬまでも、定家の風骨をうらやみ学ぶべし」（正徹物語）には、先の信念を裏打ちする心の高さがあった。

先引した「吾風のすがたを世にぞいとふなる松のことのは人なまなびそ」は、「（門弟に）「世に厭われる我が歌風を学ぶな、お前たちも私と同じ運命をたどるから」と、いささかアイロニカルな気分さえこめている」（稲田氏）と解釈するのが自然である。だが、あえて飛躍すると、抑も「同類をよまじ」、「人の歌を詠まじ」、「人のことの葉からぬ」が正徹の理念であるなら、我が元を離れ各自一流を立てて私を乗り越えるよう、門弟に求めるのが筋である。良質の教育は「私に従うな」という自己言及のパラドックスを常に孕むが、正徹の「人なまなびそ」も同様の積極的な訓戒と読める。

従って、近い時代の和歌を必要以上に参考とすることを、正徹は最も自戒していたに違いない。「只今かたをならぶるとも、其人の無後成とも、百余年の間の人の歌をば取て読ぬ事成」（正徹物語）。等類に対するこの認識の差こそ、正徹と心敬の間の懸隔の一因ではなかったか。

ここで、正徹と心敬を語る上で必ず参照される『所々返答』第一状を再検討しよう。

清岩和尚の事、……まことに千載一遇の玄妙奇特権者とおぼえ侍り。今の世に歌・連歌の心、言葉をすこし悟り知れるも、ひとへにこの光也。先年、彼招月庵の月次会始に、愚僧申侍る。

神祇

すみよしの神のむまれて世を照す時なるかなやまなべもろ人

彼在世には、此道につきて、述懐などの事侍りしかども、いま思ひ合せ侍るに、深重の恩徳にあらずといへる事なし。彼御影に心懐をしるし侍り。

ことの葉はつゐに色なきわが身哉むかしはまま子いまはみなし子

心敬は「いづれも諸道は明師の下に入て、日夜庭訓を尽してさかひにいたるならひ」（老のくりごと〈神宮本〉）、「入門よりよき人に物を問ふべし」（心敬法印庭訓）など、「明師」について幾度も言及する。これは、正徹という「千載一遇の玄妙奇特権者」の「明師」に出会うことができたという自覚に基づくものである。だが、生前の正徹は心敬を「まま子」扱いし、その死後心敬は「みなし子」とならざるを得なかった。「彼在世には、此道につきて、述懐などの事」があったというのも、正徹に不当に扱われたという心敬の意識の現れである。心敬は「神祇」題の詠が意味するように、正徹を「すみよしの神」と称えるほど、強い思慕の念を抱いていた。

ところで、この「神祇」題の詠には、脇本歌として次の三首を指摘できる。(48)

すみよしの神や生て世のために道をゝしへし和かのうら人

（草根集・巻十二・九一四〇・康正二年十月十七日・藤原国豊、定家卿の影をうつして賛を所望せしに、同日、やがて供養に続歌よみし中に・見恋。類題本歌題「神祇」）

諸人の道しるべして住吉の神の生れしわかの浦守

（草根集・巻十三・九九五二・長禄元年九月十日ごろ・山名兵部少輔、定家卿の影をかゝせ、賛を所望ありしに、書てつかはし侍る歌）

仰みよこの住吉の神路山又世にいでゝ照すひかりを

（草根集・巻十四・一〇二六五・長禄二年二月十五日・武田大膳大夫、住吉の神体をうつしたてまつりて、賛を書てと申されし、神慮もはかりがたくおぼえしかども、詠じてをくしり歌）

詞書によれば、最初の二首は和歌の神である住吉神に定家を擬えたもの、後の一首は住吉神を称えたものである。ともに、画賛に近い詠である。

心敬の「神祇」題の詠のあからさまな阿諛追従を、正徹がどう思ったのかは分からない。だが、等類を避けるという厳しい掟を自らに課す正徹が、自らの目の前で、自らに対して、しかも自らの和歌を改作したようなものを捧げられて、果たして喜ぶことがあるだろうか。心敬にしてみれば、正徹崇拝のあまりの模倣であったのだろうが、それが正徹に好ましく思われるはずはないのである。

心敬は「ちかくは、清岩和尚の風骨を麁細にいりまなび、修行、此道の至極なるべく哉」（老のくりごと〈神宮本〉）と述べ、定家ら大先達とともに、近来の正徹の「風骨」を学ぶことこそ、歌道修行の直路であると示す。心敬は自らが示した方法論を実践し、正徹から種々吸収したのは確かである。

この言い方は、正徹の「（定家の）その風体を学ぶとて、ヽ《て》には・こと葉をにせ侍るは、かたはらいたき事也。いかにも其風骨、心づかひをまなぶべきなり」（正徹物語）と近い。正徹も定家の「風骨、心づかひ」を学び、歌道に精進した。「風骨」とは、詠歌に当たっての心構えであって、一首の趣向（内容）や言葉などとは区別される。心敬も同じ意味で用いたと思われる。しかし、これまでの検討で明らかになったのは、心敬は正徹の「風骨」を学ぶ以上に、「ヽ《て》には・こと葉をにせ」たということである。それはまさに「かたはらいたき事」であった。

従来の研究では、心敬の和歌に見える連歌風、漢詩風の作風、そして言葉の縁に引かれた無理な表現を正徹が嫌ったことが、先ほどの心敬の「述懐」の要因となったと考えられてきた[49]。しかし、132に明らかなように、そのような心敬風を開拓したのは正徹であり、この点で、正徹は心敬詠に悪しき正徹風を見て、同族嫌悪したのかもしれない。とはいえ、心敬の作風のみが正徹の嫌悪の要因であったとは思われない。

これまで見てきた通り、正徹と心敬とは、等類に対する意識、引いては詠歌観が大きく隔たっていた。「同類をよ

まじ」を理念とし自ら一流を立てた正徹と、正徹詠を巧みに取り入れ正徹の亜流となった心敬と。心敬は正徹に倣うのではなく、正徹の風に倣ったのだ。正徹の「松のことのは人なまなびそ」と、心敬の「まなべもろ人」との差は歴然としている。心敬和歌における、趣向、表現の正徹亜流の様相、また詠歌観の等類意識の両面を考慮すれば、心敬が正徹に受け入れられる余地は殆どなかったといって良い。

岡見正雄「心敬覚書―青と景曲と見ぬ俤―」(50)は、昭和二十二年に発表された、古典ともいえる心敬論であるが、戦後の心敬像に決定的な影響を与えた重要な論考である。心敬がしばしば詠む「青」には一種の写実性があり、それが眼前の景を（情緒的に）詠む「景曲」の強調に繋がる一方、その写実性の裏にはいまこの場にない「俤」が常に含まれることを指摘する。心敬の作品や自注に基づき構成された論は、透徹し鋭利である。

とはいえ、心敬の作品には、岡見＝心敬の枠内に収まらない点も多々存する。岡見＝心敬に最も反するのが、この『十体和歌』の心敬であり、今回提示した「等類歌人」心敬である。『十体和歌』には、知的に構成されるあまりの俳諧性、また写実に徹するあまりの庶民性なども見え、雑多な印象を与える。思えば、師である正徹も種々の風体を詠み分けたのであるから、心敬の作品にも幽玄から俳諧まで様々な要素が含まれていて当然である。だがこれまでは、心敬が説く、『徒然草』一九段を突き詰めたような「氷の美学」、或いは同一三七段を進化させた幽玄観を、その作品に反映させて解釈することが一般的であった。しかし、「理論」が作品を覆い尽くすことはあり得ず、作品とはそこから絶えず逃れるものである。今後の心敬研究は、作品を虚心にかつ丹念に読むことによってのみ、新たなる段階に到達できるだろう。

＊『十体和歌』の本文は、金子金治郎編『連歌貴重文献集成　第四集』（勉誠社・昭和五十五年）所収の神宮文庫本を底本とし、諸本によって校訂した本文を用いる（本書評釈編に準じる）。『十体和歌』を引用する場合は、その歌の属する歌体を

《　》内に記した。

＊『草根集』は『新編私家集大成』（エムワイ企画）所収の日次本系『草根集』を用いる。それ以外の和歌は『新編国歌大観』（角川書店）に拠るが、『万葉集』は原文の右傍に西本願寺本の古訓を示し、歌番号は旧『国歌大観』に拠る。『新編国歌大観』を引用する際は、読みやすさを考慮し、適宜濁点を付し漢字を宛てた。それ以外は原文通りに表記し、濁点、句読点を付した。

＊引用文献の底本は本書に準じた（評釈編凡例参照）。それ以外は以下に拠った。

『九代集抄』……片山享・近藤美奈子編『九代集抄　乾、坤』（古典文庫・昭和五十七年、昭和五十八年）

『紫明抄』……玉上琢彌編、山本利達・石田穣二校訂『紫明抄　河海抄』（角川書店・昭和四十三年）

『正徹十三回忌追善百首』……『続群書類従　第十四輯下』（続群書類従完成会・平成二年）

「宣光返答」……浅田徹「玄誉と宣光―尊経閣文庫蔵「詠草」付載遠忠宛返答の翻刻を兼ねて―」（「研究と資料」第53号・平成十七年七月）

『釣舟』……『続群書類従　第十七輯上』（続群書類従完成会・平成二年）

『光源氏物語抄』……中野幸一・栗山元子編『源氏釈　奥入　光源氏物語抄』（武蔵野書院・平成二十一年）

『名数語彙』……『名数語彙』（雄松堂書店・昭和四十八年）

『柳文抄』……京都大学文学部国語学国文学研究室編『柳文抄』（両足院叢書・臨川書店・平成二十二年）

注

（1）「正徹と心敬」は『正徹の研究　中世歌人研究』（笠間書院・昭和五十三年）第一篇第三章第五節、「「心敬僧都百首」の世界」は「中世文学研究」第25号・平成十一年八月所収。

（2）金子金治郎「修学時代」（『心敬の生活と作品』〈桜楓社・昭和五十七年〉前編第一章）に、「頻繁な畠山家の歌会は、心敬を正徹に近づける恰好の席であったに違いない」とあり、畠山持純（河内畠山家）、畠山義忠家の歌会が重要な役割を果たした点を指摘する。

（3）東四柳史明「戦国期の能登畠山氏と五山叢林塔頭」（「北陸史学」第26号・昭和五十二年十一月）、酒井茂幸「文安・宝徳

期の武家歌壇　能登守護畠山義忠と正徹」（『国立歴史民俗博物館研究報告』第136号・平成十九年三月）参照。後述の義忠による高野山行にまつわる「賢良高野山参詣路次和歌」は、酒井論文に翻刻されている。

（4）心敬『寛正四年百首自注』90に「拙者、彼田井ノ庄と云ところにて生て」〈天理本〉、「心敬、かの田井の庄といへる所にてむまれ侍りて」〈京大本〉とある。

（5）石原志津子「十住心院考」（『連歌俳諧研究』第48号・昭和五十年一月）は、十住心院が幕府祈願寺でありながら、「畠山寺」と称されるほど畠山氏と縁が深かったことなどを明らかにしている。心敬は紀伊国出身であり、また十住心院は紀伊国別井村（和歌山県海南市）の地頭職を勤めてもいた。心敬の十住心院入寺については、紀伊国守護であった紀伊畠山氏（畠山管領家）との関係が疑われる。但し、「畠山寺」という通称の所以を紀伊畠山氏にのみ置く必要はない。能登畠山氏の帰依も想定すべきであろう。

（6）「十月時分（宝徳二年）、招月庵へまかりたりけるに、物がたり有しは、蓮海（心敬）といふ法師、「嵐をふくみ月をはき」とよみたりけるを、「近比の事かな、『月をはき』とは」と申されし。「かやうの事こそ道の零落よ」と、くれ〴〵申されし」（東野州聞書）。

（7）『十体和歌』の成立等については、本書研究編所収の島津忠夫「『心敬十体和歌』の成立と諸本」を参照。

（8）考察対象外である229「冬釈教」は、正徹以前に二九首を数える。初出の『竹風抄』に一首を見出せるが、残りの二八首は全て『嘉吉三年前摂政家歌合』（正徹も参加）で詠まれた作である。このように、歌合で出題された歌題はそこである程度の歌数が詠まれるため、先行歌数が二十を越えてしまう傾向が強い。考察対象外であるとはいえ、この歌題も和歌史では殆ど試みられなかった歌題である。このような歌題は他に幾つかある。

（9）正徹の草庵焼失については、稲田利徳「草庵・生活」（『正徹の研究』第一篇第二章第一節）参照。

（10）『草根集』の成立、また『草根抄』〈内閣本〉については、稲田利徳「『草根集』の成立」（『正徹の研究』第二篇第二章第一節）参照。

（11）心敬の関東下向については、本書資料編所収「吉田文庫蔵『於関東発句付句』―解題と翻刻―」参照。

（12）心敬が関東に『草根集』を持参していなかったからこそ、心敬の門弟であった兼載（興俊）も、正広に『草根集』の書写を依頼したのであろう（『草根抄』〈内閣本〉奥書）。心敬は兼載に、正徹を学ぶ必要性を説き、招月庵を受け継ぐ正広に紹介したと考えられる。

(13) 『月草』については、『新編私家集大成』解題（稲田利徳執筆）、「月草」（『正徹の研究』第三篇第一章第四節）参照。

(14) 『草根集』巻十二・九六〇九・康正二年十二月八日の詞書には、「愚身已に八旬の齢にちかし。出題、正広に可申付之由、会衆一同被申上者、愚意尤喜悦に覚り」とあり、正徹の八十歳を機に、歌会の出題者が正広に代わったことが記されている。逆に言えば、それまでは正徹が出題者であったことが判明する。また、時代は下るが、冷泉為和（一四八六年～一五四九年）が門弟に歌題を与えて作歌指導を行ったことが明らかにされている。小川剛生「流浪の歌道師範―冷泉為和の見た戦国大名」（『武士はなぜ歌を詠むか―鎌倉将軍から戦国大名まで』角川学芸出版・平成二十年）参照。

(15) 「正広は、正徹の開拓した素材結合、発想にヒントを得て、それを起点に、少し変貌させたにすぎないとさえ考えられる。「類題本草根集」の存在は、歌題との関係で、そういった営為を容易に施行できる可能性を与えていたであろう」（稲田利徳「白鷺の歌」〈『正徹の研究』第二篇第三章第二節〉）。

(16) 七三六九番歌は、『東野州聞書』には「二月《(享徳元年)》十六日、氏世《(安東)》の御物語有けるは、小笠原が会に」とあり、小笠原浄元（持長）主催の歌会での詠とする。

(17) 『八雲御抄』巻二は、出題の種類を、「勅題」、「儒者」によるもの、「可然臣」によるものの三つに分類する。その他、「其道堪能人」を挙げ、藤原定家、藤原有家は問題ないが、「雖為歌人如家隆雅経非其仁」という。定家、有家が「其仁」であり、藤原家隆、飛鳥井雅経が「非其仁」というのは、歌道家の出身であるかどうかで区別しているようだ。この規定に照らせば、正徹は「其仁」ではない。

(18) 全十六例の内訳は、正徹が五首（草根集・三七五八、四一二七、五二八一、五六一三、六九一九）、心敬が二首（211と心敬集・四二一）、正広が七首（松下集・九八二、一二九一、一三六七、一五五二、二六三六、二七三〇、二七三六）、実隆が一首（雪玉集・七六六二）、『猿鹿居歌集』・二四八に一首である。このうち、『猿鹿居歌集』の作者は未詳であるが、正広の晴雲軒に出入りした人物であることが知られ（稲田利徳「正広について」〈『正徹の研究』第一篇第三章第二節〉）、また実隆も『草根集』（恐らく類題本系）から五十二首を抄出したりしており（稲田利徳「草根集抜書」〈『正徹の研究』第三篇第四章第二節〉）、この両者も正徹、正広の和歌から摂取した可能性があろう。

(19) 稲田利徳「類想歌からみた正徹の和歌の世界（上）、（中）、（下）」（「解釈」第29巻第6号、第30巻第3号、第30巻第10号・昭和五十八年六月、昭和五十九年三月、昭和五十九年十月）。

（20）脇本歌の名称は、伊藤正義氏の「脇本説」から得た。伊藤氏は「一曲の構想に深くかかわってはいるが、世阿弥の言う本説には当らず、主題を側面的に支えるという意味」で、「脇本説」という概念を提唱した。例えば、謡曲「隅田川」にとっての『伊勢物語』第九段が脇本説に当たる。但し、謡曲で本説、脇本説という場合には、ともにその曲から古く成立した物語、古歌である。それに対して、脇本歌は、心敬にとっての正徹という、ほぼ同時代に属する和歌である点で異なる。伊藤『謡曲集　中』（新潮日本古典集成・昭和六十一年）参照。

（21）本歌の対象は、「大方新古の時代迄をとるべし」（釣舟）、「本歌付合事は至新古今集用之。堀川院両度百首作者までは、仮雖入近代集、猶可為本歌之例」（新式今案）とあったが、その後肖柏が改訂した「連歌新式追加並新式今案等」では、「凡新古今以来作者不可用之。但、〈至続後撰集可用本歌之由又被定〉本歌、堀河院百首作者まで取べし」となっている。

（22）但し、現在の鶯は緑灰色であり、「青鳥」に比されるような色とは思えない。恐らくは、梅の蜜を吸うメジロ（暗い黄緑色）と混同したものだろう。

（23）『時秀卿聞書』については、大村敦子氏のご指摘による。

（24）この正徹詠は、「朽ちはてよ入りにし後は山川や人もわたらぬまへの板ばし」（草根集・巻三・二〇七五・永享五年十一月十二日・同（草庵）月次に・山家橋当座）を指すか。

（25）この正徹詠を論じるものに、稲田利徳「正徹と常縁」（『正徹の研究』第一篇第三章第六節）、豊田恵子「正徹の「異風」について―舟の歌を中心として―」（「書陵部紀要」第59号・平成二十年三月）がある。

（26）豊田注（25）前掲論文は、正徹詠を瀟湘八景詩の風情を移したものとするが、言葉の重なりから考えて柳詩の方が良い。同論文に例示される瀟湘八景詩も、柳詩の「『江』『雪』」と瀟湘八景の「『江』天暮『雪』」とを結び付け、柳詩を摂取したものである。なお、五山における柳宗元受容については、太田亨氏の一連の論考、特に「江雪」詩については「日本中世禅林における柳宗元受容―中期の場合―」（「愛媛大学教育学部紀要」第56号・平成二十一年十月）、「同―後期の場合―」（同第58号・平成二十三年十月）を参照。

なお、正徹詠の第一句「ぬし知らぬ」は、抄物で「孤舟蓑笠翁独釣――言於鳥飛絶人蹤滅之中、独狗（釣カ）尽賢人君子之不遇時者乎。或又特耳厭世間利名者乎。非如此者則不可独釣寒江雪也」（柳文抄）など、舟主の素性を詮索する注釈がなされていることに通じており、舟主の行方が分からないといった単純な解釈は当を失している。正徹詠と五山文学との関係は、これ

から考究されるべき問題の一つである。

(27)「いとゆふ↓みだる」は「野草芳菲紅錦地、遊糸繚乱碧羅天（野草芳菲たり紅錦の地、遊糸繚乱たり碧羅の天）」（和漢朗詠集・上・春・春興・一九・劉禹錫）に、「薄↓みだるゝ」は「花薄風に靡きて乱るるは結び置きてし露や解くらん」（続古今集・秋上・三四二・清原深養父）に拠るか。

(28)「暮立之《ユフダチノ》　雨落毎《アメフルゴトニ》（一云、打零者《ウチフレバ》）　春日野之《カスガノノ》　尾花之上乃《ヲバナガウヘノ》　白露所念《シラツユオモホユ》」（万葉集・巻十・二一六九・読人不知、巻十六・三八一九にも小異歌）に拠るか。

(29)稲田利徳「糸遊の歌」（『正徹の研究』第二篇第三章第三節）に指摘がある。

(30)稲田利徳「秀歌三十首評釈」（『正徹の研究』第二篇第四章第六節）、注（19）前掲「類想歌からみた正徹の和歌の世界（下）」などに指摘がある。

(31)「まちどをづま」は、形容詞の「待ち遠し」と、「遠妻は野辺の初草かり初めの夢の中にも逢ふぞ嬉しき」（堀河百首・一五三七・藤原公実・夢）などの「遠妻」を組み合わせた、心敬の創作による歌語。

(32)心敬以後なら、「おもふかひなくなどかへすらん／あらを田の小草に春の花咲て」（園塵第三〈続類従本〉・二六四）、「片山の返しさしたる荒小田に小草花咲き小鳥下りつつ」（雪玉集・五二六二・春山田）など幾つか見える。両首とも心敬詠と近い情景であり、却って心敬の先駆的な詠法が窺える。

(33)「譬如積微塵成山、難可得移動（譬へば微塵を積みて山を成さば、移動するを得べきこと難きが如し）」（大智度論）、「千里始足下、高山起微塵（千里は足下より始まり、高山は微塵より起こる）」（白居易「座右銘」）、「高き山も麓の塵土よりなりて、天雲棚引くまで生ひ上れる如くに」（古今集・仮名序）。

(34)稲田利徳「正徹と了俊」（『正徹の研究』第一篇第三章第三節）参照。

(35)「小野といふ所を過ぐるに、故新大納言為尹卿は、和歌の道の長者にていませしかども、……三とせばかりのさきにてや侍りしやらむ、内大臣家より、千首の歌を奉らしめ給ふべきよし仰せられたるに」と記した後、『為尹千首』から二首を引用する。

(36)『光源氏物語抄』の後は、「むし《虫》のこ《籠》どもにつゆをかはせ給」（紫明抄）、「むしのこども　虫籠　一萶語雕籠など詩にも作れり」（河海抄）と、記述を受け継いだ様子が窺える。

(37)「定家に誰も及ぶまじきは恋の歌也。家隆ぞおとるまじけれ共、それも恋の歌は及まじき也」（正徹物語）、「招月和尚、一切の歌書を見尽して後は、定家家隆の五十番のうた合ばかり持給ひしとなり」（兼載雑談）。
(38)稲田利徳「書写活動」（『正徹の研究』第一篇第二章第三節）参照。
(39)宣光については、井上宗雄「延徳・明応期の歌壇」（『中世歌壇史の研究　室町後期　改訂新版』〈明治書院・昭和六十二年〉第一章）、浅田徹「玄誉と宣光」を参照。
(40)稲田注（19）前掲「類想歌からみた正徹の和歌の世界（下）」参照。
(41)正徹には他に、「山桜初かり衣たつ日より花のかむかふ袖の春風」（正徹詠草〈常徳寺本〉・一三八・永享六年三月二日・三宅有光のもとにて、花十首中に）という「初狩衣」（但し、桜狩のもの）を詠む歌がある。
(42)「何となく雨にはならぬ花曇り咲くべきころや二月の空」（為尹千首・一〇九・待花）、「霞かさぬる《なる》さほ姫の袖／雨しばし吹ほす（ほ）どの花ぐもり」（応永二十六年二月六日賦山何連歌・七七・信俊）等。
(43)もう一首は「さきやらず雨もふらなんと花ゆへにくもる契ぞ先待れける」（草根集・巻一之下・九一八・宝徳三年四月二十日・春日社宝前百首・待花）である。
(44)稲田利徳「心敬の和歌表現の特性―言語の重層効用―」（「中世文芸」第45号・昭和四十四年十一月）参照。稲田「応永期の和歌」（『正徹の研究』第二篇第四章第三節）は、正徹が重層効用を頻用していたことを指摘している。
(45)宣光は「初心の時よりうつくしくよみて、すきまなき様にと計心にかくれば、うたのはたはりなくして、一体にのみなりて、つゐにはこたけなる歌ならではよまれぬ者也」（釣舟）とも述べ、初学者が萎縮しないための方便として、等類を許容していた。
(46)稲田利徳「述懐歌」（『正徹の研究』第二篇第四章第五節）は、正徹の「述懐」題の詠作を総合的に考察している。そこには、以下で引用する五一九五、一二二〇九番歌の解釈が提示されている。以下で引用する五一九五番歌の解釈もこの論に拠る。
(47)稲田注（34）前掲論文参照。
(48)この歌が脇本歌であることは、木藤才蔵氏の頭注に指摘がある。
(49)稲田注（1）前掲「正徹と心敬」参照。
(50)岡見『室町文学の世界　面白の花の都や』（岩波書店・平成八年）第4章第2節。

別表

番号	歌題	初出	総数	内訳 正徹以前	内訳 正徹	付記
5	窓棋	寂身集	1	1	0	松下集・九〇一
19	花形見	亀山殿七百首	10	5	5	為尹千首・一五五
21	暮春鐘	耕雲千首	6	3	3	為尹千首・一九五、松下集・二五一一
22	葵露		0	0	0	松下集・一五三四
24	袖上菖蒲	白河殿七百首	3	2	1	
25	夏木	風雅集	6	2	4	
27	軒蛍		0	0	0	
28	疎屋夕顔	草根集	1	0	1	松下集・一二四〇
29	初秋衣	尚賢五十首	9	4	5	為尹千首・三一〇、松下集・一八五、二〇九三、二六〇四
30	古郷露	他阿上人集	15	7	8	為尹千首・三二五、松下集・一八七
40	嶺稲妻	草根集	1	0	1	
41・134	古屋月	草根集	3	0	3	松下集・二〇〇
43	湊初雁		0	0	0	
44	朝紅葉	建保四年八月二十二日歌合	20	20	0	歌合での用例が18
45	暮秋月	為家集	14	14	0	松下集・八六一、一四八七

46	暮秋風	長綱百首	9	7	2	為尹千首・四九三、松下集・二六三一
47	古郷時雨	明日香井集	3	3	0	
48	霜夜鐘		0	0	0	
49	閑山雪		0	0	0	
54・55・283	忍涙恋	草庵集	11	5	6	松下集・二二一三
58	従門帰恋	林葉集	12	10	2	松下集・四五一、一〇一一、二三〇六、三一五九
59	等思両人恋	拾玉集	7	5	2	「等思両人」題を含む 松下集・一〇四九、二二八八、二三〇五、三一四七
60	夕雲		0	0	0	
61	旅人渡橋	南朝三百番歌合	8	2	6	松下集・一九三三
63・227	杣木	草根集	2	0	2	
64	晩鐘	亀山院御集	9	5	4	松下集・三七〇、一一一〇、一五七五、三一五四
65	磯草		0	0	0	
66・67	幽栖	竹風抄	4	2	2	松下集・三一五二
68	寄月懐	草根集	1	0	1	
69	暁遠情	白河殿七百首	5	2	3	
70・260	釣漁	草根集	2	0	2	
71・72	行路市	為重集	18	4	14	松下集・一八三七
76	関路霞	出観集	15	10	5	

78	春水澄	草根集	1	0	1	
79	湊春月	永享九年詠草	3	0	3	
81	風静馥花		0	0	0	
85	山帰雁	光俊集	3	2	1	
91	夕荻	広言集	13	11	2	為尹千首・三三三
94	閑居荻	有房集	2	1	1	松下集・二六一二
95	庭萩	為忠家初度百首	15	14	1	為尹千首・三四二
99	曙鹿	閑月集	1	1	0	
100	野虫	壬二集	16	11	5	為尹千首・三五九、松下集・一九三、一四三九、二七一〇
101	田鴫	他阿上人集	6	5	1	為尹千首・三九一
102	秋水郷鶴		0	0	0	
103	疎屋擣衣		0	0	0	
105	故郷落葉	教長集	9	9	0	
106	夜霰	実材母集	4	4	0	
107・168	江残雁	草根集	3	0	3	
108	海水鳥	草根集	3	0	3	

110	爐火煙	草根集	1	0	1	
111	峰炭竈	草根集	1	0	1	松下集・七一〇
114	馴不逢恋	拾玉集	13	5	8	松下集・二二三九、二二四〇、三一五五
117	海辺松	閑谷集	15	8	7	
120	鶯告春	散木集	3	3	0	
122・123	江春曙		0	0	0	
125	旅宿花	続草庵集	2	1	1	
126	寄花述懐	月詣集	15	14	1	
127	春田蛙	草根集	4	0	4	
131	杜夏月	瓊玉集	1	1	0	
132	河上月	玄玉集	18	13	5	
137	霧中雁	山家集	10	9	1	
138	江夕霧		0	0	0	
139	野分朝		0	0	0	
141	樵路落葉	出観集	5	5	0	

143	閑庭霜	為忠集	3	2	1	
144	月前雪	隆信集	18	14	4	松下集・二七八八、二九三四
145	冬旅	竹風抄	7	5	2	
149	樵路日暮	草根集	4	0	4	松下集・三〇四六
150	暮林鳥宿	南朝三百番歌合	11	2	9	
151	海路霞	為忠家初度百首	13	11	2	
153	谷残雪	紫禁集	2	2	0	松下集・二、八七四、一四七二
154	余寒雪	草根集	4	0	4	松下集・一七三〇
155	寄花懐旧	遺塵集	8	6	2	
156	夏山雲	草根集	1	0	1	
157	雨後蝉	壬二集	5	4	1	
159	風告秋	為富（持為）集	7	2	5	松下集・八一四、一一二一
161	朝荻	師兼千首	1	1	0	
163	秋田雨	草根集	1	0	1	
165	月似雪	楢葉集	1	1	0	

166	山路紅葉		0	0	0	
167	湖千鳥	拾遺風体集	4	3	1	
169	炉火似春	草根集	3	0	3	松下集・二九一〇
171	深夜神楽		0	0	0	
172	連夜待恋	藤葉集	9	5	4	
173	夜増恋	小侍従集	4	1	3	
175	面影恋	草庵集	4	2	2	松下集・一五六七、三一一九
178	江鷺	草根集	2	0	2	松下集・二四六五
179・221	暮山雲	明日香井集	7	6	1	
180	遠村煙	和歌一字抄	7	4	3	松下集・二九、一五九六、一八三〇
181	江雨鷺飛	草根集	6	0	6	松下集・一〇四三、二四六六、三〇五六
182	鶴立洲	南朝三百番歌合	6	2	4	松下集・一三〇三
183	思往事	能因集	13	11	2	
185	深夜梅	草根集	2	0	2	
186	南北梅花	新三井寺集	2	2	0	

187	水辺若菜	顕氏集	7	7	0	為尹千首・四七
190	山夕霞		0	0	0	
191	霞中月	草根集	4	0	4	松下集・三四八、一三八四
192	山落花	範宗集	4	4	0	
193	寄花雑	壬二集	5	1	4	
196・197	夕立晴	草根集	3	0	3	
198	閨扇	草根集	9	0	9	松下集・二〇七四、二九二五
200	江夏月	為重集	3	2	1	
201	夏草露	為家一夜百首	13	11	2	為尹千首・二六六、松下集・一七七七
202	新秋		0	0	0	
203	荻告秋	草根集	3	0	3	
204	折萩	白河殿七百首	4	4	0	
205	暁露	紫禁集	15	10	5	為尹千首・三一八、松下集・八四
206	秋田鹿	草根集	1	0	1	
208	旅泊月	重家集	19	16	3	松下集・一〇六六

210	屋上霰	亀山殿七百首	10	6	4	為尹千首・五五五、松下集・二一八七、二八〇六
211	山冬月	為家集	5	3	2	
218	寄篷恋	白河殿七百首	14	9	5	為尹千首・七八八、松下集・一一七四、二三五四、三〇七三
219	海路日暮	経家集	9	7	2	
220	古渡船	草根集	8	0	8	
223	故山猿	草根集	2	0	2	
226	湖眺望	雅世集	7	1	6	松下集・二二五〇、二四八四
231	寄海述懐	土御門院御集	7	6	1	為尹千首・九三九
232	春田	経信集	16	10	6	
233	簾外燕	師兼千首	4	1	3	
235	露染山葉	白河殿七百首	4	1	3	
234	行路薄	壬二集	12	7	5	
236	寄灯恋	白河殿七百首	12	9	3	為尹千首・七九九
237	園若菜		0	0	0	
239	花有遅速	匡房集	7	6	1	

241	山家雉		0	0	0	
242	岡辺雉	草根集	1	0	1	
244	山照射		0	0	0	松下集・二八一五
245	原照射	元徳二年北野宝前和歌	2	2	0	
247	千栽		0	0	0	
248	山家鹿	禅林瘀葉集	6	6	0	
250	鷹狩嵐		0	0	0	
251	時々思出恋		0	0	0	
256	釈教水	続草庵集	2	1	1	松下集・八七八
259	披書知昔	白河殿七百首	4	2	2	松下集・一〇五〇、三一四六
261	市商客	白河殿七百首	7	4	3	
269	夏池	如願法師集	4	4	0	
272	田霧		0	0	0	
273	薄風	草根集	2	0	2	松下集・二六七八
275	秋田里		0	0	0	

276	秋田家	草根集	1	0	1	
279	竹霞	白河殿七百首	11	10	1	為尹千首・五五二
280	椎柴霜	草根集	1	0	1	
281	柴霞	壬二集	7	3	4	
282	市歳暮	澄覚集	3	2	1	
285	草庵雨	為家集	15	6	9	松下集・一二四五、一六九六、一九四七
289	秋田風	他阿上人集	7	5	2	為尹千首・三九二
290	浜千鳥	顕氏集	10	6	4	為尹千首・五四七
291	冬田鶴		0	0	0	
292	山家冬月	出観集	7	7	0	
295	寄火恋	光経集	12	8	4	松下集・二三九六
302	静対花	草根集	1	0	1	
304	海上帰雁	信生法師集	1	1	0	
306	盧橘年久	草根集	1	0	1	
308	民戸早苗	元徳二年北野宝前和歌	6	2	4	

309	隣蚊遣		0	0	0	
310	夏竹	伏見院御集	2	1	1	
311	池上蓮	為忠家初度百首	11	8	3	松下集・一二三一 8例は全て百首によるもの
312	夏日	竹風抄	3	3	0	
316	夕雁	金槐集	9	6	3	
317	河雹		0	0	0	
318	庭寒月	俊光集	1	1	0	
319	汀蘆		0	0	0	
320・335	羇旅遠	草根集	1	0	1	
322	古寺嵐	白河殿七百首	9	2	7	
323	寄巌祝	耕雲千首	6	5	1	為尹千首・九九二
334	草庵春雨	草根集	1	0	1	

※歌題が完全に一致する場合のみ、先行用例と数えた（59「等思両人恋」を除く）。
※「故郷」、「古里」、「古郷」、「故里」などの表記による違いは同じものと判断し、異体字を用いている場合も用例に数えた。
※詞書きの「……の心を」という形式の場合、それを歌題に入れるかどうかは恣意による。

		歌題数	割合
『十体』初出歌題		29	17・4%
「正徹」との重複		113	68・0%
	「正徹」初出歌題	36	21・7%
『為尹』との重複		20	12・0%
「正広」との重複		46	27・7%

※以下の略称を用いた。『十体和歌』＝『十体』、正徹関係の詠草＝「正徹」、『為尹千句』＝『為尹』、『松下集』＝「正広」

※割合の項は、当該歌題が、先行用例二十首以下の歌題一六六種（重複を除く）の中での割合を示した。

四　索引編

凡例

一　索引編として、『十体和歌』の初句索引、及び自注が付された心敬詠の初句索引を掲げた。
二　初句の表記は歴史的仮名遣いに統一し、平仮名で記した。
三　『十体和歌』の索引は、以下の方針に基づく。
1　『十体和歌』の本文は、本書評釈編に準じた。
2　初句を掲げた後に、歌番号と歌題とを記した。
四　心敬の自注和歌索引は、以下の方針に基づく。
1　索引の対象としたのは、『芝草句内岩橋　下』、『寛正四年百首自注』〈天理本〉、『心敬難題百首自注』である。それぞれの底本は本書評釈編に準じた。
2　初句を掲げた後、当該書における歌題を（　）に入れて記した。
3　その下に当該書名と、その書における位置（通し番号）を算用数字で記した。
4　『十体和歌』と重複する和歌については、それを指摘した。
5　『心敬難題百首自注』の27は、自注を欠くため、索引から除いた。
五　両索引とも、竹島一希が作成した。

『十体和歌』初句索引

あ行

か行

わ行

心敬自注和歌初句索引

あ行

か行

さ行

た行

な行

は行

ま行

や行

わ行

あとがき

『心敬十体和歌』を読み始めたのは平成二十（二〇〇八）年九月のことである。当初は、島津先生のご意見をうかがいながら読み進めるというのんびりしたものであった。和歌としてこなれていないような歌が頻出し、また用語も歌語以外の物語詞や連歌詞を使う心敬に、参会者一同面食らったものである。しかしそれがいつしか興に入るようになる。難解で、また和歌らしくない歌に、心敬の意図や、心敬自身の論理を見つけようと思い始めたのである。三百三十三首を読み終えたのは二十二（二〇一〇）年二月。誰いうこともなく、これをまとめたら面白いのではないかという気持ちがメンバーの中に芽生えていた。しかし、ここからが苦難の道のりとなる。

当初は同年十二月を評釈の締め切りに設定し、翌年三月には評釈は完成しているだろうという目算であった。しかし一度の研究会で検討できる歌数は二十首程度。丁寧に読み直していくうちに、最初の頃は良しとしていた解釈の間違いに気付く。一回の検討だけでは到底満足のゆくものはできず、二回目の検討も行うこととなった。それを経て全ての原稿が集まったのが平成二十四（二〇一二）年八月。予定から既に一年半遅れである。その後さらにコアメンバーによる検討、修正が二十五（二〇一三）年春頃まで続き、和泉書院に入稿したのが同年五月のことである。実に五年間という歳月を心敬の和歌と共にしたのである。

本書執筆にあたり、貴重な蔵書の閲覧・掲載を許可下さった関係各所に感謝いたします。

本書は、独立行政法人日本学術振興会平成二十六年度科学研究費助成事業（科学研究費補助金）（研究成果公開促進費）の交付を受けて出版するものである。

平成二十六年九月

大村敦子
押川かおり
竹島一希

執筆者紹介（五十音順）

大村敦子（おおむら あつこ）
武庫川女子大学大学院文学研究科博士後期課程。博士（国語国文学・武庫川女子大学）。京都女子大学非常勤講師。主要業績「兼載連歌論の形成―『兼載雑談』を中心に」（「連歌俳諧研究」86号・一九九四年三月）、「〈翻〉『兼載百句連歌』―大東急記念文庫蔵『連歌諸体秘伝抄』紙背文書―翻刻と解説」（「かがみ」39号・二〇〇九年三月）。

岡本　聡（おかもと さとし）
中央大学大学院文学研究科博士後期課程。博士（文学・中央大学）。中部大学人文学部教授。主要業績『木下長嘯子研究』（二〇〇三年・おうふう）、『「おくの細道」と綱吉サロン』（二〇一四年　おうふう）。

押川かおり（おしかわ かおり）
武庫川女子大学大学院文学研究科博士後期課程。博士（国語国文学・武庫川女子大学）。武庫川女子大学非常勤講師。主要業績『新古今和歌集を学ぶ人のために』第二章新古今和歌集の主要歌人　藤原定家（一九九六年・世界思想社・共著）、「『おもかげ』考―新古今的表現の一側面」（『日本文学史論―島津忠夫先生古稀記念論集―』一九九七年・世界思想社・共著）。

加賀元子（かが もとこ）
武庫川女子大学大学院文学研究科博士後期課程。博士（国語国文学・武庫川女子大学）。元武庫川女子大学助教授。主要業績『中世寺院における文芸生成の研究』（二〇〇三年・汲古書院）、「大東急記念文庫蔵『文字鏁』解題」（『大東急記念文庫善本叢刊中古中世篇第十巻諸芸Ⅰ』所収・二〇一二年・汲古書院）。

島津忠夫（しまづ ただお）
京都大学。文学博士。大阪大学名誉教授。主要業績『島津忠夫著作集』全15巻・二〇〇三年～二〇〇九年・和泉書院）、『宗祇の顔　画像の種類と変遷』（二〇一一年・和泉書院）。

竹島一希（たけしま かずき）
京都大学大学院文学研究科博士後期課程。博士（文学・京都大学）。熊本大学大学院社会文化科学研究科准教授。主要業績「南北朝連歌の分析―前句の肝要をめぐって―」（「国語国文」74―9・二〇〇五年）、「宗牧と宗長」（「国語国文」79―7・二〇一〇年）。

畑中さやか（はたなか さやか）
奈良女子大学大学院人間文化研究科博士後期課程在学中。

米田真理子（よねだ まりこ）
大阪大学大学院文学研究科博士後期課程。博士（文学・大阪大学）。神戸学院大学法学部准教授。主要業績「『徒然草』と仁和寺僧弘融―『誂遮要秘鈔』・『康秘』奥書から見えること―」（「中世文学」47号・二〇〇二年六月）、「茶祖栄西像の再検討―『喫茶養生記』をめぐって」（「藝能史研究」177号・二〇〇七年四月）。

研究叢書456

心敬十体和歌《しんけいじっていわか》
——評釈と研究——

二〇一五年二月二五日初版第一刷発行
（検印省略）

監修者　島津忠夫
著者　大村敦子・岡本聡・押川かおり・加賀元子・島津忠夫・竹島一希・畑中さやか・米田真理子
発行者　廣橋研三
印刷・製本　亜細亜印刷
発行所　有限会社　和泉書院
大阪市天王寺区上之宮町七－六
〒五四三－〇〇三七
電話　〇六－六七七一－一四六七
振替　〇〇九七〇－八－一五〇四三

ISBN978-4-7576-0736-1 C3395

―― 研究叢書 ――

王朝助動詞機能論　あなたなる場・枠構造・遠近法　渡瀬茂著　441　八〇〇〇円
伊勢物語全読解　片桐洋一著　442　一五〇〇〇円
日本植物文化語彙攷　吉野政治著　443　八〇〇〇円
幕末・明治期における日本漢詩文の研究　合山林太郎著　444　七五〇〇円
源氏物語の巻名と和歌　物語生成論へ　清水婦久子著　445　九五〇〇円
引用研究史論　文法論としての日本語引用表現研究の展開をめぐって　藤田保幸著　446　一〇〇〇〇円
儀礼文の研究　第二巻　日本誄詞　三間重敏著　447　一五〇〇〇円
詩・川柳・俳句のテクスト文析　語彙の図式で読み解く　野林正路著　448　八〇〇〇円
論集 中世・近世説話と説話集　神戸説話研究会編　449　一三〇〇〇円
佛足石記佛足跡歌碑歌研究　廣岡義隆著　450　一五〇〇〇円

（価格は税別）